U0623736

田 凡 ◎ 著

喋血梅花

复华党传奇

一部描写伪『满洲国』时期爱国学生组织复华党的风云传奇；

来自『山药蛋派』的风格传承，重现现实主义创作风潮；

情节曲折生动，人物形象饱满深刻，具有浓厚的地域色彩和强烈的画面感，读来栩栩如生。

人民日报出版社

图书在版编目（CIP）数据

喋血梅花：复华党传奇 / 田凡著 . —北京：人民
日报出版社，2016. 10
ISBN 978 - 7 - 5115 - 4137 - 6

Ⅰ. ①喋… Ⅱ. ①田… Ⅲ. ①长篇小说—中国—当代
Ⅳ. ①I247. 5

中国版本图书馆 CIP 数据核字（2016）第 228768 号

书　　　名：**喋血梅花：复华党传奇**
著　　　者：田　凡

出 版 人：董　伟
责任编辑：宋　娜
校　　对：李博慧
封面设计：中联学林

出版发行：人民日报出版社

社　　　址：北京金台西路 2 号
邮政编码：100733
发行热线：（010）65369527　65369846　65369509　65369510
邮购热线：（010）65369530　65363527
编辑热线：（010）65369521
网　　　址：www. peopledailypress. com
经　　　销：新华书店
印　　　刷：北京天正元印务有限公司

开　　　本：710mm×1000mm　1/16
字　　　数：356 千字
印　　　张：20. 5
印　　　次：2017 年 1 月第 1 版　　2017 年 1 月第 1 次印刷

书　　　号：ISBN 978 - 7 - 5115 - 4137 - 6
定　　　价：58. 00 元

本书根据关维境先生提供的素材创作而成。

关维境为复华党的创立者之一，也是本书中的主要人物原型。

谨以此作,献给在伪"满洲国"时期,为进行抗日反满的斗争而惨遭杀戮和迫害的"复华党"爱国青年。并告诫后人,永远铭记这段国土沦陷的可耻历史。

——作　者

序

  1931 年，侵华日军发动九·一八事变。日本鬼子把魔爪伸到东北，疯狂地掠夺、烧杀，灭绝人性地践踏和蹂躏这方净土，企图建立侵华战争策源地。东北到处腥风血雨，满目疮痍。山河破碎，国人遭到空前的浩劫。

  一群稚气未脱的年轻学子，聪颖慧达，才华横溢，气度非凡，心系天下，国家难得之俊才也。国难家仇，将青年儿女激怒了。迅疾之间，婀娜女子变巾帼，雄姿男儿成猛将，成长为抗日洪流的柱梁。

  波澜壮阔的抗日战争，犹如惊涛拍岸的黄河交响乐，青年儿女与敌人的殊死搏斗，就是黄河大乐章的动人篇章。那一场场浴血争斗，如一声声击竹清唱，流泻出拨云见日的铿锵旋律，其风格粗犷，音调激越，感人之深，惊天地，泣鬼神！她与黄河交响曲的雄浑交相辉映，是英雄儿女卓尔不群之斗争艺术的赞歌！

  胆略过人，运筹帷幄，决胜于阵前的吴世辅；善良秀美，歌喉靓丽，舞姿绰约的"小白鞋"刘彩云；疾恶如仇，与敌对峙圆瞪杏目，倒竖柳眉，剑气锋芒毕露的"皇姑女侠"周再娟；端庄贤淑，辛劳寡语，温柔多情，追求正义与爱情的徐艳明；面对顽敌挺身而出，枪林弹雨冲锋陷阵的杜庆毅；不屈不挠，英勇献身的刘俊民……英雄儿女们，时而涌向暴风骤雨的恶斗场，时而汇集于大庭广众之下慷慨激扬，时而受到挫折苦闷惆怅，捶胸扼腕，时而相互坐对，默默无言。他们的故事像峻峰之巅的老松盘根错节，他们的情结又似瞿塘峡的湍流跌宕起伏。他们牵着手儿亮相登场，又顺着故事委婉曲折地渐行渐远，直到每一个人的灵魂深处。他们绽放出一朵朵绚丽多彩的奇葩，演绎出一场场正义与非正义斗争的人间悲壮剧。

  古有"仰天长啸，壮怀激烈"的岳鹏举、"醉里挑灯看剑，梦回吹角连营"的辛幼安、"堂堂剑气冲斗牛，留取丹心照汗青"的文天祥等，近有林觉民、方志敏、杨靖宇、董存瑞、黄继光等，为国甘洒热血的英雄儿女，如滚滚长江后浪推前浪，层出不穷、风光无限，影响着一代又一代人。他们，浩气凛然，不畏艰险，不怕牺牲，只要祖国一声召唤，便似金戈铁马气吞万里如虎。他们，坚强勇敢，冲锋在前，前赴后继。他们，是中华民族的脊梁！

吾本愚昧碌碌，年华虚度。然有感于一群儿女英雄对敌斗争的豪行壮举，有感于千万个鲜活的生命倒在鬼子的屠刀下的深仇大恨，欣然命笔，胡演成篇，也了却一桩心事。

呜呼，壮哉！让我们永远铭记英雄的壮举！

祖国万岁，中国梦成真万岁！

田　凡

2016 年 10 月于太原

●●●●●● 目录

第一章　书生意气(1941年—1944年2月)

1. 奴化刺激

九一八事变后,吴世辅的爹,为抵制给鬼子当劳工,被毒打,受重伤,以至丧命。临终,拉着仅八岁的世辅说:

"爹是被……日本人,打死的,你要……"

世辅妈忍着剧痛,一肩挑起千斤重担,牢记丈夫的嘱托,就是再苦,也要供世辅念书,好让他学点本领,为中国人争口气。

当时的"满洲国"废除了私学,世辅到县城上了高小。他最讨厌上"日文会话课",唔哩哇啦的,觉得有股屈辱的滋味,陡地,他想起了在老家苇溏沟,与妈妈赶驴子碾面时的一段对话,那是由一声火车的汽笛声引起的。那汽笛从八里外的旧站传到这立着四堵墙,却露天的碾坊,妈妈叹口气说:

"如今开火车的都是日本人了。"

他问:"为什么?"

妈说:"因为我们当了日本的亡国奴了。"

他又问:"啥叫亡国奴?"

妈说:"亡国奴好比这头驴子,任意让人家使用,随意让人家用鞭子抽打。"顿了一下,妈又说:"但我们毕竟是人,与蠢驴子不同。"

世辅和奶奶低价租了赵二少一间小耳房,以节省住校的用度消耗。

二少有三进院,一个哑巴火头和一个年轻寡妇,帮着看家干杂活。那二少整日混得一班不知亡国耻的梨园子女,与日本商人寻乐子,在西厢房咿咿呀呀地唱。吴世辅有时觉得奇,把指头蘸着唾液捅破窗纸,踮脚往里瞅,不曾想,他瞧见秦芳的娘,被日本人抱着亲嘴,她忸怩着,但又无奈,眼里泡着一团泪。他愣怔了,突然有人牵他的衣襟,他回头瞧,偏偏是比他小三岁的秦芳。她问:

"世辅哥，你瞧见啥？"

世辅捂住她的嘴，忙拖着她离开。小秦芳莫名其妙地嘟着嘴，小辫儿颖儿颖儿的。

世辅哪里知道，秦芳妈被丈夫抛弃，为生活计不得不在日本人怀里强装卖笑，这个中滋味，究竟有多苦？而她，又是瞒着自己的闺女和左邻右舍。然而，她的隐私，被世辅发现了，他幼小的心灵里，就对这个"没骨气"的女人产生了鄙夷之情。然而，他懂事、嘴稳，生怕伤了他的小朋友秦芳的心。

秦芳，瘦窈宛身材，郁郁寡欢，只有和世辅在一起时，脸上才有笑容。她小鼻、小眼、小口、小耳朵，然眼珠很黑，像黑葡萄，整个人可以用四字形容：玲珑剔透。往往，天色向晚，世辅的奶奶在炕上捻麻绳，世辅伏在炕桌上写做，秦芳呢，却站在地下，靠着墙和他们闲聊，两条小辫儿甩搭甩搭，她用小手甩过去又探过来，那系辫梢的红毛绳结了又解，解了又结，黑油油的两眼珠儿，不时在世辅身上打转转。

有一天黄昏，世辅正背书，秦芳跑进来，拽上他嚷："快，快，不得了，小，小叶叶她……"

吴世辅吃了一惊，忙把书放进抽屉，跟她往出跑，问："小叶叶怎么了？"

小叶叶，是偏院瘸婆子的孙女，瘸婆的儿子是个人力车工人。媳妇有天回娘家途中，碰到日本鬼子，被糟蹋后用刺刀挑了。瘸婆和小叶叶靠儿子拉人力车挣脚钱糊口。数九寒天，叶叶在日本工厂的门口捡焦炭，她衣不蔽体，小指头冻得油光发亮。有时世辅和秦芳放学回来，遇到小叶叶捡焦炭，就帮着她捡。他俩此时正往偏院跑，瘸婆凄惨的哭声传进他们的耳朵：

"天老爷呀，你怎不睁睁眼……"

叶叶家门口围着一群人，有世辅奶奶，秦芳娘，赵二少，哑巴，还有几个常来的戏子。人力车打在门外，叶叶爹坐在车杆上闷闷地磕着旱烟锅，脸色铁青。那只捡焦炭的筐子倒了，倾出一片炭渣，染着渍渍血迹，瘸婆抱着气息奄奄、血肉模糊的叶叶咽哑凄切：

"天爷呀，怎不长眼……日本人搅得俺……家破人亡呀！……"

听大人嚷嚷，小叶叶是被日本厂家放狼狗咬伤的。之后，又见赵二少给小叶叶凑钱，众人都搜寻可凑的东西，送小叶叶进医院。次日早晨，听人说，小叶叶死了。她爹和瘸婆，卷起破破烂烂的一圪堆，把人力车抵了债，母子二人恓恓惶惶地走了，不知去向。那些天，秦芳很忧伤，常常在角落里悄悄抹泪。世辅知道，她是想小叶叶。有一天，秦芳显得很惬意，又唱又跳的。世辅觉得奇怪，便问："秦芳,你娘给你扯了新衣?"她撇撇嘴:"不是。"世辅说:"那你为啥这么高兴?"秦芳神秘地咬着世辅的耳朵说:"娘搧那日本人两耳刮子,打得可响呢。"说完,她撒脚丫儿飞也似的跑了。当然,世辅心里也痛快,把皮球往墙上直拍,嘭,嘭,嘭!

有一天,睡午觉正甜哩,他被奶奶叫醒了:

"快起来,孩。秦芳娘俩被人撵走了。"

"谁?"他揉着惺忪的眼,"是不是那个日本人?"

奶奶没有回答。他急风火燎地跑到前院,只见秦芳母女的住屋已经贴上封条,他趴到窗台往里瞧,乱七八糟的,一块玻璃相框打破了,她们的照片也未来得及取,就被拖走了。

世辅愣住了,眼泪麻麻地把拳头攥起,嘴里挤出几个字:

"狗娘养的,日本鬼子……"

1941 年,吴世辅十五岁,考上"满洲国"奉天(沈阳)省立第三国民高等学校。这是四年制中学,包括了初中和高中。这所学校设在奉天市东门外。也就是周恩来读过书的东关小学旧址。

他离开苇塘沟,离开县城,步入东北第一大城市——这个中国人民多年来用血汗构筑的,位于辽河支流浑河北岸,东北经济、交通和文化的中心,如今被日寇铁蹄践踏的奉天。

这里警宪横行,暗探密布,往来警车鸣着刺耳的尖喇叭,鬼子马队风驰电掣般穿街而过,狼犬在鬼子的牵引下,虎视眈眈地觊觎着往来的中国民众。

吴世辅初来乍到,觉得这里与县城更不相同,一上街便感到神经紧张,惴惴然,惶惶然。他买了点日用品和几本抄本,一杆蘸笔,匆匆往学校赶。

"啪!"

他正走着,突然被人搨了个响亮的耳光,火辣辣生痛,他捂着脸,暴怒地瞪着来人。那人是个上级生,叫张明刚,中等个,四肢灵敏,也很结实。他的脸颊瘦削,两眼球相互靠近,通常人们叫做对眼儿。这样,在外貌上有几分像猴子。因他练一手过硬的武术,也会日本的柔道,所以同学们给他起个绰号叫"美猴王"。他戴的战斗帽用漂白粉洗得已经发白。帽顶上用缝纫机匝成密密麻麻的线圈,裤腿的膝盖处也匝得是密密麻麻的线圈。这并不说明他的帽子和裤子都坏了,而是表示他的资格老,是高年级生,不像低年级生那样穿着新校服。吴世辅的新校服,显然成为"美猴王"惩罚的标志。他看着世辅愤怒的脸,嬉笑着

挑逗:

"怎么,下级生不向上级生敬礼,揍你还不服?"

"美猴王"手里拿着一根漂亮的、指头粗细的像教鞭似的棍子,挑衅地在吴世辅脸上拂了拂,吴世辅怒不可遏,一把夺过那棍子,在膝上一磕,"咔嚓!"断了。"美猴王"气得鼻子歪了,攥拳扑过来,朝世辅的脸上狠狠砸来,吴世辅往旁一闪,回手抓住他的胸脯,举拳要揍,突然听到一声喝叫:

"住手!你好大胆,敢打上级生的?"

来人是学校训导主任平山。日本人,矮小而结实,练一身功夫。吴世辅辩白道:

"他随便打人。"

"是呀,我就专打你瞎眼的,见上级生不敬礼而傲慢的新学生。""美猴王"仍然揶揄着。吴世辅挺身逼近他,怒目环睁,却被平山重重的当胸一拳砸下去,打得他仰面八叉倒在地,吴世辅愤愤跳起来,平山勃然大怒,岔开五指,一个耳光扫来,揍得他一边脸立时红肿,第二个耳光过后,他的嘴角已滴滴流血,三个耳光眼角青紫,四个耳光把他揍得转了半圈,嗵地跌倒,半天爬不起来。他刚往起站,又被这狗平山骤然以柔道动作摔倒在硬地上,动弹不得。然而,吴世辅义愤填膺,还是摇摇晃晃立起来,走近平山,两眼冒着火焰。平山心有些怯,不自觉地后退一步:"怎么?你不尊敬上级生,还不服的?"他向越围越多的新旧学生高声说:"下级生见到上级生的,不向上级生敬礼,上级生可以惩罚!这是日本大和民族的精神,"他捏捏吴世辅的下颌,被吴世辅把那手拔掉,平山又无奈,吐出三个字:"你懂吗?"便走了。

"美猴王"看到暴怒的吴世辅和忿忿然的新生们,更怯了,见机便溜,回头抛出一句:

"你有骨气!那就等着瞧。"

春晨,寒意料峭。第三国高正上朝会。四个年级,十六个班,九百余人。学生都穿黄绿色呢大衣,戴日本军战斗帽,打裹腿,前后左右等距离,站满一个院子,队形肃整。学生对面站着三十多个"满洲"教员,他们戴着手套,仍然不时搓搓手,捂一捂耳朵。但有十几个日本教官,却站得笔直,一动不动,显示出一种武士道精神。正中是一米多高的木制讲台,旁边竖一根旗杆。朝会一开始,全体先唱日本国歌"国君的世代"——

```
                    •
2  1  2  3|5 3  2 —|3  5  6  56|2 7 6 5|
きみ が  よ は    ち よに  や ちよに
                •  •  •
3  5  6 —|2  1  2 —|3•5•6  5|3•5 2 —|
さ ざれ  いし の  い わお と な りて
                •  •  •  •
6  1  2 —|1  2  1  65| 6  53  2 —‖
こけ の  む  す  ま  で
```

歌词:君が代は,千代に八千代に,细石の
　　巌となりて　苔の生すまで

译:国君的世代,千代,八千代,如细石积成大岩上的青苔,万世无疆!

再唱"天地内有了新满洲,新满洲便是新天地。顶天立地无苦无忧"的"满洲国歌"。随着歌声,两面旗帜缓缓升起。上面是日本的太阳旗,太阳旗下是红蓝白黑满地黄的"满洲国旗"。干燥的冷风吹起一阵阵黄土,两面旗子在旗杆顶端摇晃着,哗啦啦响个不停。满洲校长,一个瘦长老头,长袍马褂,登台捧读"回鉴训民诏书",那抑扬之声,像老和尚训经:

朕自登基以来,函思东访友邦日本,今次东渡,宿愿克遂。朕与日本天皇陛下精神如一体,尔众庶等,亦当仰体此意……

他呆若木鸡地上来,又呆若木鸡地下去,仿佛在演一出木偶戏。接着日本山浦副校长上台讲话。他精神抖擞,声调激昂,胜似大和民族"大东亚圣战"中的一门大口径炮筒。

1941年,是抗战中最艰难的岁月,上半年春,日寇对我晋冀鲁豫实施毁灭性的、惨绝人寰的"三光政策"。下半年,侵华日军采取"铁壁合围""梳篦清剿"的残酷方式,除更大规模地对共产党华北根据地进行疯狂"扫荡"外,于12月8日,狂妄已极的日本军国主义突然发动太平洋战争。迅疾,日军闪电式大规模疯狂进攻,几乎囊括东南亚及太平洋所有岛屿。

山浦副校长,就是借着这股战争执狂的气势,挺胸健步登上讲台,他说:"大东亚战争爆发一个多月了,皇军取得了赫赫战果。我们满洲国青年学生应当向皇军学习。学习他们不怕流血牺牲的精神。这种勇敢精神是在平时锻炼出来的。听说你们曾和外校学生打架?"他是用日语讲的,学生们听得懂。他稍微停了停,摘下眼镜,掏出手绢擦擦眼镜。他似乎想表示一种意思,但无恰当的词汇,"当然,无故挨打是耻辱。一旦有人胆敢动动你们,侮辱了你们,那你们就绝对不能表现出怯懦,胆小鬼是最最可耻的。"

此时,台下学生队伍有些混乱,摇身的,左右交头接耳的,故意顿脚拍腿的。山浦意识到了,但没有采取措施,可平山却走下来,气势汹汹地到学生队伍中找典型,顿时,学生们又装作肃整。山浦继续演讲,还想显示一下自己的诙谐才能,他伸展五指向下指全体说:"你们都有卵子儿吗?"意思是你们够不够一个男子汉?台下学生哄笑。山浦似乎也笑了一下,然后又绷起面孔,好像很严肃地说:"你们绝不能后退! 如果你们打不过他们,我带你们去打。"学生中响起揶揄的零落的掌声和耐人寻味的口哨声,以及唏嘘声。这里跟苇塘沟大不相同,跟县城也不同。在县城学校全是中国人教课!课堂上以中国话为主,而在这座东北第一大城市里,就像走进了日本,日语课强调得很严格,日语会话处处可见,更令人难以忍受的是,把那些大和民族盛气凌人的烂杂烩,统统要强加到中国人头上。吴世辅这一批刚入学的新生,更感到不适应和无端的压抑,感到失去中国人的尊严,沦落为亡国奴的羞辱! 吴世辅愤愤地想,山浦狗娘养的一句话倒说中了,在这么个环境下屈从,我们能叫男子汉吗?

2. 惊人的群架

电影院是一幢老式木结构建筑。东方古老的艺术揉进日式亭子间构架,它的主体,具有东京都普通影视院色调。而门楣的圆形凸雕和窗户的百叶帘则参照的是俄罗斯风范。门顶上有一只雪亮的大电灯泡,照得小广场澈明精亮。扩音机放着很柔的日本流行歌曲,杂以小贩的叫卖,空气中凝聚着浓浓的油辣味。各校学生在广场内聚为好些小圈子谈论、争辩对骂。"满洲国"教育部提供专题教育片,给学生看。奉天市各国高学生(包括女高)都云集于此,准备入场。

女国高一到,立刻像磁场,把男生们的眼光顿时明亮了许多。有的欣喜雀跃,有的怪声叫嚷,几个"跳槽马"居然围着她们在互相追逐嬉闹。女生对男生却视而不见,只管三五成群地围成小圈低声谈笑,叽叽咕咕,有的对无礼的男生偶射出一道憎恶的目光。吴世辅几个站在一个僻静处,静观书生荟萃的盛况,很有些新鲜感。他们是新生,对一切很陌生,只能带一双耳朵和灵活的眼睛,谨小慎微,以求自安。离他们不远处是"美猴王"一伙,他们趾高气扬,流里流气。"美猴王"叫:"你们看那个红衣女郎多英俊,叫啥来着,啊! 姓周……周小姐,瞧,她不友好了,干吗两眼像刀子呀……哈哈,那个丰腴一点的,穿白球鞋,真漂亮! 是不是女一高的校花刘彩云? ……我们绝不让王驴子挨她们的边。"

"对,五高男生敢占女高便宜,咱就狠揍他们!"

"有胆量的,跟我一块干,""美猴王"两眼一拢,把胳膊在半空划个半弧,"谁他妈胆小,撒兔子腿,姓张的可饶不了他。"

有人尖叫,有人拍掌,有人怪叫:

"好嘞! 今晚我们跟着美猴王大闹天宫。"

须臾,散场了。人,水似的涌出来。那也是学生场,也有女学生夹杂其中,几个姿色姣好的,被人挤压着鱼似的浮出来,还有一些别的女青年。"美猴王"领着一伙人装着要进,其实是故意捉弄女学生,把几个女生夹在当中出不能出进不能进,有的被挤得哭喊。吴世辅带几个新生,一拥而上,把"美猴王"一伙挤开,辟一条通路,让女生们鱼贯逃出。"美猴王"气歪了嘴巴,但人太挤,由不得他,他只能随人流涌进场内。

室内熄灯,银幕上出现了战争画面,无声。外面扩音器里的音乐和解说是另外配上去的。解说全用日语,学生们都听得懂,他们的日文水平,在"伪满"的强制下,已经能熟练地进行一般会话。这是一部太平洋战争的纪录片。是为了夸耀大日本皇军在太平洋战争中显赫的"战功"而组织学生看的。

美丽的泰缅地区,茂密的椰林和热带植物,一片绿色和硕果的沃土上,泥路上横尸遍地,血迹斑斑,凶神恶煞的日本兵在追逐狼狈逃窜的高鼻子白肤色黄头发的西洋女人。

远处,硝烟弥漫,近处,被炸坏的木桥和半翻的船只在孤独地飘荡,船头,一个泰国小女孩捧个破碗,颤颤走来。而桥头东边的椰子树下,一些狂笑的鬼子兵在捧喝香甜的椰子汁,有一个日本兵,对那个小小女孩已瞄了准,作为他射击的靶子,他要再来一下验证自己的杀人本领。

群岛、海浪、水鸟! 美丽的岛屿、贝壳、卵石晶莹的海滩上,到处是炸歪的树、弹坑和仍在燃烧的热带灌木丛。一群群女学生,被日本兵追逐着,跳进海里,她们叫唤、哭嚎,而她们的背后却是一排排子弹,和无数被激起的水柱,那海水很快就染红了。

日本兵开进马尼拉,开进新加坡的镜头,日军列队前进,气势凶狠,跨着正步,打着太阳旗,枪上插着明晃晃的刺刀,刀尖向下斜指,开进了市区。市内,余烟缭绕,尸横遍街,鸦雀无声,凄楚而荒芜,只有一个断脚兵,头上裹着纱布,胳肢窝撑着拐子,一步一荡,慢慢腾腾向远处走去。

吴世辅眼里闪着泪花，惨不忍睹啊！日本兵所当做赫赫战功的滔天罪行，竟然在一群中国青年学生中炫耀！他左右瞧瞧，不少同学隐含愠怒，有的同学闭目养神，以此，对当局作出不屑一顾的反应。而有一些同学，却无动于衷，像"美猴王"一伙，仍然嘀嘀咕咕，指着女生们阴阳怪气地说笑，小声议论要严惩五驴子。吴世辅听到他们的声音，把双臂交叉在胸前，作出淡然状。

银幕刚欲出"终"字，室内灯光亮了，学生们争先恐后往出挤，他们唯恐打开架，把自己卷进去。"美猴王"一伙，气势汹汹，呼三吆四，拼命往外挤，把五高几个学生挤得东倒西歪。有一个女青年，被挤得撞到吴世辅怀里，她留齐耳短发，穿白衬衣，架十字背带劳工布裤。她立脚不稳，撞到吴世辅怀里，再转不动了，秀气的脸上一红，说："对不起，我没有办法呀。"吴世辅索性把两边人流使劲往外抗，护着她，道："不要紧的，我们男生，总比你们有力气。"突然，有人喊："前面打起来了！"于是，人流更加拥挤，把吴世辅和那女孩子潮水般往广场一角推移，女孩子紧紧抓住吴世辅的手，她将倒下去，世辅拼命把她拽起来，硬把她涌到一个较宽松的地方。

广场中央，打得十分激烈。"战事"是"美猴王"挑起的，在挤得很凶的时候，他斥责一个五高生：

"瞎眼啦？踩我的脚后跟。"

"人涌人，立不住脚嘛。"

"美猴王"劈面给他一拳，骂道：

"操你五驴子，你活得不耐烦？"

那人的鼻子立即涌出鲜血，马上回击，却被"美猴王"一脚踢倒在地。另一个五高生也扑过来，又被"美猴王"踢到。这时，人们喊：

"打起来啦，打起来啦。"

一时间，三高五高的学生，足有八九十人在小广场参战，大打出手。一会儿，卷成几个旋涡，一会儿，分成几拨团儿。这些打手平素都练过中国功夫和日本柔道。他们翻来滚去，防守，进攻，拳脚相加，棍棒掺杂，瓦片砖块横飞，不断有人喊叫，号啕，有的助威喝倒彩。在这场精彩的打架面前，吸引了许多观众，不少女高学生和一些女青年，站在较远的地方，观看这场兄弟校之间自相摧残的恶斗。

吴世辅把那位女青年拽到较安全的地方，那女青年，发现自己还紧紧地握着人家的手，就飞红了脸，慌忙把手松开，说：

"谢谢你，我在志诚银行寓所住，姓徐。"

她向吴世辅深深地鞠一躬，依恋地再看他一眼，脸儿又一红，便跑进人群消失了。吴世辅不自觉地追前两步，停住，便有无名的惆怅。打架的场面更激烈了。"美猴王"打得正上手，很见他的功底，几个五高学生已鼻青脸肿，还要冲，都被他放倒了。几十人的大混战已转为小股激战，大都在助威呐喊。这中间，只听一声高叫，跳出一位粗壮雄健的武士，他脱光臂膀，直取张明刚：

"尝尝你牛爷爷的铁拳！"

"美猴王"一见来者凶猛，心下有些嘀咕，他仿佛听说过五高有个无人可敌的武士，外号叫"牛魔王"的。他知道自己棋逢敌手了，便不搭话，一个飞脚，往来人门面上踢过来。老牛身粗体大，然动作敏捷，向左一闪，斜刺里一个老虎掏心，抓住"美猴王"的臂肩，"美猴王"将计就计，一个倒扑，用肩一扛，把老牛从半空里摔下去。然而，他毕竟艺高技娴，就势一个蹍子空翻，两脚像泰山般立在地上，二目圆睁，举拳迎战。两边喝彩不绝，五高喝"美猴王"的倒彩，三高给"美猴王"加油添劲。一招一式，你来我往，不分胜负。"美猴王"一招手，高叫：

"给我上！同学们。"

于是两校交兵又混作一团，滚打在一起，喊的打的，尘土飞扬。有人把门顶那颗雪亮的大电灯也打碎了，在漆黑里，一场你死我活的搏斗又开始了。

吴世辅几个新生也难以脱身，觉得头上、肩上被人打来，他们便手拉着手，喊着，护着，打着，向外冲，怎奈，不慎被裹到中心，着实挨了一顿毒打。

吴世辅吃惊于这场恶战。他觉得日本人侵占了这块土地，一切都在巨变。连念书的学生也变得无情、残忍、自私和一味地以大欺小、倚强凌弱，一味地阶级服从！看到这一拳，他的心口像压一块沉铅，感到万分的窒息。他不能容忍在中国青年群体的背后，有个巨大的幻魔在控制在导演，在演变着曾有五千年文明史的礼仪之邦的一切。如斯夫！这是中国人的奇耻大辱！在返回学校途中，多数学生不再说话，不再议论。吴世辅的脸上又加了一层火辣辣的烧灼，像挨了平山的三记无耻的耳光。

可是，年轻的孩子们怎么能知道，中国，岂止是东三省沦陷？在中国广大的疆土上，日军的魔爪已沾满了中国人民的鲜血，仅占领国民政府首都——南京，侵略者就进行了六周惨无人道的屠杀，无辜的金陵百姓被杀害达三十万众。

3. 勤劳奉仕

历史的车轮进入1942年，"七七"事变已经六年。由于太平洋战争爆发，为供应战争，日军更加紧了榨取在华资源，对根据地的"扫荡"，经济封锁，更加残酷。

1943年春，苏联红军取得了斯大林格勒保卫战的重大胜利，开始对德国法西斯进行反击，扭转了整个第二次世界大战的攻守形势。常常有什么"战略转移"或"英勇玉碎"的消息传到奉天市。"满洲国"的老百姓，更加重了负担，连上国高的中学生也不放过。那就是美其名曰的"勤劳奉仕"。

1944年2月，第三国高又开学了。吴世辅已在这里读了两年，就要升三年级，他已进入十八岁。开学第一件事照例还是举行朝会。会场上的学生和其他景物依稀同两年前一样，只是今天没有风，空气中很闷，天阴沉沉的，那旗杆顶上的两面旗子再抖擞不起来，无精打采地耷拉着脑袋，像个被人揍瘪的无赖，掩头缩肩，不时发出呻吟。但，它仍藏着阴冷和狠毒，绝不善罢甘休！

讲台前，那些素日站得笔直的日本教官，都懒散了，三三两两夹杂在伪满教员中，在学生后面转悠着，有的心事重重，有的表情木然。

三浦副校长肃整一下自己的衣帽，把那显然已佝偻的腰直了直，他没有以往的气势了，但仍迈着方步，不紧不慢地走上讲台。他扫一眼学生，咳嗽，又扫一眼，又咳！台下，发出学生们小声的哄笑。他"啪"地作个立正，神情陡地严肃起来，习惯地划着右手：

"现在，大东亚圣战已经进入关键时刻。我们满洲青年应该尽全力支援前线。因此，文教部有令，从今年起，国民高等学校四年级学生要停课半年，到工厂进行'勤劳奉仕'！"

山浦副校长的讲话，是有政治背景的。

山浦副校长宣布了"勤劳奉仕"这一命令，犹如一石激起千层浪，学生们纷纷议论，特别是四年级生，反应更加强烈，有人问："啥叫'勤劳奉仕'？"也有人答："日语汉字单词，是义务劳动的意思。"还有的大声向讲台发问："有没有报酬？"有人揶揄地笑："报酬？别白日做梦。就是强迫你劳动。"学生中哄吵起来，山浦副校长气得铁青了脸，在讲台上大拍桌子，平山主任，气势汹汹走下讲台，在学生行列中寻捣乱对象，一边高叫："谁喊？站出来的！……"

队伍立刻静下来。

四年级生终于被迫"勤劳奉仕"了。他们穿上发下来的灰色劳动服，像囚犯似的，早晨七点钟上班，晌午不下班，在工厂领着牌子吃一顿午餐，下午四点钟下班。繁重的强体力劳动，加上日本监工的惩罚，使他们之中大部分人受到毒打和处罚。有一股恶气窝在心头，他们要发泄，要报复！可是，他们不敢跟日本人干,于是,就看准了下级生为对象。他们需要尽力发泄发泄,要长长出一口气。大南门里有个意大利式天主教堂,是中学生课余时间补习的地方。"美猴王"张明刚一伙,"勤劳奉仕"之后,游转到那里惹是生非,欺负低年级生。

这个灰色教堂,也是天主教青年会址,教堂前面是一排小巧的二层木结构楼房。楼上是公寓,家庭较富裕的中学生,两人一室或三人四人一室,合租居住,比学校条件好,又安静,下面是补习班,是刻苦学习的好地方。吴世辅家在农村,寡母和兄长难以维持生计,供他到奉天念书,是勒着裤带俭省着硬支撑。因此他不敢租公寓住,只好在学校凑合,可是他却坚持在这里补课。一层楼上都是教室。四点半左右,各校聘请的教员陆续骑车、步行,或坐着人力车赶来上课。楼房前北侧是一排存放自行车的棚子。上课时间,那里总存放几百辆自行车。

下午四点多钟,有四个第三国高的学生背着书包,匆匆走来。个头都不小,步履却急促,显然怕补课迟到了。他们刚走到前面的走廊,后面有一个穿劳动服的青年跑进院,大喊:

"站住!"

这四个学生只好站住,回过头来看着他,见他鼻子有伤痕,衣裳也撕破了,想必是挨了日监工的打,正看他,却听他大叫:

"你们为什么不给我敬礼?"

那四个学生互相看看,小声解释:"我们没看见。"

"胡说!"他叫得更响,"面对面走过去,怎么没看见? 瞎眼了?!"

"你穿的是劳动服,我们认不出你是上级生。"其中一个小心争辩。

"诡辩!"那人怒气更甚,把受伤鼻子搓了搓,那血红般的眼睛仿佛冒着火焰,"在校两三年了,还装不认识我?"他缓缓伸出手掌,半空里抡圆了,狠狠甩过去。啪! 一个高个子脸上立刻现出五个指头印,闪个侧不愣,歪在一旁。"啪!啪啪!"有力的脆响,在四个学生脸上击响了,四个学生,挺胸立正,谁也不敢吭气。直到听见"滚蛋!"他们才敢走进教室,那脸上火辣辣发烧,肿了半片。

又是一个下午四点多。第三国高三年级甲班教室里坐满了学生,他们在自习。吴世辅就在这个班,他坐在南面第三行最后一个座位上。因他学习好,班主任指定他为班长。

这是前楼二层,从东数第二个教室,两面还有四个教室,都是四年级的。已经四点多钟,"勤劳奉仕"的学生已经陆续下班。这座楼是个木结构建筑,楼梯和楼板以及走廊都是木板铺成的。因此,外面来回走动,发出嗵嗵的响声,教室内就有微微的颤动。忽然，"美猴王"张明刚闯进来，后面跟着四个穿劳动服的四年级生。他们横眉立眼地一出现，本班学生就知道，不知哪个工头调了他们色，或罚他们返工，他们不敢与日监工来硬的，只好找下级生出气了。

张明刚走上讲台，左手扶着讲桌，向全体学生扫了一眼，猛地叫：

"徐长岗！"

在南面第二行倒数第三个座位上站起一个学生。他就是徐长岗。长得中等个儿，浓眉大眼，他的左臂戴着两道杠的臂章，标志着他是军训中队长。他答：

"有！"

张明刚叫道：

"你到前面来。"

徐长岗毫无惧色，往前走。同学们停住看书，心里都捏一把汗。吴世辅两手撑着书桌站起来，两眼紧盯着来人，做好了应急的准备。

"美猴王"恶狠狠地盯着他问：

"你为什么在街上看见我们不敬礼？"

"我没看见。"

"胡说！我们都看见了你，你就没看见我们？"

"街上穿劳动服的人太多，很不容易看清楚。"

"美猴王"张明刚气炸了肺，狂叫：

"啊！你们都说的这一套，不但不给我们敬礼，反而指责我们没穿校服。这明明是你领头这样干。我们还没毕业，你们就想当头儿啦？你们当头儿，还早着呢。"

说到这里，他对同伙递个眼色：

"给我狠狠打！"

吴世辅箭似的窜到前面，用身子挡住徐长岗："不能动手。同校学生，总是这么打来打去的，这像什么样子？有错改正了不就行嘛。"

"美猴王"一把把吴世辅拖开，其中一个伸手啪的一声打在徐长岗的脸上。徐长岗虽然知道，在"伪满洲"的国高中，上级生打下级生，是正常的。但他一时控制不住，立即狠狠回击了一掌，是更加响亮的一掌。四个人一齐扑上来，把徐长岗按倒在地板上，用皮鞋踢他的脑袋。吴世辅要挣出去救他，怎奈被张明刚拖得死死的。吴世辅急得高喊：

"长岗，快逃呀！"

　　谁知人到急时,往往能爆发出一种难以想象的力量,徐长岗在地板上翻个身,猛地挣扎起来,顺手抓住旁边桌子上的一个小算盘。第三国高是个商科中学,每个学生都带有算盘。是日本式的长而窄的小算盘。他用算盘猛力向其中一个的头部砸下去,那学生头部立即喷涌出鲜血。他继续用算盘打其他几个人,有的用胳膊搪住了,有的又被击中头部,又是鲜血直冒。算盘打裂了,黑色小算盘珠儿纷纷落了一地。他们看到势头不好,退出门外。受伤的用手绢捂住伤口,急忙往楼梯那面走,走廊地板上滴了斑斑的血迹。两个人扶着受伤的走了,"美猴王"也放开吴世辅,狠狠瞪一眼徐长岗:

　　"事情没完!等包扎好伤口,回头找你算账。"

　　满教室的学生都惊呆了,面面相觑,竟没有一个人敢说一句话。徐长岗盯了"美猴王"张明刚的背影半响,不吭一声,把嘴角的血拭了,向自己的座位走去。学生们看到他脸肿了,眼角青了一块,且裂开了缝,头上也起了馒头包。学生们望着他,他也不和学生搭话,三下两下拾掇了书,背上书包,气梗梗走出教室,回家去了。

4. 运筹帷幄

　　徐长岗回家了。教室内虽没有喧哗,但仍嘀嘀咕咕地议论!同学们对"美猴王"一伙无理取闹表示愤慨,对长岗的勇敢反抗,深为敬佩。

　　吴世辅身为班长,考虑到事情会变得复杂,心里就很沉重。他到奉天的两年多,耳闻目睹,日本鬼子的肆意横行,残忍狠毒,中国人不甘当亡国奴的反抗,但又难以雪耻的现状,这些纷乱的思绪,常常在他心头萦绕。

　　甚至在长春,就是"满洲国"的康德皇帝,也保不了御前侍卫队员的人身安全。小鬼子放狼狗咬残皇帝侍卫的奇闻,在奉天传开来,使多少人痛心疾首,义愤填膺!

　　苇塘沟,爹被鬼子打得遍体鳞伤,临终时,整个成了一副枯骨,颤巍巍抓着他的手泪流满面:"孩子,要做堂堂正正的中国人!"这话犹在耳边轰响。小叶叶被狼狗咬伤,瘸婆子哭得死去活来的情景,犹历历在目。她的那双小手,瘦得蜡黄而无血色,且从破袄襟下,濡出斑斑血迹。秦芳母女被日商逐出县城,浪迹天涯的影子……还有,第三国高,山浦副校长那歇斯底里的嚎叫:"大东亚圣战,皇军赫赫战功……你们是大和民族至高无上统治者天皇陛下的子民,你们要学习皇军强悍勇敢的精神,无敌于天下,如果谁敢招惹你们,就往死里打! ……"这一切的一切，吴世辅懂得了各校打架之风兴起的真正原因，不过是日本奴化中国青少年的一种手段，是"以华治华"让中国人挟制中国人，为他们服务的一个组成部分。他们一味提倡倚强凌弱，以大欺小，以上傲下。弱者，小者，下者，只能忍气吞声，不能有丝毫的反抗。中国这么个泱泱大国，竟又如此的羸弱，任一个强悍的弹丸小国残忍地侮辱，这是历史的耻辱！长此下去，中国人在"满洲国"就会习惯了屈辱的人格，委曲求全，逆来顺受，温温顺顺做"大和民族"的奴隶！这是何等的耻辱？上级生那样的专横无理，横行霸道，任意毒打下级生，而下级生又不能有丝毫的反抗，主要原因是校方的默许，山浦副校长的公开教唆，平山主任的言传身教，整个"军国主义"武士道精神，在"满洲国"滋生繁衍的结果。当然，更重要的是部分中国人的麻木不仁，混混沌沌生活在噩梦中，还自以为清醒，不知不觉做了敌人的帮凶。像上级生张明刚之流。今日，徐长岗，真不简单，他在教室里力战群顽，毫不怯胆，打掉的岂止是"美猴王"一伙的气焰？更重要的是，他以无畏的反抗，向校方试图挟制中华民族精神的阴谋，作了公开的挑战。他要以班长的身份，去看望徐长岗，把同学的安慰和喜悦，以及对他的钦佩之情带给他。并且他有必要和徐长岗商量一些事情，因为"美猴王"一伙，是不甘心的。

一下学，他就往徐家跑。经人指点，他找到了徐长岗所住的志诚银行的大楼。他几乎是小跑着，从学校一直往小南门里路西去。终于，一幢五十米长的临街大白楼，出现在他的面前。

徐长岗是鞍山市人，其父毕业于南满医学院，十足的崇日派。在鞍山开一所"大陆医院"，任院长。由于徐长岗和弟弟徐长捷都在奉天考上中学，当父亲的很为得意，并下决心让儿子读出中学后去东洋留学，甚至想让他们读医学博士，混得比他强。因此，他就通过老同学在志诚银行大楼找了一间宿舍。虽然他是洋务派，但轻视妇女，为了儿子上学，他甚至中断了在"大陆医院"实习助产士的女儿徐艳明的学业，让她跟随两个弟弟到奉天市，一边照顾他们的生活，一边又给她寻个小医院继续工作。本来，徐艳明是位个性很强的女子，她的前程是不允许父母擅自决定的，但，一来，她受不了父亲亲日的奴颜婢膝，不想看母亲在父亲面前的忍辱负重，便想趁机离开鞍山；二来，她父母在鞍山也算上层阶级，不三不四的日本"友人"，当地豪富，常常看到她，就透出无耻的下流状，并言说要给她提亲，有一次，竟然把个奴颜媚骨的日本翻译介绍给她，她一摔门，走了。为此，父亲还大发雷霆，说让他在日本人面前丢了面子。据说，那翻译是位有身份的日本人介绍的。这些，都是她弃鞍山奔奉天，远离父母，陪伴两位有新思想新精神的弟弟的原因。

吴世辅来到白楼下,问清了徐长岗的住处。这是四层楼,底层是宿舍。吴世辅进大门往南,第一家就是徐寓。他推门而入。只见有两张床,徐长岗独自坐在一张稍宽的床铺上,仰着头靠着墙,好像仍在思考今天发生的事。世辅刚进门时,他以为是弟弟,并没理睬。当世辅叫一声:

"长岗!"

他才从冥想中清醒过来:

"世辅。"

"今天,全班同学非常钦佩你。你有那么大的胆量,给全班同学长了志气。"

里间门一响,徐艳明端出一杯水:

"这位是……"

两人目光一撞,都愣住了,徐艳明脸上微微浮上一层淡淡的红晕。吴世辅脱口而出:

"是你?!"

"怎么? 你们俩认识?"徐长岗望望世辅又望望姐姐。

"那次看电影,要不是他,就把我挤扁了……可连人家尊姓大名都不知道哩。"徐艳明放下那杯水,示意让世辅坐,自己靠在床边,一只手随意地摸着辫梢。

"啊,免尊姓吴,口天'吴',学名叫世辅。"

"他是我们的班长,学习可棒哩。"长岗说。

"那以后,还要多请教吴同学,你可不能推辞啊。"

"岂敢,岂敢? ……"世辅有些不自然,腼腆起来。

徐艳明见机从墙上摘下菜篮:

"你们谈,我出去买点菜。吴同学,就在这里吃点便饭,我一会就回来。"她临出门时,礼貌地望了吴世辅一眼,那明亮的眸子里射出两道光芒,刺得世辅脸上直发烧。

长岗继续说:

"我想,张明刚他们是不会善罢甘休的,他们还要找麻烦,要想法对付他们才行。"

"今天我来看你,除了代表全班同学向你表示慰问,"世辅端起那杯热水,不经意地端详那个烧得很好看的梅花图案的瓷杯,"还有,就是要和你商量对策。"

长岗眼圈有些涩:"谢谢你,谢谢同学。"

"你想，张明刚一伙大打出手当儿，为什么谁也没敢吭一声？"世辅仍然欣赏着梅花，白瓷好似白雪，梅花在"白雪"中更显得英姿飒爽，"我想，大伙是被一种沉重的习惯势力压住了。我想起奶奶讲的一个故事，一只恶狼，当然，这样比喻不大合适，拿它比喻日本鬼子就恰如其分，我们权且这么说吧。它闯进羊群，几百只羊总比一只狼力气大，就是一只羊撞它一头，也会把恶狼砸成肉饼。然而，这些羊竟然缩成一团，眼睁睁地被一只狼一个个咬死了。这是很可悲的。"

"那么，这只狼就是……"

"是谁，我们暂且不论。"吴世辅把杯子往桌上一放，"但是，我们是一群羊，肯定是一群羊。凡是被压迫者，就是一群羊。"他激动地挥动手臂，"我们要反抗，必须联合起来，一齐动手，对付压迫者。"

"对，把他们嚣张气焰打下去。……可怎么干呢？"

"我看张明刚也是欺软怕硬的。俗话说，'软的怕硬的，硬的怕愣的，愣的更怕不要命的'。"世辅站在窗前想了想，回转身说，"对这伙人，首先要表现出不要命的气概，和他们拼命地干，叫他们尝尝我们的厉害。"

"张明刚打架在奉天都出了名，他能……怕？"

"这我已经观察过，他是不敢真正碰硬。"吴世辅顿了一下，又补了一句，"今天和你开仗，也露出这个毛病。"

"何以见得？"长岗疑惑不解。

"他一直没敢亲自碰你，只是叫别人打。表面装得强硬，实际上他怕你给他一算盘子。你打伤两个，流着血跑了，他张明刚仍然没敢动你一下，说什么事情没完，回来找你算账。这明明是找个借口，溜之大吉。"世辅略一沉思，"当然，拼命打一场是怕有些不良后果的，我们也应充分考虑到。必须叫他真正吃点苦头。但他很爱面子，我们也给他留些面子，让他好转弯。他有几个徒弟都是我们的下级生，有一个叫夏万济就和我住一个宿舍，同我很熟，让他帮着转个弯。另外，我们大打一场，风声必然传到学校去。下级生犯上作乱，好家伙，山浦和平山哪能袖手旁观？但他们最关心的，也是安定和秩序。让他们明白，怂恿上级生欺人太甚，就会影响到他们'满洲国'的教学秩序和社会安定，这样，他们也就不会对我们处理过严。"

"要是有人在山浦面前奏奏张明刚一伙的本，事情就会好办得多。"长岗动一番脑子说。

"对对，是个好办法。"吴世辅脸上露出笑容，又沉思一阵，"让谁呢？……山浦美子，这不现成的人选吗？山浦副校长的女公子，她和我的好友金毓贤很要好,让她作这个工作。"

"太棒了!"徐长岗高兴得一拍桌子。

门外,响起了嗒嗒的皮鞋声,是那么的清脆。一定是徐艳明的脚步声,脚点里充溢着急促轻盈的喜悦。吴世辅的心潮荡起了一丝无可名状的怄怩感。

5. 山浦美子

万里无云,湛蓝的空野,净洁如洗,柔和的阳光暖融融亲吻着春的大地。第三国高学生宿舍楼前,一排阔叶杨已萌发出嫩嫩的绿芽,一切孕育着勃勃的生机。大自然不知人间发生的悲剧,春天如期地悄然来到。

吴世辅的宿舍,在最东的一间,八九个同学在看书、做题。和煦的阳光透过大玻璃,抚摸他们的肌肤,光线照亮了宿舍的半边床铺。因为是星期天,学生大都回家了。大操场空荡荡,世辅从楼上鸟瞰,那些篮球架、单双杠、吊环、爬梯、羽毛球网,一经遗弃,就很冷落,像被潮水拥上岸的海龟,缓缓在海滩上蠕动,令人深感空寂。

吴世辅和金毓贤并肩窗前,居高临下,默默地向下望着,尽情地欣赏一个所在。透过月亮门,是个小巧玲珑的院落,可以朦胧地看到花栏、盆景,石雕狮座上蹲着巨型黑釉鱼缸,以及正在发芽吐翠的石榴和夹竹桃。明清式的小楼房,雕栏塑栋,斗拱飞檐,琉璃瓦熠熠发光。这大概是保存下来的原南关旧址少数的古式建筑之一。它的古色古香,朴质典雅,与日式厂房俄式教堂,混杂西欧式的学校、旅馆,形成鲜明的比照,更显示了独特的中国民族建筑艺术特征。幸亏它处于日控制的"满洲国"内,否则,免不了付之一炬的劫难!是谁,竟铮铮淙淙,像拨弄着一架中国的古琴,似断似续,时起时伏,像珠落玉盘,犹轻风乍徐乍停,令人想起塞外古战场啸啸的马鸣,长河红日似血的景象。这人,也真有兴致!在被践踏的异国他乡,竟抚琴兴雅!他们的视线寻踪到小院东南墙角,树影下有哗哗唧唧的洗涤声。那时一位小巧苗条的女孩,身着海军服,白上衣罩有夹着白道的蓝色披肩,下着与满洲女高学生一样的黑色裙子。可以看到,她光着腿,不穿袜子,头发剪得很短。她在大木盒里,把一件粉红的东西,提起来,抖下去,再提起来,再抖下去,并半蹲了身,伸双臂揉搓,一上一下,那墨黑的乌云,光滑柔软的裙子,在跳跃在摆动,仿佛是在碧蓝海潮中翻飞翱翔的海燕。又酷似中国古典美人——浣纱女。人类本是爱美的,天姿丽质,众目所仰,这能理解。

金毓贤两眼发了光,脱口而出:

"山浦美子。"

吴世辅羞了他一下鼻子,审问:

"你真有眼力,也真有艳福。跟大伙交代一下,你们怎么认识的?"

像回想一个古老而遥远的故事,金毓贤双手交叉在胸前,眼睛并不看吴世辅他们,仍然眺瞭着小巧院落之下"浣纱女"的倩影,余味深长:

"我刚考上三高是走读生,山浦美子上日本女中,也是走读生,我们有一段路,能相随着走,时间一长,她就认识我是三高的学生,我也知道她是山浦副校长的女儿。于是,我们就说话,就侃……有一次,我因习惯了碰山浦美子,看见她在前面匆匆走,就跑上去边叫边拽她一把,'美子!……你走这么快啊!'突然,我的脸上挨了重重的一掌,我一看,吓傻了,知道我认错了人。日本女中的校服一模一样,发型也一样,在背后,只要个头肥瘦差不离,十有八九会认错人。那个'小姐'倒竖柳眉,圆睁杏眼,叽里咕噜地骂了我一顿,转身就走。我的日语水平不错,知道她骂的是'劣等奴崽,你想攀我,配吗?'我气不过,要追去辩理,我的手被一双柔软的手拉住了,我回头一看,正是山浦美子,她说了句……从她内疚的表情和满是含泪的眼眶里,我看出她的抱歉、善良,和友好的复杂情感。她告诉我,那位小姐是关东军司令部一位小小大佐的女儿。美子让我别介意,并说,相当一部分日本同学,是同情中国学生的,具有敌意的并不多。唉!她多可爱,既大方,又开朗,也不轻视所谓的'满洲国'人……可她,又为什么是日本人呢?"

世辅动情地攀住金毓贤的肩:

"毓贤,出生的环境是能选择的吗? 我看这些伤感也大可不必。今天,我代表下级生求你一件事。"

"啥事?"金毓贤适感地睁大眼,"说呀!"

"山浦美子对你颇有好感,你们的关系既亲密又纯朴。所以我想,你一定能请她来到楼上。"

"叫她来? ……可以。但不知你……"毓贤仍有些茫然,迟疑地看着世辅。

"近来,三高发生的事,你一定知道,咱下级生准备和上级生来个针锋相对斗争,争取生存的权利。让美子在她父亲面前帮个忙嘛。"

"行,我立即去请。"金毓贤毫不犹豫开门走了。

同学望见金毓贤进了月亮门,山浦美子发现了他,礼貌地站起来,作个日式抚膝微躬礼。就见他俩对答了两句话,山浦美子跟着金毓贤走过来了。

上了楼,走到门前,毓贤回身请她先进,她谦让再三,才开门进来。室内八九个人,立即都站起来,目光齐刷刷投向了她。山浦美子,虽然性格开朗大方,然她的面前出现了这么多文质彬彬、气质非凡的男士,并都很礼貌地接待自己,少女的心有些不平静,脸儿就微红。世辅仔细端详美子,乃不失东方美人的格调。大眼睛双眼皮儿,鼻子和口又安排得十分匀称。脸皮儿白嫩白嫩,泛着微微的粉红。她的眉毛并不向上挑,而是平的,且淡淡的像一抹轻烟。鸭蛋形脸,下颚略圆。手指并不纤细瘦长,却像初生的竹笋,而是略胖,细腻而润滑,呈着光泽。她没穿袜子,踝骨露在鞋外,显得脚脖子比中国女子略粗些。总之,身材窈窕,线条轮廓富有诗情画意,似出水芙蓉般娇嫩。大家一见,就都惊呆了。世辅喊:

"好漂亮的美子姑娘啊。"

当然,吴世辅的着意赞叹,是有他的用意。大自然并没有使各国各民族生出什么特殊心理和生理。爱美之心,是人类的共性。美子单纯的心中还没有优秀的大和民族和劣等的"满洲国"亡国奴的观念。她似乎意识到自己是这些男孩子注意的中心,便冷静地考虑到更应礼貌些。大家再三请她坐,她都不坐,只在门边靠墙立着,总是微微浅笑。吴世辅义不容辞,充当了对话的主角:

"美子姑娘,你真美呀! 不光金毓贤君爱你,我们都很喜欢你。"

"是吗?"美子并不忸怩,也不羞涩,很自然地说,"谢谢,谢谢诸君!"她边说边鞠躬,双手向下抚摸至膝盖。

世辅又请她坐,她微笑着说:

"在诸君面前,我一个女孩,是不敢坐的。你们有什么事,就请说吧。"

世辅想了想,便开了口:

"请美子小姐来,我们是想请你帮个忙。请你在令尊大人面前替我们说几句公道话。现在,四年级生勤劳奉仕,下班之后,专门找下级生出气。常常找借口打我们,闹得我们不能安心上自习。到青年会去补习也常常遭到他们毒打。"

"还逼我们请他们下饭馆,喝酒吃肉。我们不答应,他们就打。"夏万济补充道。

山浦美子说:

"这些,我知道一点,还碰到过几次呢。他们太野蛮、太下流了。"

"我们忍无可忍,很想自卫一下,以争取平静的学习环境。"金毓贤说。

吴世辅接续下去:

"山浦小姐,所以我们请你来,是诚恳地拜托你为我们说些公道话,给我们解脱这个苦恼,对我们对学校都是有好处的。"

"我一定尽力。"山浦美子鞠个躬,"再见!"她转身向外走,同学们都往出送,她再三道别。吴世辅和金毓贤继续送她下楼,并在金毓贤的耳边悄悄耳语了几句,金毓贤领悟,去追美子。

山浦美子和金毓贤漫步着,交谈着。

6. 以牙还牙

山浦美子走后,世辅向同学们凑点钱,交给夏万济,说:

"到那天下午四点,你要设法把张明刚请到饭店,千万别走漏风声,否则,我们的计划就会落空了。"

夏万济兴高采烈:"这点事,一定办到。"

一切在按吴世辅的筹划进行。几天来,在青年会补习的第三国高三年级部分同学,故意不给四年级生敬礼,更加激怒了他们。可是,他们也耳闻徐长岗奋起反抗的事,想惩罚,又不趁手。既然忌恨已久,事端的发生在所难免。

又一个星期天下午四点。青年会院内,突然闯进二三十个穿着劳动服的四年级生,他们来势凶猛,气焰嚣张,蓄意衅事。他们见到三年级生,就拉到教室前台阶上罚站,直站了一长溜,有二十多人。并叫嚷:"三年级生,你们听着,鉴于你们无视阶级服从观念,我们要集中训话半小时。"

"那样就会误我们上课。"队形中有人嘟囔。

"今天干脆不用上课,罚你们站一点钟,看你们还敢不敢犯上作乱?"有个胖子粗暴地嘶喊。

一刻钟后,上课时间到了。有人焦急地直跺脚,还有急哭鼻子的,其中五六个气愤地转身要进教室,一伙四年级生跑过去把他们拽住,叭叭地打着响亮的耳光。节骨眼上,徐长岗带领十几个虎彪彪的三年级生闯进院子,他双手叉腰喝道:"同学们,给我还手打,有啥恶果,由我一人承担。"

随即,人们一拥而上,揪住那几个打人的四年级生痛揍起来。罚站的同学得了救星,一个个跳下来参战,混打在一起。这下,大大出乎肇事者的意料,且来者强悍,奋不顾身,徐长岗挥舞棍棒左冲右突,四年级生胆怯了,看招架不住,纷纷窜逃。有的跑回学校求救兵,有的去找他们的头儿张明刚。

此刻,张明刚正在五道庙饭店,被灌得糊里糊涂。桌上吃剩的炸猪排、焖野兔、土豆蛋色拉、奶油蘑菇鸡丝汤、司康饼……杯盘狼藉,酒液倾洒,他的三个徒弟夏万济、万克安、雍富宏在旁作陪。夏万济又给张明刚满上一杯：

"师傅，平日万济家贫，难得孝敬你，今日弟兄们凑几个钱，有幸与你一醉方休，大伙图的是个脸上光彩。"

"好……好好！"张明刚眼红鼻红脸儿红，咬字也有点含混，但面对几个下级生徒弟的孝敬，他不能有半点熊样，"哈，酒逢知己千杯少，万济这……这一杯，一定喝，喝！"他仰起脖儿，呲地喝下去，立身不稳，双手一撑桌面，那个杯子碎了。这下，他有点酒醒。

夏万济又满满斟了一杯，放到师傅面前。正要开口再劝，突然，门口闪进一个人来，惶惶急急走到张明刚面前，有些结巴："快……快！打，打起来啦。"

"他们，不不敬礼，就给我狠狠……地打！"张明刚仍然口齿不清，舌头僵硬，脑袋晕晕乎乎的。他看到眼前一个模糊的人影在晃动，那人的脸一忽儿长一忽儿圆。

"下级生……打人啦！"

"谁打……谁呀？……"张明刚嘴角流着一串口水。

"三年级生狠揍咱们的人，已有不少人受伤啦！"来人一字一顿，简直在张明刚耳边鸹叫。

这一下，老张的酒吓醒了一大半，木偶人似的，目瞪口呆，脑子里老翻不转个儿。

第三国高学生宿舍，吴世辅正在坐镇遥控，等待消息。忽然外面跑进两个学生，神色有些紧张："在青年会交火了。"

世辅霍地站起，神情冷静，胸有成竹：

"好！曲作昆、高永生、刘明秀，你三人带三十多人到防空壕等候，我马上就会接应。"

曲、高、刘答应一声，跑下楼，召集人去了。

第三国高虽然有个正南大门，却不经常开，学生上下学多走西偏门。一进西偏门，路南有片稀疏的小树林。树林的空隙处挖好多防空壕。这是为躲避美国飞机的突然轰炸而设置的。防空壕静悄悄的，其实，里面早已潜伏着人，曲作昆机灵地观察动静。不一会，听见四年级生们从西偏门跑来，叫嚷着：

"三年级生造反了！"

他们经过小树林时，曲作昆一挥手，高永生、刘明秀带领人马纷纷跳出防空壕，两三个对付一个，把这群"散兵游勇"拖进防空洞里。起初，他们拼命挣扎，三年级生用绳子把他们的手脚紧紧地缚起来。然后，每人都被对方闪了三个大耳刮子。个别的挨七八个耳光,还有不服的,大喊大骂的,就用手帕塞住了他们的嘴。小树林终于平静下来。

张明刚,被报信人和三个徒弟连拖带搀夹裹着,旋风一般回到学校。这时,他的酒已醒了八成,刚才还觉得轻飘飘棉花团儿似的腿,如今也有了分量。他怎么离开饭店?路上都遇到什么?他脑子犹如一团乱麻。可是,一进校门,看到他的部下,一个个落入对手圈套的狼狈相,他,猛地惊醒了,且十分恼火,气歪鼻脸,准备为上级生雪耻。然而,他还来不及细想,双臂就被几个三年级生架住,连拖带拉往楼上掳。他抗争,坐地,用脚踢,却被对方抬起来继续走。张明刚急得大喊:

"夏万济、万克安……你们都瞎眼了,快救我!"

夏万济不痛不痒地说:

"师傅,他们都是我俩的上级生,我们怎敢动手?"

"好汉不吃眼前亏,师傅,你还是忍一忍吧。"万克安装出无可奈何,"你瞧,他们人多,我三个也被人捉着手,想动都动不了啊。"

张明刚被强制到二楼三年级甲级教室。夏万济三个被人故意隔离到另外一个教室。张明刚一看啥也清楚了。这不就是他组织人蓄意挑衅,拿徐长岗问罪的地方吗?也就在这里,徐长岗奋起反击,他多年的锐气,首次受到挫折。他不是败将,也不认这个输,他要组织人马,报那一箭之仇,他们上级生要扬眉吐气,绝不能败在下级生手里。然而,他还没来得及兴风聚雨,那姓吴和姓徐的两小子,竟然先下手为强了。这不气炸他的肺吗?于是,他在地板上乱翻筋斗。这群三年级生平时都受过他的欺负和毒打,此刻,自然手下不留情。他们拿出两条绳子,把他的双手缚了,把两只脚也绑在一起,他们轮换着,每人狠狠揍他两个耳光,那瘦削的猴形脸立时"胖"了起来。尽管如此,他十分爱面子,唯恐别人听见他的叫喊,所以咬紧牙,默默忍受着,一声不吭。心里思忖,想不到我赫赫有名的张明刚,如今落到这步田地。他有些伤心,眼眶里脱转着亮晶晶的液体,他,可真是条汉子,硬没让那不值钱的东西掉下来。他又被几个壮男抬到桌上,面南而坐,有人说:

"你好生看着,究竟你们四年级生长几颗脑袋?"

娘的,猛虎也有被犬欺的时候。张明刚心里骂着,两只眼木然地瞅着那一片稀疏的小树林。

搬救兵者,跑到宿舍,终于勾来一大群四年级生。他们之中也有平素不打架安分守己读书的,但在这种情况下,也只好出来应付场面。他们肯定不行,虚张声势而已。其中不少人挥舞着钢筋棍(这是他们勤劳奉仕从工厂偷来的),一步步打来。站在防空洞外面的,只有十来个三年级生,他们急忙捡起砖头瓦块、土坷垃,向对方雨点般倾泻。但四年级生人多胆壮,加之钢筋棍作武器,砖瓦土块难以扼制他们的步步紧逼。正在关键时刻,徐长岗领一群人从青年会追赶过来,他们虽然赤手空拳,但捡着校门外一堆砖块,以之为弹,像疾风暴雨在空中横飞,呼呼带着啸音,不住落到对方人堆里。四年级生招架不住这锐不可当的猛烈攻击,渐渐退却十几米远,又捡起对方掷来的"飞弹"进行反击,双方致伤者众。

战事正酣,突然发现钢筋队伍不知去向。原来四年级生中也不乏足智多谋之士,他们把钢筋队从楼房通道拉出去,逼近小树林,计划把对方增援者打个措手不及。

他们万没想到,这个"计谋"为时已晚。他们刚蜂拥出楼门,转过楼角,突逢一群三年级生举着寒光闪闪的铁锹扑过来,领头的就是吴世辅。不仅来势凶猛,而且进击有序。看到战局突变,四年级已有几分厌战,更没有统一的指挥,士气一落千丈。叮叮当当交锋之后,早有几个人的肩头和腰部被砍伤,他们终于嗷嗷败北。吴世辅组织追击,从楼东追到楼前。前有徐长岗拦截去路,侧有曲作昆攻其不备,后有吴世辅穷追不舍。他们前后左右腹背受敌,顿时阵脚大乱,像风卷残云般纷纷向南逃窜。有的挤开南校门,有的跳过墙,作鸟兽散。跑得慢的被抓住就狠打。

有个年龄较小、个子也小的四年级生,叫杜谦,人称为"小杜"。四年级生打下级生时,他常跟着起哄,"打便宜",这次他不识风头,又出来凑热闹。他见大势已去,慌忙爬墙逃,但个子毕竟小,跳不利索。他平时惹人多,这时一个三年级生看他两手攀墙,便搬起一块硬土往他屁股狠砸,他从墙头滚下来,伏在墙根捂着屁股哭喊,抱头求饶:"我不敢了。"

一场两国交兵的肉搏终于结束,学校小树林又趋于平静。徐长岗派人把落得满院的碎砖烂瓦收拾干净,又叫人把防空壕捆着的人都松了绑。吴世辅派人把楼上的张明刚也松了绑。

三十多个"俘虏"站了一大堆。长岗声色俱厉地说:

"我们本来前世无怨,今世无仇,都是同校学友嘛,'本是同根生,相煎何太急?'是你们逼得我们无路可走!我们只好以眼还眼、以牙还牙。今后,你们胆敢再欺我们,我们以加倍的惩罚对付你们。我们只争取个正常生活,读书的环境,绝不存心和你们作对。回去好好想想,何去何从,由你们。现在,可以走了。"

垂头丧气的一群人,默默地走散。

长岗和世辅走上楼,"关照"张明刚。他仍在桌上坐着,微微合眼。他确实难咽这口窝囊气,气得出气很粗。四个看守者,像他的侍卫,默默站立两旁。徐吴二位一进门,他听到脚步声用眼角扫扫来人,胸部更加剧烈地起伏着,"嗵"地跳下地。那四个看守,正待动手,世辅丢眼色制止。张明刚气得脸色青紫,双手背到身后,站在徐、吴面前,足足立了一分钟,突然举起双拳歇斯底里地叫喊:

"我抗议!我上告!你们无耻,你们犯上作乱。"

这时,他的两个徒弟夏万济和万克安也走过来,悄悄立在师傅旁,脸色木然。吴世辅先笑笑,转而神色严肃起来:

"老张,今天我们把你请上来观战有两个目的:第一,叫你看看三年级生平时被你们欺负得多苦?人常说狗急跳墙,人急呢,就是不要命地保护自己,严惩敢于侮辱自己的人。"

张明刚起初以听到"请"字,心里好不得意,脸上掠过一丝不易觉察的悠悠然表情,可又听到对他们"严惩",就又火冒三丈,脸上青一阵紫一阵,正要发作,见吴世辅伸出示意他"且慢发急,听我道来"的手势,就又按捺住了。吴世辅礼貌地双手一打拱:

"你请上楼来的第二个目的嘛,小弟在这里抱歉了,让老兄受了委屈。但不这样不行呀,还望老张多多包涵。你想,假如你指挥他们打,我们能胜利了?"

这一句,可说到"美猴王"心坎上了,他心里不知有多舒贴,脸上立即呈现出一股徐徐春风的桃色来,他随便地看对方一眼,漫不经意地坐到桌上。吴世辅和徐长岗以及夏万济暗暗交换一下眼色,知道攻心战已取得初步胜利。他们知道,张明刚最爱面子,他们又没给他在徒弟面前丢了面子,这样,火气就下了一半。但他仍不甘心,带着训斥的口吻说:

"你们也太胆大妄为。下级生结团成伙打上级生的事,不但在奉天市找不到,就是在全满洲也是骇人听闻。我要到学校,到平山主任那里和你们说个清楚。"

吴世辅不以为然地"唉"了一声,眉头紧蹙,想妥了词儿,以守为攻:

"老张,你说的是什么话?我们都尊敬你是个英雄,才敢这么糊弄你一下。你倒好,像个被打哭了的小学生告老师去,就说你被下级生打败了,叫学校给做主,你这大名鼎鼎的武林英雄,脸上光彩吗?"

这一招果然灵,张明刚立即改变盘子:

"那是我说的气话。"

吴世辅趁机转弯,招手站在面前的徐长岗和八九个四年级生说:

"过来,咱都给老张赔个不是,以后,好让咱的英雄还能在第三国高和奉天扬眉吐气。"

齐刷刷,吴世辅和徐长岗带头,一躬鞠下去,倒使张明刚大有英雄气短的感觉,感慨道:

"算了。弟兄们,不打不相识,我张明刚认了。"

吴世辅亲切地挨张明刚并肩而坐,促膝而谈:

"你老张高抬贵手,我们下级生敢不服你?从此,我们言归于好,就是一家人了。本来都是中国人嘛,你说是不是?"

"那是,那是……"他含混地应付。

夏万济兴高采烈,对张明刚说:

"大哥!这样,多好。"

张明刚站起来要走,吴世辅、徐长岗、曲作昆、高永生、刘明秀众星捧月般地把他送到楼下,双方挥手而别。

7. 云消雨散

第三国高校长室,干瘦戴副圆眼镜的山羊胡校长,完全像个算命先生,他诚惶诚恐地接待贵客——奉天市警务署主任,一个胖子,八字须,麻脸,黑豆眼,说话像唱落子,带点女腔:

"听说贵校发生骚乱,为确保'强化治安运动'的顺利进行,兄弟我要派人着手调查,恳请贵校精诚合作。"

"哪里的事?……想必听了讹传,您老……"伪满校长被唬得三魂出窍,语无伦次,他急忙递上一杯茶,极力变戏法儿搪塞,"星期天倒有两个学生打架,但校方已作了严肃处理。"

"哦?……"胖子如坠五里云中,"外边嚷得很凶,原来就这点屁事?"他站起来准备告辞,"校长先生,咱们可是皇帝陛下的老臣,假如避重就轻,让日本人知道了,这'违犯治安'……你可担当得起?"

送走警务署主任,他已吓得擦着额上的汗珠,接着又听了两个电话,语气生硬,来头不小,让查出星期天滋事主谋,严惩打人凶手。他这个傀儡校长,主不得半点事,凡事要听日本人说了算。面对这些恼人的事,他心里烦躁得很,心想,倒不如报告给日本人,自己就省了责任。想到这里,他便去寻平山。

山浦美子刚从学校放学归来,听到爸爸房间有人说话,她心里已存疑虑,便轻轻溜过去,透过隔屏的隙罅往里瞅,见是训导主任平山。她知道吴世辅一伙打架的事发,心里不免有些紧张。虽然她前两天已在爸爸面前讲过四年级生毒打蹂躏下级生的事,可她爸没有表态,只是注意地听,一向白皙的脸上不断变换表情,可见她的内心很不平静。目前,平山主任已坐到爸爸对面,一定是交换怎么处罚吴世辅、金毓贤他们的事……霍地,她的心紧缩起来,躲在隔屏后,注意地听下去。

山浦居住的小楼,外表上是中国明清式古朴风格,但室内却是日式装潢和陈设。一进门有木屐、榻榻米,小方桌放在草垫上。山浦光着头,戴一副金丝眼镜。他五十多岁,却很会保养,倒像四十刚出头。因为在家里,他穿着一件宽阔的黑色大和服,跪腿坐在小桌前。桌上摆着中国景德镇的绿色名茶具。

现在,平山就坐在山浦的面前。美子的妈妈,一位温顺秀气的日本女人,给丈夫和客人斟满茶,便有礼貌地退出去。

山浦是个老练的军国主义政客,深谙统治权术。他的骨子里塞满了征服者的理论精髓,然而,在外表上却装出一副宽和仁慈的风度。他曾宣扬自己忠实于武士道精神,又标榜自己是个地道的儒教徒,对孔夫子推崇备至。甚至,他能用日文流利地背诵"论语",为显示自己的博学,在讲台上,他也常用日语引用孔子语录,像"学而时习之,不亦说乎""曾子曰:吾日三省吾身"等。

山浦请平山用茶,平山肃穆庄严地品尝。

平山穿的是"协和服"。他有三十多岁,是个矮胖子。因此,学生给他起个绰号叫"小钢炮",正好是他肤浅无知而凶狠残忍性格的形象写照。他当训导主任常到学生宿舍去,看见有不顺眼的事,常常恶狠狠抽打学生耳光,有时来个猝不及防的柔道,把学生摔倒在地。因此,有人发现他来,早早地传出信号:"钢炮,钢炮!"日子一长,平山终于发现了学生对他的恶作剧。他曾问学生:"钢炮钢炮的,钢炮是什么意思的?"聪明的学生就给他用日语解释:"钢炮就是日语的'铁炮',意思说,你的身体健康得像钢铁一般,你的威力像大炮那样大。"平山满意地捣捣对方的胸部大笑起来。

山浦喝一口茶,慢悠悠对坐在他面前的平山说:

"我が家に利用できないしね!"(意为:在我家里可用不着客气呀!)

平山欠欠身子,小心地回答:

"最近本校学生闹风潮,但还没有学生出面告状。可校外传闻很大,警务署已向我校过问。我校三年级生不讲阶级服从,打四年级生。我想深入调查,准备严肃处理。"

山浦想到女儿的话,摇摇头说:

"不能鲁莽从事。你要知道,阶级服从不是天皇制服子民的目的,而是一种手段。我们通过这种手段叫他们自己制服自己,自己管理自己,'以华治华'懂吗? 即分化瓦解他们的凝聚力,使他们永远成为一堆散沙! 那样的话君が代。蒙人就会使用这种方法,把中国人分成阶级服从的等级,即蒙古人、色目人、汉人、南人等等,让他们自己奴役自己,成吉思汗的子孙才有幸君临天下。我大日本帝国在'满洲国'就借用这个办法,并扩充了它。那就是把一切不同之点都利用起来,达到'强化治安'的目的。但是,现在这些愚蠢的上级生做过了头,逼人太甚,强迫人家请他们喝酒吃肉,不让人家补习功课,下级生常常无缘无故遭受毒打。反倒逼得下级生团结一致对付他们。这样,非但达不到我们的'强化治安',反而贻患无穷。"

美子听到这里,觉得正是时候,便拉开隔屏轻轻走进去,装作给两位大人添茶,添毕说:

"爸爸,我告诉你一件新闻。听说三年级生正酝酿集体自杀,说是如果学校站在四年级生一边压服他们,他们就同归于尽。"

这话自然是吴世辅密授与金毓贤,金毓贤又对美子作了绘声绘色的表白和渲染,这位单纯的女孩怎么能不感动不信以为真呢? 山浦摆摆手,对女儿说:

"君の出る幕ではない。"(不是你出风头的时候。)

山浦美子很礼貌地向客人行礼退出。

两人沉默了一会,山浦蹙了蹙眉头说:

"年轻人心血来潮,什么事都可能发生。别说集体自杀,因这件事有个别伤亡,你我都逃不脱干系。所以,我们不可操之过急,急则生变。你还是告诉四年级生,叫他们勤劳奉仕后在家休息,不要再到青年会等公共场所惹是生非了。至于对下级生的训导问题,我们要好好动一番脑筋。"

平山听后,未置可否地感叹道:

"とにかくやってみましょう。"(不管怎样,试试看吧。)

8. 魁星楼下

第三国高此次掀起的轩然大波,在山浦美子的努力下不了了之。由于张明

27

刚态度转变,青年会等公共场所几乎看不到成群结伙滋事生非的上级生了。为长远计,三年级生偶尔遇见他们还要敬礼的,即使稍微疏忽了,也无人过问。甚至有些低年级生故意不敬礼四年级生也装作没看见。事态显然平息了。但奉天市各中学由于第三国高的影响,波浪叠起,事件不断,报复性反抗斗殴事件时有发生,他们以徐长岗和吴世辅为榜样,向敢于压迫欺负他们的上级生和一些伪满教辅人员,进行严厉惩治。伪满洲国教育部不得不出面行文,调整阶级服从方面的一些条文,协调矛盾,以求"强化治安运动"的进展。

第三国高宿舍,午饭后,有的看书,有的洗衣,有的在床上小憩,一边谈论上午讲历史的情况。高永生边洗衣边发议论:

"老师讲的历史课,究竟叫啥体系? 一二年级时不讲春秋战国,秦汉两晋,不讲隋唐五代宋元明清,却大讲所谓的满洲史肃慎、挹娄、金、辽、渤海、清,而把五千年中国文明史却叫什么支那史,放到三年级才讲。我们好像这么一沦陷,连祖宗也废了。"

"你注意到没有?"世辅从床上爬起来,心情异常激动,"窦老师讲到秦始皇残暴统治,焚书坑儒时,那脸色多严厉,像有所指似的,他向窗外瞧瞧没人,便朗诵起'过秦论'来了。"

"振长策而御宇内,吞二周而亡诸侯,履至尊而制六合,执敲扑而鞭笞天下。"曲作昆学念了几句,评论道,"多像大和民族称霸东亚的气魄啊。"

"嘘!"刘明秀机敏地看看楼内外门口没人,才接下去背诵,"废先王之道,焚百家之言……收天下之兵……铸以为金人十二,以弱天下之民。可谓始皇,就要万世而无穷了。"

"君が代は,千代に八千代に!"不知谁又讥讽了一句。

"不! 得民心者得天下,失民心者失天下,此乃天之至理。"吴世辅跳下床,看着窗外,那面在阳光下垂头丧气的太阳旗,一语双关,"他们现在已经怨声载道,民怨沸腾。将要戍卒叫,函谷举,民众将斩木为兵,揭竿而起,秦王朝逃不脱灰飞烟灭。"他把"秦"字拖得悠长,把"灰飞烟灭"四字,念得斩钉截铁。他的脑海中又涌起童年时,爹因伪满命令收枪而气得发疯,他和大哥埋"大抬杆"时的情景,涌现出小叶叶的血肉模糊,瘸婆子凄楚哀婉的哭叫声,仿佛犹在耳边。他心里烦躁,不平之气升腾,就说,"咱们到小河沿公园散散心。"

小河沿又名万泉河,位于第三国高东南面。九一八事变前,这是个很热闹的地方。每逢春夏,绿树成荫,草长莺飞,野花遍岸,彩蝶翩跹,游人不绝。十数个自然清泉咕嘟嘟往外冒水泡,聚成一碧如洗的湖水,那满潭的荷叶,婷婷袅袅，似西子飘云摆雾。"水榭亭"下说大鼓书，"花坞坊"内唱蹦蹦戏，"魁星楼"下的空场子里，哐哐咚咚响着铜锣牛鼓，在跑马卖艺。世辅记得，在三岁时，坐着爹的马车来赶过庙会，那可是人群熙攘，一片繁华景象。可而今，小河沿衰落了。东北沦陷，满洲云罩雾幛，人们连命都保不住，谁还有兴头寻花逐柳，观荷扑蝶？因此，这地方渐渐凄凉了。

他们沿着一条东西走向的石子道漫步。两旁偶有孤柳垂丝，树下冰冷的石凳久已无人亲近，变得丑陋而肮脏。南边一个铁笼子里站着两只骨瘦毛脱的梅花鹿，惊疑而胆怯地瞅着他们。一只黑色大狗熊在另一个仅能容身的铁笼里，靠着石头不停地摇头摆尾。他们默默地看了一会儿，都感到空气窒息、憋闷，仿佛那关在笼里的不是鹿不是熊，而是他们自己。他们光顾了那条冷石凳。他们的头顶有蓊蓊的一片树，树杈与蓝天相接，裂开一道窄缝，恰好显出亮亮的天。一座白色打水塔拔地而起，霸道地穿入蔚蓝清净的天宇，将人们清淡静雅的兴致破坏了。日本现代化的供水设施的文明，连同它野蛮侵略和残酷统治震撼了古老中华的平静。

吴世辅扭头向湖边觑一眼，那一塘清澈的湖水，那一碧甜甜的出水芙蓉，亭亭玉立，在微风中款款摇动身姿的形态，像一群少女着碧绿的裙子在婀娜起舞。这一情景，把他一向闷郁的心境拨弄开来，透进一丝凉爽的风，他舒展一下臂腕，叹道：

"这个把月，脑子一直绷得很紧。今天终于能松一口气，心情也舒畅些。通过反抗阶级服从这件事，我们结成患难之交，这是我最大的收获。"

"可是，也有人当两面派，没有事显得很随和，一旦遇到紧要关头就逃之夭夭。"曲作昆采片叶子，放在嘴里吱吱地吹响。

刘明秀愤然道："还有人去打小报告，把我们的情况悄悄透给四年级生。"

"可见，这号没骨气的人，还不如日本姑娘山浦美子可爱呢。"吴世辅深有感触地仰天长叹，"人心可畏呀！"

"别想那些不快的事吧，"天真的高永生说，"反正我们的计划落实了。今天就该好好玩玩。走！上魁星楼。"

他们顺着小河沿往西北走，不多时，一座凌空而起的古建筑，耸立在他们面前。这就是奉天著名的魁星楼。不知建于何代，颜色虽已黯然，但雄健挺拔，英风犹存。楼高七层，远眺似一座高塔，最上一层，琉璃瓦浮光跃金，四角兽头成掎角之势。窗开映日月之辉，门通灌六合之风。此处空旷开阔，物静天籁，惟其突兀峥嵘，独揽风采，故有物华天宝，人灵地杰之说。幸亏其侥幸生存，未受侵略者纵火之灾。多赖伪"满洲国"之耻辱也。"登斯楼也，则有去国怀乡……满目萧然，感极而悲者矣。"

吴世辅与众子来到楼前，举目四望，黯然神伤，于是便默默地盘旋而上，倚朽梯，攀断阶携扶相将，步步登险。有的踩肩，有的拉臂，有的攀援仅有的铁索……终于攀上楼之巅。他们高兴地在窗口坐下，地方窄，就手拉着手，挤着一点。"啊！"世辅感慨系之，吟出两句，"会当凌绝顶，一览众山小。"他们的胸怀，觉得顿时拓宽为天宇，偌大奉天市尽收眼底，小河沿已踩在脚下。夕阳正红，浑圆而美，薄暮西山，霞光反照，雾霭清淡似罩上一席轻纱，炊烟袅袅，也似人间仙境。故宫、大帅府、吴公馆、杨公馆，都无精打采地彷徨着，失却了往日的雄风。似在无限的悲叹。这特殊的感觉，使世辅心情沉重。东陵，苍茫阴森，郁郁葱葱，那老祖宗似乎也出气不畅，而环绕一团团雾气。浑河似一条细细的白带子，逶迤延伸，走一道弯弯曲曲的路。灰色的晖山山脉像一条蟒蛇在起舞，它想变成长鞭，驱长策而除鞑虏，然而，事不遂人愿。瞧！在天地相接处，一道虫似的黑线在蠕动，顽固地爬粘在旷漠博大的土地上，他冒着一小股一小股烟雾，而后，散漫开来。他们看得出，那是东洋火车在运行。"这？……岂能容忍？"吴世辅愤愤想，又举目四望，见辽西走廊苍苍茫茫，他想，滔滔的辽河水就在那迷茫中奔腾，奔腾吧！冲走世界上一切污垢吧。

静默多时，曲作昆感情深沉地打破沉寂，念王之涣的《登鹳雀楼》："白日依山尽，黄河入海流，欲穷千里目，更上一层楼。"刘明秀意味深长地背着《杜少府之任蜀州》中的句子："城阙辅三秦，风烟望五津……海内存知己，天涯若比邻。"吴世辅说："当然那都是好句子，可是，此情此景之中，看山河大地尽让外倭蹂躏，就更觉陈子昂的《登幽州台歌》两句感情深沉了。"

高永生问："哪两句？是不是'前无古人，后无来者'？"

"不！你记得不对。"刘明秀想想，念道，"念天地之悠悠，独怆然而涕下。"

吴世辅点点头，大伙都沉默不语了，心头好似罩着一层阴云。约两三分钟，吴世辅像是独白又像是发问：

"我很奇怪。这里明明是中国的东三省，我们都是中国人。我小时候在家，乡下的男女老少都说我们是中国人，就连胡子也这样说。为什么一进奉天，人们又变成满洲国民呢？"

"城里人背地里也说自己是中国人，只是谁也不敢相信谁，当众不敢说罢了。"刘明秀说。

"是嘛，这多憋屈，这么多人怎不跟日本人干呢？"高永生说。

"我想,"吴世辅把大伙脑袋一搂,悄然而坚定地说,"咱们成立一个政治组织,目的就是驱逐日寇,推翻伪满,复我中华! 如何?"

大伙正议论着,愤愤然泄不平,都热烈拥护世辅的建议。突然,隐约听到楼下有人喊叫。曲作昆摆摆手:"听! 什么声音?"原来是女人尖厉而凄惨的叫声。吴世辅一挥手:"快下去!"他们四个疾步往楼下去。下到三层,明显地听到"救命啊!"的喊声,刚好此处楼梯断阶,他们就用手一个个吊着接送下去。

喊叫声是从楼下最底层的一间阁子发出的。吴世辅他们来过这里,室内有一张高腿桌子,还有一个宽阔的檀木靠椅。传说是辽阳才子王尔烈读过书的地方。东北出了王尔烈,据说也是魁星楼立的风水头功,使他大比中,一举夺得状元,压倒三江群雄。所谓三江,即江苏、江西和浙江。尤其浙江,历来出才子的地方,有"天下才子一石,浙江独占八斗"的说法。吴世辅首当其冲跳下去。阁子里一个女孩在哭喊哀求,世辅一脚踢开虚掩的门扇,看到一场亵渎神灵的兽行在他眼前发生了。一个头戴日本军人帽,穿西服,着皮鞋的家伙,把一个女孩子按倒在檀木椅子上正在进行强奸。那女孩又叫又喊,又撕又咬,披头散发,泪流满面,那脸上混合着惊恐绝望、愤怒仇恨和时而温顺求饶的诸多复杂情感。

听到门声,那家伙回头看到四个学生模样的人,吓唬道:"少管闲事,否则,我杀死你们。"说着,他正要掏手枪,吴世辅飞扑上去,抱住他,三个人一拥而上,夺下手枪。那女孩看到救星从天而降,惊恐中,向他们慌忙鞠一躬,就飞也似的逃走。吴世辅抓住那家伙的头发,曲作昆缚住双手,在他脸上、头上,劈头盖脸地打,打! 打!! 起初,那家伙劲儿不小,把刘明秀的手腕几乎折断,后又咬住曲作昆的耳朵,咬得鲜血淋漓,后来,四个青年铁拳并举,皮鞋狠踢,打得他鼻子出血,脸上裂开一条伤,鲜血涌出来,两个门牙掉了。终于,他挣着转不动了。吴世辅试着用脚踢踢,他像一根枯死的木头,滚来滚去,僵直无反应了。

"嗡!"地一下,吴世辅的脑袋炸开来,四个人同时紧张起来,"怎么办? ……杀人了! 而且是一个有来头的日本走狗。"

"世辅,你说怎么办吧,"高永生有些豁出来,"咱几个人,谁也甭跑,有难同当吧。"

吴世辅冷静一下,对大家招手,他们围成一圈。世辅说:"命运已把咱们拴到一条破船上了,攻守同盟,一致抗日吧。谁要出卖,咱就以命相惩,听清楚了?"

"听清了。"大伙点点头。

"现在大家不要紧张。"吴世辅往门外瞅了瞅,"咱出去往钟鼓楼街走,不能相跟，要分散回校，反正没人看到咱们来这里。"

此时，天色已晚，苍茫的暮色，给几个年轻人作了掩护的青纱帐，他们轻轻带上门，拴了绳子，然后，一个个隐没到树林里。吴世辅一边走，一边思忖今日的事，他想到，这个祸闯得非同小可，这比打十次群架还棘手。陡地，他想到向他们鞠躬的那个披头散发的女孩儿，甚至有点埋怨她。可他竟然觉得那女孩有些面熟，在哪儿见过。一旦她认出他们来，那麻烦可就多了。霍地，他脑里突现出一个人物：

"秦芳?! 对，一定是她。"

9. 五雄聚义

徐艳明要回鞍山探亲。吴世辅趁这个机会要与亲近的几个同学结盟。他把事情的原委向徐长岗说，长岗欣然赞成。临行前，长岗要送姐姐到火车站，徐艳明眼睛一转，委婉地说：

"你是主人，同学来了，你要好好招待，有些什么用的，你也知道在什么地方。"

"那么，我送你吧！"刘明秀自告奋勇。

"瞧你那瘦骨伶仃的样儿，能带动我吗?"徐艳明顿了一下，脸儿先红起来，说话有点不爽，"我看，还是让世辅送我吧。"说着，妩媚地瞟他一眼，"怎么，你不同意? 是怕带我费力?"

"不不，我去。"吴世辅爽快地答应，推着自行车就往外走。徐艳明高兴地向大伙打着招呼，拎了一个小提包跟出来。吴世辅吩咐他们，"你们先准备吧，我一会就回来。"

他俩走后，徐长岗他们就紧张地活动起来。他们其实是搞一个名义上的兄弟结盟，实质上是个政治团体式的筹备活动。以此，来应对复杂的甚至猝发的严峻形势。徐长岗照着年画画了一张桃园三结义图：刘关张三人向上苍一同拱手，旁边供着一个白马头和一个黑牛头。他还买了两根红蜡烛。画儿挂起来，蜡烛立在桌上，刘明秀先拍手叫好，高永生擦火点着，被曲作昆吹熄，说："浪费呢，等世辅回来再点。"

徐长岗看他们带来的书。《三国演义》是吴世辅带来的，共四册。他自己买的是一部《水浒》，也是四册。曲作昆买的是《拿破仑传》，这是一本六十四开本的小册子。刘明秀带来的是一本《墨索里尼传》和希特勒写的《我的奋斗》。这些书都不是禁书，都是他们从书店买来的。高永生没买书，却带来一张门神，是秦琼仗剑的画像。曲作昆不解地瞅一眼永生：

"你带一张门神有什么用？我们还用它把守门户吗？"

"你听我给你说。"一向天真幼稚的高永生，也学会分析问题了，"门神有两个，左秦琼右敬德。这一张当然是秦琼了。秦琼卖马的故事你不知道吗？难道秦琼为朋友两肋插刀的精神，不值得我们借鉴吗？"他想了想反倒为难曲作昆，"你带的那个《拿破仑传》是啥？他不是个征服者吗？"

曲作昆笑笑，从容地加以辩驳：

"是的，他是个征服者。但是，他是怎样变成征服者的？他也是反抗外族的侮辱和压迫而变成征服者的。他反击本民族敌人时英勇善战，不怕牺牲……"

"那你哩？"高永生辩不倒曲作昆，却向刘明秀不宣而战了，"希特勒和墨索里尼都是日本的帮凶，他们又是'国社党'和'棒喝党'的党魁，他们两手沾满各国人民的鲜血，你说读那些书有啥用？"

"我不管他们是谁的同盟，也不管他们是什么党魁，"刘明秀聪明过人，口齿伶俐，对答如流，"他们进行组织的经验和本领，不也可以学吗？再说，深刻了解他们的内幕和权术，不也可以提高我们的斗争艺术吗？"

徐长岗拍手道："好，好！诡辩有理。"

且说吴世辅用自行车带着徐艳明往火车站走去。不知为什么，吴世辅打从第一面见到她，她的形象就不能在心头抹掉，然而，冷静地想一想，她是长岗的姐姐，自己和长岗以兄弟相处，那么她也就是自己的姐姐了。这样，他就多次压抑自己的胡思乱想，可是，他还是愿意和她在一起。如今，她就坐在自己的车尾巴上，给他平添了无穷的力量，仿佛那坐的不是一个女孩，倒是一根顶梁柱，他浑身觉得清爽，脸上暗暗有些发烧，但幸亏她看不到，双脚蹬车觉得有力而轻松。突然，他觉得自己的脊梁被徐艳明逐渐靠近了，她的头还借车子的惯性，大胆地靠在他的背上，他还觉得她的柔软光滑的小手试探性地、慢慢地借怕掉下车子等理由，攀住他的小腹，似乎觉得她的小手还伸进自己的口袋。这一刺激，他受不了，双手一抖，车把扭了起来，正好对面跑着一个小孩，为躲事故，他们的车栽倒了，他压住车子，她压住他。两人的肉体几乎紧贴在一起，都飞了个大红脸。

相扶起来后，互相吹打土，他要她再坐上去，她微微笑着摇头，她要他陪着步行到车站，时间充足，更要紧的是，她唯恐他从自己身边飞去。自她认识他后，她就产生一种特殊感觉，老觉得他的影子在眼前晃荡，她敏感到，他在自己的心中已经占据了一定的位置。尤其在第三国高发生几次大的事件后，她看到他的智谋和超常的胆略,这些是具有男子气魄的魅力所在。他的形象在她心中,已经不仅是个可爱的大男孩子,而是个学生领袖和英雄。他们并肩而行,漫谈,话无题旨,只不过就愿意这么想跟着走,侃着。奉天火车站就在面前了。徐艳明立住,看了吴世辅许久,他感到那两只眼里流泻出来的不仅是明亮的光束,似乎是两股温热的暖流,注进了他的血液,使他心搏加快,脸上发烧,他不自然地低下头。他们是怎么道别的,挥手没有?他脑子乱哄哄,一点也记不起。这时,他才发现,自己刚才骑车摔跤时,手上擦了一片泥,探手往口袋里,觉得多了一件东西,忙搜出来一看,发现自己的手绢的上面,添了一块散发着温馨的手绢,天蓝色底,绣一枝美丽的梅花。"是她的。"他脑子一惊,急忙转过身,向车站平台望去,远处,她的倩影刚闪进检票口,那柔软光滑的头发仿佛在微风中飘荡。

他刚进门,正是他们四位等得十分焦急之时。看看桌上,一切摆设就绪。"桃园图",书籍,以及代替乌牛白马的乌鸡和白鱼,以茶杯装灰当香炉,那香已点着,飘着袅袅的轻烟。在路上,吴世辅了解到,乌鸡和白鱼,以及焖好的白米饭,都是徐艳明亲自准备的。她不知道他们在做些什么,但她作为长岗的姐姐,应该对来家团聚的同学表示深厚的友谊和欢迎。尤其,她的热情,她的兴趣,又暗暗冲着世辅来。高永生兴高采烈地点燃了蜡烛,大伙对这景象来劲了,狂热地鼓掌。那真是,香烟萦绕,红烛高烧,翰墨飘香,书生同志,云集荟萃啊。然后,按年龄排序站好,老曲十九岁,是老大,世辅十八岁为老二,明秀仅比世辅晚三月,屈居老三,长岗十七岁排行老四,小高最年幼,仅十六岁,自然是老小了。在香案前,曲作昆举起右手开始宣读世辅拟就的誓词:

"我们为了大事结成同盟兄弟。天地共鉴,朋友同知。一言既出,驷马难追,如有退缩,即为背叛。天神与人类可以共鉴!"

每人都学说一遍,一头磕下去,最后旋起一句响亮的铿锵誓言:

不求同年同月同日生,但愿同年同月同日死。

第二章　激扬文章(1944 年夏—1944 年冬)

1. 文庙盛会

小河沿湖面,风平浪静,一尘不染。两只小船,悠悠地撑离岸边,向湖心漂荡。一只船上坐着吴世辅、高永生、刘明秀和曲作昆,另一只船上徐长岗、金毓贤、刘俊民和杜庆毅。刘俊民是中央邮电局的职员,杜庆毅是兴农合作社的职员,都是可靠的朋友。他们以手当桨,漫无目的地拍打着湖水,两船傍依着如一对游弋的水鸟,缓缓,缓缓地游荡。

吴世辅了解到,魁星楼底那个企图强奸秦芳的汉奸的"尸屍"不翼而飞。电台和《奉天日报》也绝口不谈这件神秘的事。至于日本宪兵队和警务署的暗中查访,一定是紧锣密鼓。也分析到,那汉奸死而生还,虽然少了一桩人命公案,但却增添了事情的复杂性。不知哪一天,他们四个当中有一个被那家伙认出,这三高和奉天市就会搅翻了天。有道是,一不做,二不休。在这种心理状态蛊惑下,他们下了最大决心,要组织一个"政治团体",它的筹备会议,就到船上开。会议就党名、党徽、党章和发展程序、规模,联系办法作了周密的讨论。由于在船上,时不时有小舟从他们身边划过,偶或假山后转出一对卿卿我我的公子哥和大小姐儿,他们就装作书生宏论,激扬争辩,而借题发挥。

高永生向远处望望,又向天上眺眺:"我想当个科学家。我要上天,从月亮里取回财宝;我要入地,从地心里抽出能燃烧的油;我要海水变成甜水,用海水浇地;我要在没有空气的高山顶上种庄稼。总之,我要征服自然。"

游人过去了,吴世辅继续说:"我认为,我们一个人串通两个,两串四,四串八个。用这种几何级数增长的速度,两年内就可把东北同胞都串通好了。到那时,军队也是我们的,工厂也是我们的,自己造枪支弹药。我们有电台,通过电台一下命令,三千万同胞一齐动手,还推翻不了满洲国?还赶不走日本鬼子?"

高永生听得津津有味,喊:"太棒了,我们干吧。"

杜庆毅咳了一声,原来又一条游船从迎面划来,他故意大声说:"我嘛,有志于军旅生涯,试看,带几十万大军,攻无不克,战无不胜,所向披靡,是何等痛快!"他是三高毕业生,人高马大,志在务兵,这是事实,"我正阅读《曾胡治兵语录》,我还研究手抄本《黄公三略》,读过日文本姜子牙《六韬》。"

金毓贤也瞅着侧身而过的游船和船上那对男女,说:"我想做个诚实的人,诚实人会有无数的朋友。我在火车上遇到了我的朋友,在轮船上也遇到我的朋友,坐飞机也遇见我的朋友。看戏时看到我的朋友坐在雅座吃瓜子,到饭店看见我的朋友喝着上等名酒,在热带看见我的朋友摇着芭蕉扇,穿着纱衫。"

"对!在奉天第三国高,你还看到穿着海军服,留着剪发头,穿着黑裙子的漂亮小姐——山浦美子!"刘明秀取笑金毓贤,毓贤跳过来要抓他,不想一脚猛踏,小船失去平衡,倒把吴世辅栽入水中,正好砸到一丛美丽的芙蓉蕊中。金毓贤忙伸手拉他,毓贤力小,反把自己也拖到水中,两个人在水里乱扑腾,杜庆毅和刘俊民身强体壮,把他俩拉到船上。然而,他俩已经成了两只落汤鸡。

南面有个六七平方米的小岛,岛上有一株歪脖树。小船停在那里,世辅和毓贤把衣服脱下来拧干,搭在树杈上晾着。两人又把裤衩上的水拧了拧,水从大腿根儿一直流到脚面上。这时,阳光正好,蝴蝶在花丛飞舞,感到凉风从水面徐徐拂来,揉皱一顷碧池,他们七八个人躺在草地上晒太阳。派高永生看着小船并监护着行人的动静,他们又热烈地讨论着筹备工作的内容。吴世辅一边搓着身上的水珠,一边说:"我们这个团体就叫复华党。有人说,党是'尚黑'二字组成,不好听,这是无稽之谈。实际上,今天在世界各国都有政党。中国可以有共产党、国民党、民进党,为什么不可以有复华党?"徐长岗插言道:"叫做党号召力要大得多!驱逐日寇就更得力了。"

1944年,侵华日军为扭转被动局面,向中国军队展开正面作战。国民党正准备打内战,面对大举进攻的日军,仓皇失措,屡遭失利,匆匆大溃退。到10月,侵华日军不但打通了贯穿中国南北和西南的交通,而且实现了与从越南北上日军会合的目的。短短数月,国民党丧师数十万,失地千里。他们竟如此不堪一击,令人啼笑皆非。

大南门有座文庙,供奉着孔子和他的弟子七十二贤人的牌位。日本实行帝制,提倡尊孔,每年祭孔前,第三国高的学生都奉命到这里打扫。这是一座古老恢宏的建筑。巍峨的屋宇和宽大的窗棂都陈旧得失却光泽和颜色。它的前面隔一道小墙有个文庙小学。这小学校教室和房屋都是日式的小排屋。虽也修整,但与高大雄伟的大成殿搭配在一起,就似巨人脚下几只僵卧的小蚂蚱,显得很不协调。

七月下旬的一天,微雨。学校正放暑假,院内寂静无人。吴世辅,徐长岗他们踏豁而跃,翻过墙头,先后进入一个偏僻的教室。教室内有五十几个桌凳。讲台上有个教桌。粉墙上挂些小学生卫生常识之类的挂图。黑板上沿的墙上,钉着一张傀儡皇帝溥仪的肖像。刘俊民,金玉忠,杜庆毅,曲作昆,高永生,刘明秀,金毓贤,吴俊禹,丁德洲,朱维源,郑永星,黄恩良,朱德春,张意如,佟大实,卡树人,于志学,赵大成,王乃新,徐继绪,赵伯芙,崔洪瀛,万克安,李尉等二十多人陆续进来就坐。嗡嗡嘤嘤,低声交谈,个个脸上流露着神秘和喜悦的色彩。世辅和长岗在讲台上低声说着什么。长岗走下来,坐到座位上。世辅拿着几页草稿,激动地宣布:"同志们,我们'复华党'的成员已经有七十四名了。今天出席的二十七名代表参加'复华党'的成立大会。现在,我宣布,复华党正式成立。"不高的,虽然是压抑的,但发自内心的掌声,激励着每一位同志。有的喜上眉梢,豪情满怀,有的激动不已,热泪盈眶,有的目放毫光,大志在胸,有的心平气静,成舟在腹,"今天,出席的代表组成党议会,它是党的最高权力机关,重要的事情都由党议会开会决定。现在我们审查通过复华党的建党大纲。"

吴世辅把徐长岗、曲作昆等人精心复抄的"建党大纲"文件,一张张分发下去。代表们认真地研究"大纲"的条款。刘俊民看到"第一条,宗旨与目的:本党以打倒日本帝国主义,推翻伪满洲国,恢复中国在东北之一切主权为主要目的。"他的手指不觉颤抖了,他仿佛看到自己的村庄被野兽践踏的惨象,他爹告诉过他,事变第五天,日本鬼子踏进他的村,杀死七十二口。

徐长岗对第二条和第三条,有一定的思考。"外交:本党赞成在国内同共产党和国民党抗日派携手合作,在国际上同美国、苏俄、英国等同盟国密切合作。"他从历史地理和更广泛的领域得知,发生在东北的事变,事实上是德日意法西斯企图并吞世界的一个组成部分,由于斯大林格勒保卫战一役,和同盟国的齐心合力,整个大战的攻守发生了根本的变化。"第三条,战略方面:本党争取在一至两年内,将三千万东北同胞中所有爱国者,全部组织于还我中华的旗帜之下。"到那时,他们可以欣喜地看到,奉天、哈尔滨、长春,从长白山到兴安岭,从黑龙江到松花江,到处形成埋葬日寇的战场。他这"风云三尺剑,花鸟一床书"的书生学子,也要小试宝剑的锋芒了。

杜庆毅看到"第四条,战术"便激动不已。他是蒙古族人,善于骑射,酷爱

"武韬","待本党党员发展到百万时,就与关内的一切抗日力量取得联系,尤其是与共产党抗日根据地取得联系,由党本部通过电台发布命令,举行武装暴动。""好!……"一拳砸在课桌上,这一条对老杜来说是非常得劲!他爱军事,最大的愿望是想带兵打仗,像岳飞"三十功名尘与土","八千里路云和月","壮志饥餐胡虏肉,笑谈渴饮匈奴血"。像他听说过的东北军少帅张学良,西安事变逼蒋抗日之壮举;像东北抗日联军将领杨靖宇,给日本关东军以迎头痛击!这,多得劲。

吴世辅对第五条:"组织原则和组织机构:本党设立党务、军事、导化三个部,正、副主席各一人。"他心中酝酿已久,点将在胸,徐长岗胆略超人,稳坚强悍,在青年同学中享有很高威信,党魁非他莫属;刘俊民在北陵中央邮政局供职,为人忠厚朴实,广交各界爱国朋友,让他当副手助长岗一臂之力,那一定是肝胆相照,鞠躬尽瘁;听毓贤讲他大哥金玉忠,满腹珠玑,口若悬河,舞文弄墨,章法晓畅,这样的人才担任导化部长,是再合适不过了。至于他自己嘛,他愿意当个"水泊梁山的智多星吴用",把守党务关隘,纵观全局,与同志精密配合,一展宏图,也算个毛遂自荐吧。军事部当然应是老杜了。吴世辅想到这里,把最后两条念给大家听:

"第六条,党员:凡爱国同志须经两名党员介绍,审查后经支部批准方可入党。党员有至少发展两名党员之义务。入党后发给党证。党组织与党员联系,除有临时口令外,还必须以党证为凭。"

最后一条是党证与党徽,吴世辅在黑板上用粉笔画了一个党徽,即为特制的雪花形华字图案。他读完之后,严肃地问:

"没有意见,就请举手通过。"

数十个拳头齐刷刷举起,是那么有力刚劲,像砸向日寇头颅的铁锤。

领导人员的选举,一如吴世辅估计的那样,各得其职。使世辅吃惊的是,十七岁的党魁徐长岗对副主席、军事、导务、党务部长的提名,竟与他不谋而合。就此,我们想到三国赤壁之战的关键时刻,"诸葛"与"周郎"两位"羽扇纶巾"的"儒雅"人物所见略同的"火"攻,创造了这场战役,永垂青史的辉煌。

大会结束时,雨却越下越大。文庙大成殿建筑群,在楼台烟雨中更显苍雄。雨越来越猛,室内幽暗起来。房檐滴水一如高山群瀑,一泻而下,犹如要涤荡黑暗世界的污垢。令人吃惊的是,一只猫头鹰箭似的从开着的窗户闯进来。可能因为暴雨太猛,在树丛中藏不住了。它一下扑到桌上,灰色的翅膀,圆溜溜的黄眼睛,浑身滴着水珠。人常说"夜猫子进宅,无好兆头",有人说:"这是不祥之鸟,把它捉住摔死!"人们去捉,它飞起来,向墙上扑,居然把溥仪的肖像抓破了。吴世辅笑道:"不要抓,不要抓! 这也许是祖国派来的使者,参加我们的会来了。"大家哄笑了。世辅即兴吟咏道:

> 在暴风雨的日子里,
> 天上没有飞鸟,
> 地下没有爬虫。
> 天边飞来一只猫头鹰。
> 祖国啊!
> 你在无边烟雨里,
> 你在烟雾迷茫中。
> 我们对你苦苦地寻求,
> 只为有一颗赤子的心灵。

2."别动队"首次行动

夜幕降临,大南门烦躁的一天结束了。然而,囚车鸣着警笛,宪兵牵着狼犬,像幽灵一般,出现在奉天的灯影之下。

几个行迹匆匆的人,机敏地闪进大南门里一家普通的院子了。一盏电灯罩着黑色的防空灯罩。灯罩下射出一束黄晕的光束。光束中凸现出一张粗笨的床。几个人陆续闪进,杜庆毅警觉地从床上跳起来。当他看到来人是朱维源、丁德洲、郑永星和崔鸿瀛时,才松了一口气。他们围坐在桌旁,杜庆毅压低声音说:

"长岗找过我,说我们要发展组织,首先要进行宣传,扩大影响。让导化部出个刊物,但目前在奉天市,油印机、钢板和蜡纸都是禁卖品,买不到,我们只有去偷。可导化部那批人都是文弱书生,不适合干这个,叫我们军事部找几个精干的人完成这个任务,所以,我把各位请来了。"

"行呀。"众人均无异议。

"到哪儿去搞?"机敏的丁德洲发问。

"第四国高。"杜庆毅目光炯炯地扫了四人一眼,"据了解,四国高油印室这几天没有人住,刻字员病了。我们就钻这个空子。"

"几点动身?"

杜庆毅看看小座钟："九点多了，该动身啦。搞到货，今晚我们还要送到金玉忠家里。"

郑永星几个站起来，准备上路。杜庆毅说："稍等。"

他在床底拖出一个小木箱，摸出三把刀子。这是草原上地道的牛耳雪锋刀，原来有鲨鱼皮鞘，是插在裹腿中的。这是蒙古人常备的武器。行路或在帐中，遇着仇敌和猛兽，可以抽出利刃，刺破对方的咽喉，吃饭时，又可以切割兽肉，叉往嘴里。

丁德洲操起刀柄，爱不释手。杜庆毅说：

"把刀子带上。万一被什么人发现了，在不得已的情况下，我们就要自卫。"

杜庆毅把刀子捏在手里，作个捅的姿势，大有燕赵壮士雄风。他的曾祖是蒙古草原上的"雄鹰"，出色的赛马手和斗牛士，但性格刚烈，为报曾格拉沁王爷霸占他的草原之仇，他约了几个人，在月黑风高之夜，纵火烧了仇人的财产和住宅，然后，举家逃到关外。到杜庆毅祖父这辈，已经习惯了关外生活，渐渐褪尽草原的遗风，并在奉天大南门里置了一所院落，有几间泥坯屋，居然开起皮毛店。即把东北的虎豹狼狐貂獾之类皮低价收进，设法运到草原高价出售；再在草原低价收买牛马驼羊之类皮毛，运到关外高价出售。这么三倒两倒，那银两铜钱流水一般从他手上过。可是处于乱世，军阀混战，苛捐杂税繁重，土匪胡子隔三差五地打家劫舍，加上当地流氓地痞的敲诈勒索，到他父亲这辈，手头积存基本耗尽。他爹甚至为吃粮饷，奔东北军干事，九一八事变后，也许随军退到关内，死活不明，音信杳无。他母亲也是蒙古人，具有蒙古族妇女的豪爽和草原的雄浑气质，汉话说得也流利。到杜庆毅和他妹妹这一代，基本不说蒙古语，只说汉语了。母子三人靠祖上留下的一点产业维持生活，其母喜好喂养牲畜，像奶牛走马山羊壮狗，在偏院空场上，牛哞马嘶，羊咩狗吠，确有草原风范，加之断不了煮奶茶、吃羊肉、骑着马儿走亲访友，蒙古人豪迈之风着实让人唏嘘惊羡。杜庆毅的血液里流动着祖辈的英勇、强悍、豪爽、爱交四方朋友、打抱天下不平的性格，自然他把这次行动视如家常便饭。他把刀揣在怀里，便一同往外走。

他们刚转过一个小巷，就看到一辆敞篷警车风驰电掣般掠过。就在掠过的一瞬，丁德洲看见两个日本兵扭着一个"囚犯"的双臂、抓着头发的身形，那"囚犯"被揪得脸朝上仰，似乎还大张着嘴喘气，车体气流把他脑门的一大绺头发，吹得瑟瑟直抖。他们停在那里，几个人心里就有些犹豫了。丁德洲被杜庆毅推了一把："走呀！还愣啥？""哦哦！……"他们惊醒过来，尾随老杜隐没在幽暗的小巷里。他们快走到大西关时，看见几个日军巡逻队从大街上走过，那枪上刺刀的光亮在夜灯下寒气逼人。突然,跟随巡逻的一条狼狗,无事一般,蹶蹶地朝他们跑来了,丁德洲脑皮被抓紧了,然而,事情偏巧,哪壶不开提哪壶。那狗径直朝丁德洲跑来,他"哎呀!"一声,就要从怀里掏匕首,一双有力的手抓住他的腕子:"不要紧张,从容走你的路。"老杜铿锵低沉的语言稳住了他的神,他觉得自己的一根手指被狼犬的舌头舔住了,光滑中透出一些滞涩。他偷偷借着灯光,看那家伙好大好大的身架,狼似的凶相,骡驹似的粗壮,他的心提到半空。"甭怕,这些受过训练的狼狗,没有命令,是不会伤害人的。"老杜刚说完,那狼犬像是一个个检查似的,又嗅每一个人,突然,它回转身,箭似的向巡逻队奔去了。丁德洲压在心头的石块掀掉了,长长出口气。杜庆毅爽快地笑笑,第四国高的大门就在面前了。门上有一个耀眼的灯泡,照得半条街一通光明。

他们只好拐到后街,从一个墙角跳进去。

约摸两支烟功夫,他们搞到了东西,避到一处,要往出运。忽听拐弯处有一些动静,杜庆毅几个蹑悄悄观察出口。突然,丁德洲被一个彪形大汉紧紧抱住,那人喊:"抓小偷!"朱维源忙奔来救援,三人搏战着。杜庆毅一个箭步跳过来,抓着那人的胸部,晶亮的尖刀在他脸上晃着,低声喝:"再喊就捅死你。"这是个校警,尽管长得五大三粗,看到一伙带凶器的"杀手",吓得屁滚尿流。郑永星几个帮着把"校警"绑到一棵树上,嘴里塞上一只袜子。"委屈你了。"杜庆毅说一声,赶忙带人往外冲。他听到学校已有了动静,他们还没跑到大西关外,后面追赶的人已黑压压拥出校门。老杜让丁德洲、朱维源、崔鸿瀛携带东西往金玉忠家跑。他和郑永星作掩护,故意弄出声响往相反方向跑。他听到那校警沉重的脚步声和拼命的叫喊:

"快,往那边,追呀!"

杜庆毅和郑永星攀到树上,看到街上零零落落的人群,寻寻觅觅,一会儿就全散了。那个"校警"是个胖子,寻不见人,很不甘心,背着墙角打着火机抽烟,咝咝地吸一口自语:"妈的,能钻到耗子洞里?"

嗵,嗵! 从树上跳下两个持刀人,高叫:

"我们在这里。"

"校警"吓得毛发直竖,叩头求饶:"长官,饶命啊!"

3."校花"的烦恼

深秋,天黑得较早。夏万济匆匆走进青年会补习班教室。他的位子被一个五高学生占了，他心里很恼火：

"那是我的座位，请你让开。"

"你的？你叫它答应？"占座者很刁钻。

"我每日坐这个位子，都一个月了。"

"那也不是固定给你。"另一个五高学生帮腔，"公共场所，人人有份，先来后到，总得有个次序。"

"是呀！人家先来了，就该坐，谁让你来迟呢？"又一个五高学生阴阳怪气的打边鼓。

"你出来！"夏万济把那个占座的五高学生抓住领口往教室外拖，另两个也跟出来，捋袖攮拳就要动手。夏万济使劲一推，把那个"五驴子"推个趔趄，另两个趁势扑过来，举拳照面就打。

这时，徐长岗兴冲冲走进青年会，在低度灯泡下，见有几个人在打架。他见一个中等个儿力战三雄，他的手脚前扑后踢，忽左，忽右，忽前，忽后，那三个大个子就是沾不了他的边。徐长岗有急事要办，无心管这事，向楼梯走去。突然，那中等个儿一脚踢到他腿肚子上，他膝盖一软，几乎扑倒，回头一瞧，见夏万济忙向他敬礼说："对不起，是我踢花了眼。"徐长岗说："你上来！"那三个大个见对手被上级生叫去，也就没再追赶。

夏万济心里忐忑着跟长岗上楼，准备挨一顿狠揍和痛骂。敲开二号门，他见吴世辅和史恩锦在那里坐着，旁边还坐着一个矮小的同学。夏万济气怜怜说："吴大哥帮我。我不是故意的，是我一个人打那三个五驴子，打得眼花缭乱，一脚踢到老徐的腿肚子上。"吴世辅说：

"小夏，坐。踢了他，保你没事。"

徐长岗严肃地看他一眼，吓得他立正站好，听徐长岗说：

"要你上楼来，我并不是要揍你，也不骂你，我们绝对不要上级生的威风。我们三年级生废除下级生服从上级生的制度。你们见到我们也不必敬礼了。也希望你们不要让下级生怕。各校同学之间都是同志加兄弟嘛，何必打架呢？"

夏万济诉委屈似地说："不是我要打他们，是这几个五驴子欺人太甚，强占我的座位，出言不逊，还要举手挽胳膊……"

史恩锦戴上五高学生帽说：

"你看，我不也是个'五驴子'？我替他们向你道歉。如果不行，我明天叫他们向你赔情。你要实在出不了气，就先打我几下，怎么样？"

坐在旁边那个矮子也戴上五高学生帽，说：

"我也是五高的,嘿! 你也可以打我几下。"

夏万济觉得莫名其妙,很窘迫,脸臊得很红。吴世辅语重心长地说:

"今天你就去补习吧。有机会我们还可以敞开谈,都是中国人,朋友加兄弟,我们要团结呀。"

夏万济敬个礼出去了。那个小个子笑着说:

"他不是美猴王张明刚的徒弟小哪吒吗?"

他们几个哄地笑了。史恩锦是五高复华党支部负责人。他对小个子指着徐长岗说:

"我来介绍一下。"

小个子笑得眼睛眯成一条缝:

"我早已认识他,他就是三高的大元帅徐长岗。"

"不敢当,不敢当!"徐长岗伸出手来,"你是……"

"柏实桐。柏树的'柏',实实在在的'实',泡桐树的'桐'。"他眨巴一下眼睛,"可同学们送我个雅号,百—事—通!"

"名不虚传。"吴世辅补了一句,他听史恩锦介绍过新近加入复华党的柏实桐的趣闻,感到有趣。

柏实桐商人家庭出身。他身材矮小,脑袋扁圆,白白的脸蛋儿上有一双细长的眼睛,两片嘴唇挺薄,能说会道。他"好读书,而不求甚解",常与同学们称兄道弟,讲述各种新闻。哪个戏院今日是十二生唱主角,还是青旦唱主角,哪个学校的武林头儿姓甚名谁,女校的"校花"是哪一位,他全了如指掌,因此,根据谐音,同学们又叫他"百事通"。当然,政治新闻他也博采强志。汪精卫访问"满洲国"时,他侃侃而谈地介绍汪的历史,说他是辛亥革命时刺杀摄政王的少年英雄,他还用京腔唱过汪精卫少年时写的一首诗,"慷慨歌燕市,从容作楚囚。引刀成一快,不负少年头。"但史恩锦近来问他:"你还崇拜汪精卫吗?"他却严肃地说:"不! 他是变节分子,是个大眼睛汉奸。以往是受他的蒙骗,他的卖国把戏我们看得不透。"

徐长岗把各位招呼坐定,开门见山地说:

"今天请二位来,是想研究一下我们复华党向女高发展的问题。"

史恩锦攀住柏实桐肩膀笑着说:

"咱的百事通没有不了解的情况,就请他讲讲最新信息吧。"

"女一高有两位校花。"柏实桐看着他们,故意神秘地说,"一个叫刘彩云,一个叫周再娟。前者是歌咏队队长,后者是舞剑队队长,她们的故事可多啦。"他眉飞色舞地描述着校花历险记。

"你等等。"吴世辅插言道，"这么看来，三高五高的武林弟兄在争这对校花？"

"可不，岂止是争？"柏实桐那片薄嘴唇翻动得更快了，"还要大打出手呢，闹不好，怕出伤人的漏子呢。"

"很好！"徐长岗抓住关键，见缝插针，"这正是我们要找的机会。"

"对！要千方百计接近两位校花，"世辅光亮宽阔的前额熠熠生辉，"抓住她们不放，只要把她两个拉过来，就能带动一批人。"

"是呀，起码舞剑队和歌咏队几十号人，不就靠拢了我们？"史恩锦兴奋地说。

"不要忘记，重要的是时机！机不可失，时不再来。"吴世辅沉思着，"我们应马上行动。我先去布置接近刘彩云的人。"

刘彩云，抚顺望花区人。当时，望花区还是个落后的小村庄。所以，她总不免带有农村姑娘的安静和腼腆。但她长得非常漂亮，被誉为一女高的"校花"。她常穿一双胶底白帆布鞋，外号又叫"小白鞋"。当时，各女校均有"校花"。谁最漂亮，谁就被公认为"校花"。刘彩云升到二年级就发现有人跟踪她。

"满洲国"的中学生都是男女分校的。男女生平时没有接触的机会。但到了一定年龄，他们自然有了与异性恋爱的要求。好学生想考大学，顾不得这些。那些武林弟兄在这方面却很活跃。他们的方式，常常是男的在后面跟踪女生。有时跟踪几个月都不说话，直到女的发现她后面有人跟踪，如果她也看到跟踪者的面貌身材，表示同意的话，她就往背胡同里走，然后站住。男的走上前说话，或拉手或亲热，方能成为交往的朋友。五高的老牛就跟踪过一个老戴口罩的女生，身材窈窕，步履如萍浮水上，十分有魅力。他日日跟踪，并一口气跟了两个多月。春天到来，他仍然跟踪那女生，显然那女生也早已发现了他，而且步履时缓时快，时有等待和暗示，老牛很激动，脸上涨得通红，急不可待地追上去，小声叫：

"请站一下。"

女的袅袅地立住，从背面看，恰似出水芙蓉，老牛鼻子出着粗气，忙急扳转她的身子。女生转过身，羞涩地瞅着他。老牛犹如当头浇盆冷水，扭头就跑掉了。原来那女的摘掉口罩，露出一脸的天花斑。

刘彩云每到星期六回家时，她发现后面有人跟她上火车站，送到车站，他就无声地走了。星期日回校时，她又发现那人到火车站接她，默默地跟她到学校大门口,又默默地离开。令她不安的是,跟踪她的人渐渐多起来。这天她下了火车,天色已晚,没有了电车,只好步行。街上行人稀疏,她心里忐忑着,但高兴这一次总算甩掉那些讨厌的跟踪者。她在躲避之中,似乎扫到那个人的面孔,好像脸有刀伤,歪脖儿,身着学生装,手里老捏着一根不伦不类的文明棍儿。她简直一瞟见这人的影子就惧怕、恶心,吓得六神无主。这一次,她更换了乘车的班次,打乱了那小子的计划。一下车,在那老地方瞄一眼,竟没那人的影子,她长长出了一口气,就急匆匆靠着马路边儿往学校走,不,简直是跑。她心里多庆幸啊!为了抄近路,她拐进一个比较偏僻的胡同。树影婆娑,街道商号大都上了门窗,偶尔有一两个夜宵的担子叫卖晚点。突然,有一个人影从树下的阴影中窜出,抓住她的肩头,邪笑道:

"小白鞋,今日可让哥儿们逮住了。哈哈!"

刘彩云吓丢了魂,不用拿眼瞅,单看那影子,嗅那狐臊臭味,她断定来人肯定是那歪脖儿。她吓得直哆嗦,声音颤颤的,语不成句:

"大哥,学学好,放了……放了我吧,求求你。"

"放你?没门!"歪脖儿一手掏出匕首,一手紧紧把刘彩云抱住,往大树后面阴影下推搡,那只魔爪恶意地捏摸她的乳房。

"快,救人哪!"刘彩云拼命喊,声音带了哭腔。

事有凑巧,来了一辆自行车,车尾巴上还带着一个。来人支起车,车尾跳下的扑向歪脖子,"咚!咚!"两拳朝他面门砸下去,歪脖儿的双耳如鸣雷,匕首掉了,看看不是头,撒腿就跑。来人正是杜庆毅,她扶起刘彩云,对推车的刘俊民说:

"快送她回女一高,我追那家伙去。"

刘俊民把吓得半死的刘彩云带着就走,走不远,她从车上掉下来。刘俊民又抱她坐在车尾巴上,自己推着走。刘彩云,从昏迷中渐渐醒了,看到用车推她救她出险的,竟是常给她们送信送报的邮员刘先生,心里别说有多感激。到了女校,他把车支到传达室门口,又扶她上宿舍楼,一步一步是那么小心翼翼。临别,刘彩云一泡眼泪掉下来:

"谢谢你,刘先生。要不是你们,我……"

"要谢,你就谢三国高的吴世辅和徐长岗,"老实的刘俊民说,"是他们要我俩救你的。"

在同一时刻,女一高的另一位同学,在晚自习后,要到车站卫生部挣几个打工钱。她在往车站走的路上,发现有人跟踪她,便有些紧张。她一会儿快,一会儿慢，一会儿钻幽暗的胡同，一会穿明亮的马路，却怎么也甩不掉那追随她的人。为了甩掉跟踪者，她慢慢悠悠地在夜宵摊子前转悠了一下，又疾快跑进一个小胡同，再快步跑到她勤工俭学点，领了扫帚，"刷刷刷"地扫起那一大片空场来。一个人影在她面前默默立住，她不敢看，之后又不得不看。来人紧紧夺住她的扫帚，声音有些颤：

"你是秦芳？一定是你。告诉我，你是怎么来的奉天，你吃了好多苦，是吧？你睁开眼看看，我是世辅呀！"

秦芳愣怔了半天，再也抑制不住，扑上来，攀住世辅的肩，呜呜咽咽哭泣起来。

4. 神秘的发行物

已是深夜两点，奉天市躁动一天后也归于静寂。铁笔在钢板上发出沙沙的声响，机辊子在纱板上发出唑唑的轻唱。这是一间普通的民房，后窗用防空窗帘挡得严丝合缝。屋里集中了导化部的四五位秀才。他们之中有的是学生，有的是邮局的职员。白日工作学习一整天，黑夜来这里加班到很晚很晚。这是金玉忠的家，他的爱人没多少文化，不爱管闲事，还以为他们给邮局加什么夜班，早已在前面的一间屋里搂着小孩睡着了。金玉忠，二十一岁，眉清目秀，天宇间洋溢着非凡的智慧。他是这里的主宰，既是导化部长，又是刊物的社长和主编。他负责审阅和批改所有的稿子。这时，两个人在紧张地刻着蜡板，另两个人在滚动着机辊印刷，他呢，在低度灯光下精心推敲吴世辅作词、杜庆毅谱曲的"复华党党歌"。他们的工作配合得多么默契，编审、刻写、印刷和装订，是那么一环套着一环，循环有序。不用多说话，递一个眼色，或打一个手势，就把无数环节的疑难沟通了。机辊子不停地滚动，一张张白纸翻过去，就变成墨香四溢的文章。一本本刊物装帧成册，堆在桌上高高的。一共20个页码，32开本，首张封皮上印着四个漂亮的仿宋大字《复华秘刊》，下面配着三个流利的行书字"创刊号"。又注"复华党机关刊物"。底边线上，清楚地印着：1944年，奉天。他们拿着《复华秘刊》，轻轻地翻动着，默默地念着，两眼放出异彩，脸上泛出兴奋的光。金玉忠送走悄然离去的战友，又迎来一位拿邮差袋子的人。这个袋子本来是装报纸和信件的，此刻，却装上《复华秘刊》。金玉忠悄声对他说：

"明天要早早起床，在天刚亮的时候就把这些东西从大门缝送进人们的院子里。然后再送信和报纸。各中学不能从门缝塞，不然就会被收发室收去交公了。要撒进学生宿舍区,时间在晚上八点左右最好。"

那人点点头,把邮差袋子背出去。第二天清晨,一个邮差骑着专用摩托从邮局出来,袋子装得满满的,箭也似的向市区飞驰。他消失在晨雾中,那就是邮局的复华党员闫秀圃。

晚上,夜幕笼罩了奉天之后,街上的行人多是行迹匆匆,或露出惶惶然的神色来。在街上即使遇到熟人,也不愿多说一句话,匆匆侧身而过,匆匆回头瞄一眼对方,看看是否多看了自己一眼没有。因为稍有不慎,就会招来祸患。总之,相当一部分人,生活在恐惧、惊疑和惶惶不可终日的氛围里。今晚,日本女校临时增了特别课程,山浦美子下学就晚了。她骑一辆半旧的富士车,带着书包,往第三国高的家里走。进入与第三国高一墙之隔的一条幽深的小巷里,没有行人,只有一些树影和昏昏然的灯光,她感到非常寂静。突然,她发现一个学生模样的人,从书包里抓出一大把一大把书报之类,往一墙之隔的第三国高宿舍区抛撒。她怔住了。那人跑一阵,掷一下,她终于从跑的姿势认出了他,好奇而欣喜地叫道:

"毓贤君! 你干什么呢?"

那人听到喊,惊了一下,手一软,把几本落到墙外,也顾不上捡,撒腿奔逃。山浦美子很迷惘,想了想,就踏着车子追,喊:"毓贤君!"

然而,此刻的毓贤君怎么能理她? 一拐弯,消失了踪影。她沮丧地下了车,把那几本书捡起,她要设法还给金毓贤。借着灯光,她匆匆翻了几页,发觉有"打倒日本帝国主义"的字样,她再次怔住了。听到远处有脚步声传来,她麻利地把几本神秘的"刊物"藏到自己的书包里,装作拍打身上的尘土。然后,跳上车,无事一般向家的方向飞驰。可是,无论她怎么镇定,那自行车轱辘碾下的轨迹总是歪歪扭扭的,足以证明她心里的不大平衡和某种刺激。她困惑地想:"毓贤君……究竟,是什么人?"

5. 初涉恋情

晚饭后,世辅到志诚银行,他要找长岗商讨一下复华党工作计划,顺便把交来的党费放到他家保存。由于抗日爱国的号召力是空前的,到目前为止,这个新生的组织发展的速度,出乎他们的意料,据掌握的情况,除女高之外,奉天市各中学都暗暗建立了复华党支部。青年会补习点已有百分之八十是组织内的。就按交来的党费计算,吴世辅的衣袋里就有四百二十五元之多。他们规定,每人交五角党费,而且只交一次,是在领取党证的时候。印行那《复华秘刊》的工具是"偷"来的,纸是导化部金玉忠几个人自己买的。伪满洲国货币同日本货币币值相等,面额也相同。满币的"一分"等于日币的"一钱";镍币一角等于日币"十分"。一分钱可以给孩子买一个白面饼子,也可以购一盒火柴,五分钱可以买一盒普通的香烟,四分钱可以收购一斤黄豆。可见在日寇铁蹄之下,农民破产的惨象了。一百四十元可以买一辆富士牌自行车,或者买一头好骡子。对中学生来说,四百二十五元是个惊人的数字,更令人惊讶的是,四百二十五元背后,立着的是成千人的庞大的爱国抗日群体啊!

想到这个数字,吴世辅,这个正白旗满族青年,心里如敞开了窗户,豁然明朗起来,他看到了这个新生事物的前途和即将凝聚的巨大铁锤似的力量,这个铁锤,如果砸在日寇的心脏部位或致命处,其打击力是可观的。

他曾和长岗几位党魁作过讨论,复华党的长远计划,就是迅速地把组织向外扩散,向学校以外,特别是军事部门、军工厂扩散,时机一旦成熟,就建立自己的武装,配合抗日联军和鬼子真枪实弹地干。再就是通过宣传,把复华党的影响扩大到其他城市和地域,往鞍山、抚顺、旅大、长春、哈尔滨等地扩散,团结一切抗日力量,迅速建立自己的组织。而目前,最最紧要的是把组织扩展到女高去,妇女是占了人口近乎一半的,知识女性对革命的接受和感染特别敏捷,以她们的生活特点和聪明才智,不让须眉,也能搞轰轰烈烈的事业。所以,他和长岗对女高的情况向史恩锦和柏实桐作了调查,并派遣专人接近她们,为打入女高,创造必要的条件。从目前看来,女一高除了刘彩云、周再娟之外,又冒出个秦芳,他要抓住时机,拟好打入女一高的方案。这些,他都需要和徐长岗、刘俊民、金玉忠、杜庆毅等作周密的研究。他的思绪刚从纷繁复杂的万花筒里跳出来,理出点头绪时,志诚银行的高大楼影,已热情地迎接他了。

他熟练地推门而入,看到外屋无人,便叫一声:"长岗!"

里屋有挪动茶几的声音,有人甜甜地回应:

"是世辅吗?"

听到徐艳明的声音,吴世辅脸上无端地一阵红一阵白,心在微微地颤动,手脚也很不自在了。他一边往床上坐,一边抓起本《申报》看着,以稳定自己的情绪。徐艳明掀起门帘,轻盈地走出来,脸色如桃花般兴奋。吴世辅不由自主地去打量(他还是第一次这么专注地端详她),略圆的脸型,蛋皮色中微微泛红,淡淡的两条弯眉下,闪烁着一对明亮中镶着晶亮珠儿的眸子,鼻梁不高不矮,端庄俊秀,配上薄而小巧的嘴唇,不由令人想起王昭君的风采。乌黑的秀发编成两条辫儿,一条拖在肩背,一条搭在胸前。再配上一件灰色的蝴蝶花纹的旗袍式过膝长衫,整个苗条的身材,起伏的线条,令人心动不已。尤其那灰色,透出了平静、朴素和稳重。在"8"字形的下端露出一对天蓝色裤腿,着一双黑色的小巧的牛皮鞋。吴世辅看得呆了,他的脑里又涌出"明居湖听书"中白姐的神韵。

"世辅,你……怎了?"

"我……我……徐大姐,"吴世辅有些神色慌乱,言语中就有些颠三倒四,"大姐,长岗呢?"

"他呀! 我哪儿知道。"徐艳明故作抱怨的口气,"近来他总是忙忙碌碌,干些什么,到哪里去,他肯告我?"

"长岗不在,那我就走了。"吴世辅刚要转身,徐艳明急了,拉他一把,"稍等。我有话对你说。"

看到吴世辅脸上出现惊讶之色,她又把语气作了委婉的调整:"他出去很长时间了,还没吃晚饭,就要回来啦,你坐在这儿等等吧。"

自从上次他送她到车站,她把自己的一块手绢塞给他之后,两人见面就很不自然,很尴尬,言语就少,脸色呈现出异乎寻常的色彩,只有那两双眼睛在沟通、在交融、在相互注入对方的血液。他们仿佛都可以听到对方咚咚的心跳,看到汹涌澎湃的血脉在沸腾奔涌。吴世辅还是坐在长岗的床边,徐艳明坐在紧靠床边的一张椅子上,他们共同扶着一张桌子,有意避免正对着,坐成斜斜地,只有转头或用眼角瞟,才能捕捉到对方的无声语言。徐艳明把两条辫子有意地拖在桌上,扭转红着的脸看了看吴世辅。世辅像姑娘似的,低下头,两手不住地搓着。沉默,沉默,世界上还有什么比这沉默无言更具有丰富的色彩和感染力呢?

今天,她才发现,世辅不是孩子了。瞧! 他那宽大的额头下面两只清澈而显得深沉的眼睛,充满了博大与睿智。脸蛋儿是白皙的,嘴唇上的汗毛渐渐地由嫩黄变暗变黑,这显示他在生理上趋于成熟。徐艳明有意打破难耐的寂静,没话找话说:

"我们是从什么时候熟悉的?"

"好像是春天。"世辅摸不准她的动机,有些迟疑地回答。

"对对! 刮春风的时候,把你从第三国高刮到我家,忽然又一阵风就把你刮走了。"徐艳明双眉一挑,脸上浮出一个调皮的笑,"秋天金风徐拂,来的次数好像多了,然而你这大贵人,总是来也匆匆,去也匆匆,难得和你攀上几句话。"

"哪里哪里,你这么说,我实在不敢当了。"吴世辅被徐艳明情绪感染,轻松自如了许多,想了想,故作调皮的一撇嘴,"大姐,我这样称呼你行吗? 你是我朋友的姐姐，我自然也尊称……"

"大姐？是吧。"徐艳明脸上掠一丝不易觉察，然持有异议的坚定神情，"我比你大多少？不过就那么几个月，就'大姐大姐'的叫，旁人听了，不把我当老太婆才怪。"

"哎，徐大姐……"吴世辅赶忙刹口，很难为情地，"那，总得有个称呼嘛！"

徐艳明脸先飞红，口齿有些不清："有人嘛，你……你就不妨叫个姐姐，"她妩媚地向他瞟一眼，"没人嘛，你就随便称呼……最好叫艳明！"

吴世辅也想幽默一下，问："有对象了吗？"

"有了。"

吴世辅心中陡地罩层阴影，手指不由自主把桌上的一本《妇科学》拂到地上，"在哪里，他在哪？"

徐艳明心细，观察到他的情绪顿变，扑哧笑了，顺手捡起那书："我说有了，是说他已经出生在世界上了。至于茫茫的人海之中，他藏于何处，那我就无可奉告了。"

吴世辅总算放下心来，这时有一股淡淡的清香，扑入他的心肺，他有点陶醉，他知道那是她的发香。艳明的话使他清醒，想到自己刚才的失态有些不好意思，便想用语言掩饰："你说话可真幽默，很俏皮，能教给我一些语言艺术吗？"

"近来，家里和亲戚都议论我，应该找婆家了。"艳明答非所问，言语间流露出淡淡的愁绪，"这次回去，我爸硬逼我去见一个什么留日的处长，我没去，给爸丢了面子。"她说着，双眉紧蹙起来，眼眶甚至还噙着汪汪的液体，"爸……他大发雷霆。"

"老人的心情，可以理解。"吴世辅想岔开徐艳明不快情绪，然又找不出合适的字眼，"可，可也不能，不能随便把你推给一个人啊？……还是个——汉奸。"

徐艳明双肩一抖，语言犹如利刃：

"我是解放式女性，不能任人摆布，包括我的父母。"她顿了一下，似乎又想起了什么，眼睛盯住世辅问：

"哎！世辅，近来你和长岗都干些什么呢？"

吴世辅从话音里听出点意思，心中惊诧，便想用话搪塞过去："大姐……不，艳明，你就放心，我们不会再打架了。四年级生不敢欺负我们了。我们三年级生已经能够正常地学习和补习，都在努力准备升级考试呢。"

徐艳明更紧地盯住他，细心观察他的动态，觉得他很善于掩饰和搪塞，已不再是她以往印象中的中学生式孩子了。她只好步步紧逼，把问题向实质性方面缩小包围圈:"几个月来,机关学校传说纷纭,有个叫复华党的组织活动非常频繁而活跃,到处撒传单,还把《复华秘刊》塞进居民的收信箱里。这些事,你听说了吗?"

吴世辅愣了一下,几秒钟后,又恢复镇定,继续打马虎眼:"听说了,但不知人家的底细。"他见艳明用冷笑与讽刺的目光挖苦他,便又补了一句,"我们这些人,从来不关心这些。不信你可以问问长岗嘛,弟弟总不会哄姐姐吧。"

徐艳明说:"他要能告我实话,我还问你?他连爷爷奶奶都敢顶撞,何况我呢?他唯一怕的就是爸爸一个人,他要再不老实,我就向爸爸告状!"徐艳明故作愠怒,倒把吴世辅逼急了:"你别,你别,事情总可以商量嘛。"她盯着吴世辅的眼睛看了半天,一句话也不说,然后,把椅子又向他靠近些,把声音压低了说:"我发现长岗书包里有复华党的传单,你老实告诉我,复华党与你俩有没有联系?"吴世辅再次怔住,回过神来,忙摆手说:"没有,没有关系!"这下可把徐艳明激怒了,一片潮红涌向两颊,柳眉倒竖,凤眼圆睁,从身上取出一本《复华秘刊》,往桌是一摔:

"你看,这是什么?"

吴世辅哑口无言了,心里在琢磨要是闯了祸,该如何收拾?

"这是我在一家产妇那里发现的,我一看复华党歌,就觉得这歌词很熟,终于想起来,是长岗和你写的,你们不经意,我却暗暗看到过。"

"……"吴世辅仍然张口结舌,心急如焚。

"你们太小看人了。"徐艳明越说越伤心,眼圈有些红,"你们根本不信任我,把我当外人,怕我影响你们的工作,岂知我心里多难受。连我亲弟弟和你都不了解我,我委屈死了,像受到莫大侮辱!"

听到徐艳明这样的口气,吴世辅紧缩的心舒展开了,只好作解释:"我们有纪律,都是单线联系,连父母都不能透一点风声呢。"徐艳明由怒转喜道:"那既然你们被我抓住蛛丝马迹,那就老实告诉我,你们组织这个党干什么呢?"吴世辅想了想,理直气壮地说:"驱逐日本侵略者,推翻伪满洲国,还我三千里江山!"徐艳明没加思索,脱口而出:"你们真了不起,是一伙有抱负的青年,我真羡慕你们。"吴世辅说:"你的诚心我理解。那么我告诉你,我们所干的事,不但与复华党有关,而且长岗和我都是党魁。"徐艳明又惊又喜地说:"你的话使我兴奋,同时也给我带来担忧,被日本人抓去了是要喂狼狗的。"吴世辅给她宽心道:"我小时候看见骑自行车的人群在繁华的大街上像穿梭般奔驰,我就替他们担心。怕他们撞了行人,也怕他们互相碰撞,更怕他们被飞快的汽车撞坏了。后来,我长大了，也骑自行车，也同样在人群熙攘的大街上奔驰时，我却一点也不怕了，我感到在那看似拥挤的马路上，回旋的余地还是很大的。我在远处，看到人们爬险崖，就替他们害怕，怕他们一不小心会从山巅滚到万丈深渊。但是，自己走到山前，一步步往上攀登时，却不觉得害怕了，觉得容脚之地还是有的。当登上峰巅，极目四望，群山为之下伏，可真心旷神怡，那还在乎上山时绊脚的石块和荆棘吗？"

徐艳明从来没有像今天这么豁然开朗和兴奋，她聚精会神地聆听吴世辅的比喻，觉得世辅的形象越来越高大，他不仅胸怀博大，而且智谋超群绝伦，胆略过人，才华横溢，具有非凡的组织才能。从她与他认识以来，好几件大事，她都佩服他、敬仰他，深深地爱他。她的弟弟，和她所爱的人从事的事业，也就是她的事业，她决心要为复华党尽一份力量。吴世辅听了她的表白，很满意，特加嘱咐道："一定保守秘密。即使是自己的父母，也不能例外。"她点头道："请相信我。和这个房间相连，在南面有两间大厅是空的，那里很适宜开秘密会议，我给你们站岗放哨，以自己的生命，保证你们的安全。"

"谢谢你！艳明。"

两双火热的手紧紧地握在一起，两颗火热的心连在一起，两个真挚的情人站在一起了。比以往单纯的男情女爱的温暖更加不同，他们有了共同的信念、追求和奋斗目标，把命运紧紧地联系到一起。

6. 训导主任

平山居所，过山浦公寓往西，是里外两间的中式平房。远去东洋，只好凑些中国瓷器作摆设。墙上一条横幅，为狂草书"腰横秋水雁翎刀"。此乃明世宗为武功臣所作"送毛伯温"中一句。诗言虎狼之兵，出征一扫南蛮而望凯旋之歌也。然而，挂到日本人平山的墙上，就别有一种意味。一则引出他以往的戎马生涯和仕途失意的心情，二则抒发他不甘寄人篱下，企图东山再起，重执战刀屠杀中国人民的不死贼心。他过去是一个职业军人，日本关东军属下混成旅的一位少佐小队长。因为冲击军妓所，被解除军衔，带罪转业。

现在他面墙而立，痴痴地盯着横幅下一块精致的玻璃相框：一位天真秀雅的日本姑娘在甜甜地向他浅笑。她，小巧俊美的脸，小巧俊美的眉眼，小巧俊美的鼻头和嘴唇，像一件珍贵的工艺品，搭配得又是那么精当。是"天女"散花，还是"嫦娥"奔月，造化之神奇妙用，精巧得玲珑剔透，神采气扬，而又得小心翼翼地维护敬拜她,否则,掉到什么地方,唯恐红颜玉碎。她,叫吉田梅子。他俩曾是邻居,又同在神户的一所中学读书。平山的摔跤和柔道功夫名震一时。其实说破了就是两个字——狠毒!在历次比赛中,他曾摔伤过多少对手?有的还致残。就这,他得到赏识。赛后,他却买好些营养品向对手谢罪,请对方宽容。而一旦上场,他的凶狠本性又毕露无遗。因为他好胜、强悍,有从不服输的个性,为讨得上司的青睐,他可以残忍到丧失人性的地步,而夺得跤坛王子的美称。而吉田梅子却与他正相反,她不仅线条美,心灵也美。她在平衡木上灵活地跳上跳下,前翻后滚,矫健得像一只海燕在浪花中翻飞,她在音乐中做自由体操,完全是一只水鸟,抑或是天鹅在翻跃、翱翔、舞蹈,令观者神灵俱往,忘其所存,三日余味无穷,美不胜收。她是学校体操队的皇后。这样,他们经常在训练、比赛和表演中相遇,便产生了感情。卢沟桥事变后,在职业柔道馆供职的平山被应征入伍,临别岛国的前夜,他到少体校和已担任教练的吉田梅子告别。他俩沿着长长的海堤,相互攀搂着漫步、交谈,唱不尽"别离歌",吟不完"断肠诗",卿卿我我,惆怅悱恻,难舍难分。到午夜时分,一对恋人依依不舍,他们坐到一块苔石上望着海潮出神,任海水冲刷着他俩的双腿,梅子泪珠洗面,后来依偎在他怀中睡着了。他轻轻地拍着梅子,想到自己即将离开本土,挥别亲人,踏上异国他乡充当炮灰,心头的思绪,犹如脚前的海潮般翻腾。

曾几何时,风物依旧,人去楼空。他的吉田梅子到底在哪里?更令他不能容忍的是,虽在东北关东军三个年头熬到少佐,仕途的大门刚刚向他启开一条窄缝,可是他却经历了一场人生道路上的大挫折,几乎送了他的命。事情是这样的,他在奉天守备队接到吉田梅子的信,让他火速到旅大近郊的一个日军营地找她。事情非常突兀,来函又含糊其辞,吉田梅子在哪里任何职,他不得而知。赶到时,已近黄昏。时已深秋,寒风飕飕。在一家普通的农家院落里,他找到吉田梅子。其时,院外还有七八个日军虎视眈眈地排队等候,屋内,发出女人凄惨而又声嘶力竭的哀叫。他的心陡地提到嗓眼口,冲到屋里一看,什么都明白了。一个士兵正压着吉田梅子,粗野地蹂躏着,吉田梅子虚汗点点,面色蜡黄,嘴唇干裂,双手推搡着那野兽般的人,光滑而羸弱的双腿上,已淋下斑斑血迹。这下,平山的脑子嗡地炸开,他终于明白,他可怜的吉田梅子现在的供职,竟然是随军慰安妇!世道为什么这样无情?他不顾一切地冲上去,抓住那野蛮的兽类,劈面就是七八拳,打得那士兵滚到地上,满面流血,裤子也顾不上系,就往门外逃……他悲愤地把吉田梅子抱在怀中,已是泪流满面,泣不成声。吉田梅子已经奄奄一息,断断续续说了一句话:

"平山君……好想……想你！他们……捉弄我怀上孕，又搞得我……小产，还不放过……我。"

吉田梅子两颗豆大的泪珠滴在平山的手腕上，他受不了了，把梅子放下，提了门口立着的一把铁锹，冲出去。这时，那几个兽欲膨胀的家伙已气势汹汹冲过来，双方展开了肉搏。平山虽然体格健壮，有柔道功夫，但终于寡不敌众，加上连日赶路，旅途劳顿，终于被人家打倒在墙角。屋里，又发出吉田梅子悲惨的叫喊。这大概是她最后的挣扎了，他忍着痛，拖着铁锹往屋里爬，看准了那家伙的光屁股，一锹砍下去，那家伙立刻发出杀猪般的嚎叫，屁股上涌出一股血泉。

梅子没有救下，她在第二天就死了。他呢？被当地驻军绑在树上打得皮开肉绽，血肉模糊。关东军司令部混成旅把他借回来，要毙他，幸亏他的大佐给说情，让他随军南下锦州，视他功过如何，再行定夺。他麻木了，神经迟钝了，脑子老是涌出吉田梅子虚汗淋漓、灰白蜡黄的面孔。他端着上刀的枪，随军杀向无辜的中国民众，他把怨恨集中到这块土地的生灵上，他认为，之所以大和民族踏上这块国土，他和梅子的拆散、罹难，都是因为中国的存在。这种荒唐的思维和神经质的顽固，加之他武士道精神驾驭的功夫，使他成为一个地道的杀人魔王，仅攻破锦州当日，他就亲手杀死三四十个中国老百姓。他变成双手沾满鲜血的杀人不眨眼的野兽。然而，他冲击军妓所、殴打日士兵的罪愆，使他失去军旅升迁的机会。他被贬到奉天第三国高当了一名文职人员，名之曰"训导主任"。他不得不面对现实，冷静下来之后，往事如云，只有一滴清泪而已了。

泰山易移，品行难改。平山在第三国高，因为凶狠地责打学生，无故打学生耳光，出其不意以柔道技艺摔学生倒地等等，得了个很不光彩的绰号——"钢炮"！这天，他刚从外面往学校走，在对面马路上，他看到一位穿海军服、黑衣裙的女学生，简直把他惊呆了。她剪发头，小巧俊美的圆脸，小巧俊美的眉眼，小巧俊美的鼻头和嘴唇，真似一件精致的象牙雕刻艺术品中的"天女"。不，她是吉田梅子。一定是！他喊一声："吉田梅子！"就横过马路向那女孩走去。然而，那女孩见有个日本人叫喊着向她走过来，早吓掉魂，撒腿飞似的往树荫下一钻逃走了。平山赶到那里，根本没有什么吉田梅子，只见往来的尽是第三国高的男生。他醒了，梅子在六年前已经去世。这位，充其量不过是梅子的复制品。便长叹一声，无精打采地朝学生宿舍区走来。墙根底，有几个学生在抢什么，像是一个本子。近来，他听到一些传闻，有人说，每到晚上八九点钟，学生宿舍区内，便有传单满天飞，并有一种叫"复华秘刊"的反日刊物在市内风行。山浦校长已和他打过招呼，让他侦查、刺探，抓住有关当事者。想到这里，他偏偏又看到有人抢什么东西，他老远就问："那是什么？给我。"他这么一叫，那些抢本子的人，像刮了股旋风，眨眼之间不见了。他很懊丧而焦急，他想，即使抓不到证据，多在学生宿舍区游转，总能有所收获的。

学生宿舍里，灯正亮着，许多学生围着夏万济抢一本奇怪的杂志"复华秘刊"。学生七嘴八舌地嚷："让我先看。""我就看一眼，行不？"夏万济火了："这是我捡的，首先应该我先看！"有人提议道："你念吧，我们听。"夏万济点头道：

"这是好办法。我念了，你们仔细听。'我们分明是中国人，为什么硬说我们是满洲国民？是我们妈妈带着我们改嫁了？还是有强盗正在强奸我们的妈妈？'"

"真痛快！说出我们的心里话了。"

"文笔也流畅干净，比喻通俗恰当。"

"快念，还有什么？"

夏万济一边翻动书页，一边说："还有支歌，叫《复华党歌》，还带有简谱呢。"他读一句谱，念一句词，手在床上打拍子。有人插话说：

"你念慢点，让我们记一记。"

"对，我也要记，多好听的谱，多有力的词，听了让人多解馋。"

夏万济识谱能力不太高，念得也断断续续的。下面就是全部歌词和简谱。

复华党党歌

```
3·5 5 6 6 |i 7 i 6 6|3 7 6 i 7 6|7 — 3 — |
亲爱的 同 胞  快团结在一起来 救 我 们 的 中 华 啊
6 12 3 3|65·6 3 3 |36 56 4 5 |3 — — — |
快起 快 起 快快的 奋 起 再不 奋斗更 何 待
6·6 1 6 |1 2  3 —|23 2 1 76 17|6 — — — |
来救 我 们 的 中 华  来复 强 我 们 的 中 华
```

夏万济唱一句，大伙也跟着唱一句，唱完了他发表高论：

"不知道这个复华党究竟在哪里？它要能派个教员来教教我们多好。"

郑永星也住这个宿舍，他很爱拉小提琴，水平还不错。他装作不知，说：

"谁知道它在哪儿？就让我老郑用提琴给各位正正调子吧。"

"好！"有几个竟然拍起手来。

悠扬的小提琴乐曲，从郑永星手指缝里流泻出来，变成悲壮、浑圆、激越的旋律，几个人和着提琴，跟着低低地哼唱。一曲奏罢，夏万济跳起来叫："好极了。如果知道这个复华党在哪里，我们非要参加不可。同学们，是不是？"

"对！同意。"

话音刚落，门外有人小声喊："钢炮，钢炮！"

歌声，欢乐声，说笑声，戛然而止。郑永星手疾眼快，把那本《复华秘刊》藏到褥子下面。须臾，平山果然推门进来。大伙正看书自习。他发现大伙因他的光临而安静了，很不是滋味，但也得表现一点宽和态度，他说："疲劳了，唱唱歌子也可以的。"人们心中有些忐忑，但他们又清楚，平山的中文水平很低，和同学对话也吃力，歌词的意思就更不大了然了，也就放下了心。不知是他有了线索，还是他有意吓唬学生，他又说了如下大意的话：敌机没有什么可怕的，只是你们要听话。敌机来了有时撒谍报（指传单），千万不能捡起来。那上面有一种特殊物质，一粘上手就会燃烧，渗到血液里就会得大病，拿到室内就能把被褥、衣服、书和房屋统统地烧掉。他有时也表现一点幽默，嘴唇一咧，皮笑肉不笑地说：

"能把你们的耳朵、鼻子统统烧掉，妈妈的，也不认得你们的。"

同学们哄然大笑。平山借这个情绪下台，转身出去了。然而，他刚下楼，悠扬的小提琴乐曲又响起来，伴以同学们雄壮的歌声。渐渐地，别的宿舍也传来这种歌声，整个楼都汇合了这种歌声，似春雷，响彻夜空：

快起快起,快快的奋起,再不奋斗更待何时?

来救我们的中华,来复强我们的中华!

7. 皇姑女侠

　　山浦美子骑着车子,歪歪扭扭向第三国高自己的院子驶去。她心里翻腾得很,刚刚捡到的《复华秘刊》,她虽然仅翻动几页,可凭她的中文水平,以及日文夹杂汉字等两国文字的渊源,她断定这是一种很有政治色彩的刊物。这种刊物由她的好友金毓贤来散发,要冒多大的风险? 一个女孩子,从心底流露出的担心,像一片阴云,罩上她的脸。她眼中根本看不到什么行人、球场、单双杠,以及运动的男生们,加之,在这片地区灯光很昏暗,他们仿佛都是僵直的木桩,她从他们身边飞车绕过,冲冲撞撞的。嘭! 车轮碰到月亮门的砖阶上,她跌倒了。妈妈正在院子收拾晾晒过的衣物,看到女儿摔倒,急忙小步跑来,扶她,见她脸色煞白,惊叫:

　　"你怎了? 美子。"

　　"没事。"她慢悠悠地往起爬,扶车,看到妈妈替她捡书包,她"噢"地跳起,从妈妈手中抢过书包。妈妈很惊讶,她却笑了,撒娇地说,"妈妈,甭你管,我来。"

　　妈妈不解地摇摇头,仍去忙她的,一边斜睨一眼她那摔了腿,扶着自行车,背着书包,走路姿势失常的爱女。

　　美子好不容易等到妈妈屋里的灯光熄了。可爸爸呢? 她还没见爸爸的面,不知他早寝了还是外出有事? 她知道,爸爸有熬夜的习惯。他心情愉快时,就练中国书法,临摹《兰亭序》、《玄秘塔》、《快雪时晴帖》,与李曹王颜柳日日神交,想要熔隶楷行草于一炉,一吐磅礴之大气。然而,他的经历、阅览、气质和参加侵略战争的劣行等,使他的心术外正而内邪,所以笔底不能随心所欲地生辉,往往泼墨中透出凶恶,笔端抑或折戟沉沙。常常在这个时候,他的爱女出现,帮他整理文房四宝,用甜美的歌喉,鼓动他拨弄案头琴弦,父女俩默契配合,有时如泣如诉,有时舒缓悠扬,有时如东岸听潮般倾吐,一曲终了,点起如许思乡情愫,为父的含两泉热泪,为女的趋到膝前,扑到父的怀中,一任他的手抚弄秀发,一倾天伦之乐。可今晚,她没见到爸,妈妈患早期左心房传导阻滞,服药后安寝了。美子的心情慢慢安静下来,一扫刚才在路上的"风险",盥洗后,她走入自己的秀房,看到墙上挂着的书包,心儿又砰砰乱跳。好在时钟指向十点,再没人打扰她,她疾快从书包取出《复华秘刊》,坐到书桌灯前,认真地阅读。刚读第一页,作为大和民族的女儿,她有一些莫名其妙的犯罪感,当看到"驱逐鞑虏,还我中华"的字样时,她一下子合住书页,吃惊地站起来,胸部里剧烈地跳动。但出于好奇,她硬着头皮往下继续看,看到"南京大屠杀"简报,看到"太岳区日寇灭绝人性的三光政策",她再也按捺不住自己的感情了,深深地感到自己作为一个日本人的惭愧和羞耻,她的双手颤动起来,脸上发烧,她抑制不住从心底奔涌出的正义激流的冲击。正在这时,门被人拉开,一个黑影闪了进来,她惊讶中清醒了一半,看到是爸爸,更加恐慌了,她无法掩饰这一切,那《复华秘刊》一旦落到他手里……

"美子,你怎么了?"

"我……我……"美子急中生智,结结巴巴,"快,去拿……拿药箱,心慌得很。"

听到这话,山浦吓坏了,他知道妻子就是心肌有问题,遗传的因素,美子也不能排除这方面的毛病,他急急忙忙往他们卧室跑,去拿急救药箱。

美子吓出了一头汗,赶忙把《复华秘刊》压在褥子底下,自己又睡在上面压住。她刚躺下,爸爸提着药箱进来了,一会儿,她妈也边系睡衣边慌忙跑进,急切地问:

"不舒服吗? 美子。"

美子伸出手拉着妈妈,用温柔的目光看着爸爸:"没事了,爸爸,刚才是我起得太猛。让我静一会就好了。"

"哎呀! ……"爸爸总算长长出一口气,和她妈交换一下眼色,又俯下身说,"那也给你留两片镇静药吧。"

他们出去了,美子心跳得更甚。"好险!"她喃喃自语,她的眼前老晃荡着金毓贤、吴世辅、徐长岗诸君的影子。她总觉得这《复华秘刊》不仅仅与金毓贤有关,而且,还有……夜深人静,万籁俱寂,她仍然没有睡意,拧亮灯,从褥子底下探出那《复华秘刊》,又急不可耐地一口气读下去……

女一高放午学后,一位瘦高个女生,匆匆由大东门上电车,她家在皇姑屯区,显然她是乘车归家的。有几个不三不四的五高生,紧随其后,跳上电车;三高的张明刚也匆匆赶上车,吴世辅和曲作昆也挤上去了。

姑娘很潇洒,椭圆略长的脸有一双上挑的细眉,一对丹凤眼。皮肤细腻,脸色微黄中透点黑红。身材偏高,微微耸肩。电车是平稳的,然而,几个故意闹事的人,直往那女生身边挤,挤得那女生老立脚不稳。

车上有人窃窃私语,有人指指吴世辅低声说:"瞧那位大脑袋、宽前额、浓眉大眼的就是三高的吴世辅。"好些男女生都朝他瞅,刚上车的女郎更是认真地盯住吴世辅好一阵子,他俩的眼睛一旦接触,她便低下头。突然,车上又挤起来,五高几个流里流气的小子叫:"看哪!刚上车的瘦高挑丹凤眼美人,就是女一高的女侠周再娟。"

"名不虚传,别有风采呀。"

"是呀,瞧人家并不像冲锋陷阵的女将,倒像柔弱多情的小姐儿。"

"哈哈……"

一阵拥挤,周再娟脸上一阵红一阵白,竭力躲闪着这些茬事之人。三个戴五高帽的男生,紧紧追随着她,她走到那里,他们就紧跟到那里挤,特别有个更不要脸的,故意靠得她很紧。张明刚"路见不平"地狠剋他们一眼,便挤开一条缝,放周再娟逃过去。稍稍安静了片刻,高个家伙又卑劣地挤到她背后,贴得她紧紧的。她忍无可忍了,眼睛里简直冒着火焰。突然,那高个"哎呀"一声,弯下腰,喊:"快放开!"他抓住周再娟的胳膊向后推她。周再娟用另一只手从书包里抽出一把短刀,猛力向抓她胳膊的那只手腕刺下去。"呀!……"随着嚎叫,她把刀向后一拉,鲜血顿时流出来。她挣脱后,向车门扑过去,张明刚帮着给她挤出路子。这时另一个五高男生追上来,抓住她的上衣。她用刀子一割,削掉一块衣襟,露出红色的衬衣。这时,电车突然停下,门已打开,她夺门而出。三个五高学生紧追不放。张明刚也跳下车,曲作昆紧拉着吴世辅也跟了下去。

周再娟的父亲是个屠猪老板,她妈妈死得早,父亲溺爱再娟,也就没有再娶。她有个哥哥却不是东西,常常谋算巴结日本人,终于当了皇姑区一个派出所的警长。她原来有个姐姐叫周娟娟,因出天花夭折了,因此,她的名字就叫"再娟"。母亲早亡,娟娟走了,父亲很悲伤,自然就视再娟如掌上明珠,十分珍爱。她生性豪爽,不谙大家闺秀的繁文缛节,不拿针担线,不缝衣绣花,却常常跟着一位老师傅耍拳舞棒,使刀弄枪,学起武林技艺来。尤其那剑术学得非常精湛绝妙,表演时,往往博得热烈的掌声。为此,女一高成立舞剑队,自然周再娟就是她们的教练兼队长了。

目前,周再娟面对的是三个无理取闹的"反徒",她跳下电车正要撒腿逃,但那三个熊腰猿臂的五高大汉,双手叉腰,面露凶相,向她包抄过来。周再娟有点慌,虽然她是位"女将",可是,以一对三个彪形大汉,她不免有点胆怯,她后退一步,挥舞着亮闪闪、带点血迹的刀子骂:

"你敢过来?你是无耻的流氓!回家再拿出小便对准你姐姐的屁股去吧!"

这一句话,围观的人听懂了,知道那高个玩了流氓行为。包围圈一再缩小,周再娟退缩着,快到马路栅栏了。突然,啪!啪啪!两声痛击,那高个倒地翻滚起来,其余两人回头一瞧,见是三高的美猴王张明刚,他们认识,曾经多次交手,像电影院的空场,大东门巷子里,五高除老牛以外,谁也不是他的对手。他们有些胆怯,而且看到张明刚的身后,还跟着大名鼎鼎的吴世辅和曲作昆。他俩正在思忖、狐疑不决时,"啪!啪!"一个冲面飞拳,一个翻身流星脚,又把这两个也放倒了。周再娟还怔着,脑子转不过弯儿来。五高的三人,见不是人家的对手,爬起来,悻悻地溜了。

张明刚笑嘻嘻迎上去:

"周小姐,你受惊了。我张明刚一步来迟,险使你遭受玷辱,我这里很抱歉。"

张明刚双拳一抱,两眼放出异彩。他早就暗暗喜欢上周再娟,也曾暗暗跟踪数次,就是没有说话的机会。这次却让他盯对了。但是,使他非常厌恶的是,吴世辅和曲作昆这两个王八蛋,像专跟他作对,如两个押送犯人的士兵,一步不离地跟在他背后,"看押"着他。但,他知道吴世辅之流的厉害,他曾经领教过,并与之握手言和。然而,这一次,在电车上相遇,在解救周再娟时又紧追不舍,显然,吴等是他与她之间的一道障碍,这很使他嫉恨。可是,张明刚怎么能知道,有计划地接触女一高"校花",打入女高,是复华党的一个重要战略步骤呢。吴世辅看到张明刚在周再娟面前的做作和卖弄,有点可笑。周再娟进退维谷,羞羞地瞧一眼张明刚,难以启唇。吴世辅便借机让她下台阶:

"周小姐,没事就好,请回吧!我们都是三高的,很乐于帮助你。"

周再娟很受感动,刚才她在电车上听人介绍过吴世辅,她平常也听说过他,今日一见,她特别高兴,走上前,握住世辅的一双手,两眼满含感激地,也向张明刚和曲作昆扫一眼:

"谢谢你!谢谢你们。"

可是,张明刚的眼神里却流露出十分的醋意,他嫉恨地向吴世辅瞟一眼,又温顺地睞一眼周再娟,等她伸过手来握别自己,然而,周再娟转身去了,走几步,猛回头,向他们挥手:

"再见!吴世辅。"

张明刚气得把脸变成猪肝色,恶狠狠盯住吴世辅:

"我算明白了。你居然夺我所爱,咱走着瞧!"他说完气梗梗便走,吴世辅追了几步,喊:

"张明刚,你别误会啊。"

8. 争夺"女侠"

刘彩云自那次被杜庆毅和刘俊民解救之后,她对两位"侠客"十分感激。尤其对刘俊民小心地用自行车送她,把她一直送到学校宿舍楼寝室门口。一路上,他那憨厚、纯朴,乐于助人的热情,被细心的刘彩云记到心里。事情虽然过去好几天,但刘俊民那骑车飞驰,走街串户送温暖于万家的身影,不时浮现在她的脑海中。一礼拜又过去了,又到回家的时候,刘彩云陡地想起每次上火车站,后面跟踪的人,心下就紧张起来,她把自己的烦恼告诉她的同班好友周再娟。周再娟素有女侠之称,两人感情笃深,她很同情这位善良而能歌善舞的郊区姑娘。拍拍胸部叫:

"放心! 我接送你上下火车,谁敢打你的主意,姑奶奶让他吃不了兜着走。"

这样,每逢星期六,再娟送彩云上火车,星期日下午又去车站接她,一段时间,平安无事。可"人无千日好,花无百日红",终于她俩又遇到麻烦。这天,她接彩云下火车,转乘电车回校,车到大东门站,她俩下了车。时已太阳落山,暮色渐浓,从大东门往女一高走,左边是菜市,右边就是女一高校墙,中间隔一条南北向的土路。傍晚时分,菜市渐已收摊,行人逐渐稀疏了。女一高校墙挺高大,还有墙上茂盛的树,把窄土路罩上一片阴影,加之灯光昏暗,显得特别僻静。突然,从树影底下窜出五个男生,一字排开,挡住她俩去路。刘彩云尖叫一声,躲在周再娟的身后,吓得直哆嗦。周再娟小声说:"别怕,有我哩。咱们挺起腰来走,别搭理他们。"走到近处,认出他们戴的是五高的帽子,其中一个是一次在电车上相遇过的"冤家",他挽挽胳膊,露出那条再娟捅的刀疤,笑嘻嘻说:

"周小姐,这条刀疤,你该不会忘记吧?"

她俩不搭理他,躲着往东侧走,他们便在东侧挡住,因为刘彩云被吓得飞灰了脸,再娟不到万不得已就忍着。她拉着彩云的手躲向西侧,他们又在西侧挡住了。周再娟勃然大怒:

"你们想干什么?"

"嘿嘿,不干什么。"一个矮胖子笑得眯没了眼,"交个朋友嘛! 怎么,不愿意?"

"我们不和男生交朋友。"再娟拉着彩云又躲。

这时那五个男生手拉着手,把土路全封锁了,她俩无法越过。周再娟厉声喝道：

"你们想当强盗呀？"

刀疤嬉皮笑脸："难道我们想和你们交个朋友就成了坏人？我们又不强迫你们做什么，只要大家在一起接触接触嘛。"

"对对！"矮胖接茬说，"至于以后你们在接触中觉得谁性情相投，就与谁好，我们绝不吃醋。"

"我不懂那一套。"周再娟火气升起来。

"你不懂就走开，有刘小姐就够了。"另一个三角眼从周再娟背后往出拉人。

周再娟一个绊子把那家伙扑个趔趄，左手插在腰上，作出武斗的架势：

"你们不要欺人太甚，姑奶奶不是好惹的。你们要是耳朵聋，可以到皇姑区打听打听。"

刀疤还是嬉皮笑脸，说：

"什么姑奶奶？莫非已有了姑爷爷。没有的话，你看我怎么样？"

周再娟再也抑制不住，把刘彩云扯到一边，低声说："你在这里等，待我收拾那家伙。"刘彩云担心地喊："周大姐，你……小心啊！"说时迟，那时快，刀疤和再娟已经交手了。他手疾眼快，誓报一刀之仇。再娟飞步入来，刀疤就势往左一闪，她扑个空，立脚不稳，刀疤趁势在她屁股上踹一脚，她扑倒。彩云惊呼一声，见刀疤趁机添脚，岂不料，皇姑女侠一个蝎子翘尾，翻转身来，扑到刀疤背后，来个半山斩崖，一拳戳到刀疤肋骨上，只听"哎呀！"一声，他噗通倒地，双手正要撑地往起跳，那女侠一个雄鹰俯冲，以迅雷之势，一脚踏翻刀疤，嗖地从腰间拔出尖刀，就要捅下去。刀疤吓得求饶：

"周小姐刀下留情……我瞎了眼……有眼不识泰山。"

刀疤一边求告，一边用手打着自己的左右脸，同时，胖子也作揖求情：

"周小姐，你就高抬贵手再饶他一次吧。"

"久仰皇姑女侠大名，今日得见，三生有幸！"

"我们也是武林中人，见周小姐如此身手不凡，景仰景仰。有心与你交个朋友，以兄妹相称，切磋技艺，不知周小姐意下如何？"

周再娟熟谙武功，也重交流，见这几个"败兵之将"连连求饶和奉承，也就消了气，好下台阶。便放掉刀疤，把尖刀揣回腰间，想了想说：

"也罢！如果你们真想交流武术，我周再娟倒可以奉陪。但我这位干妹妹，本心善良，秉性单纯，也没见过世面，以后你们不能纠缠她。"

"那是，那是！一切听周小姐吩咐。"

这样,五高的武林弟兄在节假日,就常常到皇姑区周家把再娟约走。或郊游、或泛舟、或登山攀崖、或在公园舞剑弄枪,好不快活。后来,以张明刚的徒弟哪吒夏万济为首的第三国高武林学生,也不甘示弱,和周再娟交上朋友,也约她出去看电影、登楼塔、遛街市,有时故意让她女扮男装,把她那不太长的剪发压到帽子里,让她走在中间,身背长剑,他们雄赳赳散走在四周,像八王千岁驾出紫玄阁,好不热闹。事情就出在这上面。她毕竟是一个身子,没有分身术,有时被三高男生约走,五高就扑空。久而久之,双方就有了积怨。又一个星期天,五高学生早早邀群结伙,去请周再娟,他们想好了要去北陵郊游,并准备了丰盛的野餐。当刀疤和胖子一伙兴冲冲来到皇姑区周家时,他们却扑空了,周小姐已被夏万济等三高男生约走。刀疤和矮胖气得捶胸跺脚,发誓绕奉天找她,把她夺回来。

他们寻遍几家影院,不见;他们寻到大帅府,吴公馆前后,仍不见;他们寻到故宫和钟鼓楼,到处找不到周再娟。跑累了,矮胖坐在大东门一个石狮子上喘着粗气骂娘:

"娘巴拉子,跑哪里去了?"

"嗨,咱们舍近求远了。"刀疤神秘地,"为什么不到小河沿公园看看?"三高、五高和女一高是邻校,各居等腰三角形的顶点,"他们是不是去了小河沿?"

"对!妈的,我怎么没想到呢。走!"胖子一拍大腿。

一伙人气势汹汹向小河沿涌去。他们走进小河沿门口,远远,水塔前的小广场上果然有一群人。刀疤说:"过去看看。"

这一看不要紧,倒把刀疤几个气得毛发倒竖:娘巴拉子,三高这些家伙,太欺负人,竟敢在太岁头上动土,老虎屁股上栽钉子?

空场上,居然就是女扮男装的周再娟舞剑,她一会儿坐,一会儿跌,一会儿双鹤亮翅,一会儿长空舞袖。舞步如旋风急转,剑路似八卦九鼎,严密细微,龙回凤翱,虎腾狼扑,剑光闪闪,风声嗖嗖,最后一个金鸡独立,作了收势。

"好!"三高学生热烈鼓掌,齐声喝彩。

夏万济几个三高男生忙向前握住周再娟的手表示祝贺:"太好了! ……周小姐,谢谢你。"

"谢你娘个×!"突然一阵拥挤,刀疤和胖子等五高学生把夏万济推开,当众宣布,"周小姐是我们的朋友,应该跟我们走!"

"滚出去! 不要在这里捣乱。"夏万济高喊。

"什么捣乱?"刀疤目光逼人,把小夏吓退一步,"她是我们的朋友,我有权利带她走。"

"她是我们的,我们先把她从家里请来的。"三高的另一同学喊,"我们要保证周小姐的安全。"

"她是我们的,绝不允许别人插手!"五高学生喊。

"我们的,我们交情最深。"三高当仁不让。

"你们说不算数,让他自己说。"旁观者提议。

"周小姐,你就说句公道话,"刀疤近乎恳求,"我们为交好你,付出多少代价?"

"让她说,你少啰嗦。"夏万济喊着。

周再娟难为情了,只好敷衍:"你们都是朋友。"

"不行,只能有一家,不能脚踏两只船。"胖子叫。

"那就是我们的,你们快滚!"三高生怒目环睁。

"打狗日的。"刀疤一声吼。

两家十几个人扑在一起,拳脚交加,棍棒并举。这下,急坏了周再娟,她一个箭步,用剑向中间一横,大声叫:

"住手! 你们……别逼人太甚,让我考虑几天,行吗?"

"行!"刀疤一招手,五高男生退出,"不过,最好的办法,咱两家约个时间地点,决一雌雄,胜者就是周小姐的朋友,败者,心甘情愿退出竞争,怎么样? 敢不敢?"

"这就能把我们吓住?"夏万济愤愤地说。

他们共同护送周再娟返校,怒目相视而别。

9. 团体决斗

三高五高武林中人,为争"校花"的斗争越演越烈。复华党总部得知这一消息后,吴世辅、徐长岗和史恩锦在小河沿的湖岸一排长椅上约见了,商讨抓住时机,壮大抗日队伍,使复华党打入女高的计划得以实行。

长岗说:"我主张让他们痛痛快快大打一场,像西洋人为争夺一个女人进行决斗那样。让他们打得天昏地暗……"

"对! 好主意。夏万济的工作交给我。他和我一个宿舍,又受继母虐待,有一定正义感,也很直率,对我们的《秘刊》和传单都反映强烈。我可以先把他吸收进复华党,然后,有意识让他去组织这件对抗性决斗。"吴世辅说。

"我同意。"史恩锦说,"五高的情况我再了解一下。"

徐长岗望着田田的荷叶,似问谁,又像自问:"叫他们怎么大打一场呢?"

"对呀,怎么打呢?"史恩锦把疑问的目光投向吴世辅。

吴世辅把一块石子,投向微风吹皱的湖面:

"叫他们用团体大决斗的方式,决定皇姑女侠的归属!"

当天晚上,吴世辅瞅着人们不注意,把夏万济叫道防空监视哨。这是在楼顶上修建的一间很小的屋子。每逢发出防空警报时,这里就配备一个监视员值班,监视美国飞机来去方向。平时这里没有人,是个僻静的所在。小屋里有两个座位,两人坐定后,吴世辅出其不意地说:

"小夏,你不是要找复华党吗? 现在我告诉你,它就在你身边,是我们发起和组织的。"

对夏万济来说,无异于晴天霹雳般的震惊,他脑子半天都转不过弯来,他用手抵住额头,平静了一刻,抬起景慕的目光久久地盯着吴世辅。他早就对世辅有钦佩之意。自从打败四年级生后,他更是对他佩服得五体投地。青年会楼上的一幕,使他非常感动,他深深认识了世辅、长岗这伙人的高瞻远瞩和不同凡响的敢作敢为。如今,那个他以为深奥莫测的"复华党"居然就是他身边的朋友发起的,这一发现,更震慑了他,更使他坚定自己对他们认识的眼力和估价。当世辅直面不讳地道出真相时,夏万济感到自己的渺小,感到世辅是个了不起的伟人,他情不自禁噗通跪倒,叫:

"吴大哥,我没看错你。请把我也吸收进去吧。"

"我代表复华党本部表示欢迎。你准备一张照片,就给你发党证。加入复华党就是同志加兄弟,是亲密的一家人。以共产党为榜样,共赴国难,抗日救国。生死与共,风雨同舟,一人有难,八方支援。另外,要坚守保密,即使是父母,也不能随便暴露自己的身份。"

"那当然。"夏万济兴奋地说,"吴大哥,有用得着我的地方,你就尽管吩咐,夏某人是赴汤蹈火在所不惜!"

"好的。"世辅拉着夏万济坐在自己身边,亲切地说,"选择一个适当的时间和地点,让三高和五高武林弟兄团体决斗一次。他们不是在争周再娟吗? 你的任务是让他们三高、五高、女高参与的人越多越好。"

"我懂。"夏万济高兴地站起来,"明天我去通知周再娟,约定星期日在北陵同'五驴子'决斗。"

"今后可不能再叫'五驴子'了。"世辅的脸色严肃起来,"你去准备吧,各方面都要考虑周到。"

夏万济乐滋滋地走了。

次日。夏万济找到皇姑区的一个肉铺,远远望见周再娟帮她爹在肉案上剔肉。她剔的肉红的是肉,白的是膘,脆嫩软骨剔在另外,既方便了顾客,价格又公道,所以买卖兴隆。万济等了老久,再娟却没有发现他,他便凑到割肉的人群里。周再娟头也不抬:

"多少?"

"单要腿巴骨两斤。"

周再娟愠怒地一抬头,吃了一惊:

"你!瞎搅什么?"

"大姐,出来一下,我有话和你说。"

"我能出去吗?"她有点抱怨,"你走吧。无论你们三高,还是五高,我都不跟你们搅和了,要不,你们还打出人命呢。"说完,她又低头剔肉,不再搭理夏万济了。小夏急昏了头:

"你不赏我的脸,是我没面子,可我回去怎么向吴大哥回话?"

听到"吴大哥"三字,周再娟使刀的手歪扭了一下,割着了她的一个小指头,她放下刀,用另一只手捏住伤口问:

"什么吴大哥?"

"瞧你,把手也割破了,这都怨我。"小夏骨朵着嘴,慢慢往出走,"我给你买点止血药回来。"

周再娟把肉案交给另一个伙计,追出来:

"小夏,小夏!我不妨事,削破点皮,我没那么娇嫩。你倒说清楚,什么吴大哥李大哥的。"

"我说的吴大哥就是吴世辅嘛。"周再娟眼神有些异样了,马上想到大东门电车站下,她被人跟踪,是吴世辅和张明刚解救她脱围,她想到自己和他握手时感到那温热顿时传遍全身,脸儿便红泛泛的,她询问道:

"小夏,怎么回事?你讲清楚。"

"大姐,世辅和长岗可好啦,在三高特有威信,"他避而不谈复华党,小心地选择该说的话,"他俩反对上级生欺负下级生,也反对各校同学之间打群架。他们听说三高、五高男生为争你这个校花就要大打出手,他们就想出个折中办法,不知你肯不肯出面?"

"听说这两位同学不是武林中人,是好学生类型的,"周再娟想了想说,"他们愿意同我这个耍刀舞剑的人接触吗?"

"老实告诉你,他俩虽然没学会武术,但对武术很欣赏,尤其钦佩周大姐的剑术。"

"真的?"周再娟抑制不住内心的喜悦,又怕小夏看出破绽,便红了脸,"你说,他们让我干啥?"

"挑起一场团体决斗!"夏万济巴眨着眼,"下个星期天上午九时,地点在北陵,你是裁判。还有,不要忘记,多多叫上你校的一些姐妹助兴。"

"啊! ……到底要干啥?"周再娟吐出的舌头,半天没缩回去。

北陵一片稀疏的松林场内。没有游人,没有鸟叫,显得格外冷静。时已秋冬之交,松针像抹了油,碧绿青翠。树下年复一年积累下一层厚厚的松针,人走上去一不小心就会滑倒。八点四十多分,林外有了人声,三高五高的武林骁将,都兴致勃勃赶来,他们每人都拿着称手的家伙,刀枪剑戟,鞭锥叉棒,叮零当啷插得林中生林,扔得遍地狼藉。双方对手也不答话,怒目相觑,似有不共戴天之仇。他们都还带着帆布书包,其中装满了面包、水果、糖块、香肠、啤酒,准备打赢后,以胜利者的姿态同皇姑女侠吃一顿美好的野餐。他们把书包挂到近处的树枝上。他们注意到,周再娟英姿飒爽,红装艳裹,在万绿丛中衬得格外娇娆。刘彩云,姿色丰腴,雅媚动人,傍女侠袅袅而立,分明是明丽斗艳的月季花。挨刘彩云的是秦芳,小巧玲珑,妩媚娇娟,处处可人、动人、爱人。再看她们之后,剪头发,海军服,黑衣裙,高跟牛皮鞋,一色的佳丽仙子,群芳竞艳,眉目秀雅,给这寂寞的北陵,寒风初度的松林增添了春的气氛,给争斗双方剑拔弩张,睚眦怒齿,即将苦斗肉搏的精兵强将,带来花的信息,音乐的旋律,美丽的希冀。然而双方格斗就会更加激烈,更增几分残忍和狠毒。因为美花奇芳前的打斗,谁不拼命一搏? 胜者可以趋香近玉,充蜂任蝶,那败者犹如落入千丈泥潭,永无人搭理了。九点整,皇姑女侠正准备宣布决斗,"开始"二字还未出口,犹如汹涌的浪涛,双方战将擎起十八般武器,嗷嗷搅作一团。枪舞银蛇,刀闭电光,棒盖如泰山匐顶,鞭抽犹锋刃剥筋,好一场飞沙走石般恶斗。

小夏傻眼了。刘彩云吓得双手捂脸,大吼"妈呀!"秦芳唬得脸儿飞灰,浑身瑟瑟作抖,几十位女高小姐儿,高声尖叫,相互抱定,不敢向"战场"觑一眼。这时,小夏冷静了一下头脑,点化目瞪口呆的周再娟:

"快! 大姐,跳出去挡架。"

周再娟听到后,头脑清醒了点,手持长剑,一个箭步,跃入格斗旋涡中心,挡住数路兵器:

"住手！都给我把器械放下。"

"为什么?"双方住手了，七嘴八舌发问。

"为啥? 这有决斗规则。谁不遵守，就请退场!"周再娟说得严厉，又不容分辩，把双方几十员战将到底喝住了，"现在双方迅速排队，向后转，相距二十步，齐步走!"

双方只好听口令，相距二十步各站成一行。周再娟让女高学生收去武器，宣布规则：一，不许用任何器械。二，不许打头部。三，不许越出空场范围。四，可以单打、混合打，也可以救援。五，四肢同时着地或脊背着地就算被打倒一次。六，任何一方的十个人被打倒在地一次，就判定为失败者，另一方的十人即使被打倒九人次，仍然算做胜利者。

"听清没有?"她高声发问。

"听清了。"响亮的回答在松林中回旋。

"向对方敬礼!"再娟发口令，"开始!"

二十员虎将猛扑上来，掀对方的肩膀，拉胳膊，抱腰胯，使绊子。对方呢，千方百计地摆脱，且要攻其弱点。好半天，他们在空场兜圈圈，好像是日本柔道竞技场了。由原来一场你死我活的充满敌意的凶猛决斗，已渐渐蜕变为一种有规则性的竞赛运动。而它的操纵者，就是奉复华党"密诏"而动的皇姑女侠。有的已上手，厮打在一起。周再娟像篮球裁判员密切而机警地跑来跑去，观察着每个人的动作姿态是否犯规。刘彩云和秦芳放松了，相互攀着，笑眯眯地欣赏着从未领略过的格斗场面。每当摔倒一个人，"娘子"花丛里便发出脆响的喝彩："加油!"女士们犹如给机械加了油，使勇士们鼓起更大的拼劲，扑向对方，格斗更加凶猛了。可是，轻易败谁，也很难。谁也没拧倒谁。有的刚要倒，就脱身跑开。后来他们改变策略，以二或三对一个较强悍者，但这强悍者刚要倒下时，却又跑来援救者。地上松针较滑，不小心滑倒的，但两腿着地，两臂仍然高举，一跃而起，仍不算倒下。有时双手着地了，但两腿及时向上一翻登高处，仍不是四肢着地，不能算被打倒。他们在小松林空场来回奔逐追扑，刀疤碰上树杈子，脸上戳出血，小夏的衣服被人扯破，裤腿一拉到底，几乎遮不住羞处。但他们仍不管这些，仍在矫健勇敢地左冲右突，前后周旋。过了很长一段时间，竟无一人倒下。此时，他们已经三移筹略，以一人引诱对方数人来扑，虽被摔倒，也无人救援，但可以让其余的多数趁机抓住对方其余的少数，把他们按倒两三个。以一换两三，倒也合算。但时间一长，对方也领悟其中奥秘，并又有了创新。这么较量多时，他们头上冒着热气，吁吁大喘，手脚笨拙，腰酸腿疼，动作渐渐慢下来。

看来双方已经到了精疲力竭的程度了。刀疤不摔自倒,半天爬不起来,胖子伏在树根上叫:

"扶扶我,快扶扶我!"

观战的"娘子们"发出乐不可支的笑声,很开心的嘻嘻哈哈的笑声。从松林里走出吴世辅、徐长岗和史恩锦。周再娟正在为难,突然见来了救星,脸上一亮。她忽听世辅喊:

"同学们,不要打了。"

周再娟马上响应地喊:"停,停下来。"

随之,哨音一响,双方"停战"了,有的发愣地瞅裁判,有的疲惫地滚在地上四脚八叉地喘气,有的坐下来惊讶地看着姗姗来迟的几位不速之客。徐长岗说:

"各路英雄,真令人羡慕,不打不相识嘛。"

"对对!"吴世辅走到他们中间,向各位抱拳,"我们久仰大名,与各位交个朋友,怎么样?"

"愿意!"夏万济带头喊。

"这位是三高的吴世辅,那位是徐长岗,"史恩锦对五高同学介绍,"都是我的好朋友。三高和五高是兄弟校,干吗要常常打得头破血流?何不来个化干戈为玉帛,交成好朋友呢?"

他们早已听说过世辅和长岗,有的早已熟悉,一听美猴王的大徒弟哪吒已喊了同意,还有什么话说,便齐声回答史恩锦的话:

"同意!"

"那么,大家就坐到一起来吧。"徐长岗一叫,周再娟便向刘彩云那边一招手,女生们全跑过来了,有的扶着疲惫不堪的同学往起站,有的拿出药箱给受伤的同学包扎,有的用针线替撕破衣裳的同学缝补,有的从树杈上往下摘书包。于是,刚刚还是龙争虎斗的沙场,而今变为鸾凤和鸣的瑞祥气氛,几十个人围成大圆圈坐下。周再娟女扮男装,但在近处仍可清楚地看出她的长发从帽盖下秀气地流泻……她很大方,同他们握手,但握到吴世辅时,她的脸微微泛红了。秦芳呢,从看到吴世辅的一刻开始,心中就很不自在,老往刘彩云背后藏,怕他看见自己,她长成大姑娘了,不愿意当着这么多人的面,和小时候青梅竹马过的男生讲话,亲近。然而,藏是藏不住的,吴世辅看到了她,并有意挤坐在她的身边,想向她打听她和她妈妈的生活情况,他俩毕竟是幼年之交,比别人的感情自然深沉。秦芳呢,根本不敢抬头望一眼世辅,尤其不敢透露一丝儿她家庭的景况。

为躲他,她抱得刘彩云更紧了,偶尔她的胳膊碰到他时,像被蜜蜂蜇似的"嗖"地抽回去,并胆怯地偷觑他一眼。

"我们带来吃的,大伙别客气,请用餐!"小夏说。

"我们也带着。"五高的同学也纷纷往出掏东西。

周再娟从他爹肉铺里带来一大块熟肉,足有四五斤,她用剑小心切割开来,分给大伙吃。他们把啤酒倒在小茶碗里,徐长岗举"杯"说:

"今天是我们值得庆幸的日子,我们得到了很多新朋友。不仅有五高的武林高手,更可贺的是我们交上了女高的各位小姐,我们甚感荣幸。今后,我们就是命运相连、生死与共的好友了,让我们为获得新朋友干杯!"

"不行,皇姑女侠不愿和我们男士交朋友,只愿以兄妹相称。"五高的胖子插言。

周再娟瞪一眼胖子:"谁说的?反正都一样。"

徐长岗高兴地举杯:

"那么,我们大家都是兄弟姐妹了,来干杯!"

"咣当!"茶碗、玻璃杯、瓷缸,各种容器碰到一起了,圈成一个色彩斑斓形状美丽的奇葩。

徐长岗看着大伙都喝了一口,补充道:

"今日好友共聚,如同结义盟誓,往后,谁也不能背叛朋友,背信弃义是可耻的。"

"谁敢?"周再娟抽出长剑,斩断一条面前的松枝,"谁要背叛兄弟姐妹,我让他如同此枝!"她的眼睛瞟向吴世辅,又觉得自己做得有些鲁莽,不好意思起来,"我只是强调强调,其实,谁会呢?"

吴世辅思索一阵,说话了:

"我们应该重视友谊,反对破坏友谊的行为。三高从我们三年级开始,不再要求下级生服从我们,也不必向我们敬礼。抑强扶弱,是我们的一贯做法。四年级生被我们惩老实了,不敢再欺负我们。我们要友谊,不要霸道。同学们请想想,我们之间打架不休,受伤害的还不是我们自己?鹬蚌相争,渔翁得利嘛。有人就是想利用我们自相残杀,自我扼制,像元朝蒙古人把中国分成三六九等,好满足他们得陇望蜀之心。"

虽然吴世辅只是影射,没说出"日本人"三个字,但耳聪之人一听就明白,他们有的点头,有的思忖,有的窃窃低语,徐长岗看出端倪,便打断世辅的话说:

"道理大伙都清楚,我们就不多说了。让咱们快乐地联欢联欢吧。请让周小姐舞剑,大伙同意不?"

"好!"在一片叫声中,大伙鼓起掌来。

周再娟站起身,拔出双剑,做了个虎卧平岗的开场姿。吴世辅见人们都把注意力集中到舞剑上,便对秦芳低声问:"你在什么地方住?"秦芳目光虽然看剑,耳朵却特灵,低低回答:"居无定处,还是这里三日那里两天地倒。""你妈妈好吗?"吴世辅话音刚落,见秦芳的双肩微微一抖,装作心不在焉:"就那个样……""能不能让我到你家看看?"秦芳听到这话,紧咬嘴唇,几乎咬破,生硬地:"不用。"她的眼里脱转着两泡泪,她站起身,又换了个位置,插在两位女生之间。刘彩云有所觉察,问:

"秦芳,你怎么啦?"

"不怎。"吴世辅代为回答,又像自语,"瞧! 那剑舞得多美。"

周再娟舞得是林中剑。两剑如二龙出水,寒光闪烁,上下左右,旋风般飞转,松林偶或被剪得纷纷飘下。令人不禁想起黄山云雾,奇岩险松,深壑峭山在滚翻的云雾中出没,碧桥玉峰在雾中显露,反射出闪烁的金光。她一会儿似断桥中的青儿,挥舞双剑刺向负义郎许仙,一会儿似倾国倾色的虞姬,向西楚霸王舞出剑情刀愫。双剑犹巨蟒盘旋萦绕,似飞箭响彻敌营,情与恋,爱与恨,交相融合,激起了人们热烈的掌声。最后,大伙在林中空场手牵着手,跳起了朝鲜族舞蹈,歌声在松林中回旋飘荡。为了和女高同学套近乎,世辅和长岗主动接近她们,周再娟当然求之不得,只要跳集体舞,她就主动拉着吴世辅的手,并暗示刘彩云拉长岗,尽情地欢跳歌唱。秦芳虽然不言语,但她感情上有些接受不了,就单独一人,躲在一棵树下托腮思忖,小巧俊美的嘴儿,小巧俊美的眼睛,小巧俊美的鼻子,蹙到一起,两颗泪蛋蛋不由自主地滴下来。直到太阳西斜很久,他们才握手告别。周再娟一直叮咛世辅:

"欢迎你到家做客。"

在大东门车站附近,世辅、长岗、恩锦、万济互相作别,各归其路。吴世辅徒步往学校宿舍走去。走到一片人稀树密处,突然跳出两个遮面人,向他猛打过来,一边狠狠骂:

"老子看你风流,你敢把校花全独占了?"

世辅被揍得措手不及,忙解释道:

"二位,千万别误会,听我说。"

他们哪里肯听,拳打脚踢,把吴世辅揍得鼻青脸肿。最后,他们把世辅拖倒在地,又用靴子踢了个七死八活,看看世辅一点不动了,其中一个人说:"快走!"

于是，两个不速之客逃走了。

10. 平地风浪

徐艳明刚给一个孕妇作完胎位检查，院长就进来找她，笑眯眯地说：

"艳明，我受你父亲之托，要你今上午陪一位青年出去玩玩。我们做长辈的仅仅是撮合，主意呢，还要你自己拿。"

"院长！"徐艳明焦急地向他辩解，"我早已说过，正在修学业，坚决不找……"

院长把金丝眼镜正了正，摆手阻止道：

"你一定要给我这个面子。此人在日方供要职，对我和你父亲的前程有举足轻重的作用。"

艳明还欲争辩，院长迫不及待上前帮她脱衣换装，容不得她再拖沓，强行拉她走到门口一辆黑色卧车前。院长拉开车门，把艳明推进去，那人回过头来对她微微一笑，她吃了一惊，此人正是她父亲给她提过的那门亲——伪满洲国奉天警务署侦破处长张丰年，长得挺帅，西装革履，油头粉面。她正想借口下车，然而，那车已经溜开了，在奉天市区显赫地驶过。

慢悠悠的乐曲把人带进了世外桃源，一对对男女搂抱着，在音乐的伴奏下旋转、扭摆、飘荡和摇曳。有的是日本显贵与东方美女，有的是伪满部长与少女姘头，有的是商界大亨与歌星名流，有的是花花公子与娇小姐儿，灯红酒绿，珠光宝气，金碧辉煌，令人眼花缭乱。张丰年得意地搂着徐艳明在舞蹈，徐艳明眉头紧锁，嘴巴紧闭，手指头象征性地捏住他的衣角，把身子尽量离他远些，搞得很别扭，很不自然，也很累。然而，男方却借机靠近她的身体，甚至在旋转当儿，装作错步，把脸挨到她的腮上，她愠怒了，甩下他，跑到休息室，坐到沙发上生闷气，丰满的乳房一起一伏的。然而，张丰年不会放过她，他跟进来，姿态很俏皮地点着一支香烟，烟丝悠悠地在室内缭绕。他脸皮厚得很，把烟一掐，笑着突然挤到徐艳明身边："徐小姐，生我的气吗？你可要明白，是你父亲答应把你许给我的。"说着，猛然把她抱住就要亲嘴，艳明勃然大怒，挣脱出来，"啪啪！"两记耳光甩在张丰年的脸上。张丰年从来没受到过这么大的打击，正捂着发烧的耳边愣怔着，徐艳明气咻咻地向门外跑了……张处长脸色变紫：

"徐艳明，你等着！"

艳明很后悔自己为着院长的情面，陪着畜生汉奸到东洋舞厅去，她受到莫大的侮辱,一个女性神圣的尊严,被这个玉面狼汉奸玷污了。她开始对院长和父亲,甚至对家庭产生出一种不容谅解的厌恶。人,为什么为了自己的私利,竟能恬不知耻地做出违心逆德的决定?长辈们,竟然把自己作为吸引肥肉的香饵,俯就某些权贵,这行为未免太可耻了。她思绪紊乱,感情又脆弱,不觉两行泪沿着腮帮往下淌。突然,她的面前,出现一个挂着树枝、一瘸一拐走路的青年,这背影她太熟悉了。她脑子一激灵,正要喊出,那人挣扎着的步履错乱了,终久,朝前一仆,咕咚倒在地上。徐艳明飞跑上去,抱住他叫:

"世辅,你怎么啦?"

世辅昏过去了。她把他抱起,见他脸上青一块紫一块,鼻头血迹斑斑,衣领撕破了,肩头露出了皮肉。她情不自禁泪流满面,刚才的委屈,早已烟消云散。她把情感和痛苦又集中到世辅身上,摇着他的肩笑问:

"世辅,你到底怎么啦?"

"挨……挨了打!"他睁开无神的眼睛,发出微弱的声音,在给艳明宽心,"不……要紧的,瞧,我不好好的。"

好在离志诚银行不远,她背着他,吃力地走啊走!刚进大门,咕咚!两人都扑倒了,她对着自己的窗户高喊:

"长岗,快出来。"徐长岗嗵嗵跑出,一看世辅便愣住了,徐艳明说:"快扶着进屋,还愣着干什么?"于是,两人搀扶着吴世辅走进自己家,把他放在长岗的床上,徐艳明匆匆洗手,一边吩咐长岗:"快把我的药箱提来。"

徐长岗拿来药箱,帮世辅解衣,看到伤痕累累,衣裳撕得破烂不堪,心里一紧,鼻子就酸了:"怎么打成这样,究竟是谁干的?"徐艳明剜他一眼:"别愣着,快烧开水。"

桌上摆满了凡士林,盘尼西林粉剂,红汞,酒精,碘酒,消毒纱布,胶带,剪子镊子等,一场家庭救治活动开始了。

山浦美子这些天被《复华秘刊》迷住了,她有如被关在一个黑咕隆咚的千年城堡中,突然有人带她走到奇花异卉的世界般,感到新奇和光彩夺目。她以往很单纯,很孤僻,也微微感到一个大和民族子孙站在满洲国这块土地上,面对劣等民族的优越。她为什么从东洋岛国来到这块满目疮痍的土地,老实讲,她从未思考过,以为自己不过是搬个家,跟随父母来这里生活上学,如此而已。随着年龄的增长,学识的积累,她对耳濡目染的一切有了初步思考,模糊地认为他们的长辈对这里的百姓太不公平。尤其看到《复华秘刊》上揭露的罪恶和字里行间透出一颗颗爱国的热心,打动了她,她才真正看清了她的父辈其实在这块土地上所干的不过是野蛮的掠夺、侵吞、蹂躏和残酷的杀戮,以此,想征服这里的人民,使其拜倒在大和民族的脚下。可是,她隐隐地感到,她的父辈的幻想,永远办不到。因为这块土地上有它无数的优秀的儿女,包括她所认识的第三国高的朋友。他们正气轩然,才华横溢,热血沸腾,朋友之间肝胆相照,没有半点尔虞我诈和虚伪。她也隐隐觉得,他们才应该是她的真正朋友和兄弟。有好几次,她和金毓贤打了照面,金毓贤倏地溜掉了。她很伤心。说明他对她防范很严。然而有一次,她却出其不意地把金毓贤拖到树影下,开门见山将他一军:

"毓贤君,你掉的《复华秘刊》我看到了,能不能再给几本新出的看看?"

金毓贤大吃一惊,脸色巨变,心想,山浦校长的女儿捡到他们出的反日刊物,还有什么好,不久就要大祸临头,他神情紧张,矢口否认:

"美子,你说的啥?我怎么听不懂。请你不要这么说话。"

美子感到很伤心,连朋友都视自己为洪水猛兽,心里很受委屈,俨然正色道:

"你认为我是日本人,是山浦的女儿,就会出卖你们,是吗?毓贤君,你太不了解我了。"

说完,她气咻咻地转身便走。金毓贤想着不对劲,急忙跑上来赔礼道歉。两人咕咕哝哝,在人稀树密的地方游转了很久很久。最后,金毓贤的防线彻底被摧垮,答应以后每期《秘刊》出来,就送给她看。

这天,山浦美子刚拿到第三期《复华秘刊》,来不及往安全地方藏,便装在书包里带到日本女校。她太心急,很想浏览一下内容,但无机会。活动时间,她只好瞅人不注意,揣在怀里一本,往厕所去。她站在角落里瞧得正出神,突然听到皮鞋响,便赶快卷成筒状塞到通气的瓦缝里,便装着系裤子往出走。来人竟是副校长大神竹子,她向竹子鞠躬匆匆离开。她躲到羽毛球场边,一边假装看同学打球,一边偷觑厕所的方向,心里砰砰乱跳。须臾,副校长大神竹子出来了,径直往她的办公室去。她怀着忐忑的心,又悄悄流进厕所,一看,那本《复华秘刊》仍然原封不动地塞在瓦缝里,她敏捷地取下,麻利地揣到怀里,双手捂住胸口长长出了一口气:"天哪!……"

自从团体决斗后,复华党和女高的学生接触频繁了。周再娟和刘彩云以及秦芳首批加入。不久,周再娟把她的舞剑队,刘彩云把她的歌咏队,全部带进了复华党。在再娟、彩云的影响下,女二高,以及三高和五高的武林弟兄也争先恐

后地加入或靠拢复华党。这天,为了建立支部问题,徐长岗又找到周再娟,事情办妥之后,周再娟不好意思但又不得不问:

"长岗,怎么老是你来,世辅呢?"

"他嘛,躺在床上起不来了。"

"为什么? 他挨打了吗?"周再娟心急如焚,"你告诉我,都是谁干的?"

"我怎么知道是谁干的?"长岗双手一摊,"都是蒙面人。不过考虑和你有关。据世辅说,那两家伙揍他是因为我们接近了你们几个校花。"

周再娟虽属女流,然毕竟好武,情急,常常喜怒溢于言表,看她气得厉害,长岗解说几句也就告辞了。

周再娟一口气找到五高矮胖,拖他到僻静处,二话不说,啪啪两个耳光,打得胖子愣了神,捂住脸说:

"大姐,你怎么闷头闷脑就甩我两耳光,就是死,你也让我死得明白呀。"

"别耍贫嘴,你们干的好事。"周再娟咬牙切齿地逼近胖子,"世辅躺在床上起不来了,有你吗?"

"不不,不是我干的。"矮胖吓得后退几步。

"那是谁干的?"再娟掏出匕首,"快说!"

"是……是刀疤和美猴王干的。"矮胖跪倒在地,磕头如捣蒜,"大姐,你可替我保密呀……要不……"

"起来! 你个泥软蛋。"周再娟一把抓起矮胖,"你现在马上去把他俩叫来,就说我在小河沿等。"她见矮胖还犹豫,声色俱厉地,"快去!"

矮胖走后,她把事情向刘彩云和秦芳作了简短述说,就准备出来。秦芳,背转脸走到窗下,泪流满面,两个肩抖动得厉害。

长岗出去后,吴世辅还没起床。这几天,徐艳明精心给他打针、换药,做顺口的吃喝,渐渐他的伤口愈合起来,他可以下地走了。昨晚,他们三个聊得很晚,世辅觉得有些困,所以还未起床。徐艳明要准备早餐,自然起得早。小皮靴在里外间噔噔地敲响,其实已把吴世辅惊醒了。但他困得慌,还想躺一躺。他的头朝墙脚朝外,艳明也不知他是否醒了。她在世辅的床边来回走了两次。他朦胧中感到整个屋子有了电磁场,他自己就处在这个磁场之中。他再也不能入睡。徐艳明再次走过来,看他仍然未起,好像还睡着。于是,她把掉在地上的大衣拾起来,给他盖上,又用两手从上向下抚摸一下,把大衣襟拉拉平。吴世辅一动未动,但心脏好像被一种外力拉得紧紧的。她出去了,一会儿又走过来。她发现他仍然未醒。她把他露出被子外面的脚推进去,用被子盖上,他似乎仍在酣睡。她把椅子悄悄挪了一下,在他的身边坐下了。又过了一会儿,把右臂搭在他的身上了。她生怕他醒来,那多不好意思呀。她盯着他的脸,仍然没有动静。她又大胆了些,她在他的额头吻了一下,迅速跑开了。她的心跳得很厉害,回头偷看一眼,他仍然未动,她的心又平静了些。她正拿起一个碗想干什么,她的眼角扫见他动了一下,她的心剧烈地一收缩,碗掉在地上"当啷"一声破碎了。世辅趁机坐起来,她脸儿飞红,不敢看他,惶惶地拾那碗片。世辅却无事一般,平静地说:

"大姐,早。就要放假了,我打算和长岗到鞍山一带走走,开展一下工作。肯定会到你家的,要看看你的爸妈。你认为我应该注意些什么呢?"

吴世辅的镇静,倒给徐艳明宽了心,想,他也许没有觉察,便想了一下说:

"我妈好说话,她只是迷信,你不要在她面前说不吉利的话就行。我爸你可要多注意。他是南满医学院毕业生。那个学校在九一八事变前就是日本人办的,有名的教授全是东洋人。因此,他很崇拜日本,不许人们说日本人半点不好,他还打算叫长岗留日呢。他不爱谈论国家大事和世界大事。他很钦佩日本人的精神,认为日本人不会失败。"

吴世辅愣了半晌:"那我最好不去见他。"

徐艳明一语双关地说:"你以后总是要和他打交道的。"她觉得话说得有点不够含蓄,改口道,"人和人总要打交道嘛,你灵活点就行。"

吴世辅未加可否,只是嗯了两声,回头见墙角的竹笼里那只灰色红腿的鸽子在咕咕叫,腿上还附着一个小皮管,这是个信鸽。他问:"你怎么喜欢上鸽子的?"

徐艳明笑着说:"那是我给一位难产的军官太太接了产,人家送给的。一共两只。这个是公的,能传信。从这里扔出去,它能飞回鞍山,从鞍山扔出来,它又能飞回这里。"

"那一只呢?"世辅问。

"那只是母的,在那边床下圈着呢。"徐艳明拉出来让世辅看看,又推进去,"不能放在一块。如果放一起,公的恋母的就不传信了,把它扔出去还要飞回来。把两个放在一个屋子里,虽然互相看不见,它却仍能感觉到彼此的存在。不知它们是用什么感觉的。"

"有意思。"吴世辅笑着下了床。

徐艳明正要叠被开饭,只见小夏神色紧张地跑来:"吴大哥!快,出事了。"

小河沿的两棵柳树上,一棵绑着张明刚,一棵绑着刀疤。周再娟手执柳条,浑身上下狠命地乱抽,嘴里不住地骂:"我叫你打! 你打呀! ……"一条条柳枝折断了,抽得美猴王和刀疤满脸紫血印儿,衣服也被抽破了。张明刚咬着牙,半个字不说,他忍着痛挨着心爱女子的抽打,他以为这是一种高级享受。突然,远远跌跌撞撞跑来两人,原来是小夏扶着大伤尚未痊愈的吴世辅赶来了,他老远就喊:"不要打了!"然而,再娟一见包扎着的世辅,心头一酸,抽得更狠。张明刚一见世辅,牙咬得咯咯响,面对再娟的抽打,不以为痛,只是喊:

"你是我的,谁也甭想从我手中夺去!"

"你撒泡尿照照呀!"再娟手下得更狠了。

"住手!"世辅站到张明刚身前,双手高举,以身翼蔽之,严厉地对再娟说,"给我解开!"

周再娟受不了这委屈,看到世辅伤痕遍体,还要解救他们,心中好疼! 索性把柳条一摔,捂着脸哭着跑了。

第三章　热血沸腾（1944年冬—1945年春）

1. 风波

大陆医院坐落在鞍山市矿区的西南角,在市区的西北。这是一幢坐北朝南的日本式四层大楼。一层是挂号、取药。二层是诊疗、透视和处置。三层和四层分别是内外科住院部。医院大楼的两头砌有南北走向的砖墙,圈成一个大院。院子里有花池草坪,供住院病人早晨起来活动。院子中间有一条南北走向的甬道,直接通往北面的一排平房,这就是徐院长的住宅。宅门朝南开,对着医院大楼后门。进宅院向东走就是长岗父母的卧室,再向东进一个门就是徐艳明的绣房。长岗和他弟弟住在进门向西走的一个房间里。

下午两时许,徐长岗带着世辅来到徐宅。他父母正上班,家里无人。他们盥洗毕,长岗让世辅在他的钢丝床上躺一会儿,然后吃罢午饭,就上街游转。直到晚上七点,长岗才引见了自己的父母。会客室不很宽敞,可是布置得十分得体,融中国风情和日本色调于一炉,令人享受到东方文化的熏陶。世辅向坐在沙发里的徐父母鞠躬。他们让世辅坐在对面的椅子上,徐母递过一杯茶,世辅站起来双手接过:

"谢谢伯母。"

"不客气,坐坐。"

吴世辅就坐在挂着白大褂的衣架旁,他抬头打量徐父,见他穿着颇为朴素的黑色制服,紫铜色圆脸,端正的五官,肤色保养得细腻而润泽,看上去不过四十上下年纪,实际已经四十七岁了。徐母瘦高个儿,瓜子形柔嫩面皮,满身透出一股秀气,世辅想,她年轻时一定很漂亮,或许超过艳明呢。

徐长岗告诉爸爸,世辅舅在海城当军官,他去看舅父路过这里,留他住两天。二老没有表示异议。徐父端详一下世辅,心里仿佛想到艳明回来时提到过

这个名字,并且从艳明谈吐神色上,他隐隐觉察到这个男孩有一定的魅力,就问道:

"你家住在哪里?父亲是干什么的?"

吴世辅欠欠身,把水杯搁到身旁长条桌上答:

"我家住在奉天市近郊的苇塘沟村,父亲是种地的,已经下世了。"

徐母不禁动了恻隐之心,迷信的观念又冒出来:

"呀呀,小小年纪就这么命硬,把你爸爸尅死。不过,尅过一个也就不再尅了,你妈会长寿。"

"谢谢伯母!"世辅欠欠身子,"借您的吉言了。"

"长岗这半年的成绩怎么样?"徐父端起盖碗茶,打打漂在上面的浮渣,没有送往唇边,又放到茶几上,似有深思地说,"你们要相互帮助啊! 一定要把日语学好,将来考留日预备校,到东京上大学才真正有出息。"谈到得意处,他神采飞扬,额头熠熠发光,"日本人是世界优秀人种,各方面都是世界一流的。我是在南满医学院读书的,教授大多是东洋人,英美学者也赶不上他们的水平。"

徐长岗一听爸爸旧癖发作,便暗暗观察吴世辅的神情,他深深了解世辅对日本的积怨和仇恨,生怕爸爸对日的溢美之词,挫伤了世辅的自尊心,引发他俩之间的冲突,使第一次见面就下不了台。果然,世辅的脸色青一阵、白一阵,看得出他用十二分的克制按捺自己的感情冲动,可他,却没有了刚才那样的拘谨和谦恭,脸上倒增添几分轻松。他端起茶杯,随便地抿一口,把杯子在双手中玩转,浅浅一笑,接着徐父的话头说了开去:

"长岗这半年的成绩仍然是优秀的。我们俩也都努力学习日语。不过,现在奉天学生中流传一种说法:'日本话不用学(xiao),三年以后用不着'。因此,目前学生学日语的劲头比以前小多了。"

徐父勃然地扶一下沙发扶手,立起来在地上踱步:

"尽是胡说! 我就担心青年人走上邪路。我的几个大孩子是在他们爷爷奶奶跟前长大的,从小就在乡下灌输了不少反日情绪。我很不放心,才把他们接到市里来。他爷爷是清末的一位秀才,连地球是圆的也不懂,还搞什么富国强兵,后来又跟康梁搞变法,清朝一倒,他们算老几? 九一八后,那些跟不上形势的人总是心怀不满。他们把日本人对我们的帮助说成是统治,这算什么话? 这算什么话? 如果没有日本的帮助,我们能干成什么呢? 社会能稳定吗? 不是你打我,就是我打你。张作霖打进关内两次,又被打回来两次,结果怎么样? 还不是乌烟瘴气,愚昧落后吗? 要想进步就得脚踏实地地干,就要办好教育,办好科学技术,办好医学。要把这些赶上去,就必须有个好的社会环境。这一切,没有日本的帮助行吗?"

两个年轻人实在听不下去了,徐母看到世辅的脸色很难看,用眼色阻止丈夫发表冠冕堂皇的宏论,可他哪里听她的,并且越说越激动,手舞足蹈,唾沫星儿溅得四处都是,演说告一段落后,他又跌坐在沙发里,脱去了方才的斯文,把茶碗里的茶水一口吞下去,又倒了一杯,溢到茶几上一摊,也不管妻子在擦拭,便又吞饮了一杯,重重地把杯子往茶几上一放,激动得胸部起伏异常。然而,细心的徐母却观察到世辅那揶揄、讥讽和轻蔑的眼色,像两把利剑刺向自己的丈夫,她不由地哆嗦了一下。她看得出,这个年轻人在尽量抑制、镇静自己,但是,避免不了的舌战,曲折委婉地以守为攻,终于展开了。他恭敬地向徐父说:

"伯父,谢谢您给我说这么多高深的道理,我毕竟年轻幼稚,还不能完全理解。过去的事情我没亲身经历,不知道。英国、美国人我也没接触过。但我非常非常赞同您的一种说法,那就是日本人什么都好,在各方面都好!"

徐父闻言大喜过望,亲自给世辅添茶,一边语重心长地说:"对了,这就对了。年轻人应该……"

他的话还没说完,吴世辅站起身点点头,表示对他添茶的歉意,又当仁不让地抢过话头:

"不!伯父,您听我说完。衣食住行是人生的必需。在这四个方面,日本人什么都好,什么都比满洲国民好。日本人吃的是大米饭,我们目前连高粱米饭都吃不上。我们第三国高学生吃的是'配给'的豌豆粒,吃的大伙直胀肚,而且胃下坠。穿的呢,日本人的和服多数是丝绸的,协和服是毛料子的,可满洲国民穿的粗布麻袋片且常常带补丁,衣不蔽体,已经司空见惯。住的呢,日本人住的是小洋楼,满洲国民多数住茅舍草屋,不少人无家可归,到处露宿。行的方面,日本人出门坐着汽车,满洲国民徒步跋涉还担着沉重的担子,背着压弯了腰的包袱,就这也不安全,不知碰到啥霉气,就让狼狗咬了,刺刀挑了,还有……"

一个崇日迷,一个日本办的学校培养出的胚胎,当前还以日本人为靠山吃饭的院长,怎么能受得了小青年如此的奚落和讥讽?尽管吴世辅言语之中并没有涉及徐院长本人,但是,他已感到自己的尊严受到了莫大的威胁。他的手在不由自主地、狠狠地抓着沙发扶手的垫巾,似乎要把这个狂妄猖獗的小青年握在手里捏成齑粉。脸色一会儿像猪肝,一会儿像白蜡,他的夫人几次用目光暗示他抑制,才使这位道貌岸然的医学权威,没有在冒昧中丧失自己的体面。长岗深知父亲的专横和凛然的威严是神圣不可侵犯的,可他带来的朋友却并不明白这些，初次见面，就锋芒毕露，使父亲处于尴尬境地，他真有些紧张，悄悄牵了几次吴世辅的衣襟，也没有阻止他说下去。他准备挨父亲一通痛骂和指责。他正襟危坐等待惩罚时，却听到父亲的哈哈大笑，他的心陡然宽松了许多，只听父亲有意避开锋芒，把话引入外围来打圆场：

"年轻人应该尽量去奋斗学业，不要在吃喝穿戴上多讲究嘛。学业成功了，什么都有了。我当初念医科大学，一家人都反对，说念书人应该去做官，当医生还有啥出息？谁也不支持。经过我个人奋斗，现在不是什么都有了吗？大米我也可以吃嘛。"

长岗唯恐世辅把事情搞得太僵，便抢过话头，帮世辅转弯：

"爸爸说的对，我们青年人就应该奋斗。今天爸妈都累了，我俩又坐火车又上街逛游，也疲了。世辅，咱们过去休息吧。"

吴世辅也只好借梯下台阶：

"谢谢伯父的教导。希望以后还能多多聆听指教。今日有什么鲁莽之处，望您海涵。"

他深鞠一躬，偕长岗走出去。徐父狠狠盯着他的背影，往起一站，双手叉腰对老婆说：

"这小子很骄横，是个激进分子，你要把他给我看住点，今后，不许孩子们跟他来往。"

第二天，早饭罢，徐父上班查房去了。徐母略微迟走一会儿，整理一下房间，吩咐长岗到市上买菜。整个徐宅的十几间房子，成了他俩的世界。九点多，有八名国高的学生来找徐长岗。他好高兴啊，抱着他们蹦高儿，互相追打，竟把吴世辅撂在一旁，不住地傻笑。须臾，长岗回头看见世辅，才道歉似的说：

"你看我，只管蹦乐儿。来，我介绍一下，这位是我的好友，同班同学吴世辅。"

"久仰，久仰！"大伙儿争着和吴世辅握手。徐长岗和吴世辅是奉天市国高中的名人，他们很想结识，这正给了个好机会。昨天，他俩在街上逛游，就有人看到了，他们就急急赶来，很想听听奉天市大中学校的动态。

他们回到长岗屋子，在床上、椅子上、凳上随便就坐。经过介绍，吴世辅知道其中五人是"鞍高"的，臂章和帽徽都标有图案。有两人是"辽高"的，即辽阳县国高。有一个是"海高"，即海城中学的。伪满洲国报考高中不限地区，他们鞍山青年报考了各地国民高等学校，放寒暑假回来，老同学就又相聚，说天说地，讲古论今，增进了解，加强友谊。姓孙的同学迫不及待地问奉天的情况："奉天中学生的群架还打得狠吗?"

"不,打架的事不是减少,而是没有了。"吴世辅热情地介绍,"不但不打架,而且各校学生加强了团结,逐渐联合起来,共同对付学校的训导主任和日方教官。"

"舍监先生晚上几乎不敢去学生宿舍查,一去就上学生的当。"长岗讲得眉飞色舞。"据估计,开学后还会有大的举动,会闹得学校当局坐卧不安。"

"他们管不了了?"一个姓冯的同学狐疑地问。

"想管呢,管不了。"姓孙的同学顶撞冯同学一句,"他们找不出究竟什么人在捣鬼呀。"

"听说常常有许多传单撒进学校?"

"这我亲眼所见,数不胜数。"世辅幽默地说,"日本人说是美国飞机上撒下来的,捡起就着火,会燃烧,烧毁房屋,真是无稽之谈。"

"谁信他们的鬼话!"一个"辽高"同学愤愤骂,然后,压低声音问,"听说奉天有个复华党,活动很频繁,真有其事?"

"那当然啦。他们在小河沿游艇上宣誓,在北陵公园渲武,他们其中有不少武林高手,一纵腰就跃上高墙大屋,把传单撒到关东军司令部。"一个"海高"学生在绘声绘色描述,"那女扮男装的剑侠,常常神不知鬼不觉地把传单装到路人的衣袋里。他们还会江湖催眠术,熏倒门房老头,夺取一批油印机,搞得奉天的日本宪兵和满洲警务署鸡犬不宁。"

"真的?""辽高"睁大眼,显然他疑团未解。吴世辅正要回答,他感到大陆医院往来之人比较复杂,这里未必是个安全的地方,就谨慎地向大伙"嘘!"一声说:

"咱们低一些,低一些谈,好吗?"

果然,前排的屋前,停了一辆黑色铮亮的小汽车,它,像个狡猾的黑色乌龟,蜷缩在那里,窥探着周围的一切。车里坐着那个追求徐艳明未成,耿耿于怀的奉天警务署侦破处长张丰年。他也是鞍山人,曾修日语专科,如今年少得志,趾高气扬,自然不把一般人放在眼里。在上中学时,他妹妹张丰英和徐艳明同校搞过学生会工作,他想通过妹妹结识徐艳明。徐艳明并不漂亮,但她内在的气质和风度,使张丰年倾倒,癫狂到不能自持。他曾几次试图和她接近,都如同烧红的烙铁浇上一瓢冷水,不仅仅是心灰意冷,而是激起他无限的愤慨。如果是千里龙驹,那性子必然很烈,难得擒服,非具备高超的武艺、骑术和胆略,是难以制服它的。然而,少数的佼佼者总能在飞腾奔达和暴风急雨般的马蹄旋律中,掌握时机,擒获龙马,那心情该是多么的高兴。张丰年之于徐艳明也似如此。奉天的事情失败,他并不甘心,于是又找到鞍山,把赌注投诸徐父。他在车上没有下来。往常,据他的经验,一听汽车喇叭声,老两口就会喜盈盈迎出来。可今天,究竟怎么回事?明明听到后一排屋里嘻嘻哈哈的谈笑声,竟然把他这位"娇客"冷落在房门之外。

他借口去厕所,看到长岗屋里热气腾腾,悄悄边走边听,隐约中,他听到"复华党"三个字,倏地刺激了他的神经。为赤色宣传案件,他受到日本人和上司的多次斥责,可他竟束手无策。他派出多少侦破特务人员,盛兴而出,扫兴而归,毫无所获。不想在此地,竟有了"线索",他正要再进一步刺探,却见徐父匆匆赶来,只好作罢。一见他的面,徐父就一迭连声抱歉:

"你看我……有个小手术,让你久等。快快请,快快请!"

张丰年提两包贵重高级营养品,漫不经心地:

"不敢,不敢! 徐叔请。"

两人分宾主坐下,看过茶,徐父问道:

"在奉天,你和艳明搞得怎么样?"

"唉,一言难尽。"张丰年表情中透出一股难言的苦衷,又想委婉地道出真情,又怕丢自己的面子,只好转个弯,"徐叔,我们俩是不是不合适? 要是这样,我看就算了。"

"这话从何说起?"徐父严肃地把杯子放下,认真盯住张丰年,又作强调,"这门婚事可是我同意了的。我这人不轻易点头,一旦首肯了,就没有反悔的余地。"

"谢谢徐叔。"张丰年恭敬地立起,向徐父深深鞠了一躬,"还望徐叔多做艳明的工作,我专候您的佳音。"

这时,他们透过玻璃,看到从长岗屋中出来八九个青年学生,彼此鞠躬道别。就在这时,又来了五六个女同学。她们和长岗、世辅热情地握手。这个不同寻常的现象,像芒刺般,锥醒了张丰年的职业神经。联系刚才在屋外隐隐听到的片言只语,心下十分狐疑。正欲深入了解,猛省到自己对面坐的就是本宅主人,也许是他未来的岳丈,他怎么敢有丝毫冒昧? 旋即,他镇定一下自己,仍然谈笑风生,跟徐父侃了起来。

鞍山女子国高一行五人,闻讯而寻到大陆医院徐宅。因为她们之中有位赵月娥,是长岗的表姐。伪满洲国女子国高学生,多数是富裕人家的女儿。她们冬天放寒假不穿校服,也不戴校徽。一般都戴一顶毛线织的尖顶帽子,有红的,有绿的,手上都戴有皮朝外毛朝里的皮手套。许多人穿着毛朝外的皮大衣。有一位穿着蓝呢大衣,脖子上缠一只全狐狸围巾。这只狐狸的眼睛是用贵重的珠子镶嵌的,像两只真眼睛闪闪发光。狐狸嘴同尾巴相衔接,真像一只活狐狸在肩上卧着。她们进来后,还是好奇地问男生问过的一些事。有位女生问男女生之间接触的方式,问女生身后有没有跟踪的了,吴世辅都一一作答。也介绍了皇姑女侠和美猴王是怎么回事。有一个女同学还说:"听说她很罗曼蒂克,跟男生接触随便得很。"

徐长岗解释道:"她很爱国,很正派,很讲义气,很有才华,也很有志气。"

那位"狐狸围巾"小姐问道复华党问题,世辅和长岗没作具体回答,已经是复华党员的姜维国和赵月娥,便轻轻哼起了"复华党党歌":

同胞们啊,同胞们啊!可怜的同胞们啊!
救我的国,保我的家,快起快起救我中华!
……

他们的哼唱,情不自禁地汇成一支虽然低沉却激越壮丽的小合唱,像黄河在怒吼在咆哮、在激荡,吴世辅打着节拍,有力地挥舞手臂。门一响,走进一个人来,是方才送走张丰年的徐父。在上小车时,张丰年特别提醒他说:"近来,反日情绪高涨,你要特别留神哪,小心上当。"果然,他就听到这样的歌,怎能不生气?他气得脸色发紫,两颊的肉在微微抖动,那两只黄荧荧的眸子扫视每一个男女,最后停在吴世辅脸上不动了。双方就这么对峙着。徐父的突然出现,像晴天里一个霹雳,震惊了所有的人。之后,似一团团沉闷浓重的阴霾,罩上了每个人的面孔。四周异常静谧,寂得令人烦恼,只有那墙上悬挂的东洋吊钟发出嘀嗒嘀嗒单调的音响,犹如重锤,敲击得人的心微微发颤。

2. 千山行

徐父虽对吴世辅一伙激进分子心怀不满,可他毕竟没有抓到有力的证据,也就无可奈何。

吴世辅觉察到自己不受徐父欢迎,第二天,就跟着复华党员姜维国和赵月娥住到"鞍高"宿舍。因为放假期间,空房很多,开展工作较为方便。他们首先在这里召开了各校支部会,分发了传单和《复华秘刊》,并布置了抓住时机,向辽阳和海城发展组织的任务。世辅和长岗在姜维国、赵月娥的陪同下,还走访了几位爱国情绪高的同学,当场发展了一批复华党员。一来,他们年轻气盛,缺乏经验,考虑欠严密,活动频繁而太大胆,外露了一些;二来,刚巧张丰年是鞍山市人,又返回来。他的妹妹——"狐狸围巾"张丰英小姐,从徐家听到不少闻所未闻的新奇信息,言语之间,给狡猾的张丰年留下了可抓的辫子。"满洲国"警务署侦破处长是干什么吃的?不就是侦破通"匪",破获所谓的反日和破坏治安条例案?张丰年觉察到这股激进的反日情绪,是从奉天传染来的,而最受感染的是一些年轻的中学生。于是,他又了解到,从奉天到鞍山的是徐长岗和他的一位同学,这两人是最大的嫌疑对象。这些,促成他的大陆医院徐宅之行。表面上,他是为拜访徐父母而来,以促成自己的婚姻;实质上,他是想作为一个不速之客,刺探虚实,以占据第一手资料。虽然他因种种脸面的牵扯,没有敢深入侦探,但是,他却更坚定了自己的判断。准备就这条线索顺藤摸瓜,以便要挟徐父,逼艳明就范,以投向他的怀抱,此其一也。假如这条设计落空,他就走第二步棋:占有第一手反日反满材料,准备一网打尽,自己也好加官晋爵,在仕途上增添光明的色彩。有此两者,何乐而不为呢?他的活动是很神秘的,他的父母、弟妹都一无所知,甚至他对最最信任的科长们也封锁消息,他要一鸣惊人,坐吞渔利!

千山在鞍山市南郊几十里。那是个神奇的所在。吴世辅读高小时,就听人们传说那里动人的故事。奇山异水,云雾弥漫,寺庙观宇,星罗棋布,善男信女接踵而至,杂以跳涧荡崖的药农,穿林伐山的樵夫,杀人劫财的胡子,以及长须飘拂的世外修行者……还有一支鬼神莫测的"天兵天将"——抗日联军,在此间出没。他深感此山玄妙、神秘、向往、敬畏。纵览千山景观,散发抗日传单的心思油然而生。这次,徐长岗又与他不谋而合了。他们太单纯、太年轻,没受过挫折,对政治工作的危险和带来的灾难,以及应付出的代价,估计得太少太少。

吴世辅、徐长岗、姜维国、赵月娥,一行四人,于 1945 年元旦,骑两辆自行车,带着两包宣传品和食物,顶着凛冽的寒风向千山进发。这一年,是世界反法西斯战争胜利的一年,是正义与邪恶,进步与反动较量了两千多个日日夜夜,中国人民行将胜利的一年。仅抗日根据地晋冀鲁豫春夏两季攻势作战,八路军就收获县城 28 座,歼敌四万人。欧洲战场,德国法西斯已受到致命打击。日军在同时对中国及美英等国的战争中,已如困兽之斗。然而,却百倍地疯狂、千倍地残忍,以维持行将灭顶的灾难。"满洲国"更是如此。

因为天冷,游人不多。他们把自行车寄存于山下一个饭铺里,徒步向山顶爬。千山虽然海拔才千余米,但位于辽东半岛近海处,整个地平线较低,所以,他们走到山脚下，昂首望山巅，顿感有突兀拔起，高插云霄之势。这是个响晴天，他们刚爬到半山腰，放目远眺，只见远处山峦起伏，重重叠叠，苍茫蓊郁，氤氲之气萦绕不绝。近瞧，怪石嶙峋，奇树碧绿，庙廊观宇散建于沟壑磐石之上，恰像南天门天阶云雾中的殿阁栏宇。青松翠柏的迎风一面覆盖着薄薄的一层白雪，古铜色的庙宇从白雪中不断涌出，好似莲花云中的琼台玉楼。

　　他们边谈边爬，前后左右，有些游人在玩山赏景。距他们不远有几个行人，像是一个商贾之家，有侍从跟随，中年夫妇携着小少爷和小姐儿。姜维国和赵月娥想把传单撒给他们。于是，便装作一对恋人，在山路树丛中追撵嬉笑，眨眼之间，超过那五口之家，在他们面前的树林里追捉，嬉耍。世辅、长岗脑子还没反应过来，已见到他俩撒下一大把传单。那小少爷和小姐儿抢着去捡，上下左右几位游人也跑来捡。姜维国和赵月娥还不脱身，还在那里悠哉地观看人们捡传单。世辅眼疾心细，说声："不好！长岗，快领他们跑脱。"长岗转头一望，只见他们的后面，气势汹汹地跑上来两个戴礼帽的人，拼命向姜维国、赵月娥方向追，一边跑，一边喊："站住！给我们一张看看呀。"世辅判断来者不善，便想把这俩家伙引开。但是，他的包里也有一些《复华秘刊》和传单，怎么办？转念又想，即使我落到他们手里，以一救三，值当啊！于是，他有意跑出脚步声来。事情巧得很，霎时，周围突然弥漫起大雾，或淡或浓，雾气升腾翻滚，五步之隔，漫漫无所见。天赐良机，徐长岗他们正好脱身。穿过雾层，世辅隐约又看见发亮的太阳，看到远处山坳上爬走的长岗，维国、月娥他们小小的影子，又看见那两个戴礼帽的家伙，正在脚下不到十丈远的地方在犹豫徘徊，在辨别方向。战友的安全，换得他一身爽快。这时，雾散天霁，但山风从下向上吹，鹅毛般的雪片竟从下面吹上来。忽然，目前出现千尺绝壁，有许多倒挂的松树，可是树头又都向上勾起，远看像鱼鳞一般。他故意大声咳嗽，向那"一线天"跑。书包在身后一甩一甩的。戴礼帽的俩家伙追他来了。山路崎岖，路面不过尺许，曲曲折折穿于两山的夹缝之中，往上看，天空只剩下窄窄的一条线，好似蓝色的细长的带子。俩家伙也踏着一线天夹缝追撵，他们相距不过二十多步。眼看就要追上，突然一大团圪针刺丛从山腰间直滚而下，不偏不倚，把窄窄的路面堵住了，那俩家伙即使插翅也难飞过来。世辅听到那俩家伙的叫喊、咒骂，然而，他们要搬开那一大堆圪针谈何容易？他们只能从原路返回去。眼睁睁看着"猎物"脱网了。吴世辅十分惊讶，抬头一望，见他左上方站着一位鹤发童颜的药农，哈哈笑着，把手伸给他：

　　"来，小伙子，我拽你上来。你们的活动我都看到了，咱们都是中国人，应该互相帮助。小伙子,你瞧,从这条小路爬过几重山,那里活跃着一支英勇的抗日联军。中国人是杀不绝的,小日本是秋后的蚂蚱,为时不远了。"

世辅眼睛湿润了,他深深觉得,他们的工作并不孤立。药农要了些传单,放到背篓里的草药底下! 指给世辅下山的路,就唱着山歌走了。

吴世辅情绪非常激动,连连踏过五佛顶、仙人台、石槽,可是,他竟然未留意它们的奇妙和雄伟,一心想到的是,这庞大的抗日阵营,并不只是他们一伙年轻人组织的复华党,还有更多的不甘当亡国奴的民众,和万恶的日寇作艰苦卓绝战斗的抗日联军,以及在共产党领导下的全国各根据地军民。他们并不孤立,这些抗日力量,汇成汪洋大海,汹涌的浪涛就要把侵略者吞没。想到这里,他心情十分的好,步履加快,远远,高山之巅的云雾中有一处高大的观宇,他便大踏步向那里奔去。

再说徐长岗引着姜维国、赵月娥为摆脱"尾巴"拼命奔跑。他们渐渐累得脚步慢下来,却见一丛树林中隐着一座寺观。他们准备进去喘喘气。这是一座宏大的观宇,"无量观"三个大字刚劲洒脱,题于匾额之上。此处,鸟稀人空,石阶上漫一层泛泛的落叶,久未清扫。他们沿着甬道进入观内。院内寂静异常。日本人信佛不信道,对道教并不扶持,所以道士生活十分清苦,许多道士"化缘"去了,实际上就是以叫化为生。有一个穿得破烂不堪的老道,看到进来三个年轻人,并不搭话,急匆匆抱一束木柴从西侧殿走后面去了。

他们见"三清殿"大门没上锁,长岗用力一推,两扇大门吱呀一声,摇摇晃晃开了,一股阴冷之气扑面袭来。

殿的正面有几座大塑像,尘土弥漫着。玉清道人、元始天尊、上清道人、灵宝道君、太清道人、太上老君都垂着眼皮端坐于座台之上。突然,从殿后走出一位长须飘拂、面目清奇的老道,大约七八十岁年纪。老道人身后跟几位年轻道人。他是听抱柴道人之言,知道来了客人,便特意出来会客。老道口念"无量合!"与年轻人搭话:

"施主从何而来,到寒观有何贵干?"

他们紧张的心情还没有平静下来,姜维国和赵月娥面面相觑,无言以对。倒是徐长岗见老道面熟,突然想起一些旧事,便爽口答道:

"我的老家是辽阳徐家堡子村的。"

"哦哦,徐家堡子有位徐天赏,你可认识?"

"他是我的祖父。老人家下世已两年了。"

老道长叹一声,话中便有无限凄凉:

"人生虚空,空梦梦空,世事淡如游云。想来,我俩同学少年,意气风发,抒歌江岸,激昂梁康,推动变法时,历历如在目前,尔今,唉,犹如过眼烟尘,却被一风吹散了。"

老道邀三人到他卧室小坐。长岗见那卧室长宽不过丈许,室内光线暗淡,屋檐狭长。窗户纸旧得发黑,只有半尺见方的一块小玻璃,糊满了蝇屎。炕上有一个长条檀木黑桌,上面堆放一些老庄、李聃之类的经典。他让年轻道士斟茶,准备一席长谈,却看到这三人神色慌张、坐卧不宁,老道便问缘由。长岗知道了老道与爷爷有层特殊关系,便忧心忡忡地说:

"刚才我们上来时,有人跟踪。好不容易甩掉,又恐怕他们寻到这里。"

老道听了长岗的话,心中已明白几成,便说:

"既然如此,你们赶快跟我来。"

果然,还没一炷香时间,有三人闯进"无量观"。他们是张丰年和他的两个贴身侦探——即戴礼帽者。一个个裘皮衣装,腰里别着家伙,贼溜溜的眼睛到处窥探。他们踢开"三清殿",从塑像背后搜寻,没有踪迹,又一路寻到后院,见一个穿破烂衣服的老道士劈柴,并未理会。一个年轻道士正担水,张丰年拦住去路,发问:

"有几个青年学生模样的人来过吗?"

年轻道士摇摇头,担着水径直往厨房去。张丰年,突然灵机一动,带着爪牙往厨房去。踢开两扇半破旧的门,正在烧火的徐长岗,已换了道袍,趴在地上吹火,姜维国用桔柏扇火苗,一股股的浓烟冒出,呛得他们直咳。女扮男装,在案上切菜的赵月娥始终没有抬起头来,噜噜噜切菜。张丰年走上前,扳着她的肩膀:

"抬起头来!"

徐长岗正要取斧反抗(他俩没有正面见过,所以张丰年认不出他),猛然,老道进了门,一声响亮的"无量合!"厉声喝道:

"张先生,你搜查贫道观宇,敢是奉了三木少将之令?"

张丰年一愣,转身看到一位白发飘扬的道士,突然想起,三年前,他充当三木少将的翻译,来千山请少将父亲的同学——这位老道下山供职,曾遭到老道士的婉言谢绝。三木将军对他可是毕恭毕敬。现在三木将军已升任关东军司令部要职,作为一个小小满洲国奉天警务署侦破处长,哪敢冒犯这位天尊呢?假如他在三木面前说上只言片语,他张丰年的脑袋就要搬家了。张丰年脑子这么一转,嘻嘻一笑,九十度躬鞠下去:"卑职实实不知,您老先生驾移无量观,多有冒犯,该死该死!"他又打了自己两个嘴巴,回头喝着两个爪牙,"还不滚出去?!"

徐长岗松了一口气,用斧头劈开一根松柴。张丰年向老道又长长一揖,一边退一边告罪:

"请老先生海涵!"

"你不再搜查搜查?"老道一语双关地讥讽。

"不敢,不敢!"张丰年一行三人灰溜溜走了。

入夜,豆油灯芯忽闪忽闪,老道卧室,徐长岗、姜维国、赵月娥与他打坐长谈,他们了解到老道原本不是出家脱俗之辈。他是光绪年间举人,曾在日本留学,回国后于大连海关供职。1915年袁世凯称帝,国人震怒,他愤而辞职表示抗议。后来在东北军中任文职校官,1925年,因涉嫌郭松龄反奉一案被排斥,遂看破红尘,入深山出俗为道。九一八事变后,日本人曾寻他出山当官,他坚决不从。前三年,三木少将又来恭请,也被谢绝。最后,他对面前的年轻人说:

"我虽曾位卑未敢忘忧国,但已超世脱俗,远避邪恶,眼不见为净。空对群山,时闻松涛,所谓心安茅屋稳,性定菜根香,世事净方见,人情淡始长。"

徐长岗疑惑地问:"道爷,我听说千山常闹胡子,可有此事?"

老道沉吟片刻道:"今天我见到老友徐天赏的孙子格外亲切。你们还很年轻,很单纯,我告诉你们实话,外面传说千山闹大胡子并不是真胡子。他们起初叫红军,后来又改为抗日联军。他们的大本营在长白山里。鞍山山脉东北面紧接长白山脉,西南直到旅大的老铁山。从长白山山脉横亘西南,濒临黄海,是一条连绵不断的山岭,抗日联军就经常在这一条漫长的山区里活动。有时也就到了我们这里。他们并不真抢一般人的钱,有时向那些富豪家捐些款,只不过是为了买点儿吃的。前两年,夏天下大暴雨时,抗日联军的一股小支队经常到这寺观来避雨,有时也在各处寺观过夜。"

"现在,他们还来吗?"月娥好奇地问。

"他们不来了。"老道长叹一声,"要在当年,谁还敢把你们进步青年追到这里?"

"那为什么呢?"姜维国问。

"他们遭受了严重的挫折。"老道长长叹口气,语言更加凄凉,"他们的总司令杨靖宇将军也在濛江被鬼子抓住了。由于日寇封锁,他们搞不到粮食,以树皮草根充饥,丧失了战斗力。杨靖宇将军就义后,被解剖了,日本人发现他胃里竟没有一粒粮食,全是青草树叶,他们震惊了,更不理解这些人,究竟是由什么因素铸成了钢铁般的意志。"末了,老道闭目养了会神,又补了一句,"孩子们,我送你们一句话,'以正治国,以奇用兵',如果日后有什么劫难,就上千山找我。"

"谢谢道爷!"他们异口同声地说。

突然,那年轻道士惶惶急急跑来:

"快!长老,三清殿,出……出事了。"

老道让掌上灯,一行人急往三清殿而去。殿门被撞开,供桌上的签筒被碰散在地上,有一个签掉出来,压在来人身下。那人趴在地下,衣服破碎,脸上流下一摊血,把地面污了一块。他脸朝里,显然是挣扎着爬进来的。姜维国把那个签抽出来,就在豆油灯下念"潜龙勿用"。这本是《周易》上的一句卦辞。再看背面,有四句偈语"大气要晚成,珍珠久自明,大材必有用,何必窃紫紫?"徐长岗从暗淡的灯光下,发现了什么,把来人扳转过来,大伙不觉吃了一惊:"世辅?!"

3. 本部会议

世辅由药农的帮助,躲过盯梢之后,误入老林,遇到野猪的袭击而摔伤。明月半山,群岭寂静中,他半醒半昏地爬到了无量观。

他的伤不很重,养了一夜,吃饱喝足,次日清晨又来了精神。临别,他请教老道士贵姓大名,老道哈哈一笑:"出家人何必要那些琐屑,日后用得着老身,就找泰来道人吧。"

山上虽是响晴天,闪着明晃晃的太阳,当他们穿过晨雾下到山腰时,可新雪已下了一寸多厚。再往上看,那雾气仍灰蒙蒙一片。他们到山下饭店骑上自行车,索性连徐家也不回,直奔鞍山车站,吴、徐二人和维国、月娥握手言别,就登上回奉天的路。

他俩回到奉天已是夜晚,鉴于形势所逼,及时在金玉忠家的油印室,召开了一次复华党的本部会议。参加者有主席徐长岗,副主席刘俊民,党务部长吴世辅,导化部长金玉忠,军事部长杜庆毅等。金玉忠的妻子在外屋放哨。室内青灯一盏,以被蒙窗,收拾得较为严密。吴世辅主持会议,并作记录。开会伊始,各部汇报情况。导化部金玉忠说:

"印发传单和《复华秘刊》很有成效,搞得奉天市日伪机关人心惶惶,宪兵队和警务署像无头苍蝇,到处乱撞,信誓旦旦,要侦破此案,我们必须提高警惕。目前的问题是纸张缺乏,经费不足,稿源范围狭窄,只靠导化部几个人专门供稿不行,要扩大组稿面,搜集最新的最敏感的情报,在舆论上把日本鬼子搞臭搞垮。"

"我同意玉忠的建议。"吴世辅驻笔思索着,"我们还应该掌握第二次世界大战宏观形势,搜集我抗日根据地的辉煌战绩,揭露国民党反动派假抗日真反共的可耻伎俩。随时分析日军必败的因素,配合全国抗日浪潮,做出有力的显示。"接着他介绍了发展组织的情况,"我们在奉天市男女各中学都发展了一批复华党员,并建立了支部。鞍山、辽阳、海城各中学也相应发展了不少复华党员,有的建立了支部,有的正在筹备。我们的活动已经向四平,公主岭两市蔓延,那里的一些机关和学校已有了我们的人。目前虽尚未建立支部,但发展势头是喜人的。"接着,他分析了社会各阶层的经济状况,"工农文化水平低,大都关心眼下的生活问题,我们无力解决工农的基本问题,因此,向工农发展目前还有不少困难。职员中也只限于怀有报国大志的少数人可以争取,多数人也忙于养家糊口。今后发展的对象和方向,仍然是更多的城市里没有生活负担的中学生。待力量强大之后,才能向各界扩展。"

大家认为吴世辅的分析切合实际,表示赞同。军事部的杜庆毅自从"窃取"油印物件,配合统一行动解救刘彩云后,就没有大的动作,他觉得不过瘾。他曾与军事部几个人商量,打算同军工厂取得联系,想派人掌握技术,做出一些弹药和枪支,进行武装抗日。便兴冲冲介绍他的想法:"我们复华党的骨干都挂上大烧蓝,老洋炮,拉出个把武装支队,明枪明刀跟鬼子干!"

"你这小小支队有多大力量?"徐长岗接着介绍了千山之行的经过,把所见所闻作了描述,然后分析,"抗日联军有多少人马?少说也有好几万吧,可他们仍然被疯狂的日寇困在长白山上,连他们的总司令杨靖宇将军都被鬼子残害了。我们如果盲目拉一个小小武装分队,还不是以卵击石,很快被扑灭不说,整个复华党的组织就会遭到覆灭的危险。"

"以你说,那该怎么办?"杜庆毅有点不甘心。

"叫世辅谈谈吧。"徐长岗说,"他有个发展复华党的计划,同你所想的建立武装有密切的关系。"

"那好,世辅快说,是啥计划?"老杜迫不及待。

"看把你急的。"世辅用眼神稳了一下老杜,城府很深地清了清嗓子,讲出一番话来,"满洲国的国军中大部分是高小毕业生,有一点文化。近几年来有一定数量的国高毕业生进入军队。那里的人年轻,有点文化,也没有生活负担,和我们国高学生差不多,是容易发展复华党组织的。每年正月征兵,我们趁机把社会上的复华党员动员报名参军。每年打进去一批,进去后再在军队里发展组织。几年之后,'满洲国'的几十万大军还不归我们的老杜指挥?"

"太棒了。"杜庆毅叫了一声,"我举双手赞成!"

"这就叫孙悟空钻进铁扇公主肚子里的战术。"徐长岗加以形象的比喻,"我们在他们的肚子里闹,踢腾,他们就会服服贴贴听我们的了。"

杜庆毅对此项计划十分拥护,抑制不住的激动溢于言表:"是呀,军事部还能在军队之外? 我首先报名参军,把军事部搬到满洲国军队里去。"

"好! 我们也赞同。"刘俊民和金玉忠异口同声。

"那么,此次会议就正式决定了,从现在开始动员,到阴历正月就把我们的人打入军队去!"徐长岗宣布。

会议接近尾声时,吴世辅把零星事作了布置:

"今后,我们要动员各地组织,小动作还是要搞,对付日本人和汉奸嘛,我们绝不能让他们轻松,要让他们的神经常常处于紧张状态。这样做,既能鼓舞士气,挫败敌人锐气,也能扩大我们的影响,最大限度地孤立敌人。最后,我提议,让徐长岗请病假,专门从事复华党的工作。因为复华党迅速壮大,现在注册已超出千人,各地组织和支部相继成立,各种事务庞杂,没有一个专职主席就不能应付纷繁复杂的变迁。"

吴世辅最后两项提议得到通过。散会时,子夜钟声已敲响两点。他们把青灯一吹,在两张桌上,一张床上,横卧竖躺地进入了梦乡。

第二天早饭后,党魁们分头办事去了。吴世辅开完了女一高支部会,来到街上,要寻夏万济布置另一项工作。突然,他看到一个熟悉的倩影从不远处拐进僻静的胡同。他脑子一动,"秦芳!"是的,这位他幼年的朋友,自从奉天相逢,他发现她变了秉性。在小学时,天真活泼的性格丧失殆尽,代之以满面愁容,一脸辛酸相。而他急于想了解她母女的生活情况,她却守口如瓶,不吐露一句真情,这始终成了吴世辅心中的一大疑团。在县城上学时,世辅年龄尚小,不谙世事,但隐隐约约觉得秦芳母亲是靠自己女性特征维持生活的。他曾在窗孔里看见过那个日本商人狎猥她的情形。难道她来到奉天……他不敢往下想。是的,秦芳不是一个黄毛丫头了,她已长成大姑娘,并且上了女国高,自尊心显然日益增强,使她羞于自己妈妈赖以生存的生活方式。也许症结就在于此。"跟上她,看个明白。"这个念头一经冒出,吴世辅就紧追不舍走进胡同,但另一个念头又突然升起:"秦芳不愿告人,是有她的苦衷,忽然出现在她的家中,她能受得了?"吴世辅又犹豫了,但跟她的念头占了上风,他想,万一她母女陷入生活的困境,他这个老邻居、老相识、老朋友,能无动于衷,那不后悔一辈子? 想到这里,他就毫不犹豫地跟着秦芳的背影走去。

这是一个大杂院，拥挤而凌乱。门口污水沟里溢出的污水流到路旁，臭气冲天，无人过问。院里被一些人力车，平板车，煤糕，碳面，烧土，垃圾堆占得满满的，人行道是曲曲弯弯的窄一条。他看到秦芳进了一间低矮的平房，他就鼓起勇气，走上去敲门。"笃笃！"开门的是秦芳，他一见世辅，惊得目瞪口呆，半天说不出话。脸儿，呼地烧红一大片。

"谁呀？秦芳。"是她的妈在问，不像以往那银铃般脆响，显得沙哑、空洞，像在胸腔里压一块石头，发出丝丝的痰音。

"是我，伯母。"吴世辅不容秦芳的尴尬和眼神的劝阻，他绕过秦芳，走进这所阴暗低矮而潮湿的屋子，"我是四福。"

"孩子！……你是四福？"秦芳妈的手在乱抓乱挖。

吴世辅看到那个才度中年的女人，是个什么样子呢？以往那位烫着波浪发，扑着金粉，抹着口红，两眼放着明亮色泽，着鲜艳的旗袍和高跟牛皮鞋的漂亮女人不见了，取而代之的是一个病怜怜、柔弱不堪的"老妇人"，脸上失却了红润，眼神无光，身穿大襟袄，蓝布鞋。尤其那头发，长一绺短一绺凌乱地堆在头上，像人故意侮辱性地剪过。他愣怔了，秦芳也愣怔了，两人默默地站在潮湿凌乱的地上。他面对这俩可怜的母女，惊呆了，不知所措。

"你过来，孩子。"她的手仍在空中抓。

吴世辅犹豫一下，终于走近她，把手伸过去。她像捞到了宝物，狠命把他抱住，眼里闪着泪珠，喃喃地：

"你……你怎么舍得来看我……这个不干不净的……"

秦芳再也抑制不住，趴在床上呜呜大哭起来。

走出秦芳家之后，吴世辅的精神世界整个被击溃了，脑袋像被电棒击中，不住地嗡嗡轰鸣。她们太不幸了。罪恶的日本商人把她玩够了，玩腻了，又把他骗到奉天，卖给了第三国高伪满训导员杨车五。杨车五这个奴颜婢膝的汉奸，为维护自己的"尊严"，把这个"放荡"的女人，任意蹂躏、侮辱，竟然把她剪乱头发，换上粗布破衣，像疯子一样关在家里，不欲她外出一步。如果让他看到她与外界有接触的嫌疑，就会拼命地毒打她一顿。为了生活，为了让女儿秦芳念书，她默默地承受着，在精神和肉体上折磨自己，以致到这个样子。

"不，不能这样下去了。"吴世辅走在路上，愤愤想，"日本人玩腻了，又扔给汉奸欺凌，这成什么世界？我一定设法使她们逃离这个魔窟。"

旧历年徐长岗回到鞍山，他要请长假，便想求助于爸爸。徐父对儿子和吴世辅等的活动，虽不十分了解，但也有些怀疑。他对儿子大发一通脾气之后，自然又是语重心长的"教育"，这就给徐长岗有可乘的机会。他说：

"一开学我们就升到四年级，就必须参加勤劳奉仕，地点就在满洲铁工厂。是美国飞机重点轰炸目标。在那里，工人和学生已经被炸死二十多人了。很不安全，我想请病假补习日语，已经联系好进修班，好为考留日预备校作准备呀。"

一听儿子要补日语，加之勤劳奉仕不安全，徐父满口应允。于是，他在奉天盛京医院找个老同学，给长岗开个慢性膀胱炎诊断书。第三国高的专职中校军训教官害了花柳病，他又送去二十支德国"666"注射液。这是控制极严的梅毒病特效药，教官自然感激，在校长和训导主任面前帮了不少忙，徐长岗暂时休学半年的申请终于批下来了。他拿着假条一蹦三尺高，抑制不住地喊："嗨，真开心。"

从此，他就成为年轻的职业革命家了。

4. 投笔从戎

正月初五，是伪满新兵入伍的日子。徐长岗到奉天车站接待复华党员参军的同志，吴世辅匆匆赶到志诚银行徐寓准备接待工作。为给这些同志壮行，复华党几位负责人约定上午在志诚银行南大厅开个送别会。

吴世辅一进门，见徐艳明娥眉不展地坐着。世辅鞍山之行，她从长岗那里得知一些消息。她希望自己的父母能喜欢世辅，至少不厌恶，那么她就有回旋的余地。可实际上，不仅仅是事不遂人愿，而且，简直令她在感情上难以接受。她怎么也想不通，父亲何以对世辅有这么深的偏见？就别说作为"姑爷"他会断然拒绝，就是以长岗同学的身份，来到徐家，父亲都差点将他"驱逐出境"，这道长城似的障碍，已经把他们之间发展感情的可能，设置了重重的困难。为此，她有好几夜辗转反侧难以入睡，有时泪水竟濡湿枕巾。她不能没有世辅。不知为什么，从第一面起，他的形象就似刀刻斧镂般占据了她的心，忘不了抹不掉。随着时间的推移，他们之间的深刻了解，他不仅仅是以一位男子汉的形象在她的心田占绝对位置，更者，他以一位出类拔萃的爱国青年、学生领袖的形象矗立在她的面前。他是她的希望和寄托，她要紧紧抓住每一个机会，把他牢牢地拴在自己的感情世界上，这样，她才觉得自己的魂灵得到净化和升华，不像某些人那样拘安于眼前的富贵荣华，于家国的耻辱而不顾。于是才有了自行车上塞手绢和床上偷吻额头的壮举，这些，虽然过后使她很羞涩，也很绵缠缱绻，但冷静思索之后，她为自己的执著追求，勇敢地迈前一步而感到欣慰。可父母呢？他们的思想和青年一代有着水火不容的差别，尤其父亲的亲日情绪，更是他们姐弟深恶而痛绝之，而又毫无办法。这也罢了，他们还抬出一个地道的汉奸张丰年，要自己就范，使她的心灵受到了深深的创伤。就这一点，她与父母之间，已经形成一道逐渐扩大的鸿沟，实在难以愈合的鸿沟！因此，她这些天不愿见世辅，她不能解释或要求他对自己父亲的饶恕和宽容，甚至她一见到他就会伤心得难以抑制或掉泪。这时，吴世辅进来了，见她坐在那里，他便叫一声：

"大姐！……不不，艳明。"

他这么一改，更使徐艳明激动不已，鼻子一酸，眼泪就要往下掉。但她又抑制住，绝不让他看到自己丝毫的伤感。那样，他就会不安心，就会影响工作和学习的。她背转身，镇定一下自己，慢慢转过身来，面带笑容地问：

"世辅，什么事？"

听到世辅的称呼，他心里一阵热乎，简直有些不能按捺自己了，他盯着她半天吐不出一句话。以往她叫他吴同学，后来又改为吴世辅，可现在竟然叫他"世辅"，这一步步不加任何掩饰的改动，在一位有教养的女士来说，难道是漫不经心和任意的吗？不，绝不！她见他眈眈地瞅着自己，脸一红，便低眉垂首。惊慌失措的吴世辅意识到自己的失态，镇定一下，仍结结巴巴：

"我今天……求你办点事。"

他拿钥匙打开箱子，取出十五元党费，递给她：

"劳你到市上买些啤酒、水果、糖块、元宵、栗子、花生之类的东西。买回来就放到这个屋里。当长岗领着人回来，我们到南大厅开会时，你就出去，并把门在外面反锁上。快十二点，你再回来开锁，让我们进屋里聚餐。"

徐艳明点头应允，忙去了。

旋即，徐长岗领回了张庆芝、吴树新、徐俊哲、王有林和于龙年五人。他们是分两批隔几分钟进来的。因为伪满对反日组织很敏感，超过三四人在街上一起走，又进入同一院子，很容易引起暗探的注意。他们相继进入南大厅。须臾，金玉忠和刘俊民领来田世良，杜庆毅领来郝世雄。人们到齐了，吴世辅最后进入大厅。

徐艳明把大厅一锁，她便提个竹篮到街上置办去了。

大厅当中放着一台乒乓球案板，不但没有球网，也没有网架，看样子早已被球迷遗弃很久。厅里空空荡荡，连一只椅子也没有。南北两面有玻璃窗子，靠近底面的玻璃都涂有石灰粉，里外互相看不见人，光线十分阴暗。东北地区楼房的玻璃都是双层的,为保暖,下面两层的中间有的还充塞锯末面儿。这就已经相当隔音了,又加上外面大风刮得电线呜呜吼,即使里面演戏,外面也难得听见。

共十二位。有的坐在乒乓球案板上,有的坐在地板的砖块上,有的站着。徐长岗讲话:

"我们今天派遣杜庆毅、张庆芝、徐俊哲、吴树新、王有林、于龙年、郝世雄、田世良八位同志到军队里去工作,所以这个会议意义重大。从此,我们就可以逐渐打进军队,掌握武装了。现在我们就把军事部移到兵营,我们的武装力量要听从杜庆毅部长的统一指挥。而杜庆毅要随时与复华党总部取得联系。军事部在兵营之外的组织工作暂由吴世辅代理。"

吴世辅的眼神亲切地从每个人的脸上扫过,感情激动又语重心长地说:

"任务艰巨而具有很大的冒险性,希望同志们胆大、心细、保密、珍重!发展组织一定要成熟了再行动,谨慎从事,不可操之过急。还是先交朋友拜兄弟,建立了感情,再发展。最好是单线联系,不可粗心大意。为提高同志们的威信,我们要发派遣证。"

徐艳明提着竹篮向菜市场走,想着很多不快的事,心情也很沉重。又寻思着买些什么东西,更能表达同志的热情。她自己也装了一些钱,想买点东西,表示一份心意。她想,应该有酒有肉。于是就找老龙口陈曲和驴肉。步履太急促,那牛皮鞋敲打着马路清脆地响。突然,迎面驶来一辆黑色卧车,紧急刹车,发出刺耳的尖叫,在她面前停住了,车门开处,出来的竟是张丰年!

"徐小姐,你受惊了。很抱歉!"

徐艳明吃了一惊,脸上陡然罩上一层阴云,欲绕他而逃,张丰年脸上阴险地一乐,阻止道:

"徐小姐,您稍候,我有话说。"

徐艳明气紫了脸,背转身,双肩在发抖。本想转身一走了之,发现已有帮凶切断她的去路,她气愤地叫:"你想干什么?"

"嘿!"张丰年慢慢接近徐艳明,口气缓和了许多,且有可怜的乞求状,"艳明,我们都是鞍山人,虽然没和你同过学,但你是我妹妹的校友。你有没有想过,自从妹妹第一次把你领到我家,我就爱上了你。为得到你,我发愤读书,发愤上进,而今终于经过高等教育,又在仕途上有了立脚之地,这些,都是为了你呀。"

徐艳明心如铁石,无动于衷。张丰年又显可怜了:

"你知不知道,我为得不到你的爱,肌消骨瘦,愁上眉梢,夜不能眠,茶食不思,难道你,逼我把心挖出来,双手捧在你面前,才能相信吗?"

"你少卑鄙!"徐艳明冷冷回敬一句,两眼像双刀刺向张丰年,"你,放我走!"

张丰年被徐艳明的态度震惊了,转而那脸变成夏月的天,一会风一会雨。按捺半晌,点支烟,悠悠抽着说:

"艳明,我求求你,我哪一点配不上你,你可以提出来,我下决心改嘛。再说,我们的婚姻可是你父母点了头的,你不能目中无父母呀。"

"我就是我。"徐艳明冷冷地看一眼张丰年,"别人代表不了我!"徐艳明说完就走,被暴怒的张丰年抓住肩,一声怒喝:

"站住!"

徐艳明两眼冒火,浑身抖动,怒不可遏。

"你可要放明白点。"张丰年气紫了脸,把刚点燃的"炮台"香烟摔在地上,用一只脚碾碎。他虽然证据不足,但还想要唬一唬对方,"你弟弟和那个姓吴的同学所干的事,可全在张某人的掌握之中,"徐艳明听到这里,心上冷了半截,脑子里出现了空白,表情因紧张而变得有些呆板,张丰年从她的表情中似乎嗅出点蛛丝马迹,趁机用一只手端着她的下巴似玩弄又似揶揄地说,"你要么牺牲你的兄弟,要么,你就服从我! 否则,休嫌我心狠手辣。我等着你的回话。"

徐艳明整个惊呆了,当她听到"啪"的车门响,那个黑色幽灵已经启动了,她身不由己地追了一步:

"哎! ……"

当徐艳明硬撑着身子,提溜着东西,跌跌撞撞赶回志诚银行时,离十二点仅差三分钟。她急忙打开门,把东西和熟食送进南厅,吴世辅觉得她脸色不好看,问:"你怎么啦?"

"好好的,你们抓紧吃吧。"她说完,转身出去站哨去了。可一出门,她就在门外墙上靠住,她觉得脑子晕得慌。

吃食摆满一案板。中间放着两瓶老龙口白酒和一大块驴肉,那是徐艳明自己买的,她没吭声。大家尽情地敬酒,让茶,也说了鼓励的话。刘俊民说:"钻进敌人的巢穴是件不容易的事,要学荆轲在秦王面前坐不改色,不要像秦武阳那样胆怯,早早就被人看破马脚。"

参军的同志都表示,到紧要关头,就是决一死战,绝不出卖同志。酒剩下不多了,杜庆毅喝得最痛快,眼睛已有点发红。金玉忠还在举杯请酒:

"我用古调为大家吟诗送别。'渭城朝雨浥轻尘,客舍青青柳色新。劝君更尽一杯酒,西出阳关无故人。'"

他诵的调子有些凄婉。又提高声音：

"来来,大家再喝一杯!"

杜庆毅饮罢酒,深沉地说：

"我也唱一首送别诗：'风萧萧兮易水寒,壮士一去兮不复还。探虎穴兮入蛟宫,仰天呼气兮成白虹。'"

调子十分悲壮,大家顿感凄然。吴世辅打破沉默,扭转压抑的气氛：

"不要这么低沉。我们是为了完成大事才要打入军界,并不是要你们像荆轲那样去送死。驱逐日寇,推翻伪满之日大家还要欢聚的。"

杜庆毅不好意思地："我是表表决心嘛!"

"好啦,好啦。让老杜领着咱们唱唱复华党歌吧。"徐长岗一提议,大家拍手叫好。

起来。起来,快快的奋起……

沉闷低壮的歌声在这地下室般阴暗的屋子里一遍又一遍萦绕盘旋,像海浪一般把人的心潮激荡了。热血在这伙年轻人脉管里奔腾、灼烤,他们要经受烟波浩渺中无数旋涡和暗礁的考验。

5. 大闹朝会

打进军营的同志走后旬余,他们了解到杜庆毅和张庆芝编到"新京近卫师",吴树新和田世良编到"昂溪炮兵团",王有林和于龙年编到"奉天北大营",徐俊哲和郝世雄编到"奉天东大营"。这样,复华党的同志,像尖刀一般插进了伪满的军队里。

这天,第三国高训导主任平山,闲暇之余,又在门口的马路上游转。他希冀着什么似的。由黩武变为地方文职,从混成旅少佐沦为一个普通中学的训导主任,这岂止是仕途坎坷?就连他"长久运武"的武士道精神,及残忍杀戮的兽性,也消磨得失去锋芒。这一切蜕变,都是由于吉田梅子,是他为她作出的牺牲,可她,却永远地去了,抛下他孤身只影,悲凄于西风之下,成为久远的思念和怀恨!面对这冷酷的现实,他是不甘心的,不甘心寄人篱下,像蛇虫那样蛰居于洞穴之内。也不甘心吉田梅子就这么地抛弃了他。他低头沉思,在那块马路地段游转,很奇怪自己为什么老在这片树荫下回旋?猛地,他想起就在月前,他奇迹般地在这里遇到死而复生的吉田梅子,不过,她变为剪发头,那小巧俊美的圆脸,小巧俊美的眉眼，小巧俊美的鼻头和嘴唇，真似一件精致的象牙雕刻艺术品中的"仙女"。所不同的，只是她那高耸重叠如群芳叠翠式乌发变成剪发头，女式桃花色协和旗袍变成海军服和黑衣裙。这究竟是怎么回事？好似钻牛角，他的思绪深入进去，怎么也拔不出来，痛苦折磨着他，甚至，他的双眼噙了晶亮的泪珠。突然，在他抬头时，奇迹又出现了，像看到奇异的亮光，铁树开花，犹拨乌云而见太阳；像久住幽深的古墓重见天日，霉湿没有了，腐朽没有了，清风徐徐拂来，阳光暖融融洒过来，他，连同整个世界都变成金碧辉煌的一片。之所以如此，是因为，他的吉田梅子又出现了：她背着书包，袅袅姗姗地从他身边走过，他甚至嗅到她那乌发的清香和感受到玉肌芳体的刺激。他震慑了，惊呆了，脑子变得木讷，行动居然迟缓，这是由于过于激动，神经系统受到强刺激后，反而失去调节的功能，使四肢僵硬滞涩了。但是，他的"吉田梅子"已经走过去，渐渐远去，这时，他才清醒了，忙急追跑上前，步履有些跟跄地拽住"吉田梅子"的胳膊，说着梦呓似的话：

"吉田梅子，你的……不理我的？"

秦芳猛回头，看到一个矮粗的日本人拽住她，吓得大惊失色。她忽然想起，月前，就是这个日本人看见自己就大喊大叫，吓得她撒腿跑了。刚才，她没有注意，竟让他抓住了。这一定是个疯子！她拼出全力，猛然挣脱，没命地奔逃。街上行人很觉奇怪，不大明白这个日本人何以在光天化日之下，在奉天市大街上对一位中国女学生拉拉扯扯。于是，有的匆匆躲开，以避免麻烦，但也有几个胆大的，站住了，想看个究竟。这一切全过程，被一个人看到了，他，就是第三国高的数学教师兼训导员杨车五，也是秦芳的所谓"继父"。他毕恭毕敬地走来，向平山主任深鞠一躬：

"太君！您……"

"刚才的女孩，你的认识？"

"认识，认识。"杨车五奴颜婢膝连连鞠躬。

平山把眼睛瞪大了，眼球变得光芒四射，刺得杨车五心神不安。

根据复华党的决议，开学后各校复华党支部都要搞些小动作，以搅乱日伪的阵脚和社会秩序，以支援全国抗战的反击攻势。复华党在第三国高的力量最雄厚，这里动作显得很活跃。

自从出现了复华党的传单和《复华秘刊》后，日伪当局非常敏感，已经密切注意观察和调查，宪兵队和警务署着手侦破此案。各校训导处，对学生的活动管得更紧了。开学伊始,每天要上朝会,训导主任平山都要训话,无非是"日满亲善,共存共荣"之类的陈词滥调,学生听得很腻。复华党各支部决定抓住"朝会"时机,要搞点小小的动作。这天,在朝会上,平山生硬地训话,他唯恐低年级学生听不懂,还找了个翻译。当平山训完话走下台时,训导员杨车五又匆忙走上台作了补充。他所以叫杨车五,是根据"学富五车"的原意敷衍的,所谓"学问渊博,五车难载"。因他平素常拍平山的马屁,学生很反感,并给他起个绰号叫"洋车"。他抽大烟,牙齿黄黑,身材不高而瘦削,不满五十岁,头发已经完全白了。他手不离一根中指粗细三尺多长的藤棍。这棍用途有三,一是上课时作教鞭使用,二是随时用它抽打学生,三是比比划划向平山表情达意。因他不懂日语,平山也不精通汉语,他俩谈话时,只能像哑巴那样叽哩哇啦做各种手势,以沟通思想。这时,杨车五在台上补充发言,他干咳两声,装腔作势地嚷嚷:

"同学们,注意了。刚才平山先生讲得完全正确。我们满洲国是亲邦大日本帝国的子邦。我再给大家解释一下,所谓子邦就是儿子国。我们满洲国和大日本帝国是父子的血缘关系。你们想想,不是吗?没有父亲哪来的儿子?没有大日本帝国又哪来我们的满洲国?"

台下学生哄堂大笑,夹杂许多阴阳怪气的嘘声、口哨声。

伪满洲国初期称日本为友邦,后来改成亲邦了。日语汉字的亲字就是具体指父母而言。叫成习惯也就不值得笑了。但经杨车五这么通俗肉麻地一比喻,大家感到卑鄙和无耻,复华党员们趁机搞动作,于是就尽情地大笑,特笑,以至怪笑!以此表示对汉奸的抗议。

平山莫名其妙。他不明白学生何以这样大笑?他恼怒地看着杨车五。

杨车五跳下台,狠狠地用藤条抽了一个学生两下,狂叫:

"你笑什么?"

"我没笑。"那学生怒目瞪着杨车五。

"我明明看见你笑,你敢抵赖?"杨车五又揍了这个学生两棍子。

杨车五又跳上讲台,他刚开口说了句:"哎,我说呀,我们满洲……"

这时,台下的学生没有一人笑了,他们的嘴唇都紧紧地闭着,鼻孔里却发出一片"嗯——"声,声音由一小片蔓延到全场,声音越来越大,好像有一架飞机正在校园上空盘旋。

"洋车"在台上气得暴跳如雷,尖着声喊:

"你们想干什么?你们要造反呀。"

台下不等杨车五声音落下,"嗯"声又起,杨车五弄不清"嗯"声从哪里开始的。声音此起彼伏,满场高高低低,一片"嗯"声。

"洋车"两只小眼睛几乎急出泪来,转脸乞求地看着平山。

"八嘎!"平山气得跳上讲台,"你们,统统的给我跪下。"

学生们竟没有一人下跪。

"第一行的。第一行第一个的,先跪下!"

第一行第一个正好是夏万济。他铁青着脸,仍然站着,坚决不跪。

平山真像一门小钢炮,噗通从台上跳下来,扑到夏万济面前,使一个柔道动作,一下把小夏摔倒在地。

夏万济被摔得很重。他咬着牙爬起来,倔强地用日语反驳他:"我没笑,也没有'嗯',你为啥打我?"

"你的为什么的不跪?"平山眼里冒着火。

"我没'嗯',为什么让我下跪?"夏万济仍用日语回答平山,并睁圆愤怒的双眼。

平山咆哮道:"那么你的说,是谁'嗯'了?"

夏万济一副嘲笑的神色:"连你平山先生都查不出是谁,我在这里立正站着,怎么会知道是谁呢?"

平山发疯似的举双拳,向夏万济泰山压顶般砸来。夏万济也是武林中人,敏捷地一躲,平山扑了空。他又追着打,这时,队伍中的嘘嘘声、怪叫声和嗯声又响起了。随着声音的起伏,平山扑打到东,西边又嗯,他又扑打西,北边又叫,他像条疯狗,在学生中左冲右突,乱打乱踢,又不着要领,学生全灵敏地躲过。他气喘吁吁,杨车五吓得满头冒汗,一股劲擦着额头。

类似上述的小动作,在奉天市各国高、公主岭、四平、鞍山、辽阳海城等地相继兴起,搅乱了教学秩序,各校行政长官惊慌失措,引起当局的密切关注。

"洋车"深知,这次骚乱是由他补充发言引起的,更使平山对他心怀不满。为缓解他和平山之间的紧张关系,他想到了秦芳。平山自然求之不得。这天,他借口找老师补日语,竟把秦芳骗到第三国高平山的住所。屋里没有人,秦芳狐疑地看看四周的装饰,想起日本人的粗野,就站起来,却畏畏地说:

"要不,我不补了,我有点怕。"

杨车五哈哈笑着,装作关怀似的:

"你连我都不相信?我是你的继父呀。"

他的话,把秦芳的恐惧心理消除了不少,他又假惺惺说:"你把日语学好,我可以供你上日语专修班,将来,也到东洋留留学嘛。"他关心似的轻轻抚摸一下她的双肩,"好啦,你先坐,我去去就来。"他走出门,咔吧,把门锁带上了,这是暗锁。

秦芳心神不定地坐着,里间门开了,走出一个人来,他正是平山。秦芳大吃一惊,站起慢慢后退,平山热情而礼貌地站住,摆摆手:

"女孩的,你怕的不要……坐,坐!"

接着,他从身后,取出一册相夹来,放到秦芳面前的桌上,轻轻往她面前推:

"你的请看,谁的照片?"

秦芳畏惧地扫一眼相册,平山给她打开,一页一页地翻,她惶惶扫几眼,仿佛看到是她自己的照片,而且,其中有几张是与这个日本男人的合影,她吃了一惊:"不,不不! 不是我……"

"是的,你的不是。"平山语气深重而充满感情地说着日语,秦芳完全听得懂,他说,"但,你和她长得一样的……懂吗? 看到你的,我就想起她。她叫吉田梅子……六年前死了。"平山狠命捶打着自己的额头,双眼很快晦暗了。他慢慢抬起头来,瞅着秦芳……目光中放出亮芒,"你的,能当我的女朋友吗?"

"不,不可能!"秦芳这时,才知道上了杨车五的当,惶遽中,趁平山还未走过来,她匆匆拧开房门跑出去了。看着跑走的"吉田梅子",平山实在没有理由追她,这毕竟是校园,他又是这个学校的训导主任,有失尊严啊。然而,他失去吉田梅子的失落感重新袭上心头,心中异常烦躁,拳头重重打在门框上,把脑袋依在手背上,居然洒下两行清泪。不,他一定要得到她,即使是复制的吉田梅子,他不能没有她。他要不惜一切代价。杨车五不识时机地来到门口,正要表功献勤,平山突然揪住他的脖领,大喝道:

"你的混账! ……她的跑了。"

6. 汉奸杨车五

平山的当胸一拳,把"洋车"揍醒了。揍明白了。他通过多年与日本人打交道,深谙大和民族高傲藐视世界的性格,他们反复无常、六亲不认,杀人如草芥。与日本人共事,伺候他们,要特别小心在意,否则就会脑袋搬家。他欺骗秦芳是为了取悦平山,可是,他没有想到竟很快弄巧成拙。看来,秦芳不到手,平山绝不会放过他。可是,秦芳上了一次当,能上第二次吗? 事情逼到这一步,他只能昧着良心了。另外,在学校工作中,他也应尽力表现,不能有丝毫的漏洞和懈怠,否则,让平山抓住辫子他就会吃不了兜着走。而今,学生闹风潮,复华党活动很猖獗,昨日的朝会就出了问题,并且风闻各校都有类似事件的发生。这绝不是偶然的。但是,他有信心,经过训导检查,把这些不规行为和骚动在第三国高平息下去。或者揪出政治主谋来,这样,他这个做训导员的才能在平山主任面前抬起头。

从平山那里出来,他就到学生区转一趟,像一只狗,想嗅出点什么。晚上,他回家很晚,几乎每天晚上到各个寝室点一次名,以此,妄图堵塞突发事件的滋生。

面对杨车五的勤查,学生们作了针锋相对的斗争。还是吴世辅宿舍,夏万济把寝室的电灯线从一个角落剪断了,把断头处弄成两个小钩,互相挂住,电源仍然是接通的。但他把电线一端的钩上拴了根黑线,悬空一直拉到他的被子下面。只要轻轻一扯,电源就会中断,线一松,两个钩就又挂上,又能通电了。这是他想出来的,对付杨车五检查人数的一个巧妙机关。

这天晚上,吴世辅出去召开各支部负责人会议去了,寝室的学生正在说笑,杨车五突然走进门来。

"点名!"杨车五打开名册。

夏万济忽然想到世辅不在,不能让"洋车"抓到把柄,就轻轻一扯那根黑线,电灯突然熄灭了,寝室一片漆黑。

"洋车"向外看,其他室内电灯都亮着,"怎么回事？怎么回事?"杨车五急了。

"杨老师,你拍打几下木柱子,灯就亮了。"夏万济喊着告诉他。

杨车五连忙拍木柱,灯,果然亮了。可他刚一打开名册,灯又熄灭了。

郑永星说:"杨老师,电线接触不灵了,你再拍几下门,灯也许能亮。"

"洋车"半信半疑地敲几下门,灯又亮了。

他失神地望着电灯泡,刚要说什么,灯又一下熄灭了。

杨车五气得转身出门:"睡觉,都睡觉!"一个学生从后边往他的黄色新大衣上甩了不少黑水。这黑水是从炉子烟筒接下来储存着的。炉子烟筒已经漏了,常从那里滴出黑水,同学们把一个茶杯吊在那里接着。满了之后倒出来再吊上。滴出来的都是碳素水,便于研墨。学生们就是用这种碳素水给杨车五大衣泼上的,腐蚀性很大,他的大衣过不了多久就会变出个破洞。后来,他也许误以为是撞上了筒子洒到身上的呢。"洋车"跑出门,夏万济又喊:

"杨老师,你回来,一会儿灯又亮了。"

"洋车"出气很重,脚步也沉,看得出来,他十分气愤,但也无可奈何地走了。

满寝室旋起一片哄笑。随即，电灯又亮了。

秦芳妈妈听到女儿的哭诉，气得浑身发抖，牙缝里挤出几个字："这个畜生，汉奸……我造孽呀……老天，惩罚我吧。"她打着自己的嘴巴，目光呆滞，嘴里流出来了血线。秦芳不顾一切地捉住她的手，跪下，哭着哀求："妈妈，你不要糟践自己了。我求求你。"但是，她看到母亲的眼神不对了，身子哆嗦着，哆嗦着就僵在那里，"妈妈，你怎么啦？……"她抓起药瓶，这是一种剧毒特效镇静剂。近来，由于坎坷的厄运，她妈得了一种特殊而奇怪的病，一经犯了，就哆嗦，就僵直，就麻痹，大夫给了这瓶药很是奏效。然而，药瓶空了。秦芳急得满头大汗，抽泣着拉开门，不顾一切向街上药店跑去。

"什么药？"药店老板不屑一顾地问。

她把空药瓶上的商标指给人家瞧，老板冷冷地：

"特效药，要大医院大夫的处方笺才行。"

"啊?!……"秦芳绝望地推门出来，眼一黑，一个趔趄，栽到一个人身上。

"秦芳，你怎么了？"来人竟是世辅。这一下，给吓得半死又绝望的秦芳一丝希望，一举空瓶儿喃喃地说："妈病了，药店不卖给药，要医院大夫的处方……这怎么办？"她滚下两行热泪。

吴世辅想了一下，说，"快跟我走。"他没头没脑地拉着秦芳在马路上奔跑。

他们在妇幼医院找到徐艳明，徐艳明一看药瓶说："这是特控药，这里没有。"秦芳又绝望了，眼泪又落下来："这可怎么办？妈妈她……""艳明，你无论如何得想个办法……"吴世辅急得直搔头。徐艳明想了想，眼睛一亮，说：

"咱到盛京医院去，那里的院长是爸的老同学。不过，得赶快去，就下班了。"

于是，三个人又一起在马路上奔跑。到了盛京医院，徐艳明气喘吁吁地踏着台阶进去了，世辅和秦芳在外面等。天气十分冷，秦芳刚才跑出的一身汗，现在寒风一吹，浸骨的冷，不由打起了哆嗦，搓着手，蹬着脚。世辅忙把自己的长驼毛围巾取下来，给她围上。正在这时，徐艳明出来了，这一切，她看到了，迟疑了一下。世辅发现了她，急不可待地说：

"怎么样？艳明。"

在刚开的路灯下，徐艳明把药瓶举到秦芳面前，秦芳一个大躬深深地鞠下去："谢谢您！"说完，不容艳明安抚，夺过那药瓶，转过身飞也似的跑了。急得世辅和艳明齐声喊：

"慢一点。"

再说杨车五,受到平山和学生们的气后,心情十分的暴怒,他气急败坏地回到自己家,他迫不及待要看到秦芳,要在她身上出这口乌气! 然而,屋里没有秦芳的影子,只有她妈,在那里呆坐着,目光滞涩,神情呆板,全身僵直,只有出气的份儿了。 他睁大眼睛,喝问:

"你女儿呢?"

她哪能回答,仍然僵而不动,连眼珠子也不转一下,他抓住她的双肩摇:

"你聋了吗? 我在问你话。"

她仍然一副无表情的脸。他实在按捺不住,朝老婆脸上左右开弓,大打出手,一边喝问:

"说! 哪里去了?"

他把她打得滚下椅子,趴在地上,他用皮鞋踢她的腰、臂、腿,越踢越气愤,抓住她的领口:"你女儿哪去了? ⋯⋯咹! 快说,要不打死你。"

他完全丧失了人性,更没有一点斯文。正打得狠毒凶猛时,门"啪"地被猛推开了,他的眼睛一亮。原来是秦芳回来了。她不顾一切地扑上去,抱住妈妈大哭失声:

"妈妈! 妈妈!! ⋯⋯"

7. 红颜玉碎

又一天晚上,杨车五带着平山又突然闯进了吴世辅他们的寝室。杨车五的黄大衣不见了,换上一件黑色棉袍。平山进门走到寝室中间,刚要说什么,电灯一下灭了。

"外边有灯,这里怎么回事? 灯泡的坏了?"平山急得大叫。

日本人在技术上相信科学,所以科学很发达。但在世界观上却很迷信。尤其是特别崇信天皇的老祖宗——天照大神。世辅用日语对平山说:

"平山先生,我们正在读课文,读到天照大神正在开天辟地为人类带来光明时,你没有敲门就进来了。这肯定是由于你不尊重天照大神所引起的。"

平山一听连忙赞同:"对的,对的!"边说边倒退着出了门。杨车五有了前天晚上的教训,灯一灭就抢先出了门。这时他已在门外站着。

平山在门外轻轻敲了几下门,寝室电灯一下亮了。平山眼睛一边盯着电灯,一边高兴地慢慢走进来。杨车五跟在后边也走进来。

　　"洋车"忽然发现平山的大衣后面被人泼了一大片黑水。为了讨好平山,他拽住平山的黄呢大衣让平山看。学生们和平山说话都用日语,杨车五不懂日语,只好扯着平山的大衣急得又说又打手势,平山还是莫名其妙。

　　夏万济忍住了笑,用日语对平山说:

　　"杨先生说他对不起你,刚才他往外走碰上了烟筒,烟筒上挂的接黑水的杯子摇晃一下,里面的黑水淌出来,洒脏了你的大衣。"

　　平山很不高兴,恼怒地用日语对"洋车"说:

　　"你这个胆小鬼,慌什么?"

　　夏万济把平山的话,故意错译给"洋车"说:

　　"平山先生说,你这个人怎么损人利己?"

　　杨车五连忙给平山鞠躬,满脸惊惶地说:

　　"我也不清楚你的大衣上面怎么就有了黑水。对不起,我有错。"

　　夏万济把"洋车"的话故意译给平山:

　　"杨先生说,他不是胆小鬼,只不过想跟你开个玩笑。"

　　平山一听愤怒了:

　　"混账!八嘎牙路!谁跟你开玩笑的?"

　　他往杨车五身边走了两步,好像要打人。

　　杨车五从平山的声色已觉出平山对自己生气了,他不明白为什么。可平山骂"八嘎!"他还是懂得的,他知道事情的不妙。因此,杨车五慌了,他满脸赔笑地躬着腰说:"对不起(他还生硬地用日语说'斯密妈甚!')。请息怒,我该打,我该打。"杨车五做好了准备挨揍的姿势。

　　日本人不轻易在学生面前打"满洲国"老师。平山当然此时,并不打算揍杨车五。他愤愤地挺着短粗的身子出去了。杨车五弯着腰跟在后面,还用那句他能勉强生硬地表达出来的日语反复说:"斯密妈甚,斯密妈甚!"

　　平山和"洋车"走远了。全室一片大笑。夏万济笑得在床上打滚。有的同学打小夏的屁股。

　　杨车五为挽回自己的残局,他孤注一掷了。

　　又一个夜晚,他迟迟归家。看到老婆睡了,秦芳坐在妈妈身边哑然垂泪。她抬头呆滞地看一眼继父,眼神里流露出刻骨的恨意。"洋车"呢,却把目光暗暗集中到那瓶特控镇静剂上,两眼立时露出阴险的光。

　　"洋车"终于把昏迷的秦芳让人搞走了。虽然,他可以取悦于平山,然而,却又受到良心的谴责,他感到满脑袋针扎的疼痛,趔趔趄趄向前扑几步,几乎栽倒在路旁的污水沟。夜,越发深沉,远处传来几声喑喑的狗吠。

次日晨,世辅匆匆来到秦芳家。他帮着秦芳买到药之后,因诸事繁忙,总不得抽身来瞧瞧阿姨的身体,他一直放心不下。刚才,他看到杨车五在学校旁边的一个小饭店喝闷酒,他就抽空来到这里了。他不想在秦芳家碰到"洋车"。

门开着,他径直走进去。披头散发的秦芳妈睁着血红的眼睛,抓住他的双肩:

"秦芳,你到底回来了。一夜不归,在哪里来?"

听着她颠三倒四的话语,和错把他认作女儿的举动,他已觉察到这个家一定出了事情,便在她面前大叫:

"阿姨!我是世辅。你快说,秦芳怎么了?"

秦芳妈妈有点半醒,失望地摇摇头,喃着:

"你不是秦芳。"

吴世辅拼命地摇着她,大叫:

"阿姨,你快说,到底发生了什么事?"

"昨晚……不知为什么,"秦芳妈有气无力地,"秦芳突然,昏迷……杨车五叫人把她……送医院……"

"哪个医院?"吴世辅在她耳边大叫。

她直摇头,眼神痴呆着……

吴世辅转过身,飞似的跑出去。

秦芳一觉醒来,天色已经麻亮。看到不是自己家,却是一间漂亮的房间,有丝绸天蓝色窗帘、沙发、茶几和衣架。她觉得自己睡在一张软和的高级雕花床上,她吃了一惊,发现自己上身已经半脱,下身还穿着裤子。她猛地想到自己上衣袋里有"复华党"证,她又是女一高的支部委员,负责收党费,所以还有登记收缴的三十多个人的名单。桌旁灯光之下,她突然发现还是那个日本人,在翻阅着什么。她惊呆了,难道,他翻阅的是自己身上的密件?那人果然是平山。他对吉田梅子一往情深,对长相和气质一如吉田梅子的女孩,他怦然心动了。所以,他没有拒绝"洋车"的孝敬,要重温仿佛已经隔世的恋情。爱情之火,就要烘烘点燃,在"起死回生"的"吉田梅子"身上,他要找寻失却的自身。然而,当他给昏迷酣睡状态的她脱却上身时,无意中发现了一个附有照片的奇怪图案的证件,还有名单……这一发现,使他联系起近来"复华党"频繁活动的情况,尤其在三国高,学潮更加猛烈。陡地,他的情欲、爱恋、吉田梅子等等,倏地从他心里消失了,取而代之的是重返武运、再建功业的雄心壮志。也许,从她身上可以打开缺口,这么一来,他又有黄袍重加于身的可能。他仔细地揣摩、辨认、翻阅,但他汉语水平太差,只能从奇怪的证件,名单上看出些疑点。他太专心致志了,以至连秦芳跳下床,穿好上衣,窜到他背后的一连串活动都未觉察。猛地,她把那些证件、名单抢过来,就往门外跑。他猛省了,立即就去追!一场生死搏斗展开了。平山掰开她的手指,一个指头被折断了,她咬住他的胳膊,撕掉他的一片肉……他哎呀呀叫着放开,她又跑……平山省悟道,她夺过去的,是他最最宝贵的新生命,他不顾一切地追……秦芳疯狂地奔跑,把那些密件塞往嘴里,尽量吞下肚去。她想,她保护的不仅仅是女一高的姐妹,还有世辅、长岗等整个复华党的战士。

"秦芳!……"世辅远远看到她飞奔而逃,知道出事,急忙向她迎去。她的后面,隐约是平山,刚追出一栋楼的门,犹豫一下,便返回去了。

然而,他晚了。一辆黑色小卧车,风驰电掣般驶来,怎么也刹不住闸,一声刺耳的怪叫,随着一声惨噱,秦芳倒在血泊中。

"秦芳!……"世辅抱住她,泪流满面,"这到底怎么回事?秦芳!……"世辅一边捶打自己的脑袋。然而,濒临死神的秦芳却半睁开眼,对着世辅断断续续地:"四福哥……平……平山他,发现我们……"她一句话没说完,带着深仇大恨,倒在世辅的怀中。

"秦芳!……"世辅抱起她一直在哭喊。

黑色小卧车中,探出了张丰年的脑袋,他犹豫了一下,趁人们乱糟糟的,嗖地驾车逃了。

8. 波撼东大营

徐长岗成为专职主席后,曾瞒着父母前往辽阳、海城、四平、公主岭等地开展工作,建立支部,又发展了一批复华党员。一去月余,最近回到奉天。他和世辅一接头,知道最近奉天、鞍山的动作搞得蛮不错,打乱了敌伪推行的"强化治安运动"。再过几天,就是三月一日。这一天,是溥仪充当满洲国傀儡皇帝登基的日子,所以确定为建国节。每年这一天,各机关厂矿学校都要放假,并举办各种文娱活动。

徐长岗、吴世辅、金玉忠研究后,准备在这一天,利用文艺演出,进行一次大的动作。晚上,他们把女一高的宣传骨干周再娟和刘彩云请来,在志诚银行南厅作了具体布置,并与编到东大营的徐俊哲和郝世雄取得了联系。因为每年的

"建国节",女一高的演员们必定要受教育部的指令,去各处进行慰问演出的。

上早自习时,闫秀圃将自行车停在女一高的大门口,从邮袋里抽出一沓报纸和杂志走进门房。门房看门的从他手里接过报纸,凑着眼镜看了看《盛京日报》上的大字新闻。但闫秀圃仍然站着未走。门公问:"闫先生还有事吗?"

闫秀圃掏出哈德门香烟,抽出一支递给门公说:"你吸烟。"然后又说,"请你帮我找一下三年乙班的刘彩云。"门公正在想。闫秀圃补充说:"就是叫做小白鞋的那位。"门公立刻想起那个最漂亮的丫头。他去了一会儿,领出刘彩云。闫秀圃从侧面认出了她,说:"你跟我出来一下。"刘彩云跟他出门站在自行车旁。闫秀圃看看四周无人,拿杂志当中露了一下复华党证:他自己的一张照片后面盖有一个"華"字图案。然后,他把一本昨晚上金玉忠连夜赶印出来的《复华秘刊》交给她。她点点头藏在衣襟下面回去了。门公或许以为又有谁在纠缠她呢。女一高歌咏队队员,都是复华党员了,刘彩云要召集她们,把《复华秘刊》上登的一些禁曲练熟,以伺机进行动作性抗日宣传。

三月一日,早晨九点许。一辆军车载着女一高三四十位女生驶入奉天东大营留守营。它位于奉天市城东,是一个用土筑成的旧式城堡。远处看它,土墙已显昏黑,到近处才看出是覆盖着一层青苔。墙又高又厚,很是雄浑。这个兵营很古老了。它的东北面是古木参天的福陵,也就是奉天的东陵,北面是一条山冈的山脚,那里有个村子叫东山嘴子村。东大营就雄踞在东陵和东山嘴子村形成的隘路交叉口。东北军退入关后,日本兵曾占据了它,后来让给伪满洲国军。但日本人仍派有"次长"在其中进行控制。所以,东大营以及所有"满洲国"军的命运仍在日本人的掌握之中。

汽车在营门内停下,女生跳下车。今天来参加演出的是周再娟的舞剑队和刘彩云的歌咏队。

刘彩云已不是从前那个羞羞怯怯的"小白鞋"了,周再娟不屈的性格鼓舞了她,同时她也感到站在自己背后的,有无数的兄弟姐妹加朋友。周再娟不愧为名副其实的"女侠",她不在女生群里,却四处游转。此时,走来一个满洲兵,他像见了熟人一样,笑着招呼:"再娟来了?"周再娟正疑惑之际,那人小声说:"咱们见过面,我叫徐俊哲。"他掏出军人身份证一翻,背后露出一张印有"華"字图案的本人照片。周再娟点点头,她明白了。他说:"你们放大胆子,今日放假,日本人全进城去了。剩下的全是满洲兵。"刘彩云走过来,徐俊哲不说了。周再娟悄悄说:"都是自己人。"一个营长走过来问:"你们认识?"徐俊哲掩饰道:"我的表妹。"营长走过去了。"噫,我怎么没听说过?"突然走来一位少尉排长,人们一瞅，原来是美猴王张明刚。他从第三国高毕业就参了军，军内有关系，所以不到一年就升为小小的下级军官。他没有加入复华党，因为吴世辅不敢发展这种人。他走近再娟："周小姐，啥时有了表哥？""怎么？我的家事还得向你汇报？"周再娟不屑一顾。张明刚伸出手来："我说笑呢，你何必当真？"周再娟不理他，张明刚没意思地抽回手，笑着打圆场，"我代表本排弟兄，对你们的慰问表示感谢！怎么，连这也不接受？"再娟被迫象征性地握握他的手。他还要啰嗦纠缠，女生们却整队了。张明刚点了一支烟，悠悠吐几个圈，表情很难看地沉思了许久。

女生们分两个门，进入大礼堂。一队由周再娟为排头，另一队由刘彩云领队。当她们步入时，坐得黑压压的两千多"满洲国"兵，立即旋起了热烈的掌声，经久而不息。

这时，吴世辅、徐长岗、金玉忠等复华党头面人物，由徐俊哲、郝世雄的安排，坐到了第五排。他们的同排正好也坐着张明刚。挨吴世辅左边，是一个油头粉面的家伙，眉角有一道长疤，由于这道疤，把右眼角扯翻了一点，露出一点眼红，很难看。这种眼，人们叫做"扯巴眼"。吴世辅扫了他一眼，没有言语，注意地看舞台上的"动作"。开始是周再娟舞剑队表演。第一个节目，为了表示"日满亲善"，几个女生演了一出日本古典舞，表现日本武士为了争得爱情，拼死与仇敌决战，当心爱的人终于不能为自己获得时，武士自刎而死。这个女扮男装的武士就是周再娟。张明刚很有兴致地观看演出，眼睛不离周再娟。也真稀奇，一个人对异性投入爱心时，那种执著、忘我、单相思的追求，往往也令人难以置信。因为是日本的故事，没引起人们多大的兴趣，掌声零落，可张明刚却把手拍痛了。接下来是刘彩云的歌咏队上场。全场立时静下来。几千双眼睛一下盯住站在最前的刘彩云。刘彩云今天仍然套着海军式校服上衣，但下面没穿裙子，而是穿着天蓝色的裤子，裤线压得很直。头发是女高学生通常的馒头形发式。但她的头发本来厚，显得蓬松松的，刘海儿水似的流泻在额头，脚上踏一双雪白的胶鞋。

吴世辅旁边的"扯巴眼"坐不住了，他一眼盯住刘彩云不放，低低嘟囔一句："这娇妞儿。"他把脸往世辅旁一扭，仰靠在座椅上，悠悠地陷入自得其乐的深思中。"在哪里见过？"吴世辅脑中萌生出这个念头，从记忆深潭搜寻哪怕一丝一缕的纤细毛羽似的痕迹，然而，他想不出。

君子世代，万世一系，

如石上之青苔，万古长青。

女生们用日语合唱日本国歌。还有满洲国歌：

天地闪，有了新满洲，

新满洲便是新天地，

顶天立地无苦无忧……

尽管这是掩饰装点门面的东西，但是，台下几千人却不大认账，不感兴趣，乱纷纷出现了低语和嘘叫声。

"瞧那领唱的女生好人景，给你当媳妇怎么样？"

"娘巴拉子，给你当奶奶！"

刘彩云听见台下戏语，紊乱，觉得合唱压不住场，正在迟疑之际，徐俊哲奉金玉忠之命，悄悄登上后台，隔着幕叫过刘彩云问：

"下一个歌子是什么？"

"日本歌曲'天长地久'，是祝愿天皇和皇后万寿无疆的。"刘彩云递过去节目单让他看。

"你出去报节目吧，先让周再娟舞剑。"他说，"你赶快调整节目单，别唱那些老掉了牙的歌子。你们给大家唱流行曲吧，反正这里没有日本人。"徐俊哲说完，赶忙下台去了。日本人确实不爱参加这种文娱会，因为他们听不懂。这种时候，他们多半到城里去寻欢逛荡和找花姑娘。

"下一个节目：'虞姬剑'。"

随着刘彩云的话音，台下兴趣复甦了，滚过一阵掌声。周再娟扮虞姬上。作一个白鹤亮翅的起势，张明刚两眼闪着光亮，起劲鼓掌，引起台下热烈的掌声。这段独舞，是从京剧"霸王别姬"的一段剪裁加工而成的。霸王被困垓下，英雄末路，悲壮雄丽，他的爱姬美丽聪颖，面对丈夫的前景，对他们爱情的回顾眷念，以及以红颜甘献于西楚霸王的壮举，这复杂的爱、怨、恨、忧、悲、愤之情，在她的舞蹈里剑路中，要糅合得淋漓尽致，谈何容易？然而，周再娟毕竟是知识女性，有清醒的头脑，有较高的修养，她理解人物内心世界的复杂和痛苦，有武林剑术的基本功，加之正义感革命憧憬等，这么多东西集于她的一身，就使她的"虞姬剑"舞得异花独放，不同凡响。长剑飞旋，寒光闪烁，快、慢、紧、缓，柔刚兼备，圆棱熔于一炉，达到炉火纯青的地步。当最后，"虞姬"寒剑饮颈时，全场鸦雀无声,唏嘘慨叹不息,旋即,爆出雷鸣般的掌声。张明刚再也抑制不住,两行热泪夺眶而出,他看看自己准备好的花束,心里翻腾不已。掌声经久不息。周再娟知道,大家看懂了。面对强敌压境,英雄末路的悲壮,使每个不甘当亡国奴的人都感到无限的压抑。

刘彩云和歌咏队上场了。突然,台下爆发出一阵呼喊:"我们要听流行歌曲! 要听流行歌曲! 一二三,来支流行歌曲!"

刘彩云走到台前,深深鞠一躬,说:"谢谢大家,现在我们唱支'万水千山隔着你'。"

随着乐声,歌声轻柔地飘起来:

半夜推窗月向西
高高枝头鸟双栖
明朝不见双栖鸟
万水千山隔着你

前两句低沉悠扬,后两句则是女高音,悲切的长啸,震人肺腑。是说一对恩爱年轻夫妻日夜相伴,突然有一天就相隔千山万水了再也见不到面了。

台下突然有人喊着问:"为什么,为什么万水千山隔着你?"

刘彩云听了一愣。但她灵机一动,立即扮作悲痛的女方,煽动性地说:

"因为我的新婚丈夫被迫征去当兵了。"

台下立时一阵哄笑。但笑着笑着,全场马上肃静了。这些当兵的已经觉得眼圈儿有些涩。

"扯巴眼"像只嗅屎的狗,眉头一皱,脸上显出一丝阴险的凶光,他的举措全在吴世辅的眼里,尤其他那一束凶光锋芒毕露的情景。吴世辅倏地想起来了,在小河边魁星楼下,就是这个家伙,把秦芳逼到阁楼底层,是他们几个人及时赶到,痛打狗汉奸,秦芳才得以脱出虎口。吴世辅明白了,那"扯巴眼"就是他们的"杰作"。此时,他脑子里,又泛起秦芳的影子,这个苦命的女孩。对于她的死因,他们始终没有搞清楚。他隐约地怀疑有人在追她,是谁? 从矮粗的背影上几乎是平山,但又没有确凿的见证。又是谁的车撞了她? 这一连串的问题,似乱麻一般把他搞得晕头转向。秦母已经神经错乱,在她那里得不到一点线索。但有一点,他是怀疑的,那就是,她的死,是一种恶毒的算计和某种阴谋所致。如果是这样的话,那么,秦芳的悲惨命运,如同很多中国民众一样,始终没有逃脱日寇和汉奸的魔爪。他想到这里，浑身便发抖，狠狠地斜睨一眼汉奸"扯巴眼"，就拉着徐长岗、金玉忠出去了。

"挨我坐的那个'扯巴眼'你给我调查一下他的身份。"吴世辅悄悄对金玉忠说。金玉忠点点头走了。他和长岗转悠一会儿，又回到礼堂，坐到最后一排，继续观察宣传动作。

台下有人提议："指挥员独唱一个。"

"对，独唱一个！"许多人随着喊。

刘彩云壮了壮胆子，决心要把闫秀圃送来的那几首歌子唱一唱。她向台下鞠一躬："唱不好，请大家原谅。我先给大家唱一支'别离歌'。是说为了神圣的事业，一对相恋的青年男女将要分离……"这两句解释是她个人的即兴创作。她清一清嗓子，嘹亮的女中音随着乐声袅袅飘起：

> 红烛将残，瓶酒已干，
> 相对无言，无言。
> 今宵别离后，再会待何年？
> 擦干了腮边泪，
> 脱却了绣花衫。
> 温室已不是我们的家，
> 只见那满天风沙。

刘彩云满含感情地唱完了这支悲哀的歌子。

又是一阵掌声。这一阵掌声，把刘彩云带到往事的回忆中。"春季到来百花香，大姑娘窗下绣鸳鸯。忽然一阵无情棒，打得鸳鸯各一方。夏季到来柳丝长，大姑娘漂泊到长江。江南江北风光好，怎比那青纱起高粱……"那小巧俊美的圆脸，小巧俊美的眉眼，小巧俊美的鼻头和嘴巴，像一件精巧的象牙雕塑艺术品——"仙女"，她唱得多清脆，多娇嫩，这多含情感。这"四季歌"是秦芳最拿手的好戏，是秦芳教给她和队员们唱的。刘彩云唱着秦芳教给她的"四季歌"，脑中浮现出秦芳临死血肉模糊的惨相，又想到很多中国恋人的甜蜜生活被日寇践踏，他们过着漂泊的无家可归的流浪生活，又日夜思念自己的家乡。她的家也是苦不堪言，贫病交加，这一切，交错地在她脑中闪现，她眼中噙满了热泪。那些当兵的年轻人明白了这支歌的意义，她又唱得如此投入，凄切哀婉，心里都很沉闷，全场鸦雀无声，把眼睛睁得直直的，几千双眼睛盯住台上，屏住呼吸，盯住刘彩云，仿佛生怕她有个细小的表情被忽略过去。"扯巴眼"看看左右，见人们群情激动，有点很不自在，觉得有些燥热，索性解开脖领扣，用手绢狠命地搧风。

为了掩饰，刘彩云退场，另一位女生用日语唱了一支"满洲姑娘"，来作搪塞：

> 私十六　満州娘
> 春よ三月　雪解けに
> 迎春花が　咲いたなら
> お嫁に行きます　隣村
> 王さん待ってて　頂戴ね

大意为：我是十六岁的满洲姑娘，春天三月雪化时，等到迎春花开放，我就出嫁到邻村，王哥，你可要等着我呀！

"扯巴眼"精神为之一振，微闭着眼，用手打着节拍，优哉游哉地沉浸在那支歌曲软绵绵的悱恻缠绵的旋律中。这首歌当时在日本军人中很流行。整个歌曲的内容，就是说满洲姑娘如何美丽、顺从，如何眷恋日本军人。鼓励日本青年快快参军，到中国占有满洲姑娘。唱者听者都懒洋洋的，无声无息，唱完之后，只有那"扯巴眼"一小部分人鼓出零落的掌声。

"一二三！我们要听流行曲！"

"要听流行曲！"台下又齐声要求。

吴世辅和徐长岗在徐俊哲耳边嘀咕几句，他跑上舞台，见到刘彩云，又旋即走下来。

刘彩云十分激动地站到台前大声说：

"军阀张学良逃到关内去了，我们许多的兄弟姐妹跟他去了。可是他们的家乡，父母全在关外。"

"扯巴眼"大吃一惊，想要站起来干涉，却看到刘彩云秋波似的眼神，他只好忍了一下坐了。

刘彩云继续说：

"现在，我们给大家唱一支听来的歌。据说这首歌在关内很流行。现在听说关内南京政府同我们日满合作了，这首歌不知还流行不。我们都是些无知的孩子，唱错了请大家原谅。"

"会原谅的，请唱吧！"

"唱歌子听听高兴,什么错不错的,快唱!"

台下几处叫喊,又旋起一阵叫歌的掌声。

刘彩云领唱出激昂、悲壮、动人的乐曲:

我的家在东北松花江上

那里有森林煤矿

还有那满山遍野的大豆高粱

九一八　九一八

自从那个悲惨的时候

我们离开了那可爱的家乡

爹娘啊,那年那月

再能见到那二老高堂……

刚开始,台下出现一片骚乱,有人轻声质问:"唱这歌子?……"徐俊哲、郝世雄紧张地观察动向,捏着一把汗。世辅、长岗,稳坐泰山,岿然不动。唱到中间,渐渐人群里寂然无声,有的发出一些唏嘘声,再往后唱,居然有人低低跟着哼唱,逐渐,汇成一曲低沉的台上台下的大合唱。"扯巴眼"实在坐不住了,他简直就是一条走狗,再次嗅出了政治味道,他把脖领全打开,拼命地煽风。但是,他只要看一眼刘彩云,就好像唐僧的紧箍咒念起来,他又老实地坐在那里,闭目养神,努力克制自己。歌唱完了,旋起了经久的一阵又一阵暴风雨般的掌声,这掌声代表着一种无形的凝聚奔涌出的激情,它,是黄皮肤、黑头发、炎黄子孙共同的心声。在掌声中,周再娟、刘彩云以及她们的姐妹们,饱噙着热泪,一次又一次彬彬有礼地谢幕。

军人开始退场。刘彩云正在后台整理衣服,卸妆。一个四十多岁的军官,突然来到。他,身材不甚魁伟,面皮发白,打扮得油头粉面,右眼角有疤,微微向上翻,露出一点眼红。他手指被烟熏得黄黄的。他走到刘彩云面前,弯弯腰,露出一口金牙:

"有幸认识您,小姐。卑职是柴诏次长的翻译。请您给我签个名留个纪念。"

他说着把自己的身份证和一个小本子,一起递给刘彩云。不远处,吴世辅和金玉忠在窃听他的每一句话,注视他的每一个行动,两人不住交换眼色,点头示意。刘彩云一看他的身份证:"啊,您是王……"

"不,不不! 就叫我柴诏翻译就行。"他咧着满嘴金牙,贪婪地看着刘彩云。

美猴王张明刚,一身戎装,以一个军官的架势,手持一束花,心得意满地来到周再娟面前,笑道:

"今日有幸看到您精湛的表演,很有感想。请允许我代表本排弟兄略表寸心,敬请笑纳。"

张明刚把一束工艺花递过来。周再娟迟疑一下,看一眼世辅。世辅笑道:

"故人盛情难却,理应接收嘛。"

周再娟这才接花并握一下张明刚的手说:

"士别三日,当刮目相看。明刚兄业已踏上仕途,堪为咱武林中的骄傲。有朝一日发了财,可不要忘了这些穷兄弟姐妹啊。"

引起一阵哄笑。张明刚尴尬地:"哪里,哪里。"他还想说什么,谁知,周再娟转过身,紧紧挨着吴世辅,并肩向送她们的汽车走去。张明刚觉得很不是滋味。

这边的刘彩云,无奈在"扯巴眼"小本子上给他写下:奉天市女一高三年乙班刘彩云。写完,把本子和身份证还给那柴诏翻译。

柴诏翻译连连鞠躬:"谢谢,谢谢!"并伸出手要和刘彩云握别。

刘彩云迟疑了一下,勉强和他握握手就赶快往外走。

吴世辅、徐长岗、金玉忠等人先骑自行车走了。

柴诏翻译眼巴巴看着刘彩云她们坐上汽车驶出东大营,摇摇头叹一口气,走了。

从汽车上,飘下一束工艺花,正好刮到张明刚脚前,他弯腰捡起,气得脸变成猪肝色:

"臭婊子周再娟,好不识抬举,咱走着瞧!"

第四章　惊涛拍岸(1945 年春—1945 年夏)

1. 胁迫"小白鞋"

　　自东大营演出之后,刘彩云睡梦中,经常被吓醒。她听世辅他们讲,好像那个"扯巴眼"柴诏翻译,就是曾在小河沿对秦芳下毒手的那个家伙。那块"眼疤"是世辅、作昆、明秀、永生四人留给他的纪念。秦芳已经横遭车祸身亡,她的死因,复华党内派人作过多次调查,尚未得出结论,但有一点是明确的:即日伪当局对复华党的活动已经密切注意了。刘彩云深知,失去秦芳最最痛苦的还不是她们女校的许多姐妹,而是吴世辅。这是她在荒郊野丘乱冢之中,和再娟、世辅、长岗等人去祭祀秦芳后知道的。他们备薄酒一壶,纸钱数串,祭文一帧。黄土一抔,清泪长嚎,在悲哀沉痛的气氛中,世辅以万般悲痛的心情,乞血祭颡:

　　民国三十三年丙子月乙丑日。总角之交世辅立于荒郊孤冢你之面前,告汝之灵。

　　呜呼! 汝幼年被父弃,孤儿寡母,伶丁凄苦,无复聊赖,形单影只,长夜同愁。汝父媚东洋而叛妻女,汝母欺于日商尔后被践抛,有似如此,悲也欤!

　　吾年十二,始至县城,与汝为邻,同窗结友,曾挑灯夜读于寒窑,携手同行于街市,扒窗穿孔窥日商欺尔母之奇耻,举桌攀凳聆听戏文之美妙。北风呼啸,吾汝捡焦砟于荒坡,为叶叶洒泪清郊,然狼犬夺生灵之突兀,众毗邻发悲于破屋。呜呼! 倩影幻相,凄惨之往事,历历犹在目前,刻骨而铭心。

　　吾汝又邂逅于奉天,是在汉奸欲玷辱尔尽洁之躯之魁星楼下,汝惚惚惶惶,天天遁匿,并未留意于旧交。是共同之事业,又把汝与吾系于一叶小舟之上，经骇浪险礁之考验。尔幼女黄发已为蛾眉粉黛，天真无邪更似含羞娇菡，弱母柔女如孤叶投海，生活无着，似灯蛾扑火，曾几次，问而不答，岂不知，血海泪河，难启唇于旧友，吾当有救汝母女于水火之凤愿，可，时不待我，汝饮恨黄泉路。呜呼哀哉！

呜呼！汝艰难吾曾不知情，汝受辱吾曾不知原，生不能相济长共事，殁不能究仇以申冤，不痛不痒，称何总角之情，捶胸顿脚，无异于亡羊补牢。汝在九泉之下，能不恨我？一抔黄土，几滴青酒，聊表心怀，如此而已。呜呼！言穷而情不可终，汝其知已邪？其不知也邪？呜呼哀哉！尚飨。

刘彩云记得，吴世辅刚刚念完祭文，情绪极端恶劣，双手抱胸，仰面涕泪。突然不知从什么地方，或许是墓穴深处，或许不知什么冥冥之中，发出一声尖厉的令人毛骨悚然的嚎叫。像狼嗥？不。像人被刺到后绝望之中的发泄？也不。那么是鬼叫？谁也没听过。反正，在场的人都像炸碎心肺般的战栗，头发嗖地竖起，他们全都冒起一身的鸡皮疙瘩。冤魂！冤魂的嚎叫!!这乱坟岗掩埋着多少日寇刀下的冤魂？当人们走出乱坟，都从心底流出这么一句。

自此后，刘彩云就夜不安寝，常常在半夜里发觉有人扼她的脖子，要掐死她，她惊叫着醒来了，可什么也没有。当然，不是秦芳，那么，该是谁呢？

这天上午，刘彩云正在教室看书，门公突然叫她出来，说有人要见她。

刘彩云心中狐疑，忐忑地跟着门公来到大门口。柴诏翻译从门房走出来，一见她，立刻弯腰向她微微鞠躬：

"刘彩云小姐，非常高兴见到你。"

刘彩云大吃一惊，看到那块"扯巴眼"亮亮的，就很恶心，她漫不经心地问：

"翻译官先生，你找我有事吗？"

那块疤闪闪发亮，满口金牙呲着，这么一动一笑，那块脸倒成了猴屁股：

"怎么，没事就不能找您？刘小姐，自东大营认识之后，卑职食不甘味，卧不安寝呀，不知得了什么病。后来，我终于想通了，是想和你交个朋友。"

说着，"扯巴眼"便恬不知耻地攥住她的手。

"先生，我还在读书，不能和你交朋友。"刘彩云惊吓中，猛地抽回手，急忙往一边躲，"我不交朋友，请你自重。"说着，她就要转身往回返。

"扯巴眼"大步一跨，嬉皮笑脸地挡住去路：

"刘小姐，你年纪不小了嘛，要看得开些，应该懂得交男朋友的重要性。你很漂亮，有文化，我们有身份的人很愿意结识你。我可以带你去高级餐厅吃菜，还可以带你去见柴诏次长。他听说你是女一高校花,也很愿意见见你。如果你有兴趣,我还可以引见你结识日本宪兵队队长山田大佐阁下……"

刘彩云把身子背过去,侧对着他,她很厌恶,想着法儿躲闪,一边说:

"我谁也不见,更不愿见当官的。我上学是为了找个职业。"

"那可以呀!"柴诏翻译见缝插针,像个无耻的太监围着姬妃转,"我现在就能给你找个顶好的职业,只要你愿意……"他不怀好意地把挑逗的目光像芒刺般刺向刘彩云生机蓬勃的胸部。

"不要说了,我求求你。"刘彩云的目光中流露出轻蔑、鄙视和无限的憎恶,语气中渐渐夹杂着钢铁般的坚决,"我要上课!"她把头发一甩,就要往回走。

这下可激怒了"扯巴眼",他立刻双手叉腰,挡住刘彩云,板起脸,声色俱厉地亮出了王牌:

"好啊,刘彩云小姐。你倒端起架子来了?你们那天在东大营作反满抗日的宣传,跟共产党唱的一个调。你表现得最为活跃,唱了许多煽动的歌曲,你以为我听不出来?近来奉天市复华党活动很猖獗,你们是不是由复华党指派的?或者,你们本身就是复华党成员,我正在怀疑!我本应该向柴诏次长如实报告,把你们都抓起来。我是可怜你,年纪轻轻就坐牢,才使了好心。现在你反而瞧不起我?!那好吧,刘小姐,再见!以后出什么事儿,可别怪我手下无情……"

"扯巴眼"恼怒地说着,飞溅着唾沫星子,那块疤更加殷红发亮。他作出转身要离去的姿势,眼睛仍然试探地压迫性地瞟着刘彩云。

刘彩云生性善良、软弱和娇嫩,被"扯巴眼"几句话唬得心头发慌。她暗暗叫苦。给日本人干事的,一如他们的主人,个个心狠手辣,什么事都能干得出来。假如"扯巴眼"一怒之下,把东大营的事捅到日本人那里去,自己被抓去坐牢是小事,更会连累女高的众多姐妹,牵连到打入东大营的徐俊哲、郝世雄,就会让敌人顺藤摸瓜,涉及吴世辅、徐长岗,整个复华党就有被暴露的危险。这么一来,岂不因小失大?"还不如糊弄住他,再想法子考虑下一步。"刘彩云在低头沉思,打定主意后,又装作害怕和羞涩的样子:

"请你原谅我。我主要是因为年纪小,又在读书……如果你一定想和我交朋友,那……那你下次再来,让我考虑考虑,我也得和家里说一声。"

柴诏翻译的王牌果然奏效,使一个单纯的女孩无能反击而会俯首就擒,他当然高兴了,谈兴立刻顿开:

"行行行!……当然,得和家中大人说一声,交男朋友嘛,让他们也高兴高兴。我还可以给你家办许多许多好事的。"

刘彩云看他得意的样子,很尴尬地点头应付,可"扯巴眼"却认真了,他要得寸进尺:

"咱俩是不是到马路对过,那家西餐馆吃一点东西? 你可不能推辞啊! 这点请求不为过分吧?"

他强拉着刘彩云的手,像挟持一般,把她架着往马路对过走。她不能不走。因为她考虑到,一男一女在大街上拉拉扯扯,会引起诸多同学的怀疑,另一方面,如果她拒绝他,这个豺狼心肠的汉奸,是什么事也能做得出来,到那时,就会闹出大乱子。她只好跟他走,并猛地抽回手,故意悄悄哄他:"别这样,让人看见,多不好意思。""扯巴眼"哈哈大笑,趁机说:

"咱们下次什么时候见? 星期三吧,还在这儿相等,怎么样?"

刘彩云心里陡地罩上了阴云,心想,"烧纸引来鬼",这该如何是好? 但也不能把他惹恼了。她心事重重,步履渐渐慢下来,她盼望有个同学或熟人或同志能出现在她的面前。然而,马路上人来人往,都是陌生面孔,同学不可能来,因为已经上课了,熟人和同志呢? 更不可能。她只有失望。走在一棵树下,这里是个拐弯的地方,她有些茫然地停下来,靠住树想喘喘气。然而,不怀好意的"扯巴眼",倒以为机会来了,上前,攀住她的两个肩膀,就要往怀里搂,他那臭烘烘的嘴巴已经凑过来。她躲闪着,惊惧地躲闪着,眼里转动着泪花……突然,一阵急促的车铃声,搅乱了"扯巴眼"的美梦,一辆邮局的自行车飞驰而来,刘俊民跳下车,对刘彩云叫:

"表妹,快上车! 你妈正病得厉害,让我来接你。"

这一着,"扯巴眼"没料到,刘彩云也没料到。但正在万分紧急,救星来了,她如出笼之鸟,推开"扯巴眼"就要走。"扯巴眼"仍紧拽住她不放:

"彩云小姐,这……"

刘俊民勃然大怒,把"扯巴眼"推开,斥责道:

"你这人好没心肝,人家妈妈有病,还胡搅蛮缠啥?"

刘彩云敏捷地跳上刘俊民的车尾巴。她逃出虎口了。愣过神来的"扯巴眼"冲她高喊:

"你要记住星期三! 星——期——三!"

刘俊民带着刘彩云在街上飞驰。她好似将旱枯的幼苗突逢救命的甘霖,再也抑制不住,把头靠在同志宽厚的背上,痛痛快快地哭呀哭……刘彩云从刘俊民口中得知,这是党魁吴世辅的安排,因为世辅已经注意上"扯巴眼"。她一听,更是悲痛和激动相交加,哭得更加欢了。

2. 严惩平山

秦芳罹难之后,世辅对秦芳的死因作了广泛深入的调查,已快两月,仍没有眉目。

突然有一天,高永生告诉世辅,为朝会骚乱,平山主任找他谈话,发现平山卧室挂有一个日本女人的照片,长得和秦芳一模一样。吴世辅警觉地问:

"你看清楚了?"

"看清楚了。"高永生肯定地说。

"有这事?"世辅陷入沉思。

"那日本女人穿的是和服袍,留得炮台发型,气质也比秦芳成熟得多。"高永生分析说。吴世辅注意聆听,又继续沉思,这与他的想法吻合,秦芳出事与平山有千丝万缕的联系,加上他回忆起平山隐约追出的迹象。又想起那天早晨秦芳妈说道杨车五把秦芳送到医院,而事实上并不是医院,却是一所公寓。后来,又经过查访,发现秦芳出事的那个晚上,平山的卧室一夜没亮灯,说明他不在第三国高。世辅想,这么看来,秦芳事件不单是桃色型的。他又忆起秦芳倒在他怀中,临终前的一句话:"平……平山,发现了我们……"这一切,能是偶然的吗?看来,秦芳事件具有一定的政治阴谋和色彩。他又想,从秦芳身上泄密,最危险的莫过于女一高的组织和宣传队的姐妹们。秦芳事件的罪魁应该是"洋车"和平山两人。如果女一高组织被侦破,那么,整个复华党就有全部暴露的危险。怎么办? 于是,他们召集紧急会议,把计划和行动对准"洋车"和平山!

"西风吹泪过昭陵"。这是清室一位遗老在民国初年游昭陵时写的一首诗中的句子。大清帝国崩溃后,已无人认真给它看护陵宫。昔时茂盛的树林现已被人明的暗的砍伐得残缺破乱,这位诗人目睹此情,自然流露出无尽的亡国恨,怎能不流泪呢? 所谓昭陵,乃大清三陵之一。在新宾(从前叫兴京,伪满时仍保留这个名字)有个永陵,在奉天城东二十里有个福陵,因为处于奉天之东,又叫东陵。这个昭陵位于奉天城北十里许。因位于奉天北,又叫北陵。这是大清太宗皇帝皇太极的陵墓之所在。虽然,日本人一再强调"满洲国"并不是大清帝国之复辟,但溥仪心里很明白:他之所以能当"满洲国"的康德皇帝,也还是凭着大清先帝之余荫。尽管他是个傀儡,并无实权,但每年三四月间,日本人叫植树,他乘机让人在大清三陵多栽些树,这还是他力所能及的。

北陵的前面有一条大马路。它不像东陵那样前面有围墙,还有庙以及山门。它完全是裸露的，在马路上就能看见，从草蒿萋萋的墙头露出皇太极的坟墓。在坟墓围墙的东面有一池湖水。水已经很浅了，东北人把这样的浅水池叫做水泡子。就在附近，第三国高的训导主任平山，正在那里监督学生挖坑植树。这是个星期日，不休息。到工厂参加勤劳奉仕的四年级生，也被迫在这一天植树。他们穿着劳动服在马路上匆匆行走，不知奔向哪个具体地点。

有六个学生迟到了。平山把他们叫到一边，站成一排。平山手里拿着一根干树枝，上面有参差不齐的小枝杈。他吼叫着：

"你们，'不啦不啦'地……"

日语"不啦不啦"，近似汉语的"吊儿郎当"的意思。夏万济从平山的脸色判断，已看出他要打人，而且要狠打，毒打了。他根据吴世辅的部署，急忙跑到大马路上，向那些穿劳动服的学生使个眼色，指了指平山。这些人是五高和六高的学生，其中有的是武林弟兄，大多数是复华党员。他们看到夏万济的眼色，已有准备，有六七个人陆续走到平山身旁。

这时，平山已经用干树枝向一个迟到的学生劈头盖脸打下去。这个学生叫崔维圃。年龄小，长得也小。他的脸上立刻流出血，他哭起来。平山气焰很嚣张，又飞起一脚把崔维圃踢趴在地。平山打得性起，索性又举起树枝，向第二个迟到者的脸上打去。猛地，他的胳膊肘一下子被一个穿着劳动服的五高学生擎住，并夺下那根树枝，"咔嚓！"折成两截，向远处的水泡子抛去，"哗！"水里溅起一串浪花。平山回头一瞧，见是个十八九岁的穿劳动服的学生，心中大怒，大叫一声冲上去，抓住那学生的胳膊，使个柔道式，背在脊梁，又重重地把其摔倒在地。夏万济捏着一把汗，正担心时，只见第二个学生扑上去。平山不愧是柔道行家里手，以迅雷不及掩耳之势，又把第二个摔倒在地。尔后，四五个学生一起上，都是武林高手，使花拳、飞脚和铁掌，与平山展开了搏斗。他，真乃"钢炮"也，开始，以凌厉的攻势，使六七个学生难以近身，之后，他渐渐露出空档来，其中一个大块头学生，一拳打在平山面门上，半张脸立即紫青肿胀，左眼也充了红血。他高叫着向那大块头扑去，不成想，他的耳后一股风声，如当顶里一声闷雷，击得他趴在地上。毕竟是小钢炮，他平地一滚，又挣扎着往起爬，脊梁上一个飞脚，踹得他狗啃地趴在那里。他又在地上飞快地滚呀滚，学生们用脚踢，他突然抱住一个学生的腿，死也不放，那个学生也仆倒了。于是，五六个人，一起冲上前，举起铁锤似的拳头，在平山脸上、头上和肩膀上狠狠地揍，用树枝打他的头脸。渐渐，他力气不济，放开了那个学生，又往起站，又被他们按倒，叫他嘴啃地，揪住头发，一下一下磕他的额，额上青肿如馒头，脸和鼻子都流出了血，灌满了沙土。然而,这个曾杀人不眨眼的魔鬼,全身上下浸透了武士道精神,他没叫喊一声、呼救一声,更没有一丝的呻吟和哀告,他仍用脚乱踢乱蹬。看看打得够意思了,夏万济使个眼色,三高的学生假意来救,但被跑来围观的一群穿劳动服的外校生推到后面去。

这时,平山又抓住一个学生的腿,死死不放。直到几个人把他的手指和手背都抠烂,鲜血横流,才把他扯开。他刚站起来,咕咚一声又倒下了,他站不起来了。但他仍不死心,又抓住一块石头狠命砸在一个学生的背上。人们又窜起了怒火,扑上来四五个人,两人抓他的胳膊,两人抓他的腿,把他抬起来往水泡子走。他用牙咬人,因此还有两人扳着他的脑袋,不断搋他的脸。抬到水边,有人喊:一二三! 大家一起用力,把他甩上两米高,一起松手。"噗通!"小钢炮落到水中,水花四溅,水面被砸出老大的凹形,霎时又合拢了。小钢炮在水里乱扑腾,水波浪从他身边向远处散开。穿劳动服的那群学生打手,一阵风似的跑得无影无踪。

现在,是夏万济等三高学生出面充当好人的时候了。小夏"奋不顾身"地跳下水,和几个"伙伴"一起把平山打捞上岸。平山不会水,已喝了一肚子水,学生把他抬到一堵破垣上,让他嘀咕嘀咕地往出吐水,渐渐,脸上有了点血色。夏万济把他扶起来,脱下自己的衣服给他换上。平山喘着气,吁吁地问:

"那些,学生……是哪个学校的?"

"不知道,认不出来。"夏万济假惺惺回答,"他们都穿着劳动服,没有学校标志,也没有校徽。"

"他们……为……为什么的……打我?"平山气喘喘地问。

"你也穿着劳动服,他们还以为是上级生欺负下级生呢。"另一个学生用日语回答。

"我……饶不了他们的!"平山大伤元气,又暴怒异常,这么情绪一激动,他眼一黑,又栽倒在地上了。有一个复华党员举起铁锹就要照他的头劈下去,夏万济冲上去,夺下铁锹,厉声喝道:

"你疯啦?"

3. 防空洞事件

第三国高重修诏书防空洞。这是一件颇为隆重的事。因为平山受伤未愈,躺在床上静养,所以监督工作就落到杨车五身上。为此,吴世辅和徐长岗作了针对性布置，要拔除这两个心腹之患。

伪满洲国教育部，给每个学校颁发了一份溥仪访日回来发布的"回銮训民诏书"。每天在朝会上由校长必读一遍。"诏书"由教育部统一印制，不能丢失，不准复制。如有丢失或损坏，则治以重罪。因而，各校挖防空壕时也要专门给"诏书"挖一个。防空警报一响，则由日本校长捧着"诏书"进入"诏书防空洞"。在第三国高，每逢防空汽笛一响，山浦校长就双手捧着盛有"诏书"的精致木盒，高高举过头顶，庄严地进入防空洞。平山则紧跟在山浦之后，步履规正，身板挺直，装出凌然敬畏的样子。他们很愿意装模作样做这件事。一则是欺骗满洲国民，表示他们很尊重"满洲国"皇帝，二则为了自己也能进入一个比较安全的特制的防空洞。

起初，"诏书防空洞"也是露天的，只是位置比较隐蔽些，也挖得深些，宽些。后来由于日本防空兵每当美国飞机轰炸时，就不停地向上发射高射炮弹，美机便向下俯冲扫射。因此山浦感到露天防空洞仍不安全，就命令特制一个上面有棚顶的"诏书防空洞"。

这天下午没有课。全校各班由班主任率领检修加固本班的防空洞。该加深的加深，该加固的加固，相距太近的就拉开距离重挖。学校从各班要抽十五个学生重修"诏书防空洞"。这个空子被复华党利用了，党员们踊跃报名，结果，十五个人竟然全是复华党员，其中有郑永星、夏万济、曲作昆等。平山不能来，自然由"洋车"监工。

其实挖"诏书防空洞"也很简单。先挖一个两米深两米宽、三米多长的一个露天防空壕。当周围已经堆起高高的新土，长宽深的标准都够了的时候，就从一间破房里抬出十多根大碗粗的木椽子。把这十多根木椽子横搭在防空壕上面，椽子在防空壕的两沿上还能搭上半尺长的地方。杨车五站在边沿上监工指挥。自从秦芳事件发生以来，这个汉奸显然受到良心的谴责，那个所谓的家其实名存实亡。秦母彻底疯了，常常披头散发跑到街上，跑到树林里，唱歌，叫骂，撕裂自己的衣服，赤脚在垃圾堆上捡东西吃。他制止了两次无济于事，于是撒手不管了。然而，那个家他却再也不敢回去，他怕邻舍射来的鄙夷和仇视的目光，他怕秦芳母亲突然奔回来，揭掉他的被子，用菜刀割他的脑袋。于是，他就寄住到学校一间简陋而肮脏的锅炉工房间里，聊且苟安。他总是刚刚进入睡意，就看到浑身血迹斑斑、披头散发、面目暴怒的秦芳扑上前，扼住他的脖子用牙咬他的鼻子，那牙尖利利的好似锋刃。他大叫一声，坐起来，浑身便哆嗦不停。渐渐，反复多次，他失眠了，犯了神经衰弱症，有时一次吞服四片镇静剂都无用,仍然大睁两眼到天明。这么一来,他脑子针似的疼痛,双耳发炎,不仅隆隆响,且流黄色液体,双目布满了红丝,脸庞瘦了一圈,平添了许多皱纹。甚至走路也很费力,有时摇摇晃晃的。人们看到他这个德行,背地里骂:"活该,汉奸王八!"平山挨了打,受重伤请了假,这是日本人的优越。杨车五可没这个享受,他从不敢在日本人面前请假。山浦让他代替平山监督修"诏书防空洞",他仍然挺身拼脚,来个日本式敬礼:"是!"

他强打精神,在工地瞎指挥。他怕两边沿上的土地不坚固,会被木椽子压颓下去。其实,木椽子压进土地里倒是很稳固的,他却要硬充高明,叫学生在椽头着地处挖个小坑,在其中垫上一块砖。学生们按他的指示把砖垫好了,平平的,硬硬的。杨车五感到很满意,瘦削青黄的脸上泛出一丝笑,认为大功告成又可以得到山浦的青睐了。这时,小夏走来恭敬地说:

"杨老师,我已在办公室打下开水,又买了几个面包,你身体不好,就休息一下,吃点喝点吧。"

他着实有些支撑不住,笑着说:

"好,好! 你们可要保证质量啊。"

瞅着杨车五往办公室走的那摇晃的身影,夏万济吐了下舌头,立即挥了一下手,于是,留一个暗哨在外,其余的都钻到防空洞迅速地干起来。夏万济、郑永星、曲作昆几个以最快的速度把西边椽头下的砖上各放半块立着的砖,把东边沿椽头下面的砖上又平放上一块整砖。在这两块整砖之间垫进几块圆形小鹅卵石。然后。他们把木椽子放在这样结构的砖面上,盖上土,用脚踏实。这时,听到放哨的咳嗽声。杨车五又摇摇晃晃地走来了。

当杨车五站在土堆上时,木椽子已经整齐地平摆在防空壕上面。学生还到上面踩了踩,纹丝不动。大伙齐声赞:"杨老师设计的真好。"看得出来,"洋车"有点自信和得意,他又吩咐在木椽子上面横铺一层高粱秸。高粱秸上面又铺一层稻草。然后,在稻草上盖一尺多厚的土。恐压得不牢固,上面又压上一层小石子和砖块,再盖土。郑永星说:"把挖出的新土都盖上吧,炸弹落到上面也砸不进去。"夏万济观察到"洋车"没表示什么,便一挥手说:"盖!"十几张锹,立刻飞动起来,那么大防空壕挖出的土都盖上了。剩下一些,培在下面,形成一个圆形的地堡,很像一座庞大的新坟。

几天后的早晨。天空蓝得像兰花叶,与地平线下面的太阳相映,泛着晴亮的光。万里无云,也没有一丝儿风。太阳刚露出地平线的时候,第三国高的东南天空升起一股黑烟,这烟缓缓上升,笼罩了小河沿的水塔。过一会儿,东北方向也升起了黑烟。太阳从烟雾中露出惨淡的脸，最初像一块白色的铅饼，它渐渐变红，像从乌云中露出的一轮中秋明月。它渐渐隐没浓烟中完全看不见了。那烟从天空逐渐向西蔓延，盖住了半个天。地面阴暗暗的，好像就要下场大暴雨似的。

空袭警报的汽笛怪叫起来。一处接着一处，全奉天市都浸在这恐怖声中。第三国高的师生慌忙跳进防空壕。山浦校长把盛着"诏书"的木盒子高高举过头顶，向"诏书防空洞"走去。平山先生作为"诏书"的侍卫官，紧紧跟在后面，他显然举步不十分规正有力，甚至有点瘸。表情也十分呆板。脸上还留下细碎的不很明显的疤痕。

晴空万里，风静云淡，是空袭的最好选择。美国轰炸机从太平洋航空母舰上起飞，目标要轰炸奉天的"满铁"，可日本防空部队反应也很敏捷，那升起的黑烟就是放出的防空烟幕。日方首先要掩护"满洲铁工厂"。因为它是日本重要的军火供应基地。其次，他们还要保护水塔，因为大城市的供水比供电还重要。一旦断了水，整个城市就要处于混乱状态。

B29型轰炸机的一个阵列从南天露头，到奉天市上空又向东面折过来。一共十五架B29，每架后面都拖着一条白亮亮的喷气云带。呈五四三二一的阵列前进。当时，日本还没有喷气式飞机，人们乍看这样飞机阵列，感到十分的新鲜。实际的速度是很大的，因飞得很高，看上去像是缓缓的。日本的高射炮弹像爆竹似的射上天空，也像爆竹似的在空中炸开，一团烟，一声巨响。可是B29仍然稳稳前进，毫不理睬。因为日本高射炮的射程根本达不到一二万米的高度。一架日本战斗机剑似的从地面升起，一直向B29阵列撞去。只听"哒哒哒"一排机关枪，这架战斗机倒栽下来，起了火，一顶降落伞从机身弹离出来，像个气球，下面坠着个小小的人形，在空中悠悠荡荡。又一架战斗机升起，又遭到同样的命运。这样就有两个"气球"在空中飘荡了。高射炮仍然向B29猛射，虽然无济于事。突然，一道火光从B29中飞出来，像雷雨中的闪电划破长空。原来是一枚燃烧弹，日本人叫做烧夷弹。它落到马路弯道以北的一座大楼上。它的燃烧力很强，把大白楼的琉璃砖都烧着了。虽然被救熄了，但从上到下一片黑魆魆的残迹直到解放前还留着。有人说这颗燃烧弹是对高射炮部队的报复，也有人说，是为了燃烧工厂的。

B29的阵列好像从第三国高上空飞过。因为太高，好多地方都认为是从自己头顶飞过，其实不然。B29看来有一只雄鹰那么大，它们的队形不乱，稳稳的。但有些小战斗机却很活跃，它们像银色的小燕子上上下下，左左右右，在

126

B29 行列的空隙中穿梭似的飞行。这是护航战斗机。因为 B29 第一次轰炸奉天时,曾被日本的敢死队飞机撞落一架。日本在奉天还作了公开展览,以宣扬其武勇的武士道精神。B29 接受了教训,加强了护航措施。

B29 距目标二三里远就向下俯冲投弹了,炸弹借惯性就会正中目标。不知什么原因,一颗炸弹落到了第三国高左边一家邻居的居民院里,一个防空壕被炸弹挤扁,合拢起来。那家六口人全被挤在里面,挤成了肉饼。炸弹声对第三国高震得很剧烈,不少教室玻璃被震碎。那个"地堡式新坟"——"诏书防空洞",被这剧烈的爆炸一震动,里面的机关就发生作用了。东边椽头下的两块砖之间的鹅卵石,像车轴中的滚珠向外一滚,椽子的西头滑进了防空壕里,东头也被拽了下来。上面的新土、石子、砖块一下子倒塌下去。里面的平山见势不妙,竭力抵着山浦先往外爬,山浦刚爬到洞口,脑袋才露头,他爬不动了。"轰!"一声,整个新坟坍塌了,平山眼前一黑,仿佛觉得一座大山压在胸口,他什么也不知道了。

有人急忙来抢救,七手八脚把山浦拖出来。山浦拍拍身上的土站起来,他没受重伤。他急忙召集人赶快挖土抢救"诏书"和平山。几十个人开始挖,小夏使眼色,故意慢慢腾腾。防空洞挖开了,人们看见"小钢炮"在一根椽子下面压着,脸色青黑,鼻眼濡着血,气息奄奄。学生们把他抬出来放到土上。更要命的是"诏书"盒子被椽子砸碎,山浦被吓得飞灰了脸,心中很着慌,便双手哆嗦着把"诏书"盒打开,"诏书"已破碎了,他六神无主。他定了定神,马上派人把杨车五叫来,大叫:

"你怎么搞的? 诏书和平山均遭了劫难,你要负责的!"

杨车五躬着腰哆嗦着:"我有罪,我有罪!"他又悄悄瞥了一眼躺在地上的平山先生,见已完全失去人色,又有血痕斑斑。再看那撕裂的"诏书"从盒缝中露到外面,被风吹得哕哕响,杨车五叫一声苦,他的心脏在剧烈地颤抖。

这时,山浦慌忙抠抠平山鼻孔深处的土,好像从鼻孔里发出一丝儿不易觉察的悠气。他忙跑进校长室挂电话,只听他叫:

"快,快,用车把他运走。"

杨车五不懂日语,惶惶地问身旁的夏万济:

"山浦校长说什么?"

夏万济眨眨眼回答:

"山浦校长让警察局来一辆车,要把你带走!"

几乎崩溃的杨车五,这一下犹如泰山轰顶,身子不住地摇晃。他是脑动脉硬化,平素全凭鸦片烟支持着。听说要把他带走,脑神经一紧张害怕,脑血管便开始痉挛,脑袋嗡的一声,身子摇晃了两下,倒在地上,休克过去了。正在这时,开进一辆防空救护车。山浦让学生把平山和杨车五都载走了,送进了医院。

次日,《盛京时报》登出一条显眼的新闻:

奉天市第三国高训导主任平山先生以身殉职。其训导员杨车五为逃避破坏"诏书"罪,自杀身亡。

据复华党内部的传闻,平山没有抢救过来,真的完蛋了。而汉奸杨车五却是在山浦的秘密授意下注射毒针而死。山浦这一着很阴险,是为推卸毁坏"诏书"的罪责,杀人灭口。

4. 机关算尽

一辆人力车在街上出现了。车轱辘飞快地转动。戴着护耳小毡帽,穿着小棉坎肩的车夫,趿拉着破棉鞋,两腿不停地跑着。风沙吹在粗糙的面上,那汗珠冲开肮脏的沟壑,流成几条道道。车上坐着一位着旗袍留剪发头的女医生,她手中抱着医药器械箱,眼睛警觉地向左右方观察。她是徐艳明,奉院长之命去给一位官太太作产前检查的。这人力洋车是主家派来的,前面不远处,骑着自行车的主家的贴身侍从,抑或是保镖,她不知如何推测这位主人的身份,反正那人很像个日本特务,礼帽马褂,斜跨盒子枪,煞是狗仗人势般的威风。

突然,空袭警报的汽笛拉响了,行人急速地往家跑或往防空洞跑。来不及跑走的就跳进路旁的防空壕,如果路旁防空壕人满了,就得在马路人行道上俯伏着。

徐艳明在人力洋车上,见那前面的侍从仍然不急不慢地往前蹬车走,于是车夫就不敢停。恍惚之间,她看到远处头戴一顶黑缎帽头、架一副大眼镜的老头儿,从买卖家被人跟跄推出,又被警察推到马路旁的防空洞里。陡地,徐艳明发现自己提包里还有一叠复华党的传单,如果不乘机散出去,带到那个官太太家里,就会自投罗网,招惹大祸。她看看四周无人,只有洋车夫单调的脚音和那个前面不远处侍从的蹬车声。风向正好是顶头,她便把手伸到包里,眼睛警惕地向四处一扫,迅速地把那一叠传单向车后撒去。她眼角扫到风吹传单飞舞的情形,心里一阵发毛,就把手按在心口。心不大跳了,她却摸到一块木板牌,脑子一清醒，才知道这是她的"防空牌"。有一寸见方，上面写着姓名、住址和血型。日本人规定奉天市民必须随时把它带在身边，一旦在街上炸伤，可以按血型输血，如果炸死也能找到死者的住址。其实，B29并没有在市区大街扔过炸弹，只是准备万一而已。

不一会儿，空袭警报解除了，人们从四面八方的防空壕里爬出来。那清瘦、面孔较小、白白脸皮、戴大眼镜的老头儿也蹒跚地走出防空壕，右手提一根黑漆文明棍，在看人们追赶那被风吹得乱滚的传单，好些人没捡着，继续看捡到的人。不想就有那么一张，不偏不倚随风吹到老头儿的两只脚中间不动了。他弯腰捡起。于是十几个人走拢来，有人说："不要挤，叫捡到的给咱念念，大家就清楚了。"

"老先生，给念念吧！"有人提议。

老头儿扶了扶眼镜仔细看了看，惊诧地瞅了瞅左右的人群。

"你念呀！"有人催促道。

"对……我念。"老头儿咳嗽一声，清一清嗓子，"……具有五千年辉煌历史的中华民族，现在已经到了拿起武器，挥戈上阵，来争取炎黄子孙们生存的最后关头了。自从九一八事变以来，日本关东军占领我东北国土，民不聊生，饿殍载途。三千万被奴役的同胞尽做异国强盗的牛马，数不清的仁人志士，惨遭杀戮，尸体盈野，人天共泣，使真志士义愤填膺，怒火中烧。"

老头儿抬起头，又瞅了瞅人们，有人又催：

"念吧，这里又没日本人，怕啥？"

老头儿又咳了一声嗽。吐了口痰，又抑扬顿挫起来：

"……最近伪满洲国公布的'新兵役法'中规定：所有满洲国的中学毕业生都要应征入伍，集训半年后，全部派遣到华北、华中、华南的战场，去替'皇军'打头阵，充当炮灰，给日寇的大东亚'圣战'送死卖命。我们是中国人……难道我们能用自己的双手去杀害自己的骨肉同胞吗？"

"这是谁写的？真好！"

"日本人一来，我们就成为满洲国民，是小国民……"

"什么大国民小国民，反正都是老百姓。"

"不一样，就是不一样！"

"别吵，听着！"老头用洪亮的声音喝住人们的议论，"这文章写得不错，不错！"

"念吧！"有人给壮胆。听众越来越多，把老头儿围得水泄不通，"怎么，不敢念了?"

"哼,你看扁了我?!……"老头儿一拍胸部,用右手捋捋胡须,更加洪亮地朗读起来:

"万恶的日本军阀在中国所进行的妄图覆灭中国的罪恶战争已经七年了,中国共产党领导的抗日军民给侵略者以迎头痛击,在全国抗日浪潮的冲击下,日军已西风日下。日寇的本土也遭到同盟国飞机的日夜轰炸,同盟国的陆军也将在日本国土登陆。苏俄已在反德战争中取得决定性胜利,将来必定要对日宣战。当此日寇进入穷途末路之际,日寇天皇却梦想将其军阀政府迁到我东北安营扎寨,以完成他们孤注一掷的大和民族全体玉碎的垂死挣扎。此阴谋一旦变为现实,我东北壮丽山河将成为一片焦土。同胞们!时不我待,形势危急,此刻再不奋而操戈,必将误国误民……"

"……只要我们能和各爱国武装力量紧密配合,就会众志成城。占据我东北的日寇已成为瓮中之鳖,网中之鱼。只要我们东北同胞同心同德,胜利一定属于我们。"

"现在严正警告,一切充当敌特汉奸以及为日寇效劳的,只要你们弃暗投明,倒戈反击,本党将既往不咎……"

"最后,还要正告敌酋天皇,我们胜利的进军号角已经吹响,抗日光荣的旗帜到处飞扬。侵略者唯一的出路就是向中国人民投降,否则,东北以至全中国,到处是埋葬敌寇的地方。复华党总部,1945年1月。"

念完,那老头儿把文明棍夹在腋下,慢慢叠着传单说:"好,好!文辞酣畅淋漓呀。"

三四个气势汹汹的警察挤过人群,拿出洋手铐,"咔嚓!"把老头儿双手铐住。老头儿如梦初醒:

"怎么,大街上捡的不叫念?"

"啪啪!"两个耳光打得老头儿脸上红肿了。

"老子念了,你们要怎?"老头儿还不服气。

三四个警察冲上来,耳光、拳脚,没头没脑打得老头儿鼻青脸肿。人们四散逃了。警察推搡着、脚踢着把老头儿拖到中街派出所。

人力洋车停在一所住宅前。徐艳明下了车,一手提着医疗箱,一手款款提起袍的前襟,姿势优美地踏上几层台阶。侍从打开铁栅栏,经过一条长长的甬道,进了一幢小楼,上二层,侍从打开门,一躬腰伸出右手,表示请进。徐艳明略顿了一下,走进去。这是一间很讲究、布置也很阔气的房间,屋里没有家人接待,产妇静静地面朝墙躺在钢丝床上。门"咔嚓"一声被侍从带上了。她觉得这户人家太官僚,太不近人情,太目空一切,便有些愤愤然。但转念一想,既然是院长的派遣,那就一定得认真对待。她把医疗包放在沙发上,取出听诊器,以及查胎器械,便朝产妇的床前走近。"该怎么称呼呢?"她一边走,一边想,脸上装出浅笑:

"太太,让我给您查一查。"

突然,产妇掀掉被子,霍地跳下床,虎视眈眈立在她的面前,放声大笑:

"艳明小姐,你……还认得我吗?"

徐艳明被这猝不及防的变故搞傻了,心里转不过弯来,稍一镇静,便厉声斥责:

"你卑鄙,无耻,下流!"

说着,便愤愤收拾医疗箱,准备离开。张丰年讥笑一声,凑到她背后,一手攀住她的肩:

"告诉你,徐小姐,今天你是插翅难飞,几道门全锁上了,况且,我这里戒备森严。"

"啪!啪啪!"两个响亮的耳光甩到张丰年的脸上,他的脸立即肿出五指印儿。张丰年压抑着怒气,猛地跪到徐艳明面前,哀求着:

"艳明,你怎么就不理解我?我是真心爱你的,难道让我把心挖出来给你看?……我不是找不到漂亮女士,以我的身份地位,还不至于那么尴尬……艳明,自从认识你,你的影子就一刻也没有离开过我。半夜里我被你从梦中搅醒,白日里你常常使我六神无主,为了你,我可以抛弃一切,我可以上刀山蹈火海,在所不惜……难道你不信?……"

张丰年甚至留下两串泪,抱住艳明的腿,哀哀以求:"艳明,你说话呀!……你怎就不理解我?"

"你说的话……我信。"徐艳明平静地回答,声音里仍充满冷淡的色彩,"但感情的事,是不能勉强的。"后一句话有些无力,她低下了头。

张丰年从徐艳明的话里,听到了女性对异性的一丝歉疚和宽容,这个诡计多端、居心叵测的汉奸特务,对艳明又展开了攻心战术。他从容地站起来,彬彬有礼地立在艳明面前,说出一番足使艳明心惊胆战的话。

再说那老头儿被抓到中街派出所,两个警察摸摸那老头的衣袋,又摸摸他

的裤兜,问:

"你的防空牌呢?"

"啥叫防空牌? 我没见过。"老头儿懒懒地抬抬眼儿,"我只知道儿子每天打的是麻将牌。"

"谁是你的儿子? 你儿子是干什么的?"警察瞪眼喝问。

"我儿子是奉天警务署的处长。"老头很得意。

"什么? 你胡说八道。"警察又扇他两个耳光。

"你重说一遍!"另一个警察走来瞪眼问。

"奉天警务署侦破处长是我儿子,叫张丰年。"老头儿怕他们听不懂,捂着脸,觉得很委屈。

"啪啪!""啪啪啪!"连打四五个耳光,把老头儿揍愣了,不吭声了。这时,里屋走出了派出所所长,警察报告说:"这老家伙在中街公开进行反日反满宣传,朗读复华党传单,还骂人,说奉天警务署张处是他儿子。"

"哼! 我会骂人? 会胡说?"老头儿愤愤地举起拷着的手,在所长面前示了示威。

他确是张丰年的老子,念过七八年私学,《四书》《左传》背得娴熟。家中有七八十亩地,生活很宽裕。他儿子当了官,他觉得很得意,在鞍山时,人人都知道他的脾气,远远地躲着他。最近他来到奉天,也想在鞍山那样摆架子,什么也不怕,谁也不怕,甚至敢当众念抗日传单,这都因为他的背后站着一个握有实权的儿子。"哼,奉天市敢把我怎么样?"却不料,他就挨了打,嘴角流出了血,脸上有些灰塌塌的。他还从没受过这种窝囊气,所以感到很不是滋味,也不服气,就在所长面前表现出来。那所长毕竟经事多,迟疑一下说:"我给奉天警务署张处长挂个电话再说。"

他走近办公室,拨起了电话。

"艳明,我不是吓唬你,更不是要挟你,你知道我是吃什么饭的?"张丰年仔细观察徐艳明的神情,发现她在专注地听,便知道自己抓着了要领,就顺藤摸瓜往下说,"你知道奉天、鞍山、四平等地复华党活动很猖狂,日本关东军司令部已经密切注意这个动向。据我们警务署所掌握的材料,第三国高最近骚乱事件迭出,你的弟弟徐长岗和那个叫吴世辅的同学就在这个学校。"张丰年看到徐艳明神情有些紧张,且他说出两个名字时,艳明的脸色刷地白了,双肩微微地抖动了一下,他便想到要缓一下口气,以作鱼饵,"这不能说就没有一点牵连吧。奉天日本宪兵队和我打过招呼，要调查东大营赤色宣传事件，还要追查第三国高训导主任平山的死因，"张丰年看到徐艳明很焦急和要辩解的样子，他用手势阻止，继续说，"这些事不管是真是假吧，凭你我的关系，我能置之不理？唉！我是冒着多大的风险，挡了他们的驾，说是由我们侦破处负责调查。这还不是遮人耳目？艳明，你说，我能调查到你兄弟的头上？……"张丰年轻轻走上前，款款攀住徐艳明的双肩，很有力地往自己怀里搂，"不看金面看佛面嘛，是不是？我的小宝贝。"徐艳明感到自己的嘴唇被一个软软的温热的东西封住了，吓呆了的她一阵清醒，把张丰年猛地推开，张丰年又要追过来搂抱她，突然，门被打开，那侍从跟跄跑进来：

"报告处长，老太爷被中街派出所扣了，还挨了打。"

"什么？"张丰年怒目圆睁，摔了一个玻璃杯，"走！看看去。"

好险呀！徐艳明终于乘机逃脱了。当她提着医疗箱在街上跌跌撞撞走时，见张丰年那辆黑色幽灵从街上驶过去了。她知道自己受了侮辱，而在当时的情况下，她又无法抗争，一股委屈在心上憋得慌，竟洒下一串泪来。

当天晚上，在志诚银行的南大厅召开了一次紧急会议，徐长岗、吴世辅、金玉忠、刘俊民都到了，研究了发生在刘彩云和徐艳明身上的事，准备采取措施，以对付这两个狠毒而奸诈的汉奸。

研究的结果是，把张丰年可以缓一缓，让艳明继续与他周旋，稳住他，观察几天后，再采取对策。如果一起动手，怕引起敌人的疯狂反扑，这样，复华党的工作就更加艰难了。而对付那个"扯巴眼"柴诏翻译官，就要当机立断，丝毫不能心慈手软，因为他是东大营的目击者，握有第一手材料，不像张丰年那样一半道听途说，一半吓唬。对"扯巴眼"采取行动，是当务之急。于是，党总部责成军事部组成别动队，由夏万济、曲作昆、徐俊哲和周再娟完成这一冒险性很大的任务。第二天一大早，夏万济就去找周再娟，进一步作具体布置。

5. 老杜拜把烧香

杜庆毅坐在桌子前，用日汉两种文字书写上报师部的新兵训练计划与进程报告。连长朱明站在一旁侧着身子看。他不由连声夸奖：

"娘巴拉子，真有你的，写得一笔好字，日文程度也很高，你怎么就装了这么多墨水儿？"

"是上学时被日文教师逼的，后来当职员，又经常用着日语。"杜庆毅不好意思地笑笑，"没啥神秘的，是日积月累的功夫，你可别见笑，我还有二等日语翻译合格证呢。"

"行，行！你真不简单。"朱明羡慕地看着杜庆毅在抄写，还很殷勤地给他倒了一杯水。

"不敢劳驾！连长……"杜庆毅站起来谦让着，顺便指着一处说，"连长，应把'机枪连新兵训练开展月来，兵员将枪械熟练'，改为'机枪连新兵训练开展月余，所有新兵已基本熟练枪械原理'。这原句不通呀。"

"行啊，老弟。我是个大老粗，对文墨一窍不通。原文是副连长那小子胡诌的，你随便改吧。我看得出来，你是大才，师部也难得有老弟这两下的。"朱明顿了一下，眼睛一亮，"这样吧，杜老弟，从今天起，你就留在连部当文书吧。"

杜庆毅一听，心中大喜，正好给他军事部的工作带来方便，忙给朱明敬个礼：

"多谢连长栽培，我一定为你效劳。"

朱明咧着大嘴一笑，一手挖着后脑勺："军座常说的一句话叫啥来着？……哦'千军易得，一将难求'，老弟，你就是这个料儿。你等着，我找给养员，把你的行头换换。"他乐颠颠哼着小曲儿出去了。

杜庆毅看着朱连长的背影，不由扑哧笑了。

他和张庆芝分到新京近卫师。张庆芝到了三团，他来到二团机枪连。光阴荏苒，不觉月余。新兵开始集中训练，由日本驻军派来教官进行训练，朱明任满洲军教官。日本教官伊藤对新兵很粗野，动辄拳打脚踢。许多新兵对日语口令常常反应不灵，因而往往挨打。他发现杜庆毅能敏捷而准确地按他的口令和要求完成每个动作，又发现杜庆毅在操场上能用流利的日语回答他一连串的问话。伊藤非常高兴，命令杜庆毅协助朱明训练新兵，伊藤却乐呵呵地坐在一边看着。

杜庆毅从那时起便获得朱明的信任，新兵训练结束，就把他要到机枪连。

当了文书后，他和连排两级军官接近的机会多，他暗示张庆芝多和士兵交友，瞅准时机就发展复华党员。而他却试着从军官中打开缺口。

时隔不久，营里组织各连进行篮球和歌咏比赛，以选拔力量参加"全国"比赛。朱明很着急，因为前几次他们连败得一塌糊涂。这次，杜庆毅救了他，并且出色地完成任务。歌咏比赛机枪连打响了，特别是杜庆毅自己谱曲自己独唱的一首清朝满族词人纳兰性德的《蝶恋花》，博得全场官兵的大呼小叫，掌声雷动。

杜庆毅用激昂的男中音唱出："辛苦最怜天上月，一夕如环，夕夕都成玦，若似月轮终皎洁，不辞冰雪为卿热"时，台前坐的几个日本军官也高兴得直拍手。可是，场上能有几人知道，杜庆毅将月亮比作可爱的中华大好河山，并发出誓言：为了复兴中华，决心不畏辛苦，不辞冰雪，愿以自己的热血和身躯去"为卿热"。

更叫朱明吃惊的是，杜庆毅在篮球场上简直是一员无人可挡的猛将。他打前锋，身手敏捷，弹跳力极强，投球命中率特高，以一当十，使全场哗然：机枪连朱明从那儿摸来个活宝？

结果，机枪连获得篮球、歌咏比赛双第一。营长要选拔杜庆毅到营部工作，朱明急得发了火。他是全营唯一的"剿匪"剩下来的大兵出身的连长，营长好歹也让他三分。杜庆毅也考虑到在底下更好开展工作，执意要随朱明回去，于是，朱明终于美滋滋地把老杜领回来了。

从此，杜庆毅在机枪连无人不晓，十几位班排干部，都和他称兄道弟。

朱明性子暴躁，动不动就打人。有一次，他在连部布置任务时，七排长发牢骚，他解下皮带朝着七排长的脸上抽去，七排长被打肿了脸，鼻子淌了血。全连的官兵有相当部分暗暗恨着他。杜庆毅好几次听到士兵私下嘀咕："哪天开仗，先把这小子敲了。"

但通过一段相处，杜庆毅认为朱明还是个好心人，他恨日本人，特别对日本人在东北的横行霸道很不满。他常常叹息满洲人没骨气（他不敢说中国人），说那个老爷子（指溥仪）没骨气。他从小是个穷人的孩子，早早失去了父母。为了混饭吃，在伪满洲国初期就参加了"红袖头"部队。曾经到过东边道"剿匪"，有着同红军遭遇时，双方同时对空鸣枪的经历。"红袖头"部队的兵员是招募的，有些人在"剿匪"中堵了枪眼，幸存者回来怕危险也不干了。朱明无业可寻，只好留在伪满军里。为了给伪满军官兵作个鼓励的榜样，把他提拔为连长，但一直再没提升。军官学校毕业生二十多岁就当连长了，朱明已经三十四五岁了，还娶不上媳妇。一般连长娶个中学生没问题，但却没有一个女中学生愿意嫁给朱明。而没有合适妇女，朱明又不愿意要。时间长了，他就养成个"打野食"的习惯。

杜庆毅誊抄并改写的那份报告送到师部，大受师长和日本顾问的赞赏，认为文理通顺，日文注释准确。师长专门在电话里表扬了朱明。

朱明听完电话既高兴又忧虑。但他还是叫上杜庆毅踱出军营，他要和杜庆毅喝几盅。他是很重友情的人。

天黑了。"新京"市郊寂静异常。唯一的一家设在村口的小酒馆已经关门，朱明正要敲。

"算了,算了! 连长,咱们先回去吧,改日再喝。"杜庆毅扯住朱明伸向门环的手。

朱明摇摇头,重重地叹了一声。

"谁?"屋里女人发问。

"你哥! 你听不出来?"朱明半开玩笑说。

门开了一条缝,露出一张虽粗糙但十分耐看的女人脸。那张脸在黑暗中向外看看,笑了,甜甜的,黑暗中露出一口很白而整齐的牙:

"哟! 原来是朱连长,天都这会儿了,来做啥?"

"找你睡觉。"朱明说着粗话不由笑了,逗得杜庆毅也扑哧笑了。

杜庆毅早就知道朱明爱在这儿喝酒,特别是晚饭后。女人的丈夫死了,只有一个五岁的女孩。她把这屋子辟为酒馆,卖些冷菜烧酒。酒馆没有招牌,官兵们只叫它"张寡妇酒店"。

店门开了,朱明在桌子旁坐下,逗着她说:"今晚你先熬着吧,哥要和这位老弟拉呱,先拿两瓶酒,弄点菜。"

那女人娇嗔地在他肩上捣一拳,看见杜庆毅一本正经的样子,她又不好意思起来。她从里间柜子里摸出两瓶老龙口陈酿头曲,放到桌上,点了灯,切一大盘驴肉,搁了五个烧饼,摆上两双筷子,两只酒杯。她朝杜庆毅浅浅一笑,竟露出两个好看的酒窝:"吃吧,长官,一回生,两回熟,以后再来就惯了。"说完掀门帘进里间去了。

杜庆毅坐下,先给朱明斟满酒,又为自己斟上。两人不言语轻轻碰了一下杯,杜庆毅抿了点,朱明却一仰脖子喝得干干净净。

杜庆毅又为他斟上。看见朱明灰着脸望着自己,便小心问:"连长,你受到师部嘉奖,还有啥不快活?"

朱明看着杜庆毅怔了一刻,喝干杯中酒:"说心里话,杜老弟,我有点嫉妒你,你比我有本事。我呢,大字不识一个,这辈子没啥熬头了。"

杜庆毅忙解劝:"连长说到哪里? 我只不过会写几个字,唱唱跳跳的,都是小玩意,哪敢和你比? 你要没本事能当连长?"

朱明摇摇头:"羞死了。我在满洲建国那年就当兵了,整整十三个年头,打了几十次仗,捡了条命,才混个连长,都三十四岁了,连个媳妇都娶不上,唉!"他拿过酒瓶自己斟满一杯,又一饮而尽。

"你都在哪里打过仗?"杜庆毅小心地探问。

"先是在热河和蒋介石打,不过没大打。多数在东边道森林里'剿匪'。和那些穿得破破烂烂的红军交战。后来他们已经改为抗日联军了。有一次我差一点丢了命。"朱明说着,脸上抽搐起来,似乎有些后怕。

"没意思。"杜庆毅试探着,"都是中国人。"

"是没意思。"朱明没介意杜庆毅说话的含义,随便侃,"日本人在后边,我们在前面,子弹来了先光顾我们。"

"我发现老百姓悄悄骂我们呢。"试探性的谈话又大大往前推进一步,杜庆毅装作叹气,只是一句半句的慢慢往出流露。

"我知道。我们成了二鬼子兵了。"朱明借酒胆壮了。

"就是汉奸?"杜庆毅问了一下,身子不由一抖,眼睛看着朱明。朱明没啥反应,他放下心来。

"对,老弟,说得对。"朱明抬起头,眼睛被烧酒灼得红红的,"就有人这么骂过我。"

"谁?"

"那一年我当排长,在林子里抓住三个抗联战士,为首的那个大胡子唾我一脸,骂我是汉奸,我心里有些胆怯,但还是甩他一个嘴巴,说,'老子是满洲人'!他又骂我忘了祖宗。"

"人家骂你骂得对,什么满洲人? 是中国人。"

朱明抬头看看杜庆毅,又低下头:"我知道。"又倒上酒喝了一口,连肉也不夹一块。

"连长有战功,很快会被提升的。"

"升个屁! 咱能吃几碗干饭,自个儿还不清楚? 我真羡慕你,好文化,日本话说得流利,上面发现了,肯定要把你调走的。"朱明端着酒杯怔怔地看着杜庆毅,然后,仰脖又干了一杯。

"我不走。连长是个重义气的人,我一定要和你在一起。"杜庆毅说得钢板硬铮。

"真的?"朱明有几分不相信。

"哄你我不算人!"老杜大拍胸部作保证。

朱明高兴地站起来,拉着杜庆毅往里间走。杜庆毅慌忙甩掉他的手:"连长,你怎么了?"

"够朋友! 老弟。今晚上,我把自个的亲亲让给你,进去和她睡一觉。"朱明往进推他。

杜庆毅很尴尬，急了个大红脸，用力甩开朱明，小声埋怨："别别！连长，你怎了？……"

朱明笑着拍拍杜庆毅的脊梁说："不怕，老弟，她不会向你要钱的。"

杜庆毅的脸臊得更红了，脸色很难看。朱明看到他不是"玩女人"的人，便坐下叹口气说：

"老弟，不愿也就罢了，何必一脸羞苦呢？当兵的长年累月地熬，受不住哇。老弟，你以后会懂的。"

"还是喝酒吧，连长。"杜庆毅平静了一点，又给朱明斟酒。

"你真的不走？"朱明仍有些不信，为这事儿，他就是放不下心来。

"你还不相信我？不就是会说两句日本话？其实跟你说句心里话，我看这日语快没用了。"杜庆毅瞅瞅朱明，赶忙把眼移开。

"什么意思？"朱明惊愕地问。

杜庆毅侧耳听听外边没有响动，便把脸凑过来悄悄问朱明："连长是聪明人，你看这大东亚圣战还能打几年？你估计真能打胜？"

朱明抬起头，觉得舌头有些硬，口齿不清："能打……打胜吧。"接着又摇摇头，"这也很难……难说，咱不管它。"

杜庆毅见他微醉，便进一步放胆："我看日本人失败的可能性很大。日本人败了，满洲国更保不住。到时候我们这些当兵的啥事也没有，可你呢，大大小小是个官呢。"

朱明含糊其辞地："听天……由命吧。"

"那不行！"杜庆毅扳住朱明的肩头，"你经常发脾气打骂士兵，大伙都怨恨你，到时候怕你连性命都保不住。"

朱明被杜庆毅一句话吓得酒醒了一半。他瞪着两眼吃惊地看着杜庆毅。

"你从现在起，要彻底改掉打骂士兵的恶习。还有，你前天打了七排长，我发现那人心里弯儿多，你要多加小心。"

"他能把我怎么样？能……反过来把我……也抽一顿皮带？"朱明有些不以为然。

"我希望你立即改掉这脾气。你要学会团结周围的人，争取弟兄们，关心爱护他们。这样，士兵和班排干部才会拥护你。即使日本人败了，你到时候来个倒戈，我们众弟兄还会跟你走的。"

朱明听得信服地点头："老弟，你说得在理儿，说得对。"

杜庆毅说："我把心都给你掏出来了。"

朱明十分感动："我明白。今后，我把你当心腹，当自己的亲兄弟。"

杜庆毅立即想起吴世辅临别时的嘱咐，"先交朋友，后发展组织。"听到朱明这么一说，他噗通跪在朱明面前就叩头：

"大哥在上，受小弟一拜。"

"快快请起，快快请起！"朱明把杜庆毅紧紧抱住，感动得流下两串泪，"只要看得起我，从今日开始，你就是我的亲弟弟。"

6. 贪色丧命

星期三第四节下课铃刚响，柴诏翻译官准时踏进女一高的门房，要见刘彩云。门公进去好一会儿，出来的却是周再娟。

柴诏翻译在东大营看过她的舞剑，也很赏识，一见面他笑嘻嘻地问："周小姐你好！彩云小姐呢？"

一见"扯巴眼"，红衣女侠便感到恶心。但想到吴世辅找她谈话时，他那信任和希望的目光热辣辣地盯着她，她由心底涌出一股难以言说的暖流，把脸烤灼得殷红，便羞涩地低下头。之后，她爽快地接受了这一艰巨而充满冒险的任务。想到自己的使命，她便抑制住愠怒，脸上露出微笑：

"彩云请假回家了，去征求她妈的意见去了。"

柴诏翻译有些惊异："怎么拖到今天才……"

"她首先得自己考虑好，"周再娟甜甜地用媚人的眼瞅着他，"然后才能征求大人意见呀，翻译官先生，你说是不是？"

"是是！""扯巴眼"看到周小姐对他的青睐，有些受宠若惊，"那么，她自己呢，同意了？"

"当然，她不同意能征求大人意见？"周再娟送给"扯巴眼"一个媚眼，嘴角含情地说，"她是我的干妹妹，临走她留下话，让我接待一下你。"

"扯巴眼"当然是求之不得，大喜过望了。她斜了斜周再娟迷人的线条，觉得很性感，忙连声说："多谢了，多谢了。那咱俩出去走走。"

他俩从大东门上电车，过小东门到小津桥下车。这时，她扫见郑永星的身影在远处晃荡，心里便增强了一份力量。进饭馆吃点小餐，"扯巴眼"又带周再娟到大商行买了一件漂亮的蓝边白上衣，作为见面礼物。"扯巴眼"说："今天小津桥的落子园唱'狄仁杰赶考'，咱去看看吧。"

周再娟不表示异议。于是他们买票进场。所谓落子就是评剧。分天津落子,奉天落子,腔调大体一致。几番演变,成为一种蹦蹦戏,多半只有两个人出场,所以又叫二人台或二人转。这是东北的地方戏,要真正看大戏,只有上鼓楼南的大舞台,在那里唱的是京剧。落子园的戏台很简单,没有布景,也没有什么道具。"戏"文开了。"狄仁杰赶考"又叫"马寡妇开店",是说唐宰相狄仁杰,年轻时赴京赶考,夜宿马寡妇客店,被挑逗的故事。狄仁杰秉烛而读,动了春心的马寡妇在隔帘偷觑。书童在外间睡了,狄仁杰仍看书,须臾,困得伏案而卧。漂亮而年轻的马寡妇,精心打扮之后,溜进里屋,百般施计,进行挑逗,最后赖着不走,拉住狄仁杰要上床就寝。这时,周再娟觉得"扯巴眼"死死靠住自己,把手探进来,抓住她的手。她浑身一激灵,把手猛地抽出,杏眼圆睁,柳眉倒竖,正要发作,猛然想起自己的任务,便也只好受委屈,嘟着嘴,装作忸怩道:

"你这么不正经,放尊贵些!"

"'千里有缘来相会',相见就是有缘分。"他嬉皮笑脸地又抓住周再娟的手,"你瞧戏中的郎才女貌,不也是缘分?今日我有心栽花花不发,无心插柳柳成荫,你替了刘彩云小姐,难道这不是咱俩的缘分吗?"

说着说着,"扯巴眼"把周再娟的手握得更紧了。周再娟呢,像被人往脸上抹了狗屎般的难受,她的性子很烈,从来没受过这样的侮辱,几次难以抑制,想到了吴世辅临别时握住她的手,一字一顿地安抚她"祝你成功!"这几个字,字字千钧重啊。到现在想起来,世辅握她手的一刹那,她从未有过的奇异感觉,全身的血管像沸腾的开水,脚底轻飘飘的,她很想倒在他的怀抱,尽情地聆听他那心脏的跳动。呵呵,他真的愿意接受自己的感情……她觉得一条有力的胳膊紧紧地把自己搂住,甚至那热烘烘的鼻息也凑了过来。她睁眼一看到那块可憎的"扯疤",心中的幻觉消失了,霍地站起来往出逃。"扯巴眼"紧追出来,惊讶地问:

"周小姐,你怎么啦?"

"空气太闷,想……换个环境。"她尽量掩饰。

就这样也不行呀,任务怎么完成?周再娟心事重重,既受不了这个野兽的侮辱,还必须装出愿接受他的样子,对于侠女性格的周再娟,未免太残忍了。她终于下定决心,只要保持住最后防线就行。他又邀她去亚洲电影院看电影。演的是《珍珠衫》,这本是《古今小说》中的一段故事。银幕上出现了一对新婚不久的恩爱夫妻。女的叫王三巧儿,她的丈夫是个商人。他要到远处去经商。王三巧儿对丈夫依恋不舍。丈夫给她脱下一件珍珠衫说:"你穿上这珍珠衫,就如同紧紧靠在我的身边。"王三巧儿问他:"你何时归来?"她丈夫指着窗外的一颗椿树说:"等这椿树明年再发芽时我就回来了。"时光荏苒,转眼又到第二年春天,椿树发芽了,她的丈夫仍然没回来。王三巧儿煞是寂寞,闺房冷落,她便走上楼头观看春色。这时,字幕打出"闺中少妇不知愁,才罢新装上翠楼。忽见楼头杨柳色,悔叫夫婿觅封侯"。王三巧儿正远眺之际,被街上的一个色徒看见了。这色徒顿起歹意,费尽心机用重金找一个媒婆穿针引线。这媒婆设计同王三巧儿结识,并伴王三巧儿同床睡觉。夜里王三巧儿问她:"你早年当寡妇,如何熬过这漫长的夜晚?"婆子说:"我茅厕回来告诉你。"这婆子下楼把等着的那色徒换她上去,她自己却溜走了。色徒乘黑夜爬到王三巧儿床上,钻进她的被窝。王三巧儿还以为是婆子。那色徒在被里摩挲王三巧儿,待王三巧儿发现他是男性时,已控制不了自己。

柴诏翻译精心选择的影戏,就是要起引诱挑逗的作用。随着银幕上那种色情氛围十分浓烈时,他的手已经探到了周再娟的胸内。再娟好似被蝎子蜇了,她控制了自己的愤怒,把他的手拽出来,狠狠给了一掌,装嗔骂道:"你太露骨了,这是公共场所。"他厚着脸皮嘻嘻笑着,又把腿搭在周再娟的腿上,周再娟推下那腿,乘机又狠拧他一把。柴诏翻译色迷迷地挑逗着她:"干柴近烈火,能不燃烧啊?"周再娟没有理他,别转脸,觉得那脸烧得好厉害。

电影散场时,天已近黑,柴诏翻译建议到饭馆吃饭。周再娟想了好一阵,下了决心,说:"电影刚散,饭馆人正多。如果进去碰上熟人,多不好意思。不如到那个旭东旅馆找个单间先休息一下,叫点吃的悄悄吃了,咱再各自回家。"这一带是皇姑女侠很熟悉的地方。她这么一说,柴诏翻译好不高兴,心里暗想,"我这催化剂手段果然发生奇效,竟把个十七八岁的少女搞到手了。"

临近旅馆前,周再娟扭头往后看,已见夏万济、曲作昆、郑永星几个人都在周围活动,有的卖烧饼,有的和小孩拉搭,还有的像是问路,但有一条,都暗暗把目光向她瞟过来。她胆壮了,跟着柴诏翻译走进旭东旅馆。这是个旧式木结构二层楼房。他俩上二楼进入一个单间。室内床上铺设很干净。粉墙雪白,有张桌子油光锃亮。一个伙计进来问:"吃饭吗?长官。"

"拿两瓶白酒两瓶啤酒,粉皮鱼,香肠,红烧牛肉,两碗米饭。"柴诏翻译吩咐罢,贼邪邪瞅着再娟。

一会儿酒菜齐了。他劝周再娟喝酒,她只喝一杯啤酒。柴诏翻译说:"不喝白酒就不够朋友!"

周再娟说:"我喝三盅,你包干都喝了,那才够朋友。"

"行!"柴诏翻译性子来了,色迷心窍。

她喝了三杯,心里就发热,烧得脸泛红,觉得又壮了壮胆似的。"扯巴眼"果然"够朋友"，两瓶白酒喝得只剩一个瓶底，啤酒也喝光了。这时，他再不能喝，眼睛像一块红布，舌头僵硬得说不清话，只是眼里晃着好多女人的影子，一会儿秦芳，一会儿彩云，一会儿又是再娟……那些妖娆的女人，似乎都穿着薄如蝉翼的粉红色细纱，她们丰腴的乳房，苗条身姿，手持花环在向他挑逗，他追呀，撵呀，抓呀！终于他抓住了一个……周再娟被他抓得牢牢的，搂得紧紧的，简直出不上气。她想挣扎出来，又想到，如不把他弄到床上，她就不顺手。于是，她只好听凭他搂、抱、吻、摸，她眼里转动着晶亮的泪珠，实在不能忍受这莫大的侮辱，可是……她只能如此而已。为复华党的生存，也为世辅，她认了。她装出十分顺从的样子，先顺着他睡到床上，她又坐起来，刮下他的鼻子说："你急啥？今晚上我还不由你？来我替你把外衣脱了。"柴诏翻译醉醺醺的，又色迷迷地笑着："那好……宝贝！你……快点呀。"

周再娟顺手拉灭电灯。柴诏翻译心里好不痒痒儿，喃喃说："有灯……不好玩吗？你……一定是害羞哩。"

周再娟从她的包里掏出明亮的匕首，走近了"扯巴眼"，他突然猛地爬起，抱住了她，周再娟一愣，把匕首背到身后，一任他狂吻，说："松开手，我给你解扣子。"柴诏翻译刚一松手，一道寒光闪了闪，裸露的脖子一歪，发出刺人的一声嚎叫，他的气管被割断，血浆喷到今天上午才穿的、翻译官给买的那件蓝边白衣上，墙上也溅了血。她愣住了。虽然她号称红衣女侠，性格豪爽，也爱路打不平，为朋友可以两肋插刀，但是，她毕竟是个未出阁的女孩子，尤其是位知识女性，这杀人的事她还是第一遭。见到了血光和听到了嚎叫，那绝望的嚎叫，她吓傻了。愣在那里不动了。这时，楼道有人走动，一个人推开这个单间的门，秉烛一看，大叫着就往外跑。危险，万分的危险！然而，很快有两个人把那伙计抓进来，堵塞了嘴，捆绑了身，拉着周再娟就跑。这时，周再娟才清醒过来，这是他们别动队的几个成员。她起初腿软得不行，被他们扶着，出了旅馆门，渐渐地腿硬了起来。一拐弯，有一辆人力洋车停着，她被人扶上去，洋车跑起来，跑着跑着，跑到僻静安全的地方，洋车停住了，车夫把按眉遮眼的毡帽一摘，周再娟定神一瞅，怔住了，稍一清醒，便扑上去抱住他，热泪盈眶：

"世辅！……"

"很好，很好！"吴世辅拉住她的手，"我代表秦芳、彩云和全体复华党员，以及全国抗日军民，向你致敬！"

7. 爱＝生命

第二天,奉天市街上的报童,使劲挥着报纸叫卖,他的四周,围了很多抢买报纸的人群:

"快买报,快买报! 今天的《盛京时报》,桃色新闻,'骗子手图财害命,翻译官贪色丧生'。快买报,快买报!"

复华党的频繁活动,使奉天日本宪兵队和伪满警务署十分惊慌,他们派出许多特务和暗探,企图打开缺口。

日本宪兵队根据日本女校副校长大神竹子的报告,说有人经常把复华党刊《复华秘刊》带到学校,进行秘密传阅。于是,日本宪兵队对日本女校作了突击性的搜查。那真是气氛森严,如临大敌,吐着红舌的狼犬,闪着警报器的摩托,荷枪实弹的宪兵,刀尖闪着寒光,眼中露出凶狠。日本女校的学生全被从教室赶出,站成队列,宪兵在教室开始搜查学生的书柜。副校长大神竹子,捧着册子点名,叫一个,便出列站到另一边。

"泽川菊乃!"她叫得很冷,令人生畏。

"哈依!"泽川菊乃站到一边了。

"小香子!"

"哈依!"

她又点到晴世、贺子、幸吉梅子、佐武松子⋯⋯当她点到山浦美子时,无人答应,她立时警觉起来,扫一眼全场,又提高三度音符,严峻而冷然地:

"山浦美子!"

下面仍然哑然无声,日本女生都畏畏地相互觑望着。

其实,山浦美子听到了。她只是迟到了那么一步,此刻,她把自行车支在灌木丛后窥探,她觉得气氛不对,立即想到书包里有几本《复华秘刊》,又听到大神竹子副校长那严厉刺耳地点名,她脑里立时浮现出那次厕所与大神竹子不期而遇的景况。看来,竹子这个老狐狸,她早已盯上了自己。"对! 不能让她抓到把柄,这些刊物,是毓贤君和他的朋友用鲜血涂写的,是热爱自己祖国的一首首心曲,我热爱这些人,我要用生命保护他们。"想到这里,她心里坦然了许多,便骑车冲出校门。她听到身后人声嘈杂,狼犬的嗥叫。车轱辘飞快地转动着,马路上行人和电线杆急速地朝后退去。她知道事情很急迫,她突然把车调转到一个小胡同里,背到一棵大树下,把几本《复华秘刊》从书包取出,往那墙里这么一抛……她一转脸，吓得大叫一声，原来在树底下一个半裸体的中年妇女，披头散发地往起站，嘴里正唱"七月十五月正东，日本人进了沈阳城"。这是个疯子。她不予理睬，赶快蹬上车子飞跑起来，索性又骑到大马路上，她心里放宽些了，自行车渐渐慢下来，她用胳膊拭拭汗。这时，副校长大神竹子坐着宪兵队的摩托追上来，一把把山浦美子从车上抓下来：

"你，站住！"

又有几辆摩托车围上来，他们把美子的书包夺过来，大神竹子急不可待地翻书包，她一无所获，气得脸色煞白：

"你把《复华秘刊》放到那里？"

"竹子校长，你说的什么？我听不懂。"

"那你为啥逃跑？"竹子凶狠地把脸逼到美子眉尖。

"因为我迟到，怕受惩罚。"

"还嘴硬？"竹子副校长凶狠地一摆手，"带走！"

日本宪兵把山浦美子挟持上三轮摩托，把她的自行车和书包也扔到另外摩托兜里，"突突突"地开走了。一些好奇的观众，远远看着这一日本人自相冲突的戏剧，有些大惑不解："发生了什么事？"

"七月十五月正东，日本人进了沈阳城。"女疯子披头散发，赤着脚半裸体地在大街上跳着，唱着，她黑瘦黑瘦，表情呆板，脸上涂着一道道污垢，看到垃圾堆有一个人们扔掉、已经滚上脏土又烂掉一半的苹果，她抓起来就往嘴里送，一边大嚼，一边手舞足蹈，一边唱：七月十五月正东，日本人进了沈阳城……突然由马路对过，奔来一个人，这人是吴世辅。他扳住疯子的双肩，那眼泪刷刷往下滚，失声叫："阿姨……你这是怎么啦？……"

疯子哈哈笑着，把那个烂苹果往世辅嘴里硬塞，世辅吐掉，哭得更惨。之后，疯子猛然跑起来，像出笼的兔子，一蹦一跳，在汽车穿梭的马路上拼命跑。吴世辅一看吓傻了，大叫着："阿姨，站住！"他拼命向疯子追去。

新京。连长朱明忙完军务，已是二更，溜出军营，朝"张寡妇酒店"走去，一路上唱着混曲儿："荞麦皮，罗子细，娶不上女人一肚子气，逼得我打野鸡。"野外昏暗无灯光，不过因为是走熟的路，他深一脚浅一脚往那"店"里摸，心情一阵甜似一阵，恨不得三步变做两步，或者一步就跨到她的跟前。

张寡妇叫冬青儿，也是正路女人。自从好上朱明，她的一颗心时刻拴到他身上，牵肠挂肚的。近来，朱明在连里穷忙，好几天不来走动，她心里十分不安。

打发女儿睡了后,她在灯下缝补衣裳,耳朵却听着门外的动静,她希望那熟悉的敲门声响起,然而,灯花剪了又剪,灯油添了又添,还听不到那负心汉的声音,她唉了声,"这个鬼,今晚又不来了。"不觉想起二人台的句子,便低低地凄凉地哼起来:"前半夜想你翻不转身,后半夜想你盼天明;放下枕头仰面面睡,长长流下两道道泪。"

"笃笃!"突然,传来清脆的敲门声。冬青儿嗵地跳下地,就往门边跑。跑到门边,不觉悲喜交加,恩怨翻搅,索性靠住门闩不开门,只管流泪。

"冬青儿,冬青儿!听不出来,是我呀……快开门。"

"耳朵聋了,手儿僵了,就不开!你个昧良心的,还,还记得我……"说着,冬青儿抽泣起来。

"好妹妹呀。我近来忙嘛,你让我进去。这么一里一外闹,多不体面。"

冬青儿就是不开门,一直靠着门闩呜咽。朱明猴急了,想踹门子,突然想起个主意,说:"好啦,今日你不高兴,我就回去了,改日再来道歉!"他踏出很大的脚步声。门"哐当"一声开了,跑出着急的冬青儿,急得大叫:"哎,我是逗你玩哩。"朱明可不傻,从墙角转过来,嗖地闪进门内。冬青儿赶紧关严门,抓住朱明的肩膀举拳就打,朱明好似一头听话的绵羊,捂着头,任她打,打着打着,看见他一动不动,吓一跳,小心问:"打疼你了?"猛地,那彪形汉子原形毕露,哈哈一笑,把冬青儿扛在肩上就往屋里跑。冬青儿也不说话,任他扛着走,她探下身,紧紧抱住他的腰。五岁的女孩,早睡熟了。朱明把她撂到炕上,急不可耐地去解她的扣子,她一手抓住,浅浅笑了:

"你个叫驴,慌啥?就不能斯文些个?"

"啥叫斯文儿?"朱明亲了一嘴。

冬青儿娇娇地说:"拿手来,你就不能轻轻摸摸我身上的皮儿,看是细腻还是粗糙?老是猴急,像个叫驴。"

朱明嘿嘿笑了。他们睡美了,点着灯唠嗑。她给他缝补臭袜子。他知道,自己脚汗重,很臭,但是,他见她坐在灯下,痴痴地看他,用那爱不够的神情专注地"解剖"他,一边缝补那臭烘烘的袜子。他坐在较远的地方,吸着烟,都能闻到那难以忍受的袜臭,然而,她呢,根本不知臭是何味,用顶针把针扎进袜子里拔不出,她用牙咬着拔,那嘴那脸紧紧贴着臭袜子,脸上却泛出幸福的笑。朱明看得傻了眼,他当兵多少年,也玩过几个女人,然而,像冬青儿这样痴情的女人,还是第一回见到,他动了真情,吸着烟,心里戚戚然,鼻子一酸,眼泪流下来。他怕她看见,迅速用胳膊拭拭,结巴着问:

"哎！我说……我们快开拔了,你会想我吗?"

女人手指颤抖一下,针扎破手指,忙拿嘴唇吮着血,撇一下嘴:

"你走到哪里,我跟你到哪里。"

"那我被子弹打死呢?"朱明沉闷地说。

"啪!"冬青儿把那刚补好的袜子,往朱明脸上一摔,脸上陡然骤变,抄起手头的笤帚,没头没脑地狠打朱明的肩头、身上和屁股……她是真的狠打,一边痛哭流涕:

"你……你死吧,你现在就死,我也不活了。"

朱明挨着打,心里却十分感激,他一来为自己能逢这么好的女人,爱得真格,简直玩命儿。他深深动心了,泪流下来,他摆好姿势,准备好好挨一场打,这,是一种享受啊! 可是,她却不打了,扔掉笤帚掩面痛哭:"我不愿听……你懂吗?"朱明转过身,两人相抱着,哭得更伤心。朱明说:

"原谅我……今后,我再……再不说'死'了。"

她像个小孩般,睡在朱明的怀抱里,平静地睡着了。

虽然,在这个荒野而简陋的小屋,可两个粗人却是实实在在用生命去爱。

8. 披羊皮的羊

一辆幽灵似的黑色小轿车,从小河沿门口驶过去,车里的张丰年眼尖,让司机停住车。他走下车,啪地关上车门,脖上吊个小相机,牛皮鞋敲着石子甬道向那片树林走去。他心里十分醋意和恼火。可树林深处走着一些男女,并不是他所找的,他犹豫着:"难道我的眼花了?"

他的眼没有花。对于徐艳明,他像是刀刻金镂般地印在心底,怎么能看错呢?

此刻,吴世辅和徐艳明正在并肩而行,谈着工作谈着心思,渐向人稀树密处靠拢。不知为什么,徐艳明今天约他到此,并主动引他往前走,究竟要告他怎样一件事情? 她今天精心修饰了一番,虽然是齐耳短发,可那乌黑明亮缎子般光滑,很令一般男子倾倒,额上刘海微微地遮住两弯娥眉,隐而轻淡,尤其那一对明眸神采飞扬,流盼着火一般的热情。她从不施脂粉,然今天,她淡淡着一层粉红,颜色无限的动人。驼毛外衣开出,露出粉红的内衣,绣一枝白腊梅花,黑裙子不加修饰,如往常一般随着步履飘拂,仿佛一片云在流动。她谈得兴起时,不时给他一个大胆的挑逗性的媚眼。他领会,但他有些拘谨,甚至有意把眼避开她,低头不敢看他,脸儿烧得红红。她是进攻性的,大胆性的,她走得靠近他,紧挨着他的肩膀。他的手偶尔碰到她的手,就像触电一般,倏地抽走。她微微一笑,她甚至下决心,像河底摸鱼一般,终于抓住他的手,死死攥住,再不让它逃离。他心跳得厉害,停住了,红着脸,火辣辣地盯着她,这是一片密林,已经没有行人,连只飞鸟也听不到。她猛地作个强制性的动作,把他抱住了,她那温热热、软绵绵的嘴唇,大胆地,毫不犹豫地把他的嘴唇罩住。他也是血肉之躯,也有六欲七情,对她也早有所爱,他能控制了自己? 不,不能! 他开始反应了,由被动转为主动,由防守变为进攻,他的双手紧紧地搂住她的纤腰,他的吻更强烈,更亲切,更刻骨铭心! 她幸福地享受这深情的爱! ……

然而,这一切,都被刺探者张丰年看到了,他立时头昏目眩起来,跌跌撞撞在树林里乱窜,高声叫骂着,用一根粗树枝砸打横扫着一些花草,疯了一般用拳头砸打树皮,直到把拳头,敲开斑斑血迹。他仰天嚎叫,热泪、怨恨的怒火从眼中迸射……

当他啪地关上车门,那黑色的幽灵启动时,一个狠毒的复仇计划在他脑里形成了,他嘴里口齿不清地喃喃:“无毒不丈夫!”

当天夜晚,他把贴身侍从叫到他的卧室。一场惊心动魄的搏斗,从这里开始了。

中央邮政局的大挂钟敲完了十二响,职员们都纷纷收拾东西下班,分拣室内还剩两个人,一个是刘俊民,另一个是新来的同事。这人有二十六七岁,梳个大背头,面容颇清秀,他仍在整理东西。刘俊民问:“这位先生,您是新来到? 贵姓大名?”那人说:“我昨天才调来,姓邓名华强,请多多关照。”刘俊民听他说话不是东北口音,问:“听口音您不像本地人。”邓华强说:“我是广东中山县人。到这里时间不长,东北话学得不大地道。”刘俊民听他说是广东省中山县人,而且称满洲国话为东北话,立即引起他的兴趣。他问:“你老家情况如何? 为什么到满洲来谋生?”邓华强说:“日本人攻进了那里,情况很糟,还不如这里安定。日本人在他们新到的地方随便杀人放火,年轻人多半逃跑了。我哥哥在九一八事变前就在东北,我是投奔哥来的。哥在新京邮政局,我不习惯那里的气候,他就把我调到奉天。”刘俊民心中暗喜,认为这又是个交朋友的好机会。他临走时说:“我叫刘俊民,在这里工作三年多了。我爱交朋友,你新来乍到,有啥需要帮忙的就请说,别客气。我住在附近,欢迎你来玩。”邓华强非常感动,紧紧握住刘俊民的手:“谢谢!”

一天下午六点多,人们下班走了,大院子里静悄悄的。

刘俊民锁上分拣室的门，正要走，却看见发行科的门还没有锁，里面也静悄悄的。他心里奇怪，蹑着脚步走到门边，探头从门缝往里一瞧，见邓华强趴在角落里的一张桌上看书。

刘俊民想了想，突然推门进去。

邓华强听到门响，惊慌地抬起头，手里的书啪的一声落到地板上。他赶忙弯腰去捡，但刘俊民已经看到了书名。

"《论持久战》，你怎么搞到的？"刘俊民很诧异。

邓华强干脆把书放在桌子是，严肃地问：

"你不想看看吗？"

刘俊民翻着书页，思索着说："听说过这本书，书的作者毛泽东，他是中国共产党的首领。"

邓华强说："刘先生知道得很多，我佩服。关内一些革命青年很喜欢这本书。我到这里时，有些同学送我不少书，有小说、剧本、诗歌，其中夹带了这本书，我随便翻开看看。"

邓华强的话吸引了刘俊民，他随即就把邓华强请到自己住处，并留他吃了饭。从那以后，他俩的往来就日益密切，并把金玉忠也给介绍认识了。金玉忠也是个书迷，邓华强把《呐喊》《蚀》《为奴隶的母亲》《凤凰涅槃》和《雷雨》等书给他们看，金玉忠和刘俊民看到了入迷的程度。邓华强有很强的表达能力和清晰的口齿，是一个人才。这样，金刘二人就把他介绍加入了复华党。由于他的才华和积极肯干的作风，他又被金玉忠吸收到导化部，负责刻蜡板，印刊物。他往往工作到深夜，口里咬点干粮没有一点怨言，并且能代劳的就代劳，把《复华秘刊》的发行工作也抢到手，所以也认识了不少的复华党员。

一天上午，徐长岗去找刘俊民。返回来的途中，他饿了，就走进一个蒸饼铺买半斤蒸饼，要了一碗菠菜豆腐汤。吃饭当儿，偶然发现旁边桌子跟前有个人很面熟，似乎在什么地方见过。当他吃完出去时，那人还没吃完，却连忙跟了出去。徐长岗骑了一段车子往后看，见那人在他身后四五十米处慢悠悠地蹬车，眼睛在东张西望。徐长岗蹬快一段，回头再看，那人仍在那个距离之内穷追不舍。徐长岗有些慌，紧蹬几下，飞似的驶过，连拐几个弯，把那个人甩开了。

晚上，吴世辅从工厂勤劳奉仕回来找长岗，长岗把上午见到的怪现象讲给他听。世辅说，最近以来，他晚上从青年会回学校时，在路上总觉得后面有人。可是走进学校往回看，又不见有人跟进来。他俩把这些现象一交换，觉得情况有点怪，要提高警惕。徐长岗主张找刘俊民和金玉忠，召开紧急的本部会议，研究应急措施。吴世辅则以为不能开会。既然跟踪频繁,就有被日本宪兵队侦察到的可能,如果开会就更有暴露的危险。假如没有跟踪,只是自己心里疑惑,而当真事说出去,则更会使自己人乱了阵脚。他认为首先应该把事情搞确实了,然后再研究对策。徐长岗再往下问,吴世辅凑近他的耳边,说出一些话来。

第五章　风云突变（1945 年 5 月—7 月）

1. 宪兵队的"嘱托"

　　第二天晚饭后，吴世辅独自从宿舍走出来。出门后，他回过头大声向室内同学打招呼："我上青年会去了。"他刚出校门，又碰到一个熟人互相问候之后，他仍然大声说："我到青年会去！"到了青年会，他大摇大摆走进补习教室。下课后，他没立即回校，而是到青年会几个学生宿舍串门儿。补习的学生纷纷回家或回校，院子已平静下来。九点钟，吴世辅走出宿舍，走到大门时抬头看一眼明晃耀眼的门灯，灯把他的脸颊照得轮廓清晰阴暗分明。他又大摇大摆地走出大门。大门是向西开的，出门后他沿大路向北走百米左右，便迅疾向东拐进一个胡同。大约隔了一分钟，有个穿便服的矮个子，前后左右偷觑几眼，鬼鬼祟祟也窜进这个胡同。这时，站在百米以外一座楼角下的夏万济看得清清楚楚。他机敏地暗暗跟踪那矮个子折进胡同。这胡同很长，两边高墙，断断续续有浓密的树枝从墙头探出来，阴影加重了这条胡同的孤寂与昏暗。他在那个矮个子百米之遥的地方跟踪，矮个子丝毫没有觉察，反而兴冲冲地尾随着吴世辅，那眼睁得溜圆，贼亮贼亮的。世辅走了一段东西方向的路，走到胡同尽头又向北拐，又在南北方向的胡同里走。刚拐过拐角，在道东有一块空地，空地北面有一所大户人家的街门，面朝南。高门楼下有两扇黑漆大门紧闭着。在那块空地南面正对街门有一个高高的照壁，在照壁西侧有个水泥砌的垃圾箱。这个垃圾箱靠近南北走向的那个长胡同，只有几米远。吴世辅走过这个垃圾箱百来米，离胡同口前面那条大马路只有二三十米了。大马路的街灯亮堂堂的，因而这个胡同口也映得极亮。吴世辅就在那里站下了，好像寻找掉到地上的什么东西。后面那个矮个子往前一看，这个长胡同恰似一个望远镜的筒子，亮堂堂的胡同口就似望远镜头的镜片，吴世辅就在这个亮堂堂的镜片当中，看得十分清晰。他没有往前走。他听到后面有脚步声,就躲到那个垃圾箱东侧隐藏起来。夏万济这时已走到这个地方,向垃圾箱看了看,他发现有个人影,便用短促而严厉的声音喝问:

"谁?干什么?"

"我。正……在屙屎。"声音里充满了惶惶然。

夏万济右手打个榧子,从黑暗里冲出两个人,把那装大便的矮个子包抄了。夏万济一脚把他踢倒,又一扑按倒在地,踏上一只脚,另两个从腰间拔出尖刀。夏万济怒喝:

"原来是你?……为了一点钱,你竟替鬼子……"

另一个扑上来,骑在矮个子的前胸,左手按头,右手抽出刀在那家伙的脖子上撕拉了两下。那家伙吓得魂不附体,尿了一裤裆,喊:

"手下……留情!求求你,万济。"

夏万济喝道:"小声!这是刀背,你要敢说半句谎话,我们的指头一翻,刀刃朝下一切,你的脑袋就要搬家。你老实讲,你在干什么?"

"跟……跟踪吴吴……世辅。"他战战兢兢。

"这一礼拜,你都跟了些谁?"

"我跟了徐徐……长岗和吴……世辅两个。"

"谁叫你跟踪的?"

"日本宪……宪兵队,让让我写写……报告。"

"你都写了些什么报告?"

"徐长岗到过北北……陵区东兴街32号刘的住所两次,还到过铁西区永安街5号金宅一次。吴吴……世辅到过志……志诚银行徐寓所三次。"

原来这矮家伙是第三国高四年乙班的曹许芳,他是经杨车五介绍给平山,又经平山介绍他给日本宪兵队当"嘱托"的。所谓"嘱托"就是日本特务机关的情报员。这种职位不是专职。只要求他们每周送上一份报告,报告一周内所见所闻的异常情况。每个月发给他们一定的津贴。这种嘱托只做单线报告,并不完成一个具体完整的任务。例如,只写某某人一礼拜到过谁家几次等等,至于这个案件涉及的内情,日本人不叫"嘱托"人员知晓。日本人安置的这种"嘱托"是从近来复华党活动频繁采取的措施之一。日本宪兵队和警察署都派遣了这样的情报人员,面很广。各机关、学校、部队以及旅馆等地,随处可见。有时"嘱托"还打"嘱托"的报告,日本宪兵队和满洲警察署再根据"嘱托"提供的各种材料进行全面的分析。

夏万济觉得曹许芳说了实话。临了，他说：

"今后你再干这昧良心的勾当，我们就宰了你！"

"我不敢了，再不敢了。"曹许芳出了一身冷汗。

夏万济把他放了，他从原路抱头鼠窜而去。

夏万济几个追上吴世辅，把情况讲了一遍。吴世辅有几分焦虑地说："情况很严峻，我们马上到长岗那里吧。"

徐长岗正等候消息，世辅一伙进门后，艳明机灵地闪出门外，带上门去站岗放哨。夏万济把情况讲完后，说道："曹许芳在小学就和我是同校，他是鼓楼南羊尾胡同曹寡妇的弟弟。这人胆小如鼠、爱财如命，他常常偷同学的铅笔、橡皮，我们打过他，稍挨挨他就哭了。"

徐长岗紧皱眉峰："情况紧急，明天赶快开会，通知大家马上疏散。"吴世辅摇摇头说："已经不允许我们拖拉了。我们已在敌人的严密监视之下。目前，我们还不知道敌人对我们的情况掌握到什么程度，如果通知大伙一跑，那就乱了套，那么这个案件的全部就会不攻自破了。为今之计，长岗应赶快离开奉天，到外地把组织疏散，焚烧名册，尽量隐蔽，不要暴露出任何可疑的迹象。我在奉天坚持，一旦我被抓喂狼狗，而我们的组织能够得以保存，那我死而无憾。"徐长岗说："我到外地怕已晚了，他们还要跟踪，等于给他们引路。"吴世辅想了想："我还是委托夏万济去完成一件至关重要的任务。曹许芳不是胆小吗？你去威胁他向宪兵队打个假报告，说徐长岗最近病了，不能起床。"

"我有把握完成任务。"小夏很自信，"我马上就到他姐姐家去找他。"说着，他在徐艳明的医疗箱里取出一卷医用胶布，塞进裤兜就走。徐长岗忙说："你可不能动刀，如果你杀了曹许芳，我们明天就会全军覆没！"夏万济说："放心！我不会这么蠢。"他刚要出门，床下那只母鸽子窜了出来，夏万济立即把它抓住放进衣袋里。长岗说："不行，母鸽不会通信的。里间笼子里那只公的才会通信呢。"夏万济说："我不通信，有别的用处。"夏万济走了。吴世辅意味深长地说："小夏胆大心细，并不鲁莽，我相信他会办妥这件事。你今晚稍稍化妆就可以放心地乘夜车走了。奉天的事就交给我，我把复华党名册和机密要件一定藏好，并通知刘俊民和金玉忠格外谨慎。"吴世辅再安抚几句，并嘱咐徐艳明一些事情，就匆匆回校。回校后，他立即把复华党名册藏到教室的木条地板下。那厚厚的一本名册完全是用阿拉伯数字写成的，每个字都用三个数字表示。第一个数字标得是《学生字典》的页数，第二个数字标得是第几行，第三个数字标得是第几行的第几个字。乍看起来是一本做数学习题的草本，再聪明的人也不会怀疑,它就是一个政治团体组织的全部档案。就像人类神秘现象的种种表现,用奇异的天文数字,佛经道语和甲骨蝌蚪文,以及"鬼谷学"、"铁板书"、"推背图"等的综合,不经知情者的指点,是再过几个世纪也难破译的谜团。日本人始终没有得到这本东西。我们假设他们侥幸得到,又能从中推测到什么呢?吴世辅和夏万济走后几小时,徐长岗把住所的一些资料烧了,从党费中取了二百元钱,再三嘱咐姐姐小心从事,便轻装上了车站,当夜一路顺风,到达"新京"。

　　他的顺利,有赖于夏万济的鼎力相助。原来夏万济从志诚银行出来后,走到羊尾胡同,找到曹寡妇的大门。靠近门里边的一家商户尚未睡觉,给他开了大门。他直奔里面正房。曹许芳住在正房的东间,平时给他姐姐做些零活,跑跑腿,一般事情姐不管他。他没敢把今晚的事告诉姐姐,怕她担心。但是他受了惊吓,心里一直没有平静下来。他换了那件尿湿的裤子,没心思上床睡觉。便坐在椅子上抱头苦想:"如何得了?夏万济那伙打手多着呢,宪兵队能把那帮人都抓起来?只要剩下一个就饶不了我呀。"正在此时,夏万济推门而入。曹许芳竟不知道是醒着还是在梦中,他惊慌地从椅子上蹦起来:"万济,我绝对不敢了,你?……难道你……还不放过我?"夏万济十分威严地逼近他:"你想好了!"随即抽出刀子。曹许芳大惊失色,站起来想逃跑,被夏万济堵住门。他只见夏万济挽起袖露出左臂,把刀向左臂刺进去,刀尖从另一边露出来。曹许芳目瞪口呆,半响才嗫嚅道:"万济,你有什么事就请讲,何必这样呢?"夏万济冷冷地说:"我要你立即办一件事。"曹许芳忙不迭地:"行,行行! 什么都行,你快说吧。"夏万济脸不改色,眉头不皱,毫无疼痛流露:"我要你立即给宪兵队写一份报告,说徐长岗病了,卧床不起。"曹许芳迟疑:"今晚上?""不,立即打,立即送,在半小时之内!"曹许芳马上应允。拔出刀子,血流如注,他把那卷纱布缠开,紧紧裹住刀口,一连扎了七八圈。夏万济从容自若,面不改色,而曹许芳则软成一团泥,有些站立不住。夏万济说:"一言为定!"曹许芳也随口说:"对对! 为定,为定!"夏万济临走,刚要开门时,回头怒目盯着他:"这是我俩共同立下的誓言,如果违背,请看这个。"他从衣袋里拿出一只乍楞翅膀的鸽子,用刀只一削,头体分家,抛鸽于地。夏万济出门扬长而去。曹许芳看那断头鸽子仍在地上扑啦啦转圈子,心中陡地吓傻了。他战战兢兢取出笔来在纸上哆嗦地写着……

2. 五九大搜捕

　　吴世辅等,虽然已经觉察到情况的突变,作了遣散人员,焚烧资料,埋藏机密要件的措施,甚至对像曹许芳这类日本宪兵队的情报员采取了行动,但是,他们毕竟动手晚了。张丰年的警察署配合日本宪兵队,已经在奉天派出无数的密探和情报人员,罪恶的天罗地网渐渐撒开又收拢了来,一场生死的搏斗,一触即发。

这一天终于来到了。

1945年5月9日,距日本天皇裕仁以广播《停战诏书》的形式宣布接受波茨坦公告,无条件投降的日子仅仅三个多月。5月8日德国法西斯无条件投降。日军同时对中、美、英等20余国作战,已到山穷水尽的地步。4月23日到6月8日,在中国陕北延安,中国共产党召开七大,商讨"对日寇的最后一击"的重大决策。但是,垂死挣扎的日寇,犹如一头疯狂的困兽,以十二分的反扑袭击人类,好寻求生的希望。五月九日凌晨,整个奉天市气氛非常的严峻而冷酷。八日晚上就宣布全市防空灯火管制。紧接着关闭了全市马路上的电灯,家家户户都挂上黑色的防空窗帘。全市一片漆黑。夜十二点整,各大小路口都增设了荷枪实弹的岗哨。通往郊区的大道上以及浑河大桥两侧都站满了日本宪兵,全市各种车辆和摩托呼啸着怪叫着往来驰骋。奉天市戒严了,凌晨两点开始了对复华党的大搜捕。

他们的口号是,宁错抓一千,不能使漏网一个。

夏万济住在大东关最远的地方。午夜两时许,两辆摩托呼啸而来。要到他的住所,必须越过一个伪满警官的院子。院子有一人高的围墙,小月牙挂在屋角深蓝色的天空。大门紧闭,他们只有越墙而入了。正屋里睡着警官和他的正怀孕的大肚子太太。警官猛听到外面有人跳墙,他就疑心是小偷。他急忙跑出去,拿起一根棍子向着刚跳进来的人头上击打。那人把头一闪,棍子从肩膀滑掉,随即那人又抽出刺刀来砍,警官只好用木棍搪住。木棍咔嚓一声被砍断,警官只好用手抓住刺刀撕拽,手掌被割裂,鲜血直流。他呼喊有贼,他的太太急忙摘下警刀跑出去。她从后面向那人的头砍去,此人立即倒在血泊之中。墙外,穿黑衣服的人隔墙向警官太太开枪,击中她的头部,倒地而死了。在微弱的月光中可以看见孕妇的尸体。这时,听到枪声,二街门唿哪一声跑出一个人来,他被又跳进来的三四个穿黑衣服的日本宪兵抓住了,正是夏万济。那个满手是血的警官也被捆起,往外推,他骂骂咧咧地叫:

"你们这些混账,杀死我太太,又逮捕我,我是满洲警官,要到新京告你们!……这群王八蛋。"

凌晨两点,第三国高被日本宪兵队包围。山浦校长被两个宪兵监视着,拿着手电筒和名单向学生宿舍走来。人们都被叫起来,说是进行防空演习。起来后都站在自己的床铺前边。同学们感到有些异常,因为以往都没有这样的演习。吴世辅正好从厕所出来,在楼侧,看到山浦带人上去了,心中有些疑惑。这时,突然听山浦点他的名字,严厉地点了三次,无人应,就点第二个曲作昆,曲作昆一答应,两个宪兵上前咔嚓给戴上手铐。然后是高永生……糟糕,吴世辅心中一嘀咕,知道敌人提前行动了,他马上想到他们刚在志诚银行碰过头,分析到邮政局可能是敌人袭击的重点,让刘俊民和金玉忠留下来,叫徐艳明把他俩藏到那个无人关照的南大厅里,再想办法一起转移。然而,他万万没有想到敌人在今夜就动手,而且全面开花,第三国高已在日本宪兵队的严密监视之下了。眼看第三国高的复华党员大批被捕是在所难免,但,他必须逃出去,他必须与刘俊民和金玉忠逃往外地,与徐长岗取得联系,以图东山再起。他转出楼角向西望,见有二十多名日本宪兵在校园游动,明晃晃的刺刀闪着寒光。这时,他想到了前年他们打群架时,往来的那条暗道(也是防空洞,因部分坍塌,已弃置),通往校外的一片树林。但那进口处,有两个宪兵在游动。他想出一个办法,扔了一块砖头到东边,果然,那两人端枪喝着寻觅去了。他乘机迅疾钻进那废墟往里走,一股沉闷而霉腐的泥土潮湿味直刺他的鼻孔。脚下一踩,深浅软硬不同,几只耗子呲地从他的脚面上逃走了。他有点脑皮紧乍。费老大的劲,终于看到前面有块巴掌大的亮光,他知道那是出口。他被什么绊了一跤,趴在一个半硬不软的物件上,有股奇臭袭鼻,不知是人尸抑或是狗尸,他顾不了许多,磕磕绊绊往前走,把脸上挂着的蛛网用手摸开,终于他双手攀住了洞口,脑袋探出来,看到那一片树林。可是,不远处的马路上,有飞驰的摩托和跑步的兵员。他避开这些骚扰,终于跑到志诚银行的附近。正好,小心在意的徐艳明为了两个党魁的安危,而蹑手蹑脚地溜出来探看消息,一见是世辅,她迅捷地把他拽到黑影里,低声说:"快!进南厅。"

他正要进,突然,从马路方向又跑来一个人。他径直跑向吴世辅和徐艳明。吴世辅拉徐艳明躲在门侧,他们准备给来人以迎头痛击,然而,那人说话了:

"别!世辅,我是邓华强,自己人。我刚甩掉追捕……"

吴世辅只见过邓华强一面,不过他知道邓华强是由刘俊民介绍加入复华党的,而且在金玉忠的导化部工作,成绩很出色。情况万分危急,也不允许他们再有丝毫犹豫,徐艳明敏捷地把吴世辅和邓华强引到那个隐蔽的南大厅。刘俊民和金玉忠看到吴世辅后面还跟着一个邓华强,就一怔,但须臾也就不当回事了。

徐艳明出去回到自己的住所。他们四人就在南大厅躲起来。然而,不到五

分钟,外面有急促而粗野的敲门声:

"开门开门! 妈的,给老子砸!"

嗵啪! 门被砸开。他们听到敌人喝问徐艳明的声音:

"你弟弟哪里去了? 吴世辅呢? 还有刘俊民、金玉忠,你都把他们藏到哪里?"

"不知道!"徐艳明愤怒回答的声音。

吴世辅一愣,觉得那声音好熟,他想了想,脑皮一乍:"张丰年,这个畜生!"

"说! 你这个婊子,把复华党党魁藏到哪里了?"

"……"仍然守口如瓶。

吴世辅他们几个紧紧靠在一起,站在南厅的门口,透过门窗的空隙,捕捉外面的动静。"啪啪!"显然这是打耳刮子,吴世辅起气得把眼瞪红,浑身发抖……"啪啪! 啪啪!"……一连二三十个耳光子,吴世辅仿佛看到徐艳明被他们拖出来,打得脸颊青肿,头发蓬乱,嘴角流血,口中不时吐出一些被巴掌击在牙床上挤碎的皮肉和牙骨屑子。他要挺身而出了,站起身往出走,却被刘俊民、金玉忠拼命拖住,他们用恳求的目光看着他,求他克制自己。然而,可把邓华强急坏了,月光下人们还是看到他的脸色难看,不知是害怕还是焦虑,抑或是大难之后的侥幸心理,他出气有些粗,他的目光饥渴似的从他们三人脸上转来转去,胳膊不由地哆嗦,就往窗台上扶。窗台上有两个上次送同志们参军时喝了酒的瓶子,不知为什么,两个酒瓶从很高的窗台上掉到洋灰地板上,"当啷!"凌晨的动静特别响亮,这响声把吴世辅他们击愣了,三双眼睛火一般投向邓华强,邓华强缩作一团,可怜巴巴地嗫嚅着:

"我……我不是有意的……"

"快! 在那边。"酒瓶的碎裂声已引导张丰年一伙奔向南大厅而来。徐艳明要阻挡,被踢倒了。

囚车怪叫着把吴世辅、刘俊民、金玉忠和邓华强押走了。三位党魁上了手铐,邓华强用绳子绑着,临上车他还叫唤,挨了两个耳刮子。徐艳明简直被这塌天的灾祸击垮了。她有点立身不住,愣怔地看着他们被押上囚车。吴世辅临上车时,回头看了她一眼,眼神里有无限的惆怅、惋惜和希冀的复杂情感。她再也抑制不住,两串泪簌簌往下流。当囚车鸣着喇叭开走时,她失去理智地发疯似的追那囚车,失望地喊:"世辅! ……"她仆倒了。

张丰年像玩弄一个宠物,把徐艳明拖起来,抓住她的肩头,用手托起她的下巴,揶揄地欣赏着她痛苦失望和各种感情交织的脸,不无讥讽地说:

"徐小姐,徐艳明! 臭婊子! ……去找你的吴世辅呀。我让你一辈子守活寡! 你……信不信?"

张丰年的话似一把锋利的匕首,刺碎了徐艳明的心肺,她也隐约地推测到吴世辅和复华党之所以一夜之间被大肆搜捕的蛛丝马迹。张丰年的诅咒,无疑使她的灵魂受到极大侮辱,她木呆的眼神冒着火焰,全身在抽缩,摇摇歪歪地向张丰年走近两步,面对面站着,平静地说:

"你,这个畜生、流氓! ……"

然后是非常准确、漂亮,很解恨的两个耳光,把张丰年打得踉踉跄跄……他眼里瞅着艳明狼狈的惨相,心里又起了怜悯……把她放过了。

囚车一直开到故宫的对面——满洲宪兵团。门前有两具尸体,一个是日本宪兵,另一个是警官太太。当时他们很紧张,顾不得处理这些,就用摩托带到这里,天明时已被运走了。吴世辅、刘俊民等被带进一间大空屋子里。一进门就看见两个人:一个是夏万济,另一个是满手流血的满洲警官。那警官发疯似的大喊:"老子是满洲帝国皇帝陛下忠实的警官! 你们这些混蛋,杀死我老婆,她肚里还怀着孩子。又逮了我。我要告到新京去!"他也戴着手铐,手上流血,白衬衣上糊了不少血,口里狂喊乱叫,喷着唾沫。待到天明时分,复华党员陆续被送来五十多人,吴世辅大略清了下人数,第三国高就有二十多人。那个大房子就要满员了。因为从半夜起就戴上铐子被送进来,许多人从头一天晚上上床后就没有小便过一次,所以这时许多人要求小便。但是,日本人都抓人去了,满洲警察又谁也不敢带这些人到厕所小便。有很多人捂着肚子乱转,十六七岁的小同志有的竟哭起来,尿到裤子里。那位忠实于满洲帝国皇帝陛下的警官,不管三七二十一,竟把裤子扯下来,在房间里哗哗地尿。

太阳刚出来的时候,来了两辆军用大卡车,把这些戴铐子的人装走了。只把那位警官和邓华强留下,送到别处(据说警官释放了,并补给了一笔抚恤金)。

载着复华党员的两辆军用大卡车,开进了"奉天日本宪兵队"大院。这个大院在奉天市三经路东,大门朝南开。一进门有三十来米宽的空地,再往北上台阶有个圆形门通往里院。那里是官长们的办公室及其家属居所,楼房墙壁和台阶的外表都是用水泥掺白沙子砌成的,显得耀眼的一片白。上面有大方格形的连环图案,看上去清洁整齐,有鲜明的线条感。好像是西洋式建筑,中间的圆形门又带有东方风格。这无疑是运用了高超的科技的精湛而优美的艺术成果。它体现了千百年来人类所创造的现代文明。然而,在这里享受这种现代文明的人,却干着与现代文明相悖的野蛮行径。

　　大卡车从这座大院前面向东拐又向北折,就到了又一座建筑物旁边。这是一个长条形的黑砖平房。它比普通的平房还低二三尺,屋顶是敷一层褐色的瓦片。房子的正面只有两个窗子,窗外都钉着相距二寸宽的钢筋棍。正面没有门,一个门是在房子的西墙身开设的。门旁的小木牌上写着"拘留所"三个字。人们从大卡车上往下跳,只听见一片洋手铐稀里哗啦的响声。

　　金毓贤往前跑两步,被押解人员揍了两巴掌。人们盯眼一望,忽见两个日本宪兵押着一位日本年轻姑娘进来,她的头发蓬乱,日本女校的标准衣服被撕裂几处,眼角有青紫,嘴唇有风干的血道子。她看到吴世辅他们了,尤其看到金毓贤君朝她跑而被宪兵揍了,她很感动,停下来,用手理一理散乱的头发,额头和眉眼显现出来了,吴世辅不觉吃了一惊,低沉地挤出四个字:

　　"山浦美子!"

　　她的眼神里充满了对朋友的问候,尤其对金毓贤君的感激。毓贤眼里滚动着晶莹的泪珠。

　　自从大神竹子那一次搜查《复华秘刊》未得手,又被山浦校长以无辜诽谤寻衅,干扰正常秩序为由,到上司那里把大神竹子参了一本,于是,她的日本女校副校长职务被免了。为此,大神竹子耿耿于怀,暗中对山浦美子的人事往来、言语行动和阅读范围作了详细的秘密询查,终于搞到一些确切的情报。山浦射她的一箭之仇,她是非报不可!开刀,当然仍在美子身上。她把几个美子要好的女同学买通,装作复习功课,或相与春游,或帮她洗衣,溜进美子的房间,乘美子出去和妈妈说话空隙,她们就寻找《复华秘刊》藏匿的地方。她们终于得手了,且不露一丝儿痕迹。此次,"五九"大搜捕,大神竹子以身家性命为抵押,向上司作了对山浦家中搜查的建议。她的阴谋得以施展了。当山浦校长带着宪兵在楼前点名,逐一逮捕复华党员时,他做梦也没想到,那个面慈颜善的大神竹子,狰狞着脸,带着日本宪兵(还有带路的两个小密探),神不知鬼不觉地闯进美子的卧室。当时,美子还在梦中,被喝醒时,看到宪兵锋利的刺刀,凶神恶煞的表情,以及大神竹子青面獠牙般的丑态,她吓蒙了,不知发生了什么事。直到在竹子的指挥下,他们在床上的褥子底下搜抄那《复华秘刊》时,山浦美子陡然明白了一切。她也顾不上羞耻,半裸体地扑过来和宪兵争斗,和大神竹子厮打,用牙咬那两个她的"女同学"。于是,她光洁的玉体上,留下许多青肿、紫痕,乌云墨黑的头发大把大把地被这些疯狗撕乱拔下,那些《复华秘刊》简直是她的命根子,它们会给山浦家带来塌天大祸。所以,她想法毁掉,但是,却来不及。于是她便争夺,把几本刊物撕得粉碎,有一本被竹子擒住,她拼命地疯了似的扑上去夺,一口咬住竹子的肩膀,竹子痛得直叫。这时,宪兵队大打出手了。一个柔弱姑娘,怎么能受得了这样的折磨?好似一盆开得正旺的玫瑰,被一阵冰雹打得枝折花残了。当宪兵队押着美子走下楼梯,她的母亲和父亲战战兢兢地立着,向竹子他们鞠躬、行礼,把腰弯成九十度,眼里明显地噙着泪珠。大神竹子从山浦身边走过时,愤恨地瞪一眼山浦,鼻子里挤出一个字:

"哼!……"

如今,山浦美子和她的中国朋友们,以及要好的金毓贤君在"日本宪兵队"的"拘留所"里见面了,心中是有无限的感慨啊。双方对视默默相望了好久好久,一切都在不言中。他们是互相理解的。直到宪兵把美子的肩膀狠狠一推,她闪个趔趄,从他们身旁走过去。男士们默默向她行注目礼,金毓贤两行泪流了下来。

山浦美子哪里知道,她这么一走,就把她父母也送上绝路。第三国高复华党案件,以及女儿的牵连,山浦还不等奉天日本守备队最高长官打他的电话,他知道自己罪责难逃。他把家中所有的酒都喝光,摇摇晃晃,摘下指挥刀,流着泪先砍死妻子,然后,剖腹自杀。曾几何时,从岛国踏上异国,以屠杀给别人制造悲剧的人,自己也扮演着悲剧的角色,何苦呢?

那宪兵一声口令,让他们站好队,进那唯一的门。吴世辅他们很愤然,很惆怅,也很沮丧,尤其看到美子后。一进门,好像是个黑咕隆咚的洞。约过半分钟,瞳孔扩大了,他们才看清里面的轮廓。靠北侧有一排衔接着的五个囚室。囚室正面没有墙,而是用碗口粗的方形木柱从上到下钉成的栅栏,像是圈野兽的笼子。每根木柱相距一寸多宽,方形木柱不是平面排列的,是棱角边朝外斜排的。因而,人们从一头往里斜看,什么也看不见,好像被木柱挡得很严。当然,从里向外斜着方向看,也看不见人。从正面在近处向里看,里面的人历历在目。有个木门,拉开了人才能弯腰钻进去。人进去后,只听嘎登一声就锁上了。门的上沿留一个三寸见方的小孔,那是取饭用的。室内地板是用木板铺成的,倒颇为光滑。地板的当中有一块一平方米的木板可以揭开。揭开后,可以看见一个瓷器便池,大小便能够从便池直接流到室外。囚笼顶部有个小灯泡昼夜不熄,像一只魔鬼的眼睛不停地觊觎着下面的囚犯。每个囚笼已为复华党腾得空无一人。因而每个囚室都塞进十来个复华党员。在进去之前下了手铐的同时,把裤带也给抽去了,每个人只好在里面提着裤子站着,互相挨靠着。因为本是囚禁四个人的小囚笼竟塞进十来个人,晚上不但不能睡觉,连坐下都很困难。开饭前送进一个洗脸盆,里面盛着多半盒掺有消毒药的乳白状的水,散发出一股茴香似的刺激味，好像进了医院的外科室。日本人管那种东西叫"来苏水"。叫大家洗了手，关上门，从那个小方孔领取拳头大小的一个白高粱米饭团，还有一片咸菜。饭后，日本宪兵陆续往里送人。又抓来不少女复华党员。宪兵往里送人和往外提人都有登记手续。在登记中，他们听到周再娟和刘彩云也被抓来了。

吴世辅和金玉忠被关进第三号囚室。当天夜间十二点以后，奉天市大街上静下来，这间囚室更显得死一般的寂静。在昏黄而微弱的灯光下，这些十八九岁的政治犯们都相互枕着睡了。在梦中他们也许暂时忘记了白色恐怖，发出轻微的鼾声。值班宪兵皮鞋的嘎登嘎登的响声也停息下来，他们似乎也伏着桌子打起瞌睡。吴世辅和金玉忠仍在考虑问题。金玉忠睁开眼看一下吴世辅，吴世辅也正好看他，脸上显出一丝木讷的苦笑。他悄声说："你听，远处还有狗叫，还有人喊，他们正在喂狼狗。"吴世辅用手遮住耳朵后仔细听了一会说："没有，听不见。怕是你发生了幻觉。"金玉忠执拗地说："你再听听。"吴世辅又听了一会，说："那是远处居民家的犬吠和夜半饿奶的孩子哭。"金玉忠不由想起了自己家中的媳妇和孩子，便迟疑地轻轻摇头。吴世辅说："依我看，他们不是要把我们喂狼狗。至少不是马上……"金玉忠又燃起点希望，凑近世辅问："你看出了什么？"世辅说："他们抽去了我们的裤带，是怕我们自杀。给我们室内消毒，用药水给我们洗手，是怕我们得传染病。至少，到现在徐长岗和杜庆毅没有捕获归案，日本人是想通过我们供出所有的复华党员，然后，一网打尽。"金玉忠摇摇头，对他的看法有异议："抽裤带，用药水消毒怕是这里的例行制度，不足为据。"吴世辅沉默了一会儿又凑在他耳边说："咱们明天就可以试探一下。咱来个全体绝食，观察一下动静。如果他们想用活人喂狗的话，我们绝食几天是饿不死的，他们不会理睬我们。如果他们表现出惊慌，就说明他们要从我们的舌头底下得实话。那我们的态度就是：打迷魂阵。我们只推徐长岗的背后情况非常复杂，既有国民党的大头儿，又有共产党的武装队长。但都不和我们接头，只和徐长岗一人接头。我们就这么拖着，直到把他们拖垮，你看行不行？"金玉忠眼睛一亮，爽快地说："行啊！"

3. 男女同囚笼

刘彩云被关进五号囚室。她刚被推进这个囚室时，以为是女囚室，光线又十分暗淡，不辨男女，只见小小的囚室内，黑压压挤着十来个人。

"彩云?! ……"

一个好熟悉的声音,惊诧中叫出她的名字,她循声寻觅。她终于从声音中,判断他是刘俊民。于是,那张熟悉的国字脸在她面前突显出来时,她浑身颤了一下,眼泪就要往下掉。眼泪这玩意儿很怪,即使是很脆弱的人在无关于己或不关痛痒的人面前也不会掉的,只有在亲人、在风雨同舟、在感情方面沟通的人面前,就会用眼泪一诉委屈。是刘俊民曾经几次解了她的围,又是刘俊民奉吴世辅之命,从"狼"的爪牙之下救出她。俊民是个职员,没有太高的文化素养,然而他那诚实、纯朴的性格,为事业为同志舍生忘死的精神,使她深深感动。现在,他们又被命运的锁链拴到一起了,乍听到他的声音,就像久旱之后突降的甘霖,一股暖流从心底升起。她适应了阴暗的光线,原方木钉成的"困兽"式囚牢,渐渐有了明暗,各人的脸庞清晰地显现出来,她看到曲作昆、高永生、金毓贤等人。有她熟悉的,也有她不熟悉的,可是,他们的目光中同样是鼓励、同情、怜悯和志同道合的信任,她从他们的目光中得到莫大的安慰。于是,脸上浮出一丝浅笑,可那笑显然是苦涩的,两眼甚至含着泪花。刘俊民看得最清楚,那晶莹的泪珠儿在幽暗中透出一种深潭似的光泽。全囚室除她之外,竟然全是男士。刚进来的一刹那,她有些吃惊,乍看到自己四周黑压压站了一圈男性,她怎么能不紧张? 然而,当她看到刘俊民、曲作昆、高永生、金毓贤等人,她的恐惧心理被那伟大的感情所代替,仿佛他们根本没有进这个鬼地方,就像在一个僻静的草滩上,大伙围在一起,商讨本组织的活动事宜。脸上松懈下来,她伸出那本来冰凉的手,默默地和战友们握手,从那一个个光亮的眸子里,她得到精神上的支持,从一双双有力的握手中,她得到无穷的力量。特别是刘俊民那双温暖、粗大、有力的手,紧紧地把她的手握紧时,她感到无限安慰,增添了无穷的力量。她觉得他是她的大哥哥。

刘俊民抽回自己的手,看到彩云蓬乱的头发和头发上粘的草屑,以及被撕裂的衣袖,甚至,她的丰满的胸部因被扯掉两个扣子,那乳峰之间的深壑隐隐在目,一个少女的尊严和羞涩,在那野蛮而丧心病狂的敌人面前,已玷辱殆尽。他仿佛看到,敌人从乡下的马厩草房里把她拖出来,她反抗着,挣扎着,他们罪恶的爪子伸到她的胸前去拖拽,她用口咬他们的手腕,他们便揪住她的头发狠揍,一绺一绺的头发被揪断。她的老父哭喊着从房子里跑出,抱住他们的腿,求他们放过她,请他们开恩,高抬贵手,然而,回答他的却是重重踢在腰上的一脚,他趴倒了,囚车把她装走,老人望着囚车痛苦地流泪,那枯瘦的鸡爪子似的手,在空中抓挠了老长时间。

十二点到了，送饭的宪兵从小孔里塞进那拳头大的小饭团儿，还有全室共有的一碗白水。人们一个个去接，默默走到角落里，啃那难咽的饭团，还有两片咸菜。刘俊民接到饭团，先给了彩云一份，又把那碗白水端进来，向人们分配。他们的嘴唇都裂开缝，可，谁也不肯先喝口水。刘彩云咽饭团被噎住了，刘俊民端过水来，用恳求的目光求她喝点水润润喉咙，她微微摇头，谢绝了。后来，刘俊民以复华党的副主席的身份，命令他们，他们只好一人喝了一口。轮到刘彩云，她仍然拒绝，刘俊民很不解，恳求地说：

"彩云，你会上火的。"

"我就是不喝。"

"为什么？"人们瞪着眼睛问。

她无言地憋红了脸，转身不看他们。人们只好不问。不解地摇头。

这天晚上，人们"睡"得很窝囊，别说躺着睡，就是互相挤压着，背靠背坐着，也把人挤得扁了。男生们这么挤，为的是给彩云多留点地方，好让她躺下睡。她怎么能睡着呢？她头上枕着的不知是哪位男士扔过来的一件卷好的袄子，身上盖着刘俊民的一件外衣，刘俊民和曲作昆、高永生几个有意围着她或躺或坐，给她挡从栅木空隙钻来的夜风。他们嘀嘀咕咕讲说着什么，彩云觉得很烦。她的感觉神经全集中到一点——小肚子，那个隐秘的所在，她感到好憋好疼。她记得还是在被抓的那天下午，她去过一次厕所，整整三十六个小时，不能溺溲，身旁全是人，且全是男性，她该怎么办？更使她感到难堪的是，那可恶的信水也来了，小裤头已觉湿漉漉的。她没带草纸。怎么能带呢？……她默默坐起来，靠住后墙沿，双眉紧皱，脑子乱糟糟的。刘俊民翻个身，随便问：

"彩云，你有什么事？"

"没。……我只想坐坐。"她用语言吱唔，生怕人们发现她难以启唇的苦衷。

时间慢慢地推移，人们熬不住，互相挤压着睡着了。几天来的疲惫，从那些很响的鼾声中渐渐散发开去。然而，刘彩云却从人缝里站起来，钻来钻去，用手摸索那块盖便池的木板。她摸到了，可是，盖得严丝合缝，上面还躺着两个人。她很霉气。跌坐在旁边，呆呆坐着，从黑暗中眼巴巴瞅着那两个压住便池盖板的人，希望他俩能从那木板上滚过去。但是，好长时间，没有一点希望。她的小肚子越来越不是滋味，怎么办？又一会儿，终于有一个翻身滚过去了。留下另一个还打着鼾。彩云蹭过去，试着用脚踹，那人终于滚过去，只留一条腿了，她又去搬那条腿，可那人被弄醒了，她赶忙装着躺下，大气也不敢出。不一会，那木板又被人占据为床了。那便池又像压在泰山之下，她无可奈何呀。她又急又憋又疼,想不出办法,便偷偷摸泪。刘俊民根本没有睡,他在暗暗观察彩云的动静,一下明白了她想要干什么,便坐起来,狠狠踹了那两个人几脚,他们坐起来,眯瞪地问:"怎么啦?"

"娘巴拉子,"刘俊民第一次出现了粗话,"哪里不能睡,偏压住便池板?"

"地方太挤嘛。"他们嘟囔着。

"往我这里靠靠,把便池空出来,还能断了用?"

人们静谧了,刘彩云从刘俊民的话音里已听得出来,她刚才的行动被他观察到了,她好恨好悔呀。一个女孩子家的隐秘,怎么能让大后生看出来? 她的脸烧得厉害,索性躺下,一动也不敢动了。直到天明,有人坐起来闲聊,有人立起来走,她才后悔自己晚上失去了良机,这白天,人们全醒了,谁也看得清清楚楚,那怎么能在男士面前小解? 小肚子又一阵疼痛,脑子便胀得很酸,她靠坐在一根方木上,愁云锁眉,双手微微颤着。刘俊民看到她的表情,急得两眼冒火,在囚笼里乱撞,有时四目相遇时,刘俊民从她的目光里感到了痛苦。

开早饭时,那送饭团的宪兵来了。刘俊民用鼓励的目光盯一下彩云,她似有所悟,便说:

"宪兵先生,我要上厕所,我已经两天没小解了。"

宪兵很不以为然地说:

"囚室有便池,便吧! 谁限制你了?"

"我是女性,应该上女厕所。"彩云很愤然。

"什么男的女的? 你们是什么?"宪兵很烦躁,粗暴地用日语骂,"猪一样地在一起吃,一起睡一起拉吧。"

刘俊民两眼冒火,拳头已经攥紧,捏得骨节嘎巴响,刘彩云把他拉到背后,继续向宪兵用日语高声请求:

"宪兵先生,你家也有姐姐有妹妹嘛,她们能在男青年面前大小便吗?"

那宪兵愤怒了,他咔嚓一声把五号门打开,一把将刘彩云从囚室拽出来,啪啪两个大耳光,打得她口角流血,然后把她推进囚室,正要上锁,刘俊民箭似的冲出来,怒目环睁,以迅雷不及掩耳之势,迎面给了那宪兵两个铁拳,宪兵的鼻子便开了花,又一拳,那宪兵猝不及防,噗通倒地。刘彩云刚被推进囚室时,还大喊大叫地骂:"野蛮的东洋人,全是畜牲!"当她看到眼前发生的事时,吓得脸色煞白,全囚室的人都愣住了。须臾,又冲进四五个宪兵,气势汹汹地把刘俊民架走了。刘彩云声嘶力竭地哭喊:

"俊民! ……为什么,为什么要这样?"

五号囚室发生的事，被各囚室看到了。中午，从三号囚室吴世辅和金玉忠开始，拒绝进食，宪兵很愕然。紧接着，其他四个囚室也一起绝食了。

十二点，送饭的宪兵从小孔往里塞小饭团，没一人去接。整个下午很肃静，人们在囚室躺着，相互挨着，压着，闭着眼睛，谁也不吭一声。晚上又送饭团来了，仍然无人去接。一个小饭团即便吃了也吃不饱。两顿没吃，人都饿得少气没力。这一夜人们都睡不着觉，只等待天明，但因饥饿觉得时间太漫长太漫长。大家睁开眼睛彼此看看，那目光都给予对方无声的鼓舞和力量，"斗争，斗争吧，直到胜利!"天终于亮了，送来的消毒水，也再无人去洗手洗脸。过一会儿，饭团仍然送来了，没人接。这次，没有把饭团拿走，却把门打开，把饭团送进囚室又锁上门。但人们坚决不吃。每个囚室的木栅缝隙处都摆有十来个饭团，无人理睬。过了两个时辰，约十点钟，来了一个鼻头留一撮黑胡子的日本宪兵大佐。他查看了每个囚室，人都躺着，饭团原封未动。他没有发火，用温和的语气说："口计牟桑（孩子们）!"而且词尾带着尊敬语气。这个词尾一般译成汉语是"先生"。但在这里不能译成"孩子先生们"这不符合汉语的表达习惯。大佐继续用日语说："你们要爱护自己的身体，你们还年轻，只要你们在天照大神的启示下觉悟了，把事情说清楚，我们还要放你们回去，还让你们读书。"没人吭声，也没人去吃饭团。过一会儿，那大佐又笑眯眯地问：

"你们有什么要求，可以说呀。"

吴世辅用日语进行回答：

"让女青年在男青年面前脱下裤子大小便，夜晚挤在一起睡觉，是极不文明的行为，你们这么做，就不怕违背天照大神的意愿？还有这五六平米的小囚室，却让我们挤十多个人，非常不卫生，空气窒息，这与你们给我们用药水洗手的本意也是相违背的。最后，你们给的饭团太小，把我们都饿垮了。总之，这三条不改善，我们就绝食下去!"

大佐想了想说：

"这好办，我向队长报告一下，会解决的。"

他是宪兵队的副队长。回去报告了队长，队长说："如果他们真的饿死了，这个案件就无法结案，我们两三个月的辛苦侦察就算白费了，而且也担当不起上司的追问。他们的条件，可以解决的。"

副队长说："可是，现在我们的拘留所都挤满了，再无法安置。"

队长说："我们给奉天宪兵团和奉天市警察总署挂个电话，向他们借几个拘留所。"果然，没到晌午，周再娟和刘彩云等女复华党员们被提出男囚室。每个囚室只留下四五个人,其余的都分散到奉天宪兵团和警察总署。金玉忠和吴世辅也分开了。临别,他们紧紧地握手,用机敏而明亮的目光,给对方以无限的鼓舞。

4. 近卫师哗变

新京近卫师的营房,满洲兵三三两两在自由活动。伪满洲国旗在军营的一根高杆上懒洋洋地垂着,不时地轻轻摆动一下旗角。

杜庆毅走出住屋,拿着羽毛球拍一手抛玩着羽毛球,与并肩而行的张庆芝不时地说一两句话。他们在商讨发展复华党员的问题,张庆芝不动声色,两眼警惕地扫视四周,看见有人路过,他俩便饶有兴趣地打起羽毛球来,他们的技术十分娴熟,很快聚了一圈观战的士兵。今日军营休假,官兵们难得清闲。

新京东去的一条山道,牛车吱扭响,连长朱明脱去军上衣,系条蓝布腰带,罩件黑市布对襟夹袄,头上按顶薄毡帽,手中提杆麻花皮鞭,不时在半空摔花儿,咬得牛耳边山响,俨然一个东北大老憨!牛车上拉着一车秸秆肥,车后坐着冬青儿。她普通农妇打扮,朱明和她一块上地里送肥播种,她精神气儿十分好。冬青儿上身穿件淡黄底撒海蓝叶儿花杉,着毛兰裤子,油光黑亮的吊髻上,特意惯了一支祖母绿玉簪,簪尾吊着一小串银饰儿。她轻施粉黛,略涂香脂,又与心上人一同劳动,很有一对年轻夫妇的甜蜜感。她的精神气儿比往常胜十倍,神采飞扬,漂亮了许多。

冬青儿的丈夫是 1943 年秋季死的。那是日本人抓夫修建远东永备工事,被装到闷罐火车拉往千里之外的黑龙江。九一八事变后,日本帝国主义占领满洲,用十四年时间修筑大量的堡垒、机场、军营,筑堡地域长达两千余里,永备工事近万个,其中密山筑垒永备火力点四百二十个,钢筋水泥掩蔽部一百二十七个;虎山筑垒宽四十多公里,纵长一百公里,永备火力点二百三十个,土木火力点二百个;珲春筑垒各种火力点七百五十八个,炮阵地一百零六个……他们以此顽固的筑垒,试图把整个满洲变成一个固若金汤之地,以便万世占有。冬青儿的丈夫为修这样的永备工事,被赶进闷罐火车中,日本人居然忘了放空气,到目的地把车打开,两千多人全被闷死了。日方尽管严密封锁消息,但没有不透风的墙,那时,冬青儿刚坐罢月子,哭得死去活来,她连丈夫的尸体都寻不到,只有埋了他的几件衣裳,隆起一丘黄土,洒汤祭奠,哭了一场,幔了白鞋,为其戴点孝,以尽夫妻情分。然而,没了丈夫,生活无着,母女难以糊口,只好把屋舍改装一下，开了酒店。寡妇门前是非多，她的招牌一悬，当地流氓地痞和军营里的兵痞，便踏破店门，馋着两眼，流着涎水，想占她的便宜。为做买卖和生存，她也难以计较那狂妄徒满嘴胡言乱语，有时竟动手动脚。当初，她脸红心跳，很不是滋味，到后来，她便惯了，顺便打情骂俏，总不让他们占到便宜。那是一年前的事，近卫师机枪连七排长和两个士兵来到这店，大把的钞票往桌上一摔，嚷着要好酒好菜，还要老板娘亲自伺候。冬青儿自然不敢怠慢，鸡肉荤腥，蒸炒烹调，拾掇了一桌酒菜，立在旁边小心给七排长斟酒。可七排长，非让她陪吃一杯酒不可，冬青儿推不过只好抿了一盅，这一下，把脸烧红，赶忙往后走，嚷道：

"俺真不会，你瞧这穿皮酒……长官，饶俺吧。"

"不行！你不陪是你瞧不起我……"七排长厚着脸皮，把冬青儿往出拖，拖不动，就丢眼色让两个弟兄抬，硬逼她坐到凳上。

这样，你一杯，我一杯，软一套，硬一套，把冬青儿灌成醉仙子，然后，排长让两个士兵在门口守护，他却把冬青儿剥得赤条条，自己也褪掉衣物，赤裸裸就要干事。突然，冬青儿酒醒了，把七排长拼命推开，她退到墙角，抱住头，遮住身体，可怜巴巴地哀求：

"长官，俺不是胡来的女人，你不能逼俺……求求你，抬抬贵手……"

七排长看到冬青儿墨亮的乌发披散在光洁的玉体上，又见她汪着两泉泪，更逗得他心景摇荡，便不顾一切扑向她。冬青儿吓疯了，逼急了，猛地一头撞到他的小腹，咕咚一声，七排长仰面摔倒。他勃然大怒，似雄狮般又扑上来，像要一口吞掉面前的女人。冬青儿不甘示弱，用拳捣，用脚踢，用牙咬，七排长遍体受伤，就是不得近身。此刻，七排长居然叫两士兵进来，给他扯住女人的四肢，便不顾那女人的号啕……

冬青儿简直疯了，号啕之声，响彻遍野。但多事之秋，人们充耳不闻。也是合当有事，偏偏朱明连长骑辆车子从营部回来，路过此店门，听到酒店有女人杀猪般的号叫。时当日傍西山，鸟雀归林，行人也渐稀少，他想到强人抢劫，便一脚踹开门闯了进来。他正看到两个士兵帮着他的排长强奸那冬青儿，早气得五官变成六官，一摸手枪，却没带在身边。幸亏，老天有眼。假如朱明的手枪别在腰间，他部下的这三颗脑袋，早已开花了。他是个火爆脾气，根本不考虑后果。两个士兵，一见连长，吓得扑通跪在地上，磕头如捣蒜。七排长也吃了一惊，但他总不能在士兵面前做稀松样，心里虽胆怯，却装出满不在乎的样子，去穿衣服。他刚刚穿上裤头，就被朱明大喝一声：

"立正！"

七排长只好听命令，光着上下身，僵直在那里，用痴呆而惊疑的目光扫一眼连长，赶忙低下头去。朱明已烈火蒸腾，抽出七排长的皮带，抡圆了，在那光光的身上、腿上、背上、脸上，"啪啪"地狠抽起来。起初，七排长还呀呀叫，到后来，只咧嘴，一道道的紫血印儿，扎遍了他的上下。那两士兵吓得直筛糠。冬青儿唬得钻在炕角，抖个不住，急急忙忙穿了裤头，披个上衣，稍遮住羞处，就思忖面前发生的事非同小可，因了她，怕要出人命哩。她想到这里，便爬下炕来，望着朱明趴下就叩头，哀求：

"长官，别打了，饶他这一回……"

她求告也不行，她索性跑上去，抱住朱明的胳膊，泪麻麻地说：

"长官，俺求求您……手下留情吧。"

朱明气得脸色铁青，看到冬青儿可怜兮兮的，也不忍心再吓她，就住了手，喝命七排长穿上衣裳，让两个士兵把他绑了，朱明又把两个士兵绑了，回军营去。

冬青儿，披头散发地追到门外，看到远处，黑影里走着的四个人影，她心头乱如疙瘩蔴，鼻子一酸，关了门，趴到炕上，呜呜地号哭。

朱明赶着牛车到了地头，和冬青儿把粪卸下，然后，再套上犁。朱明坐在地头掏出一支烟，冬青儿趴在他的肩头，乐滋滋地给他点上，慢慢吹熄火柴，若有所思地瞅着朱明。朱明深深地吸一口烟，憋足了咽在肚里，再从鼻孔幽幽地呼出淡淡的两股烟丝，眯细着眼睛拿精神气儿瞧着对面的小山、密林，瞧着面前的山地、耕牛，以及在他身旁依偎的冬青儿，心中有一股滋味在熏陶他，他简直醉了。四野静静的，只有空寂的青山，绿树和他们两个。他们是自由的。冬青儿索性抱着朱明的脖子，一下滚在他的怀里，把脸偎着他的脸，微微闭着双眼。他受不了这诱惑和感染，便不顾一切地抱着她，滚到厚厚的草甸子上。春开时节，野花点缀，迎着阳光，滴转着晶莹的露水，像珍珠似的闪闪烁烁。灌木丛微微摇荡，一对情雀惊枝了，吱溜飞到高枝上，跃踏着扑楞着调情，那粉红大蝶，金色的蜜蜂，惊得从花蕊中飞出，情意蜜蜜地旋转着飞翔，不时地又栽到醉人的花心尽情采摘……

自从那次把七排长痛揍之后，冬青儿就认识了朱明连长。隔三差五，他也到这里喝酒，但老是一个人低着头闷闷地喝，临走，又悄悄给她留足了钱。她十分感恩戴德，设着法儿使他满足高兴，给他的酒特别老道香醇，炒的菜尤为精细。然而，怎么也拢不住他的性子，撬不开他的嘴，那苦涩自往肚里咽。她猜得出，他也是个苦命人。从士兵们的言谈中，她了解到他的身世，便更加同情他。但是，她与他之间像有条无形的屏障，怎么也无法弥合。忽一日，朱明连长又来独酌孤饮了。天色已近黄昏，酒店的客人渐渐走散。冬青儿，专门守着他喝酒，眼看一瓶又快喝光，她端一杯解酒茶走来，笑着把酒瓶移开：

"连长，快别喝了。酒这东西性子太烈，喝多了伤脏腑……"

"别管我……"朱明又抓过酒瓶来倒，"今天，我……我一醉方休……"说着说着，那男子汉大丈夫竟然滴下两颗泪蛋蛋。

看到朱明哭了，心软的冬青儿也抹着泪，把解酒茶递过去：

"连长，喝坏了身子，让家中妻儿老小怎么过？"

想不到，一句话倒引起朱明的心思，索性也不怕冬青儿笑话，挖开口哇哇地哭，一边说：

"我无忧无虑，一人吃饱全家不饥，熬到哪天算哪天。嘿！妻儿老小……我活了三十大几，还不知道女人的滋味呢。"

朱明夜里糊里糊涂，醉得一堆烂泥，觉得自己做了好些稀奇古怪的事。可他一觉醒来，啥也忘了。只见自己光着身子躺在冬青儿的炕上，盖着柔软干净的棉被子，那冬青儿挨着他躺着，也脱得精丝儿不挂。见他醒了，她的脸先飞红，羞涩地说：

"俺见你可怜，让你尝尝两口儿的滋味。要有心呢，从今后，俺就把身子给了你，一生靠你。你倘若不愿意，就穿上衣裳，拍拍屁股走你的，俺无一句怨言。"

看到冬青儿真心实意的样子，泪麻麻可怜相儿，朱明眼睛也湿润了，把冬青儿一把擒过来，紧紧地紧紧地抱住，恨不得把她在自己的怀里融化了。

老牛慢慢腾腾在犁沟里迈步，庄家人出身的朱明连长，熟练地扶着犁杖，一手持着皮鞭不住在半空里甩响，嘴里不时喊："噢！——嘀嘀噢！"冬青儿，头罩一块毛花羊肚子手巾，脖子上吊着长方形粪筐箩，沿着犁沟走一步，抓一把秸秆粪，另一只手从兜里掏玉米粒儿，仍然是迈一步撒三两颗籽儿。一迈一滴，一迈一抓，节奏非常和谐，汇合着朱明侧身赶牛犁田的姿势，倒像画儿上的春耕图那样美，仿佛是一对恩爱的年轻夫妇，在耕织着人生最美好的画图。风儿轻轻吹，艳阳融融抚，老牛翻犁花，农人乐耕图。观此，人们会真正懂得，当年织女下凡的真正原因。

牛车在风中吱扭喀噔往回走。车空了，男人攥着鞭儿唱，女人坐着牛车，紧紧靠着男人也有一搭没一搭地嬉唱：

男：荞麦皮笾子细，娶不上女人一肚子气，娶不上女人一肚子气，逼得我搭伙计。

女：负心郎出言好心寒，夜夜伴你为那椿？夜夜伴你为那椿？只单愿地久共天长。

牛车在冬青儿饭店门口停住了，那孩子似抛皮球似的跑出来，抱住"爹"妈的腿。他们嬉呀笑呀，正在忙乎之际，突然从军营跑来一个小兵，向朱明打个敬礼：

"报告连长，营里开会，让你马上去。"

"知道啦。"朱明没有停下手头卸车的活计，只把手一摆，那小兵自去了。

冬青儿忙着烧火打洗脸水，让他净手脸，朱明却一手抓起军衣便穿，一手推着自行车往外走，一边说：

"我得马上赶到营里，不可打马虎眼。"

说着骑车自去。冬青儿，一手拿着手巾，一手拿着胰子，怔怔地呆着，半晌，口中喃喃：

"唉！这一去不知是祸还是福……"

军营里，机枪连连部，文书杜庆毅和张庆芝借口让士兵口述家庭状况的机会，在暗暗地作发展第三批复华党员的工作。杜庆毅让张庆芝在门口放哨，他低声对着坐在凳上、床边的十几位士兵说：

"我代表复华党本部接受你们加入组织，并表示热烈欢迎。加入复华党就都是同志加兄弟，是亲密的一家人，生死与共，风雨同舟。还有注意保密，不可随便暴露自己的身份。"

紧接着，他就发党证，发一个往出走一个，渐渐只留三四个了。士兵们来去匆匆，眼神特别明亮。

门啪的一声被踢开，朱明气喘吁吁倚身在门框上说：

"杜老弟，你快跑吧！奉天端了你们的老窝啦。营长指名抓你，还有你，张庆芝。"

杜庆毅吃了一惊，跟前未走的三四名士兵有些惊慌失措，杜庆毅摆摆手，示意让他们先逃，然后镇定自若地对朱明说：

"大哥，放走了我们，你怎么办？弟兄们怎么办？我想和他们拼一拼……"

朱明厉声断喝："娘巴拉子！还不快走？"

杜庆毅看看张庆芝说：

"庆芝，要不你先跑吧，我不走，我不能连累大哥。"

朱明暴怒，左右开弓给了杜庆毅两个响亮的耳光，猛地掏出手枪：

"你走不走？不走我先毙了你！……"

"大哥，今生今世报不了你的恩，我杜庆毅死不瞑目呀！"

朱明不由分说，把手枪递给杜庆毅，背后推了他们两下，急急地说：

"快跑，要不，就来不及了。要知道留得青山在，不怕没柴烧。"

杜庆毅双手抱拳，弯腰向朱明一拱，说："大哥保重，后会有期。"便拖张庆芝大步向军营门口跑去。

迎面急匆匆走来营长和七排长，以及三四个日本宪兵。营长大声命令：

"杜庆毅，立正！"杜庆毅并不搭话，抬手照他们"叭叭"地开了枪，几个日本宪兵和营长应声栽到地上，他们除一个受伤，其余只是卧倒动作。

二人飞跑到离大门不远，看见大门就要被几个哨岗关上了。杜庆毅抬手对准那推门的士兵又一枪，把他打趴在那里。

"快闪身，老杜！"张庆芝一声大喊，一把把杜庆毅推到路边。两个日本宪兵骑着摩托从后面冲过来。宪兵的子弹射向大门外。

杜庆毅可谓神枪手，爬起来照着宪兵搂了枪机，吱咕咕，两个宪兵翻下摩托车。摩托车轮子离开地面在飞转，引擎发狂地吼叫。

杜庆毅飞奔过去，一把抓起摩托车，骑在上边，张庆芝飞跃到后座，摩托车飞似的射向营门。

正在关门的士兵吓得两腿发软，倒在地上。杜庆毅驾着摩托车呼地从窄窄的一条缝隙中钻出去，往东北方向飞驶。

近卫师的营房里传来激烈的枪声。附近驻扎的日本守备队，迅速往这里调动。枪声中间还夹杂着咚咚的小钢炮声。近卫师近百名复华党员弟兄已经哗变，他们以营房为屏障和日本守备队展开了激战。朱明连长从连部跑出来，对营长大喊：

"营长，快别打啦，我让他们集合投诚就是。"

七排长斜着眼，在营长耳边嘀咕几句，营长和日本宪兵队长请示，枪声终于停下来。朱明又喊：

"你们可要遵守信誉，不要再开枪，复华党员投诚之后，要保障他们的人身安全。"

"你放心吧，我们全答应。"七排长打着手喇叭喊。

"快让他们出来吧。"营长喊，"朱明，可要小心你的后果。"

此刻为朱明惋惜，原以为他是个"剿匪有功"的老连长，靠得住，就告了他要带人去抓杜庆毅的消息。可是，营长万万没有料到，他这个老部下，过于看重良心，看重绿林义气。朱明呢，此刻，他并不后悔结识杜庆毅，不后悔与他拜把叩头，他早看透了敌伪的滔天罪恶，认为杜庆毅是为国办大事！所以，在生死关头，他毅然放走了"祸首"杜张二人，把事无非全揽到自己身上，不就一个死吗？有啥了不起？他不能丧失一个"义"字！眼看，他的机枪连，几乎全变成赤色分子，看来，杜老弟还不够义气，就瞒他几个人了。面对事实，他只好尽自己最大努力，保全本连弟兄的生命了。他听到营长的喊话，又见到七排长正跟他作死对头，很后悔那天没把这家伙一枪崩了。可目前，说啥也晚了。他召集本连赤色分子，到门前集合，一个，两个，三个……赤色分子站成一溜，把枪放到面前，眼看，站成长长的两列。突然，日本宪兵队和日军守备队向这里扫起了机枪，三四个人应声倒下，朱明眼疾手快，喝声"卧倒！"他的弟兄们随即抓起武器，退到花栏后面。恨得朱明牙根儿发麻，操起一挺机枪，对弟兄们喊：

"弟兄们，日本人是要血洗我们连，左右是个死，给我狠狠打！"

雨点似的机枪扫射，"呼呼"的长枪鸣叫，停息了刹那之后，又愤怒地吼起来。对面的日伪被扫得抬不起头，那块土堆前的砖瓦都快削平了。然而，日本守备队却源源不断从营门外增援了。

自从朱明走后，冬青儿一颗心提在嗓眼口，怎么也放心不下。她抱柴烧火，洗菜坐锅，就是心神不定，也不知怎么搞的，把水竟然浇到火口上，冲得满屋子灰尘飞扬，呛得她直打喷嚏。火也浇灭了，她不管这些，跑到门外向军营方向瞭望。一忽儿，她听到零落的枪声，有一辆摩托车箭似的从她身边擦过去。她看到骑摩托的是老杜，想喊，已经来不及了，射远了。隔一会儿，她听不到枪声了，心里稍稍静下来，又回屋里添水点火，漫不经意地洗菜。突然，枪声又响起，而且很密集、连续。她端砂锅的手一抖，砂锅掉到地上，碎了。她的眼前，远远地是黄泛泛的日本人向军营跑步前进，硝烟从军营的树林之上幽幽飘出，已经钻到她的鼻孔。"他会怎么样？……"她昨夜曾做个奇怪的梦，梦到自己用刀刮自己的肉，也不流血，也不痛，红白红白的肉茬子，一片一片……醒来后，她吓得出了一身冷汗，感到左臂泛泛的疼，像刚刚剜掉肉似的麻辣辣难受，她翻身坐起来，用拳捣，原来是压久了。想不到，今日果然就有应验。她拼命地跑，气喘吁吁，摔倒又爬起来，膝盖磕破了，她没有觉到，一只鞋掉了，她没有觉到，她心中只有他，他是她的命，是她的一切，她不能没有他！她终于冲进军营，看到近卫师营房一片骚乱，已变成火力交叉的网络，变成一片火海，尸横遍地。她的脑袋嗡地胀大了，仿佛朱明是满面血迹老在她眼前晃荡。往哪里寻，她不得而知，她索性哪里枪火密集,她就往哪里找。终于,她看到了几个熟悉的人影,那是他们机枪连的士兵,他们和他到她那里常喝酒。她认准了方向,朝他们跑。急得他们直摆手。朱明突然从花栏上抬起头,朝她摆手,喊:

"冬青,别往这里跑,危险!"

她呢,看到了朱明,仿佛看到了她的生命、她的太阳,她根本不考虑处在两军阵前的血海之中,处在钢与火交叉的切割撕扯之中。她仿佛还是和他在绿树丛中,在野花包围中,在密密匝匝的草地上,追呀追、滚呀滚,这里没有一切,世界都归于空寂,只有他们两个,火热的心,火热的情,彼此都希望融化到一起,变为永恒的一体。然而,钢铁无情,一排密集的子弹扫过,她的背后猛地中弹,她优美地前扑了一下,画出一条美好的抛物线,那血滴似花环,在阳光下飞溅,煞是壮丽。她不觉得痛,也不觉她怎么样了,歪歪斜斜仍朝前跑……这一切,朱明看得十分真切,大喊一声:"冬青!"他浑身血液仿佛一下子都沸腾了。烧灼得他浑身的骨节嘎巴响,一个虎扑儿,跃出花栏,箭一般向冬青儿跑去。她歪歪扭扭向他跑来,终于扑到他怀里,他把她抱起来,她浑身的血窟窿,泉涌似的往他身上手上胳膊上奔流,他泪如泉涌,心肝肺俱裂,抱着她踉踉跄跄向前走,这行动这画面把日本守备队、营长等吓呆了,枪声霎时寂静,静得令人发抖。他抱着她走了几步,像座铁塔屹立在那里,如晴天霹雳般大吼:

"狗日本,汉奸,来呀! 朝我胸前打! ……"

"哒哒哒!""哒哒哒哒哒!"不欲他再喊第三句,那个认贼作父的七排长,抱着一挺机枪,狠狠地朝朱明扫来,他的胸前被钻成了马蜂窝。他的嘴唇歪了一下,睁圆了眼珠子,扭秧歌似的抱着他的"妹子心肝",在敌人面前,扭出了惊天动地的舞步……

5. 血与火

审讯处在队长大院的西面,是一幢二层的楼房。二楼上的每个房间都是审讯室。每当审讯的时候,走廊内押解人犯来来去去,电铃和指示灯以及吆喝训斥声此起彼伏。

两个宪兵把刘俊民押上来,他步履蹒跚,衣袄已经撕得稀烂。推进审讯室,明亮的光线把他那本来红肿又受伤的眼睛,刺得睁不开,他感到眼泪哗哗往下流。定了一会儿,适应了光线,他才看到室内铺砌着红釉木地板,地板上铺着日式草垫子。草垫上放着一张黑油漆短腿木头方桌,中国人习惯上称之为炕桌。

桌上有记录纸和钢笔，还有一个装着茶水的瓷水壶，壶旁放着三个小茶杯。他瞅一眼审讯室，日本人，将近四十岁，蓄着小人丹胡子，穿着协和服，不戴军衔，坐东面西。照例有个翻译，尖耳朵，嘴巴地包天，坐北朝南。审讯官微胖，抬头看到刘俊民时，不觉怔了一下，拿眼睛瞅一下翻译，翻译也瞅一下他，两人交换眼神，都显出无端的诧异。刘俊民被安排到一张坐凳上，往下坐时好费劲。他的脸一阵抽搐，那张紫青肿胀有斑斑血迹的脸，呈在审讯官的面前，似乎审讯官怀疑地问了句什么，翻译答了一句"打的。"审讯官又问了句什么，翻译官答了两个字"宪兵。"这两句很简短的日语对话，连刘俊民也听懂了，他们说得十分平淡，似蓝天上飘过一丝悠悠的白云，丝毫不会引起人们的注意。刘俊民的脑中却掠过那天为刘彩云和日本宪兵激烈搏斗的掠影。刘彩云无故挨了宪兵几个耳光，他岂能容忍？他宁愿自己受折磨，也不愿看到侵略者对一个弱女子的欺凌。况且，复华党内的女同志中，刘彩云是和他接触较频繁的一位。他把她当作亲妹妹来对待，他们的感情是兄妹式的、纯朴的。命运就这么捉弄人，偏偏把他和刘彩云关到一起，偏偏刘彩云受到日本宪兵的欺凌，他岂能甘心？就那么几拳，把那个宪兵的鼻子砸歪了，脸上染上五彩。又奔来四五个宪兵，把他抓进一间冷屋，关上门，他们与他搞了一次惊心动魄的拳击"竞赛"。日本人个性极强，好胜，不愿甘拜下风。起初，他们一个一个来，刘俊民就猛虎扑食般打狠、打准，几个回合就把两个宪兵打趴在地。之后，他们恼怒了，五个人一起上，铁拳、皮靴、鞭子、警棍，刘俊民即使浑身是铁，怎比得上穷凶极恶的一群豺狼？他的眉棱骨打得裂开一条缝，鼻子嘴角往出流血，两眼已肿得睁不开了。身上腿上更有无数的拳伤棒伤，从撕裂的衣裳隙缝中露出来，真可谓遍体鳞伤，体无完肤……最后，他是被人抬着进入另一间囚室的。这一夜他是在休克昏迷的状态中度过的。

"请你把复华党组织的情况详细谈一谈。"

翻译的话，把他的思绪拉了回来，他笑微微地沉默着，对审讯人员，足足盯了好几分钟。翻译把话又说了一遍。

刘俊民甜甜的表情，似乎表示在这罪恶的世界上，他还可以尝遍人间的任何苦难。他答：

"复华党的事与我不相干。"

审讯官脸上浮上一层苦笑，他低头看看案卷上写得清楚的几行字：刘俊民——复华党副主席。他像欣赏一件艺术品歪着脖儿从上到下打量一下刘俊民，最后盯住他的眼睛。他得到的，仍然是这么一句话：

"我想,你们搞错了。颠三倒四的……"

"哟嘿!"想不到审讯官也会汉语疑问性叹词的俏皮运用,"你的要清醒一点……当然,也可以想一想的。"

"没有什么可想到。"刘俊民态度很坚决。

"那么,刘君,我让你的认一个人的。"审讯官皮笑肉不笑地打个榧子。

门开处,一个人笑嘻嘻走进来,站在刘俊民不远处看着他。

"刘君,你的认识?"审讯官问。

刘俊民扭头一瞅,大吃一惊,来人居然是他的好友——邓华强。他还在闷懵中,邓华强竟恬不知耻地开腔了:

"老刘,咱们交了好几个月朋友,你我是知己嘛,你的一切怎么能瞒得过我?我看你还是如实交待吧。古人说,'识时务者为俊杰'嘛。"

邓华强正阴阳怪气地打花腔,刘俊民的肺早已气炸。他怎么也没有想到,平素装得四平八稳、忠厚老诚、积极向上的一个青年知识分子,居然是只披着羊皮的狼!他深悔自己上了邓华强的当,致使复华党遭此覆灭性的损失。他看到这个无耻的家伙如此狡猾和凶残,心头之火熊熊燃烧,不能遏止。他噌地站起,跨前一步,抓到桌上的茶壶,向邓华强头部掷去。邓华强一躲,茶壶砸到墙上,热茶水溅了邓华强一身。邓华强翻了脸,恨道:

"姓刘的,你不要不识抬举,你再执迷不悟,我让你粉身碎骨!"

"我就是变成一堆碎肉,也要用热血喷死你这条癞皮走狗。"刘俊民扑过去揪住了邓华强,被扑进来的两个宪兵紧紧缚住。

审讯官凛然道:"把他带到地下室!"

宪兵把刘俊民的头摁着,推出审讯室。邓华强一边擦着身上的茶水,一边说:

"这小子很倔,要狠狠修理修理他。"

"可不能搞死了。"审讯官补充说,"队长还要他的口供呢。"

邓华强还要说什么,审讯官说:

"这几个头头的口供很重要。再抓人就很难了,近卫师已经哗变,虽然镇压下去,可杜庆毅却跑了。"

"怎么?跑了?"邓华强很泄气地说,"我搞的情报清清楚楚,掌握了他们好多秘密,怎么能?……"

"别紧张嘛。"审讯官顿了一下,"跑了和尚跑不了庙,这也应了中国一句古话'放长线钓大鱼'。"

"高见,高见!……"邓华强茅塞顿开地退出去了。

刘俊民被押进一楼地下室。他感到自己进入了地狱。从楼上下到这地下室,骤然之间像从秋天过渡到冬天,像从白日进入黑夜,像从人间陷到地狱。他的眼睛又什么也看不清楚了,眼前是沉沉的黑暗,似进到冬季的深林,冷风嗖嗖吹。慢慢,眼睛适应了环境,才看到这是一间偌大的行刑室。电灯泡涂了红色,放射微弱的赭红,在这深浅不同的色调中,他看到屋顶上吊着的大绳。绳下有一个电椅,狼似的张牙舞爪。老虎凳上睡着一个人,一伙人忙乱着,那人发出杀猪似的嚎叫。东北角上有一个躺着的赤身露体的人,他一动不动,身上有很多黑色的道道,他猜想那是血。一只狼犬伸出舌头,一下一下舔着那人身上的黑道道。那人跟前是一个棺材形的铁架子,架上有个铁筛子。刘俊民的毛发蓦地竖直了,脑袋胀得很紧,他立即想象那裸体人是怎么在铁蒺藜筛子上过筛的,他一定……刘彩云呢? 她……她千万别走进这个鬼地方,她哪里受得了这些……

"站住!"有人高喝。

他被带到天棚吊下来的两根铁索下面。索端有五个自动环卡,他觉得自己的五指被插进环里,又咔嚓一声自动卡住,扣得指头立刻发麻。突然铁索自动升高,把他高高悬起来,又自动地摇荡起来。指头的疼痛变为膨胀和麻木,刹那间,这种感觉传遍全身,通过臂部刺入大脑、经督脉,那电似的尖痛传到十个脚趾头,仿佛那指甲盖全被人剥了开来。手指头像有人用刀割裂用锤击砸的感觉。荡荡悠悠,头昏脑胀,他的眼前涌出了他的媳妇、小孩、老爹老娘的脸,涌出了刘彩云浅笑的脸,这个小白鞋,月黛弯眉似轻烟细挑,桃腮杏红神采流溢,两个酒窝甜甜地向人迷笑,那光滑如缎子般的乌发飘呀飘……她是美好的象征,平静和恬淡的象征,但是……她怎么也迈进这个鬼地方?

"不行,不行!"有人在下面嗥叫,恰似一条狗吠,"这空中飞人,把他的手指头折断怎么办? 队长还要他写交待材料呢。"

他被放下来,十个指头顿时麻疼上来,像有人同时给他每个手指缝里刺进一百个钢针。他正咧嘴呻吟着,面前出现了邓华强狞笑的脸庞:

"怎么样? 小老兄,这盘小菜,味道还可以吧?"

"呸!"不知是痰,还是一口血沫,唾到邓华强的鼻脸上。他暴跳如雷:

"上铁板,快,上!"

刘俊民感到他被抬到一块钢板上,钢板的四个自动卡子,把他的四肢以及头部,咔嚓咔嚓……卡得一丝不动。邓华强亲自把一个特大的漏斗的细端插入他的口中,再从漏斗的大口处倒下一桶冷水。刘俊民感到肚子胀得慌,他的肚里像赶进了一辆牛车,抑或是装进一个石碾滚子,腹部慢慢隆起如坟丘。红色的液体冲进鼻腔,进入肺囊,又从嘴里流出来。这就是所谓的灌辣椒水。刘俊民脑子嗡地一声,他觉得自己的脑壳被炸飞了,炸碎了,炸得晕晕乎乎。这感觉好美好美,"旗正飘飘,马正萧萧,枪在肩,刀在腰,热血热血似狂潮。好男儿报国在今朝。快团结,快奋起,挽沉沦,全仗吾同胞。不杀敌,戴天仇怎么报?不杀敌人恨不消。"他脑里充满了"还我河山"的激越旋律,那女高音、女低音、男高音、男低音,交错起落,似银铃脆响,似春雷滚滚,有时像一股清粼粼的水,流进他的心田,有时如海浪掀起他的热血。他的战友、同志,世辅、庆毅、长岗、彩云、再娟同声唱出这激越的壮歌……还有他的爹、娘、妻、子……他太兴奋了,他要鼓掌,可……他的胳膊怎么也抬不起来。

"把他搬下来,头朝下。"他突然听到邓华强的声音。

他感到自己的肚皮顶着地面,那癞皮狗邓华强先踏到自己脊背的钢板上,接着又上去十几个人,"一二三","一二三"地喊着,跳着,他的嘴似黄河决口,他的鼻如洪水汹涌,红色的浪花喷射出来。水,血,从他的眼睛、耳朵、鼻子里流出来……他昏过去了……不知过了多长时间,他又慢慢醒转过来,眼前有一丝儿光线。邓华强仍然狞笑着:

"小老兄,怎么样?这香醇美酒够味了吧?"

他想揍那条癞皮狗,但抬不起胳膊,他想爬过去咬烂那只恶狼,但身子像压了座山,他咧着嘴,瞪着眼,咕噜咕噜作骂状,作唾状,作咬状……邓华强优哉游哉点着支烟,那烟袅袅地飘荡,猛然,他把半截烟扔掉,恶狠狠高吼:

"过铁筛!"

6. 潜入兴安岭

杜庆毅和张庆芝骑着摩托甩掉宪兵的追捕,已进入窄窄的山道。渐渐路面不堪行驶。在一个哗哗流着河水的沟边,汽油终于耗尽,熄火。

"怎么办?"张庆芝看着杜庆毅问。

杜庆毅招呼他:"来!把这玩意儿推到河里。"

二人一齐用力,"呼隆隆!"摩托车摔下一处黑乌乌的深水潭,溅起高高的盆形水花,瞬间,沉入水底。

杜庆毅眯细着眼睛,扫了一下面前横亘的山冈和密林,凝思良久,说:

"这是小兴安岭的支脉,我们先进老林子里躲一段日子再说吧。老林子有的是野物,暂时饿不死的。"

杜庆毅说罢,摸了摸腰间的手枪,只剩下二十来发子弹。有枪有弹两人胆壮了,便顺着山脉往沟深林密处走去。

他们一直往北摸索行进。长春以北的森林是断续的,有时走到尽头,发现有人,他们只好在林里呆到夜晚才敢穿过去。开头两天,树小林稀,没啥野味可打,肚子却咕噜得厉害。采些野果充饥吧,刚好春夏之交,花刚谢不久,各种野果还小,有的刚坐雷胎。他们只能寻觅几盘小小蘑菇,生吞下去,两人却又闹起肚子,肠子像管理油,直碌碌往下倒,泻得他俩头昏眼花,骨酥肌软,咕咚咕咚老跌跤。杜庆毅躺在草坪上,张口喘着粗气,看着与他同样的伙伴一眼,丧气地说:

"就这……这么完了吗?"

张庆芝同样张大口直摇头,发出几声单音:

"爬……爬……爬呀!"

不知什么时候,杜庆毅觉得身体被啥圈住,暖融融软绵绵,肠道里热乎乎的怪舒服。他很费劲地睁开眼,在昏暗的松明子闪烁下,看到一张女人的脸,她端着一个大木碗,用一个木头勺儿,喂他喝高粱米粥。他吃了一惊,就要往起坐。那张脸耐看,不丑,只是有些平板,令人感到很结实。她脸上浮上一层笑意,轻轻说:

"醒了,快! 他醒了。"

她的话音刚落,从屋角各处又钻出三四张女性的脸,都凑过来,惊奇而带冀期地盯住他。老杜从昏暗的松明子跳荡的光中,隐约看到这群穿得破破烂烂的女人。有的扯开肩头;有的大襟袄掉了纽扣,露出一片雪白的脖颈;有的胸部扯个大窟窿,透出饱满的奶子。她们有的兴高采烈,有的惊奇疑惑,有的羞涩脸红,有的大胆地探在他面前看……杜庆毅简直惊呆了,赶忙又装着闭住眼,一动也不动了。好久好久,他才觉得女人们从他身边走开。"这是啥地方? 我怎么来到这里? 张庆芝呢? ……"他苦苦地想。直到他听到她们低声地絮叨着,他才明白了是自己爬到这深山老林的"烧人沟",昏迷时,她们听到狗咬叫声,发现了他,才抬他回屋的。

又过了几袋烟功夫,他听到她们轻轻嘀咕,商量着什么。一会儿,她们把他抬到炕头,身边扯根裤带。那松明子跳荡的火光扑地吹熄了。他觉得她们都挤在这盘大炕上,挨他的仿佛是喂他吃粥抱他暖他的那位年龄稍大点的嫂子。屋里黑咕隆咚，只听见她们轻声说话，他听得出来，一位粗喉咙大嗓，一位是平声敛气，一位是尖声奶气，还有一位有点哑嗓子。她们胡乱地漫天谈开去，有的低声抽泣，还有的高声大骂。杜庆毅听得出来，这个山庄原来叫沟岔屯子，是抗日联军经常往来的地方。这里的老百姓常常掩护抗联的伤员，杨靖宇将军还在这里指挥过几场战斗。日寇对这里的老百姓恨之入骨，又一次，集中兵力血洗沟岔屯子，把全村三百一十人赶到一个山神庙里，放火活活烧死。三十九户人家就绝了三十五家，就留下这么四位妇女，还是因上山打榛子，幸免于难。她们没了老人、没了丈夫、没了孩子，好长时间看不到抗联队伍。她们宁死守着亲人的焦骨，就是不愿离开这个恐怖的"烧人沟"。她们见他带着手枪，以为是抗联的队伍又来了。于是，热心救他、养他。他听着听着，眼睛湿润了，但他太累、太困了，便打起了盹，须臾，打起了呼噜。可是，他又被一双大手搁在胸口压醒了，他仍不敢动。后来，他觉得她们是依次轮着挨他睡，也许是精神安慰法吧。这一位过来的显然是个冒失鬼，她全然不管他醒来，紧紧地靠着他，把脸偎在他的胳膊上，出气很喘，大概是激动的原因。第三位轮上来了，又一阵轻轻的但很有规律的蠕动。他大气不敢出，可怜她们的孤独和凄凉，以及经受非人折磨，精神上的重大打击……但她们却坚强地活下来了……透窗月把一棵槐树的叶子，斑斑驳驳地印在这些人的身上，老杜偷偷睁开一条眼缝，看见她满脸的欣喜之气，她把身子移近他，把脸移近他的脸，借着月光痴痴地看他，仿佛老看不够，然而，他见她轻轻地摇头，两滴光亮的泪珠，滴了下来……她把第四位换过来，这是位腼腆而胆小的弱女子，他感到她出气很粗，把背靠着他，却听到她呼呼的心跳和粗重的呼吸，她想把身子翻过来，然而，她的手刚刚触着他的手，她就惊呼一声，离他远去了。她们没有迫使他，他更没有玷污她们。她们像久旱的田地，只望见一片淡淡的云就心满意足了。他们是骨肉同胞，各自的心中都有无限的惆怅。然而，他却听得出来，那位大嫂征求大伙的意见，想把他留下来。她们需要一个男人，她们渴望，把灭绝的"烧人沟"继续繁衍生息下去……让后一代子孙去报她们的大仇，去雪这个"亡国奴"的耻辱。他吓得出了一身汗，可他太困了，天麻麻亮时，他却呼噜噜睡着了，睡得那么香甜而沉重。一觉醒来，太阳已高，她们却全不见了。锅里热着他的饭——高粱米粥、玉米饼子和一盘野苣菜。他爬起来，狼吞虎咽地吃下去，顿时，精神百倍，摸摸腰间的手枪还在，便要逃走。必须逃，要不，她们有权利留住他。门子上了锁，他试着摘门板，竟然很容易地卸下来，出去，又上好门。临别，看看这个被高山密林环抱的独家院，真也什么都俱全，水井、碾盘、碌碡口槽、鸡笼……那条狗怎么不见了？一定是跟着她们到什么地方去了。他爬上一个岭背，往北面密林处走，他要寻张庆芝，要对他的安全负责。走着走着，他被一阵女人的说话声吸引住了。他循声看去，见一片橡树林的枝头在晃动，啊！她们一定在打那些橡籽。这些橡籽是去年无人采摘，老在枝上的。这东西肉很肥，晒干了磨成面能顶五谷吃，他呆看着，有些无端的迷恋，突然，树林中窜出一条狗朝他的方向跑过来。"哎哟！赶快逃，要不，就走不了啦。"杜庆毅依依地望着那片橡林，默言："对不起！同胞姐妹们，请原谅我。"说完，一转身，头也不回地往山高林密的北边跑。

张庆芝走散后，怎么也寻不到一条路，林中高大的松树，枝叶繁茂，遮蔽天日。地面蒿草丛生，小动物在野丛中悉悉索索地响。他很累，疲倦地倒在树下，睡着了。不知过了多长时间，他饿醒了，先拔野菜吃，后来就吃树下的蚂蚁、昆虫。肚里还饿得慌，眼睛视物模糊了，他便爬着寻可吃之物。突然，在他面前出现了一个被野狼撕碎的狍子，皮烂了，红的血肉裸露出来。他像得了救星似的扑过去，抱住它。但是，他身上没有火柴，怎么往熟烤？他泄气地把它弃了，又走，然而，他一步也挪不动，出一头冷汗，全身像抽了筋骨，软溜溜的似一摊稀泥，咕咚！栽倒在地上……眼前漆黑一团，什么也看不见。他最终还是往那只死狍子跟前爬！爬！终于，他抓住它，把嘴凑近那血肉，一股从未有过的香甜令他陶醉了。他咬着那狍肉，贪婪地吞噬着狍肉，吸吮着肉中的残血，他从未领略过如此美味的佳肴。顿时，眼前明亮，身子为之一爽，猛地跳了起来。他看到自己身下坐着的是几尺厚的松毛毛，不远处有些积水和细流……他到溪流边趴下喝水……好甜美的香醇佳酿，清冽冽沁人心脾，像把他的五脏六腑全浸润了，全身十分的爽快。他又往那狍子跟前走，想把那吃剩的狍肉带上。突然，他听到霹雳般的虎啸，啸声刚过，紧接着旋起一股黄风，他把狍肉掖到裤腰上，赶忙爬上一棵大树。须臾，果然树下唰啦啦一阵风卷过，一只东北猛虎风卷残云般跃过去，他惊出一身冷汗。猛虎扑过，林啸山呼，百兽为之寂然，好长时间，连昆虫也不敢鸣叫，只有山风吹动树叶沙沙的轻唱，像为兽王奏响凯旋曲似的。又过了一会儿，张庆芝想往下溜。在这原始老林，山虫虎豹出没无常，他总要设法冲出去。他刚刚跳下树，就有个黑影从远处嗥叫一声往这里扑，他浑身一激灵，赶忙又往树上爬。刚爬到树杈，那家伙已张牙舞爪地往树上窜了，那狰狞的利齿、尖尖的耳朵和血盆大口把张庆芝吓毛了。经验告诉他，这是只玩命的老灰狼，大概是来找它吃剩的狍子，岂不料被异物袭裹了去，它岂能甘休？它的身子很长，尾巴老粗，暴怒起来，眼红毛竖，尾巴直扫，甚至它的一双前爪已经揪烂了他的裤子……他呢？怎么也想不起来自己裤带上掖着他与它争夺的美肴，一味以

为它要捕他为食,因而脑子绷绷儿紧,全身直抖,可着劲儿高喊:

"救命哪!……"

这喊声在万绿丛中,群山百川之间,传得好远好远。但那狼却不饶他,于树底,犬坐于前,稍事休息,就又往树上猛扑。第一次没有成功,第二次前爪抓住一根树枝在空中悬荡摇晃,掉下来了,第三次,它可是下了最大猛力,前爪已经抱住树杈,那臭烘烘的利齿尖牙,血盆大口已张在张庆芝的面前,他把眼一闭,脑子闪过两个字"完了!"

"呼呼!"两声清脆的枪响,惊醒了他。他睁眼一看,狼被击毙,树下走出杜庆毅。张庆芝跳下树,抱住老杜,两眼哗哗往下淌泪。

于是,两人又结伴而行,饥餐渴饮,晓宿夜行,走了七八天路程,已经进入了大原始森林。在一块较宽广的地方,他们看到树上搭着简易窝棚,有披着乌黑长发的裸体女人在喂小孩奶,他们正在惊讶,各处却发出警报似的尖喊,原来四面八方的树上都有那样裸体女人在惊呼,树下的裸体女人惊叫着往树上爬,臀部围的那几片兽皮和树叶,实难遮住羞处。他俩呆住了,不知闯到了什么地方,遇到的这些人是什么种类的野人?他俩正在犹豫,忽听耳后发一声喊,从林后冲出六七个赤身裸体的男子,手持棍棒和石器,就把他俩紧紧用树皮和兽皮条绑了,连拉带拖推到一个空场。他们面前坐着一个老年长发人,还飘拂着长须,穿着破旧的布衣裤,他是这里唯一的穿衣人。人们边推他俩边嚷:

"奸细,奸细,二鬼子,打死他俩!"

老年人抬头凝望,有人摘下老杜的手枪递上去。老者怀疑地立起,警惕地盯着他俩,老杜不得不进行表白和解释:

"老人家,我们是中国人,因为组织复华党反抗日本人,他们就镇压我们,我们无处藏身,走投无路,就逃到这里……"

老年人一听,亲自给他俩松绑,一边说:

"都是中国人,都是中国人。"

他俩一听老者讲的是汉语,心中像得了救星。一了解,这里住着一百来号人,是东北的鄂伦春人。日本人来了后,把他们当细菌实验者,杀了成百上千的鄂伦春人。于是,他们这一小股就冲出重围跑到原始老林藏身。带进来的衣物除留下仅少一部分珍藏以备后用外,其余的经过好几个年头早已全磨光了,只好裸体半裸体地生活。冬天,钻山洞,春夏就住在树上。饿了就打野狼、野猪、山猫、野兔、野鸡、山雀吃。还有采集山果野菜充饥。杜庆毅、张庆芝简直惊呆了。老者踌躇半晌说:

"你们二位,就先暂住下吧。"

他俩的后面,立刻高喊着围来很多裸体男女,裸露着全身的肌体,光灿灿地、欢快地围着新朋友跳呀、唱呀!

7. 提审党魁

审讯官带了一饭盒红糖饺子,边吃边审问吴世辅。他鼓着腮帮子,眨巴着小眼睛,咽下一个小饺子后用日语说:

"吴世辅,你要诚实地把组织复华党的经过说一下。"

世辅看到审讯官的长相、吃相和问相,都很滑稽,他抑住笑,准备和他打迷魂阵,就用日语回答:

"复华党是我发起组织的,过程我能说清楚。但后来,国民党和共产党都插上手,他们只同徐长岗单线联系,我们只在他的指示下行事。"

这一打马虎眼,显然哄得审讯官非常高兴,把筷子放在桌上,抓起笔,笑眯眯对世辅说:

"那你把自己所了解的情况和线索谈谈吧。"

吴世辅眨巴了一下眼睛,很想和他幽默:

"审讯官先生,我愿意一下子痛痛快快说完,但我吃的那个饭团小得太可怜,如果叫我吃饱,现在我还可以吞下六个。又加上我们绝食三顿饭,我肚里空落落的,一点儿精神气儿都没有,既写不了字,也说不动话。"

这位审讯官乍听国民党和共产党在背后操纵复华党,这是新的发现,因而喜出望外,心想一定能得到上峰的奖赏,便说:

"你饿了,可以吃我的糖饺子嘛!"

审讯官把筷子递过来,吴世辅毫不客气地一连吃了五个:"呀呀,我越吃越饿,越想吃。"

"你都吃了吧。"审讯官很慷慨,"我回家再吃。"

"阿里嘎豆(谢谢)!"吴世辅客气了一句,便狼吞虎咽把一饭盒饺子都吃光了。本来审讯官自己吃不了这么多,想让翻译官也吃几个,而今全被世辅消灭了。审讯官美滋滋,急不可耐地翻开笔记,静等世辅开尊口。但是,吴世辅却捂住小腹叫一声:

"哎呀!"

"怎么啦?"审讯官吃惊不小。

"肚子……痛得厉害。"世辅按住肚子蹲下去。

"饿了几天肚子，要吃也应该慢慢地增加，"翻译在旁说，"这下吃得过多，搞不好胃穿孔怎么办？"

审讯官急了，忙摁下电钮，进来一个宪兵，他说："赶快把犯人带下去，找医生。"

吴世辅按着肚子走出审讯室，便展起腰，调皮地耸耸肩，吹了下口哨。他的"幽默"初见成效。他尽可以慢着走，因为他有"病"。下到一楼，经过一处满院盛开杏花的庭院，艳阳正骄，闪得他眼睛发花。杏花到处便是，满树满冠，红红白白粉粉，轻风徐拂，落英缤纷，把那甬道、石板路、鱼缸和盆景之间，点缀得万紫千红，清香馥人。他为之心旷神怡。他便放慢了脚步，一边装着按小肚，想在这里多待一会儿。他想，日本人喜爱樱花，他们把樱花称作国花，自古以来，他们从中国学到了佛教与儒教的精髓，用以陶冶情操，作自身的修养和锤炼。杏花和樱花相似，因此，日本人在东北多栽杏树，用以替代樱花。月亮门前石阶上坐着两位着和服的日本少妇，她们窈窕身材，高高卷起乌墨的发，水汪汪的秋波往来戏谑，两手飞快地打结着各样时新花色的针织衣袄。她们不时哼唱着"樱花"小调，那调子似清淡的云在湛蓝的天空悠悠滑过，似清甜的溪水在逗鱼嬉戏。没有古筝的拨弄，没有玉箫的鸣伴，没有细竹的轻打慢捻，然而，胜似群乐的浑圆，像细雨滴润嫩笋，似珍珠落到玉盘，似音乐圆润清脆婉转而悠长，啊！令人想到飞鸽、净土和甜美的"清明春耕图"。瞧！她俩牙牙学语的小孩，在台阶上爬行，手里捉着不知从哪里搞到的中国拨浪鼓，间或弄出"啵愣愣"几声鼓点。咦！真逗！就在杏树深处，吴世辅远远看到，那两树之间悬了架不高的秋千，那踏板上立着两个十三四岁的日本小姑娘，在甜甜地笑，悠悠地荡。空中是满树红花，秋千绳上结满了红花，小姑娘身上插满了红花，她们的身边纷纷落着红花。这哪里是什么人间，简直胜似仙境。吴世辅看得惊呆了，他简直忘了自己是个囚犯，也忘了在这块土地上发生的残酷斗争，更忘记了在审讯室楼下的地下室，设置着罪恶的人间地狱，那里日寇汉奸用酷刑制造着一件件骇人听闻的惨案。

"吱呀呀！……汪汪汪！"

突然，一条中国小狗被宪兵一脚踢翻在地的噪叫，把他从美丽的感觉中拉回来。突然之间，吴世辅的眼前出现了他的苇塘沟被烧焦的房屋，瘦骨嶙峋的妈妈……还有一些近年来陡增的丘冢，荒野之上，一个个青年被拉上火车，载向很远很远的地方……他怅然若失，不觉落下两滴泪来。

他回到囚室,须臾,来了一位文静的日本女医生。她一身雪白雪白的,戴着雪白的大口罩,几乎把整个脸庞都罩严了。问话时,那雪白的口罩一颤一颤的微动,十分令人爱怜。她轻轻地用微白透红的手指敲击他的胸部,按捺他的腹部,那手很软很软,他感到她经过的部位十分的舒贴。她用她的嫩手替他解开衣服,他青春的胸怀鼓荡着。她用听诊器去诊断,那个小小的圆形"盅"儿,在他的两胸到处跳荡。这一切过程过去之后,她那美丽的眉毛一扬,那双明眸疑问似的盯住吴世辅,流出两股热热的暖流……

"她简直是天使。"吴世辅心中想到这么一句话,用手接了她送过来的两包不知何名的药片,又想,"但,为什么我们两国之间要开战?……这,要归罪于万恶的日本军国主义。"

8. 信鸽

徐艳明眼看她的世辅,还有刘俊民、金玉忠被推上囚车,她这下猛地被击垮了。她哭追了几步,突然被张丰年这个畜生侮辱一番,她揍了他两耳光。张丰年气得发抖。他是胜利者,虽然胜利得轰轰烈烈,几乎把复华党一网打尽。但是,他更是失败者,简直失败得一塌糊涂,他将永远失去和徐艳明接近的机会,任何美妙的遐想和希望都将成为泡影,这给他得意的人生道路上抹上一层灰暗的色彩。

徐艳明突然觉得身子失去支撑,像被抽掉筋骨,软绵绵,在回屋的短短几步路儿上她竟摔了三次跤,把膝盖都磕破了,外衣的一颗纽扣揪掉了,目光无神,头发蓬乱,步履蹒跚着。门,是被她撞开的,她跌扑在地,软得怎么也爬不起来,索性趴在木质地板上小憩,并按住剧烈怦跳的心脏。那脸上的汗水濡湿两鬓,她大口地喘着粗气……外面的哄吵吆喝和宪兵的咒骂声,随着囚车的开动,渐渐消失了。室内外死一般的静寂。她感到无限凄凉和孤独。鼻子一酸,眼泪簌簌地流个不止。正在这时,那只红腿红嘴的公鸽子从床下爬出来,懂事地走到她身边咕咕地叫,用身子去偎她。她把它抱在怀里,一边用手抚摸它,一边流泪。这个屋里,以往热热闹闹,人们出出进进,如今只冷落得留下空窝和她。它也是孤独的,它的"小娘子"被夏万济拿去作了牺牲品。她冷静了一阵之后,突然看到屋里乱七八糟,被子凌乱,箱子被打开,纸张遍地,物件狼藉,一个念头,倏地钻入她的脑子:"搜查过了。"她想,是她和张丰年纠缠之时,宪兵进屋执行搜查的,他们搜的肯定是长岗他们的机密件。他们在奉天抓不到长岗,岂能甘心？她想,长岗出走十多天了,现在一定到了鞍山家里。但如何通知他赶快逃跑呢？打电话和电报已经不可能。怎么办？……怎么办?!

"咕咕咕!"那只可爱的小雄鸽紧紧地偎她。

"信鸽!……"她的眼前豁然明亮了。"嚯"地爬起来,扯一张纸条,用钢笔沙沙地写了六个字:抓人,长岗快跑!她把纸条折叠好塞进那只雄鸽腿上的皮管里。然后,把它抱起,在脸上偎了一会儿,说:"快去鞍山家里报讯。"之后,她打开窗子把它甩上天空。不一会儿,鸽子又飞了回来。她正着急,捉住它又噴又气地说:"你这么不解人意,急死人了。"说着,又甩了出去。她看它在天空绕圈子飞,飞了三圈,又飞回来了。这下,可把艳明急坏了,也气坏了,在它头部揍了一下骂道:

"你再飞回来,我可要宰了你!"

她用了很大的劲,高高地把它抛向空中,这下,小鸽子似乎听懂了主人的话,在她面前的院子上空稍绕了一圈,就箭似的朝鞍山飞去。

徐艳明手扶窗框,看着信鸽飞去,她却浑身又像抽去筋骨,软软靠在窗台上,暗暗流泪。

信鸽的翅膀下,是一条通往鞍山的公路,公路上飞似的奔驰着五辆日本宪兵和"满洲国"警察的摩托车。信鸽居高临下,闪动翅膀,毫不费力地超过这些机动轮子,向鞍山徐宅飞去。

9. 逃捕

徐长岗离开奉天,作为复华党的专职主席,到新京、公主岭、四平、昂儿溪、辽阳等地转了一圈,了解和发展了那里的组织。他昨天晚上刚回到鞍山,还准备到海城去一趟。上午,爸妈都上班去了,他正睡在自己的床上困觉,因为半个来月的旅途劳顿,已使他疲惫不堪。那信鸽落到长岗室外的窗台上,进不来屋就在窗台上来回乱窜,翅膀在玻璃上磨擦扑棱,悉悉索索地响个不停。徐长岗被弄醒,隔着窗帘看不清是什么,只见一个黑影窜动着。他爬起来推开房门一看,认得是自家的鸽子。他把它抱起来,拿出皮管里的纸条一看,大吃一惊。马上回屋穿好衣服正准备逃跑。这时,已听见他家的北大门有激烈的敲门声。他立即向南面的医院大楼跑去,想从南大门逃走。可他一进楼道,听见医院正门也有人在叫门。他赶快登上楼梯往楼上跑,一直跑到四层楼顶上。向下一望,见三个骑摩托的日本宪兵已经踢开了门。两个先进去,一个守候在门口,摩托车推进了楼道。他往北看,他的家已进去几个宪兵,还有一群满洲警察跟在后面。他觉得无处可藏了。可他急中生智,他发现有一条流水管道从四楼一直通到一楼地面。这个流水管道是用白铁筒子一截一截连在一起的。两个铁筒的衔接处都用粗铁丝缠住,并拧成一个结子。徐长岗就用脚踩着下一个结子,用手抓住上面的结子,一截倒一截窜下来。下到二楼时,他向外一跳,扑通一声摔到楼房外面的土地上,这就已经是医院外面了。他撒开脚丫就跑。那个守门的宪兵听到声音,往西侧看时,他已跑到五十米开外。那宪兵就追过来。日本宪兵个子小,且穿着硬底皮靴,徐长岗却穿着胶底球鞋,跑起来很轻便,而且他又是全市中学生运动会四百米短跑赛的亚军。那宪兵根本追不上他,而且距离越来越远。进入市区,徐长岗拐了几个弯,那宪兵就连影儿也捉不住了。

徐长岗跑到鞍山国高的后墙,他爬上去越墙而入。正好是一个学生宿舍,有七八个同学,巧的是,全是复华党党员。他们午休刚起,听长岗一说,已有人看到校门口已经被警察封锁了,出入门都要进行盘查,验身份证。紧接着,听说前面已经集合,要点名清查怀疑人员。危急,万分危急。有一个同学指着操场上的跳箱,看看四周无人,这七八个同学拥着徐长岗装作到操场运动,跳跳箱。在人们不注意的时候,把长岗推到大跳箱里藏起来。他们又开始跳,玩……这时,紧急集合的哨音急促地响了……大操场成了点名检查的集中地,伪满洲国警察署侦破处长张丰年带着宪兵和警察走来。真乃岗哨林立,戒备森严,校长陪着在逐一检查。他们没有查到徐长岗,失望地走了。而在大跳箱里的徐长岗,直到天色暗下来,才被同学们领回宿舍,给他搞了点吃的。晚十二点,日本宪兵又闯进学校,显然要查徐长岗,同学们急忙把他藏到楼角下的"诏书防空洞"里。紧接着,查旅社、查居民宅,并清查户口,大有不捉徐某誓不罢休的气势。

长岗和他们商量了一下,决定马上转移到鞍山女高去。有两个人护送,在凌晨四点,他们翻墙出去,沿着静悄悄地小路直奔女高。到了女高后墙,护送的两个同学把徐长岗肩上去,嘱咐小心,就返回去了。长岗看那墙不算太高,纵身一跃,跳进去。他是鞍山人,自然对这里很熟。他悄悄寻到一个宿舍前,室内的女生们静悄悄的,大概还没有起床。他在窗外小声叫:

"二姐,二姐!"

这位二姐,就是他姑姑的女儿,她很早加入复华党,是鞍山女高支部的负责人。所以,她的宿舍无疑全是复华党员了。她听到有人叫二姐,就醒了。长岗又叫一声,她听清楚了这声音,急忙爬起来开门,让长岗回到室内。长岗小声说：

"现在全市都戒严了，要抓我，我不能进去，快给我找个藏身的地方吧。"

突然，鞍山女国高的校门也被粗暴地敲起来，有人喊，看见徐长岗跳进墙来，要进行搜查。声声紧逼，情况非常严峻。赵月娥赶快拉了表弟一把：

"快进屋吧，都是自己人。都这个时候了，还讲究什么男女有别？"

徐长岗一进屋，屋内上下四张双人床八个床位的"女娇娘"都羞怯怯地把裸体包紧，只留一个脑袋，趴着，飞红着脸瞅着徐长岗。她们都见过这位复华党的主席，觉得他很神秘，也对他很钦佩，自然也都暗暗地愿保卫他。突然，屋外有一股人喊：

"对，就是那个屋，刚才好像有人进去了。"

"走！去看看。坚决不能让这小子飞上天去。"显然这是张丰年的声音。

杂乱的脚步声响起。紧张的八位女生，吓得半裸体地跳下地，只穿内衣裤，忙着把徐长岗往床底藏，觉得不妥，又藏到桌子底下，仍然不妥……有几个居然急出泪来。猛然的叩门声中夹杂着张丰年的吼声：

"开门开门，快开门！"

听出是张丰年的声音，有人小声对一个漂亮姑娘嘀咕："是你哥的声音，怎么办？"

徐长岗瞅一眼张家小姐，见她和大伙一样，只穿内衣裤，没有羞涩，只有一些紧张地站在那里。她油光发亮的乌发，似一片瀑布，沿着光滑白嫩的肩披散开来，她的体形太美了，就像一个体操运动员，或者像第一流的跳水运动员。而那眉眼更是令人动心。徐长岗记起来了，就是他和世辅回到大陆医院家里时，去访问他俩的那群女孩子中脖子上套着金狐狸围巾的那位小姐。他的脑子刹那之间，呈现出那狐狸嘴巴同尾部相衔接，真像一只活狐狸在她肩上卧着的情景。尤其那贵重的宝石珠子镶嵌的眼睛，闪闪发亮！

"开门！开门！"张丰年又踢了两脚。

八个人（连长岗在内）的眼神一起盯住张丰年的小妹——张丰英，她惊醒了，示意人们快上床或穿衣，一边撒娇地向门外叫：

"哥哥，你怎么啦？人家都是女孩子，都还没穿衣服呢。"

"快穿衣服，快开门！"张丰年毫不退让。

张丰英和赵月娥耳语了一阵，赵月娥让姐妹们赶快穿衣，张小姐却把徐长岗拖着上了她的上床铺，把那粉红绸被子往他身上一盖，她又脸一红，急忙披了件外衣，便躺在自己的床位上，用半片身子紧紧地压住被子底下的长岗，做爬起状,示意让赵月娥开门。门被打开,张丰年和几个警察涌进来,看见女生们有的扣扣子,有的系鞋带,有的穿袜子,有的用手拢头发,那被子都乱糟糟的。他们在床底下和各角落寻人,甚至要翻她们的被子,张丰英仍然趴在床上不起,怒道:

"哥! 你这是怎么啦,人家女孩子,谁没有个隐秘的东西,让你们这几个臭男人乱翻?"

"起来,起来!"张丰年不耐烦了,瞅一眼小妹,"你的床上我也要搜!"

"我就不下床,"张小姐用被子把身子盖严,嘴里嘟囔着,"人家这几天不方便,又感冒了。"

"不行,你不能例外!"张丰年走到妹妹跟前,他的头和她的床齐平,他就要伸手揭被子。

突然,张丰英号哭开了,伸出一只胳膊要抓张丰年的脸,一边哭喊着:

"你当哥的竟敢在粗男人面前侮辱我? 呜呜! 难道我能把你要抓的人藏到被子里? 呜! 你还让不让你妹子活人啦? 呜呜呜! 好,咱到爸妈面前说个清楚。你揭呀? 怎不揭了? 看看你妹子的被子里藏野男人? 呜呜! ……"

看到他妹妹这么一闹腾,张丰年把门子摔下,领人走了。听到他们脚步声去远了。徐长岗掀开被子跳下床来,他生生捂出了一头汗。而那张丰英呢,却一动不动,怯怯地望着徐长岗,长岗回头瞅她,他俩的眼睛一接触,两个人的脸都涨成块红布。张丰英索性把被子捂住头,她是位黄花少女,演这场假戏真做,太羞人答答了。

赵月娥毕竟年长点,想得周到,马上把长岗转移到学校的仪器室。这个仪器室在她们学校的东北角上,是两间平房。因为伪满女子中学不重视学习科学文化,是培养"贤妻良母"的,所以对烹调课倒颇为重视。烹调的用具用完都放在仪器室里。这位赵月娥正是烹调课的学习小组长,教烹调课的老师就把仪器室的钥匙交给了她。她在学生们还没有起床时把长岗带进了仪器室。室内光线很暗,没有玻璃,糊着窗纸,纸也变成暗黄色了。室内有天平、玻璃瓶、玻璃管、坩埚、化学药品等等,上面已落有厚厚的灰尘,蜘蛛网凌乱地挂在天棚角上。看样子已经很久没人用过那些仪器了。靠东墙还摆着三具人体模型。其中两具是石膏刻成的,而另一具却是真人的骷髅。徐长岗一眼看到那骷髅,心中不觉为之一颤,毛发和脑皮都紧抓起来,浑身暴起无数的冷疙瘩。那骷髅骨骼完整,关节纹理都看得清清楚楚。胳膊和腿都很细长。可以想见,它活着的时候是个很标致的年轻女性。她的脑部也齐全,两个眼窝又深又黑,像有无限的深情隐于其间。上下牙齿齐整的排列,一颗颗像白玉似的晶亮,令人想到"明眸皓齿"四字。那嘴角也似乎在向上挑,像微微的浅笑。他正在如痴如癫如惊如恐地看着"她",却被他二姐的一声叫喊惊醒了。他转身一看,见他二姐已经在骷髅前二尺多宽的地板上铺了褥子。他疑惑地:"让我睡……这里?"

"嗯。"二姐又继续把一堆女排运动服打打土抱过来,"冷了呢,就把这些盖上。"

"二姐……我……"

"有耐心些,在这静静等几天。"他二姐顺手提了几件烹调用具要走,"你千万别弄出声来,到时候,我给你送饭。你要有口福,也许还能尝到我们解剖的鸽子、鸡和兔。"

他二姐走了。徐长岗坐在褥子上,眼睛不由自主地瞅着"她",心中怦怦地跳,跑腾了一天,他实在累了,两眼打着架,便躺躺地进入梦乡。

睡梦中,他觉得外面刮好大的风,把窗户纸搞得窸窸索索,生生把他吵醒了。但他睡意正浓,不想顾管门外的风声雨声,竭力使自己处于睡觉状态中,这些天他太疲惫了。他翻了个身,把那堆女运动衣往身上拉拉,他打个喷嚏,显然风雨把气温搞低了,雨的大点敲鼓似的袭击窗户纸,风助雨威,雨裹风势,把门摇晃得很厉害,呀啦呀啦呼啪!一刻也不息。像有人拉着门扇使劲摔打。徐长岗瞅着黑咕隆咚的屋顶,一个闪电把屋里照亮,他见两扇门呼地被风撞开,呼地撞到墙棱上,随之一个披头散发、穿粗布旗袍的女孩跑了进来。他吓得坐起来,正要喊,他却模糊地看到她双手抱肩,浑身抖着,向他靠近,似有哀求:

"快救救我,把我冻死了……"

徐长岗头皮直紧,心怦怦剧烈地跳起来,她到底是谁,她那发抖的朦胧的女性轮廓,在微微颤动,那女孩在喊:

"救救我……我冷得慌……"

他模糊地觉得,她扑入他的怀中取暖,她浑身已经湿透,那一头墨黑乌亮的头发也被水泽浸透,啦啦地往下滴水。他也紧紧抱着她,用手梳弄她头发上的水珠,他甚至看到她微微抬起的漂亮而有些哀愁的眼睛,脸上仍滴着水珠,她一下紧紧抱住他,便哀哀地哭泣起来……他像哄小孩子般拍着她的肩膀:

"你别哭,别哭……快把水湿的衣服脱掉,换上这些干运动服,有啥冤屈,就告诉我。"

她果然不说了。默默地离开他二尺多远,背转身脱那水湿的旗袍、衫裤以及内裤……徐长岗羞涩地闭住眼,但又好奇地睁开条缝,虽是黑影里,借着天亮电闪,他看见那女人的背影,是多么动人心魄,乌发披在光滑美丽的双肩,丰腴浑圆的臀部和细长窈窕光滑的双腿,以及巧妙的双脚,使他联想到中国古典式妃子仕女的风范。久久,久久,她默默地立着,徐长岗好心地催促她:

"快穿衣裳,你不嫌冷?"

她浑身抖了一下,猛然一转身,借着耀眼的闪电,徐长岗看到的是,挖掉双乳,挖掉会阴的女性……乳峰没有了,滴着血,会阴处的血淌了两腿,她哭泣着:

"我是屈死的,屈死的!……被日本鬼子强奸后又残酷地杀死的冤魂!……"

啊!……徐长岗吓得大叫一声,惊醒了。他坐起来,屋里静静的,没有风没有雨,门扇仍然被二姐锁得严严的。原来是一场噩梦。他摸着自己的一头汗,突然看到那架骷髅微微地摆动……他脑皮乍了一下,就去拉门。这时鸡刚叫,天还没亮,他有点毛骨悚然。然而,他听到门外有一阵脚步声,又听到哗啦的开锁声。原来是他二姐赵月娥来了,带了好多吃食。就这样,在这里住了几日。又一日天微明,他二姐带了八九个复华党成员来到这里。张丰英也来了,一见他就飞红了脸,直往人后钻。二姐让他赶快换衣裳,要他男扮女装。事不宜迟,他也顾管不了许多。她们把衣服往他身上套,精心打扮他。张丰英又递过一叠二百八十元伪满纸币,红着脸说:

"这是大伙凑的,你先拿去用吧。"

二姐告诉他,单张丰英就拿出一百元。徐长岗只好揣进兜里,望着人们又盯了张丰英一眼,做个感激的笑。鞍山查得紧,她们让他赶快离开。她们问他打算到何处,他说到千山,那里的泰来道人是他爷爷的同窗。并说,千山东北面连接长白山,西南连接大连的老铁山,是一个连绵千余里的大山脉,他打算到那里找抗联。

二姐和张丰英又叮嘱他几句,就给他裹上黑纱巾,黑纱巾外面又裹上粉红纱巾。她们一伙簇拥出去,说是送同学到车站,门房老人没看出也没想到其中会有什么文章。给她们开了门,她们每人都骑上一辆自行车,徐长岗骑的是张丰英找来的女式车。她们向市东南驶去。

她们排成三行,把徐长岗夹在中间。晨风吹着她们的纱巾,飘飘荡荡,她们哼着女声小唱驶出了鞍山市。

前面就是千山谷口,她们就要和他做最后告别。突然,岩石两侧涌出一伙人,凶神恶煞地挡住去路。为首一人正是张丰年,他皮笑肉不笑地:

"小姐们,要到何处旅游?我们例行公务,做一下检查。"

她们愣住了。张丰英挺身而出,理直气壮地:

"哥！你到底怎么啦,就是和我们过不去?"

张丰年狠狠地把他妹妹一拨拉,喝道:

"走开!"

她们情不自禁地把徐长岗团团遮住。但到底瞒不过狡猾的张丰年,徐艳明对他来说是太熟悉了,男扮女装的徐长岗不外乎艳明第二。他把徐长岗从人群里拖出来,一把揪下粉红头巾,阴阳怪气地说:

"徐公子,徐主席,徐长岗! 你本事好大哟,怎么没飞上天去?"

他向身后的警察摆一下手,厉声道:

"铐上!"

第六章　暴风骤雨(1945 年夏—秋)

1. 杀威鞭

审讯复华党大案,时断时续,软硬兼施,怀柔与酷刑交错。然而因为党魁徐长岗未抓捕归案,敌方终无结果。吴世辅几个暗递消息,攻守同盟,准备与敌人进一步周旋。就在这个关键时刻,一天傍晚,拘留所的门哗啦打开,宪兵押着徐长岗走进来。徐长岗被两个宪兵抓住肩头往甬道走廊里一推,他跟跟跄跄往前跌奔了几步。刚从外面光线明亮处走进黑暗处,徐长岗眼有些眯。他站直身子略一定神,但见从两面的囚室里伸出许多的手臂朝向他,人们杂乱地喊叫:"长岗……"

徐长岗明白了。鬼子把他押到拘留复华党员的地方,是向他们示威来了。然而,徐长岗冷静了那么一会儿,从阴暗的光线里渐渐辨识出世辅、玉忠、俊民(那个已被折磨得失去人形,只有抓住囚室的栅栏才勉强站立起来的同志)、彩云、再娟、万济、永明……他的双手被铐着,但还是艰难地伸出手,和同志们抱了再抱,摇了再摇。看到几个被折磨得不成样子的同志,徐长岗的眼泪簌簌往下流。他高声喊:

"同志们,坚强些,日本鬼子没有几天好日子混了。复华党事情由我来承担责任,与大家无关,有我一个人喂狼狗就够了。"

各囚室的复华党员们看到徐长岗也被捕了,又听到他说的话,好多人禁不住哭出声来。各囚室一片哭声、骂声,还有拳头捶打栅栏的咚咚声,把看守的日本宪兵弄懵了,急得不断高喊:"大吗提,大吗提(静)!"

在暗影中,与徐长岗一起被捕的赵月娥、张丰英等鞍山女高的复华党员,站在徐长岗的背后围成一圈,不忍心看囚室中那些被折磨得遍体鳞伤的战友。

吵闹叫骂和捶门捣窗声越来越凶,有人抓住铁栅栏摇撼震动,整个建筑都在颤抖，令人想到牢房瞬间就会全部倾倒的感觉。

"八嘎!"日本宪兵很恼火，冲上来甩了徐长岗几个耳光，把他推往另一间牢房去。接着又推搡着把一群女生也带走。

走廊和囚室内顿时静了下来，空余巴巴的眼神和伸向栅栏门外的无数双手……

吴世辅看到徐长岗也被抓了进来，立时像头顶被打了一闷棍，全身顿时瘫软。他软软地顺墙根坐在地上，大脑里一片空白。他原存的一点希望也破灭了，精神也被打垮了。但吴世辅嘴里还在不甘心地反复喃喃：

"复华党就这么完了吗？就这么完了吗？"

第二天开始审讯，吴世辅被认为是复华党的首先发起者第一个被审问。在被押进审讯室时，审判官因事耽误迟到了半个多小时。就在这个空挡，吴世辅和一位海翻译得以交谈一阵并互有好感。

海翻译给吴世辅端来一杯水，并递给他两块口香糖，"润润嗓子，请千万别见外，我是满洲建国大学毕业，也秘密结过社，被逮捕坐过几年牢。咱们，彼此彼此。"

吴世辅端详海翻译，二十七八岁左右年纪，一身西洋装，扁平脸庞，侧面看其头颅呈半月形。"多谢翻译官先生!"他接过茶水喝了一口，又把口香糖嚼一块在嘴里。他故作轻松状从口袋里拿出一张字纸，像见到熟人一样递给海翻译，"我写了几句诗请海先生指教。"

海翻译接过去看了后声调响亮、抑扬顿挫地念了起来："'树下牛犊叫，田中耕马嘶，高天云雀唱，空山野鸡啼。苍鹰与走狗，追兔过岭西。'嗯，诗境恬淡素雅，具有田园心情。六种动物与独特风景自然吻合。只是所造景物还不够典型，牛马可归为一类，鸡雀又可归为一类，分开写显然就浪费笔墨。最后两句'苍鹰与走狗，追兔过岭西'还不错，既是写景，也是直抒胸臆，不藏痕迹。你年纪不大但深藏有大家风度嘛。"

吴世辅高兴起来。"想不到海先生文学造诣很高，我不过是初学涂鸦，在你面前是班门弄斧，还望以后有机会多多赐教。"吴世辅探过头低声说："海先生我们以朋友相交，你给我透点风，像我们几个头头，可不可能被喂了狼狗？"

海翻译略想了想："只要没有人命案，就不可能。"

吴世辅脑海里马上浮起平山、杨车五、柴诏翻译官等人的脸谱，他的心里慌了一慌，脸上涨起一阵红，但他强压自己让心中平静下来，"你说的有根据吗？"

海翻译略微想了想说："满洲建国初期还未收回治外法权时，日本人搞的案子处理随便,也很残忍。但自从收回治外法权后,日本人抓的罪犯都要交满洲法院审理。尽管满洲法院的审判官都是日本人,但这个法律程序他们还是履行不误。你们的情况基本清楚,只是像你们这样有组织、有行动的学生党,还没有遇见过,怕是要报请满洲国皇帝御批才能定夺。有一点是肯定的,那就是,案情虽然重大,但还不够判极刑,因为目前还没有发现有人命案。"

吴世辅暗地长出了一口气。他更加和海翻译套近乎,"那么,以您之见,我们该怎么办?"

海翻译略顿了顿,推开门看了看外面动静,转回身对吴世辅说:"以我愚见,你们不要藏头掩尾,只要彻底交待。你们越直爽,骂日本人骂得越狠,他们结案就越快。不要怕判重刑,反正……总有一天都会出狱的。你……明白这意思吗? 否则就要受苦刑,打残废,甚至性命不保。"

吴世辅还想写个条子托海翻译转交徐长岗,告诉他杜庆毅和张庆芝的情况,但见日本审判官走进来便只好作罢。

第二天审问前,还是那个天使般的漂亮女医生,拿来一支长针管,说是要抽吴世辅的脊髓,给他做病理检查。他还没有搞清楚怎么一回事,几个助手一齐动手将他拖翻,长长的针管已刺入他的脊柱中。他一阵昏迷、恶心,之后拖着软软的身子回到囚室就躺下了。他朦朦胧胧睡着了,觉得自己被带到一间日式房间里,海翻译官也在那里,殷勤地给一个日本大佐脱外衣。他被安置在一张凳子上,然后被剥光衣服。还是那个天使般的女医生,用一根带着长长胶皮管子的针头刺进他的脊椎,又连到那个日本大佐身上,然后,开动一架机器,哗啦啦响着,他看见那根白色的透明的皮管子里,抽出来他的带血的脊髓缓缓蠕动地流入那日本大佐的身上。他觉得他全身要被抽空了,被抽垮了,全身软软的,虚虚的,接着便眼冒金星,扑跌在地上。好久好久……他醒来了,竟吓出了一身冷汗。身子仍然虚弱,脑袋像团棉花。

又过了三天,吴世辅他们"如实交代"的供词交了上去,整个审讯算告一段落。四天后,日本人看看追捕杜庆毅、张庆芝没希望,决定把徐长岗、吴世辅、刘俊民和金玉忠四个党首移交"奉天高等法院",而把一些认为可以作为"鱼饵"的普通复华党员释放出去"放长线钓大鱼"。

近午时分,两辆黑色小轿车从日本宪兵队大院缓缓开出。车窗垂挂着丝绸窗帘,路人纷纷躲让,以为是日本兵的大官出来了。实际上里面被押送的是复华党的几个党首,四个青年学生。他们戴着手铐,两边是持枪的日本宪兵。徐长岗和吴世辅在一辆车上,刘俊民和金玉忠在一辆车上。吴世辅毕竟还只有不到二十岁,看到日本人荷枪实弹押解他们心里有些慌张。狐疑地想,日本人会把他们秘密处决吗?徐长岗表面上闭目靠在座靠上,一副泰然处之的样子,内心却也万念俱灰,只是打定主意绝不求饶。吴世辅透过帘子的缝隙,看到汽车不是开往郊野,竟是开进了大西门,又向南拐往小南门开去。吴世辅撞了一下紧闭双眼的徐长岗,他俩透过窗帘空隙看到了那座熟悉而亲切的二层楼房,志诚银行大楼。似乎看见徐艳明正匆匆从门口向马路上走,风吹起她额际的头发,衣角也在轻盈飘动。人很憔悴,像刚经历风吹雨打后的一株美人蕉,令人爱怜。徐长岗正要呼唤姐,还没喊出口,车子已经开了过去。吴世辅心中滚涌着浪花,眼中闪烁着泪光。他索性把头一昂,闭住了双眼,任凭车窗外吹进的风从他的脸上掠过。后面一辆车上的金玉忠也看到了徐艳明。但只能无奈地看着一闪而过的银行大楼和徐艳明的身影咽下一口唾沫。刘俊民没有力量看外面,经过邓华强对他的折磨,他全身伤痕累累,脏腑伤痛而虚弱,脸上没有一丝血色,蜡白中透着青黄,眼窝深陷下去。脸腮像被挖掉了两块肉,脖颈细长摇晃着,像在艰难地支撑着上面的头颅似的。他不时地龇牙咧嘴,全身虚汗淋漓。他心里也只有一个念头:能最后见爹妈一面,再看看媳妇翠花和刘彩云就死也瞑目了,绝不在鬼子面前服软。

他们被带下车,带进"奉天省第一刑务署"的大门。"刑务署"就是监狱,即等待判刑和服役的地方。宪兵牵着他们到二楼登记,没收钱财什物。徐长岗身上由赵小姐他们聚集的钱全被收了去。检查完身上,宪兵把他们的手铐下了,把人交给了满洲看守警。他们被押进北面一所大院里,发现赵月娥、张丰英她们几个女生也被解送到这里来了。东西两层楼房囚室里的犯人都拥挤到窗口来观看,纷纷在议论着。吴世辅仿佛听见他们在说"复华党""学生"等字眼,接着听到囚室里到处传来热烈的鼓掌声。

看守警着了慌,急忙推拥着徐长岗、吴世辅他们几个男生和鞍山女高的女生们往一幢暗色的二层楼房疾走。刘俊民步履蹒跚,一下走不稳被推趴下,女生中的张丰英她们惊叫了起来。徐长岗和吴世辅转身来扶刘俊民,却被看守警挡住推着继续往前走。跌倒在地的刘俊民被两个看守使劲用枪托戳打,喝叫让他自己站起来。徐长岗他们被看守推进一条狭长的楼道里,眼前的情景把他们惊呆了。只见几个凶神恶煞的胖大看守警手舞黑色皮鞭子,横眉怒目地对着二十几个拴在墙上脱光上衣的因犯一鞭鞭抽打。"啪,啪啪!"一鞭鞭下去,一声声惨叫,一道道血痕,二三十个犯人都被抽打得惨叫着乱跳乱扭身子。赵月娥、张丰英几个女生吓得用手捂着嘴眼全身直抖。徐长岗、吴世辅、金玉忠搀扶着被吴世辅看着杨万举,感觉他真是一个高大的义士侠客,心中对他产生了敬佩之情。

"咱们就这样巴巴两只眼看着八只眼,多乏味呢。要不咱们挨个出个节目,让大家开开心,怎么样?"吴世辅提议道。

"好! 我同意。"杨万举拍手赞成。"小店员高洪基先来唱一段吧。"

高洪基一听就嗓子痒痒得想唱。吴世辅听过他唱的《哭荆州》和《让徐州》,还是京剧味蛮浓的。高洪基唱起了《哭荆州》,一声声悲凉凄怆的唱声在小小的囚室回荡:"叹人生如花草,春夏茂盛,但等那秋风起,百叶凋零……"

"打住吧,打住吧!"杨万举有些扫兴地摆着手,"现在听了让人心里冷麻圪缩的,还是叫老板来一段有趣些的吧。"黄县的胖老板为难地苦笑着摇脑袋,直说"不会不会"。但推辞不成也就没话找话地说了一段。他说:"你们吃过肥猪的大肠吗? 哈! 那才老好吃呢。乍看肥腻腻的没法吃,可是,放在翻滚的油锅里这么一炸,嘿! 老好吃了。外面炸脆了,里面还是软乎乎的,又香又不腻。那大肠头稍微有点味,但不是臭味,正是那不是味儿的味儿,才是老香老香的了。"他说完还吧兹下嘴唇,仿佛他刚受用了一根油炸猪大肠似的。

杨万举靠墙坐直了身子,两脚往开一伸,脚镣哗啦啦一声响。他盯着胖老板说:

"老板啊,你给我们讲肉腥美食,把我们讲得嘴馋起来,越馋就肚子饿起来。前天你家里给你送来的炒脂糕不是还没吃完吗? 拿出来再给大家每人分一块吧。"

大伙都笑了。盯着老板,有人在吧兹嘴。胖老板皱着眉,把下巴垫在屈起的膝盖上不敢看人们,嘴里喃喃自语:"刚送进来就给你们每人半块尝过了,还能天天冲我要。我年龄大了……"

"谁让你侃得我们又馋又饿的? 你给不给吧!"杨万举瞪了眼。

胖老板最怕杨万举这个死囚犯。他不情愿地从身后一个帆布包里摸出一块黄澄澄的点心扔给杨万举。"你饿了就再吃一块吧,前天你就比别人多吃半块。"

杨万举接住点心,顺手扔给吴世辅。吴世辅不要,杨万举瞪起眼:"你吃,你刚从宪兵队过来,身子弱我知道。"

吴世辅于是把那块点心放到嘴边慢慢吃。杨万举调转头问:"该谁唠了? 对,警官你说说吧。"

"老杨让讲,咱就给你们讲段有味的。"警官清了清嗓子,朝门口吐了口痰。

铜钱就像砂轮似的飞转起来。但它不像砂轮朝一个方向转动,待把线套拉到头,两手再向里一放松,这铜钱的转动就给线套拧成的反力作用向相反方向转动了。就这样一拉一松,使这个铜钱飞转不停。早年间的小孩们没有玩具,大人就给他们制作这样东西玩。杨万举把这个玩具原理用作取火,很有意思但也很辛苦。他不是用手拉,而是一端线头咬在嘴里,另一端套在脚拇指头上,他的脑袋向后一仰就是拉,朝前一低头就是松,使那铜钱转动不停。他的两只手有别的用处。一只手拿着打开盖的装满黑灰的万金油盒,一只手捏着一块从旧军裤拆下来的小铁片,把小铁片往飞转的铜钱上一碰,就会刺啦啦冒出无数火星,火星落到凑近的万金油盒子里的黑灰上就燃烧了,然后他就扔开工具点燃香烟开始享受了。抽烟时他怕外面的看守警发现,就几乎把口腔里吸满的烟雾都吞咽到肚子里了。最后从鼻孔里冒出来的余烟就很少很少了。看到杨万举为了偷吸一颗烟费这么多周折,而且还不安全,为防止看守来了发现了,吴世辅给他想了个办法。他在一块碎玻璃上蒙了块黑布,就能映出人影子来。囚室门的洞口有三寸长二寸宽,当中焊接着两根筷子粗细的铁条,所以囚室里的人无法从里面观察洞外楼道里的情况。吴世辅把这块蒙了黑布的玻璃从洞口伸出外面半寸长,从远处没法发现,但从室内往这块玻璃上一看,就能映出楼道进口那一端的动静了。

刚才杨万举被那警官的笑话气得厉害,心情不快,就连续不停地抽了两颗烟,囚室里飘荡了一层烟雾。突然,吴世辅从玻璃上发现一个看守警从楼梯口上到二楼来了,他赶忙制止杨万举抽烟。事情发生得太突兀,掐灭烟收起打火工具容易,但室内的烟雾没法驱散。如果看守从洞口向里看,不仅能嗅出烟味,还能看到烟雾缭绕。杨万举慌忙拿了手巾向空中的烟雾乱打乱甩,可烟不但没散去,有些竟向门洞口飘去。为怕看守走过来就闻见烟味,吴世辅急中生智撕开自己的半袋牙粉,噗噗地朝向那些烟雾吹去,室内外顿时充满了牙粉气味。看守警走到门前,吴世辅的脸早扒在洞口等着他。"孙先生,还有多长时间开饭哪,我们饿了,渴了。天气热得厉害,身上都起痱子了,就喷了些牙粉。"看守警一听叫他孙先生,就知道露出脸来的是要和他们打治安法官司的那小子。因为其他人都管看守警叫"孙老爷、张老爷"等的,弯腰在洞口一瞅果然是吴世辅,满脸的牙粉,而且从洞口飘散出牙粉味儿。便一边掉头往回走一边敷衍道:"快了,等着吧。"遮挡了抽烟危险,几个人都长长地出了一口气。吴世辅看见杨万举靠墙根坐着,几十斤的铁链压得他气喘吁吁的,脚脖子上磨破了总也愈合不了。吴世辅心里为老杨的遭遇不平。

　　桂花和杨万举成婚后,夫妻恩爱,婆媳亲和。日子虽然过得穷,但活得有滋有味。有一天镇上赶集,桂花让杨万举不要出去扛活,让和她去赶个集。好给瞎眼婆婆扯一件换季的衣衫。也是合当该出事,他们没想到桂花一个美丽女子去到人堆里会惹出事来。桂花上身穿一件满地黄洒花的大襟袄,下摆滚两道边儿。下身穿一条绿裤子,兰花带带鞋。乌黑的头发在脑后随便挽了个髻,有一缕秀发随意地从鬓角拖下来。就这么简简单单的一身打扮,坐在杨万举的独轮手推车上。一路上桂花有说有笑,引得路上的行人都眼巴巴瞅。这杨万举把独轮车往集市边一停放,桂花下了独轮车,就像一匹千里驹牵进了骡马大市,更像一只孔雀飞进了鸟雀阵中,立时全集市大哗。几个傲慢的日本兵和轻浮的伪满官吏,跟在桂花身后动手动脚,胡言乱语"花姑娘的,大大的好哇!""姑娘老漂亮了,怎么一块肥肉落到狗嘴里了。"

　　杨万举看到此情形,怕惹出事来,急忙把桂花抱上独轮车往外面推。但起哄看桂花的人摩肩接踵,水泄不通。忽然前呼后拥的人都跑开了,人们边跑边喊叫:"快跑!小阎王来了。"人们都跑散到两边,几个日本兵也好奇地站在边上看。杨万举推着桂花只管往外走,不料前面站着六七个流里流气的年轻人拦住了去路。打头的梳着油光发亮的分头,嘴里镶着金牙,挎着盒子枪,斜戴着日军战斗帽,脚蹬日军长筒马靴。笑嘻嘻地拦住杨万举的独轮车,"嘻嘻!这个小娘子从哪来的,生得老好看的啰。"说着便用手捏住桂花的下巴,另一只手就去摸桂花的脸蛋,桂花红了脸把他的手打掉。杨万举气得火冒三丈,他知道这人称"小阎王"的是伪满镇长的儿子,仗着他老子受日本人重用,平常在地方上就到处欺男霸女,无恶不作。但这会儿他不管这些了,过去朝着小阎王胸口就是一拳,小阎王立时栽倒在地。杨万举从小跟人练习过武功,打三五个人不在话下。小阎王的手下连续被他打倒了几个,小阎王从腰间掏出枪来,杨万举见势不妙,一把把桂花夹在肋下往人群里冲出去。小阎王不敢朝人群开枪,就朝空中开了几枪。人们像炸了的马蜂窝,乱跑乱挤。杨万举趁混乱拉着桂花跑回家。

　　但第二天天还没亮,就来了七八个持枪的满洲兵,拿枪托砸破了门,杨万举和桂花刚穿上衣裤,房门就被一脚踢开,几条枪一齐对着杨万举:"你被抓劳工了,马上跟我们走!"不由他分说,一条麻绳把杨万举五花大绑捆了,推搡着他就往外走。他娘和桂花抱着他的腿不放,哭着喊着,但被当兵的一脚踢开。出到街上,他回头看见他娘和桂花跌倒在院子里哭,他一声大喊,"娘,桂花,你们好好等着,我很快就会回来的。"哭声喊声渐渐远去了,杨万举面对一片萧瑟的冬野,心中充满怒火。

挪动,里面的大便尿水一摇晃,一股气味扑鼻而来。那味儿不是尿臊,也不是粪臭,木桶时时刻刻受粪尿浸泡着,时间长了木质就发生了变化。所以那种气味好像是酒糟、烂酸菜和大粪的一种混合味。这种气味喷出,熏得吴世辅憋住了呼吸,把头扭转,可那胖老板还钻在睡袋里没有出来。杨万举生气了,他说:"世辅你回来坐下,"他指着胖老板,"叫他去倒!"胖老板不敢辩解半句,只好从睡袋里蝉脱出来,把粪桶连提带推弄到室外,倒进了大粪桶。杨万举说:"小吴是个秀才,没干过这种事,我脚上有镣链,以后我俩都免了倒粪桶。"他稍停又补充了句:"老板你吃多拉多,应该主动多倒才对嘛。"胖老板不敢吭声。

然而,胖老板也有得意的时候。过了几天,进了一个看守警,叫胖老板收拾行李转号。看守警把老板带走一会儿后就又转了来,这次,他手里拿了橡皮鞭子,说:"杨万举,你走过来!"当杨万举爬到地中间时,看守警突然把地板上那个疖子往起一拔,一根线头立时拽出一串烟卷。看守警一把抓住杨万举的领口,用力一拽,上衣刺啦一声从背部裂开了。看守警的鞭子啪啪地抽打在杨万举赤条条的光脊背上。鞭子一起一落,杨万举的背上立时现出一道道血痕。他疼得浑身一抖一抖,在地上翻滚,但他却不喊叫一声,也不求饶半句。那看守警打得浑身没了力气,自己愤愤地提着鞭子锁了门走了。囚室里几个人一齐过来扶起杨万举,吴世辅两眼含着泪水,"胖老板出卖了咱们。"杨万举咬牙切齿地说:"我若能出去,一定活剥了他!"

3. 特别法庭

秋天的后半夜,奉天的月牙儿特别清冷,像被人遗弃的少寡,空寂、冷落,萧瑟而又困惑。谁说张大帅是金娄狗转世,他死后人们半夜里就听不到狗叫了?徐艳明抱膝围着薄被,硬是烦恼忧郁地听了一夜的狗叫。仿佛那群狗是天犬的子孙,把月娘娘的半片脸给扯破了。冷月儿透过窗玻璃与她相对无言,像是有无限的愁绪,难以启唇似的。"一度春风又春风,东风送暖进狱中,东风不语人解意,东风吹过百花红。"这是吴世辅在她送进两桶炼乳后托人捎出来的一首寄情诗。自从接到这首用铅笔写在香烟盒纸上的诗之后,她的心里就更朦朦胧胧地罩上了一层奇异的时刻想念他的神秘感觉。刚才她从梦中惊醒,身上出了一层细汗,脸烧得特别厉害,那心还在怦怦狂跳不止。那是她刚刚入睡,听见了轻轻的敲门声,随即那门开了,走进来一个高个子青年,像是张丰年,可她认定是吴世辅。月色迷蒙,一边脸红,一边脸暗,吴世辅笑眯眯地走近她的床边看了她一眼,她的感觉像是他在她家养伤时的样子。他进里间取热水瓶倒水,她从暗淡的光线中看那男子的笑又像是那张丰年暗里藏刀的挑衅的笑。她一阵迷蒙一阵清醒,想问话又说不出来,想坐起来穿衣服,全身像被无数根绳子捆住了丝毫动弹不得。眨眼间,那个人又脱光了全身的衣服,赤条条站在月光的阴影里。她不敢瞅,又想眯缝了眼偷看他。只见他发达的肌肉,宽广厚实的胸膛,浑圆而有力的臀部,以及强劲有力的四肢是那么富有吸引力和男性的美。"明姐,你要我么?……"分明是吴世辅轻缓迷人的呼唤声。她在被子里全身燥热得透不过气来,觉得血管里的热血顿时在汹涌沸腾。她在心里不住地说:"世辅,世辅,给你,我把我自己全给你……"她不知从哪里来的勇气,把棉被的一角掀起,那人便鱼似的钻入了她的香衾。在他厚膛宽臂的环抱之下,她感觉自己倏地变小了,变得玲珑秀气了……她全身哆嗦起来,紧张起来,又万分的恐惧和幸福搅在一起。她此刻感到自己化作了一只仙鸟在祥云中飞翔,似乎又变成一条美丽的五彩鱼,在湛蓝的水渊中游弋往来,仿佛世辅他变成了一只凤凰鸟,翔停于梧桐树上,百鸟为之围绕纷飞,鸣叫出千变万化的音乐,那百树的翠绿,万花的争艳,正迎着太阳展开。然而,一阵狂风过去,一切都不见了,只是一片天昏地暗,飞沙走石。她似乎觉得吴世辅拉着自己在拼命奔跑,仿佛后面有哄吵吵追赶的人群,甚至还有开枪射击的声音和警犬的吠叫声。他俩跑呀跑呀,突然,前面大雾弥漫,一边是山峰陡立,一边是万丈深渊。他俩收脚不住,掉下了幽深的山谷,她紧抓着吴世辅的手,在空中飘呀飘,落呀落,她唬出了一身冷汗。大叫一声"世辅……",她被惊醒了。她心跳不止地坐起来,月牙儿正斜照在她的被子上,墙上的挂钟正打两点钟。她浑身一激灵,又打了个哆嗦,心中念着被关在狱中的世辅和长岗,便再也没有了睡意。吴世辅写来的条子上还托她到苇塘沟看看他的妈妈,顺便给他带几本书。她对他们的案子放心不下,怕凶多吉少。不过,她还是要到苇塘沟去一趟,然后才能到狱中去看他们。要不吴世辅问起了她该怎么回答。

时间大约是上午八点,特别法庭决定对四名复华党魁首进行复审和宣判。法庭距离监狱有两里多地,中间要经过一条大马路。因为是特别要犯,他们四人都被戴上一对大蒙眼。乡村的马车进城,赶车的怕骡马经过乍见的闹市而惊恐,往往给牲口戴上两个硬壳蒙着眼。给犯人戴的蒙眼同给牲口戴的类似,只是大了些。就像猪八戒的两个黑毛耳朵,几乎把脸都给盖严了。犯人只能从鼻梁处留的一道小缝隙可以照见点光线。他们每个人的胳膊都拴着绳子与另一个人相牵,所以看守警押送他们走在路上就像一串说书盲艺人在摸索着行走。

两里来地，也不过常人一刻钟的行程，然而他们走过的道路两旁，站着许多看守警察，荷枪实弹，如临大敌。刘俊民还没走上几步，就咕咚一声扑倒在地上，嘴角流着鲜血，脸色灰白中夹带着蜡黄。他再没有一丁点儿爬起来的力气了，浑身软得像一摊稀泥，全身肿胀得像发酵的面团。看看他没法行走，看守警只好抬着他了。进了"奉天高等法院"的大门，把他们的蒙眼揭了，把他们按坐在一条长板凳上，就等候传讯了。吴世辅、徐长岗和金玉忠看到刘俊民躺在地上，就围过去蹲在他身边伤心地掉眼泪。吴世辅抓住刘俊民的手，觉出那手好烫好烫，像抓着一根火炭。他们盯住他，只见他的嘴唇动几下，发出微弱的声音："我…活不长了。将来，你们……可以把我忘掉，但…绝不能……忘掉那个坏蛋……邓华强！"

他们看到刘俊民那两只窟窿似的大眼睛，已经完全没有了眼神，苍白蜡黄的脸肿胀得失去了原形。他闭住了眼，急促地喘息着。吴世辅分明看到那紧闭的眼洞洞里流出两行液体，顺着眼角、耳鬓流到刘俊民黑黄而青筋暴露的脖子里。他再也忍不住，两手捂着双眼，痛心地哭了。徐长岗和金玉忠也背转身抽泣不止。

已经是初冬时节，野外逐渐荒凉，农民的秋茬地已经翻耕过，早晨就会蒙有一层白晃晃的严霜。一股股的寒风，卷着落叶，扫着广野的庄稼秸叶，漫天飞舞。一辆慢腾腾的牛车在寒风中，在湿冷的霜道上像蜗牛似的踽踽而行。牛老倌戴着捂耳毡帽，怀里抱着鞭杆，嘴里咬着竹管玉石嘴烟袋，一缕缕烟云刚飘出他的鼻孔就被风刮得无影无踪了。徐艳明身穿芝麻呢紧身旗袍，脖子上围条驼毛围巾，蜷缩在牛老倌的身后。一股股寒风侵肌入骨，她不住地打着喷嚏。一路风尘，把她细腻的脸颊似乎用刀划出了无数的皱纹。她这是从苇塘沟返回奉天。那天本来她是准备当天就返回奉天的，可是，事发突兀，使她不得不在苇塘沟逗留了几天。她印象中的整个苇塘沟没有一点生气，村里的人看到她一个女先生的样子，就都屏声敛气，远远避开。她踏进吴世辅家的院子，见到院墙坍塌了好几个缺口。传来几声苍白无力的狗叫，把她吓了一跳。她看到一条毛快脱光了的老狗，前腿爬起来想扑过来，但两只后腿却是没有了，它抬起脑袋挣了挣，做了个前扑的样子就不自禁地卧倒了。徐艳明知道这条狗，在吴世辅的描述中，这条白狗曾经非常英武，有咬跑一只花豹的记录。是那年日本鬼子进攻北大营时被鬼子的洋刀砍断了后腿，从此它就只能爬着走。听到狗的惨叫，她有些毛骨悚然。她惶惶地停住脚步，用眼睛四处找人。听见狗叫唤，屋门开了，走出一个面黄肌瘦、精神不振的矮个青年男子。她知道这是吴世辅的哥，她说明来意,他哥点头端详着她,好像要从记忆中搜寻有关她的蛛丝马迹。她被请进屋,室内光线暗淡,浓浓地飘着一股草药味,刺得她脑袋直发胀。吴世辅的妈妈听说是儿子的朋友来了,且又是个女孩子,便让世辅哥哥快把她扶起来,她要好好看看这个女孩子。吴世辅的妈妈是个清瘦的女人,只有四十几岁,可病痛让她已经说不出话来,她和徐艳明打着手势问话。徐艳明站在炕前,吴母一副危在旦夕的样子令她惊恐不定。吴母花白的头发蓬乱地盖在头上,像个被人挑乱了的鸟窝。脸色青黄而浮肿,两面颊凹进去,把脸上拉出几条深深的纵纹。眼睛的四周有一圈青黑的环,像女戏子着意画出的眼晕,那鼻子骨也好像支持不住自己,歪歪地斜在了一旁。一双眼睛茫然无神,木木地没有一点光泽,呆板而木讷。听吴世辅说他母亲早些年是一个很漂亮很聪颖又很贤惠的女人。她刚嫁到苇塘沟时,正赶上苇塘沟唱戏。迎娶她的牛车一进村,路过戏台旁,就把看戏的人的眼光全拉到了新娘子的身上,没有人看戏台上的旦角了。这个女人经历了日本鬼子先后夺去了丈夫、公婆生命的波折,又经历了小儿子银铛入狱性命不保的惊吓,不过几年,就把她折腾得说不出话来,下不了炕。

徐艳明深深地陷入了沉思,环目四周,野庙荒村,十分孤凄。太阳像个扔在天际的烧饼,没有一点暖意,倒给人以森冷的感觉。骨碌碌的牛车碾动声,像什么呢?对,就像远处天际传来的闷雷,不,像是炮声,是日本鬼子的大炮在响……突然,平地掀起一股龙卷风,把野地里的枯枝败叶卷成一团,竟向着牛车包抄而来。霎时间天昏地暗,沙土枝叶打在人脸上睁不开眼睛。老牛倌喝停了牛车,把徐艳明按倒在车厢里,用他自己的身子掩遮住吹在徐艳明身上的风和尘土。老半天,风小了,他们才爬起身子。风虽是小了,但仍然吹得人呼吸困难。徐艳明看老牛倌脸上像是尘土糊了一层,破大氅被风撕去了一条前襟,帽子也被风吹到了老远处且还在骨碌碌随风向前滚。老牛倌跳下牛车,巍巍地跑着去追帽子。徐艳明看着自己身上能用手捏起来的尘土,想象出了她脸上也跟老牛倌一样土巴巴的样子。自然界一阵狂风就能给路人带来这么大的影响,何况是人生沧桑和战乱给人的蹂躏呢?她仿佛看见一个青年男子被日本鬼子的枪弹打倒,而一个年轻美丽的女子在发狂地趴在他身上哭喊。她仿佛看到,一个老公公和一个老婆婆全身无力地在地里做活,慌张地看着一群日本兵端着刺刀号叫着冲进了村子。突然,她看见趴在尸体上哭的那个女子眨眼间变成了一个苍老而凄惶的老妇人,跪在一个新坟头上祭奠哭泣,她又看见吴世辅被鸣着惊人警笛的警车拉走了。看到跪在坟头的老妇人挣扎着爬起来追赶警车,但终于趔趄了几步摔倒了……

　　徐艳明站在吴世辅母亲面前久久地看着，看着。吴母的嘴唇似乎在微微地蠕动，显然是在和她说话，从那两只干涸的眼眶里还淌下了两滴泪水。徐艳明感情脆弱了，禁不住鼻子一酸，眼泪不住地往下流。从自己的泪花中，她模糊看到吴母颤颤巍巍地向她伸出两只胳膊，不，不是伸出，是用尽全身力气推出两只胳膊来，想要拥抱她，她心中一定认为她是要成为儿媳妇的。徐艳明再也抑制不住自己，全身扑了上去，扑在吴世辅母亲的怀里，失声痛哭起来……

　　狂风停息了下来，天气又复转了清凉。抬眼望去，又能看见空旷的原野，零落的村舍，干冷的寒风和孤独的夕阳。牛车又踽踽前行了。牛老倌的鞭梢总在牛的耳朵边缠绕和甩响，然而，走得不紧不慢的老牛，全然不理会老倌那一套，只管迈着苍老的步子，慢慢地向着隐隐看见了影子的奉天城靠近。徐艳明用手绢擦拭了脸一下，竟擦下来黑黑的一层尘土。一阵微风刮来，她打了个寒噤，觉得浑身起了一层鸡皮疙瘩。她把脖子上的围巾拉紧，在牛车上蜷缩了一下身子，把手缩进袖筒里，又呆呆地去想心事。她在苇塘沟住了两宿，把自己的东洋手表典卖了，还卖了一个戒指，请医生给吴世辅的母亲看病。医生说病看得迟了，怕是没指望能好了。她临离开苇塘沟把剩余的钱都交给了吴世辅的哥哥，没有再说什么。她含着泪定定地看了一眼吴母就转身上了牛车。她心里一直翻腾的就是，怎么向吴世辅说见了他母亲的情况？

　　奉天"高等法院"院子里，几个法警从刘俊民痉挛着的身体上拉起痛哭不止的徐长岗、吴世辅和金玉忠三人，带他们走进特刑庭。特刑庭是特别刑事法庭的简称，是专门审判政治要犯的法庭。他们被带进特刑庭，看到高高的审判台上早已坐好了三个人，中间和右面的这两个人年纪有五十多岁了，中间一个身着丝绸制的大黄袍，头戴高高的黄帽子，全身金光闪闪的，是审判官。右面一个穿着也是丝绸的大红袍，头戴红帽子，红光把他的脸都映照得红艳艳的，是陪审官。这两人的特殊装束叫法衣法帽，在显示法律的认真态度。左面坐着一个三十几岁的穿西装的，是个翻译官。这三个人都是日本人。审判台前下方横一条长凳子，是让犯人坐的。长凳子的四条腿固定在地上，是防止犯人拿起凳子反抗。徐长岗他们三个人被带进来坐在长凳子上，已经不省人事的刘俊民也被抬进来放在地上。他们都没有戴镣铐，身后站立了六个武装法警。

　　吴世辅看到法官拿出几个硬皮本子，他认出来是在日本宪兵队时的口供记录和历次审讯他们时的记录。那个审判官用日本话哇哩哇啦地宣读了起诉书和所谓犯罪事实。除了刘俊民不懂日语外，他们三个都能听懂他在念些什么。

虽然他们都已经听懂了,但为了表示法庭的严肃性,法官仍然叫翻译官把宣读的内容翻译给他们听。翻译完毕,法官问:"这些与你们的犯罪事实相符吧?"

吴世辅原来悬在半天空的心总算放在了平地。法官宣读的那些事实不过就是他们成立复华党的过程和不满日本人统治的原因。所谓非法印刷《复华秘刊》,散发传单,组建机构,发展地下党员等等,那都是已经隐瞒不了的事实。最担心的在北大营搞反满抗日宣传,严惩平山杨车五以及刺杀柴诏翻译官的事,起诉书一字也没有提出来。这样一来,就是拿所谓满洲国的法律是判不了他们死刑的。看来所有的复华党员都没有贪生怕死说出秘密来。吴世辅心里欣慰地想。

"与事实相符。"吴世辅答应说。

"相符。"徐长岗和金玉忠也附和说。

法官接着说:"那么你们的犯罪性质就是进行秘密结社,组党,反对大日本帝国,企图颠覆满洲帝国……"法官看了一眼吴世辅,问道:"你就是最初的发起人?"

"是的。"

"看你的口供你是满族人,满族人为什么还能反对满洲国呢?"

"我们生活在中国领土上的所有不同民族的人都是中国人,历史上就没有什么满洲国,你们所说的满洲国其实就是中国的东三省。为什么要把我们中国的土地分裂开来?"吴世辅大胆说道。

"像你这个年龄的小孩子,从小开始念的不就是满洲国文,学的不就是满洲国的历史和地理吗?每天升起的是满洲国的国旗,唱的是满洲国的国歌,瞻仰的是你们满洲国皇帝陛下的御影,你怎么知道这里不是满洲国呢?"法官带点浅浅笑容地问。

吴世辅立即想起他在童年时,妈妈在磨坊里说给他的话,于是他答道:"刚才法官先生说的这一切,只不过是一块涂了颜色的遮眼布,它是不起什么作用的。就是最普通的中国人也不会被欺骗的。譬如一头被拴住拉着碾米的驴子,你虽然给它戴上一块蒙眼布,但它仍然可以顺嘴偷吃碾盘上的米,因为它虽然被蒙住了眼睛,可它还有耳朵可以听,有鼻子可以嗅,有心思可以想。这些都是没法被蒙住的呀。"

法官:"那么我问你,你从哪里听说这里是中国的东三省,而不是满洲国呢?"

吴世辅:"法官先生,难道你的心里不清楚,现在这块土地上的人除了你们日本人外，大家内心谁敢不承认自己是中国人呢？"

法官豁达地大笑了，"你很爽直，我们大和民族很推崇这种性格，可惜你误入歧途，我们还想挽救你。请你继续爽快地告诉我，在学习的教员中，有谁有意识地向你们传播过一些错误思想？"

吴世辅付之一笑："法官先生，我相信您在这个严肃的位置上说的话是严肃的，我也保证用极其诚实的话使你同样感到万分的满意。"

法官："是谁？"

吴世辅："就是我们第三国高的训育主任平山先生和训育老师杨车五先生。"

法官："他们在什么地方是怎么说的？"

吴世辅："平山先生上朝会时在讲台上总是重复地说大日本帝国是亲邦，满洲国是子邦。杨车五先生解释得更加晓畅，他说，没有父亲，哪来的儿子？没有大日本帝国，哪来的满洲国？这就极形象地说清了满洲国本来就是大日本帝国制造出来的道理。"

法官语塞。转头与陪审官交换了一下眼色，略停顿，说："好了，那我们开始宣判了。奉天高等法院特别刑事法庭，根据满洲帝国治安维持法第一条和第十二条，判处徐长岗一人无期徒刑。判刑吴世辅、金玉忠、刘俊民三人有期徒刑二十年。如果你们不服，可以向新京（长春）满洲国最高法院申诉。"

被宣判的四人默默没有做声。法官喝令让带他们下去。突然，刘俊民从椅子上口吐鲜血滑到地上，脸色蜡黄蜡黄如死人一般。吴世辅他们要过去搀扶他，被法警挡开推出了法庭。吴世辅临出门看到有两个法院使役扛着担架向法庭匆匆走来。往监狱去的路上，吴世辅满眼是刘俊民的鲜血，胸中有些恶心想吐。想闭着眼能好一些，但闭了眼也是满眼的刘俊民，满眼的鲜血向着他汹涌而来。刚走到监房门口，他就有些站立不住，大叫一声，朝前一扑，咕咚摔倒在牢门口，昏了过去。

4. 刘俊民之死

判决了复华党四个党首服重刑，为笼络人心，满洲法庭把一些女复华党员和他们认为是胁从犯罪的男复华党员都无罪释放了。释放时，法庭举行了一个小小的仪式，为被释放的学生念诵了康德皇帝的御批，说是皇帝陛下开恩，对愿意醒悟的人既往不咎。要求误入歧途的青年深思悔过，为建立新满洲而奋斗云云。

周再娟、赵月娥各自回家，张丰英被她哥哥张丰年接走了。只有刘彩云的家在乡下，没有地方去只得设法回家，时间正是隆冬，身上衣服单薄，冷得她受不了。她只得就近先去到距奉天城三十里路的姨妈家暂住，思想过几天再回家。

这天整个一天，刘彩云觉得心惊肉颤，心里惶惶，有些六神无主。赶到夜里刚睡下，朦胧中听得有人梆梆敲门。她似乎觉得自己披衣下炕开开门，外面黑乎乎一片并无人影，只有一股阴风吹进来。眨眼间，那阴风一股旋转，串成一个隐隐的人影儿，好像是刘俊民。只见他遍身血迹，战战兢兢地躲闪她。她鼻子一酸，就要上去拉他。一股冷气，冲得她不能靠前。只听得刘俊民说：

"彩云，我要走了，要走很远很远的路，到应该去的另一个世界去，特来向你告辞。你们可以把我忘掉，但绝不能忘掉那个王八蛋邓华强。是他毁了我们复华党，是他折磨死我的。明天，我的棺柩就要经过你住的地方。"

刘彩云哭喊着坐了起来。"俊民，俊民！你……你不能去啊。"

"怎么啦？彩云。你……"她姨妈被吵醒，点了油灯。这时远处正打三更。

彩云看了看被她吓醒的姨妈，环顾四周，哪有刘俊民的影儿呢？她沮丧地说："没事，姨，我大概在做噩梦。"

吴世辅他们从未决监号转到已决监号，住西楼。他和徐长岗同住一个囚室，在二楼，金玉忠和刘俊民同一囚室，在一楼。每一囚室都住二十多个人。他们每天都被看守警押着去狱内工厂劳动。徐长岗和吴世辅进的是一个电动缝纫机车间，给日本军人缝制军衣。

这天下午收工回监时，吴世辅他们的囚犯队伍和金玉忠所在的囚队相遇了，擦肩而过时，金玉忠声音低沉地说："俊民昨天晚上死了，他爹买棺材去了，今晚来领尸体。"

俊民大概活不长是他们这些天预料中的事，但一旦真正成为现实，吴世辅和徐长岗心里还是不能接受。听了金玉忠的话，他俩表情虽然比较淡然，没吭一声就和金玉忠擦着身子过去了，但金玉忠还是看到吴世辅突然双膝打了个颤，路本来很平坦，但还是被绊了个趔趄。徐长岗呢，脸色青紫，眼眶里突然转动着泪水。回到囚室后，他俩无心和其他人一同进食，并排默默站在窗口盯住楼下，他们要最后目送刘俊民离去。

傍晚时分，从监狱大门方向进了一辆小灰毛驴拉的铁轱辘车，车上放一副窄条条的薄板棺材。一个穿着破破烂烂棉袄的老汉手里提着一根鞭子，哭烧烧地拉着毛驴的笼头。看得出他是刘俊民的爹。车尾板上坐着一个还很年轻的头戴孝巾的女子,吴世辅他们知道她叫翠花,是刘俊民的媳妇。她的怀里还抱着一个很小的孩子。毛驴车停在楼下,从里面吆喝着出来几名看守警,翠花把哭着的孩子放在地下,同公公一起进入楼里。一会儿,刘俊民被两个看守警抬了出来,好像已经僵硬了。脸上被盖了一块黑乎乎的脏毛巾,肩头的破布片被风吹得一掀一掀。吴世辅捂着脸,眼泪透过指缝往下流。徐长岗两眼冒火,嘴里骂着汉奸邓华强。他们两人看着毛驴车慢慢从大门而去,刘俊民的爹一手拉着笼头,一手用袖口抹泪。翠花坐在车尾哀哀落落哭得令人心痛。那个小孩却不哭了,站在他妈的腿上,小手摸着棺材,好奇地看着他妈妈在哭号。毛驴车拐过大门不见了,但翠花的啼哭声仍然被风吹过来,叫人听了十分哀婉凄怆。

……

也是小灰毛驴车在路上咯噔咯噔走着,灰毛驴的尾巴嘛啦嘛啦地摆着,天气十分晴好,路两旁的高粱长得黑森森的吓人。小媳妇翠花穿着件碎花大襟夹袄,头上插着一朵红红的野花,坐在车上,两个酒窝笑着,对赶车的刘俊民送着媚眼。那笑声如银铃般脆响好听:"你倒是快些呀,给俺再掐一朵黄的,给俺别在这一边。啊,你快些呀!"

年轻的刘俊民在媳妇翠花的撒娇声中跳下车辕,从路边草丛中掐了一朵好艳好艳的黄色绣球花,跑着跳上仍在嘚嘚走着的驴车,把翠花的头搂到自己胸前。翠花低着头依在刘俊民臂弯,用手指着耳后的乌发,"插呀!俊民哥你快插呀。"

刘俊民如醉初醒,把一朵鲜艳的绣球花插到翠花的头上。双手扳着翠花的双肩,对着媳妇的脸端详了又端详。那眉毛的弯弯,小脸的白白,嘴唇的红红,额前刘海流水似的光滑,把他又迷住了。他看到一抹红晕从翠花耳际泛起,霎时蔓延开来,她的整张脸都羞成了块红色,红成了一朵盛开的美丽的粉红艳丽的醉牡丹。翠花羞了,低了头:"尽管看,尽管看,三四天了你还没有看够……"

刘俊民用有力的双臂猛地把翠花擒进怀里,一下娇小了,玲珑了。依偎在他的怀里,翠花真是一个玉雕翠镂的美人儿。结婚三天了,他俩赶着毛驴车出地里拉高粱。一路看不到人影,小夫妻新婚生活的初尝,如痴如醉的两性厮混,使他们找有机会就如胶似漆地粘在一起。毛驴驴走着走着突然停住不走了,它想乘机自由自由。它探出嘴巴咬吃路边地里的高粱穗,咬吃得圪蓬圪蓬响,似一种好听的旋律。在这好听的旋律声中,车厢里一对年轻人已经到了忘乎所以了,二人像麻花一样抱在一起,他俩久久,久久的不愿意分开。就在这个甜蜜的间隙,他们听到一阵狗吠马嘶声,接着就是有人说话的呜哩哇啦声由远及近,把沉浸在幸福中的他俩惊醒。来不及顾及毛驴车,刘俊民拉了兴奋的披头散发的翠花往高粱地里跑去。他们躲到一处高粱稠密的洼地,二人抱在一起大气不敢出一声。刘俊民觉得翠花浑身发抖,他自己喉咙痒痒地想咳嗽,使劲憋着弯身咬住翠花的衣袖。过了有半个时辰,清乡的鬼子汉奸乱纷纷地走远了,他俩探头探脑从高粱地里出来,停在路边的毛驴车被鬼子汉奸赶走了。刘俊民气得直骂狗日的,翠花坐在路边伤心地痛哭起来。

　　……

　　翠花坐在驴车尾板边手抚棺材哭得伤心欲绝。曾几何时,她的俊民还是活泼泼的抱着她哄她高兴,如今却变成了一个不会说话的,僵直地睡在这个木头盒子里的死人了。翠花的嗓子已经哭哑了,眼泪也快流干了。她的全身由冰凉转而成了一团火,烧灼得她难以忍受。她又有些想不通丈夫面善得很的一个人,那日本人躲还躲不过去,而他却一个心眼去和日本人做对头了,结果把自己的性命送走了。孩子刚半岁,婆婆生病下不了炕,公公也快七十岁了,近风烛残年了,今后这家人的生活如何过,她一个女人家弱弱的能挑得起这个千斤重担吗?俊民呀俊民!你个没心没肺的苦人啊,你怎么就撒手扔下这一家人不管自个逍逍遥遥走了呢,怎么就眼睁睁地看着老爹爹、老婆婆和我们孤苦伶仃的母子二人生活下去呢?翠花用手掌拍着棺材哭着,哭着,哭得快要晕厥过去了。

　　“俊民家的,你就先敛敛吧,小心自家的身子骨。反正他去了再也哭不回来,大冷的天气,别让冷风灌坏了肚肠,那咱家就更没有活路了。”老公公带着哭嗓音劝慰媳妇。

　　翠花住了哭喊,但仍然抽泣着。毛驴车走近一个村庄口的观音庙停下,老公公去到村口一家人家讨了碗热水出来,递给儿媳妇喝。毛驴车停在观音庙旁,起初是一群小孩子跑过来,看见车上是棺材便远远地站着看稀罕,之后又走出来几个大人,看见翠花戴着孝在抽泣,几个老婆婆知道是咋回事了,便也陪了翠花掉眼泪。一个识字的给人们念着棺材头上的牌位:亡夫刘俊民之灵柩。突然,看热闹的人群中冲出来一个姑娘,扑到棺材头上痛哭失声。她是刘彩云。刘彩云怎么也不会相信,一个活泼泼的实实在在的青年,一个受到许多人尊重的复华党领导人,曾经几次救助她于危难之中的同志加兄长,如今却真的不在了,她再也不能和他见面了。他对同志们、对朋友们无微不至地关心和爱护,深深地印刻在她的脑海中。她知道在狱中刘俊民受到的折磨最重,因为他的年龄比他们这些学生们大一截,日本人总认为他是党魁。另外的原因是就是那个玉

茅桶旁足足站了有两分钟,才滴了几滴浓茶似的尿液。他在茅桶旁坐下后,"关东大汉"坐过来和他唠嗑。问了几句吴世辅入狱的原因后,大汉悄悄凑在他耳边说:"我是抗联的,就是共产党八路军。"大汉又用拇指和食指叉开形成一个"八"字给吴世辅看。

吴世辅知道大汉是抗联的后便问:"那你为什么被关到这里?"

"我被鬼子放的臭炮熏昏过去被俘虏,开始把我送到抚顺矿井里挖煤,后来把我以策动煤矿工人罢工为由,判刑送到监狱里了。"

吴世辅心中对大汉存有好感,听了说他是打鬼子被抓的就尤其喜欢他。他问大汉:"你说,日本人啥时候倒台?"

"快了,反正用不了多长时间了。"关东大汉又悄悄凑近吴世辅的耳边,"那个'烧头'是个强奸犯。在这里也不安宁,常常折磨小小姐儿。他坏透了,根本不是人,在家里多次强奸他十二岁的亲妹妹,村里人给他起外号叫'叫驴',是他母亲向法院告发了他,被判了十二年徒刑,已经住了八年了。他和看守们混熟了,他给看守们勒索钱,自己从中捞。他根本没病,却长期赖在这里。有的病患,只要肯出钱,虽已病好了,也可以一两年的躲在这里,不用出去干苦力。真正的病人如果没钱给'烧头',他就设法欺负人。"

"不能惩治他一下子?"吴世辅愤愤不平地睁大眼睛。

"我治过。"关东大汉拍拍胳膊,又压低声音:"刚来时,我曾打得他求爷爷告奶奶的,结果,我被看守警铐起来,生生打断我的两根肋骨。你说,这值得吗?咱还不如养养身子等着干正经事。"

"你想的也对。"

关东大汉帮吴世辅铺好被褥就回到他自己的铺位。吴世辅起初本来想头朝里面,脚蹬茅桶,但同他一排的人都是头朝墙脚朝里,他就不想把自己的脚伸到人家的鼻子跟前。他必须得头挨着茅桶脚朝里躺下。隔不了一会儿就有人往茅桶里小便,而且刚尿完的人总要甩几下,一甩就有尿液会甩到吴世辅的脸上。他明白了,"烧头"在"关照"他。不久,室内鼾声大作,他也由于发烧困得厉害,眼皮打着架有些昏昏欲睡了。耳边听得有窸窸窣窣的响声,似乎又听得有人在争斗和很费力气的咳嗽。他没有力量管这些,昏昏睡去。然而,他又觉得耳边有人在哼哼唧唧哀叫,那叫声很凄怆。他被吓醒过来,听了一会儿觉得叫声弱了些,他就又睡去了。没有一会儿,他被身上一个不知什么东西压醒了,他觉得身上很沉重,一摸,是一个人。他把那人使劲一推,那人僵直地滚了下去。他坐了起来,借着夜光一看,原来是小小姐儿,已经死了,浑身是血,也流了吴世辅一身。想必是小小姐儿临死难受才乱爬到人身上的。

这时关东大汉破口大骂:"娘巴拉子! 硬是把一个生病的孩子折腾死了,你狗日的再痒痒,也不能这么做缺德事,你不得好死的!"

这时全囚室的人都醒了坐了起来,众人都在黑暗中看着"烧头",有人哐啷哐啷拍响了牢门。"烧头"有些害怕,但仍恬不知耻地说:"周瑜打黄盖,我愿打他愿挨,关你们屁事。"

吴世辅和关东大汉跳起来,揪着烧头要动手。烧头大叫起来。这时室门被打开,两个看守警进来一顿喝骂,完了拖着小小姐儿尸体像拖死狗一样出去了。门,哐啷一声又关上了。无论如何,就是再苦也不能待在这里了,吴世辅想。

6. 越狱暴动

只在病号室住了三天,吴世辅又回到原来的囚室。徐长岗给了他三片德国盘尼西林,说是他姐姐托人送进来的。因为吴世辅病后,徐长岗曾经写信告诉过姐姐。吴世辅每天吃一片盘尼西林,三天之后,他的体温就恢复正常了。只是身子还有些弱。加之在病号室感受到的那股郁闷之气还没有释放出来。大家都上工去了,他在病假期间没有去做工。囚室里静悄悄的,天空灰乎乎阴沉沉的,似乎还落着似雪非雪似雨非雨的小冰粒儿。他的眼光落到院子里的防空壕里。周围有高墙的院子说大也不大,但那防空壕挖得错落有序,几只老鼠在壕里窜来窜去。他觉得无聊,又把目光收回来,远眺那西城墙前不远处那几棵高过城墙的参天大柳树,这时它们在萧瑟的空气笼罩中艰难地摆动着身躯,大概在力求摇落厚积在身上的尘土和雪霜。听不到声音,但能看到一群群小鸟儿在大柳树上飞起又落下。

吴世辅感觉到,人作为一个个体是多么渺小和弱不堪击,如果成为一个群体,就像鸟儿一样,虽不起眼但也能形成布满天空的力量。他看到了经历了战火的城墙变得千疮百孔,但在被炮火震裂的断痕里仍然长出一些蒿草和苇眉子,它们显示着一种不屈不挠的精神,一种旺盛的生命力。一旦春天到来,这些东西便会带来遍地的绿色,布满整个东北大地。什么东西也休想将它们斩尽杀绝。他和徐艳明,他们全体复华党员,也是一棵棵这样的小草,野火烧不尽,春风吹又生。

他正在出神之际,楼道里看守警喊叫:"吴世辅,你的媳妇来了,去见面室。"吴世辅很纳闷,他还没有媳妇。他猜想应该是徐艳明来了,心里一阵激动,可妈妈为什么不来呢？判决已经好长时间了，难道妈妈还不知道自己……按照监狱规定，判决后的犯人，家属可以在规定时间内探监。吴世辅入监以后就生病，并没有想到哪一天是自己的接见日。

吴世辅边走边寻思，不觉来到光线暗淡的接见室。那里已经有七八个人了，蹲着站着等待接见，有的人正在接见窗口同亲人说话。属于每一个人的时间是规定的，他看见窗口的人和家人说不上几句话就被看守警打断强迫离开。接见窗口比一个人的头略大一点，上面蒙了一层铁丝网，网眼没有一个铜钱大。从外面不可能递进什么嫌疑品来。看守警察在旁边记录着犯人和家属的谈话内容，也严格监视谈话人哪怕微小的动作和表情。这会儿接见的大概是一对新婚夫妻，听说话男的被抓苦差，路上逃跑时打伤了押送的日本兵才锒铛入狱。小夫妻中间隔着铁丝网，头顶着头泣不成声。还没有说上几句问候的话时间就到了。男的被拉走，女的在外面号啕大哭，手里本来要给丈夫放的棉衣从窗口掉在地上。吴世辅不忍心看着惨状，含着泪闭了双眼。

看守警察叫了声："吴世辅。"他睁开眼心跳着走近接见窗口，透过铁丝网往外一看，果然不出他所料，徐艳明那熟悉而又亲切的脸庞出现在网的外面。虽然他尽量抑制着自己的情绪，但随着一声："艳明！"他的两眼就彻底模糊了。徐艳明呢，她隔着幽暗的铁丝网看到面前出现一个苍白而瘦削的面孔，宽阔的前额下面的炯炯发光的眼睛深陷下去了，下巴颏也显得尖翘。这是吴世辅吗？徐艳明流泪了。半月前她去苇塘沟看吴母时，老人凄怆的景象还在她的脑海里晃动。前天，吴世辅的哥哥吴世明来了，说母亲已经去世。昨天是老人出殡的日子，她又去苇塘沟了，心里是代表吴世辅送别老人的。昨天哭得人凄凄惶惶，吴世辅的哥嫂带着小孩披麻戴孝守在灵柩前。她也鼓起勇气，向管事的要了一块白布缠在头上，坐在棺材前哭了一场。算儿媳也罢，算闺女也罢，反正她是铁了心了。周围看热闹的村里人窃窃指着她议论着。她索性告诉人们她是吴世辅的同学，反正人们已经朝那一方面想了。世辅妈妈年龄才四十几岁，因为二儿子坐牢得了急性伤寒，感染了肺炎，又缺医少药，终于年纪不大就告别人世……徐艳明怕吴世辅问起家里的事，擦掉眼里如线般流下的泪水，问吴世辅的病好些了没有。说了没几句，吴世辅就问："艳明，你是不是去我们家看过我妈妈了？"徐艳明浑身一抖，含糊地说："你妈妈还好，他们不知道今天是你的接见日，我就代替他们过来了，你有什么想要对家里说的，我转告他们吧。"吴世辅说："你给我的两桶炼乳和让长岗给我的盘尼西林我都收到了……我给你写过一封短信，连名字一共三十三个字，你收到了吗？"徐艳明说："收到了，那首诗我还保存着。"吴世辅说:"求你千万不要告诉我妈妈说我在监狱里得过病,要不,她会伤心的。"徐艳明的眼泪汹涌而出,她哽咽着说:"我不……不会告诉她的……"她不能现在告诉他真情,如果现在他要知道妈妈不在了,他会更加受不了的。她决心要一直瞒到他出狱那一天。吴世辅的手指穿过铁丝网洞眼第一次大胆地为徐艳明拭了拭眼泪,"你不要太悲伤了,我对坐穿牢底很有信心。"他抬头看着外面阴霾的天色,"看,天气要冷了,你也要添加点衣裳的。"徐艳明接着他的话,"你放心,我一定会等到你出狱的那一天。你要多加保护自己,有什么需要的就给我写信……"

天气真的快转晴了。1945年7月26日,中美英三国政府发表《波茨坦公告》,要求日本政府立即宣布无条件投降。时间像车轮一样如飞的旋转,终于转到了1945年8月8日。这天,苏联政府对日宣战,第二天,一百万苏联红军从三个方向向驻扎在中国东北的日本侵略军发起进攻。同一天,美国向日本的广岛和长崎先后投掷了两枚原子弹。也是同一天,中国共产党的主席毛泽东发表《对日寇的最后一击》,号召全国的一切抗日力量对日寇举行全国规模的最后反攻。八路军总司令朱德也发布大反攻的一号令。日本朝野一片混乱。

日本陆军部向首相讨要对策,铃木首相决定召开内阁会议,内阁会议从下午三点一直开到晚上十点,主战主降愈争愈激烈,只好提请天皇令断。十一点半日本天皇来到会议室,正襟危坐,表情冷漠,默默许久,最后以两句话裁决:"敌我力量悬殊,大和民族要生存,就得尽快结束战争。"昭和天皇脸色苍白,眼皮困顿。广岛、长崎的两颗原子弹爆炸,苏联红军强大阵容进入东北,像当头的闷棍把日本天皇彻底击垮了。他花白的头发散乱着,说这话时声音沙哑着,他的话音刚落,与会的人一片哭泣声。

苏联红军指挥这场出兵东北的最高指挥官是远东方面军华西列夫斯基元帅,他率领海、陆、空几个集团军和坦克部队的30多位将军和158万红军战士,拥有火炮2600余门,坦克5600余辆,飞机5000架,战舰500艘。8月9日凌晨,苏军在中苏4400公里的边境线上同时向日本关东军发起总攻。8月10日,苏联空军第九集团军近千架飞机对日军阵地进行了猛烈的轰炸,11日经过与日军浴血搏战后,骑兵、机械化部队越过了大片的沙漠,12日,近卫坦克第六集团军穿越大兴安岭,13日,以宋子文和蒋经国等为成员的所谓中国代表团下榻莫斯科宾馆,准备进行中苏第十次会谈。14日,被美国飞机狂轰滥炸后的东京,日本裕仁天皇汗流满面地紧急召见内阁主要成员。铃木首相,杉木和梅津两位元帅,陆相阿男维几大将,海相来内大将等参加。15日,裕仁天皇被迫宣读《致忠良臣民书》，宣布日本国无条件投降。

就在这一天，奉天高等法院的前院，拥满了泪流满面的日本人。电灯光很昏暗，随着广播里裕仁天皇暗哑、低沉、颓颤的声音，一个个原本疯狂的大和民族子民的灵魂被震慑了：

“朕深鉴于世界大势及帝国之现状，欲采取非常之措施，以收拾时局。兹告尔等臣民，联已饬令帝国政府通告美英苏中四国愿接受其联合公告。盖谋求帝国臣民之康宁，同享万邦荣荣之乐，斯及皇祖皇宗之遗范，亦为朕所拳拳服膺者。前者，帝国所以向美英两国宣战，实亦为帝国之自存与东亚之安定而出此，至如排斥他国之主权，侵犯其领土，固非朕之本志，然自交战以来，已阅四载，虽陆海将兵英勇善战，百官有司励精图治，一亿众庶之奉告，各尽所能，而战局并未好转，世界大势亦不利于我。加之，敌方最近使用残酷之炸弹，频杀无辜，残害所及，真未可料。如继续交战，则不仅导致我民族之灭亡，并将破坏人类之文明，如此，则朕将何以保全亿兆之赤子，陈谢于皇祖皇宗之神灵。此朕所以饬帝国政府接受联合公告者也……”

前院内，所有日本男女，屏息聆听，涕泪横流。他们或面墙肃立，或双膝跪倒，有的捂面抽泣，有的大放悲声。他们大和民族战无不胜的神话被彻底击垮了，亢奋的狂热的战争意识现在被卑耻羞辱和悲痛欲绝的情绪所代替，他们不愿接受这个严峻的现实，居然有几个人哐啷拔出军刀，对准自己的腹部刺……

8 月 16 日早晨，阳光刚穿过囚室的楼道窗口射进来，几个看守警有些异样地看着里面被囚禁的人。徐长岗心中有些疑惑，小声问站在门口的看守警：“怎么一整天没见有日本人?”那看守警幸灾乐祸地说：“日本人都到前院哭老娘去了，昨天晚上他们听了一夜日本天皇的投降广播。”吴世辅一把搂住徐长岗跳了一个高，“日本鬼子完蛋了，抗战胜利了!”他这么一喊，全囚室的人都兴高采烈地欢跳起来。二三十个人敲窗的，击打栅栏的，敲打折腾手铐的，人们都含着眼泪，互相拥抱，喊着：“日本人垮台了，满洲国完蛋了，我们可以出狱了。放我们出去!”一个囚室带动了全楼道，响起了惊天动地的歌声：

“九一八，九一八，在那个苦难的时候……”

稍稍平静之后，吴世辅问那个看守警：“日本人投降了，为什么还不放我们出去？我们反对日本人侵略没有罪啊!”那看守警说：“听说一般犯人是一定要放的，杀人放火等重大刑事案件要移交未来政府的。政治犯就说不清楚了。”看守警的话引起全室一阵骚动和议论。吴世辅拉着徐长岗从窗口走开，他心里思考着他们应该怎样采取措施，他觉得，斗争还在继续。

早饭后,囚犯们照常上工,但进到车间后分配的任务不是缝制日军军衣了,而是赶制青天白日旗。说是要让全市市民都打着青天白日旗上街迎接中央军。不过,管得很松,监工人员也调换了不少,不到下工时间就让休息了。而且,还讨好性地给每个人发了两颗西红柿。那时候东北人还不多吃这种东西,多是栽在花畦里供人观赏的。但对于长期住在监牢里的总是吃不饱的犯人来说,这种圆溜溜、红艳艳的西红柿实在好吃,比鲜桃还香甜。在快下工的时候,人们凑在一起,一边吃西红柿,一边议论日本人投降后东北会如何。有人问:"政治犯估计会怎么对待?"有人笑着回答:"把政治犯全部先优待起来,等中央军来了请你们都去做大官。你们反抗日本人有功嘛。"一个政治犯顿了顿说:"你们说的都是没道理的,如果不释放政治犯的话,这里面就一定有阴谋。"另一个政治犯说:"日本人心狠手辣,现在他们哭了,你们笑了,他们一定不会善罢甘休,咱们要提防日本人杀害我们。"又一个人说:"不光是不让我们笑的问题,他们是怕,是害怕我们,他们严刑拷打过我们,怕我们被释放了报复他们。因为现在他们回不了他们东洋三岛。所以他们有可能对我们杀人灭口。"有两个重犯爆粗口说:"管他娘的三七二十一,我们索性砸开门冲出去算了!"徐长岗和吴世辅听着人们议论,互相交换着眼神。徐长岗拍了一下吴世辅的肩头,坚定地说:"这话有道理。现在趁乱行动,容易成功,如果坐着等国民党中央军来接管了监狱,国民党是甚政策,咱都闹不清楚,说不定何年何月才能放出去呢。"

"对,说的对! 咱们合计个妥当办法⋯⋯"吴世辅迎合徐长岗的话招呼大家。

二三十个人一边看着监工的看守警随时会过来偷听,一边就围拢在一起讨论越狱计划。尤其是有几个杀人犯和杀人未遂犯,他们最怕把他们移交给未来的那个什么不明不白的政府,他们尤其赞同冒险冲出去。大家商量的结果是今天晚上十点在睡觉前的放风时间,以敲暖气管道为号,大家一齐往外冲。从现在开始,大家装作什么事也没有的样子,谁也不能走漏消息,否则同囚室的人立即处死他。商量好后,于是分头串联各囚室,要求在晚饭前串联完。吴世辅给杨万举在车间寻了一片废锯片,偷偷告诉他吃完晚饭赶快锯开镣铐。

当天晚上的犯人管理也出奇松懈,吃完饭送饭的看守警好像连囚室门也忘记了关,于是有的人试探着走出来站在楼道里观看。各个囚室的犯人都有些兴奋,原先有些担心跑不出去的人也把心咽到了肚子里,开始跃跃欲试了。晚上快到十点了,吴世辅的心剧烈地跳动起来,他看了一眼徐长岗,徐长岗抢起早就握在手里的一根铁棒,洪亮地敲响了暖气管子。徐长岗敲响了第一声,紧接着全监狱各囚室都"当当当当……"响起了棍棒敲击暖气管子的声音,还混杂着敲击门窗的声音。囚室门没有锁的,大家一齐跑了出来,囚室门锁着的,里面的人用脚蹬,外面的人用棍棒砸锁,就是一眨眼工夫,所有的囚室门全部被打开,犯人们全部穿过楼道下了楼梯跑出监区,冲向前院监狱大门。监狱区早已经没有一个日本人了,那些满洲国的看守警们一看这阵势,似乎很懂得"皮之不存毛将焉附"的道理,把枪一扔,远远地跑开了,生怕被疯了似的犯人们要了自己的命。躲在前院的日本兵正在为天皇投降悲伤,满洲看守没有挡住犯人让几百人都冲到了大门铁栅栏处,日本人恼火了。本来他们的武器已经放到了枪架上,单等中国政府派来人就交接。此时一听到犯人越狱,就又端起枪刺架起机枪试图挡住汹涌而来的越狱犯人。人们冲到了前面端刺刀的日本兵队列前,日本人"呀呀"地抖动着刺刀喝令人们退回去。但如潮水般涌来的犯人早已不可能退回去了,冲在前面的被刺刀捅倒了,后面的又涌过来。前排端刺刀的日本兵不敢开枪,刺刀已不能发挥作用,很快被猛冲而来的囚犯们踩在脚下。日本人毕竟已经宣布无条件投降,所以表面上他们虽然荷枪实弹,但面对激怒了的中国人,不敢像平日那样凶恶了。看到前面的一队军士被倾泻的人流所淹没,大门口两边的机枪手吓坏了,端着机枪号叫着不敢扣扳机。徐长岗吴世辅看准了鬼子不敢开枪,便大声鼓舞大家往前冲,去夺鬼子的机枪。身材高大的杨万举手提几十斤重的镣铐,如鲁智深一般裸着上身从人们头顶上就跳过来了,照着鬼子的机枪口就砸落下来,前面的一个机枪手和弹药手的脑袋立时不见了。后面一个将官模样的鬼子手持马刀从侧面砍向杨万举的腰背,早被从高处落下的八路军一棍子砸开刀口,再一棍子打倒在地。十几个鬼子机枪手吓坏了,扔下机枪就像兔子一样跑到了大门外。大门外闻讯而来的日本宪兵以汽车和摩托车为依托,机枪子弹像飞蝗一样立刻打倒了十几个人。徐长岗见冲不过去,便大喊人们往后退,犯人们听从号令马上乱糟糟地退回了监狱,关上了大门。日本宪兵大势不在,所以只是向着大门乱开枪,并没有往里冲。徐长岗吴世辅带着人们冲到了监狱后墙根,吴世辅知道墙外就是开阔地,便呼叫人们往倒推墙。随着"一、二、三!"的号子声,大墙立时裂开了一条缝隙,第二次号子喊过,大墙轰然塌落了十几米宽的一道口子。人们潮水般的蜂拥而出,像出窝的蜜蜂一样四散而去。

"烧头"和"叫驴"大概看见日本人害了怕不敢开机枪,便趁人们逃跑的关头跑到日本人住的前院在日本人住的地方抢了不少穿的、吃的和票子高兴地准备出门,被后来听得没有了人声后砸开大门进来的日本兵迎面撞上,一排子机枪子弹浑身打成了马蜂窝。

徐艳明住的志诚银行距离奉天第一监狱不过二里来地。枪声大作时,徐艳明急得跑上跑下,坐立不安。她担心弟弟和吴世辅会被日本人杀害。半夜了,枪声停下来,她不知道情况,只能惴惴不安地上床睡觉。但她哪里能睡着呢,老是大睁着两眼在黑暗里支楞起耳朵听外面的声音。突然,她分明听见了外面有敲门声,又听见一个小小的声音:"艳明,你快开门!"徐艳明听出是吴世辅的声音,她一下掀掉被子,顾不得穿外衣,赤脚就跑出院子里,拔开大门插棍。外面门一推开,吴世辅身上带着血就闯了进来。看见徐艳明近乎半裸着身子,吴世辅一把抱起徐艳明就往屋里跑。进到屋里,跑得浑身是汗的吴世辅看到徐艳明冻得浑身发抖,便一下把她拥在怀里……徐艳明心激动得跳动不止,两眼流着泪。直到吴世辅抱着她的手抚摸到她细腻的胳膊时,才记起自己还没穿上衣服。她推开吴世辅在黑暗中一边穿衣服一边问:

"长岗呢? 你们不在一起? 你是怎么跑出来的?"

"我们暴动了,越狱了。长岗好像跟金玉忠一起往南面跑了。这会儿怕是已经到了金玉忠家了。"

徐艳明长长舒了一口气,倒了半盆热水,让吴世辅好好洗一洗。并把弟弟长岗和长捷的衬衣取出来让他换上。吴世辅洗罢换好衣服,徐艳明已经给他煮好了一碗鸡蛋挂面。吴世辅问:"有酒吗?"徐艳明从柜子里取出半瓶"老龙口"烧酒,说:"这还是你们年前在这里开会时喝剩下的。"

"说点什么吧? 这段日子外面发生了什么呢?"吴世辅猛饮下一杯酒。

"祝贺你们逃出狼窝虎穴,安全回到家里!"徐艳明含着泪水说。

"这当然要祝贺,但下步最重要的是应当祝贺我们中国人民终于摆脱了日本帝国主义的奴役,我们中华古国终于复兴了。"吴世辅纠正道,"至此,帝国主义残暴侵略我们中国的屈辱历史永远结束了,我们再不是亡国奴,要做主人了。"徐艳明看到吴世辅激动的样子自己就更加激动。她也端起酒杯和吴世辅碰了一下杯,把一杯酒也一饮而尽。热辣辣的烧酒烧灼着两个年轻人的血液,但今夜月正圆,人正好,家事国事都正好,所以从不喝酒的徐艳明和她心爱的人一起举杯畅饮了。

"我们唱一支歌吧。"吴世辅提议说。

"唱什么呢?"徐艳明歪着头问。

"唱什么呢? 嗯,我们在太行山上吧。对这首歌你应该连听也没听过。我唱你听吧。"吴世辅这支歌是在囚室里听"八路军"哼哼时听会的。吴世辅有这个本领,好多东西他一听就记住了,一看就学会了。

"我们在太行山上,我们在太行山上。山高林又密,兵强马又壮。敌人从哪里进攻,我们就叫他在那里灭亡……"吴世辅的思绪进入了奇异的世界,刚才,他还在鬼子人间地狱般的牢房里,经历了血雨腥风。人们拼命地往外跑,生命在那一刻真正像一棵草。而眼下,他坐在温暖的房间里,面前坐着他心仪的女子。徐艳明啊,你真是一个女神,你把姐姐和爱人的温暖一齐给予了我,使我享受到了人间最美最亲最高尚的情谊和温馨。

徐艳明呢,看着吴世辅深情连连地看着她,觉得陶醉了,觉得此刻的二人世界把她从长时间的担心和恐慌中拯救出来了。她再也不用去无尽地牵挂这个人了。"我们跳个舞吧!"徐艳明含羞建议。

徐艳明说完不等吴世辅表示同意,拉起他,在地板上飞转起来。那是四步交谊舞,他们都会跳,没有音乐,但他俩跳得一样投入。像车轮旋转,如轻风徐吹,直到跳得两个人都是微汗连连,气息徐徐才停住。徐艳明突然抱住吴世辅的肩头哭了起来,她是高兴和悲伤交织在一起才忍不住哭出声来。

他俩庆祝过了,哭过了,笑过了,吴世辅躺在徐艳明的床上疲倦地睡着了。他经过了半夜的奔跑和半夜的激动,在天快放亮时睡着了。

他梦见自己仿佛走到一个风平浪静的沙滩上,天空湛蓝湛蓝,阳光晴好,沙滩暖融融的,鳞次生长着碧草和野花。不知是谁把他引到了海水中游泳,他浑身脱得精光,那海水,温热得恰到好处,甚至身边的鱼儿、水藻他也能看得清清楚楚。可不知是一股什么样的海浪把他猛地推向海水深处,没过他的头顶。他在水中睁开眼睛,看到的是一个海岩洞,岩洞里海花灿烂,五颜六色的鱼族进进出出,太阳光从水面折射进来,放出无数道金色的光芒。他在水中轻轻地跳荡,他好像越走越远,脚底踏的是软软的海沙。突然他感到头有些憋闷,眼睛也有些痛,尤其是脖子好像被人掐住了似的,几乎使他窒息。于是他想要回到陆地上去,但一股力量推着他,使他不由自主地往岩洞里走。啊!他似乎看到那岩洞的一侧有一个庞然大物,似象非象,似马非马,张着大口在窥伺着他。他吓坏了,想要喊叫但发不出声来。突然,有一条很大的美人鱼嗖地向他游过来。鱼的鳞甲金光闪闪,那两只鼓鼓的眼睛非常美,那尾巴像深棕的蕉叶敷了一层粉红,在轻盈地摇摆。他被美人鱼的鳍挂住了,不,好像是一双小巧温柔的手,抓住他,拖着他往那高处游弋。蓝天白云,沙滩的树影渐渐清晰了。原来海里美,陆地上也很美,他想。他的脖子松弛下来,他便紧紧地抱住这条美人鱼,随它在水中游,不,好像是在空中翱翔……阳光正好,天正湛蓝,沙地十分温暖。吴世辅一个寒噤从梦中醒来,睁眼一看,自己是睡在志诚银行徐艳明的寓所,徐艳明静静地坐在床前看着他。她脸儿绯红,看着他口中喃喃着:"真难为情,在你床上睡着了⋯⋯"徐艳明羞怯地说:"我看着你睡觉,怕你再被日本人抓走了。怕你再离开我⋯⋯怕你嫌弃我。"

吴世辅心中的爱瞬间爆发出来,他一把拉住徐艳明的手:"我想永远不离开你,我怎么会嫌弃你呢?"他把徐艳明的一双小手拉在自己胸前,并且用手轻轻抚摸着。

徐艳明摸着吴世辅瘦削的胸脯,把脸依偎在他的胸怀,心疼得哭了。吴世辅抽出一只手,轻轻拍拍徐艳明的背说:"我大难不死,咱们该好好庆贺才对,你还哭啥? 快别哭了!"

徐艳明脸上带着泪水笑了,她的心里在说:"世辅,我终于等到咱们的这一天了。"

一个十分文静贤淑的女郎,而今被爱情的火焰燃烧着。她把那软柔温热的小嘴唇印在吴世辅略微带点胡茬的唇上。刚满二十一岁的小伙子吴世辅马上觉得全身像过了电源,一阵心底的颤动激发起来他男性的冲动欲望,他有些笨拙和有些粗野地把她搂住,他觉得出她前胸那一对柔软的乳莲在他的热烈拥抱中跳荡。他全身像着了火,滚热的血液在血管里奔流。他一跃坐起来,想把她往床上抱去。突然,一阵急促的敲门声响起⋯⋯

第七章　绿肥红瘦（1945 年 8 月—1946 年 5 月）

1. 精变

1945 年 8 月 15 日过后四五天，苏联红军开进了奉天市，日本军队撤到郊外等待缴械。吴世辅、徐长岗等几个逃出监狱的复华党员，则是悄悄寻找国高相熟的教员，想了解继续上学的事情。

那些天，沈阳市（日本一投降国民政府便改奉天为沈阳）一下子挂出了两块牌子，一块写着"中国国民党辽宁省党部"，另一块写着"中国国民党沈阳市党部"。有意思的是所谓"沈阳市党部"并不听命于"辽宁省党部"。他们各自抢占了一个大院，都自称受党中央委任，同时又攻击对方是投机渔猎不抗日，表白自己如何坐牢受苦，同中央有直接的联系，并且暗中发展了不少党员，是抗日的功臣。总之，他们自吹自擂，招摇撞骗，一时沈阳天空乌云翻滚。那些原在伪满政府任职过的官员、宪兵警察、汉奸土匪，都是看见有机可乘，纷纷找关系、行贿赂，竭尽钻营之能事，一个接一个挤入两个党部，争抢交椅坐。随即，沈阳市三青团总部的牌子也挂在了第四国高的校门上。其中，曾给日本宪兵队供密，因跟踪徐长岗和吴世辅被夏万济狠揍过的那个日本嘱托曹许芳也是积极活动的人员之一。还有个"地下建军组织"，搞这个活动的大都是伪满军官，他们同国民党挂钩已久，所以日本投降了，国民党的党部便允许他们自己建军。并首肯他们能组织一个连就当连长，能招募到一个团就当团长。虽然声言最后要核对他们的人数和枪支，但这些人都有活动能力，秘密串通一些伪军士兵和低价从黑市上购买还没有上交的枪支弹药，还拉拢一些地痞流氓，土匪胡子等，乌合在一起便上报建档。当然，其中的作假很严重，人数和枪支远远不足。那个日本宪兵队的特务邓华强就是"地下建军组织"的鼓动分子。邓华强收拢的乌合之众不足一百人，却虚报为一个营，于是，国民党辽宁省党部便让他冠冕堂皇地挂上了少校营长的军衔。

9月2日，日本政府签署了投降书。又过了几天，沈阳街头突然出现了一支奇特的军队。他们衣衫褴褛，有的还穿着破烂的草鞋。每个人的肩上都背着十字形的弹药和米粮袋。他们纪律严明，秋毫无犯，驻扎在破庙或损坏了的校舍里。他们的臂膀上有一块袖证，上面写着"八路军"。于是街面上便有人悄悄议论："这是共产党的军队，和国军不一样。他们在日本人的背后打仗，和日本人作战十二万五千多次，消灭日本兵五十二万七千多，消灭伪军一百一十八万多人。日本人投降共产党的军队出了大力气。而蒋介石领导的国军虽然有四百多万，占着中国大部分国土，却被日本人打得跑到了大西南和西北。日本人投降了，这些省党部、市党部便跑回来要接受。八路军进城没多久，老毛子（苏联军队）又把八路军赶出了沈阳，让美国人用飞机运来的国民党的正规军进了城。两家的军队一家在城里一家在城外，老毛子军队倒成了调解队了。听说少帅张学良的弟弟张学思在沈阳城里演讲西安事变真相被国民党抓了，后来又听说被共产党要回去了。后来听说共产党部队被林彪带着到山区去了。"

有一个很狡猾的人叫范振民，原来是济民女子高等小学校的教员。因为经济问题和调戏女生而被判坐牢。在监狱里他认识了徐长岗和吴世辅，了解了复华党的传奇性经过。这会儿他想到他有投机钻营的资本了，于是在国民党辽宁省党部吹嘘他就是名震一时的复华党的幕后策划人，总头领，所有复华党员都是他秘密发展的国民党员。由此，骗到了国民党辽宁省党部主任委员的信任，委任他为省党部组训处处长。于是，范振民找到徐长岗告诉他，他已将复华党在省党部登记了，省党部承认复华党是抗日的先进组织。说他还要筹备成立"公益中学"打算把复华党员和国民党员、三青团员一样看待吸收进这所学校。其实范振民这样做是为了积累资本，为自己进一步加官晋爵做准备。徐长岗、吴世辅他们涉世未深，对他的话将信将疑，就约定先看看等时局稳定下来再说。

为了维持沈阳市的治安，苏联红军作为占领军，在还没有将管理权移交给中国政府之前，就先招募了一支由中国人组成的保安大队，并发令禁止国民党的省市两级党部和三青团挂牌子拉队伍。这时的沈阳除了商店开门卖东西外，所有的机关、工厂和学校还都没有开展运转，大多数人还都盲目地沉浸在庆祝抗战胜利的狂欢当中，沉浸在甩掉亡国奴的帽子重压的喜悦之中。大家都在等待，等待所谓的中央接受。

国民党省、市党部所拉的人马因为苏军管理当局的重压被迫转入地下，他们为了下一步继续抢占权力，便开始与关内和中央有联系的人加紧联络，诸如他们的老师学生,亲戚,旧同事等等。他们的经济来源一部分是向买卖家募捐,当时的商人对这些吃党派饭的人心存畏惧,认为这些人以后说不定都是大官。为找个靠山,他们只好认捐。另一部分是抢劫。他们怂恿自己的许多亲信混入保安队,这些人夜间就持枪进入买卖家抢东西抢钱,收回来归他们开展活动之用。

1946年快过年了,国民党中央军浩浩荡荡抵达沈阳。范振民急忙通知徐长岗叫复华党员们快到"公益中学"来上课。当时各学校应该是在放寒假期间,而范振民却叫徐长岗他们正月初二就来上课,可见范振民为了自己发迹而用心良苦了。

新"公益中学"在沈阳大南门外,是伪满洲国"维城国民高等学校"的旧址。伪满时期,这所学校专收清室皇族子弟。这些纨绔子弟考不上其他中学,仅凭努尔哈赤的家谱世系就可以免试进入"维城国高"读书。当时溥杰就是该校的军事教官。可见它是伪满的一所贵族学校。

范振民派了一个六十多岁的老头叫李培珩的当"公益中学"的校长,并在学生中吹嘘李培珩是老国民党员,老教育家,其实李只是伪满政权的一个底层小官吏。又聘了一个叫傅国祯的当训导主任。学生分了甲乙两个班,甲班大都是复华党员,有五十多人。乙班是省、市党部一些参加了国民党的一些青年,有六十多人。一共占用了两个教室,但黑板擦和笤帚簸箕却只备一份,两个班共用。

正在此时,国民党加紧了"接受"的进程。在"接受"过程中,各式各样的国民党接受大员满天飞,各大员、各机构竞相抢掠各地的金条、房屋、汽车,竞相瓜分日伪物资。他们假公济私,名为接受,实为私吞。仅北平一地被接受的物资,就有五分之四没有入库。国民党上海市党部主任委员吴绍澍,利用职权侵占日伪房产一千余幢,汽车八百余辆,黄金一万多两。上海市长钱大钧竟然倒卖日伪物资四十二亿法币。

国民党的"接受大员"终于光临沈阳。天上飞来的和当地爬出来的,双方开始了一场紧张接触和相互勾结,讨价还价。有的找关系,有的行贿赂,有的私下交易。结果,稍作调整,省党部,市党部,三青团,"地下建军"等的把戏都得到了承认,原来玩的骗人的把戏最后成了现实存在。也有的关系不硬吃了亏,例如原来的省党部主任委员李光臣就被接受大员撤换了,委任他到安东(丹东)去当党部主委。但由于安东是在林彪的八路军的控制之下,所以李光臣的位子是给画了个饼。辽宁省的党部主任委员安插了一个叫石坚的担任。其他的基本都是原来起初拼凑的班子,各就各位,都有官做。正派一些的人一看这架势都泄了气,他们渴望民主建设的希望落了空。所谓当时流行的说法,"想中央,盼中央,不料中央来了更遭殃。"

"公益中学"上课前,甲班正准备清扫教室,却找不到笤帚、喷水壶和簸箕。有人说被乙班拿去了,值日生便到乙班去取,但乙班的那些小国民党员不让拿,于是几个复华党员便去硬夺过来。想不到这就捅了马蜂窝。乙班涌过来十几个人往回夺,刚进了教室三个人,复华党员们就把他们推出去随即把教室门关上。那些国民党员们就在门外大骂,"你们复华党是个带葫芦的,这学校是给我们开的,你们沾点光就够便宜了。"范振民在省党部拉青年人加入国民党时确实也是这样说的,于是一批地痞无赖和游手好闲之徒便堂而皇之地成了国民党员也上了这所学校。在教室里的复华党员们憋不住了,隔着玻璃回骂他们是地痞二流子,是不知羞耻的投机分子。想不到突然有一个学生一脚踹开甲班的教室门,举起手枪朝着天棚砰、砰、砰打了三枪,随口骂道:"娘巴拉子,不想活了,小心老子敲了你们!"

子弹头穿进天棚,留下了三个洞眼。甲班的人一时没有醒过神来。门外乙班的学生越聚越多,吴世辅站起来对甲班的学生说:"乙班的国民党员欺负我们,我们去找校长说理去!"

甲班的复华党员们应声站起来要冲出乙班国民党员的围攻往外走,突然乙班的学生像退潮一样纷纷离开了甲班的门口回到了自己教室。甲班的学生却都涌到了乙班教室门口。他们正要和他们讲理要一起去找校长,却看到李培珩校长和傅国祯主任陪着一个身着美国空军服装的国民党军队少校军官走来,军官后面还跟着两个卫兵,卫兵的胸前挎着美国造自动枪。大家惊愕了,却见傅国祯向着复华党员们说话了,"你们怎么不在教室里却跑出外面来? 这位刘先生是你们的老朋友,他是特定要去甲班教室里去看望你们的呢。你们好好叙叙旧吧。"傅国祯说完和李培珩校长同军官握握手便退到了后面。

军官矜持地笑笑,开口说话了,"朋友们! 你们吃了不少苦,受惊吓了,但精神却让兄弟我十分佩服。"

这时惊愕的复华党员中有人低声说:"是邓华强,是出卖复华党的邓华强。"

军官自得地跕了几下脚跟。笑笑说:"对不起大家,我其实不是邓华强,我的真实名字叫刘光。说老实话,你们复华党的活动早就引起了日本宪兵队的注意,就是没有我刘光,日本宪兵队也要把你们都抓起来的。我的内心也是非常爱国的,这不,日本人一投降我就开展地下建军活动,目前我的空军大队已经获得党国承认,并给我发了委任状。"说着,他转身要从卫兵背着的包里拿委任状出来给复华党员们看。

几十名复华党员都面露愤怒之色，徐长岗和几个火性子攥紧了拳头要冲上去。两个卫兵见状便把枪压上子弹走到邓华强的前面。吴世辅看着面前这个告密复华党、残害刘俊民的日寇汉奸，仿佛看到他穿的笔挺军官服上溅满了爱国青年的血迹。那张脸也是完全不是人面，而是一个令人可憎的魔鬼。吴世辅冷冷地盯着邓华强一字一句说："刘光先生，你今天来得正好，现在东北光复了，我们都很高兴，我们由衷地祝你高升！既然你也声称是爱国的，那么，就让我们共同来高呼几个口号吧。"邓华强看着面前几个强硬的对手，正要想说什么，却听得吴世辅振臂高呼："打倒汉奸卖国贼！"在场的人于是一起举手高呼："打倒汉奸卖国贼！"声音里充满了强烈的义愤。邓华强也不得不举手跟着呼。吴世辅又义愤填膺地高呼："血债要用血来还！"大家跟着高呼。邓华强脸色唰的变白了，声音如蝇般的也举手。

吴世辅索性走出人群，逼近邓华强："千刀万剐日本走狗！"

教室内外的学生都涌过来，步步逼向邓华强。愤怒的口号声响彻整个公益中学校园，愤怒的拳头像无数的铁锤要砸向邓华强一样。

"千刀万剐日本走狗！"一名复华党员喊了声"打死这个汉奸！别让他走了。"几十名学生潮水般的冲向邓华强。邓华强万般狼狈，看见学生们冲过来吓得面无人色。手摸着腰间的枪套也不敢往出掏枪。两个卫兵急忙保护着邓华强往后退。李培珩校长和傅国祯训导长也惶惶地拦在学生和邓华强中间，拱着手求学生："同学们，冷静！同学们，千万要冷静啊！"

学生们呼喊着往前冲，把校长和训导长两个老头涌倒在地。吴世辅和徐长岗担心踩伤了他们，弯腰去扶，也被人们涌倒。看到好几个人倒地，学生们停止了脚步。邓华强在这时间被两个卫兵拉着逃走了。

第二天，徐长岗就去"抚恤委员会"给刘俊民追问申请抚恤金的事。当时国民党在沈阳市挂出来一块"抚恤金委员会"的牌子，说是为救济在伪满时的政治蒙难者的。许多住过日本人监狱的国民党人于是都得了一笔抚恤金。复华党员们认为刘俊民是抗日烈士，他还有遗孀遗孤，在乡下日子过得十分困苦。但抚恤金委员会的人答复徐长岗说刘俊民不符合条件。和他们争论了半天也不予抚恤。回到公益中学后徐长岗找范振民，范振民说这笔抚恤金是国民党中央拨出来的，是党内的，是救济国民党员的。刘俊民是复华党的人，不是国民党员，不能领这笔抚恤金。徐长岗反驳道："国民党从哪来的钱？还不都是中国老百姓的？所有老百姓出钱难道就只是抚恤国民党员，别人为国捐躯了却不给抚恤,真是岂有此理!"范振民沉吟一会儿说:"有个补救办法,如果你们复华党员现在登记加入国民党,你们的蒙难者就可以得到这笔抚恤。"徐长岗听了将信将疑,就说我们回去讨论讨论。

徐长岗把范振民的话在教室里向吴世辅和大家说了。这时有人叫嚷起来:"我们不和那些投机分子同流合污,我们不能与那些地痞无赖为伍。我们绝不能上范振民的当!"

徐长岗看了看吴世辅又说:"范振民说如果同意登记,对我们复华党可以优待。可以把加入国民党的时间提前到 1942 年,就是叫做地下党员了。这样同光复后加入的有很大区别。范振民还自荐当我们的入党介绍人呢。"夏万济愤愤地抢着说:"长岗你别信他的,他是在想把咱们都拉做他的部下,是对我们纯洁信仰的卑鄙羞辱! 我不同意!"底下好多人都不乐意加入国民党,但都对究竟该如何做感到很茫然。

吴世辅沉默了许久,大家都想听听他的看法。他站起来向着徐长岗,向着大家说:"我们复华党从成立至今,经过了不少的挫折和磨难。我们党内的每个人都不同程度地上过不少人的当,吃过不少亏。我们上了邓华强的当,让我们一个幼稚天真但雄心远大的党遭受了灭顶之灾。如果我们今天再上范振民的当的话,我们复华党就彻底不存在了。我们最大的问题是幼稚,没有经验,有的只是热情和勇气,但现在光有这一点是远远不行的,是要到处碰壁的。我认为我们现在的重要任务是读书学习,充实自己,争取念完中学念大学,在读书过程中完善我们的党。"徐长岗等吴世辅说完了,似有醒悟,频频点头。他正要说话,有一个同学发问:"那么我们的复华党呢? 解散吗?"吴世辅不正面回答,说:"让长岗发表看法吧。"徐长岗激动地说:"我这些天也在犹豫,我们的复华党,是继续活动呢,还是融入国民党呢,还是变更为其他名称的党呢? 世辅同学刚才的话让我明白了,我觉得从现在起,我们同这些地痞无赖、投机分子彻底决裂,范振明的险恶用意我明白了,所以我们也要同范振民决裂,就是同国民党的这些党棍决裂。"徐长岗看了看吴世辅,世辅正轻轻拍着巴掌表示对他说的话表示同意。徐长岗有些怅然地接着说:"复华党我建议不宣布解散,但我们也不要再以它的名义活动了。应该说,打垮了日本帝国主义,消灭了满洲国,我们复华党的任务和使命基本实现了。我们还年轻,要走自己的路,等待下一步的哪一天,我们的复华党会复苏,会和中国最成熟、最伟大的政党融合。我们今天就当场表决,同意就达成统一,不行咱们再讨论。"在场的甲班同学一大半是复华党员,大家听了徐长岗的话后怔了一会,随后都举手此起彼伏地说道:"同意! 暂停复华党活动，我们不在这里念书了，我们要认真寻找真理去！不给党棍们当炮灰！
……"复华党员们呼叫着气愤地离开了甲班教室。

室内温度正好，不冷不热。窗明几净，好几盆花儿在旺盛的生长中发出幽微的清香。坐在窗前太师椅子上的少夫人生得面容姣好。身着花格平绒旗袍，手里端着一杯参汤，用调羹在轻轻地搅动，并不停地吹着碗里的腾腾热气。她面前的地板上有一个日本式的摇篮，里面睡着一个几个月的孩子，一个小女佣在不住地摇晃着摇篮，哼着儿歌："拉大锯，扯大锯，姥姥门前唱大戏，什么戏，娃娃戏，铜锣皮鼓敲打起……"

少夫人对面还站着两个农妇打扮的女人。一个二十三四岁，大襟袄上还缀着两块补丁，瘦条条的，乌黑头发在脑后挽着发髻，脸庞长得很清秀，只是有些缺乏营养的菜色。她羞涩涩地低着头，但由于年轻所以两面颊泛出淡淡的红晕。另一个四五十岁，是一个穿着简单但干净整洁，脸上略抹了淡淡粉脂、描了眉梢的半老妇人。这时是这个半老妇人在絮絮叨叨给那少夫人说话：

"太太，这可是老实人家的媳妇，婆家在雪里屯。男人惨死在日本人监狱里，据说是打治安官司的。家里抛下一双老人和寡妻幼子，所以现在家里千斤重担就这媳妇一肩挑了。忙里忙外，地头灶下，累到她日夜不得轻缓。天不作美，不到一岁的孩子偏得了中风症，看不起医生，一个小生命就丢了。她真是太苦命了。听得太太要给公子寻个奶妈，我觉得合适就带她过来了。太太你行行好，收下她吧，她有了个落脚，公公婆婆的咀嚼也就有了指望。"半老妇人神色谦倨的说好话。

"叫什么？"少妇人抿了口汤问。

"翠花。"小媳妇低声答道。

"奶水呢？生了孩子快一年了，还能旺吗？"少妇人怀疑地盯着翠花提出疑问。

"旺，旺！太太，这还能瞒得了小公子的肚子？奶水不旺我就不敢带着来。"引荐的半老妇人忙着打包票。

然而少妇人仍然不放心。"我得亲眼看看……"

"那就解开怀，让太太瞧瞧奶水。"中间人怂恿翠花解衣扣。

尽管面前都是女人，可翠花总是乡下的女子羞涩，手指还没有拧住扣门脸先红了。犹豫着。

"快解衣扣呀！怕啥，都当过娘了还羞怯怯地像个闺女。"

翠花羞红着脸解开怀,汗衫已经湿了一片。半老妇人伸手抓住翠花一只奶子握了一下,一根奶线"嘶"的喷出了老远。

少妇人笑了。正要说话,她的先生,那个摇身一变成为国民党空军少校军官的刘光推开门走进来。刘光一进门,他的眼珠立时盯着了眼前的情景。他看到一个容颜可人的村姑,裸露着两只迷人的奶子正叫人观看,他便站在面前眼巴巴地看着不动。

翠花看见突然进来一个男人在看着她的怀中,两片红晕立时从耳根泛起。急忙掩了胸怀,背转刘光忙扣衣绊,头低下了不敢瞧人。

"怎么回事?"刘光从迷糊中清醒过来,一边脱下外衣往衣架上挂一边问:"是给我的小公子找来的奶妈么?"

少夫人不回答丈夫的问话,对半老妇人说:"留下吧。先试半个月,能用了再说工钱。"

"谢谢太太! 谢谢先生。"中间人给翠花递眼色。

翠花走向前去,弯腰给刘光夫妇鞠了个躬,就去摇篮边看孩子去了。小孩子看见翠花立时就像看见了自己亲娘,嘻嘻笑着,伸出手抓翠花的头发,呀呀学着说话。翠花抱起孩子,亲亲热热地往门外走。那个女仆不放心急忙跟了出去。

"有缘分,真是有缘分。太太,恭喜你们了!"中间人拍着自己的膝头呱呱奉承。

少夫人从衣兜里取出一叠法币,递给中间人说:"这点钱你先添件衣服穿吧。孩子的奶水如果满意,我还会再给你的。"

"谢谢太太,谢谢先生!"那半老女人急不可待地接过钞票,厥厥地扭着身子去了。

刘光,喜咪咪地叼上一支雪茄,"咔嚓"打着火机,那湛蓝的火光跳跃着,映着他深藏不露的表情。

一辆美式小型吉普车停在刘光的寓所前。少夫人打扮得花枝招展,要回娘家去参加弟弟的婚礼。女佣姑娘把高级镶毛边大氅拿在手上,准备给太太披上。而少夫人却从翠花手里接过儿子要吻别,小孩子赖在翠花怀里头也不转回来不愿跟妈妈。少夫人本来有些不悦和嫉妒,但随即回嗔作喜掩饰自己的尴尬,笑着说:"好你个小叛逆,有了奶妈就不认亲娘了。看我从姥姥家回来揍你个小东西。"

翠花有些不好意思。她一边抱着孩子逗,一边红着脸说:"太太说笑话呢,你们天生是有福气的人,孩子长大了为你们挣大把的钱,到那时他就不会认我这个穷奶孩子的了。"

少夫人听了很受用,咯咯地笑着。

刘光也披挂停当,等太太披上大氅,便携手走出门坐上吉普车鸣的一声去了。

翠花这些天在刘光家吃的脸也白胖些了,本来乌黑的头发少夫人让她每天梳,梳得油亮。又穿着太太给的虽然旧但还很干净很好看的衣服,透出来娇柔俊秀的模样。她抱着孩子看着先生给太太打开车门时回头瞅了自己一眼,虽然离那么远,但她却经不起先生有些异样的眼光的刺激。还没等到车门关上,便匆匆抱着孩子转身进了家。

天色刚黑,寓所外一阵汽车喇叭声响,翠花看见先生西装革履的从吉普车上下来进了门。

"先生您回来了,太太呢?"翠花抱着孩子一边摇晃一边问。

看着家里没有他人。刘光借着凑上身子亲儿子,趁势就捏住了翠花的手指。"怎么?你想让她回来?她先不回来,要和佣人在娘家住三天。"

翠花羞怯地看了眼刘光,一边从他手里往回抽自己的手指,一边红着脸说:"先生您放稳重点,让人看见了我受不起……"

晚饭后,刘光说要借太太不在这几天与儿子联络感情,让翠花把孩子抱到卧房。然而等翠花放下孩子刚回到她的房间,主人房里的孩子便拼命地哭了起来。

翠花迟疑了一会,听到孩子哭得越来越凶,母性的本能驱使她推开主人的卧房门,看见刘光已经盖着被子睡在床上,一只手在不停地拍打着哄孩子。但孩子不听他的,看见奶妈进了便爬起来哭着要她。翠花抱起孩子,把婴儿被子围在孩子身上。然后怯怯地问刘光:"还是我抱出去睡吧?"

"不行!今晚必须让儿子在我房里睡!"刘光板着脸看着翠花说。

翠花只好在地下走动着摇晃孩子让他入睡。等到孩子睡着了,便把孩子轻轻放在刘光床上,然后蹑手蹑脚往外走。就在她掩门间,她看见刘光的手在推孩子。孩子被推醒了,又嘶着嗓子哭起来。

"翠花,你也在这房里睡吧。要不这一晚上我们都不能睡觉。"刘光求翠花说。

翠花憋了个大红脸。"我……我不能……"

"你在那张单人床上睡,我和孩子在大床上睡。孩子哭了你随时可以哄。

要不,折腾一夜,如果孩子病了,太太回来能饶了你吗？就在这里睡吧翠花,看着孩子身上…"

翠花辛苦一天,眼皮早就打起了架,无奈便出去抱着自己的被子在单人床上睡了。

翠花正迷迷糊糊地在做梦,梦见自己和公公婆婆在地里捆玉米秸秆。不知怎么她自己被两条柔软的绳子捆住了双手,她挣扎着,想呼叫却叫不出声来。她心中一惊,就醒了。她明白了,刘光脱得赤条条的钻进了她的被窝,他的两只有力的手臂和高大壮实的身躯,已经把她娇小的身子包裹了。刘光一边亲吻她,一边把她身上的衣物都一件一件扯掉扔出被外。瞬间她的身子也被刘光脱得一丝不挂,刘光紧紧抱着她,搂的她都快喘不过气来。刘光火热的身子摩擦着她温热的身子,让她很快把全身的惊吓都消退了,代之以久违的舒坦。

翠花,这个少寡的年轻女子,怎么也受不了突如其来的这样的男人的热烈冲击,没有丝毫力量反抗这样的诱惑。她本来滋生的一点反抗心理和最初对男主人的戒备,现在被自己身上这个男人摧枯拉朽般的动作彻底征服了,所有的防线完全崩溃。甚至,随着身子上面男人的动作,她也开始主动配合。一个动人的女性的裸体,在本来不熟悉的男人面前消去了羞怯、畏惧和戒备,代之以一副急切的需求,无限的幸福和满足来临之前的那种阳光和煦的充盈感和饱满青春的洋溢之情。或许是难以言述的一种美妙感受,男人的贪婪、粗野和掠夺,蹂躏般的攻击,不仅没有让翠花感到厌恶和嫌弃,反而让她觉出如久旱的天地喜逢甘霖,受困的游鱼跃入了江河。她呻吟,她叫唤了,全身在颤抖和痉挛着。她在承受着快活的同时,轻轻地但却是坚决地叨叨出:

"给……给俺加……加工钱！俺家里还有两个老……老人……"

"哒哒！亲亲……加,一定加。岂止是加工钱,还要……还要给你做新衣服,让你戴宝石……戒指！"刘光一边大动一边喘着气说。

"你说……说的话要算数,不……不能反悔！"

"我……我哄你就……就是大姑娘养的。"

第二天天刚发亮,翠花提着一个小包裹看看街上还没有人,便急匆匆地往雪里屯而去。包裹里装有刘光给她的法币,还有几只银器和几块布料。她急匆匆地回了家把包裹给了婆婆,说是主人家给的,又再三叮嘱婆婆不要和人讲,然后又急匆匆地赶回城里。二十里路跑回来刘光正要急着上班去。翠花接过哭的泪人似的小孩子,解开衣怀让他吃奶。小孩子贪婪地衔了奶头咂着,咕噜咕噜的吞咽着奶水。悠然一个念头跳进翠花的脑中:"这股贪吃劲儿,和他爹一模一样……"

晚上，翠花本来不愿意再到主人卧房，但经不住刘光的连磨带恐吓，再加上女人本能的驱使，她半推半就地又和刘光睡进了一个被窝。但今天她觉得太累了，本来应付了刘光一夜，又天刚亮就跑了雪里屯一趟，简直浑身的骨架都要散了。可是野兽般的刘光并不饶过她。她感到的就是疲惫，疲惫。麻木，麻木，无形中的厌恶升腾起来。当刘光第三次跃上她的身体时，她实在经受不了，连哭带哀求把刘光从自己身上推了下来。还没等刘光回过神来，她已呼呼地睡了过去。孩子哭开了，她眼皮打着架爬过去搂着孩子一边喂奶一边睡过去。睡着睡着，睁开眼一看，原来刘光趴在她屁股后面在做那事。她想推开他，但慢慢觉得出不难受了，便索性由他去乱动。她这一睡去，一直睡到天大亮孩子在她身上乱爬才把她闹醒。

翠花赶忙穿衣服。刘光拉着她的手不让她起身，被她甩开，说太太快回来了，发现就麻烦了。刘光满足地看着她问起她死去的男人的名字，她说叫刘俊民，原来在邮局上班。这时翠花看到刘光脸色铁青，浑身在抖，慢慢才恢复了平静。翠花又补充道："他是复华党的一个头头，是被汉奸出卖被日本人在满洲国第一监狱残害死的。"

刘光神色异样地看着翠花。

"怎么？你好像知道这件事情的？"翠花吃惊地问。

"岂止是认识？"刘光有些得意洋洋。他阴阳怪气地坐起身告诉翠花，"刘俊民就是被我弄死的。戏剧性的是，如今他的女人又投入到了我的怀抱中。哈哈！真是无巧不成书。"

"你怎么……?!"翠花瞪圆了眼睛看着刘光。

"我真名叫刘光，我曾化名邓华强打入复华党……"

翠花的脸刷的变白了。她浑身发抖，她哆嗦着嘴唇，她双眼冒着火焰。她顺手拿起一根捅火炉的铁棍，抡圆了向刘光头上砸去。嘴里一字一句发出："你——这——个畜生！狗——汉——奸！"

翠花的外衣还没有穿好。她一边敞开着前胸挥舞着铁棍向着刘光打去，一边哭着："我不是人，我作孽呀！老天爷……"

刘光用棉被做掩护，从炕上跳下来一边躲闪一边想夺翠花的铁棍子。翠花完全发疯了，她打不到刘光便碰到什么砸打什么，屋里的玻璃、镜子、摆设的瓷器，一股脑在她的棍下变成了碎片。"哗啦，哗啦！"的破碎声此起彼伏。刘光瞅准了一个机会一下子把被子蒙在了翠花头上，赤着身子把翠花压在地上一把将铁棍夺了过去。就在此刻,卧房的门一下被推开,少夫人气喘吁吁地冲了进来。

少夫人看着面前的情景,脸色由白转红由红转青,随着一声哭骂,少夫人扑向一个全裸的男人和一个半裸的女人……

2. 山祭

徐长岗和吴世辅等复华党员们坚决离开范振民开办的"公益中学"后,有的找关系继续插班到国高读书,有的设法谋求职业养家糊口。徐长岗、吴世辅、金毓贤和曲作昆等八九个人就聚在一起复习功课,准备考取中正大学预科。他们宣布复华党暂停活动后,和大家分手依依不舍,一两个月神情怏怏不快。复华党留给他们的怀念和伤痛太多了,复习功课时间总随时会提起过去的事情,于是他们总没有过去惊心动魄时的那种兴奋和活泼,反而多得是遗憾和悔恨及惆怅。他们像一群失魂落魄的文士,心底里流淌着滚烫的热血,但表面上却被伤痕累累所抑制。总是无可奈何。随时有人会在看书时突然一拳头砸在桌面上:"难道,难道我们的复华党就这么结束了吗?"

伤痕是沉重的。大家仿佛都被拳头所砸醒,都会抬起头互相观望,似乎都想从对方的眼神中找寻适当的答案。但这种寻求无疑是徒劳的,于是,又都低头沉默了。金玉忠看了一会书,站起来走到徐长岗和吴世辅面前,高举起拳头,似乎在质问,又像是在声讨,大嚷道:

"说呀! 你们二位为什么也不吭声?"

"复华党……"徐长岗痛苦地看着金玉忠,"怎么会结束呢,不会的……"

"我们复华党追求正义和光明的形象永远让我们的党内同志和社会上的人们牢牢记住。"吴世辅心情很激动。他看了看徐长岗,声音铿锵有力而且斩钉截铁,犹如铁锤锤砸在铁砧上,把那烧得火红的铁块砸的火花四溅。"我们现在是在等待,在积蓄力量。斗争的教训说明我们还年轻,我们的党还不成熟。我们必须寻找更加成熟,更加先进的组织,和他们积极携手合作,我和长岗都认识到这才是我们复华党今后的出路……"

吴世辅的话还没说完,有人推门进来,"对不起! 打扰了…"

人们盯着来人,是个女子。齐耳的短发,鱼白色大襟宽袖上衣,下身穿黑市布西式长裤,脚穿一双旧皮鞋沾满了泥巴和尘土。虽有些粗笨却也耐看并带点秀气的脸上,头发上,都带着尘土,就连脖子上围着的长毛围巾,也明显地落着一层淡淡的灰土。不用问，这女子一定远道跋涉而来的。

突然，金玉忠大叫起来："你不是杨大姐吗？"

金玉忠跑过来拉住女子的手高兴地抖动。又给她一一介绍徐长岗和吴世辅等同学们。

女子忠厚的脸上满带微笑，向他们伸出长满粗茧又带着泥土的手，和他们一一紧握。

"我叫杨玉琴，四平人，也是复华党员。是杜庆毅介绍我加入党的。"

一听说也是复华党员，大伙儿就热情了。有人急忙拿起笤帚给扫衣服上的尘土，有的用毛巾为她甩打裤子上的茅草，有的端来洗脸水，有的倒开水让她喝。慌乱中间，金玉忠简单介绍了来人和杜庆毅的关系。原来这位杨玉琴是个四平乡下只有小学文化的姑娘，她是在沈阳姨家暂住时结识杜庆毅的。她姨家和杜庆毅家是邻居，杜庆毅家住的和金玉忠也很近，所以就知道他俩的关系的来龙去脉。杨玉琴和杜庆毅第一次见面就很投缘，能说到一起。杜庆毅人豪爽，杨玉琴悄悄喜欢着他。后来，杜庆毅经常带《复华秘刊》回家给她看，一来二去，杨玉琴的思想进步很快，便由杜庆毅介绍加入了复华党。在东大营演出时，杨玉琴当的是演出现场服务员，跟着一伙青年男女整理演出道具和化妆用品。杜庆毅当兵走时杨玉琴还送了几双鞋垫给他，是龙凤举眉的图案，象征着她和杜庆毅有如龙凤般和鸣，犹似凤龙般飞腾。就在送别的前夜，杜庆毅在他家小屋里，把杨玉琴猛地搂在怀里。当杜庆毅的嘴唇坚定地吻住她那略显厚实的小嘴时，杨玉琴惊诧得全身发抖。但很快她感觉像在自己脑袋上开了一扇窗户，有如暗洞里茅塞顿开，豁然开朗。明净的湛蓝的天体，耀眼的明亮的和煦的阳光直射下来，晃得她睁不开眼。那千万道金色的射线有如电波一般，刹那之间传遍了她的全身。作为一个第一次接受男子搂抱和亲吻的农村姑娘，杜庆毅这个城市小伙子把她这么一抱一吻，对她一生中留下磨灭不了的印象。她刚才还是羞涩涩站在他的面前，高个子的她比他低不了多少。然而让杜庆毅一搂一抱一吻，雄性的强健几乎把她的筋骨全抽去了。她立时感觉自己浑身变得如绵软的丝绸失掉了勾架的凭借，酥酥地跌倒在杜庆毅的怀抱中。他火热的胸怀，健壮的臂膀，把她亲切而热烈拥抱着，她顿时又觉得自己是个褴褓中的婴儿，是被母亲的胸怀和体魄所保护一样，她有了幸福和安全感。老半天，她才敢睁开眼睛看他。她看到一张充满激情的健康男孩的脸，有贪婪的眼神和硬扎扎的唇髭，她有些羞涩了，又赶紧闭着了眼，接受他那如雨点般连续不断的亲吻。这些亲吻如一枚枚炸弹，把她少女的闭塞和懵懂，把村姑的守旧和封锁，全都炸裂开来,炸成了一道通向坚贞爱情的通衢。但她从他的怀抱中挣扎出来时,看到陶醉的他正在深情地望着自己。

"从今后俺就是你的人了,你得给俺起誓!"羞红着脸的杨玉琴十分认真地对杜庆毅说。

"那是,那是的!"杜庆毅似乎仍在恍恍惚惚之中不能自拔。他抓着她的手喃喃地说:"玉琴,你就是我的媳妇了,等我从军队上下来,咱就办婚事。决不反悔,海枯石烂不变心。"

爱情,这甜美的魔鬼,立时把无知的村姑烧灼得胆大包天。她狂喜地抱住杜庆毅,在他的脸上、额上和唇上发狂地亲吻。两人一齐滚到了床上。

吴世辅看着这位杨玉琴不顾路途遥远,前来沈阳打听杜庆毅的下落,想到复华党在时局变迁之下已经名存实亡了。感到很是对不起这些当初雄心勃勃追求真理,跟着他们冒死奋斗的热血青年。他充满负疚地给杨玉琴倒了一杯水,虽然没有对杨玉琴说什么,但他年轻人的眼神还是畏畏地躲开了杨玉琴的目光。他作为复华党的发起人,有千言万语却难以寻找到一句可以解释清楚的话。杨玉琴仍是兴致勃勃地说:

"我到志诚银行找徐长岗,还去金玉忠家找过,最后,有人告诉我你们在这里,终于见到你们了!"

他们互相看着,希望杨玉琴不要进一步追问。但是杨玉琴还是问了:"有杜庆毅的消息吗? 他,他……他会不会……"

可以看出这个一直坚强,忠于爱情的女子正在抑制着自己感情的冲动,眼眶里的泪水快要溢了出来。吴世辅急忙安慰她:"你别担心,杜庆毅没事。他和张庆芝从近卫师已经跑出来了,这是可靠消息,现在日本人投降了,他们肯定会回来的。"

"真的,玉琴,我向你保证,杜庆毅肯定活着,他会精神抖擞地回来见你。"徐长岗也安慰着杨玉琴。

"那就好!"杨玉琴破涕为笑了。"那我就一直等他。哪怕我变成了老太婆,我这颗心也是属于他的。"

为了寄托哀思和排解大家心中的愁绪,更进一步增进大家的友情,加强当年复华党同仁的联络,他们决定到刘俊民的墓地去作一次悼念活动。

一行十几个人默默地来到沈河边的山脚下。徐长岗、吴世辅、金玉忠、曲作昆、杨玉琴、金毓贤、高永生、赵月娥……共十八个人一个挨一个顺序向前走。这是一条狭长的山谷,西边突兀着高山和丛林。虽是三月天气了,但沈北的山谷里还是很寒冷的。山坡上傲然挺立的松树枝上依然压盖着积雪,寒风料峭,丛林阴森。鹰在空中盘旋往复,山雀起落于灌木丛中。时而可听到山洼间有狐狸的嚎哭,其声音凄切悲凉,给人以沉甸甸的感觉。

他们穿过一道还夹带着碎冰片的溪流,来的一座新坟面前。那阴冷的溪流成半环形绕坟而过,像一条冰冷的练带。冷气未退的坟头,更浸在一片凄凉之中。可怜巴巴的一个黄土堆,漫着一层白霜,草籽还没有萌发,光秃秃的更给人以失落的感觉。坟前有一棵一人多高的小树,垂了枝条,完全没有生气,有几条干枝枯叶在山谷冷风的吹拂下索索发抖,发出尖细的哨响。

大家围住了刘俊民的坟,有一个人喊话,大家一齐低头默哀。完了人们掏出身上带的冥钞,有的往刘俊民的坟上洒,有的擦着了火柴给他烧。燃着了的冥钞跳跃着很旺盛,蔓延着顺带点燃了坟头周围的枯枝和黄叶,燃成了熊熊大火。附近一棵高大铁色的松树上,似有灵气般的飞来了一只乌鸦,朝着这边的坟"哇哇"地嚎叫。那声音像暗哑了嗓子的盗墓窃贼,看到他捅开的赖以进出的窟窿,"轰隆"地坍塌下来,而发出最后绝望的嘶喊。这叫声平添了一些紧张凄怆的气氛。突然,山谷里卷起了一股狂风,丛林呼号着,枝叶积雪飞舞,人们都被风吹得闭了双眼。狂风绕着刘俊民的坟呼啸而过,把大家烧给他的冥钞灰立时刮得杳无音讯。

随着徐长岗一声"读祭文",吴世辅从衣袋里拿出准备好的祭文,扫了一眼面前的同志们,慷慨地朗读起来:

"啊!俊民,我们大家今天来看你,不是来你的面前哭泣。我们是来跟你说话,也跟我们活着的人说话。我们有说不完的话要向你倾诉。我们是向你说,也是向着我们自己说,来安慰我们一起受了创伤的心灵。

今天,日本法西斯随着它的旗子一起在中国的土地上倒下了,伪满洲国也垮了台。然而,在中国的土地上并没有出现光明,现在中华大地还是人妖颠倒,到处都是狐鼠魑魅。接受大员们已同昔日的汉奸卖国贼勾结在一起,他们坐在一个餐桌上品尝着用老百姓的骨髓和烈士的鲜红血浆拼成的丰盛宴席。官僚场中已经腐败透顶。在这些匪徒所玷污的城市和乡村,老百姓都处于无法忍受的水深火热之中。哀鸿遍野,饿殍载道。河水为之呜咽,山岳为之震怒,中华民族正处在严重的灾难和不幸之中。"

吴世辅读着读着,眼前便出现了一个披头散发的女孩。她只穿着内衣,光赤着脚,在凛冽的寒风中,在车流疾驰的奉天大马路上奔跑。突然一声刺耳的刹车声,她倒在一辆黑色的乌龟壳的轮胎之下。她的嘴里濡着血,耳朵里濡着血,胸脯上也浸润着鲜花般的血迹,她的细眉微微向下压歪了,那双细眼,却是不肯闭住,瞪着这个不平的世界。她的小鼻子歪斜了,且糊了血浆,她的小口微微张开,像是在将这黑暗的世界控诉。那微露的一排细碎的石榴籽似的牙齿咬得干紧,就像去咬碎这罪恶的人生。吴世辅的眼里浸了泪水,脑子里默默地念着她的名字:秦芳! 他的声音更加颤抖了:

"啊! 俊民,我们绝不能同那些坏蛋王八蛋同流合污,绝不能和那些双手沾满人血的家伙握手言和! 我们同他们决裂了。你如死而有知,你的在天之灵也一定会赞同我们这样做。"

"啊! 俊民,你的一件件的革命行为都重新回到我们的记忆中。虽然有人无耻地出卖了你,把你折磨至死,但你宁死不屈、视死如归的形象却永远铭刻在我们的心里。我们仍然要踏着你的脚印前进,直到你洒下的血液,结成自由与民主的鲜花。你是不朽的,海可枯,石可烂,你的英雄的名字的火焰绝不会熄灭。你的英灵将冲破黑暗,和我们一起共同战斗到胜利的日子,共唱自由民主之歌。我们要亲眼看到那些坏蛋受到惩罚。"

随着吴世辅的话音,金毓贤已泣不成声了。他的耳畔虽然听到的是悲壮激越的悼念字眼,然而他的脑中却在与山浦美子重新领略那暂短的而是宝贵的友情生涯。三高门外的马路上,她身着海军装的日本女校校服,推着富士自行车和他并肩而行,侃侃而谈。他们是那样的天真活泼,生活充满了诗情画意,对前途充满了憧憬。然而,曾几何时,他成了背着书包往各学校校园偷送《复华秘刊》的爱国青年,而她却成了如饥似渴地阅读《复华秘刊》的忠实读者和对创办这刊物的人的崇拜者。为此,她受到严峻的挑战和突然的袭击,从山浦校长的宝贝女儿,一位日本小姐,转眼之间,变成了被日式指挥刀任意屠杀的羔羊。残酷的折磨使她失去了本来的美丽,在奉天日本宪兵看守所,山浦美子在宪兵刺刀的看押下,与她的朋友金毓贤见面了。她那明亮的眼神,给金毓贤留下了不可磨灭的印象。那眼神焕发了他往昔的友情,更坚定了金毓贤斗争的勇气和意志。站在刘俊民的坟前,金毓贤泪流满面,从心底流出几个字:美子,你在哪里? 看着金毓贤的痛哭,杨玉琴的哽咽和赵月娥对痛哭极力控制的表情,吴世辅诵读祭文更加进入感情,也渐渐难以控制自己了。刘俊民那忠厚的面容,对工作一丝不苟、认真负责的精神曾经常常令他们大家感动,尤其是党指派他保护刘彩云的过程中,他出色地完成了任务,与同志建立了深厚的情谊。在监狱中,他受到毒打,直至在邓华强的魔爪下被折磨而死。啊,俊民呀,你真是一位好同志,与同志肝胆相照,为信仰粉身碎骨也在所不惜。这样的好青年,为什么竟然被日寇和汉奸残酷地迫害致死呢？而那可耻的汉奸却摇身一变，成为国民党的有功之臣，当了什么空军少校！……刘彩云呢？你跑到哪里去了？今天，在沈阳的部分复华党员在这里悼念刘俊民，怎么能没有你在场？亲爱的俊民呀，我们来得匆忙，没能请到所有的复华党员同志为您祭奠，包括你的好友刘彩云。请你原谅我们。吴世辅万念俱灰，感情迸发，其声如泣如诉，字字句句如血泪奔涌。

"啊！俊民，你上有白发高堂，下有遗腹孤儿。你竟然抛开他们长眠于这个幽谷之中。我们目睹此情此景，怎能不悲伤流泪？但这悲伤会逐渐消逝，它将化为万丈的怒火，让那一切邪恶的东西在这怒火中毁坏吧。泪水也会逐渐干涸，泪会变成血，让血泪灌溉祖国的大地，遍开那血染的鲜花吧！"

"啊！俊民，你在这幽谷中既非常寂寞又十分清苦。寂寞时，你只能听山中的松涛，看天上的明月。饥饿时你也只能餐冷风而饮白露。我们谨赠给你一些微薄的食品供你品尝！哦，你是否能够吃到喝到这些东西？是否在日落之后就被狐鼠鼺鼪这伙害人虫吞噬精光？我们不能再想了，我们这样做只是为了尽心而已。还有什么好说的呢？"

"啊！俊民，我们虽然身处阴阳两界，而处境其实是相同的。我们身边也有无数的魑魅魍魉，我们时刻也有被吞食的危险。不过，我们可以告诉你，俊民，但有一口气，我们就会奋斗不息，也绝不会向邪恶的家伙下跪！中国是有希望的，就像沈阳街头出现过的那些穿得破破烂烂的八路军就比国民党明显要好，他们也许就代表了中国的光明所在……俊民，请你安息吧！"

祭文读完了，曲作昆划着根火柴，点燃了吴世辅手中的祭文纸。吴世辅一松手，那在空中就烧成黑灰的东西，一点也不飘散，像几只轻型的鹅毛，随着徐徐的山谷微风向着山头飘去了。大伙忙着从书包里往出拿点心往坟头上放，有的拿着酒壶绕着坟墓洒了一圈又一圈。饼干、苹果、糖块，尽情地往刘俊民的坟头上扔，往土里埋。徐长岗却怔怔地立在那里，陷入了深深思索中。他不仅想到刘俊民的高风亮节，也想到他的姐姐徐艳明为复华党所作出的牺牲和努力，甚至为了他们这个爱国的学生团体，他们姐弟俩简直到了与家庭彻底决裂的地步。他还想到张丰英，这个大家闺秀，居然为了追求进步，为了复华党，不避羞耻地将自己藏到了她的被窝里。这还不算，到最后，她也和他们一样被抓进日寇监狱里，受尽了凌辱和迫害。他们最后一次见面，是在他们几个人转到奉天高等法院之后，在受刹威鞭之前的情况下见面的。那么现在呢，张丰英究竟是在家中？还是在某一所学校？抑或是在她那汉奸哥哥的影响下……这些他都不得而知。然而,这有着纯洁的向往光明的情愫,冒着生命危险掩护一个复华党领导人的爱国女青年,他会一辈子把她镂刻在心头的。

"你怎么了? 走吧。"听到吴世辅的问话,徐长岗从悠远的思索中清醒过来。擦了擦眼角的泪痕,随着大家往山外走去。

"走吧,玉琴。"人们已经陆续离开了刘俊民的坟前,金毓贤拉了一把还在那里伫立的杨玉琴。

杨玉琴跟着大家往回走了,但是眼泪汪汪地说:"毓贤,我担心,我担心杜庆毅他……"

"你瞎想什么! 快走吧。杜庆毅绝不会出问题的。"金毓贤拖着杨玉琴加快了脚步。

"哈哈,哈哈哈!"一声尖利怪声的狂笑在山谷里飘起,钻入每个人的耳中,是那么的刺耳和震人心弦。人们全在山路上呆住了。随着发出狂笑的方向,渐渐,一个披头散发的女人赤着足,裸着臂,裸着部分大腿,拍着手,向着刘俊民的坟墓走来了。

人们十分惊诧,屏声敛气,注视着怪异的女人奔跳而来。

她跑到刘俊民坟前,舞蹈着绕坟而行。她唱着歌:"春季里来百花香,大姑娘窗下绣鸳鸯。忽然一阵无情棒,打的鸳鸯各一方……"她简直不是在唱,而是在嚎,在数念,而且把每个音符和节拍都相应地拉长了,且带着哭泣的颤抖和无端狞笑之后的间歇。

徐长岗、吴世辅他们看着疯女人的哭唱,每个人的胸中都翻腾着复杂的感情浪花。他们是在看一出人间悲剧,而且被剧中的角色感染了,鼻子开始抽搐。

疯女人停止了舞和唱,开始把身上千疮百孔的上衣脱下来撕成了一条一条,然后再一条一条往空中抛,嘴里不住地喊叫:"飞,飞……"然后拍手大笑。再后就是跳起来把树上一人多高处的树枝折断,提在手里,狠命地一下一下向坟头抽打,口中念念有词:"邓华强,打死你个汉奸王八蛋! 邓华强,打死你汉奸王八蛋!"

人们什么都明白了,他们推测出来她是谁了,可怜的她就是刘俊民的遗孀。于是,十八张脸,十八双眼,都一齐溢满了泪水,像是几十条小河流水,顺着脸颊哗哗流淌……

3. 断肠霜台

吴世辅从雪里屯回来,第二天上午来到志诚银行。徐长岗回鞍山去了,只有徐艳明自己在家。徐艳明取出给吴世辅定做的一套新衣服让他试穿。吴世辅难为情地站着,徐艳明不由分说帮他脱下外衣,他只好顺从地穿起来。衣服的质地是芝麻呢,中西结合式大翻领,裤子熨得笔直,穿着显得吴世辅更爽气了。徐艳明一边帮着他扣纽扣、扯拽衣领和襟角,一边将那没扫净的毛绒和线头。那股喜悦,那股做主妇般的甜蜜,从眼角眉梢都显现出来。在她桃红艳粉的脸颊上,那两条细细的柳眉更加舒展,尤其是两只清泉般的眸子传送着美好的内心世界的动人语言,嘴角微微翘起,更加令人迷恋。

"我要回苇塘沟去一趟。都快两个月了,娘虽然死了,可我有话要对哥哥讲。"

听到吴世辅说完,徐艳明停了停,想想说:"那你就回去吧。不过要快些回来。我今下午也坐车回鞍山,我在鞍山等你。我们的事情也该和我父母摊牌了,总是这样不哼不哈的也不是个事。"

吴世辅点点头,就要往下脱新衣服。徐艳明制止道:"穿着吧,回苇塘沟也该整洁些,回头见到我的父母,更要留个好的形象。"她说着便拿出饭碗准备盛饭。

吴世辅笑道:"你父母我见过,坦白说,他们对我不热情。尤其是你的父亲,他不喜欢我。"

"事情总会有转机的嘛。"徐艳明把饭菜摆好,拿了一双筷子递给吴世辅,"再说,你必须得去争取呀? 不能太死板嘛。"她调皮地瞥了他一眼,"死心眼……"

吴世辅苦笑着,内心翻腾着波浪。他举起筷子开始吃饭。徐艳明挤在他的身边,温柔地攀着他的肩膀,那脸几乎贴着他的脸,甜甜地说:"可要吃好哦,到村里有十好几里路呢。"吴世辅顺势把他搂过来让她躺在自己膝盖上,重重地亲了她一口,"谢谢! 我的好媳妇……"

徐艳明倏地从他的腿上挣起来,轻轻地在他的脑袋上拍了一下,嗔道:"胡说! 谁是你的媳妇? 我可要撕嘴了。"

吴世辅不由分说又把她按在怀里。一对青年又嘻嘻哈哈地滚在了一起。

苇塘沟,吴世明正闷得慌。他想到弟弟冒着生命危险搞反满抗日,坐了监,受尽折磨。如今中央接受了，弟弟至少该有个小官当当了。他最怕的是弟弟再念书，已经念了十几年了，好处没有，却招出另外祸，难道还再让他念？于是，他请来了曾在他们吴家私塾教过书的王雅斋先生，让他给弟弟算算命。王雅斋"九一八"事变后就没有书可教了，因为日本人搞日语汉语双语教育，他不会日语，而且也不愿意给日本人教书。但为生活所迫，他看了几本如《周易》《鬼谷子算命秘诀》的书，就当了算命先生。日本人不禁止这类行业，于是他得以混了下来，而且混得不错，生活上比当教书先生宽余。国民党接受之后，他看到政局仍然不稳，便打消了再去当老师的念头，仍让算命打卦混口饭吃。虽然快六十岁了，但身体还不错。

王雅斋在他当年教书时的东房的炕头上坐下。想起他在私塾教书时，吴家的老吴头，老太婆身子还都硬朗。儿子媳妇，孙子孙女，十几口子人，人丁兴旺，家业不错，牛羊鸡狗都有，是全村人人羡慕的大家庭。现在，让日本人糟害了十几年，热热闹闹的一家人树倒猢狲散了，死的死，走的走，只留了个可怜巴巴的吴世明还没有娶媳妇。王雅斋长叹一口气，端起粗瓷碗喝水，心情激动手臂有些抖，碗里的水溢出来顺着胡子流下来。吴世明提醒道："王先生，你慢慢喝。"

"哦，哦哦。"王雅斋放下水碗，拭拭下巴上的水珠，"我是想起你家的一些旧事，没事的。你是要给你家小四福算吧？"他边说边从褡子里取出一本线装古书，是《周易》。他翻开几页说："世明你看，这是文王八卦图。"吴世明凑过头来，看到一个圆圈儿，中间时两条首尾相接、黑白相间的鱼，一条近乎完美的曲线将它们连成一体。沿圈写着乾、坎、艮、震、巽、离、坤、兑几个字。王先生合上书，说："你家四福，从面相上看，那孩子一脸的富贵相，不是常人。他的生辰八字你知道？"吴世明说："妈妈给我说过，我记下了。他是阴历四月十四日亥时生的，今年二十一岁。"王雅斋翻了半天书本，又在一张纸上划算了老一会，皱皱眉头说："他是丙寅年生人，丙是南方丙丁火，寅是老虎，是属虎的，这是一只红虎啊！不大吉利，有磨难。又兼是半夜亥时生，就断定那是一只饿虎。又逢四月十四的双四，红虎饿着肚子下山，尽遇事。我看这孩子不能让他再念书了。如果硬要念，就会凶多吉少。少则妻离子散，家破人亡，大则自身性命不保，有血光之灾。"吴世明听了吓得半晌说不出话来。

吴世辅是下午回到苇塘沟的。吴世明不顾弟弟大老远辛辛苦苦走路回来，就凶凶险险地把他让王雅斋先生给他算命的结果告诉了他。吴世辅听了不屑一顾地笑笑：

"复华党已经完成了它的历史使命。我现在决定不再参与政治活动了，就是要准备扑下身子念书，不念完大学，拿什么本钱为国为民效力？"

吴世明还要和弟弟争辩，吴世辅用手势制止了哥哥说话，索性就一席话说得让哥哥再没话可说了。

"祖上留下来的二三十亩土地，我一亩也不要，家中这点产业，我也分文不取，也不要哥哥以后帮我成家娶媳妇。就让我自己在外面闯，闯着念大学。闯的好坏与哥哥绝不相干，决不连累哥哥。如果怕我以后反悔，我现在就给你立字据。"

吴世明哑然了，对弟弟无可奈何。第二天一早，吴世辅觉得留在家和哥哥也没话可说了，就离开苇塘沟返回了沈阳，接着不停顿就赶往鞍山徐艳明家。

徐长岗回鞍山见了他的父亲。日本投降后的徐长岗父亲还是医院的徐院长，只不过以前对日本人的那份露骨的崇拜言论收敛了些。他听到儿子说他们的复华党暂停活动了，大家都准备上大学读书，徐院长脸上露出满意的笑容。又听到儿子说他们与范振民一伙决裂了，和国民党决裂了，徐院长立时面现愠色。他本以为儿子闹复华党反对日本人坐牢了，日本人倒台了会对他们有点好处，所以日本投降后的半年来他对徐长岗听之任之。现在看来结果就是毫无结果，就是白白坐了那么长时间的牢房，他心里再也不能容忍了。他想，如果当初就好好念书，不去搞什么复华党，就不用坐牢房，就不会浪费那么多的时间和精力，说不定大学已经考上了。这样一来，如今鸡也飞了，蛋也打了，这不是倒霉透顶了吗？徐院长勃然大怒了。他对着徐长岗声色俱厉地说："你们简直就是胡闹！吴世辅那小子就是个十足的疯子，我看他不只是反对日本人，将来连蒋委员长也要反对呢。做人就是要选择，要想搞科学技术，就需要踏踏实实坐下来老老实实读书。要想当官就必须靠近和抓住一个系统，找个靠山。你们组党结社本来走的就是晋官之阶，但在日本人还强势的时候那样干，真是太愚蠢了！现在日本人垮了，想当官还是有选择的嘛，那就是趁势抓住系统找靠山好好干嘛，现在没有日本人来抓你们了。可是你们却封山堵路，把有希望的道路又切断了。我真不知道你们的能耐表现在哪里！"徐父气得脸色发紫。

徐院长在地上呼呼喘着气走动了好半天，等到气平了些后，他威严地对儿子说："我现在决定，你要彻底同吴世辅那个危险分子绝交。交朋友必须有选择，交错了朋友就会误入歧途。从现在起，你就不要回沈阳去了。如今北平有个东北临大,你带着我的信去找我的熟人,如果给机会,你就在东北临大上大学,一切开销我自有安排。"

徐长岗在父亲面前不敢说不同意的话,正襟危坐地听着。徐父挥挥手:

"去吧!快收拾一下行李,我就派人给你订火车票。"

就这样,徐长岗被迫入关,到了北平,后来进入东北临大读书。东北临大的前身是东北大学,"九一八"事变后,学校的主要教授们随东北军一起进入关内,一部分学生也跟着流浪到北平。日本投降后,他们想回到东北复校,但好多问题政府一直悬而未决,所以还驻扎北平。这时,东北伪满各大学读书的部分大学生也纷纷抢道北平,投到"临大"的怀抱,表示他们是抗战归来的学生战士。有些本不是大学生,如在国高毕业的中学生,有的甚至是已经在伪满组织做过几年事的伪满人员,也找关系混进"东北临大"。徐长岗是凭着他父亲的关系进入东北临大的。刚开始进校,他失去了以往的复华党战友和熟悉的第三国高的同学而感到非常孤独,总是寂寞、郁郁寡欢。过了一段,徐长岗居然在大教室里碰到了他日夜思念的张丰英。他不再郁闷了。张丰英是凭着她的哥哥张丰年的关系进入东北临大的。张丰年那个昔日的汉奸走狗,如今混进了国民党驻北平的城防部队做了中校副团长。徐长岗不能理会这些了,他与张丰英他乡遇故知,他俩这份兴奋的心情是难以言状的,又有过那么一段甜蜜的际遇,这使得他俩就像鱼跃大海,虎游深山,很快就情意绵绵,形影不离难分难舍了。

徐艳明是在徐长岗离开鞍山去往北平的当天下午回到鞍山的,所以姐弟俩没有见面和说话的机会。那天吴世辅离开志诚银行回苇塘沟后,她又把吴世辅和徐长岗换下来的脏衣服洗干净,再加上几个小时的火车,所以到家后她实在疲劳之极了。她开门看到家中无人,便径自打开自己的房间躺在床上想歇一歇,不想一会儿便睡着了。

徐艳明的妈妈从外面回来,看见女儿房间门开着,便推门悄悄走进去。看见女儿蜷缩身子躺在床上甜蜜地睡着,脸上像是在笑着,一时涎水顺着嘴角流到了枕头上。徐母摇摇头,轻轻地给女儿身上盖了块毯子。正要出去时她看见艳明的小提包掉在了地上,便随手捡了起来。直腰间,一本笔记本从包里"啪"的滑出来掉到地板上。一张小纸条从本子里飞出来。徐母捡起来,看到上面是一首小诗:"明姐,一度春风又春风,东风送暖进狱中,东风不语人解意,东风吹过百花红。吴世辅"徐母怔了一会,看看熟睡的女儿,见她翻了个身又睡去了。徐母把纸条又夹进笔记本里,把本子装进包里。徐母觉得自己发现了女儿的隐秘,但这个隐秘对她的冲击好大,她觉得头有些晕。急忙回到自己的卧房。

　　等的徐艳明醒来，她又走进女儿房间，坐在椅子上，木木地看着女儿收拾床铺。她装作漫不经心地问：

　　"艳明，你年龄不小了，家里给你介绍的你不同意，那你在沈阳待了三年有自己看中的人吗？"

　　艳明说："反正总是高不成低不就的。"

　　妈妈见她不肯说什么，便直截了当地问："你和那个吴世辅怎么回事？"

　　艳明怔住了。她没有想到妈妈会问到吴世辅，她一点思想准备都没有，一下子不知道如何回答。于是装作轻描淡写地说："他，他的情况你也知道……"

　　妈妈看出了女儿的心思，于是说："你如果想和他好，我试着跟你爸爸说说？"

　　徐艳明没有回答，只是收拾她的床铺和衣服。然而，因为心里乱，所以老是收拾不好，甚至越收拾越乱。

　　天将黑，徐父回来了。他妻子给他脱了白大褂挂在衣架上，然后给他端上酒菜。徐父不吸烟但好酒。从他做医院院长的角度看，吸烟是绝对有害的，而每天少量的饮酒却有益于健康。徐父这两天心里不高兴，儿子的事情太伤他的脑筋了。前几天他曾喝的酩酊大醉，这在一位高级医生来说，还是首次。妻子对他的劝说他总是听不进去，他用喝酒发泄胸中的积郁之气。当然，今天也是照例，妻子端来酒菜，他便闷闷不乐地喝，没等到妻子和他说什么，他居然已经连喝四大杯，肚子和脸都有些烧灼感了。但仍是不说一句话继续饮酒。徐母因为女儿说吴世辅马上就要来家了，所以她瞅得丈夫喝酒的空间，就把艳明和吴世辅的事情急急忙忙告诉了丈夫。

　　徐父听了眉头一皱，还是喝酒。老半天，他平静地对妻子说："你把她给我叫来。"

　　徐艳明站在离开父亲饭桌二尺远的地方，她一句话不说只是默默地站立着。她的眼神是呆板的，一副满不在乎的表情显示出她准备挨父亲一场大骂。

　　徐院长本来就因为徐长岗的事情搞得够烦，现在又加上女儿的事让他生气。喝了酒的他控制不住自己了，他抬起凶横的目光在女儿脸上一扫，声色俱厉地喝问：

　　"你看中了吴世辅？你在沈阳好几年谁也没看中就看中了那个神经病？看中了吴世辅那个疯子！"

　　这一闷棍似的猛击，并没有让徐艳明害怕，但她心里对如何能让家庭接受吴世辅却丝毫没底。父亲的喝骂让她的脑袋有些天旋地转，她用最大的意志战胜着怯懦和脆弱。不要几分钟，她已是镇定自若，把刚才还是全面防御的态度转换过来。她抬起头，用抚摸衣扣的左手捋了一下头发，一双炯炯的目光射向父亲。她自己把一把椅子拖到父亲的饭桌前，和父亲对峙而坐。她曾想先不把她和吴世辅的事情告诉父母，计划在沈阳再住上三五年，等吴世辅念出大学，这事也就水到渠成了。可是，事情转换的很突兀，母亲居然发现了她的秘密。再说，她也约定让吴世辅来鞍山正式见见父母。现在，父亲既然以这样恶劣的态度提出问题，她只得匆忙应战了。别的事情她可以忍受，唯有对她心爱的人进行黑白颠倒般的侮辱，她的心会滴血，就是她的父母这样做也不行。于是面对严厉的父亲和矛盾的母亲，她控制着自己的情绪开口了。

"我也不大懂什么叫看中了谁，反正看中谁这是我的真心。至于父亲对吴世辅的看法，我倒可以说说。我和爸爸的看法不大相同，吴世辅不是疯子，是个非常有思想的年轻人。他为人诚实，作风正派，品学兼优。他胸怀大志，将来一定前途远大，非一般人可以比……"

"胡说！你鬼迷心窍了。"没等到徐艳明把话说完，徐院长一拳砸在饭桌上，那个斟满了酒的酒杯滚落到了地板上，"啪"的摔碎了，"两三年来，长岗跟着他厮混几乎断送了性命。我叫你在沈阳是为了让你照看弟弟读书，想不到……想不到你不但没尽到你的责任，反而你也迷上了吴世辅。你……"

徐院长激动地站了起来，脸和脖子都气得青紫。吓得徐夫人站在门口瑟瑟发抖，但也不敢说一句话，两只眼睛饱含着泪水，一会儿瞅瞅暴怒的丈夫，一会儿瞧瞧倔强的女儿。徐艳明越到这个时候越显示出凛然正气。面对父亲的压力，她表现出不当回事儿地浅浅微笑，想再听听父亲还会说出什么话来。徐院长一边捋袖子，一边指着徐艳明发脾气：

"我曾给你介绍过张家少爷，人家是建国大学毕业，诗礼传家，一表人才，如今又到北平在傅作义部下委了中校军衔。这样的人才你看不中，却偏偏看中了一个疯子，一个政治狂人。你气死我了……"

"张丰年是什么东西？"徐艳明当仁不让据理力争。"他是个流氓，是汉奸，是无耻的政治骗子，他，怎么有资格与吴世辅相比？"

女儿的反击气得当院长的父亲浑身哆嗦，他两眼冒火，他用最刺激的字眼指责女儿：

"你，你……你翅膀硬了，敢对你父亲这样无礼。你无耻！才二十二岁，就，就……就守不住了吗？好，有本事，你就离开……这个家！"

徐艳明听到父亲侮辱她"守不住"，如一把钢刀捅进来五脏六腑，全身的几万个毛孔因这刺痛都张了开来。她顿时泪流满面。呜呜咽咽地抽泣起来。急得徐夫人跑到女儿身旁，朝丈夫使着眼色。徐艳明感到世界上没有能超过自己的亲生父亲对自己的侮辱，她的脑中顿时涌现出千头万绪的画面和纷繁复杂的线条：倒在血泊中的产妇，受到男性凌辱而逃奔的弱女，日本鬼子轮奸妇女，用刺刀插入妇女阴部的惨象；因为逃婚，女人和男人相携奔跑，后面有奔马的追赶，枪弹的猛射，女人应声倒地，男人哭抱女人于胸前……"女人……不幸的女人！我为什么是个女人？……"徐艳明哭成了个泪人，她不屈服于父亲，哭喊着说：

"你当父亲的，说话太刺人了。什么叫'守不住'？告诉你，父亲！我就守给你瞧！我一辈子不嫁人！"

说完，徐艳明捂着脸，号啕着跑出客厅，跑向自己的卧室。

这下，可把做母亲的惊呆了。徐院长也因为听到女儿的话惊得大张着嘴巴，开始后悔自己的言语过激。徐夫人像木头人似的，半晌说不出话。稍后，她追到女儿房间，劝女儿：

"你爸爸他不冷静，但也是为你好的。我见过吴世辅，我觉得他的命相太硬，年纪轻轻就把爹娘都勃死了。你和他成亲，能有啥好？"

这一夜，徐艳明怎么也睡不着，辗转反侧大睁两眼直到天明。她该怎么办？她父亲已经决定，要她退了沈阳志诚银行的房子，然后回鞍山在"大陆医院"妇产科工作。父亲一旦做出决定，徐艳明知道去沈阳是不可能的了。父亲的话在家里是法律和圣旨，他就是家里的暴君，他的决定家里人不执行是不行的。徐艳明想到像书上的青年人脱离家庭，争取自由婚姻，跑到天涯海角同自己的心上人过甜蜜爱情生活，但她最后打消了这个念头。她认为吴世辅绝不是仅仅以获得自由恋爱的目的而满足的人，他的政治抱负很强，他要成才，要施展自己的才能。他现在的大事是读书，如果和她走私奔的道路，吴世辅可能会勉强答应，但他就不能按照他的抱负平静而专注地去读书了，他就得为生活而奔波，就要应付一个家庭的柴米油盐，那样，他的精力和时间的消耗就太大了。他做这样的牺牲，代价是换取做一个平庸的常人。她不忍心让吴世辅因为与自己的爱情而抛却光明前途。作为一个痴心爱他的女性，她必须做出最大的牺牲！这个决心，经过一夜的思考她下定了。她是个意志坚强、性格果敢的姑娘，一旦认准的事，即使撞到南墙也不回头。挂钟当当的打了六点，天色蒙蒙亮，一夜没合眼的她困意袭来，不知不觉在床上睡着了。然而，在那枕头上，却被泪水濡湿了一大片。

朦胧中,她听到是吴世辅来了,是妈妈把他请进客厅的。对吴世辅的说话声音和走路足音她特别敏感,分辨得很细微而准确。一声"伯母"的叫声虽然隔了房间,但传到她的耳朵里,是那么震响和洪亮,似一根尖椎刺进她的中枢神经,骤然,她刚才还熟睡,还在抑制的神经一下子弹了起来。她立即跳下床,走到洗脸架前,抹了把脸,搽了点防冻膏,用梳子快速地梳理了几下头发,尤其是她看到自己的一双眼睛有点浮肿和滞留的泪痕,她便着意把自己昨夜的心情调整了一下。当她走进客厅时,居然又是一副很干净、自然又带着欣喜的表情。她妈妈见机便悄悄地退了出去。徐艳明给吴世辅倒了杯水,热情地替他削苹果,然后坐在离他很近的沙发里,问道:

"你家挺好的吧?"

徐艳明若无其事地问过话之后,发现吴世辅穿着她给他定做的那身新衣,肩上不知何时粘了条细线,便起身给他捏了去,还顺手拍了拍肩头一些并看不清楚的微尘。她等待着吴世辅说话。

吴世辅迟疑了一下,抬起头告诉徐艳明:"哥哥不供我念书了。"

"那你打算怎么样呢?"徐艳明问。

"我当然决定是要念下去。我不念完大学誓不罢休!"

徐艳明听到吴世辅说出这话,很兴奋。一边递给他削好的苹果,一边进一步追问:"你这样需要几年的时间呢?"

"顶多五年。"

"那你靠什么坚持呢?"

"车到山前必有路。我要在社会上闯,要闯出自己的一条路。今天社会上的流浪青年到处皆是,他们像天上的飞絮一样,随风飘荡,但最后都要落地生根的。我想,我就是天上飘荡的一丝柳絮,随风飘落到任何一所学校里,哪怕是一所不知名的大学的墙根下或是楼旮旯儿,就在那里生根发芽。比如说,边读书边勤工俭学,或者当一名旁听生也完全可以的呀!"

徐艳明听到心上人铿锵有力的回答,内心像是注进了一丝丝甜蜜的暖流,她的眼睫毛上挂了几滴泪花。她要把他推向绝处,使他彻底没有退路,"置之死地而后生",这样迸发出拼搏的勇气,是无可估量的。那样,无论他走到哪一步,她都可以大大放心了。只要他斩关夺隘,踏上征程,哪怕她再牺牲什么也在所不惜,包括她对他纯真高尚的爱情! 此时,她平静地看了吴世辅许久,突然说:

"世界上许多事情都出乎意料，你不会想到，我爸爸叫长岗和我同你断绝关系，断绝任何接触和交往。他说你是个闯祸的疯子。"

吴世辅听了显得出奇平静，他淡淡地说："这我早就料到了，那你的态度呢？"

提出这个问题之后，吴世辅的目光射出两道熠熠的光芒，刺人地射到徐艳明的脸上。徐艳明感到了这眼光的刺透力。她有些发抖了，但很快，她镇定了下来，想到，如果她被吴世辅的目光击垮，就会使他俩都陷入庸俗的婚姻和家庭生活之中而不能自拔，世辅的什么理想、前途、抱负等等，都会化为泡影。不，绝不能软下来，要逼迫他离开自己，逼着她去披荆斩棘地踏上征程，那才是自己对他的最大关怀和真正的爱情！她满噙泪水的两眼倏地生出火焰来，吸干了泪水，挺直了腰板，做出冷静而不可挽回的样子：

"当然，我得服从爸爸的决定了。"

沉默，再沉默！十分可怕的沉默！徐艳明低下头，再也不敢瞅吴世辅一眼。这么静谧了几分钟之后，像突然惊雷霹雳，似猛降来急风暴雨，吴世辅把眼都瞪红了，脱口咆哮：

"好呀！徐艳明，原来你是个骗子？！你……你欺骗了我的纯洁感情，你的良心呢？你好狠心！"

徐艳明心里在发抖，脸也变得雪白，泪流满面。吴世辅看到她这个样子，有些后悔对她发火。知道她的内心肯定有着万分的苦衷，便再次镇定了自己，改变了语气和徐艳明说话，他连称呼也改变了。

"对不起！徐大姐，你别难过，你的心情和处境其实我是能理解的。"

听到吴世辅把称呼改变了，徐艳明的心比刀扎还痛，那泪簌簌直流。她回到里间，取出一个装着鼓鼓囊囊东西的皮包，对吴世辅说："这是我当了四年助产士的全部积蓄，都赠送给你，至少可以供你三年读书。"

吴世辅伸手把皮包挡回去，他是绝对不能接受别人用钱来弥补他的精神和感情的损失的，何况自己觉得已经欠着徐艳明不少感情债。他说：

"你的心意我领了。但你的辛苦钱我分文都不能要。两三年来，你给了我无数金钱买不到的东西，使我能有勇气熬过那最最困难的时光。是我亏欠你太多了，绝不是你应该给我什么补偿。"

徐艳明抽泣着说："我知道金钱决不能弥补感情的创伤，更不能购买或抵偿珍贵的爱情。但现在情况下，没有任何东西比钱和物对你更有用，也可以表达我对你的感情了。你应该往远处看，你应有远大的前程。你若不接受我这点微薄的东西,只能让我抱恨终身。你要这么不通人性,那我活着还有什么意义,我只有去死!"

话说到这个份上,吴世辅就不能再坚持不要了。他听任徐艳明把钱包塞到他的兜里。他对徐艳明说:"我,我要走了,你对我还有⋯⋯什么嘱咐的吗?"

未曾开口,徐艳明又泪流满面:"请你记住两句话,发愤读书,学好成才,实现你的宏远抱负,把我从你的记忆中忘掉,将来另找一个称心如意的姑娘做你的终身伴侣。这⋯⋯就是⋯⋯我的真诚祝愿!"吴世辅也抑制不住自己,低泣着说:"我也⋯⋯祝愿你⋯⋯终生幸福!"

徐艳明摇摇头说:"不,我不会嫁人的。"

"为什么?你⋯⋯"吴世辅吃惊而又敏感地问。

徐艳明没有正面回答。"我决心抱独身主义,我爸爸骂我才二十二岁就守不住了。我要让他看看,我能守到五十二岁、六十二岁,在他跟前当一个终身的老处女!"

吴世辅痛心地说:"这全是我害了你。你不能这么残忍地折磨自己,你要有生活的勇气呀。如果你不嫌弃的话,我决心等你,哪怕五年六载,十年二十年!"

徐艳明听了急忙说:"不行不行,那样互相牵肠挂肚的,会把你的前程全部葬送掉⋯⋯再说,到时候爸爸还要闹。咱俩就这样一刀斩齐了,谁也以后不要想起谁⋯⋯"

吴世辅还要说什么,但徐艳明向他摆摆手让他走,哭着跑回自己卧房去了。

吴世辅谢了艳明妈妈让他吃了午饭再走之意,从徐家出来往火车站而去。他孤孤独独,像个被人遗弃的孩子。天色十分阴沉,他的脚步也迈得很无力,甚至有些趔趄,不时地会撞到墙上和碰到树上,把那身艳明给他的新衣服也挂破了,弄脏了。他的脑中晕晕乎乎。怎么买的火车票,又怎么上的火车,他是糊里糊涂,脑子里老占着艳明的形象。他心里还在急切地焦躁地等待着什么,心里空空荡荡,觉得很烦。火车长笛一声鸣叫,车微微启动了。突然,他看到站台后面的那个高土疙瘩上,白霜森然的空间中,徐艳明孤孤单单一人站在土疙瘩上向徐徐而去的列车招手。劲风吹动着她白色的围巾和拂动着她的缕缕秀发。吴世辅的眼窝渐渐湿润了⋯⋯

4. 玉碎血溅泪

皇姑女侠周再娟,从监狱和刘彩云、赵月娥、张丰英等一块被释放出来后,她们就各自回家了。那时,日本人还没有投降,吴世辅、徐长岗、金玉忠和刘俊民刚刚被控制不久。被释放的好些女复华党员,都通过亲戚关系插入各学校上课。周再娟没有这种条件,他的爸爸周屠夫死了,他生前因吃肉太多而肥胖体笨,他粗粗的脖颈几乎比脑袋细不了多少,眼睛胖得凹进肉里,只显出一对黑豆似的小眼珠儿。据说,他是死在相好的一个寡妇的肚皮上的。由于心情和肌肉过度兴奋和紧张,致以脑血管主动脉崩裂,溢血而死。就因为这个不光彩的事情,周再娟的嫂嫂经常抓住他们兄妹鸡毛蒜皮的事挖苦、讽刺,时而旁敲侧击,时而破口大骂,一口一个"上梁不正下梁歪",直指他爸爸的丢人事。为了迁就哥哥的家庭,周再娟把爸爸在世时她那种女侠性格,把原先眼里揉不进一粒沙子的火爆脾气压抑下去了。对于嫂嫂的没事找事,她总是睁一眼闭一眼,每日学着做些女工,以帮哥嫂的忙。有时候一日三餐她都一个人承担,还要给侄儿侄女织毛衣,补袜子,陪哥嫂上街买东西。这一天,她从街上刚买菜回来,手里提着两大包蔬菜瓜果,繁重的日久家务劳动累得她闪了腰,整个身子困乏乏的。刚进院,就听见嫂子对一个女邻说闲话,且粗声大嗓子的,带着几分气:

"呀呀,这个家怎么过呢,柴也涨米也涨,一家五口要张着嘴要咀嚼,全是吃闲饭的,让我两口子怎么张罗哩。周家全是一片虚名,说他爹开的肉铺子积攒下钱了,狗屁!全贴了野女人了,剩下的就炕上的块烂席片片……再娟也不出嫁,女大花销大,让我们养活老闺女,手里哪能拿得出来。"

如果是以前的周再娟,她早就冲进去和嫂子干仗了,而今,她经历了复华党的生活,受到过牢狱的熔炼,再加上回到家中亲爹娘没有了,投在哥嫂的名分之下,那诸事都得忍,脾气得收敛。她听见嫂子说闲话,故意把脚步声和放东西的声音加大,借以告诉嫂子小姑子回来了,你说话该注意着点。果然,屋里嫂子说话的声音小了许多,有时变得唧唧歪歪,像是在耳语。这她就不管了,一头撞进自己房间,往炕上一趴就抽抽搭搭哭了起来。

这天做晚饭,她没有去帮,独自躺在炕上抱着被子哭泣。耳缝里听见嫂子在做饭时摔打锅碗瓢盆和指桑骂槐打骂孩子的声音。又听到她哥哥下班回来了,被嫂子指着鼻尖骂得狗血淋头:

"你算什么派出所长,五尺男子汉一点血性气概也没有,领略不了一家人。全家就好像只我一个人张嘴吃饭,吃盼盼地等着让人伺候。"

她张着耳朵细听,只听见哥哥轻声恳求着:

"你就不能小点声儿!"

之后,周再娟索性不起床了,翻了个身,把被子盖严实了,认真睡起觉来。天色渐渐暗了,窗户蒙上了一层灰暗。她仿佛觉得哥哥悄悄走进她房间,站在脚地老半天,似乎有话要和她说又没有勇气开口,最后又轻轻带上门出去了。哥哥窝囊,也够可怜的,她想。不由得她又想起来一些事。她刚从监牢回家不久,嫂嫂还没有露骨地表现出厌恶嫌弃时,那位在伪满军队混成了中尉军官的美猴王张明刚来找过她。嫂子一见当官的人就格外奉承和亲近,她想让小姑子攀高枝嫁给张明刚以便他们可以沾点光。于是嫂子对张明刚又冲茶又点烟,又吩咐周再娟好好招待客人,她走进厨房亲手施展烹调技艺,要请这位小小中尉吃顿饭。然而,周再娟和张明刚并没有共同语言,对张明刚表示出了一些无所谓的冷淡,虽然张明刚说话中总用语言挑逗,要再娟答应和他确定关系,周再娟笑着说:

"那是你一厢情愿,我和你并没有什么关系呀?"

"如此说来,你心中还是想着那个吴世辅啊。"张明刚揶揄而又幸灾乐祸地说:"我可以告诉你,吴世辅他被日本人判了二十年徒刑,就是活着出来,也成了个老头子了。兴许,我还可以略施点小小手段,让他惨死在监狱中,这样,你就保证心满意足了。"

周再娟受不了这种对她心灵的折磨,张明刚的语言使她心灵受到莫大的侮辱,这样说比对她肉体的折磨还残酷十倍。她无需和张明刚再说什么,侠女的本性令她伸出手臂,"啪啪"两个耳光打在张明刚的脸上。张明刚脸上火辣辣的怔住了,顿了一下,他笑了,笑得很平静而阴险:

"太好了!谢谢!周小姐。"

张明刚不慌不忙地戴上军帽,结好领口,庄严地踏着军人的步伐头也不回地走出周家。周再娟的嫂子追出去喊:

"张先生,怎么回事?我已经备好了午饭。"

张明刚一去不回头。嫂子瞅一眼靠在门框上一言不发的小姑子,骂了一声:"狗脑袋不上台盘!"从此她时时看周再娟不顺眼。

周再娟这些日子,没有忘记吴世辅。从开始组织复华党,到学生对手化干戈为玉帛,到东大营赤色宣传,她都怀着奇妙的初恋的心情,单方面喜欢着吴世辅。除他之外,她的感情再没有对第二个男人产生过。然而,她这个原来泼辣、大方、爽直,敢面对顽敌刀刃见红的"红衣女侠",在爱情方面却是个怯懦的弱女子。有多次机会她和吴世辅往来接触,可她总是没有一点点勇气向他倾诉自己的感情。这样,她失去了一次又一次机会,她就这么折磨着自己的心灵。就是在监牢里,面前的困难和敌人的残酷折磨,只要她想到吴世辅和她一起坐牢,她心里就化痛苦为幸运。一天天地,她心甘情愿地坚持到出狱那天。当然,她得回家,吴世辅还在狱中,她便悄悄地把他藏在心底,暗暗地在等着他。认为或许有那么一天……后来,日本鬼子投降了,听说有不少人越狱跑了,但时局混乱,她再也没找到吴世辅。不过她相信,他俩总有见面的机会,她就一直执著地等着这个机会。

听到嫂子的骂,她折腾了一夜没睡好。半睡半醒中,老觉得自己在找吴世辅。她找到各种横木乱戳的地方,找到厚墙高垒的地方,找到无法可通的地方,她无论如何找不到吴世辅。醒过来后,她眼泪模糊了,慨叹自己命苦。

第二天,突然晴了天,嫂子对她特别热情起来。那是 1946 年 5 月天,中央派接受大员来到沈阳之后。那些接受大员们各处安插亲信,或受贿卖官,或联络裙带关系,在沈阳各阶层搞得乌烟瘴气。周再娟的哥哥是伪满皇姑区的一个小小派出所所长,接受整编后,他仍干他原来的行业,但未明确还是不是所长。这下他慌了,便让人出面,想结识皇姑区警察局副局长。这位警察局副局长虽然是副的,但他是接受大员委派的,权柄在他手里掌着,正局长也不敢不满。经过一番努力,哥哥终于请到了这位副局长,决定在自己家中请副局长吃顿家常饭,先套套近乎。又听说副局长先生新近丧偶,他们想让妹子再娟去补这个缺,如果成了的话,他这个原来的派出所长,就可以凭借裙带关系扶摇直上。但是,他们知道再娟的脾气,没敢明说这门亲事,只是想在饭桌上动动脑子,借酒的媒介以促成好事,到时生米煮成熟饭,还怕妹子飞上天去?

周再娟的嫂子原来是女高肄业生,在校文化课门门不及格,唯有做饭炒菜很拿手,常常被老师选中让做示范操作,曾博得声声喝彩。这次设家宴,敬请副局长大人光临。她荒废了多年的烹调技艺又有了用武之地,这天早饭后,嫂子对再娟一反常态非常热情,笑容可掬地走进再娟的房间,手里拿着她崭新的高跟皮鞋,让再娟穿。周再娟十分惊诧,用询问的目光瞅着这位突变的嫂子。嫂子扑哧笑了:

"再娟,近来家境不宽裕,爹死后还没给你做件像样的衣服。这是嫂子嫁你哥时做的旗袍,你也试试,还有着皮鞋,能穿着合适就给了你。"

"我不要!"周再娟说。

嫂子急了,赶忙给她动手往身上穿:"呀呀,你还扭捏什么,今天家里要来贵客,你得穿戴整齐些,也好长长你哥哥的脸。姑奶奶,就当嫂子求你了!"

周再娟早看出家里这几天买鸡买肉,油炸活炖各色蔬果,心里就知道有事。既然话说到这份上，她也不再坚持扫他们的兴，便穿上了旗袍和皮鞋。本来就身材苗条面庞清秀的姑娘，这么一打扮就更光彩照人了。嫂子拍着手直奉承：

"瞧呀！我们妹子，整个皇姑区挑不出第二个来。"

说话不及，门口一辆美式小汽车咔地停住。再娟哥哥先下车，走到右面打开后门，一个身材高大的警察局副局长下了车。只听得他对司机说："下午五点来接。"

小车"嘶"的一声开走了。嫂子和哥殷勤小心地陪着副局长大人亦步亦趋地走进院子。他们家没有客厅和餐厅，只有再娟住的房间东西少，稍微宽松一些，于是安排了在这个屋里待客。门很低，虽经主人提醒，但副局长先生稍一低头，可是还是低的不够尺寸，主要是副局长看见一个风姿绰约的小姐从床上坐起来，他顿觉满目生辉，于是不能自己，所以头就在门框上"咚"的碰了一下。这一下碰在他的脑门上，主人吓得连忙一连声地道歉：

"局长先生，真对不起！寒舍太小，碰……碰疼了吧？"

副局长嘴里咝咝地吸着凉气，一手捂着碰肿了的额头，正咧着嘴想发脾气，只听得面前那小姐扑哧一声笑(周再娟像看滑稽戏抑制不住自己失笑了)，便马上装出无所谓的神情，笑着说：

"不妨事，不妨事。啊！这屋里真是太干净了，太令人舒坦了。有点，有点那个……玲珑剔透的气质。"他嘴里是赞美房间干净，其实是惊叹眼前女子的美貌。

"局长过奖了。这是小妹的住房。"嫂子抢在丈夫前头介绍着情况。她看到副局长的眼睛老在再娟身上打转转，便接着说："啊，我忘记介绍了，这是我的小姑子周再娟。"

"我猜着就是。令妹真漂亮啊！很荣幸能认识令妹！"副局长说着向周再娟伸出肥厚的大手，再娟懒洋洋地伸过手来，副局长便像攫取一块肥肉的饿狗一样一把抓住了再娟的小手，握在手心里不住地摇。他的脸扭缩着，涎水不礼貌地顺着嘴角流下来，流到自己和再娟的手上。周再娟不敢看他的脸，于是只好看他的肩上的肩章，看他肩章上的条条之类。副局长还不放开她的手，于是又把目光移向副局长的胸前，看到一大片黄泛泛的勋章和纪念章之类。她猛然觉得这个四十岁左右的男人贪婪的样子太令人可憎，便使劲把手从副局长手中抽回来。她的脸色发红，发烧到了耳根。

那副局长两眼还是不离再娟的脸，嘴里对再娟哥哥说："啊呀所长先生，你真有福气！你有这么一个天仙般的妹子养在家中。”他心里早心猿意马了。“真是金屋藏娇啊!”

“不敢不敢!”再娟哥哥一来不能全听懂副局长的夸奖之语,二来心里藏着有求于人的心思,便唯唯诺诺地给副局长递上一支香烟,又给划着火柴点上。“局长高兴就好。”

嫂子看着阵势已经摆好,便美滋滋地去到厨房施展自己的烹调手艺去了。随着那音乐般的炒菜勺子敲击炒勺声和碗碟碰撞声,一道道色味俱佳的菜走马灯似的上到副局长的面前。周再娟自然逃不脱,被副局长强拉着坐在他的身边。碍于哥哥的面子和想到哥哥的前程,再娟只好坐着敷衍着。她对于副局长对自己动手动脚和挑逗的语言和眼神睁一只眼闭一只眼,极力克制着自己,极力想使场面更祥和和融洽些。

副局长要和周再娟干杯,周再娟其实有些酒量,在女高读书时就和各校的男女学生们过往,练的能喝不少酒,曾经使不少男孩儿也倾倒在她脚下。面前这位副局长想把她喝倒,女侠心理叫她产生了想放倒这位副局长的念头。她和副局长连干了六七杯,自觉还没有醉意,这时,副局长把厨房炒菜的嫂子也叫了过来,要和姑嫂两位一起干。嫂子说:“我本来不会喝酒,但局长大人今天大驾光临,我豁出来奉陪几杯。”嫂子说着从背后拽了一下再娟的辫子(日本投降后,女人留剪发头不流行了,女孩子都梳起了长辫子)对她说:“你和局长喝过了也不能例外,还得陪我和局长一起喝。”于是,嫂子先是何副局长碰杯,接着和再娟碰杯,末了还和丈夫喝了一杯。几杯酒下肚,这嫂子喝起了劲,又给三个人都倒满了,逼着他们和自己喝。周再娟已经十几杯酒下肚了,脸开始发烧,脖子和头皮有些发胀。她觉得不妙了,知道副局长不是他们那帮学生,她知道自己今天喝不过这位官场上的油皮了,她弄不好会醉倒的。于是她拒绝再和谁喝酒。但是副局长又端起酒杯要和她碰杯,嫂子也继续给她倒酒并催着她喝。她被逼端起酒杯站了起来,她觉得脚底下像踩了一堆棉花令她立足不稳。她看见哥哥用同情的目光可怜巴巴地看着她,又用乞求的眼神投向副局长和老婆想让他们放过妹子。但副局长依然对再娟不依不饶,嫂子也对再娟软硬兼施。“妹子,嫂子知道你是刚烈女子,一杯水酒,我量你也不会让局长大人没面子的。”

“好！我……我喝!”周再娟停住身子,眉头一皱,喝下了副局长敬的又一杯酒。她用了顽强的意志和定力,接着又一连喝下六七杯酒。最后一杯酒她完全醉了,酒没到嘴里就顺着嘴角流到脖子里和胸前。她只知道胸内如一团烈火燃烧起来,很快冲腾到天灵盖。她顿时天旋地转,"当啷"一声杯子掉到地上摔碎了,她的身子支撑不住顺着副局长的胸前就倒下去。副局长美滋滋地张开双臂,紧紧抱住了满脸泛红、双目迷离的周再娟。副局长从怀里的再娟脸上抬起眼时,嫂子已经拽着丈夫溜出门去,随后把门也关上了。

副局长立即明白了他们夫妻的用意。他欣喜若狂,先抱住再娟朝姑娘红扑扑的脸上唇上亲了又亲,舔了又舔,再娟完全没有了知觉,对副局长的行为丝毫不知。酒性发作的副局长索性一不做二不休,反正到口的肥肉他不能丢掉。他一生玩过不少女人,还是第一次看到贫寒之家的姑娘比大家闺秀更迷人。再娟开始有点知觉了。她努力睁开眼,发觉自己全身赤裸,精神全崩溃了,她痛哭失声。副局长淫荡的声音使她仇恨满胸,怒火冲天。她的少女的贞洁痴心保护到现在,虽和许多男孩交往没有一个敢和她随便拉拉手,不要说抚摸、亲吻,上身更是连想都不敢想。为什么,就因为她是皇姑女侠,平时任何一个男孩见了都只能倾慕地上下看看而没有人敢造次。她心里暗暗发誓要把自己处女的贞洁留给自己心目中的那个男孩,永远地为他留着……然而,现在却在酒醉中被一条狗偷吃了,她怎么能不伤心,她怎么能容忍? 她更难容忍的是自己的哥嫂,居然为了自己的利益,为攀附权贵,为了当一个小官,就昧着良心,把自己的亲骨肉当成鱼肉荤腥拱手呈献在上司面前,让他任意来宰割和吞食。周再娟怒火万丈,她的强压下的侠女性格和疾恶如仇的气概苏醒了,她决心要把面前的这几个东西全杀死! 说时迟那时快,她嚯地一下把正趴在她身上疯狂的副局长一下子掀到了地上。那副局长正在沉浸在快乐中没想到突然就全身赤裸地被扔到了地当央,摔的哼哼呀呀还没反应过来,就见再娟柳眉直竖,杏眼圆睁,从墙上挂着的一个皮口袋里抽出一把杀猪刀,副局长这下清醒了,彻底从刚才的陶醉中吓得浑身哆嗦起来。他杀猪似的大叫:"救人啊!"

然而,还没等到他第二声喊叫求救,那锋利的杀猪刀已经深深地戳进了他肥厚的肚子里。副局长从半跪状态咕咚倒地,身下流出一大摊黑血。他的嘴歪歪着抽搐着也流着血。

周再娟飞快地穿上自己的衣服,她要持刀出去找自己的哥嫂算账。可是嫂子大概听见了副局长刚才那声呼叫,从窗户看到了杀人现状。她吓得浑身直打哆嗦,一边从外面扣上门拴转身就跑,一边对丈夫喊:"快! 快报警! 她杀了局长大人。"

"嗵,嗵"两脚,女侠的英风又恢复在刚才的弱女子身上。周再娟狠命地几脚踹开了门扇,她握着杀猪刀冲出房间,院外响起了刺耳的警笛声。刹那间,院子里拥进了一群荷枪实弹的警察，向她伸出了黑森森的枪口。双方就虎斗相持着，警察也面对满脸仇恨的周再娟不敢轻举妄动。

哥哥和嫂子在两个警察的保护下进了院子，面对周再娟，他们羞愧满面。没等得警察喊话，周再娟一声尖利刺耳的狂吼，一个红色的身影拔地而起，越过前面的两个警察，没等人们看见什么，一把杀猪刀已经毫不留情地扎进嫂子的前胸。随着嫂子杀猪似的一声惨叫，两个女人摔倒在地上。

一群持枪的警察如梦初醒，向倒地的两人冲了过去。

第八章　花残月难圆(1946 年 5 月—1947 年 7 月)

1. 鄂伦春传奇

　　杜庆毅和张庆芝在兴安岭大森林中和鄂伦春人度过了十六个月。从秋到冬,从冬到春,从春到夏,他们的生活发生了惊人的变化。这两个从新京近卫师哗变而逃的复华党重要人物如今已经没有一点军人的样子了。他们把衣服藏起来,准备以后急用。而学着鄂伦春人用兽皮和鱼皮缝制成简陋的"衣服",夏天就赤裸着身子,只围一圈皮物遮住臀部,勉强把下体遮挡住就是。头发无法剪理和梳整,长长的像女人一样披在脖子后边,任风吹得纷乱。更没有洗漱条件,脸上都脏兮兮的。然而,他们很快过惯了这种野人似的生活,文明渐渐离他们远去,原始的东西在他们身上迅速增长和蔓延。仅仅过了三个月时间,赤身裸体,赤脚爬树和到处寻觅野食的习惯就被他俩适应了。那脚板底下结了厚厚的一层硬茧,别说荆棘和石块,甚至铁钉也难扎进去。

　　然而,他俩毕竟从大沈阳出来,读过书,对事物的感受要比鄂伦春人灵敏得多。初来乍到时,那小巧的日本飞机经常飞临这里侦察,有时紧跟着就有轰炸机,还不时下几个蛋。再到后来,他们偶尔看到天空的飞机排队飞行,从北来的,往北去的,甚至在空中冒着火球,冒着浓烟,腾升、飞蹿和坠落。"开战了,但不知道是谁和谁?"他俩想。到最近,他们好长时间看不到那熟悉的日本飞机的踪影和听到那轻型的马达的轰鸣,取而代之的却是一种体型庞大、笨重又很有气魄的飞机。他俩分析猜想这是苏联飞机。这么一分析,他们认为时局发生了重大的转变。为此,他俩决定下山去看看。鄂伦春人对他俩的离去恋恋不舍,便决定跳一次林中舞欢送他们。夜幕笼罩了森林,在一个较宽阔的场地上,燃起了篝火,制作粗糙的牛皮鼓和鹿皮鼓咚咚地敲响了,成百的鄂伦春男人女人都穿上了平时都精心保存的"衣服",在空地上翩翩起舞,经过了庄重的修饰,他

（她）们在泉水里洗濯了污垢，脱去了平常穿着的那些树叶兽皮，褪去了人类的原始野性，把文明召唤到身边，显示了人类种群的同样的灵性。老年人穿的是长而宽的兰布衫，长的几乎看不到裤头。青年人穿的是类似满族人的马蹄袖式马褂。下身穿类似朝鲜人的白裤子，但比较窄。那些年轻的姑娘媳妇们，却是三五成群的在泉水边叽叽咕咕逗着笑，沐浴了玉体，晾洗了秀发，用手指当篦梳把那长了再长，长得盖着膝盖的头发梳理干净，并在树根下，灌木丛中找些鲜艳的野花插在鬓角或头顶，穿起她们精心保管的花色各异的缀着银器玉饰的袍子。袍子款式短而宽阔，袖子特别好看，上窄而下宽，像是个喇叭嘴形状。红红绿绿、黄黄紫紫的，穿戴起来，在篝火旁的丛林中穿插起舞，令人看了耳目一新。杜庆毅和张庆芝也穿上了他们逃跑出来时穿的军装，风纪扣扣得严整，大檐帽戴得端正，扎上皮带，再挂上带出来的小手枪，真是英姿飒爽，气概非凡。与这群脱去野性，乍换上文明服装的鄂伦春男女一起尽情狂舞。从舞蹈中抒发着他们十六个月的亲密相处和惊天动地的林海生涯。

这时，有一位年轻的鄂伦春少妇，却穿着鸟色衣服，戴着各色野花，背上用带子扎背着只有几个月的婴儿，在人群的远处的一棵松树下，在一小堆篝火旁低声饮泣。正在和大家一齐狂舞的张庆芝看见了，捣了也正在跳舞的杜庆毅的肩膀一下，手指了那少妇一下，丢了个抑郁的眼色。杜庆毅看到后吃了一惊，悄悄丢下人们朝那少妇走去。听到杜庆毅的脚步声，那少妇抬起美丽的脸蛋，眼里饱含乞求的泪花瞅着杜庆毅。两人默默对视片刻，突然杜庆毅大叫一声"雪莉!"两个人便拥抱在一起。久久的，久久地拥抱着。雪莉扒在杜庆毅的肩头，抽泣着说："你说过，说过永远不离开我……"杜庆毅把她的脸扭过来，看着她，用手帮她拭去泪水，"我会回来的。形势好了，不仅是我和你，我们大伙，"他手指了一下正在林中狂舞的鄂伦春人们，"都可以返回我们的家园。"此刻，杜庆毅大概早把那位痴情的邻家姑娘杨玉琴忘得一干二净了。他的全部感情都扑在这位鄂伦春美丽女子身上。这到底是怎么回事情呢？

那是个传奇的故事。

冬天来得太迅猛，鄂伦春部落群居的老林子过早就被大雪封住了。日本鬼子的飞机仍然不断骚扰。躲在老林子里以野果、榧子、橡子、松桃子、白木耳、野蘑菇和野兔、野鸡、獾猪、狍子、麋鹿为食的鄂伦春人，也过早地没有了采摘的机会和狩猎的条件。年轻人还勉强可以坚持，那些老年人和身体羸弱的妇女，由于缺乏能量的补充，接二连三地病倒了，浑身浮肿，泻肚子全身乏力。为了活命，老首领派出一班拔爬犁，把青壮年们送到老林深处，让他们带着道具和猎枪,期望他们能带回一点可以解救大伙的兽肉来。然而,一次又一次,他们都空手而归。大雪封山,野物都被堵在洞里,难以寻觅。有几个人有幸逮着几只野兔和山鸡,对部落来说也是杯水车薪,解决不了许多人的肚腹。还有一个爬犁不幸碰到了饿狼群,险些丢掉性命。两只狗被狼群撕碎了,剩余三只伤残过重,匆匆逃出包围圈跑回来了。人呢? 虽然用刀左右防卫,但还是被群狼撕咬得遍体鳞伤,所幸没被狼咬着要害处。尽管这样,残酷的饥饿,使这个群体受到极度的威胁。老首领不得不把男人们继续派出去,让他们去老林子里去争取一丝希望。杜庆毅和张庆芝也提出要和大家一齐到老林子里去闯一闯,老首领一再摇头。他认为,汉人,尤其是城里的汉人,啊,还有蒙人,杜庆毅就是城里长大的蒙人,从没经历过野生自然的锤炼,怕他去了有点闪失。在他俩的一再要求下,老首领才首肯了。他派给他俩一人一辆狗爬犁,每个爬犁上还给派了一个鄂伦春姑娘做向导,还给他们携带了刀、猎枪、火石和一点勉强凑齐的鹿肉狍肉干以便充饥。临走一再吩咐千万不可深入到老林子里,在边沿能寻到点什么就猎点什么。杜庆毅的爬犁上派的向导就是雪莉姑娘。杜庆毅的狗爬犁和张庆芝的爬犁在一棵歪脖子老松树前分手了。张庆芝和另一位姑娘往东南而去,杜庆毅和雪莉往西北飞奔。虽然自从杜庆毅和张庆芝来到鄂伦春这个原始群聚的部落有四五个月了,但是鄂伦春姑娘恪守严格的清规戒律,雪莉姑娘她们女孩儿从来不敢正眼瞧他俩一眼。杜庆毅他们俩呢,看到半裸的鄂伦春女性虽然有些好奇,稍微地会像久饿的野兽看到猎物投过去那么一两束觊觎的目光,便会有警戒特强并带有野性的愠怒的目光所回拒,他俩之后很知趣地把目光收回来。有一次,杜庆毅多看了一个少妇几眼,她正在树下赤裸着上身奶孩子。可是,这个少妇的男人发现了,就从树干上解下刀子要和杜庆毅动武。恰好被老首领看见了,给了那个小伙子两个耳光,吓得杜庆毅远远地跑开。从此,他俩接受了教训,见了鄂伦春姑娘或妇女,再也不敢盯着看了,抑或趁早远远避开。

然而,老天专门和他们作对,这次狗爬犁上就偏偏给他安排了一个野心十足的鄂伦春姑娘。大冷的冬天,雪莉姑娘穿戴得十分出奇。貂皮帽,虎皮上衣,鹿皮裤子,马哈鱼皮袋里装着备用的东西。如果不是长长的秀发从皮帽子下流泻出来,溢到她的臀部,被箭一样飞驰的狗爬犁带着团团山风吹拂的飘飘荡荡的话,从正面的外表看她就是一个英武的鄂伦春男猎手。那炯炯发亮的两只眸子,火一般的扫视着雪野中往来的野物和大兽踩下的蹄印。杜庆毅站在狗爬犁上,拽着缰绳驾驭着五条猎犬,迎面的山风撕开他的衣襟,从羊皮大袄的空隙中钻进他的体内,抓挠着他的前胸,他浑身顿觉刺扎般的感觉。他不过二十五六岁，且是一个血性的男儿，在这零下三十多度的天气中还这么感觉到冷的难受，他想象不出一个女孩子，即使是过惯了野外生活的鄂伦春人，她真的就比自己更能承受这严酷的寒风的割裂吗？他想回头瞧一瞧，哪怕只是瞧一眼她。可是他不敢，只不过用眼角瞟了一下，似乎看见她浑身披满了花毛，像个活生生的猛虎。那缕缕长发在空野中飘呀飘，多像村野山谷中的酒幌子。这么一想，他不小心往后仰了下身子，几乎跌倒，她用双臂把他轻轻托住。他还觉得出她那微微的呼吸，热气甚至吹到他的后脖颈上。他的全身像被电击中般，吓出了无数颗鸡皮疙瘩。他知道，招惹了或是无意亵渎了她们，她们就会毫不客气地用砍刀劈了你。他害怕她猛地从后面勒住自己的脖子……突然，她们的爬犁好像被什么东西绊了一下，像有法力无边的神用手托起般，呼地一下，爬犁凌空跳过了一个小疙瘩。"停！"杜庆毅还没醒悟，雪莉已经跳到他前面，把缰绳紧搂，抱住了拷力。"呲！"爬犁停住了。雪莉跳下爬犁，用手从刚才绊住他们的雪疙瘩底下刨出一只肥大的公鹿。这是只被豹子咬死还没来得及叼走的野鹿，被雪冻住了。她从爬犁上取下砍刀，杜庆毅提着劈斧，两人费了好一阵工夫才把冰冻的血肉和土石粘在一起的部分砸开。谁也没有吩咐谁，两人默契地抬起公鹿，嘣地抛到爬犁上。杜庆毅偷偷地瞧了一眼雪莉，看见她的脸被冻得红扑扑的，两只鼻孔呼出的气像白雾一样，一团一团在她的脸前蒸腾。他心中想，鄂伦春姑娘比我们蒙古姑娘还强悍，眼前这个更是女子豪杰，一股钦佩之情油然而生。这时雪莉对杜庆毅说：

"我们在这里下几个夹子吧，这儿野兽往来多了。"于是杜庆毅帮着雪莉就在附近的树旁，坡顶和崖下安下了三四个铁夹子。那雪也真厚，一扎半人深，走一步拔一下脚，幸亏他们穿的都是鹿皮靴子，里面垫着一层乌拉草，不然的话，他们的脚趾头都会冻掉的。

雪莉爬上爬犁，瞅着西北方向。杜庆毅也跳上爬犁，大胆地盯着雪莉问："我们还往里头走吗？"

雪莉点点头，像个男人般的主动坐到了驭手的位置，杜庆毅只得退在后面和那只死去的公鹿做伴了。爬犁在厚厚的雪原上有如沙漠上的骆驼，恰似大海中的舫舟，箭似的轻快地窜行了。在飞驰的雪地里，雪莉的英姿更加雄奇秀媚，那被风吹起的长长的秀发，像一缕缕向后飘扬的绸缎飘带，有的在杜庆毅的脸上撩拨，他并不躲避，从内心很高兴接受这个撩痒一样的刺激。这位草原骑射骄子的后代，对爬犁上的巾帼风采惊叹不已。然而，杜庆毅觉得，爬犁越来越慢了，雪莉的鞭子不住地责打着那两只跑得慢、投机耍懒的狗。但那几只狗像是有了默契,突然间全都停了下来。有两条老狗,居然蹲在地上索索发抖,有一条还发出哀鸣。

"不好!"雪莉叫了一声,赶快让杜庆毅解开狗套。她自己手持腰刀,仔细地观察着周围的情况。杜庆毅把狗套解开了,那些狗抖抖毛,很快一齐聚拢到主人四周,它们不再抖索了,都眼巴巴地瞅着前方的一棵老松,做出了临战前的扑起动作。杜庆毅从腰间抽出自己的手枪也推弹上膛,准备一个射击的好角度。雪莉用肘轻轻碰碰他,"瞧,老松的后面。"

果然,杜庆毅举目观看,见到那棵松树的后面有花花斑斑的东西在蠕动。他的头皮有点发乍,心头发来一股凉气,双腿便微微发抖。这一些,被雪莉这个鄂伦春姑娘扫见了,她怒目剜了他一眼,顺便踹了他一脚,把他从爬犁上踹了下去。她骂人了:

"胆小鬼!够得上一个男人吗?"

这一骂还真灵,他竟然浑身不抖了,胆气也壮了起来。并平静地向前和雪莉一起继续观察。雪莉便看便若有所思地说:"是一条金钱豹,来势凶猛,可能是因为我们夺了它的公鹿,所以要以守为攻,进行报复。"

几条狗"汪汪"地吠叫着往前扑了,但金钱豹真能耐得住性子,仍然伏如磐石,岿然不动,只用那尾巴在雪地上扫来扫去,扫起一股股雪粉,被风刮了过来。杜庆毅要瞄准射击,被雪莉警告说:"不能轻举妄动。这是只老豹子,非常凶猛的。它会瞅准一个空当,猛扑过来,再好的猎手也会措手不及,何况你是城里人……"

她的话音未落,忽然空中一股风声,一长串黄泛泛的东西在半空中划出一条线,如流星似的扑过来。杜庆毅还来不及思考,雪莉已经滚在了金钱豹的肚腹之下。那五六只狗也疯了似的一起扑咬过来。一只狗咬住一只豹蹄,一只公狗咬住豹的耳朵使劲地拽扯。雪莉在豹子的肚腹下支起胳膊托住豹子的下颌不让豹子咬着自己的要害。豹尾在雪地上飞快地扫,掀起一团团飞雪。杜庆毅看呆了,不知如何下手才好。眼看雪莉的衣裳已被豹子撕扯的稀烂,有几处地方已经渗出血迹。他知道情况太火急了,便不顾一切地冲了上去,抓住豹子的脑门照着豹子张开的嘴巴就是"呼呼"两枪。一股股血污从豹子嘴里眼里流下来,豹子大吼一声,把两只后蹄往外一甩,两只从豹子尾后撕咬的狗被甩出了几丈远,趴在地上呜呜汪汪爬不起身。豹子也身子一松躺在雪莉身上不动了。杜庆毅拖开死去的豹子,把雪莉抱了起来。雪莉已经面色苍白,手里那把刀子上的血已经被冻得往下掉冰渣子。老豹子的肚腹已经被已经被她用刀捅搅得一团糟,肠子也掉了出了。这时杜庆毅才明白,他开的两枪,只不过是对老豹子性命结束的最后补充,而真正致豹子丢命的,是这位勇敢无畏的鄂伦春姑娘奋不顾身的殊死搏斗,才得以换来他和几只狗的安全。杜庆毅对雪莉肃然起敬,他把她抱放在爬犁上,把她被豹爪抓烂的衣裳用绳子捆好避免冻伤皮肉。雪莉有四处伤口,幸亏都只是抓伤了皮肉,主要是竭尽全力后的疲惫使她虚脱了,昏迷过去了。他也顾不得许多顾忌了,解开大皮袄,把雪莉紧紧抱在怀中,让她取暖,她也挣扎不动,任由他抱着。好长一会,雪莉渐渐苏醒了,感觉自己躺在杜庆毅的怀里。由于浑身无力只好眨了眨眼睛又闭上了。杜庆毅把鹿肉干用牙咬碎喂她吃,雪莉费力地咀嚼着,闭着眼睛喘气。当她咽下第五块肉干后,慢慢睁开眼,慢慢从杜庆毅怀里挣扎下来坐起来。她的脸微微泛红了,朝他笑了笑,顺便摸了摸那几只与她共同作战的狗。三条狗安然无恙,有两条被豹子摔出去的这会也瘸着腿走到她身边。一条狗嘴巴被豹子撕掉一块,流着血看着雪莉呜呜哭泣。有一条屁股上被豹爪抓去了一片肉,正用舌头不停地舔着伤口。约莫过了一顿饭工夫,人和狗都恢复了点精神。他们又吃了点东西,杜庆毅把那只硕大的金钱豹拖上爬犁,驾上狗,准备往回赶。

就在这时,他们听到一种类似夏日响雷似的一种声音,杜庆毅有些发懵,而雪莉却眼光倏地变了。大叫一声:"快加紧往回赶!暴风雪来了。"

可是他们晚了,尽管人那几条狗都吞食了几块鹿肉,有了点力气。但面对雪莉打在它们背上的鞭子仍然难以使狗们奔跑的速度加快。爬犁在大林雪野中穿行,但天越来越昏暗,天空像笼罩上一层黄色的纱网,那闷雷似的声音一阵比一阵近,一阵比一阵响亮。雪莉被杜庆毅扶着,紧抿着嘴巴,虚弱地喝叫着狗。可是那一股比一股更强劲的狂风,使雪地里这条小小的爬犁好像是在一寸一寸向前挪动。雪莉急了,她招呼让杜庆毅也快下去和狗一起去拉爬犁。眨眼之间,天色昏暗,满地的雪被狂风像用锹掀起了一般撒向了空中,天空中旋转着雪浪,那轰轰的声音已经变为大海沸腾一样的咆哮声,狂风翻卷着老林,翻卷着雪原,在林海雪原之中,把几个有灵性的东西,托于股掌之间,任意的捏搓!雪莉知道,这是百年不遇的暴风雪,且是原始森林特有的奇观。往往一场暴风雪过后,高山变为平原,万壑耸立起雄岸的峰巅。往往百年大树连根拔起,轻轻将它像抛鹅毛般的抛向半山或雪原。往往使大厦般的磐石巨崖,轱辘辘滚到一片孤寂的地方。无情的大自然,冷酷的大自然,残忍的大自然,此时此刻,一如万恶的侵略者,怎么会吝惜几条生命呢……

传说古时候黄帝和蚩尤大战的故事,那里的神们挥手牵来千万条夹风裹虫的巨龙,口中咒语一念,就飞来千万只鲲鹏猛禽。据《山海经》记载,鲲鹏展翅九万里,可见其凶猛悍强到什么程度,自然可以想象得出。还有一群一伙的神像雄狮猛虎貔狁豺狼等怪异之兽,都行云走雾,劈雷闪电,在神州这块茫茫大海里,倒海翻江,移山填海,群兽搏击于狂涛之中,众蛟混咬于云浓雷密之处。更有那荒原世界之恐龙、巨鳄、雪豹、海马、巨象嘶叫奔跑。高山崩坍,江河断流,天昏地暗,日月无光,终于把长江南倾,大河北提,海洋掀到天之东南,空出来神州十万里陆地。因而有了三山五岳,雪峰平原,可见当年他们的这场恶战是何等狂猛!

据传,巴格达巨人顶天立地,一旦有人把它从魔瓶里放出来,一股气体喷向天空,那头顶白云,声若春雷的巨人就会出现。他凌空飞翔,眨眼之间,征逾万里,他两脚踏着高山下到万丈深渊,那千仞高峰,不过他的肚腹,他暴躁起来,一拳可以砸出一泊湖水,一脚可以踢翻一座高山。山虫虎豹如他身上蹿跳的臭虫蚊蝇,人类庞大的社会恰似他脚板底下随时可以踏抹践揸的蚂蚁王国。他的头上长着两支角,每支有一万吨重。他身上的汗毛,胜过原始森林的参天大树。他的双目似千万道闪光聚在一起,随时滚动着团团火球,任意烧熔着钢铁般的顽物。他是巨人,是神,百姓仰视他,唯他是尊,假如有所怠慢,人类将会面临殆尽。

这股暴风雪犹如黄帝蚩尤大战,恰似巴格达巨人的暴怒,是什么东西也不可逆转的。只要袭裹在它的中心,就是钢铸铁淬的巨塔也会被揉成一片粉末。雪莉知道那怪物的厉害,完全不是刚才金钱豹的凶恶和残忍可比,而是胜过恶龙的千万倍。五条狗最先预测到,早已哀哀鸣叫,有两条甚至吓得虚尿急屙,浑身颤抖不停,一直想往他俩的身边藏匿。杜庆毅从来没有这样的经历,他茫然不知所措,对渐起渐落的雪的世界束手无策。这时,他被她凌然的气势和勇猛的扑摔力一下击倒在爬犁上,她紧紧压在他的身上。他们的身下还有几条狗,一只死豹和一只死鹿。还有一架雪爬犁,以及马哈鱼皮袋和鹿皮大袋子里装的供他们活命的一些肉干、盐巴和工具武器。由于人类强烈的生存欲望,在大自然毁灭性的袭击之下,有灵性的人焕发出来的互助之心、互救之心和互爱之心是令人难以想象的。天昏地暗,地暗天昏,耳边是轰轰的大海似的波涛声,混合着大森林愤怒的呼喊,雪海的拍击以及万物的摩擦,组成一曲人类从来未领略过的奇特的旋转风舞曲。这声音犹如魔鬼的牙齿咬擦和血盆大口的张合,谁挨着就会把谁吞噬干净。他俩知道,他们正在忍受着巨魔的撕咬,求生欲所使,两个异性的人,互相紧紧地拥抱在一起,眼睛互相看着对方。在雪莉的提示下,他俩不停地在雪地上滚动，扭转，一刻也不敢停歇，因为稍一停歇，如片片飞絮的雪粉会让他们窒息而死，千万尺的积雪就会把他们永远地埋葬。他们力求要打开一个小小的空间，哪怕再小，也要能呼吸，能向生存出发……记不清过了多长时间，他们的耳边听不到轰轰轰的声音了，暴风雪过去了，周边平静了下来。就在以爬犁为中心的一个小空间，大概有两口棺材的位置，他俩站起来相互拍了拍身上的雪粒，试了试，那空气还不至于十分稀薄。几条狗也少气无力地贴在他们身边，呼呼出着粗气。

"我们俩要死在这里了。"雪莉木木地对杜庆毅说。

杜庆毅没有回答，然而，他觉得自己流下来两行热泪。他万万没有想到，自己从近卫师逃到兴安岭，也没有逃脱灭绝的命运。这时候，他独独和雪莉在一起，而且遭遇这么惨的灾害。他的脑子里禁不住想到他和杨玉琴的一些恋爱镜头，于是活下去的欲望就更强烈了。周围是白白的雪层，究竟有多厚，他搞不清。心想，假如超过百尺，那么他们生的希望就微乎其微了。因为在挖掘出一条通道的过程中雪会不断坍塌，如果塌的厉害，不仅找不到出路，而且连爬犁和吃食也会被掩埋。在林海雪原的雪窝子里，如果找不到出路，没有了吃食，那还会有什么生的希望呢？

雪莉身上有伤，又伤痛又劳累，她侧卧在爬犁上睡着了。杜庆毅在这块桎梏似的囹圄之地，脑子里冒出了无数的念头。不管是什么念头，都离不开"生、死"两个字。雪莉就特别提起能否活着出去的问题，几条狗也都是眼里露出哀怨，没有了一点的生气和兴奋。于是他试着用腰刀往这边捅捅，往那边挖挖。他发现既不能往里面扒雪，也不能往外扒。雪太厚，又怕坍塌，他只好用往两边挤靠的方法，力求把积雪挤出一道能容他们出去的通道。他拼命地挖着，从雪亮的白天一直干到黑夜，忘记了寒冷和肚腹空空。他挖着想着，他想到返回去看看雪莉和狗们。雪莉躺在爬犁上睡得很稳，在高高的雪墙遮蔽下，爬犁上一点风也没有，不用担心雪莉会被冻坏。他想返回打通道的地方，但看着雪莉被冻得红白的面孔他蹲下来。他想到：自己和雪莉被大自然抛在这荒岛似的古墓，是否会永远与世隔绝。在这冥冥之中，在这可怕的安静和黑暗之中度过一个春秋又一个春秋。直到把这个古墓夷为平地，直到把古墓中他这个叱咤风云的英雄和"妃子"与细沙和泥土混合在一起，不能互相辨认为止。他苦苦地蹲在雪莉身旁，双手捂着脸，一言不发，在苦思冥想。不知过了多久，他觉得自己被一只柔软的小手拉住了，像是在求救，又像是在找孤寂的依伴。他的耳边似乎响起雪莉那微弱的声音：

　　"我们也许永远留在这里了。听老人说，没成过家的人去到阴曹路上要被游魂野鬼撕碎吃掉的。"

　　杜庆毅心下一惊，有点恐怖的感受。突然，他的脑海里涌现出了恋人杨玉琴的形象，和她银铃般的话语，"俺是你的了，你得起誓！"杜庆毅想到这里，口里便喃喃道："玉琴，今生再也见不到你了。"

　　"我们出不去了，我们俩注定是那无双无配的游魂野鬼。"雪莉喘着气，苦笑道："你看我们鄂伦春女子能让你看到眼里吗？"

　　雪莉姑娘，这个在杜庆毅的眼里能征惯战的勇士和猛勇强悍的斗姑，想不到在这雪窝里，在一个濒临绝境的所在，与一个异族男人说话和举止会变得温顺文雅嫩柔而可人。暗夜中他看不到她的眉眼，但觉得她那柔软的小手正在温情而又有力的抓紧他的手。那冰冷的身体正在抖动着贴近他。像是在找一座山，在找基本的安全感。雪莉的野性完全没有了，只有女子的柔性、顺性和强烈的爱性。她的温情简直使杜庆毅浑身是劲，增加了求生的信心。他紧紧地抱住雪莉，在心里默默呼喊："玉琴，请原谅我……"

　　他俩睡在鹿皮大口袋里，紧紧地紧紧地互相抱住取暖。雪莉热泪盈眶，杜庆毅为她拭拭泪："别哭啊！别哭了，我俩一定能活着出去的。我永远不离开你了。"

　　篝火熊熊的燃烧，舞蹈越跳越欢。整个森林快要沸腾了。那些小伙子，纯姑娘，不是半裸赤裸着身子，而是穿起缀有铃铛的衣饰，众人拉在一起，舞在一起，尽情地欢唱，尽情地欢跳。老首领欣喜地站在高处将着胡须观看。

　　雪莉和杜庆毅并肩而立，他从她背上接过孩子，那个只有半岁多的孩子已经会咯咯欢笑了。杜庆毅情不自禁地亲了一口孩子，多情地望着妻子雪莉。雪莉，这个以往野性十足的鄂伦春族姑娘，此刻，显得很温柔地偎依在丈夫胸前，满面的依依不舍之情。她把头靠在丈夫肩上，眼眶里的泪水簌簌地往下流。杜庆毅用手给她揩泪：

　　"雪莉，你等着我，我会来接你们的。"

　　雪莉抑制不住，又紧紧地把杜庆毅和孩子抱住，脸尽情地在男人脸上摩挲。

　　老首领指挥着舞蹈，小伙子、大姑娘，舞蹈队伍逐渐围成了一个圆圈。杜庆毅、张庆芝，以及雪莉和孩子被围在中心。舞动的圆圈缓缓移动，接着就舞的更热烈，唱起了送别歌。老人们的歌声浑厚沉稳：

　　"喜鹊叫喳喳，叫你早回家，
　　家里有爹妈，想你眼巴巴。"

小伙子的歌声粗犷而奔放：

"家里有兄弟，盼你早回去。"

姑娘们的歌声纤细而优美圆润：

"家里有姐妹，天天念叨你。

最后大家一齐高声合唱：

我们在一起，心里多欢喜。

我们要别离，心里多悲戚。"

舞姿翩翩，歌声朗朗，篝火熊熊，人心沸沸。人们直欢乐至深夜，方尽兴而散。

第二天，杜庆毅、张庆芝离开大森林直奔沈阳。几天后，他俩被浑河桥上站岗的大兵挡住，送往国民党辽宁省党部。由于他们说自己是组织复华党被日本人追杀，逃进大森林的，所以他们被送往范振民办公室。范振民自然不放过他们了，热情地接待了他俩，亲切地说：

"你们搞的复华党我清楚，你们的那几个头头和我全是朋友。我也是教师出身，最喜爱青年人的爱国精神。你们打算怎么样呢？"

他俩对时局一无所知，便说：

"听凭范主任安排吧。"

"那好！我可以给你们先填写一张入党表，就说是 1942 年就加入了国民党，是我介绍的。"顿了顿，他又压低声音说："你们对人可以说，是我让你们做学生工作的，在奉天三高组织的复华党。"

杜庆毅张庆芝吃了一惊，不解地对觑了一眼。还想提出什么问题，被范振民的话头挡住了："现在中央接受工作尚未就绪，如果你们愿意深造，我可以推荐你们上东北临大。我和原来满洲国的王道书院院长是老朋友，让他给你们开个肄业证，再拿上我的介绍信，就可以插到驻北平的东北临大读书。在那里，你们一边念书，一边搞党务工作，有机会，我一定提拔你们。怎么样？"

听说让他们念大学，还要提拔，他们自然欢喜，连声说："谢谢范老师！"

范振民又凑近他们的耳边，神秘地说："我今天在这里跟你们俩说的话，不能同任何人说。明白吗？"

二人愕然。

2. 三访刘彩云

日本人投降不久，蒋介石任命杜聿明为"东北剿匪总司令"。杜聿明为在东北扩张个人势力范围，竭力培植亲信，他组织了一所以自己为董事长的"中正大学"。

这时正等待深造机会的吴世辅、刘明秀、安德春、常淑静、姜雨龄等复华党员都考到了这所学校的预科，在先修班进修两年，才能正式考入本科。中正大学坐落在沈阳市马路湾的西南面，与中山公园仅隔一条马路。教室和宿舍都很讲究，一个寝室只住四个学生，且都是钢丝床。因此，收费特别高昂。吴世辅等困难复华党员学生，只好节俭花销，并包了打扫楼道和教室的活计，以勤工俭学方式维持日常生活。因为学校讲究仪表，实现制作统一的校服，在沈阳市大专院校学生运动会上曾受到东北大学和沈阳师范学院等院校学生的冲击。吴世辅他们声援过二女中驱逐驻扎在校园里的二〇七师部分流氓行为的官兵，他们在一家生活书店里大量阅读《窃国大盗袁世凯》《土皇帝阎锡山》和邹韬奋的《萍踪寄语》以及民盟出版的《民主周刊》，接受进步思想，传播革命观点，对国内外形势的分析有了较深的认识。

一个深秋的星期六，一列由沈阳开往抚顺的客车在铁轨上飞驰。铁轨两旁的路基树林在疾速地扑向后方。列车南面是一片大森林，是沈阳著名的东陵。东陵之后就是滚滚奔流的浑河了。列车北面时而是平原，田野里的大豆和高粱都已经收割倒地；时而又是陡峭的山壁，歪松怪柏拼命地抓住悬崖峭壁，旺盛地生长着。一节车厢靠近连接处的座位上坐着两个中正大学的女学生，她们都穿着该校特制的校服，颜色都很鲜艳，上衣共有四个衣袋，腰间还有一条半寸宽的衣带。不上操时，学生们，特别是女生们都不系住腰带，任它随风飘荡，好似舞女轻盈的飘袖。

她们的上衣的左胸部，还嵌缝着自己的名签。靠窗口坐着的叫聂玉珍，挨着她的是常淑静。她们对面坐的是同班同学刘燕。她们都是抚顺望花区人，星期六一同回家去的。聂玉珍和常淑静不断地从玻璃上看着外面路上的风景。乘客不多，车厢里有很多空座位。聂玉珍突然发现距离她们不远背向她们的一个位子上，坐的好像是吴世辅。

聂玉珍对常淑静说："你看那不是吴世辅吗？"

常淑静仔细地看了一会，说："就是他。"

"把他叫过来。"

"你叫他吧。"

这时，那位刘燕同学，全身轻微地颤抖了一下，她把自己的包头围巾拉拉紧。她这几天伤风了，直咳嗽。所以用围巾把脸几乎全遮挡了，只留两条细眉和一双明泉似的眼睛。

吴世辅听到常淑静叫他，便站起来往她们这边走。他一米七五的个头，高大魁梧的身形站在聂玉珍、常淑静两人身边，手扶着刘燕座位的靠背站着。刘燕见吴世辅站在自己身边好像有些紧张，不敢抬头看他，却悄悄往里挪了挪身子留开一点位置。

"你在哪个站下车?"聂玉珍问。

"旧站也行，滴台也行。"吴世辅回答。

"我们都在滴台下车。"聂玉珍笑笑说。"请坐吧，我们想和你谈一谈。"

吴世辅浅笑笑，眼角扫了扫身后的空位很小，便依然站着和他们说话。

聂玉珍看出吴世辅不好意思坐在刘燕的身边，便欠身一把拉过刘燕来，"刘燕你过这边来坐，咱们三人坐一起。"

吴世辅没等她们再让，便在她们对面坐下。聂玉珍和常淑静二人立刻大笑起来，笑得前仰后合。刘燕的眼角微微泛红，只是微微跟着笑笑，然后扭头看车窗外的景色。

"你们笑我什么?"吴世辅不好意思了。

"笑你简直像十八世纪的大姑娘那样封建。"

"我才不封建呢。你们女同学都是表面上大方，其实，我知道你们心里总是嘀咕着，男性应有什么风度啦，女性应有什么道德标准啦。"

常淑静笑道："这你还不封建？话音里就轻视女性。"

吴世辅诙谐地说："我不可能轻视女性，因为我明白，没有女性就没有世界。"

聂玉珍、常淑静两人有哈哈大笑。刘燕仍微微一笑，把眼光快速避开吴世辅，还是瞅车窗外的田野山川。

聂玉珍收敛了笑容，说："你说话很风趣，其实，我们女生又何尝不关心国家大事呢？你那天在大饭厅的讲演精彩极了。那些伙食委员都是些小贪官污吏，我们女同学都给你热烈鼓掌。站到饭桌上进行狡辩的那个家伙叫李玉会，我们呛得他说不成话，敲碗敲筷子把他轰下来……"

刘燕一言不语，不时地回头瞅瞅吴世辅的脸。但吴世辅还来不及回顾她时,她倏地把眼光收回,把脸扭转,像不知道一般,装作漫不经心地欣赏窗外的秋色。

常淑静也补充说:"你揭发的都是事实。我们就看见过,他们每天都是在我们吃完饭之后再吃。他们还钻到工友房里吃大块肉,还喝酒划拳。"

聂玉珍说:"那个姓李的站在饭桌上气急败坏地大喊大叫,还露出了腰间的手枪。"

"有手枪怎么样?"吴世辅鄙视地说:"他敢动咱一根毫毛?咱是众,他是寡,吓破他的胆。"

刘燕回过头来,稍长时间地瞅着吴世辅,那眉毛似飞舞,那明泉似的眼睛好似藏着千言万语,但似乎她不愿意说。也不愿意在众人面前和吴世辅搭话。她又扭过头去。

聂玉珍情不自禁地想起那一天,因为拒绝当局"反苏大示威游行",他们几个在吴世辅的带领下到东北大学去联络。她对东北大学的第一印象是跟"中央"有一定的离心情绪。国民党虽然把张学良当做罪人囚禁起来,但"东北大学"却把张少帅视作亲人。南北两栋楼仍沿用过去的名称,叫做"汉卿南楼"和"汉卿北楼",而且挂着油漆鲜艳而醒目的牌子,以示对张少帅这位东北大学的创始人和历史上少有的爱国将领以志怀念。再一个印象是,东北大学的民主气氛十分浓厚,这也是当时大学的一种潮流,好像不搞些民主的形象就够不上一所真正的大学。教育部长朱家骅到"东大"视察时,曾被学生包围起来,向他提出十点要求,朱家骅最后只好从后门逃走了。"东大"当时有个很出名的"民主墙",那是一块钉在地面上的十米长五米宽的木头板子。那上面贴着各种各样的不署真实姓名的大小字报。内容涉及的问题很多,有责问教育部的,有揭露本校行政当局腐败的,也有论述内战发动者的文章,有的说是共产党,有的说是国民党。还有介绍解放区情况的,还有比较国民党政府和解放区政府工作作风和办事效率的。总之,聂玉珍感到,看了民主墙,使人感到很民主,言论很自由。但是她也认识到,这些意识形态的活动,是丝毫也改变不了国民党的专横统治的。她想到这里,情不自禁地瞅一眼吴世辅,心下想,他这人很有头脑。吴世辅也回头看了一下聂玉珍,见这是个大脸庞大眼睛的姑娘,有几分男人的气概,尤其活泼健谈。常淑静也不时地插上几句话。她的个头娇小,面孔也小巧,但两只不大的眼睛却似夜空的星辰闪烁着光辉。唯有那个叫刘燕的始终没有说一句话,默默无言,腼腼腆腆的。她虽然用围巾罩住了脸庞,让人看不到她的庐山真面目,但是从她苗条的身材,那两条细长而美丽的秀眉和两只明亮的巧笑情兮的清泉似的眼睛,头上按捺不住,从围巾的边沿流溢出来的墨黑乌亮的秀发,他猜想她一定是一位超群绝伦的现代派美女。吴世辅时不时朝刘燕那边瞟上一眼,觉得刘燕分明是在偷偷专注地听他说话,并随着话题不时地浅浅笑笑。

火车到了滴台站,他们四个都下了车。道别之后,三个女学生朝浑河岸走去,吴世辅目送她们离开。他看到刘燕回过头来,依依不舍地看了他一眼,便转身走了。吴世辅呢,也觉得心里空空荡荡,好不是滋味。便乱糟糟地想:在哪里见过她吗?好面熟……想着问题他也向着北面的两座山中间的山涧走去。

一个柳絮漫天飞舞的晴朗春日,吴世辅在球场上打篮球,他跑着去追那出了界的篮球时,碰见了正在柳树荫下散步的聂玉珍和常淑静,他和她们相对而笑,算是打招呼。他若有所思地问:

"那天和你们在一起的那位呢?……啊,对! 叫刘燕吧。"

"她不念了。"常淑静说。

"为什么呢?"

"念不起了呗!"聂玉珍进一步解释。"她爸爸管她可严了。她原来叫刘彩云,伪满时叫日本人抓进监狱判了刑。因此她爸总怕多念书惹麻烦。"

吴世辅吃惊地"啊"了一声,便问清了刘燕的详细地址,也不管聂玉珍和常淑静说什么,也不管球场上的球伴,把篮球往地下一抛,跳起来从树杈上扯了上衣,往宿舍方向箭也似的跑了。

"他是怎么了?"常淑静不知所以然。

"神经病!"聂玉珍揶揄地一撇嘴,"八成是看上了刘燕。"

吴世辅来到了刘燕家。望花区瓢儿屯村一户贫困的农家院落。这是一座泥墙小院,院里有三间草房,东面的院墙已经快全倒了,西面有一堵不高的土墙,这堵墙同南面连接的夹角处有一个猪圈,圈内有一头大母猪,小猪仔三三两两从猪圈门的缝隙处出出进进,有的不断扎进老母猪的肚子上吃奶。院门很破烂,是由两块木条连起来的。东面的一扇门板随墙的倒塌也已经歪斜在一边,但同一根立木连在一起,没完全倒下。西面的一扇们虽是关着的,但实际上也起不到门的作用了。

刘燕打猪草去了。站在猪圈旁"啰啰"地叫着喂猪的女人把他让进屋里。

三间草房的西面一间是刘燕的住处。靠窗户的一面是一盘土炕,炕上铺着一张苇席,席边已经破了一下用布块缝包起来。炕中间摆着一个小书桌,书桌上放着两本小学国文课本。靠西墙有一对旧木箱子,箱子上也放些书,零零乱乱的。

刘妈妈把吴世辅让进女儿房间,她见是个高大英俊的男同学来找女儿,很高兴。最关心的就是问家在那里,父母多大年纪,是做什么的。其次就是问吴世辅本人的年龄和属相等等。吴世辅如实以告。他说:"我和彩云都是因为复华党问题被日本人抓进监狱的。我还被判了二十年徒刑。我父亲被日本人迫害死了,我母亲因为我坐牢气死了。现在没有任何人供应我念书,我就靠自己,相当于是个流浪汉。在社会上到处闯,想闯出一条路念大学。"刘妈妈听到他说的话非常惊讶,脸上立时表现出不悦和勉强应付的表情。正在这时,刘彩云背着一捆猪草回来了,把院门带得刷刷响。她把青草放进猪圈旁的棚子底下,打打身上的土和草叶,头发上还粘着几根草叶。她妈妈走出去在她耳边嘀咕了几句。刘彩云表情平淡,慢慢解了绳子,盘成一团挂在墙上的木橛子上。她走进门来,一看是吴世辅就愣住了,半阵说不出话来。顿了一顿说:"吴同学你是到哪里去呀?"吴世辅盯着她的眼睛大声说:"我是特地到这里来看看我的故人,我的同志。怎么?还要像在火车上不肯相认吗?"刘彩云感动得流泪了,她低着头拭着泪说:"世辅,谢谢你了。你们还没有把我忘掉。"吴世辅诚恳地说:"小白鞋痛骂日本宪兵的壮举和东大营激发千百人激情的歌声,会永远留在人们的记忆中的。我怎么能忘掉呢?"刘彩云眼里的泪水再也噙不住了,任它往两边脸颊上流淌。看到吴世辅站在自己面前,便破涕为笑道:"你看我,光顾和你说,快坐炕上。"说着到母亲屋里倒了碗热水过来给吴世辅放在炕沿上,然后自己也欠身坐下,和吴世辅隔着书桌对视着,都有无限的感慨。吴世辅看她是村姑打扮,穿一件右开襟旧帘布上衣,全缀的是扣门儿。衣服洗得很干净,蓝色的布几乎洗涤得快发了白。大概是她妈的衣服,穿着显得窄小,因而绷得乳房紧紧的。她见吴世辅不住地盯着自己看,便红了脸。吴世辅说:

"我想问你,在火车上,你为什么不认我?还有,你为什么改名叫刘燕?"

刘彩云叹了口气:"这些恼人的事情怎么能说得清呢。名字是我爸爸执意给改的,他说刘彩云这名字已经脏了,就像一块手帕,脏了就得扔掉,再换一块崭新的。"

吴世辅吃惊道:"这是什么话?坐了几天日本人的监狱就脏了?应该是光荣的嘛……"

刘彩云解释说:"说我学生时期就被日本人抓进监狱,名誉已经败坏在日本人手里了。人们都在背后叽叽喳喳议论,说我不好嫁了,知根知底的体面门风人家不敢要,只能嫁到外地去。因此,爸强迫我改了名,永远不要再提复华党的事情,严禁我再接触复华党的那些人。"

"啊，我明白了。"吴世辅深思地说："这么看来，今天我来看你，还是冒着犯禁的危险了？"

"不不！世辅，你不要多心。其实，我心里很苦恼，很寂寞，很烦。你来得正好，我觉得自己这些天，从来没有像现在见到你这么高兴过。"

吴世辅说："彩云，我想不到复华党还有这么多遗留问题，苦了你们了。像你这么一位漂亮的姑娘，原女一高的校花，我们复华党的活跃分子，因为我们共同的追求吃了不少苦，被迫失了学，离开了同学，寂寞地在家当起了村姑。我作为复华党的发起者，心里很是过意不去。"

刘彩云说："世辅你别自找不快活，关于我的失学，是家境造成的，与咱们复华党毫无关系。我哥哥死了，嫂子改嫁了，留下一个侄儿，因为缺乏营养，七岁了还不会走路。爸爸六十多岁，以前有过鸦片嗜好，现在经常咳嗽，要吃咖啡因一类的药。今年又患腰腿疼，什么也不能干。有几亩薄田都卖光了。现在只靠妈妈喂母猪卖猪仔维持生活，可她也五十多岁了，痨病缠身。你说，我能继续念书吗？"

吴世辅把他们一些同学在校园闹减轻国难学生收费的事，以及强迫学校给他们几十个贫穷学生空出特斋、免费提供住宿的事给刘彩云说了一遍，还鼓励她再回学校去。刘彩云摇摇头说："你们男生可以那样做，我们女生一个个都尽量显得自己家里有钱，摆阔气，谁肯做出一副寒酸相叫大家瞧不起呢。"吴世辅又把复华党员们计划以蒙难者的身份申请公费念大学的事向她说了一遍。刘彩云还是连连摇头。"如果申请成功，你们就好好念书，也算出生入死跟日本鬼子干了一场。至于我，即使不花钱读书也不行了，家里的活儿还得要我来帮着做。我想先找个小学教员的位置干干。"

说到这里，两个人都沉默了。屋里静的慌，但谁也生怕打破这平静的气氛。吴世辅要告辞了，刘彩云坚持送他到东站。他百般推辞和拒绝都不成，她一定要送他。刘彩云从箱子里取出折叠的很平整的那套中正大学先修班的校服，换下了农村姑娘的粗布装，随吴世辅出了门。她妈妈从屋里探出头，尖声喊一句："你快点回来啊！家里还有事呢。"吴世辅瞅瞅刘彩云，她不屑一顾地说："别理她，有我呢。"他们出门向北拐，走百多米远，有一棵高大的老柞树。树干的直径有两米，树根向周围伸展有几十米远，一条条根茎像个巨大的网络，仿佛要捕捉那些愚昧的人群。高高的树顶已经秃了冠，中间的枝叶都很繁茂。从它下面经过，顿感神荫之凉。树下跪着二三十个老百姓，有男有女有老有少，穿得破破烂烂的。手中捏着香火，口里念念有词，他们在为自己的亲人们祈祷。吴世辅说：

"你看咱们这地方多贫穷落后啊,人们不知道自己贫穷的原因是被压迫,只以为是神灵不照顾……"刘彩云说:"这是改变不了的客观实际,寻求一点精神安慰,麻痹一下神经,减少一点痛苦也好嘛。"他俩肩并肩走了一里多地,谈了不少事情。刘彩云问到刘俊民家的情况,吴世辅告诉她,他女人疯了,孩子死了,两位老人孤苦伶仃,无依无靠,艰难度日。刘彩云眼里噙着泪。吴世辅怕她伤心,便把话题岔开。她又问起徐艳明。吴世辅说:"她和我已经分开了。"刘彩云吃了一惊,瞪大了眼睛。吴世辅补充道:"是家庭所逼。"刘彩云不吭声了。半天两人默默无语,阴着天似的脸一直看着地面。"她是理解我们的"吴世辅心里想。不觉已来到浑河边,吴世辅执意要让她回去,她却坚持要送他上火车。他违扭不过她,只好两人继续往前走。前两天才下过雨,浑河水很大,水流湍急,有个老艄公把船撑过来。她拉着他的手跳上渡船。不知怎么,听到他和徐艳明吹了,她从心底涌上一股难言的同情和苦恼,同时,在这团难以理清的忧愁中,又生出一丝淡淡的希望和喜悦。这究竟代表什么? 她也说不清。水急浪高,船体颠簸的很。老艄公两臂肌肉条条的,用长杆努力地支撑、摆渡。忽然,一个巨大的浪峰把船抬到峰巅又跌入浪谷,刘彩云站不住跌倒在吴世辅身上。她紧紧地把他抱住,把头埋在他怀里,心里默想:"船儿你慢些渡吧!"浪急浪猛,艄公尽最大努力,还是被冲到二里多地远才靠拢岸边。刘彩云从吴世辅的怀抱中站起来,那脸已烧成了一块红布。

进入滴台车站,有一排日本式小洋房,那就是站台。站房东面有几株杨树。时间尚早,吴世辅同刘彩云并排坐在杨树下,脊背冲着站台。两人说不尽道不完的话仍然似潺潺小溪在不停流淌。

"你连学校都不去,不想念同学们吗?"吴世辅说。

"我一副寒酸相,怎好意思见人呢。我在家感到孤单和寂寞,有时竟和小猪交谈,和野外的花草树木说话。你今天来看我,使我感到了自己存在的意义。可是,你能经常来看我吗?"

吴世辅说:"只要你高兴,我能。"刘彩云把脸依偎在吴世辅的膝盖上,"太谢谢你了!"吴世辅指着北面一座灰色的远山说:"你看,那座山就叫骆驼山,我家就在那座山前几里路的地方,离这儿只不过十五六里路。"刘彩云若有所思地说:"你家在河北骆驼山,我家在河南望花区。将来你念大学,我当小学教员,你常来看我,我们……该多有意思啊!"

火车进站了。吴世辅站在火车门口处,刘彩云站在月台上说:"安心念书,不要惦记我。"说着她拭起了泪。吴世辅喊:"我会常来看你的!"车开了,车头冒出滚滚的浓烟。火车载着吴世辅，也载着送站人的情意和希望轰隆隆地开远了。

一个月之后，吴世辅携带了在苏联书店买的几本书，又来到望花区瓢儿屯村。当时沈阳市有个苏联人开设的"秋林洋行"，其中有一部分专门卖苏联出版的中文哲学、政治、文学等书籍。吴世辅在这里第一次接触到斯大林的《辩证唯物主义与历史唯物主义》。这次他给刘彩云买的是《卓娅和舒拉的故事》《宁死不屈》《母亲》和《真正的人》。他兴致勃勃地走进她的小院，高声喊："彩云！彩云！……"

屋里走出个黄面黑牙似盗墓鬼样子的老头，嘴里还叼了根烟屁股，已经快烧到嘴唇了，他还舍不得扔掉，用拇指和食指的指甲切住往嘴唇间送，一股烟云从哪臭烘烘的嘴里吐出来。他上下打量着吴世辅，尤其在他的衣着上仔细地斟酌着。最后，看了看吴世辅手中提的一个书包，有书的棱角露出了，他脸上现出很失望的表情，便不往屋里让世辅，有三分嫌弃地抽搐了几下鼻子："啊！你就是那位吴什么来着？"

"吴世辅。"吴世辅走上前给老头弯腰鞠了一躬，"你是伯父吧？我……我，我找彩云。"

"唔。她不在家。"老头狡猾地眨巴眨巴眼睛，"你走吧，她今天不回来了。"

吴世辅怔了一下，想，今天是信上约定的时间啊，怎么可能不在……

"走吧，走吧！"老头像驱赶一个叫花子。

吴世辅感到受了屈辱。但他按捺着自己，强打笑容。"伯父，请你把这几本书转交给彩云。"

"书？"老头有惊愕变为恼怒。"刘燕从现在起不读什么书了，念书已经把她害苦了，你走吧！带上你的臭书。"

吴世辅知道老头是专门和他过不去。想一想，扑哧笑一声，转身往街门外走。却不料又被老家伙叫住了。"你等等！"吴世辅转回身，见那老头子朝他走过来，脸上泛着抑郁和讥讽："喂，我说小伙子，手中没钱，还想骗人家的大闺女？你撒泡尿自己照照。告诉你，我家姑娘已经有了主了，你以后少来勾搭。哼！"

还有比这样当面辱骂更令人感到耻辱的吗？吴世辅本想扑过去用拳头砸扁这个糟老头子的鼻子，但想了想看在彩云的面上他极力把自己的情绪压抑下来。他把满腔怒火尽量化作和风细雨，把那甜甜的笑浮在脸上：

"谢谢你！老伯。不过，我可以告诉你，我和彩云的事，你根本管不着。"吴世辅说完这话，鄙夷地瞅一眼老头儿，便转身离去。他走得很精神。他听见老头儿跳起脚来向他"呸"的吐了一口。

在那高大的柞树下,刘彩云突然出现在吴世辅面前,面带愧色地说:"我爸惹你生气了……"

"没有呀。"吴世辅满面春风地笑着说。"老头儿很随和,把我让到炕上,又倒茶水又问冷暖的。"

"你别骗我了,"刘彩云眼眶里噙着泪花。"自从妈把你的情况告诉爹后,这几天他们天天逼我相亲。我烦透了,便躲出来等你。"

"咱们说点别的吧。"吴世辅把书包里的书取出来递给刘彩云说:"爱祖国,保卫祖国是古今中外人人赞誉的品质。瞧,苏联卫国战争中涌现出了多少英雄? 可我们组织复华党抗日救国,谁来承认? 不过,我们还要争取复华党员申请公费读大学。"

刘彩云翻看着书本,沉思一会说:"在苏联爱国光荣,在中国爱国蒙受耻辱,这是国度不同,社会制度不同。这种不同都是现实,人不能脱离现实。我认为在精神上可以超越现实,要有高尚的情操、感情和理想,否则就会堕落成为一个庸俗的人;但在行为和行动上就不能超越现实。咱们去哪里转转吧?"

"我看就去望花台吧,那里很有名气,你肯定没有去过。"

出了望花区的瓢儿屯村,往东走二里地就进了望花台村。

穿过望花台村,在村东山脚下有个不大的草坪,就是望花台。望花台就是以此得名。两人登上望花台向东望,是一条很长的东西走向的山岭,它一直通向抚顺城。山岭上到处冒着黑烟,许多煤层浅处,煤炭裸露在外,自然燃烧着。所以抚顺市的上空笼罩着煤烟,好像是压城的乌云。刘彩云说:"除了这个望花台淳朴干净而外,抚顺市的麻雀和老鼠都是黑的。"吴世辅深有感触地补了一句:"说得好,可是在国家而言,现在除了人家共产党的延安和他们控制的解放区外,整个中国都还处在这灰暗的黑色之中。"刘彩云笑了,"看你,说什么就总是扯到政治上面。我呢,对政治厌倦透了,咱们还是谈点别的吧。"

吴世辅和刘彩云并肩坐在望花台一块亮达达的石头上。他俩都沉默着,坐着,观看着。刘彩云无话找话地说:"据说从前整个望花村并无人烟,都是一片绿地鲜花。站在这个台上往西一看,红花烂漫,碧翠万顷,把天空都映的五彩斑斓。"吴世辅像是陷入推理和想象,凝视着眼前的所谓景物,有些颓然道:"可是后来有了人,望花区的祖先毕竟不是神,要吃要住,于是就用刀斧砍倒大片姹紫嫣红的花草,把那美丽的落英践踏到污泥中,扑进了浑河中,又在一大片的平川种上了大豆和高粱。"吴世辅富有哲理和感情充沛的语言,把刘彩云感染了,她抬起美丽的眼睛,怔怔地瞅着他,想他语言中蕴含的内容。"人类的繁衍生息破坏着排斥着古朴的自然。你瞧,我们从望花台向西眺望,那里能看见一朵鲜花吗?"他俩举目西望,但见一望无际的是满目的庄稼,却也碧波荡漾。在烈日之下,那笼罩在庄稼上面的黑色气体微微地颤动着。这片庄稼的尽头,就是那棵巍然耸立的大柞树,它头顶的几枝直插乌云似的空野。几个雀巢黑斑点似的挂在树杈上经受着风雨的飘摇。有几只喜鹊还夹杂着乌鸦围绕着那几个黑斑点飞来飞去,间或在树周盘旋。社会和自然,文明和野蛮,进步与倒退,古老与现代相互交错盘织,扭结在一起。刘彩云把目光收回,看到近处望花台前的一片沼泽地,有些积水,是从山里渗出来的。那水中有几株荷花,稀稀疏疏,有的被风吹折腰,有的被人摘了花朵,只剩下一个空壳,在风中发抖。还有的被人踏进污泥,践踏成一片残枝败叶,完全丧失了出水芙蓉、亭亭玉立的动人神韵。刘彩云深有感触,浑身一激灵,低低地说:

"你还记得周再娟吗? 就是那个……红衣女侠,和我亲似姐妹的那位。"

"怎么不记得。小河沿湖边的舞剑,东陵野林之下的决斗,仿佛就在眼前。她,她在哪里?"

"她又被送进监狱了。"

"什么?"吴世辅吃了一惊,他大惑不解地站了起来。刘彩云也站了起来。吴世辅抓住刘彩云的手直摇晃,"到底怎么回事? 你说!"

刘彩云却显得很平静,对吴世辅的激动置若罔闻似的,照样像叙述一个古老而毫不相干的故事:

"她哥哥为了当上派出所长,就巴结他的上司——一个皇姑区警察局副局长,于是把他妹妹,就是周再娟当做鱼饵和副局长做可耻的交换……"

吴世辅眼中几乎冒出火来,辣辣地盯着刘彩云,推断出结论:"她不甘受侮辱,便失手刺伤了那个副局长。"

"不,他是被周再娟杀死了。"刘彩云纠正说。

吴世辅又跌坐在石头上,双手抱头,并不时空出一只拳头,拼命地击打自己的脑袋。之后,他站起来,疯了似的双手举过头顶,高声大喊:"惨! 惨——,我们,为什么都这么惨?"

"世辅,你能冷静一下吗?"刘彩云赶过来,双手温情地攀住他的肩膀,看到他用手掩饰性地拭泪。而后用手把刘彩云的手重重地拍了两下,又紧紧地握住,脸上抱歉地浮出一丝勉强的笑,说:"对不起! 请你原谅我的冲动。"

这时,突然飞来一只大花蝴蝶,落在半枝残立的荷花空壳里欲觅香蕊,同时,另一只大蝴蝶追逐过来,扑在它的背上。为改变这不快的气氛,刘彩云拉着吴世辅去捕捉蝴蝶。吴世辅只好笑着脱下衣服,向蝴蝶扑去。荷花枝一下折断了,他一下子扑在了泥沼里。刘彩云也扑过来,收不住脚,扑在了吴世辅的身上。她笑着往起爬,被吴世辅躺在泥地上紧紧抓住双手。刘彩云的脸飞红了,索性把脸贴着他的胸膛,聆听他那如战鼓般的心脏搏动。好长时间后,吴世辅在衣服里寻找蝴蝶,他们看见两只花蝴蝶因被扑的过猛,已无生还的希望。于是两人深深叹口气,刘彩云还触景生情地为蝴蝶掉了两滴眼泪。

3. 请愿南京

按照有关规定,在日寇时期的爱国蒙难青年享受免费念大学的事,一直迟迟没有兑现。复华党员们自然不服气,要到南京中央教育部去请愿。他们选出吴世辅、安德春和姜雨凌三人为代表赴南京。出发前为带点路费,吴世辅他们到北市场去卖抓阄得到的美国救济总署救济的大衣。吴世辅正在叫卖之际,一个大胡子青年过来了,吴世辅知道他也是中正大学的同学,但并不知道名字,平时见面只是点点头而已。大胡子长得中等身材,圆脑袋,大眼,一脸络腮胡子,就连脖子上竟也长满了胡茬。大胡子问:"为什么要卖大衣?"吴世辅如实以告。大胡子笑道:"去了南京也无用,只是白跑一趟。被推荐到各大学的都是有特殊关系的,或者是中统局的特务才行。所谓救济蒙难者,仅仅是给那些有特殊关系的特殊官僚阶层开了一盏绿灯而已。"吴世辅一怔,问:"听谁说的?"大胡子道:"统治者的手法历来如此,不能对他们抱有任何幻想。"吴世辅执拗地说:"我们一定要去,我们的证件真实,坐牢的情况有案可查,看他们是如何答复我们。"大胡子笑笑:"好吧!祝你们走运。"他粗大的手握住吴世辅的手摇了摇,转身去了。吴世辅瞅着他的背影陷入沉思。

时间是1946年9月,复华党代表三人赴京请愿出发了。他们尽可能节省,所以只买了沈阳到新民的车票就上了车。准备到车上遇到查票时穷应付,幸而在沟帮子以前无人过问。到沟帮子站时,他们发现一列运兵车开往营口,吴世辅爬到运兵车上,掏出点小费,给国民党士兵,便答应了捎他们脚。于是他们免费到了营口。从关内到营口的客轮每星期只有一趟,他们到的时候还有三天客轮才能进港,可船票早已售尽。那时候东北形势紧张,国民党官僚和富商纷纷携眷南逃,火车随时会受到共产党游击队的袭击。所以人们都涌向水路,所以即使提前半月也很难弄到船票。

　　他们只好先找个下等旅馆住下。旅店是座二层木板式的破楼,楼下是一座普通老百姓院落。这是一个贫苦的渔民家,老婆子有六十多岁,白发苍苍、瘦骨嶙峋的,穿着一身破烂的衣罩,在颤颤巍巍地剥鱼,洗鱼。有个三四岁的女孩,因为缺乏营养,长得头大脖细,四肢很不匀称。已经中秋时节,海风匆匆,凉意袭人。然而,那孩子却只穿了件不知是奶奶的还是娘不穿了的烂夹袄,灯笼似的罩在身上。下面裸着,露着孩子两条瘦长而糊满泥巴的细腿。老太太一边洗鱼一边嘴里神经质地不住反复念叨:"日本人好狠心,把俺儿子掳到黑龙江当劳工,如今他孩子也四五岁了,还不见他的踪影。让俺孤儿寡母可怎么过啊!"她喃喃着,边剥鱼鳞便用袖口抹眼泪。那坐在草屋边的媳妇,大声说:"又叨叨,烦死人了。"那媳妇二十六七岁年纪,苗条的身材,黝黑的面皮,然而,脸上的眉眼却长得十分匀称、耐看,有几分秀气。她满身衣服缀满了补丁,可花格夹袄却洗得干干净净,鬓角也插一朵淡淡的粉红蝴蝶发结。一双圆口篮篮鞋面上绣一对菊花图案。那媳妇在补缀破旧的渔网,不时地把那媚眼往住店的男客身上溜。可一旦客人回头看她,她又害怕似的羞涩地抽回自己的眼神,泛红了脸,低下头默默地结网。看着这一家穷苦劲儿,吴世辅微微皱起了眉头。

　　旅店二楼的一个房间里住着两个国民党兵。他俩在这里已经住了四五天,还没买到船票。听说住进来几个青年学生,就过来找他们聊天。他们说是从葫芦岛要回广西老家探亲去的。傍晚时分,一个店伙计进来问:"你们几位谁要夜间陪侍人?"吴世辅几个乍听此言觉得莫名其妙,稍一思索便哈哈大笑挥手往外撵那伙计:"快去!乱讲什么。快去去去!"而一个叫阿狮的士兵却把店伙计叫住:"我们俩再要一次,只要一个就行。"天刚黄昏时,那店伙计把两个士兵送进他们住的房间的里间。吴世辅他们三个学生住在外间。店伙计随后又抱进一床被子,后面跟着一个年轻的女人。那女人低下头只顾往前走,然而,在灯光下,他们还是认出他就是那位在院子里织补渔网的年轻媳妇。果然,经过一番梳洗,脸上大概搽了点粉,又撒了一点劣质胭脂,耳边添了一朵用红结绣就的小花。她额前的刘海乌黑乌黑,几乎把两条眉毛遮掩了。她换了一身衣服,上身穿着粉红底儿洒白花纺绸大襟袄,着一条豆绿色布裤子,走起来轻轻巧巧的。全身衣裳比较窄,把她各部分勾勒的十分好看。

　　大约有两个小时,那个媳妇从里间疲惫地走出来,一边走一边用手往怀里揣着什么。好似一阵狂风暴雨的袭击,那媳妇像一朵黄菊花,立时就显得残败了许多。头发全乱了,鬓角的花也不知道掉到哪里去了。唇上淡淡的口红被涂了自己一脸,东一块,西一片。因为穿衣服急促,又向逃命似的往出跑,所以,那裤腿儿也是穿的一只长一只短。她把头低得几乎钻进了怀里,用眼角扫着几位看她像看西洋镜似的青年学生。像偷汉子的女人生怕被抓住,怕遭羞辱和谩骂。她逃命似地紧走几步,这几步偏偏不作美,一块微微凸出地面的木板,"嘭"地绊了她一个趔趄,几乎向前扑倒。她扶着门站住了,略一迟疑,便急促走出门去。于是,学生们听到了她在木板走廊上疾快的奔跑声。奔跑声中带着无限的哀怨、屈辱,委屈和无奈……

阿狮两人出来了,吴世辅像见到两只饿狼,厌恶地把头扭转,假装看一份旧报纸,而安德春却逗阿狮:"她一个人怎样陪侍二位呢? 谁先? 谁后?"阿狮说:"我先他后。"姜雨凌也笑着问:"他就在旁边看? 真便宜你了。"阿狮说:"哪里,不是便宜我,而是便宜了他。那女人很有经验,马马虎虎把我糊弄完了,最后却把真精神用在他身上。"他的伴儿叫道:"胡说! 她还多向我要了钱呢。"阿狮沉思着说:"也怪可怜的,男人爬到肚子上,她还要专门作出热情温柔样子,嘴里却不断向你提示,她如何如何苦,丈夫被抓去当劳工杳无音讯,上有老,下有小,还要吃药看医生,市场上吃穿天天涨价……她就这么不停地数念着。"吴世辅不满地瞅了他一眼截住他的话问:"你家有媳妇吗?"阿狮说:"有呀,我就是回家去看媳妇的。"吴世辅怒道:"假如你的媳妇也给你接客,你怎么想?"阿狮反驳道:"我媳妇不会的,她绝不会的。"吴世辅勃然:"我是说假如!"阿狮顺口而说:"那么,我把爬上我媳妇肚子上的那家伙个毙了!"嘭嘭嘭! 突然,三拳落到了阿狮的胸膛。他被打得跌坐在床边。阿狮怒叫道:"你敢打我?"吴世辅怒目而视,"我是以其人之道,治其人之身。""妈的屁,老子捅了你! ……"阿狮跳起来要摘墙上的刀。突然,安德春和姜雨凌都挽起袖子在他脸前晃动,安德春揶揄道:"怎么,想打架了? 我们奉陪到底!"那阿狮的伙伴见机急忙给他们三个赔笑脸说:"咱们都是出门人,是不是? 刚才咱们还朋友相交,是不是……"

第二天上午,三人正准备到码头看看,忽见那店伙计又抱着一床被子进了里间。随后进来一对男女。男的三十挂零,穿国民党军队军衣,戴少尉军衔。他一脸的粉刺疙瘩,盛气凌人的架子。女的却是个十六七岁的孩子,一脸稚气,带着怯怯的神色。她留着一条长长的辫子,眉眼长得也端正秀气。她腋下夹着一个布包,大约是衣物之类东西。女的走到侧门边,犹豫了一下,才迟迟疑疑地走进去。他俩进了里间,立即引起安德春和姜雨凌的好奇心。姜雨凌摆着手,小声说:"看完西洋镜再走吧。"里外间只隔着一层木板墙,板墙上糊着报纸。安德春把报纸撕掉一块,从木板缝隙向里间观看,然后掉过头来,禁不住笑。姜雨凌急切地问:"笑啥?"安德春是已婚人,自然比他俩脸皮厚。说:"那男的,太老练，又迫不及待。可那女的可能还是个处女，看见脸上怯怯怕怕的，就是不脱内裤，双手紧紧捂住，在床上缩做一团。"姜雨凌把安德春一把推开，他要往里瞅。他正在抽着烟，于是顺嘴把一口烟从板缝间吹了进去。那少尉听见外间的笑声早已不快，这时看见一股烟吹进来，立刻动了怒火。少尉怒气冲冲地提着裤子出来叫："你们是流氓，赶快给我滚蛋！"姜雨凌马上回击："流氓不是我们，正是你自己。不要认为当了个狗屁少尉，就任意蹂躏女性。"那少尉咆哮道："胡说！那是我的未婚妻。我们买了东西，不过是到这来休息休息。你们这群流氓就大惊小怪，连喊带叫，影响我们休息。赶快滚蛋！"吴世辅看不过，插言道："问题可以商量，但不要颠倒黑白。都是年轻人，谁服你？"那粉刺疙瘩更加暴怒起来，大叫："流氓！快滚！"他大概刚吃过美餐，嘴里喷着臭烘烘的酒气，凶横地扑来过来，从墙上摘下三人的书包就往外扔。姜雨凌和安德春怎么能忍受，吴世辅也大打出手。霎时，他们已把那少尉按倒在地。这时，那少女慌慌地从里间跑出，趁他们乱打之间，急急忙忙溜了出去，兔子似的逃跑了。那少尉看到很着急，但被三人按住责打，挣扎着喊："叫警察去！她跑了，我是出了钱的。"

正在大闹之际，推门进来两个宪兵。吴世辅眼睛一亮，五个人早已抱在了一起。其中一个对吴世辅说："我们在店登记簿上看到你们的名字，喜出望外哪！"他俩原来是复华党员何乃吉和吴德玺。吴德玺原来是四高的，何乃吉是三高的，同夏万济一个班。他俩在日本投降后，出于家庭生计考虑便考上了宪兵。

那位"少尉"看到两个宪兵对他指责的流氓如此热情，连忙悄悄溜走了。

阿狮和那伙伴也来到这屋，一直有兴趣听关于买船票的事。从吴德玺和何乃吉的嘴里，他们了解到平沈铁路已时断时开，东北同南京的联系主要靠营口这个海上通道。而官僚商贾却加紧利用这条通道向关内运送东北的特产和重工业物资。因而，船票就更加紧张了。听到这里，那阿狮悄悄把姜雨凌叫了出去。这时，何乃吉对吴世辅说："我们当了宪兵，就把性命系到裤腰带上了。谁也逃不脱。现在国军正和共产党打仗，如果哪一天被共产党抓住肯定是被枪毙。你们请愿回到沈阳后，请到我们俩的家里走走。"说着，他们的眼里噙着亮晶晶的泪珠。正在这时，姜雨凌高兴地进来，说："我们有办法了。"大伙怔怔地瞅他。接着，他把情况说了一遍："那阿狮二人是逃兵，从驻扎在葫芦岛某师的卫兵那里买到一张盖有师部印鉴的空白条子。他俩不会写字，愿意同我们合作，共同利用这张空白条子。"他们商量了一下，觉得可行。何乃吉和吴德玺还表示利用这张条子亲自送他们上船。送走吴、何二人，吴世辅挥笔在空白条子写下："华光亮等三人携两名卫兵到华东执行任务，希一路给予方便。"

客轮进港后,一天一夜忙着装卸货物。旅客上船时,两名宪兵何乃吉、吴德玺拿着条子,找到海关监察人员,他们没有看出破绽,很殷勤地引着几位神秘的青年人物上了船。

到南京后吴世辅他们三人没地方住,于是就找到东北同乡会住地。那是一座旧式的北中国四合小院,屋里靠窗户都有一盘土坑。在南京,居民就是冬天也不烧土坑,而东北同乡会却保留着东北人的习惯,凡住人的屋子就盘上土坑再铺上芦苇席子,以为冬天取暖。这时院内冷冷清清,只有个五十多岁的瘸子在看门。他原来是张学良部下的一名士兵,抗战中打伤了一只腿。东北军失散后他流落街头。后来日本投降,同乡会照顾他这个老乡混口饭吃。近来由于中央坚决不释放张学良,东北人在南京吃不开了,办事比上天还难。同乡会也无人支持,穷的冬天买不起煤炭,吴世辅他们和办事的说了半天勉强让他们住下了,准备第二天就去找教育部请愿。

他们在教育部楼下传达室递交了请愿书。等了好几天后,才请出一个三十来岁的中年人,自称是部长秘书。他问了问情况后说:"今年各大学已经开学,等明年再办吧。"姜雨凌说:"我们带来了证件,要求教育部审查。"那秘书说:"这里不审查证件,由各地方办理审查事宜。"吴世辅说:"地方上营私舞弊,根本没有蒙难的人免试免费被分配入了大学。我们真正的爱国蒙难青年学生反而被拒之门外。"那秘书正色道:"谁营私舞弊?那要有确凿的证据。并且要履行法律手续。不负责任地凭空乱说是不行的。"吴德春提高声音:"我们要见朱家骅部长!"秘书冷冷地:"部长不在,现在由我接待。"吴世辅怒目盯着这个狐假虎威的小官僚:"如果见不到部长,我们就不走!"秘书连瞅都不瞅他们一眼,"那你们就等着吧。"说完他拂袖而去,再也不出来了。吴世辅他们等了一两个小时,不见再有个鬼出来,就齐声喊:"我们要见朱部长,我们要见朱部长!"随着喊声,出来一位五十岁左右的红脸矮胖子。还是那个秘书跟着,介绍说:"这是康次长,你们有什么话就讲给次长吧。"吴世辅走上前说:"我们带的证件齐全,要求您亲自审查。如果符合规定,强烈要求教育部立即分配我们上大学。如果哪处不符合规定,请当面指出。中央教育部颁布的条例,在你们自己这里有责任使它得以正常履行。"康副部长脸上潮红涌起:"不行!不行!你们年轻人总有问题。各大学名额都有限,今年办不了,明年再看情况吧。"康副部长不想再听请愿者的申辩,立即转身回去了。他们三人又一齐喊:"我们要见朱部长!"喊了半天没人搭理。良久,有个职员去厕所,顺便路过对他们说:"朱部长根本不在南京,到十二月份才能回来。"

　　他们回到东北同乡会,商讨了一下以后怎么办。他们来时,还带来中正大学先修班班主任汪大捷写的两封信。一封是给教育部辅导委员会主任委员的,不巧,这人不在京了。另一封是写给金陵大学教授兼立法院立法委员刘不同的。他们找到这位刘教授,他是东北老乡,又是汪大捷的同学,四十多岁,矮个,有精力,健谈,外号叫"刘大炮",在京城比较有名望。刘教授留给吴世辅他们的第一印象是,他对一切都满不在乎。郑孝胥当过伪满洲国第一任国务总理大臣,在人们的心目中,郑孝胥是个可耻的汉奸,臭透了。而刘大炮却在自己的客厅内最显眼的地方,挂一副郑孝胥亲笔写的潇潇洒洒而又歪歪扭扭的行书条幅,就此可见与人大不同的了。刘不同接过介绍信,看看,问了问情况,便疾雷火爆地说:"朱家骅确实不在京,到外地活动'国大'选举了。京城部长以上人物都在紧张地活动,迎接国大选举。简直是本末倒置!"接着,又轰起了他的大炮。"他们放弃民众工作,争名逐利,进行紧张的贿赂。我要弹劾他们。他们忘了现在中国正在进行戡乱。他们不顾大局,宁愿天塌大家死,也不肯放弃自相倾轧,互相扯皮。"他见这几个年轻人正愣愣地瞅着自己,便更加谈锋如瀑,一泻千里。"不过,不用怕,我有办法叫朱家骅听我的话。"听到有一丝希望,姜雨凌眼里一亮说:"那太好了,您怎么叫他听话呢?"刘大炮一拍桌子,说:"我是立法委员,我要参与立法,要用立法手段约束他严格履行教育部颁布的一切条例。"吴世辅疑惑地抬头看了看他,问:"您大约用多长时间能搞到这项立法呢?"刘大炮痛快地说:"时间长不了,最多两三年。"吴世辅大失所望,说:"再过三年,我们都成老头儿了。"刘大炮不以为然地说:"不要怕晚,大器晚成嘛!我自己就毕业很晚,现在不也当了立法委员了么?"他还打了个比喻说:"人的成才和竹子出土相似,竹子出土时有多么粗,长大了还是那么粗。所以宁愿晚些出土长成根粗竹子,也不要过早出土,长成根细竹竿。"姜雨凌插口道:"现在社会太不公道,没有蒙难的被分配念了大学,我们真正蒙难的却被排斥在外。照这么看,我们还不如当八路军去,人家那边也有大学嘛。"刘大炮高声说:"不能轻率从事。关于社会主义,我也赞同,三民主义就是社会主义。至于共产主义,纯粹是空想。"

　　他们三人觉得刘教授的话不着边际,毫无解决实际问题的价值,便匆匆告辞了出来,心灰意懒地回到东北同乡会的四合院里。他们躺在冰冷的炕上,商量决定返回沈阳。

4. 探监

　　吴世辅回到沈阳后,在街上买了好些水果、点心、代乳粉之类的营养品,去监狱看望周再娟。死囚犯控制得特别紧,他托关系,花了钱打通关节,才勉强进去了监狱。他在狱役的引导下,穿过许多七弯八拐地道似的甬道,来到周再娟的囚室。通过铁栅栏,吴世辅看到一个披头散发,衣衫褴褛,戴着沉重镣铐的女人背影。牢房很潮湿,地面上所以铺了些稻草之类,其余的生活设施全没有,徒有四面的坚墙和铁栅栏。周再娟原来窈窕丰腴的身姿已然全部化作一副干巴作响的骨架,那乱发也失却了往常的光泽,而像老马的秃尾,落抹着油腻和灰尘,变得灰乎乎干涩涩。那肩瘦削得有些佝偻了,像个老太婆的脊梁。手指甲不住地搔着大腿帮的痒痒,指甲长的很长,且甲缝里积满了污垢。赤裸的小腿露出几处疖疮和潮湿的红斑,有几块已经被指甲挠的鲜血淋漓,有些感染了,流着脓水,且她的身上发出一股扑鼻的臭味。周再娟的父母都早已亡故了,嫂子也被她刺伤了,哥哥也不敢来看她。她没有替换的内衣,更没有填补的食品,不敢指望有人行贿给狱警让她生活上受到照顾。因此,她受的折磨就比别人多。进来时,还是一个如花似玉的芳龄女子,而今,不到一年,她就脱胎换骨成一个丑陋的活女鬼了。未曾照面,看到她背影的样子,吴世辅已经热泪盈眶了。他愣愣地站在栅栏之外,简直连再迈出半步的勇气也没有了。

　　看守警打开栅栏锁的"哗啦"声,把吴世辅从沉思中惊醒。只听得看守警高声叫道:"08 号,你表哥看你来了。"

　　吴世辅迈进囚室,怔怔地站在周再娟的背后,当等她转回身来,他看见她浑身抖动了一下,便像一个肥大体笨的老腱牛一样,困难地,微微地车转身来,那速度慢得令人心慌。身架扭转时像高粱秆上吊着棵西葫芦,东倒西歪的。他甚至怕她随时仆倒在地上。然而,她没有倒,终于转过脸来。一脸的灰乎乎脏兮兮的乱发。她艰难地抬起手理了理乱发,露出来一张久违了的"尊容"。吴世辅吓得"哦"了一声,后退了一步,手里的两包东西掉在地上。但他还是镇定了自己,在面前这张变形的脸上,力求寻找以往的影子。

　　东大营的舞台上,一位着素装的美丽虞姬,迈着碎步,又是一个腱子腾飞,转身 180°,冲天剑,指峰柳叶眉,一个亮相,已博得台下如雷的掌声。她舞得潇洒,舞得豪爽,雄姿英发,妙态横生。那略微如鬓的似剑如柳的超男子的胆气的眉峰,流溢出几多的英雄气概,那丹凤似的略竖的一对明眸火辣辣射着两束青春的光芒。鼻峰隆而不耸，口唇大小适中，面似桃花流着一股春风，发似乌云，飘洒着少女的情怀。舞剑时，超过当年西楚霸王的爱姬，微喘时，不让贵妃杨玉环。她曾使几多青年男生似追鲜花之蜂蝶，逐马蹄之余芳；她曾让多少青年女友相伴簇拥，读书谈剑，领群芳之风骚。汽车站下，短打曾令轻薄之人胆寒，高楼玉室，剑刺汉奸传美闻。当年红衣女侠的神韵，周再娟小姐的风姿，使多少人倾倒！现在……她怎么就……就变成……吴世辅走近她，亲切地喊：

"周再娟，再娟！我是吴世辅，是吴世辅！我来看你。你难道认不出我了吗？"

吴世辅看到周再娟怔在那里不动了，好似一尊蜡像。之后，那两只不知怎么扯疤了的眼睛，和歪斜了的鼻头，以及缺了一点的上唇，露出两颗脏兮兮的牙齿。这一点东西，好似听着什么神经的指挥，都开始统一地抽搐、聚拢、拥挤和排斥，她那已并不丰满，已经变得像干瘪的老茄子圪皱的乳房也露出半片来。吴世辅看见周再娟在全身哆嗦、痉挛，他看见她手脚在抽风似的摇曳。她抽搐了一阵后，从那几乎干涸了的窟窿似的眼洞里，滚下了一串浑浊的泪水。她的嘴蠕动着，在喃喃着什么。吴世辅更加悲痛，又走近一步，亲切地：

"再娟，我是吴世辅，看你来了！"

突然，周再娟那深洞似的眼眶，射出两道凶光。很久很久，盯着吴世辅不说一句话，吴世辅正打算转身，突然她像一只狼，凶猛地恶毒地扑过来，力量无比的大，速度难以想象的快。吴世辅立时被扑翻在地，感觉他像被一根粗硬的绳索捆绑住，周再娟扑在他身上，臭烘烘的嘴巴不住地在他的嘴上亲吻、舔嗅。他躲闪着，想摆脱这出其不意的袭击，但实在不能够。他心中着慌，急忙大叫："快！快来人哪！"看守警从门外跑进来，往开撕扯他俩。可周再娟的力量超乎人们的想象，两个看守警都没办法把她从吴世辅的身上拽开。看守警便用皮带抽打她的头和脸，可她还是不放过吴世辅。最后，她狠狠地在吴世辅的肩头上咬了一口才放开他。吴世辅心惊胆战地跑出囚室，站在栅栏外，捂着肩头，看着囚室里的周再娟，心里还惶惶的。周再娟缩在墙角哭了，哭的像母狼丢了狼崽一样凄怆。吴世辅听着她的哭声，心底在流血。他留着成串的泪珠离开监狱。临走时，他把身上所有的钱都给了看守警，哽咽着恳求："拜托了！请你们……请你们多关照她！她太屈了……"

从监狱探望周再娟回来，吴世辅表现出少有的沉闷和忧郁。夜晚睡在床上，周再娟那魔女似的影子老在他面前晃动。入睡之后，总觉得自己在和周再娟学习剑法。他俩好像是在笑河沿，那里春风吹绿一池湖水，碧绿的荷叶铺满了湖面。小鸟在啾啾,蝶儿弋弋飞。他俩就在这美丽的环境中,持剑舞起对仗。他耍的是双股剑,她舞的是单剑,跳腾飞跃,盘旋转侧,剑光闪闪,身姿矫健。正斗得难解难分之际,突然,半空里飞来一只怪物,毛茸茸的手抓着一把大砍刀,向他猛劈过来。他"哎哟"一声,跌脚跌进湖水里。他便大喊:

"再娟,救我!"

"世辅,你怎么啦?"安德春推着叫醒他。"快去打饭吧,去迟了,又得饿肚子。日他杜老板的姥姥!"

吴世辅也不言声,坐起来。人们都打饭走了。近来。这伙食越来越糟,就那高粱米饭,煮烂白菜,都不能满足人吃饱。这世道真他娘的活见鬼!吴世辅擦把脸,正漱口间,刘彩云来了。这是她失学之后第一次进中正大学的门。

"接到你从南京给我的来信,知道你们跑得并不顺利。我心里也不是滋味。"刘彩云坐到他的床上,帮他叠好被褥,又拿起扫帚清扫这个乱七八糟的"狗窝"。见他不高兴,便怯怯地瞅着吴世辅说:"咱出去走走?"

他俩并肩来到中山公园。他心中很烦,她心中更烦。一路都沉默着,谁也不说话。沈阳冬天来得早,虽是九月末天气,但冰霜已开始袭击着绿色植物,早寒和晚风摧毁着秋花秋果。他们沿着一片树林慢慢地迈着步子。吴世辅伸手折了一枝枯萎的花茎,不以为然地说:"我见到周再娟了。"

"你为什么不叫上我一块去?"刘彩云很吃惊。"她的情况很不妙,有很多地方你不了解。"

"她对我好像恨得厉害。"吴世辅情不自禁地按按肩头受伤的地方,"还咬了我一口。就像野兽那样残忍和失去理智。"

"不,世辅,你这样说是不对的。你根本不理解她了。其实,你在她的心中早已占据重要位置,她始终得不到你的一丁点回应,那心里早已冻成冷冰冰的了。"

"是吗?"吴世辅惊异地抬头看着刘彩云,眼中露出不少疑惑。

"你想,在没有一点生还希望的境况下,突然见到你,"刘彩云站住,盯着吴世辅正听得很凝重的脸。"她能以常人的方式和你交谈吗?"

"照你说,她是采用那样的方式……"

"当然了,她只是用那样的方式来表达她发自内心的情感。"

"她那不是自作多情吗? 我从来没有想过和她的事。"吴世辅仍然大惑不解。"她本来已经够苦的了,为什么还要在情感上钻牛角尖,苦苦单方面来折磨自己呢?"

刘彩云摇摇头，叹了口气："你根本不懂得女孩子，总起来就是一个字——傻！"

树林花坛的花枝，有的已经开始枯萎，一朵朵黄的花和红的花都渐渐收敛了笑脸，微微地低下了头。草也有些泛黄了。唯有几棵枫树，那树叶还显得十分鲜艳。枫树之后是一片松林，棵棵挺拔，针叶很苍翠。

吴世辅苦笑了一下，像是自白，又像是对刘彩云提出的暗示：

"我这人命很苦，谁摊上我，就倒霉！爹妈摊上我，早早就离开了人世；秦芳与我青梅竹马，结果惨死在车轮下；艳明呢，这你知道，跟我……可是她爸从中横刀一劈两断。唉！就照你说的周再娟吧，咱说的是假如……遭际更惨！……现在嘛……又遇到……"

吴世辅瞅瞅刘彩云，正要说出口的话又吞回去了。刘彩云扑哧笑了："又遇到我了，是吧？遇到我又要咋样？"

"不，不不不！……"吴世辅还要掩饰，脸泛红了。

"你别欺骗我了。"刘彩云有些心事重重的，她看看四周景物，脸上又现出愉快的表情来。"来！坐到这个石凳上，咱别尽说些不快乐的事，说说你们到南京的情况吧。"

"我写信不都告诉你了吗？"吴世辅愤愤地说："这个黑暗社会，还能干出一点点公正的事儿来吗？"

刘彩云感慨地说："我们所处的社会，就像一床浑浊的河水，不管你喜欢不喜欢它，它总是要日夜不停地向前流淌，也许就是给人们和社会带来灾难。过去是这样，现在是这样，将来必定还是这样。我们每一个人就像河流里的小小水泡，在滚滚的浊流中身不由己，只能随波逐流，把自己的命运交到别人手里，任人揉搓和切割。"她停了一会，低头沉默地看了半天地面上的枯枝败叶，突然抬起头，瞅着吴世辅，眼里闪着泪花："世辅，我……我……我要嫁人了。"

"什么？你重说一遍？"吴世辅大吃一惊，愣了片刻，他突然失去理智一样一把揪住刘彩云的胸口，"你们这些女人啊！真是没有一个崇高的，老是看准一个钱，钱，钱！"

"我惹你生气了。"刘彩云已经泪流满面，泣不成声了."我爸知道你们南京之行没结果，就加紧给我找婆家。我进行了反抗，但不行……爸和妈躺在床上绝食三天，我……我不能眼睁睁地看着生我的爸妈……"

吴世辅紧紧地抱住刘彩云，一只手轻轻地拍着她的脊背，一只手飞快地抹了下自己的眼泪，生怕被她看见。"彩云，原谅我！……原谅我的鲁莽。请你告诉我,对方是谁?"

"是个上尉军需官,外地人。"

"他人好吗,脾气怎样? 不会打骂你吧? 只要他能好好待你,我……我就放心你。"显然吴世辅抑制着感情的波动,违心地说着这些话。

"我不知道,我什么都不知道。是表姐给介绍的,关内人。他答应养活我的爸妈。"

"我……只能衷心地祝愿你……幸福了!"吴世辅眼里的泪水不停地流淌下来。

"我不要,我不要嫁给他! ……"刘彩云用拳头狠命地捶打着吴世辅的胸部。之后,一下子扑到他的怀里,紧紧地抱住他失声痛哭。"他们可以把我的身体给……给别人,可我的心,却永远在你这里。"

刘彩云趴在吴世辅怀里哭了很长时间。最后哭累了,哭痛快了,哭甜蜜了,最后她竟在吴世辅怀里静静地睡着了。吴世辅轻轻地抱着她,轻轻地拍着她的身子,像哄一个婴孩在入睡。"啪"的一声,从刘彩云衣袋里掉出一个笔记本,吴世辅轻轻捡起来。一下翻开的一副画面,题为:过浑河。画着一对青年男女拥抱着,乘船在过一条波涛汹涌的河流。下面有一行小字:"我和心上人乘长风破万里浪,我们征途中虽然充满了暗礁险滩。但是,我们一定能到达幸福的彼岸。"吴世辅满面翻看着,有画,有诗,有文,尽在抒发刘彩云对他——吴世辅的浓烈的爱情。最后,他翻到一对花蝴蝶相挨着酣睡的一页,那是他和她在望花台的荷花池中捕捉的。刘彩云在这里题写道:"这对花蝴蝶就是梁山伯和祝英台,也好比是我和吴世辅。假如我们生不能结为夫妻,愿我和他死后化作一对情侣,像这双美丽的花蝴蝶,永远永远地酣睡在一起。"

吴世辅禁不住又一次热泪盈眶了。他泪眼模糊地痴痴地瞅着刘彩云睡美人似的腮上挂着两滴泪珠,他把自己的脸贴上去,紧紧地与刘彩云的脸贴在一起。

5. 人比黄花瘦

中正大学快要断粮食了,学校每天只开两顿饭。据说因为它是私立大学,所以政府不管。实际上是因为它的董事长杜聿明在战场上失利被撤了职,无人支持这所学校了。学校早些时候就取消了晚饭,因为不能停课,所以早上中午两顿饭还勉强硬撑着。学生夜间饿得睡不着,有人就到郊区农民家里要点吃的。就这也眼看学校就要连早饭午饭也不能保证了，面临的是彻底断炊。由军训团组成的那个学生自治会主席于廷润胆小怕事，对上司唯唯诺诺百依百顺，所以学生们给他起了个绰号叫"面包霉"。他去了政府交涉已经十多天了，毫无结果。学校人心惶惶，学生们听不进课去。

吴世辅同他们复华党的同学们研究了对策。在饭堂里他发动同学说："同学们，我们没有饭吃了。但那些大饭馆门前却每天要停不少的豪华小汽车。他们凭什么每天吃酒席，而我们却每天挨饿？有胆量的请站出来，咱们一同去下饭馆。哪家门口小汽车多，我们就往哪家进。我们没钱，但我们同样也有嘴。没有钱我们可以白吃嘛！我们挨饿没人管，甘愿坐牢挣饭吃，看看他们按照哪条法律判我们刑？"同学们都热烈地鼓掌，可也有骂吴世辅娘的。这天中午，吴世辅、姜雨凌等十几个复华党同学，一起来的沈阳南站路西一家叫"南国饭庄"的饭馆，因为饭馆门前停了六七辆小汽车。十几位同学的穿戴还是衣冠楚楚，有的着伪满国高时的黄呢大衣，有的穿着崭新的棉长袍。进来后，他们在一张餐桌前堂堂正正地坐下，他们听到楼上在喝酒行令，杯盏交错，灯红酒绿地沉浸在一片迷离的靡靡之音中。小伙计看到一群仪表堂堂的青年坐下，便咧着嘴殷勤地过来问他们要什么菜。吴世辅说："不喝酒，只要饭菜，大米饭每人两碗。"小伙计转身要走，又被姜雨凌叫住了，"我们还要红烧牛肉、红烧鲤鱼、清蒸鸡、扒肘子……"安德春也插嘴道："你们看着添够八个肉菜，再加两大碗螃蟹和对虾汤。""是了！"小伙计很高兴地把毛巾往肩上一甩，跑着去厨房报单了。然而吃完饭菜之后，小伙计拿着算盘一打，共三十多万法币。小伙计等着收钱，吴世辅说："请你们掌柜过来！"伙计吃了一惊。掌柜的是个五十多岁的胖子，心里早已感觉不妙，慌慌张张走过来。吴世辅说："掌柜的，对不起，我们今天没带钱来，要记账。"这时，掌柜的已经明白，大叫起来："怎么，你们要吃大家儿呀！你们要学八路军共产呀？我自己每天还吃的是窝窝头。你们要是饿了，应该先说一声，昨天的剩饭还有点。可是，你们竟吃了我三十多万元。不行！我和你们见官去！"姜雨凌说："我们不是不给你钱，我们是要挂账，我们都有身份证，我们给你签字。"掌柜的愤怒了。"不行！身份证顶不了钱花，我要你们脱下大衣做抵押。"吴世辅说："我们今天的行动不是和你个人作对，只需要你做出反应，配合一下就行。如果你真要脱我们的大衣，那我们成千名同学都要用大衣来做抵押吃饭，你兜得了吗？"这时走过一个军官和一个文官模样的人来调解。他们批评学生们："你们没钱吃饭就该事先声明，这样做很不礼貌。"学生中有人反驳："那样的话，我们还能吃上这里的饭吗？"那军官把掌柜拉到一边悄声说："学生们人多势众,惹不得,就吃点亏吧,赶快叫他们离开算了。"这天中午,全学校共出去了学生九十多人,吃了八九个饭馆。这消息传遍了全沈阳。第二天,许多大饭馆都没敢开门,预先约定要吃请的官僚们也只好延期。

吃大家儿不是长久之计。吴世辅一伙便逼着"面包霉"集合队伍,走上街头,向当局施加压力,以解决吃饭问题。他们高喊着:"我们要吃饭! 我们在挨饿。"学生们正冒着严寒狂奔呼口号的时候,后面开来了一辆美国产小汽车,到学生队伍后面停下了。里面下来一个少将军官,他是沈阳城防司令梁化盛。学生们看见他,就更高声呼叫了:"我们要吃饭,我们要吃饭!"

梁司令向学生们招了招手,学生队伍停了下来。梁化盛脱下白手套擦擦眼睛,表示他很同情学生。他个头不高,说话声音不高,是南方口音。学生们很快安静下来,瞪着眼睛听他说话。"同学们,你们没有饭吃,为什么不去找我? 你们的董事长不在了,你们成了没娘的孩子。但是,我也是你们的董事嘛,你们来找我嘛。"他又擦擦眼睛,居然挤出两滴泪水。青年学生很单纯,特别是女生,一片声地哭起来。北风吹的呼呼响同哭声混在一起,梁化盛提高了声音:"孩子们! 回去吧。我马上送去三天的粮食。"

鼓掌声和欢呼声加哭声连成一片,街头沸腾了。

第二天,梁化盛果然送来了粮食。晚饭时,学生自治会的"面包霉"宣布道:"同学们,梁司令为我们考虑得无微不至,他想出个非常巧妙的办法照顾我们,让我们不但能吃饭,能上课,而且能穿衣服,每月还给些零用钱……"

"什么办法?"有人高声问。

"把我们先修班全体学生编入他的城防军。半天上课半天训练。这是梁司令掩人耳目的妙策,实质上我们仍然是学生。只是以城防军的名义领取军粮吃。""面包霉"在解释。

"我们坚决反对!"多少人高喊。

"我们支持! 为什么不白吃?"二九兄弟小集团有人喊道。他们都是一群打架能手,平时不读书,在学校鬼混。有人说他们是隶属于军统特务的一个组织。

当天晚自习,"大胡子"找到吴世辅,在卫生间中悄悄谈了五分钟话。"大胡子"说:"这完全是阴谋,一旦答应了梁化盛的要求,就成为实际上的军人了,名义上的学生做不了几天。一旦编入军籍,就可以用军令调动我们上前线给他们当炮灰。现在情况很紧急,明天'面包霉'一去回复梁化盛,就决定了上千学生的命运。我们必须用今夜的时间发动全体学生表示强烈的反对,使他们不敢轻易行事。"吴世辅上南京请愿前,曾听到过"大胡子"对形势的分析,很佩服他,因而对他产生信赖。于是，他们连夜发动同学，主要以复华党员学生为骨干，组织起大批坚持正义的同学，连夜写大字报，号召每人写一份，有的还画了插图和漫画。第二天清早一起床，全校的墙壁上，楼内的走廊里，都刷满了大字报。大标题应有尽有："欺骗，欺骗！""反对，反对！""我们不当炮灰！""我们不是猪！""梁化盛的眼泪值几个钱？"……梁化盛得知之后，便取消了这个计划。董事会紧急召集会议，他们准备甩掉先修班这个包袱。

这天，吴世辅来到望花区一个普通的居民院里，刘彩云的新家就在这个院子里。他看看门牌号数，正要往里进，突见一个蛤蟆脸上尉军官从房里走出来。他正要打问，一看那人的穿着便什么都明白了。他不再问询，大大方方地走进院子。那上尉军官叫邢士凡，很工于官场周旋，所以对刘彩云的往来人员也就多了个心眼。他曾发现过一个叫吴世辅的年轻人给刘彩云的信，信中虽然都是些情况介绍，没有什么卿卿我我的词语，但他心里还是很不愉快的。他曾经警告刘彩云说："你既然嫁了我，就不容许你再和别的男人往来。否则……"刘彩云怒道："难道因为你，让我和同学、亲友之间全断绝往来么？告诉你，邢士凡，办不到！"邢士凡皮笑肉不笑地揶揄刘彩云："那咱们走着瞧。"

现在，果然有男人登门造访他的太太了，而且还是为风流倜傥的男青年。他心中怎么能不气愤。他恶狠狠地盯着吴世辅进院的背影，并听到他在院子里找人般叫唤："刘彩云，刘彩云！"邢士凡听到刘彩云喜出望外的答应声，便不等刘彩云跑出屋，就跳上院门外的自行车狠蹬着走了。心中打定主意，我要放长线钓大鱼！谁敢在我眼里揉沙子，我让他吃不了兜着走！

吴世辅正在巴瞅，屋帘起处，刘彩云跑出来。她的两眼放出明亮的光芒，脸上泛起神采飞扬的喜色，可眸子里还是抑制不住充着两泡晶莹的泪水。屋门很低，吴世辅低了头才走进去。屋内很零落，地下扔了一些烟头和瓜子皮。梳妆台上，露脂粉膏横七竖八，眉笔、小篦、细梳、发刷等满台狼藉。玻璃镜子已经破裂了缝隙，一看显然是拿什么东西砸碎的。掸瓶嘴缺了半弧瓷片，肯定也是东西碰烂的。墙上的挂画，西洋妞儿的肥白酥胸被扯掉一块。新柜子漆面上踏了两只泥脚印。炕上的被褥胡乱叠起来。有一衾沿床张展，枕头倒竖，显然是鸳鸯不和鸣，游园而梦惊。墙上琴瑟弦断，似撕锦裂帛，让它从此陷于寂然。吴世辅暗暗观察着刘彩云的新房，不觉十分诧异，心中实在不是滋味。这时他才注意到站在他面前的主妇，素装淡裹，乌云蓬乱，脸色苍白，显得脆弱而无力。旧痕点点，泪污香腮之栏杆。刘彩云怔怔地站在门边，像一个做了错事的小媳妇，猛然见到抓住自己的公婆或丈夫，那脸色实在是羞惭至极。那眼睛怯怯不敢正眼看吴世辅一下。

吴世辅犹豫了一下,走过去,一手握住刘彩云的手,一手轻轻抚摸她的凌乱头发,想开口安慰她几句什么,但刘彩云本来眯着眼感觉很快乐的神情突然一下变了,她突然像触电一样拨开吴世辅的手,倏地自己走近炕沿,低声而且颤颤地说:

"别碰我,世辅,我已经变成了一个贱货,浑身沾满了臭气。"

"你怎么能这么想?"吴世辅痛心疾首地坐在刘彩云旁边,脸上的肌肉不住地颤抖。"彩云,你千万别糟蹋自己,要有勇气开辟自己的新生活。"

之后是两人的沉默,沉默了许久许久,四目相对有无限难以言说的话语,却是谁也说不出来。

"你别惦记我!"良久,刘彩云开口了,想使一头庞大的大象在窄胡同里转身,转的很艰难,而且漏洞百出,难以掩饰自己,"我活得很……很好。"她的脸色泛出一丝苦笑,给吴世辅倒了碗水,还端来一盘南瓜子。"反正我也认了,人嘛,怎么也是个活。你看……看我这屋里,乱的……实在不好意思。"

刘彩云马上变得精神百倍,浑身焕发出抑制不住的力量。她跪在床上整理被褥,把被子叠得整整齐齐,上面还盖了一块撒金黄线底儿,绣龙凤呈祥的缎面皮儿。炕上挨火灶的一边是一张镶金边挂金面的后褥子,放两个鸳鸯戏水的枕头。再把墙上那张扯了半边胸乳的西洋妞画撕下来,拿剪刀剪了一个笑眯眯的头像下来,一转眼就贴到了另一面墙上。只剩了头像的西洋妞在墙上向着吴世辅傻笑。梳妆台上的东西也眨眼间都整理得高低齐楚,错落有致。显得台明几净。地下的垃圾也扫得干净,笤帚靠在门后面,毛掸别墙钉而展神姿,衣捽儿垂门环悬挂,抹布委屈于桌子横梁隐身。不到一支烟时间,屋里已经焕然一新,明晃晃耀人眼睛。物得其所,有条不紊。刘彩云边拾掇边谈,像在东大营宣传,在小河沿唱歌。浑河浪中的舟船和望花台的荷池轶事……她完全陷入了甜蜜的回忆之中。她一边和吴世辅聊,一边打水洗脸。她脱了外衣,只留下无袖儿的紧身的毛线背心,两只丰满的乳房在背心下跳荡。纤手搓着香皂在脖颈和耳面部有节奏地揉洗,那淡淡的清香洒遍了满屋,令人十分陶醉。最后,她坐到梳妆台前,脸上现出浅浅的俏笑。那娇小的纤细手指捏着一把玲珑的粉红玻璃梳子,在梳理她那乌黑修长的头发。一缕一缕从头顶梳到发梢。头发太长,她用手中间挽住了再梳理。坐着不行,就站起来,一下一下梳,直到头发全部梳理通顺,披散在她的脑后。沿着那动人的线条,垂流到臀部,直探到大小腿之间的圪膝眼弯儿。吴世辅看着陷入了沉思,他像一尊木偶呆呆地坐着,思绪到了大前

年。是他们到野外春游,在一个大瀑布前体验那"黄河之水天上来"的壮观景况的心情。他的耳旁又轻轻地缭绕起一首情歌来:

> 从南呀闪上来,
> 闪上闪上闪上一枝花,
> 她把人爱煞。
> 鬓角冠了呀么一朵海棠花呀哎咳哎咳吆。
> 海棠花,人人爱,
> 蓝丝绸汗巾手中拿,
> 走动了好一个风摆柳,
> 好不了俏洒。
> 往上照,
> 二龙了戏珠呀哈江边斗呀哈啊哈咿呀哈。

当时她是怎么抹油搓粉,巧画双蛾,轻拭胭脂,重点唇红,插花戴翠的? 又是怎么内套香纱,外罩鲜美旗袍,肩披花缕垂缨巾,脚踏红色绣花鞋? 突然间,一个仙姬贵女,娉婷玉立在他面前,这个她,吴世辅看到全然不像那个天真无邪的美丽校花,更不是在狱中被日本宪兵无理毒打,满脸带着悲愤的青年女囚,也不是在火车上默无声响,只是怯着浅笑的刘燕,当然更不同于在中山公园哭的泪眼麻花,在他怀里熟睡的女娇娘。那么她是谁? 像啥? ……他的脑中不知为什么突然涌出太白诗句:云想衣裳花想容,春风拂槛露华浓;若非群玉山头见,会向瑶台月下逢。又有一个成语倏地跳到他的脑中:女为悦己者容。不,不! 这全是猜想,是对她的亵渎,她什么也不是,只是一个……他似乎透过那漂亮的……透出她那明眸善睐的眼睛,透过她向他投来的浓浓柔情,透过……他看到什么呢? 他想到这里,便觉得有似尖刀在戳向他的心脏,他立时疼痛难忍,浑身发抖,甚至脸色也有些发紫。他受不了这个折磨,他很想马上逃离开这个残酷的现实。他站起来,低低地说:"彩云,我要走了,你,你保重!"刘彩云没有掉头,但语气平静地却又带点绝望的声音:"还来看我吗?""来!"

吴世辅系围巾时,刘彩云突然不顾一切地扑过来,紧紧地抱住他,像抱住一件千金难买的生命。"不要这样,不要这样。彩云!"正在这时,他听见门外"橐橐"的皮鞋声音。吴世辅迅速推了刘彩云一把,她刚离开他的身子,那门口便出现了一张愠怒而带屈辱的蛤蟆脸。上尉军需官脸色涨得通红,在极力压抑着自己。他嘴上叼根烟,两次都没点上火。吴世辅见状大踏步就往外走,连看也不看蛤蟆脸一眼。刘彩云喊了一声"世辅——"往外追,被邢士凡一把抓住肩头拽了回来。"臭婊子! 你……"

刘彩云几把手把自己的头发脸皮撕扯的血淋糊花,跪在地上拼命地嚎哭……

当局要甩中正大学这个包袱的计划终成定局。中正大学董事会决定,将学校迁往北平。通过关系,他们到上海敲开廖宅,打通了廖承志外甥女陈香梅的关节,包了陈纳德将军的二十架次客机。那时陈纳德已经辞职,独独为了陈香梅,重返中国,在联合国难民救济总署长官、前纽约市长菲奥雷格、拉瓜迪亚的支持下;在上海成立了航空公司,以此,想为中国战后的难民生存作一点贡献。他和比他小三十多岁的陈香梅谈着炙热的恋爱,并借助蒋介石夫妇的力促与陈香梅结为伉俪。这样,一个具有传奇色彩的抗日英雄和中国的名门闺秀的美丽传说很快就传遍了中国上海和美国华盛顿。

学校当局在机票上作了些文章。每张机票五百万法币,经济拮据的同学因此有不少被迫退学而不往北平了。吴世辅和一些复华党员学生经过不断交涉和斗争,取得了免费读书的资格。学校包了二十架次飞机,实际上只用十五架次就可把中正大学的师生全部运走。有四架次飞机卖了黑市价机票,一张黑价机票卖到一千万法币。因为当时国民党官僚和巨贾富商及其家属都紧张地涌向关内,买不上机票,出高价也认。就是高价票也得有关系。学校当局卖四架飞机的高价票从中捞了一亿多法币。用一架飞机救济穷学生只花两千多万法币,只是以此掩人耳目,把大量外快都装入他们的怀抱。

到北平住在细瓦厂胡同梁启超的故宅。这所大院分前后两个四面斗院,典型的中国明清风格的建筑。翅飞筒瓦,拱斗悬檐,回廊巡苑,画栋雕梁,俨然清廷巨吏府邸。本科生住后院,先修班住前院。房檐长而且宽,室内住不下,檐下野住满了人,根本不能上课,只是住着吃救济粮。学校当局只是说在北平暂时住一个时期,杜聿明老板决定让学校迁往芜湖。有些学生靠自习看书,他们自己的住室门上贴着"读书斋""清静斋""竹林斋""不闻斋"等名目字条。有些学生则每日无所事事,到街上下饭馆,看电影,上游泳池。还有的无事生非,打架斗殴,聚众闹事,"九兄弟"就是这样的小团体。他们霸着两间房,一间门楣上贴"老虎洞",另一间贴"蛇窟"。吴世辅和他的复华党骨干们住在一起,门楣上也题着"芜湖哀斋"的字,实际上是"呜呼哀哉"的谐音。表示迁校芜湖纯粹是个骗局。室内太挤，吴世辅在室外的前檐下吊起一块大板，一下子睡了五个人。姜雨凌在这个板上面的房檐下挂了个牌子，名曰："望乡台"，非常引人注目，激起了好些人思乡的情绪。

他们刚刚暗淡下来，不少"东北临大"的同学来访，徐长岗和张丰英也来了。他俩在北平上"东北临大"，徐长岗是凭着他父亲的关系，而张丰英是靠她哥哥张丰年的面子进入"东北临大"插班的。张丰年现在摇身一变，由敌伪汉奸变为北平城防部队的中校军官，可谓有"变色龙"的本领，前程洒上了金辉。徐长岗和张丰英通过鞍山"拒捕妙斗"的前缘，两人重逢在东北临大，更是如鱼得水，形影不离，卿卿我我，俨然一对令人仰慕的未婚情侣。他们一伙人聚在室内，高声谈论，指定评说市政弊端，那谈锋，远远超过当年组织复华党面对日本人的斗争。因为当年，他们毕竟是年幼无知的中学生，没有斗争经验，很多回合都是冒险蛮干，所以收效甚微，而付出的代价却很使人痛心疾首。张丰英比在鞍山时更加贞朴而稳重，更加成熟而漂亮。她很少插话，只是专注地微笑着聆听别人的谈话，很得体地答应"是，是！""好，好。""我也这样看。"等，有时对徐长岗放纵的言辞不大满意时，她随时会用眼神暗示或制止他。吴世辅瞅人们正热烈谈论的时候，把徐长岗叫到一边，问：

"有家信吗？你姐姐情况怎么样？"

徐长岗迟疑了半晌，无精打采地说："他们……都好。爸妈照常上班，长捷读高中。"

"我问的是你姐姐！"吴世辅焦急地盯着徐长岗，"她，情况好吗？"

"我们谈点别的吧。"徐长岗恳求的目光，禁不住吴世辅刺来的眼光所反射，他身不由己地"唉"了一声。

"到底出了什么事？"吴世辅狠狠地抓住寻常岗的胳膊直摇，"你，你告诉我！"

"她……她失踪半年多了。"徐长岗沮丧地说。"后来，有人在千山看到她，说她出家了。爸妈亲自上千山请她回家，他们却没有在千山找到她。"

早已愣怔了，呆了的吴世辅觉得像听到了晴天霹雳在他的头顶爆炸，霎时天旋地转起来。他大喊一声，口吐鲜血，仰面跌倒在地。"世辅，世辅！"徐长岗大叫，扑过去抱起他。张丰英、安德春、金玉贤、姜雨凌等都一窝蜂从屋内涌出来，围住吴世辅呼叫他，张丰英急忙用指甲掐他的人中。

第二天，北京大学派人来慰问。"东北临大"的杜庆毅和张庆芝也找到吴世辅。吴世辅昨天听到徐艳明的消息，热火攻心，昏厥吐血。平静下来后，服了几粒药片,也就好受了。他们大家接待了杜庆毅、张庆芝两人。往昔的同志在异地相逢,说不出的诸多感慨。徐长岗、吴世辅对他俩当年在近卫师发展复华党的工作表示了非常的赞赏,对他们后来悲惨的遭遇表示了非常的不安和同情。并对他们后来在深山密林中的勇武作为表示出无比敬佩。徐长岗告诉杜庆毅,杨玉琴曾到沈阳找过他。她还在一直等他。杜庆毅听了付之一笑说:"别说杨玉琴,就是为我生过孩子的鄂伦春女子雪莉,我也顾不上考虑了。你们不知道,范振民老师给了我俩多重的担子啊! 一边读书,一边做党的工作,我俩已经是国民党东北临大党部的重要成员了。"

"原来二位是抱着大树好乘凉的呀!"吴世辅听了冷冷地说:"原来你们忘记了我们当初组织复华党时候的诺言和理想了,现在为虎作伥了。从语气上就连起码的人情道义也不讲了。你忘掉杨玉琴还可理解,怨她痴情,怨她有眼无珠认错了人。可是你如果最后要连和你经历生死过程的女孩,给你生了孩子的那个女孩都忘了,你能对得起良心吗? 你能对得起十几个月保护你们生存下来的鄂伦春人吗?"吴世辅气的脸色苍白。他昨天才吐了血,今天偏偏又遭遇最好的同志良知丧失。他气不打一处来。"你们知道那范振民是什么人么? 既然二位跟定了他,那就祝你们节节高升,前程似锦吧。"

吴世辅不再说话,调转了身子,在场的复华党员们都阴沉着脸不说话,杜庆毅、张庆芝看了待着无聊,便尴尬地起身离去了。直到最后,杜庆毅和张庆芝又混入了军界,最后跟着蒋介石去了台湾。

杜庆毅和张庆芝走后不大一会儿,中正大学的学生们接到北京大学的邀请信。于是,大家排着队去北大去参加联欢会。到北大的学生有好几百人。一进北大校门,北大的男女同学就夹道欢迎。一边鼓掌,一边呼口号:"北大学生和东北同学是一家!"大家进入礼堂,每个东北同学身边都有一个北大学生陪同,并约定提供帮助。文艺节目开始了,歌唱,短剧,舞蹈,民间小调,还有少数民族舞蹈等,给大家以清新活泼的感觉,但主题却围绕"反内战,反饥饿,反独裁,要民主",有一支歌唱得很美,悠悠然,唱得台上台下一起唱了起来:

什么秧儿什么苗,什么葫芦什么瓢,

什么政府让老百姓受苦?

什么政府让老百姓享福? 唔儿嗨哟!

民主政府让老百姓享福,

独裁政府让老百姓受苦,唔儿嗨哟!

邢士凡自从上次在家中碰到吴世辅和刘彩云相抱而哭之后，他耿耿于怀。他先逼着刘彩云搬家，离开望花区，到皇姑区的"丽春院"附近租了两间房子。渐渐，他回家次数少了，不但中止了给岳父母的供给，且家中的日常生活和柴米油盐也不断短缺。刘彩云气得发抖，索性跑到他常去的"丽春院"，找到他嫖宿的妓女那里，理直气壮地喊着找邢士凡。那妓女斜着眼说：

"哟！这是哪里来的雌儿，要在这里找男人吗？"

刘彩云气得浑身哆嗦着，脸色发紫，说不出一句话来。那老鸨儿摇摇摆摆走来，阴阳怪气地围着彩云转。"哟，是邢太太呀？"她上下打量着彩云，眉梢涌来一股喜气，"想不到，你真是好人景儿，邢先生可是真有眼窝儿。"接着她眼里射来两束凶光，像要吃人的魔妇。"你来的也巧，我正要找你呢。"她打了一个手势，门口进来一个账房先生和两个凶神恶煞的打手。

"你们要干什么？"刘彩云吃惊地站起，往后退。

"其实，也不干什么。"老鸨坐在椅子上，手端一杯香茶，"我要让你看样东西。"

账房先生拿过一张麻纸契约，递到彩云面前．刘彩云惊恐地看着题头几个大字：抵押契约。她吓得浑身筛糠。往下看，写的是："因欠丽春院姑娘包洋一千万法币，欠房租三百万法币，借账房现金一千五百万法币，共三千万法币。本人无力偿还，愿以家中太太刘彩云作抵押。空口无凭，立据为证。"以下是立据人、中人和年月日。刘彩云看了如五雷轰顶，一下子昏倒在地。半日方苏醒过来，发现自己正被两个彪形大汉拖着往外走。她杀猪似的哭喊："天杀的，坏了心了！害得我好惨呀！"她死命地往后挣扎不愿走，但无奈被两个男人拖地而走。"你们不能这样呀，谁来救救我……"

一间漂亮的绣屋，窗垂丝帘，桌放乐器，瑟琴在墙，字画点缀，盆景碧翠。有个丫鬟和一个老妈子垂立在床前，手端莲子汤轻声催着床上人吃点东西。床上，刘彩云披头散发，目光呆痴。泪痕点点。她一把打翻老妈子手中的碗，站起来就要往窗前走。她心中铁了一颗心，她不活了，宁为玉碎不为瓦全。

那天，她被扔在一间阴暗潮湿的屋子里。已经是初冬时节，沈阳天冷得早，有些地方已经落了雪。然而老鸨不让人给她这间屋子生火。饿了三天了，因为她拒不接客，所以正在接受"丽春院"的折磨和历练。突然，房门被人用脚踢开，几股冷风吹进屋内，刘彩云穿得少，浑身打了几个冷战。两三个嬉皮笑脸的有些喝醉了的男人闯进屋，一进门就按着她撕剥她身上的衣服，这些人也脱光了全身的衣物。他们像饿狼扑到了一只小肥羊，把哭喊着躲到墙角的刘彩云拖过来，一个个压在她酥白的玉体上肆虐蹂躏。刘彩云哭喊着："救人哪！你们这些畜生哪……"直到喊得嗓子冒了烟，嘴里干涸的没有了一点唾液，她的心在滴血……还有什么比这更大的屈辱吗？她想到死，她在忍受野兽们的肆虐时唯求速死，只有死，她才能洗脱自己的屈辱。她的嘴里流着因反抗咬破嘴唇而流的血，她无声地喃喃着一句话："吴世辅，你……你在哪里……"

6. 七九风云

中正大学与北京大学联欢后，反响很大。很快，清华大学、北女师大、燕京大学等北平高校都相继给流浪到北平的中正大学学生们发了邀请信，但是都被"面包霉"和学校当局扣下不发表，他们怕民主空气在学校高涨起来，怕对学生失控。可是，纸里包不住火，吴世辅和等大多数学生知道后表示了强烈的不满。他们立即串联了二百多人到天坛集中，决心团结起来，摧毁那由军训团指定的傀儡机构——学生自治会，并选举出自己的学生会。自此，这很有影响的二百多人便被称作"天坛派"。回到细瓦胡同梁宅，他们写出了海报，要求全体同学到大院集合选举学生会。想不到，出人意料的拥挤，情绪很热烈。"天坛派"组成了筹备会，由筹备会发选票进行直选。选举结果，"面包霉"（原学生自治会主席于廷润）仅得了 12 票，但是，吴世辅和赵宪章却各得 800 余票。紧接着又产生了 5 名委员，他们做了分工。赵宪章为新的学生会主席，吴世辅为学习部长。

赵宪章站出来宣布："中正大学新的学生会诞生了。"他正要宣布具体分工时，"九兄弟"的老二，有中统背景的金福厚走上主席台，出其不意地打了赵宪章两个耳光，愤怒的学生们冲上去要抓他，金福厚忽然从腰间抽出手枪，向空中"呼呼呼"打了三枪，这一下把学生们怔住了。金福厚破口大骂："有胆量的站过来！"这时，像鞭火连嘣儿，"九兄弟"的其他八个也都跳出来，手持匕首站成一个自然的小圆圈，横眉立眼耍赖，"好样儿的过来呀！跟老子白刀子进去红刀子出来！选什么自治会，反了天啦！"

吴世辅看见原复华党员夏万济也手拿刀子站在圈内耀武扬威地叫唤便暗喊可悲，在场的复华党员们都大吃一惊。"九兄弟"在中正大学早已臭名昭著，但具体谁是其中成员大家并不十分清楚。吴世辅跟夏万济较长时间没接触，但他以为夏万济至多是不好好念书、爱玩等等。他却万万没想到他竟堕落成了"九兄弟"之一。然而，夏万济毕竟对吴世辅有些畏惧心理，极力不把自己的目光往吴世辅这边扫。可吴世辅气得浑身哆嗦，他愤怒地走上前去，一把抓住夏万济的手腕,夺过夏万儿的匕首狠狠地甩了出去,顺手抽了夏万济一个耳光。夏万济当众挨打,感到失了面子,但也不敢还手,只是捂着被打肿的脸低声喊:"你再打,再打我可要还手了。"随着他的喊声,其余几个持刀的便朝吴世辅团团逼近过来。他们对吴世辅带头组织"天坛派"选举新的学生会恨之入骨,见吴世辅打了夏万济,便一齐围过来要对吴世辅下手。这时,"天坛派"和全体学生不干了,像大海的浪潮一样一齐涌向主席台,高喊:"打流氓!打倒特务,打倒傀儡的保皇派!"等口号。"九兄弟"见势不妙,吓得立时屁滚尿流地跳下主席台跑了。

这些天,接二连三的不快使吴世辅难安于枕席,再加囊中渐渐羞涩,徐艳明给他的足以读完三年书的钱,他全资助了集体活动和帮助了困难同学。尤其是想起徐长岗告诉他的徐艳明失踪出家的事,更使他心神不宁。这件事常常萦绕在他心头,像一团乱麻,剪不断理还乱,愁绪经常滚滚而来。"我一定要找到她!哪怕踏遍群山万水……"

吴世辅行走在通往千山的崎岖山路上。千山是长白山支脉,因有千峰万壑而得名。高耸千尺的大山就璧立在他面前,在他的身前身后,前往千山膜拜的善男信女络绎不绝。日本投降后,在接受大员接踵而至的情况下,民不聊生,人们祈求神仙保佑安稳生活的愿望更强烈了,于是神秘的千山便成为香火鼎盛的所在。晴空万里,阳光和煦,吴世辅感到浑身的融融暖暖。他沿着怪石嶙峋的小径攀援而上。突然,他看到徐艳明在"夹扁石"上与一个男青年促膝而坐,正亲密地交谈,艳明甚至把头靠在那男青年的肩上。吴世辅大吃一惊,性情转瞬变得愤怒,便大踏步地冲过去,口中喊道:"徐艳明,你在干什么!"然而,随着他越来越靠近"夹扁石",徐艳明和那男的不慌不忙地拉着手站起,亲昵地往上走。吴世辅喊,他俩就是不搭理。他追得气喘吁吁,最后,看到两人踏上仙人台,在云雾缭绕中相抱相拥。他非常气愤,快步攀升而上,一把抓住徐艳明的后肩,喝道:"徐艳明,你好不知羞耻!"那男的怒目而视,要揍吴世辅。那女的回过头来,吴世辅看清不是徐艳明,而是一个梳着披肩发,细眉细眼的姑娘。吴世辅忙不迭地躬身给两人道歉,连连说:"对不起! 真对不起,我认错人了。"获得原谅后吴世辅快步跑下仙人台。听得后面那男的说:"神经病……"

吴世辅悻悻地走下仙人台,远远回头望,那男女恋人还在仙人台上席地而坐,对饮对酌,心中便烦躁不快,很有些失落感。他无精打采地攀上五佛顶,那山巅之上,有松数行,奇崖妙石,溶洞幽深。那洞口像龙嘴喷吐蒸腾,翻翻滚滚,似云似雾,时聚时散。他仿佛看到五尊仙佛围着一大块光达达的青石对弈谈笑,一派仙风道骨,鹤发童颜,透露出一股高深莫测的独慧之气。突然,他在那五个仙佛之中,好像看见了泰来道人,不,不,还有穿着灰色道袍的徐艳明也在其中,正在给老者斟酒酌茶。其面容浅笑之色,栩栩如在目前。吴世辅心中怔了一下,便兴冲冲地往五佛顶攀登。心想,只要当面看见她,就不怕她在飞上天去。峰险岩绝,山回路转,谷风凶猛,累得他气喘吁吁。最后,他终于攀上了顶峰,那些仙人道尊踪迹顿消,只有徐艳明,似在蹙着眉愁着脸,在等待他的到来。可是,当看到他就要跳上五佛顶,朝她奔去时,她忽然面带惧色,转身而逃。她那窈窕的身材在奇峰异石之间时隐时现,那随风飘逸的道袍和飘带像天鹅的翅膀,在美丽地闪动。吴世辅大声喊:"艳明,你等等我!"他的呼叫似乎起了点作用,他看到徐艳明浑身一抖,站住了。但她没有回过身来,吴世辅拼命地加快脚步,朝徐艳明跑去。突然,他被一块大石头绊倒了,徐艳明倏地转过身,很着急地向他跑来,要扶起他。但是,当她看到他抬起头,就要往起站时,她犹豫了,又转过身去。他似乎听到她既熟悉又有点陌生的话音:"世辅,我们之间已经没有情分了,我们出家人和你们风尘中人世不能有任何瓜葛的。你,你走吧,让我清静清静。""不!"吴世辅爬起身向她扑过去。"你不能作践你自己,你要跟我下山,有很多事情还等着你去做。艳明,我求求你! 跟我下山去吧。"然而,吴世辅听到的却是徐艳明冷冷的回音:"从前的徐艳明已经死了,我现在不认识你,你别痴心妄想了,快走吧!""不,不不!"吴世辅声嘶力竭地叫唤着,"我要你下山!"他飞奔过去,就要一把拉住徐艳明时,徐艳明却奇迹般的腾身飞跃一道山梁,缓缓落在对面的山谷里,优优雅雅地往前走。吴世辅坚决不放过这个机会,从山顶就向山底跑。徐艳明走得很慢,似乎又太多的愁怨和留恋,以及对后面追逐的人有无尽的依依之情。吴世辅心急如焚、气喘吁吁地顺着山势跑上跑下,徐艳明沿着"一线天"的小道走,他便追到"一线天"。两旁悬崖峭壁,杂草丛生,万树齐发,窄窄的一条道上,刚能走得开一个人。吴世辅记得就是在这条道儿,当年他被张丰年的爪牙追赶,是一位鹤发童颜的药农救了他。而今,他却在这里追赶徐艳明。他绝不让她出家为道,他要让她返回尘世,与他共同过火热斗争的生活。可她铁了心,她就在他的前面几十步之遥缓缓而行,而他拼命追赶就是追不上。有几次就要追上了,她的道袍飘带就要被他抓在手上,可他还是没能抓住她。出了"一线天",那个宏大的"无量观"就座立在他面前,而徐艳明确立时不见了。吴世辅进入观内寻觅。入到三清殿,丝毫没有人影,只有那几尊雕像,还和上次一样尘土满身地立在那里。玉清道人,原始天尊、上清道人、灵宝道君、太上老君都仍然高坐莲台,木然无表情。吴世辅大声呼喊:"徐艳明!

徐艳明!!你出来见我!!!"

喊声在阴森森的庙廊中发出空空的回声,像狮咆虎哮。良久,吴世辅认识的泰来道人从殿后走出来。泰来仍然长须飘逸,面目清秀,精神焕发。他口中念诵着"无量佛"与吴世辅打招呼:"施主又驾临小观,这次有何见教?"

吴世辅上前施礼道:"老仙尊,我打听一个女子,她是鞍山名医徐天赏的孙女,叫徐艳明。说是在你观中出家修行,请让我见见她吧。"

老道双手合十道:"人生如梦,事空人空。我这里远离人世,从不涉及风尘,更没有你要找的人。"

吴世辅不信泰来道人的话,继续往殿后去找。老道口念"无量佛"便逍遥然转到另一殿去了。吴世辅穿过三清殿,正殿,到了一个阴森森的偏院,他觉得浑身发冷,那高庙脊梁之上,站了一排乌黑的老鸦,呱呱地叫。初夏时节,院子里柳絮纷飞,庙风萧瑟,像是漫天雪舞。吴世辅大喊:"艳明,徐艳明!"无人答应,回声空旷,森森然令人苏然。他火了,便推开一间偏殿的门,那里面阴暗暗的,半阵,他眼睛适应了,发现徐艳明仍着道袍背他而立,他泪流满面地求道:"艳明,你让我追的好惨!"

"谁是你的艳明?"那道姑冷冷回音,每一句话像一把钢刀,削得他心寒意冷。"你死了那条心吧,本来我就不是什么徐艳明。我们素不相识,你自作多情追了我这么久,那是你自讨苦吃。"

"不,艳明,你不能这么说。是我害苦了你。"吴世辅慢慢走近道姑,猛然觉得她背后阴风嗖嗖,逼得他寸步难进。"如果不是我出现在你的身边,你就不会遇到家庭的严酷,你就不会对生活失去希望,就不会遁入深山这么折磨自己。"他从后面看到她的双肩似在剧烈地抖动,像是在哭泣。便进一步想过去抓住她的肩膀与她拥抱。然而又一股殿风吹来,逼得他不能靠近。吴世辅提高声音:"艳明,求求你!你认了我吧,哪怕你不愿下山,我们说会儿话也行。"

"我根本不是什么徐艳明,你要认我吗?"那道姑缓缓转过身来,话音里充满了绝望和哆嗦。"吴世辅你睁开眼瞧瞧。"

"啊!……"吴世辅大叫一声向后跌倒。他看到的不是徐艳明,原来是一个白发苍苍的老太婆。那老道姑脸上的皱纹像核桃皮似的密密麻麻,两眼凹进去,红眼的边沿糊着一串串的眼屎,拖着两道鼻涕,且已经快流到嘴里。然而,他总能从这个骷髅似的身架中,看出几分过去的徐艳明的影子。"不!不能这样!这是不公平的,太残忍了。"

"世辅,你醒醒,究竟梦见了是么?"安德春把正在睡梦中喊叫的吴世辅推醒。吴世辅坐起来，看看自己还在"梁宅"的"芜湖哀哉"室，便深深地叹了口气，摇摇头苦笑道："梦见了一个朋友。"然而，他的眼中滴下泪来，穿衣服的两只手也在莫名地哆嗦。

时间是 1947 年 7 月 6 日。

徐长岗和张丰英等"东北临大"的人来找吴世辅他们。他们在大院里就高喊："告诉大家一个消息，东北大学和长白师范的学生都跑到市参议会找参议长许会东去了。许会东在参议会通过了一项议案，强迫我们东北学生当北平城防军。"听到消息的同学都惊慌而气愤地喊："我们去找许会东去！"说着，大家争先恐后跟着徐长岗张丰英往外跑，吴世辅想拦也拦不住。这时，"大胡子"跑过来，他名叫袁信武，直到来到北平他们接触频繁了，吴世辅才知道他的姓名。他是岫岩县满族人，中共地下党员。在党组织的指示下，他对吴世辅等几个复华党员进行了长时间的暗中考验，已把他们列为培养对象。袁信武跑过来对吴世辅说："应该和他们开展斗争，但方法要得法，不要上了敌人的当，吃了大亏。""那现在怎么办？"吴世辅焦急地问。"同学们都跑到北平市参议会去了，赵宪章请假回去看望父亲的病不在。"袁信武说："你是学生会代理主席，应该当机立断，配合兄弟高校统一行动。但必须严防上当，注意学生的安全。"他俩说着话，跟着人群到了北平市参议会大楼。五层高的大白楼已经被东北学生团团围住了。楼房玻璃被砸得粉碎，参议会的牌子也被砸成了三截。有些警察赶来干涉，也被学生打了。徐长岗一伙人从楼内出来喊："徐会东不在这里，我们到东交民巷他的家里去找。"学生们便纷纷向东交民巷跑去。人群像洪水似的涌到东交民巷许会东家门口，在吴世辅等人的组织下，学生们各自集中以学校排好了队伍。东交民巷两旁有高高的槐树和柳树，学生们都在树荫下站好，高喊口号。许宅是一幢高墙大院，红色的围墙，大门紧闭。

东北大学，东北临大，长白师范，中正大学的男女学生八千多人站在东交民巷的马路上，堵塞了交通。学生们面朝许会东家紧闭的大门，不停地高呼："取消无耻的议案！""我们不当炮灰！""我们要见许会东！""枪毙许会东，炮轰参议会！"

吴世辅、袁信武、徐长岗、张丰英、杜庆毅和张庆芝站在各学校的排头，领着学生高喊口号，等待许会东出来答复。

不一会儿，六辆坦克轧轧地开进东交民巷，开到许会东家大门口。坦克车上载着全副武装的士兵，架着机关枪，和学生们对峙着。这时，大门吱扭一声打开了，走出一胖一瘦两名文官模样的人。学生们静了下来，胖子说："同学们，请派出你们的代表，许议长可以和大家面谈。"

于是，吴世辅、徐长岗、张丰英、袁信武、杜庆毅和张庆芝等十多人组成学生代表团，从大门里走进许宅。代表们进去后，大门立刻紧闭上了。学生代表们进了院子，并没有让他们见许会东，而是四个持枪的士兵把他们带进一个好像是佣人休息的大厅，说叫他们耐心等待。四个持枪士兵端着上了明晃晃刺刀的长枪，在两个门口严密把守。袁信武心中一愣，悄悄对吴世辅说："这怕又是一个恶毒的阴谋。""对，我也这样怀疑，他们把代表和学生们隔离开来，来对付手无寸铁的学生。"吴世辅和袁信武说的话，被张庆芝听到，他说："别太紧张，国民党既然是执政党，还是会讲民主。"徐长岗不满地瞅了张庆芝一眼，对吴世辅说："我们不能对他们抱有任何幻想，应该做最坏的准备。我建议开个学生代表团临时紧急会议。""我看没有必要。"杜庆毅高声说："我们应该相信当局。""我反对！"吴世辅眼中射出怒火刺向杜庆毅。"大家围过来，我们议议。"

在代表团的强烈争取下，张丰英获准出去给外面的学生传递信息。大门开了个缝，张丰英走出来，对整队等候在外面的群情激奋的学生们说："同学们，就地蹲下，静待代表们与许会东谈判结果。我们的目标是：不达目的绝不收兵！"

学生们哄吵起来，骚动了几分钟后，便都就地坐在东交民巷的马路上。这时，城防部队已开进东交民巷的外国使馆区，他们下令断绝交通，宣布警戒。指挥者是一个中校军官。他斜披武装带，屁股后面挂着盒子枪，在队伍中间来回穿行，打着手势，下达着命令。他就是张丰年。日本投降后，通过接受大员的关系，他混进了北平城防队伍，由一名死心塌地为日本侵略者卖命的汉奸，摇身一变成为变本加厉的国民党打手。军队的到来，令人声鼎沸的东交民巷立时静了下来。车辆行人都不见了，只有天真无邪的近万名学生席地而坐，静静地等待着他们的代表和执政者的谈判结果。然而，一个小时过去了，两个小时过去了，紧闭的大门毫无声息。坐在地上的学生们开始骚动了，不少人站起来互相问询着，议论着。这时，张丰英从大门缝里挤出来，愤怒地高喊："同学们，我们上当了，许会东根本不在，他们采用的是把我们互相隔离的伎俩，拖延时间，好做准备对付我们。"

这时，张丰年坐着一辆三轮摩托车疾驰而至，他发现了自己的妹妹在学生中演讲，大吃一惊。跳下摩托车走上去打了张丰英两耳光骂道："你他妈昏了头了，谁让你跟着他们一起胡闹？"看见当兵的打了学生代表，学生们轰然炸了窝，全都站了起来，高声喊："不准打人！严惩打人凶手！"

张丰年见惹了祸端，连忙跳上摩托车打了个手势，几辆摩托车上的机关枪一齐对准了学生队伍。这时,徐长岗、吴世辅、袁信武等学生代表都一齐涌出许家大门,吴世辅向人群打了个手势,人群立刻安静下来。他高声说:"同学们,许会东玩弄的完全是阴谋,他不见我们,主要是想让他的议案得以实施,让我们充当他们的炮灰。我们坚决不答应! 现在,我们就到北平市政府去,找北平市长去!"

张丰年马上把四辆坦克车和武装部队调动到十字路口,荷枪实弹,严阵以待,如临大敌。真是冤家路窄,过去在奉天,吴世辅、徐长岗等就和他是死对头,而今在北平他们又相逢在一根独木桥上。张丰年仇恨的目光扫视着他当年的一伙对头:徐长岗、吴世辅、金玉忠、安德春、姜雨凌等复华男女党员,他们的后面是黑压压的东北学生,东北大学的,东北临大的,东北师范的和东北中正大学的。"东北学联"的横幅也打了出来,路边的市民也参加进来。学生们像一股怒潮慢慢向张丰年的机枪口冲过去,他们的目的地是北平市政府。突然,机枪响了,罪恶的枪弹射向手无寸铁的学生和市民。一些胆小的学生们都匍匐在地上。机枪子弹扫得路旁大树上的叶子纷纷落下。奔跑,倒地,以及中弹的同学们的哭喊,让学生领袖们更坚定了信念。徐长岗、吴世辅、袁信武、张丰英等复华党员们臂挽住臂,走在队伍的最前面。倒下去的,有人背起就往医院跑,没有倒下的都勇敢地昂首阔步往前走。怒火中烧,其中不知是谁起了头,大家齐心合力地唱起了激越的《义勇军进行曲》:

起来! 不愿做奴隶的人们,

把我们的血肉,筑成我们新的长城。

……

歌声似春雷般的滚过北平市的上空,振奋着千百万人的心潮。张丰年一伙爪牙颤抖了,他掏出手枪,对准了吴世辅和徐长岗就扣动了枪机。"呼,呼呼",罪恶的三颗子弹射向学生队伍排头,张丰英大呼一声,展开两臂冲到徐长岗、吴世辅两人身前。随着枪声,美丽的张丰英倒在血泊中。徐长岗、吴世辅哭喊着抱起血淋淋的张丰英,她的头发长长地飘落至地面,一只手仍在向前指着,像是在鼓舞同学们继续向前冲。

张丰年怔住了。他做梦也没有想到他的子弹会击中自己的亲妹妹。他的脑袋又昏又晕,浑身发抖,跌倒在摩托车前大睁着两眼想哭也哭不出来。几个士兵硬是把浑身软的像糨糊似的张丰年拖上摩托车逃走了。

屠杀仍在继续。中正大学的原复华党员徐国昌等几个学生中弹牺牲,都是美国达姆枪弹击中的。各学校都有伤亡,学生和市民们抬着死去的三十多具遗体冲开了城防部队的警戒线，在街头行进。街头的警察手持棍棒，抬着高压水龙头向人群喷射。学生们向警察扔砖头等路上的丢弃物以发泄愤怒……

当晚，袁信武把吴世辅叫到街上一个僻静处，"咱们不能这么蛮干，我们受了多么大的损失啊！下一步要和北平当地的学生联合行动，人家一是本地人，二是比我们有斗争经验。我们要到北平各所大学去控诉和揭露当局镇压东北学生的滔天罪行。"中正大学学生先在梁宅设置了阵亡学生的灵堂，不断有北平各学校送来的花圈、挽联和悼念词。第二天早上，学生会分配人员到北平各学校进行控诉演讲，吴世辅和复华党员刘若茵去到铁路管理学校讲演。该校学生都集中在广场上，群情振奋。吴世辅在讲演中说："政府把我们骗到北平，他们对我们说，北平有教室，有宿舍，有大米，有茶，有肉还有鱼。我们从东北过来了，原来这许诺的都是空的。我们知道上当了。我们不但没有教室上课，连住的地方都没有。许多人露天睡觉。不但没有大米，连窝头也吃不饱。我们买不起菜，一位美国慈善家恩赐了五美元，我们一千多人就用这五美元吃了一天菜。我们都成了叫花子，就快沿街乞讨了。他们又借口影响社会秩序，逼迫我们编入北平城防军，给他们当炮灰。我们去找许会东，他却设下杀人的阴谋，叫我们派代表进去谈判，实际上一进去就把我们监禁起来。他们欺骗广大同学在大街上等着我们谈判的消息，实际上他们正在磨刀，他们做贼心虚又怕被人发现，悄悄禁了街。但是，人们看得很清楚，外国朋友也很同情，苏联大使馆就派记者出来拍照，还派医护人员出来抢救。我们中正大学死难的徐国昌等同学家中还有六七十岁的妈妈，他最后挣扎地叫了声妈妈就断气了。同学们，我们东北各校三十多名同学惨遭当局杀害，他们谁没有爹妈？谁没有兄弟姐妹？……"吴世辅的控诉，激起了同学们的愤怒，激昂的口号数次打断他的演讲：

"声援东北同学！向刽子手讨还血债！"……

七月九日清晨，东北各校学生被分配到北平各校集合。吴世辅在天刚亮时，就把中正大学的学生带到北京大学。先跟北大的同学学唱歌，又训练几遍游行口号，再后就在北大吃早饭，于是就在八点许，他们一起走上街头开始游行。北平各大学及东北各学校的学生从四面八方向李宗仁副总统的府邸集中而来。三十多具棺木，夹杂在各条游行队伍中间，大幅挽联随灵柩而游荡："生当作人杰，死亦为鬼雄""人生自古谁无死，留取丹心照汗青""我以我血荐轩辕""严惩凶手，讨还血债！""刀刮许会东，枪毙城防司令！"还有两块白布幡子，一个上面画着一个两米长的大问号，另一个画两米长的个惊叹号。大横幅上写着："东北——华北学联"的大字。远远看到李副总统府邸。李副总统大门连忙关

310

闭,两旁警卫跑步增岗,傅作义闻讯派来三辆坦克在大街上缓缓地蠢动。游行
队伍高喊口号,人们手挽手,臂挽臂,以怒海激浪汹涌澎湃地卷向李宗仁副总统
府。歌声似滚雷,似怒云,像要把这座旧式官邸摧毁……

　　跌倒爬起来,

　　我们的骨头硬!

　　爬起来,再前进!

　　袁信武速度很敏捷地把吴世辅从队伍中拉出来走到一个较僻静的地方,严
肃地说:"组织上叫你立即离开北平,到解放区去。越快越好。特务马上就要开
始抓人,你是黑名单中的第一个。还有安德春、姜雨凌、金玉忠、张意如、刘若
茵、汪汉涛等,都是你们原来复华党的成员。组织上正式批准你为中共预备党
员。"袁信武一边交待,一边和吴世辅看到眼前风起云涌的游行人潮,那心也似
大海的浪涛翻卷不息。老袁接着把签有"亥"字的介绍信交给吴世辅,然后继续
叮嘱:"你们通过新民县由郭县长负责护送你们过黄河,然后到法库县慈恩寺,
东北局第一军分区政治部倪部长和你们接头。"游行队伍在滚滚前行……

　　吴世辅一行渡过锦州大凌河,大铁桥已经被炸掉,他们乘木筏渡过波涛汹
涌的大凌河。一上东岸,就有臂上扎有"第九纵队"臂章的战士从柳树林子中钻
出来,紧紧地握住他们的手。吴世辅眼里噙着泪水,瞳仁中,闪出了披头散发的
秦芳,穿道士衣衫沿怪石穿行的徐艳明,声嘶力竭呼救的刘彩云,身陷囹圄披枷
带锁的周再娟,被日本宪兵押解的山浦美子,被亲兄长一枪击中胸膛的张丰英,
以及雪莉、翠花、冬青儿、杨玉琴等命运桀惨的女人们,她们一个个浴风沐雨又
血迹斑斑。吴世辅的眼睛模糊了……

一九九三年十二月十二日初稿成

一九九五年四月二十五日二稿搁笔于平遥古城